AS IRMÃS MAKIOKA

JUN'ICHIRO TANIZAKI

AS IRMÃS MAKIOKA

Tradução
Leiko Gotoda
Kanami Hirai
Neide Hissae Nagae
Eliza Atsuko Tashiro

6ª edição

Estação Liberdade

Título original: *Sasameyuki*
Copyright © Emiko Kanze, 1944-1948
© Editora Estação Liberdade, 2005, para esta tradução

A EDIÇÃO DESTA OBRA CONTOU COM SUBSÍDIOS
DOS PROGRAMAS DE APOIO À TRADUÇÃO E À PUBLICAÇÃO DA FUNDAÇÃO JAPÃO

A tradução do Livro I ficou a cargo de Leiko Gotoda; a do Livro II, a cargo de Kanami Hirai, Neide Hissae Nagae e Eliza Atsuko Tashiro; e a do Livro III, a cargo de Neide Hissae Nagae.

Preparação e revisão de texto	Valdinei Dias Batista e Katia Gouveia Vitale
Composição	Pedro Barros / Estação Liberdade
Assistência editorial	Iriz Medeiros
Editora-adjunta	Graziela Costa Pinto
Ideogramas à p. 7 e lombada	Hideo Hatanaka, título da obra em japonês
Capa	Suzana De Bonis
Ilustração da capa e quarta capa	Kiyoshi Kobayakawa: *Olhar*, gravura Ukiyo-e, janeiro de 1931
Editores	Angel Bojadsen e Edilberto F. Verza

CIP-BRASIL. CATALOGAÇÃO NA PUBLICAÇÃO
SINDICATO NACIONAL DOS EDITORES DE LIVROS, RJ

T17i

Tanizaki, Jun'ichiro, 1886-1965
   As irmãs Makioka / Jun'ichiro Tanizaki ; tradução Leiko Gotoda ... [et al.]. - São Paulo : Estação Liberdade, 2019.
   744 p. ; 23 cm.

   Tradução de: Sasameyuki
   ISBN 978-85-7448-104-3

   1. Romance japonês. I. Gotoda, Leiko. II. Título.

19-54815   CDD: 895.63
                  CDU: 82-31(520)

Vanessa Mafra Xavier Salgado - Bibliotecária - CRB-7/6644

23/01/2019   24/01/2019

Nenhuma parte da obra pode ser reproduzida, adaptada, multiplicada ou divulgada de nenhuma forma (em particular por meios de reprografia ou processos digitais) sem autorização expressa da editora, e em virtude da legislação em vigor.

EDITORA ESTAÇÃO LIBERDADE LTDA.
Rua Dona Elisa, 116 — Barra Funda — 01155-030
São Paulo – SP — Tel.: (11) 3660 3180
www.estacaoliberdade.com.br

Livro I

1

— Koisan[1], ajude-me aqui — pediu Sachiko ao ver no espelho que Taeko viera pelo corredor e entrava no quarto às suas costas. Sem se voltar, entregou-lhe o pincel com que estivera maquiando o pescoço e observou com atenção impessoal o próprio reflexo vestido apenas de quimono interno branco, cuja gola mantinha afastada da nuca.

— E Yukiko, que faz lá embaixo? — perguntou.

— Acompanha as lições de piano da pequena Etsuko — respondeu Taeko.

De fato, do andar térreo lhes vinha o som de um exercício musical a indicar que Yukiko, já arrumada, vira-se provavelmente solicitada pela sobrinha a supervisionar sua lição. Etsuko não se importava que a mãe saísse, contanto que Yukiko, a tia predileta, permanecesse em casa e lhe fizesse companhia. Naquele dia, porém, a menina não estava no seu melhor humor, pois tanto a mãe como as tias Yukiko e Taeko pretendiam sair juntas. A menina só se havia conformado porque Yukiko prometera retornar tão logo terminasse o recital programado para as duas daquela tarde, a tempo ainda de jantar em sua companhia.

— Tenho em mãos uma nova proposta de casamento para Yukiko, Koisan — disse Sachiko.

— É mesmo?

Parada às costas da irmã mais velha, Taeko maquiava-lhe o pescoço em hábeis pinceladas dirigidas da nuca para os ombros. Sachiko estava longe de ser corcunda, mas tinha ombros e dorso carnudos: sob a intensa luminosidade daquela tarde de outono, a pele brilhava, úmida e viçosa, não parecendo pertencer a uma mulher na casa dos trinta.

— Esta nos chegou por intermédio da senhora Itani... — continuou Sachiko.

---

1. Assim eram denominadas as caçulas das famílias tradicionais de Osaka. (N.T.)

— Sei...

— O proponente é funcionário da Companhia MB de Produtos Químicos.

— Quanto ganha?

— Quase 180 ienes mensais, que podem chegar a 250 ienes com o abono.

— A Companhia MB de Produtos Químicos é francesa, não é?

— Exato. Como você é bem informada, Koisan!

— Ora, nem preciso ser para saber disso...

Das quatro irmãs, Taeko, a caçula, era de fato a mais bem informada. Em virtude disso, considerava com certa indulgência a relativa desinformação das demais e lhes falava por vezes num tom complacente de irmã mais velha.

— Eu mesma nunca tinha ouvido falar dessa empresa. Dizem que tem sede em Paris e é de grande porte... — continuou Sachiko.

— Deve ser, já que estão instalados num belo edifício na avenida à beira-mar, em Kobe... — replicou Taeko.

— Isso mesmo. E o homem trabalha nesse prédio.

— Fala francês?

— Fala. Formou-se em língua francesa pela Universidade de Osaka, e morou uns tempos em Paris. Além do trabalho nessa companhia, dá aulas de francês num curso noturno, o que lhe rende cerca de 100 ienes mensais. Somados, os rendimentos chegam a mais de 350 ienes por mês.

— Bens pessoais?

— Nada digno de menção. A mãe ainda vive no interior, de modo que há essa propriedade antiga onde ela reside, além do terreno e da casa em que ele mesmo mora, na região de Rokko, uma construção de tipo popular, comprada a prestações. Como vê, pouca coisa...

— Mas se ele não paga aluguel, pode ter um padrão de vida equivalente ao de um assalariado com renda mensal de 400 ienes.

— Não seria um partido interessante para Yukiko? Como dependente, tem apenas a mãe, que mora no interior e quase nunca aparece em Kobe. Melhor ainda, o candidato tem 41 anos e é solteiro...

— E por que não se casou até agora?

— Segundo soube, porque é exigente em matéria de beleza feminina.

— Essa história está mal contada... Acho melhor você se informar direito.

— Mas o candidato parece muito interessado em Yukiko.

— Você já lhe mandou a fotografia dela?

— Deixei uma há algum tempo com a senhora Itani, que deve tê-la entregado a ele.

— E o homem? Mandou a dele?

O piano continuava a soar no andar inferior, dando a Sachiko a certeza de que tão cedo Yukiko não subiria.

— Abra a gavetinha de cima, do lado esquerdo — orientou Sachiko, ao mesmo tempo apanhando o batom e franzindo os lábios para o espelho, como se fosse beijar o próprio reflexo. — Achou?

— Achei... Já a mostrou a Yukiko?

— Já.

— Que disse ela?

— Nada, como é do seu feitio. Apenas murmurou: "Ah, é esse o homem...?" E você, Koisan, que acha dele?

— Tem uma aparência tão comum... Talvez seja um pouco mais bonito que a maioria dos homens, mas, de qualquer modo, tem esse ar indisfarçável de trabalhador assalariado.

— Que se há de fazer se ele é isso mesmo?

— Mas o casamento pode ser vantajoso para Yukiko num aspecto: ela poderia aprender francês com o marido.

Sachiko terminara de se maquiar e desatava o laço de uma embalagem para quimono com o logotipo da famosa loja de tecidos Kozuchiya, mas imobilizou-se repentinamente:

— Lembrei-me agora: estou "sem B"! Desça e mande uma das empregadas esterilizar a seringa para mim, Koisan.

Todos os anos, entre o verão e o outono, as pessoas dessa família — começando pelo casal Teinosuke e Sachiko e terminando na pequena Etsuko, de apenas sete anos — sofriam os efeitos do beribéri, mal endêmico na região de Kansai. Em virtude disso, nos últimos tempos tinham desenvolvido o hábito de estocar betaxina injetável e de aplicar-se mutuamente as injeções de vitamina B ante os mais insignificantes sintomas, sem ao menos consultar o médico. Qualquer indisposição física era logo atribuída à carência de vitamina B, condição que com o tempo passou a ser definida como "sem B", já não sabiam a essa altura por idéia de quem.

O piano parara de soar no térreo, de modo que Taeko devolveu a foto à gaveta e foi para o topo da escada, de onde espiou o andar inferior e gritou para as empregadas:

— A patroa vai tomar uma injeção! Façam-me o favor de esterilizar a seringa, ouviram?

2

Itani era a proprietária de um salão de beleza situado nas proximidades do Hotel Oriental e freqüentado pelas irmãs Makioka. Tinha fama de casamenteira eficiente, razão por que Sachiko lhe havia confiado uma foto da irmã Yukiko e solicitado seus préstimos. Dias antes, ao ir ao salão para arrumar o cabelo, Sachiko tinha sido abordada por Itani.

— Vamos sair e tomar um chá, senhora Makioka? — convidara a mulher, aproveitando momentânea brecha no movimento do salão.

E Itani dera a conhecer a referida proposta no saguão do Hotel Oriental. Fizera mal em agir sem antes consultar Sachiko, desculpou-se ela, mas temendo perder uma excelente oportunidade caso não se pusesse em campo de imediato, mostrou a certo pretendente, havia cerca de mês e meio, a fotografia de Yukiko que Sachiko lhe confiara. Como, porém, nenhuma notícia tivera do referido interessado, a própria Itani quase o tinha esquecido. Nesse ínterim, todavia, ao que tudo indicava, o pretendente em questão havia levantado as informações concernentes aos Makioka, isto é, investigado a casa central de Osaka, a casa secundária de Ashiya[2] e a própria Yukiko, inquirindo sobre ela no colégio feminino onde se formara e aos mestres dos cursos de caligrafia e de arte do chá que freqüentava atualmente. Em conseqüência, o interessado conhecia agora todos os pormenores da casa Makioka, até mesmo o incidente ocorrido tempos antes e que envolvera certo jornal. Por sinal, o homem havia se dado o trabalho de ir à sede do jornal e de certificar-se de que realmente tinha havido equívoco na matéria publicada, de modo que se mostrara bastante compreensivo a respeito do incidente. Apesar de tudo, ela, Itani, aproveitara a oportunidade para não só esclarecer

---

2. No Japão, a linhagem central das grandes casas tradicionais era denominada *honke*, (casa central), e o ramo secundário, *bunke* (casa secundária). Neste romance, a família da mais velha das irmãs Makioka, Tsuruko, compõe a casa central, e a da segunda irmã, Sachiko, a casa secundária. (N.T.)

muito bem as circunstâncias em que o mal-entendido havia ocorrido, como também para convidar o pretendente a conhecer a senhorita Yukiko e a verificar com os próprios olhos se ela era ou não o tipo de moça capaz de se envolver em episódios daquela natureza. O pretendente era modesto e se declarara ciente de que os Makioka e ele pertenciam a classes sociais diferentes e que considerava improvável a união de uma jovem tão bem-nascida quanto Yukiko com um assalariado pobre como ele. Mesmo assim, solicitara a Itani que levasse ao menos a sua proposta ao conhecimento dos Makioka, pois podia ser que, para total felicidade dele, a sorte lhe sorrisse e tal união se concretizasse, muito embora o afligisse imaginar que, nesse caso, estaria sujeitando a senhorita Yukiko às agruras de uma vida de pobreza. Itani, porém, achava que o pretendente talvez não fosse de condição social tão baixa quanto faziam crer suas palavras repassadas de modéstia, já que até a época do avô, seus antepassados tinham exercido, geração após geração, o cargo de conselheiro de um pequeno feudo na área de Hokuriku. Prova disso eram a mansão e parte das propriedades familiares que ainda lhe restavam na terra de origem. A casa Makioka, ressaltou Itani, era sem dúvida tradicional e, em certa época, foi famosa na cidade de Osaka. Mas, com o perdão da palavra, a senhorita Yukiko corria o risco de continuar solteira para sempre, caso a família continuasse presa à lembrança de glórias passadas. E então, que achava Sachiko de baixar suas expectativas e se contentar com um pretendente dessa condição? No momento, seu salário era modesto, mas ele tinha apenas 41 anos de idade e não estava de todo descartada a possibilidade de ganhar uma promoção. E ele próprio afirmara que, como o expediente na firma onde trabalhava não era tão longo quanto o da maioria das empresas japonesas, ser-lhe-ia perfeitamente possível expandir a carga horária na escola noturna onde lecionava e aumentar sua renda mensal para além dos 400 ienes atuais. Desse modo, nada o impediria de contratar uma boa empregada e oferecer, logo nos primeiros tempos de vida conjugal, condições domésticas confortáveis à moça que viria a ser sua mulher, continuou Itani. Um dos irmãos dela conhecia o pretendente de longa data — haviam sido colegas de classe no curso ginasial — e podia atestar-lhe o caráter idôneo, mas era aconselhável que Sachiko o investigasse pessoalmente por uma questão de segurança. Itani achava também que o homem permanecera solteiro até aquela idade só porque era exigente demais em matéria de beleza feminina. Tanto assim que, ao entrevistá-lo havia poucos dias, tivera a impressão de estar diante de um típico e correto assalariado, e nele não vira sinais de vícios ou de estroinice. Claro estava, porém, que, com mais de quarenta anos de idade, um homem dificilmente tem um passado imaculado; mulheres deviam ter existido em sua vida, principalmente se vivera uns tempos em Paris. Mas a busca intransigente por mulheres de alto padrão de beleza era, afinal, traço encontradiço em personalidades masculinas moralmente rígidas, traço que talvez se tivesse acentuado durante a permanência do pretendente em Paris, pois de lá voltara dizendo que a pessoa com quem viesse a se casar tinha de ser uma genuína beldade japonesa. Roupas ocidentais podiam não lhe cair bem, pouco se lhe dava; ele queria mesmo era uma mulher delicada, serena, de aparência graciosa, que soubesse vestir um quimono com elegância, possuísse feições belas, naturalmente, e, acima de tudo, mãos e pés delicados. Ao ouvir isso, acrescentara a dona do salão, lembrara-se imediatamente da senhorita Yukiko.

Essa era a história, em linhas gerais.

Por muitos anos, Itani viera cuidando do marido, paralítico e acamado. Ao mesmo tempo, administrava o salão de beleza, tinha formado um irmão em medicina e realizara a proeza de matricular a filha num colégio feminino de elite do bairro Mejiro, na primavera anterior. Era portanto perfeitamente compreensível que sua mente fosse muito mais ágil que a da maioria das mulheres e que possuísse recursos para enfrentar quase todas as situações. Em contrapartida, faltava-lhe feminilidade, coisa um tanto preocupante quando se considerava a natureza da sua profissão. Falava com franqueza tudo o que pensava e não perdia tempo em busca de eufemismos. Apesar disso, quase nunca melindrava os interlocutores porque suas palavras, desprovidas de sarcasmo, apenas expressavam verdades que certas situações requeriam. E ao ouvir Itani disparar as palavras com a costumeira impetuosidade, Sachiko também sentiu de início certo desconforto. Aos poucos, porém, percebeu com clareza que a mulher lhe falava com a melhor das intenções, levada apenas por seu temperamento magnânimo e masculinizado e pela vontade de ajudar. Itani argumentava, sobretudo, com tanta lógica que Sachiko se viu impossibilitada de reagir ou de contra-argumentar. Ao se despedir da dona do salão naquele dia, acabou prometendo a ela que consultaria a casa central assim que lhe fosse possível e, também, que procuraria levantar informações a respeito do pretendente.

Alguns especulavam que devia ter ocorrido algo bastante grave para que Yukiko, a irmã logo abaixo de Sachiko, continuasse solteira mesmo depois de completar trinta anos de idade, mas de fato nada acontecera. Contudo, na conjunção de fatores que levaram a esse resultado, talvez o que mais pesara fosse a incapacidade das irmãs Makioka — de Tsuruko, a irmã mais velha e herdeira da casa Makioka, como também de Sachiko e da própria Yukiko — de esquecer tanto o estilo de vida luxuoso que haviam levado ao lado do velho pai em seus últimos anos de vida, como a antiga força do nome Makioka. E buscaram tanto um pretendente à altura desse nome que acabaram recusando uma a uma, por serem insatisfatórias, todas as propostas de casamento — de início numerosas como as estrelas no céu — que lhe haviam sido apresentadas. Aos poucos, amigos e conhecidos se impacientaram, as propostas rarearam e, nesse meio tempo, a casa entrou em decadência. Eis por que o conselho de Itani para que não "continuasse presa à lembrança de glórias passadas" era realmente sensato, mostrava seu desejo de ajudar. Afinal, a prosperidade da casa Makioka durara apenas até o final do período Taisho [1912-1926], e dela só se lembrava agora uma pequena parcela da população de Osaka. Aliás, falando com mais franqueza, durante os últimos anos desse período, nos quais a casa Makioka ainda parecia próspera, o estilo administrativo negligente do idoso patriarca tanto na condução da economia doméstica quanto da empresarial começava enfim a produzir seus efeitos nefastos e, uns após outros, os sinais da falência próxima se evidenciavam. O velho homem faleceria pouco tempo depois e a estrutura da empresa familiar foi então reorganizada e reduzida. Em seguida, a direção da tradicional loja do bairro de Senba — fundada durante o período Tokugawa [1600-1867] e da qual tanto se haviam orgulhado os Makioka — havia passado para mãos estranhas. Contudo, Sachiko e Yukiko não conseguiram esquecer os bons tempos tão facilmente e, ao passar diante da velha loja — uma construção que, antes de ser transformada no atual edifício de aspecto moderno, conservara no geral a imagem do amplo armazém de paredes de barro e estuque dos tempos da sua fundação —, as duas irmãs costumavam espiar, saudosas, o interior escuro.

Não tendo sido agraciado com herdeiros, o patriarca dos Makioka passou em sua velhice a chefia da casa central ao filho adotivo Tatsuo[3], marido de Tsuruko, a filha mais velha e herdeira da casa Makioka. Para a segunda filha, Sachiko, o patriarca também arranjou um marido nos moldes do da primeira, e legou ao casal parte do patrimônio familiar, concedendo-lhe a condição de casa secundária. Pouca sorte teve a terceira, Yukiko, já em idade de casar à época, pois além de perder o pai antes de conseguir um bom pretendente, acabou também por se desentender com o cunhado, Tatsuo. Filho de banqueiro, o próprio Tatsuo, que trabalhava num banco de Osaka até se casar com Tsuruko, nunca se interessou pela empresa dos Makioka. Tanto assim que, mesmo depois de herdá-la oficialmente, deixou aos cuidados do sogro e de um gerente a administração do empreendimento. Falecido o sogro, Tatsuo enfrentou a oposição das cunhadas e parentes que consideravam a empresa recuperável caso houvesse empenho para tanto, e entregou a direção da loja a um descendente de antigos vassalos dos Makioka que se tinha estabelecido no mesmo ramo de negócios. Em seguida, Tatsuo voltou a seu antigo banco. Ele havia concluído que esse era o caminho mais seguro, pois, muito diferente do sogro perdulário, sabia-se prudente a ponto de ser medroso, inadequado para a tarefa de lutar contra dificuldades financeiras e reerguer um empreendimento familiar cujas particularidades não conhecia direito. A seu ver, as providências que tomara indicavam claramente a seriedade com que encarava a responsabilidade de herdeiro adotivo. Saudosa dos bons tempos, Yukiko considerou essa

---

3. Adotar o genro era o procedimento comumente adotado pelos patriarcas das casas tradicionais japonesas não contemplados com descendentes do sexo masculino a quem pudessem legar sobrenome e patrimônio. (N.T.)

atitude pouco satisfatória e continuou a imaginar que, do seu túmulo, o falecido pai concordava com ela e condenava o cunhado.

Assim, nessa ocasião — pouco depois da morte do velho pai —, Yukiko havia recebido uma proposta de casamento que o cunhado desejava muito ver aceita. O proponente, herdeiro de uma família abastada da cidade de Toyohashi, era diretor de um banco local, por coincidência subsidiário do banco em que o próprio Tatsuo trabalhava. Em virtude disso, Tatsuo conhecia muito bem tanto o caráter como a situação financeira desse pretendente. Certo de que a posição social dos Saigusa de Toyohashi era muito boa, melhor ainda que a dos Makioka daqueles dias, e de que o homem em questão possuía excelente índole, Tatsuo levou avante os entendimentos até o ponto de marcar a data de um *miai*, ou seja, um encontro entre as partes interessadas. Contudo, uma vez realizado o encontro, Yukiko não quis se casar com o referido homem. Não que o candidato a noivo fosse feio: suas feições eram simplesmente as de um cavalheiro provinciano de boa índole, mas... não havia nelas indícios de inteligência. De acordo com as informações levantadas, o pretendente não fizera faculdade porque havia adoecido logo depois de concluir o curso ginasial e, depois disso, abandonara os estudos. Na certa, o homem não tivera cabeça para os estudos, imaginou Yukiko. Ela própria havia feito o colegial e se especializado em língua inglesa, sempre com notas excelentes, e receou não ser capaz de respeitar esse homem inculto durante os muitos anos de convívio que teriam pela frente, caso se casassem. Além de tudo, a despeito do fato de ser ele herdeiro de uma grande fortuna que lhe garantiria um futuro estável do ponto de vista financeiro, Yukiko achou que a vida na pequena e provinciana de Toyohashi seria insuportavelmente monótona. Sachiko concordou com esse ponto de vista e se declarou incapaz de impor tamanha crueldade à irmã. Tatsuo, porém, havia pensado de modo diverso. Ele achava que Yukiko se saíra bem nos estudos, de fato, mas com todo o seu acanhamento, conservadorismo e gosto tipicamente nipônico, era da espécie de mulher talhada para viver de forma tranqüila numa pacata cidadezinha do interior. Concluíra então que a cunhada não se oporia àquele casamento, raciocínio que logo se provou incorreto. Pois só então Tatsuo descobriu que Yukiko, introvertida e tímida a ponto de quase não conseguir falar em presença de estranhos, possuía uma faceta destoante. Ela não era exatamente a mulher submissa que aparentava ser.

Quanto a Yukiko, estava claro que devia ter dito de imediato ao cunhado que a proposta não lhe interessava, já que assim resolvera no íntimo, mas, em vez disso, tergiversara e dera respostas ambíguas. E quando fora, por fim, instada a falar com clareza, abriu-se com Sachiko e não com Tatsuo ou Tsuruko, conforme seria de se esperar, muito provavelmente por ter achado constrangedor desapontar o cunhado, que se transformara em fervoroso defensor desse casamento. Aliás, Yukiko era reservada demais, verdade seja dita. Seu comportamento reticente levou Tatsuo a julgar que a cunhada via a proposta com bons olhos, e uma vez que depois do *miai* o pretendente passara a demonstrar repentino entusiasmo, assim como pressa em obter a mão de Yukiko, os entendimentos avançaram até o ponto em que se tornou difícil recuar. Mas a partir do momento em que se declarou desinteressada, Yukiko se tornou irredutível e fez-se de surda aos repetidos apelos da irmã mais velha e do cunhado para que reconsiderasse. A decepção de Tatsuo foi grande, mais ainda porque estava seguro de que até o sogro, caso fosse vivo, teria aprovado essa união. Muito mais difícil para Tatsuo, porém, foi enfrentar a situação constrangedora que se criou entre ele próprio, seu chefe — que intermediara os entendimentos — e o pretendente de Toyohashi: incapaz de lhes explicar os motivos da recusa àquela altura, Tatsuo passou momentos de genuína aflição. Ainda se houvesse um motivo plausível... Mas como podia alguém recusar aquela excelente proposta — outra tão recomendável nunca mais encontrariam — com o tolo pretexto de que o pretendente não parecia inteligente? Aquilo só podia ser coisa de mocinha manhosa ou, quem sabe, uma secreta tentativa de Yukiko para colocá-lo em apuros, suspeitou Tatsuo.

Desde então, ele, que aparentemente aprendera a lição, não quis mais intermediar entendimentos ou dar a conhecer de forma espontânea seu ponto de vista a respeito dos pretendentes à mão da cunhada, muito embora sempre acolhesse de bom grado qualquer proposta trazida por terceiros.

3

Outro fator que contribuiu para retardar o casamento de Yukiko foi o "incidente ocorrido tempos atrás e que envolvera certo jornal", mencionado por Itani.

O caso se dera cinco ou seis anos antes. Nessa época, Taeko, a caçula dos Makioka, então com vinte anos de idade, e o filho de uma certa casa Okubatake — respeitáveis mercadores de metais preciosos, também com loja na área de Senba — tinham-se apaixonado e fugido de suas casas. Os dois haviam lançado mão desse recurso extremo por concluírem que, em condições normais, Taeko, por ser a mais nova das irmãs, dificilmente obteria consentimento para se casar antes de Yukiko. Embora a intenção dos jovens apaixonados fosse séria, as famílias envolvidas eram conservadoras, jamais concordariam com tamanha afronta às convenções, e os dois fugitivos foram localizados com rapidez e reconduzidos às suas casas. O incidente pareceu ter-se resolvido dentro da mais absoluta discrição, mas infelizmente o fato fora noticiado por um pequeno jornal de Osaka que, pior ainda, trocou Taeko por Yukiko e deu ainda àquela a idade desta. Tatsuo, que à época já respondia pela casa Makioka, debateu-se entre duas alternativas: exigir retratação do jornal como forma de proteger Yukiko, ou ignorar o artigo, pois um eventual pedido de retratação significaria admitir que Taeko protagonizara o escândalo, o que também não era sensato. Afinal, Tatsuo decidiu-se: quaisquer que fossem as conseqüências para a verdadeira culpada, o ônus do crime não poderia recair sobre a irmã inocente. Solicitou portanto ao jornal que publicasse um desmentido, mas o que circulou foi uma retificação que então mencionava Taeko, conforme haviam temido os Makioka. Desde o início, não passou despercebida a Tatsuo a necessidade de sondar a opinião da própria Yukiko antes de tomar quaisquer providências, mas desistiu por saber que não obteria respostas claras da cunhada em virtude de sua habitual reserva para com ele. E já que consultar as outras irmãs poderia acabar abalando a relação entre Yukiko e Taeko, cujos interesses conflitavam naquela situação, Tatsuo revelou apenas a Tsuruko a resolução de tomar por sua própria conta e risco as medidas que achava necessárias e de assumir inteira responsabilidade dos seus próprios atos. Falando de modo honesto, Tatsuo nutria a secreta esperança de ganhar a simpatia de Yukiko ao restaurar-lhe a inocência, ainda que para isso tivesse de sacrificar a caçula. Pois a aparentemente dócil Yukiko era também na realidade a mais esquiva das cunhadas, a que ele menos entendia e com quem mais dificuldade tinha para se relacionar. Uma vez mais, porém, Tatsuo viu seus objetivos frustrados e tanto Taeko como Yukiko voltarem-se contra ele. Yukiko via o equívoco do jornal como um acaso infeliz com o qual tinha de se conformar. Além do mais, achava que desmentidos não surtiam efeito por serem em geral publicados num cantinho do jornal, não chamavam a atenção de ninguém. A medida mais inteligente teria sido ignorar o artigo, pois para as irmãs Makioka era extremamente desagradável verem-se citadas uma vez mais em noticiários, não importava se em forma de desmentidos ou de retificações. Yukiko até compreendia que o cunhado quisera redimi-la, mas... e agora, que seria da pobre Koisan? Ela errara, sem dúvida, mas o incidente podia ser visto como um ato leviano de dois jovens mal saídos da adolescência. E, nesse caso, não teria sido culpa das famílias envolvidas, por sua incompetência em cuidar dos respectivos rebentos? No que concernia a Koisan, ao menos, era inegável que parte da culpa cabia obviamente não só ao próprio Tatsuo, mas também a ela, Yukiko. Não queria ser pretensiosa nem nada, mas acreditava-se forte o suficiente para não ser afetada por pequenos incidentes dessa natureza, pois tinha certeza de que sua inocência era conhecida das pessoas que realmente lhe importavam. Mas o que fariam se a pobre Koisan, sentindo-se injustiçada pelo cunhado, se transformasse numa mocinha rebelde e indisciplinada? Aliás, o cunhado tendia sempre a agir de modo excessivamente racional, não tinha a menor consideração pelos sentimentos alheios. Como podia ele ter tomado decisão de tamanha importância sem ao menos consultar a maior interessada, que nesse caso era ela própria, Yukiko? Como ele era arbitrário!

Por seu lado, Taeko achou natural que o cunhado defendesse Yukiko. Mas não teria havido um meio de se fazer tudo isso sem envolvê-la? Afinal, o jornal em questão era de segunda, e jeito de abafar o caso havia, bastava fazer um pequeno acordo financeiro... Mas o cunhado era sovina, aí estava o problema, reclamou Taeko, mocinha esperta e petulante desde essa época.

Por ocasião desse incidente, Tatsuo chegara a pedir demissão do banco por já não se julgar apto a representar a empresa depois do escândalo em que se envolvera a família. Felizmente, o banco não aceitou seu pedido. O prejuízo sofrido por Yukiko, porém, foi irreparável. Um pequeno número de pessoas talvez tivesse lido a nota de retificação publicada pelo jornal e sabido que Yukiko nada tivera a ver com aquilo. Mesmo assim, o caso das duas irmãs tinha-se tornado público e afastou delas eventuais pretendentes. Em todo caso, Yukiko manteve, pelo menos na aparência, uma atitude desafiadora do tipo "não me deixo abalar por tão pouco". O incidente não só não a indispôs com Taeko, como também fez com que assumisse uma atitude protetora para com a irmã mais nova e de oposição ao cunhado. Desde então, as duas irmãs, que já tinham o hábito de vir em turnos para a casa secundária de Ashiya, passaram a amiudar suas visitas e a ali permanecer juntas durante quinzenas inteiras. O marido de Sachiko, Teinosuke — perito-contador com escritório em Osaka, que vivia do próprio trabalho e da modesta herança legada pelo sogro — era muito diferente do severo Tatsuo: sua formação de economista não o impedia de ter acentuado gosto literário e de compor ele próprio poemas do tipo *waka*[4]. Para as duas irmãs mais novas, Teinosuke era também uma figura menos temida, porque não fora investido do poder de supervisioná-las. O único problema era que ele se sentia em falta com a casa central quando suas jovens cunhadas deixavam-se ficar por períodos muito longos em sua casa.

— Peça-lhes que retornem à casa central — aconselhava ele à mulher.

---

4. Poema curto de 5 versos que contêm respectivamente 5, 7, 5, 7 e 7 sílabas. (N.T.)

Sachiko, porém, dizia a ele que não se preocupasse, pois tinha o consentimento da irmã mais velha. Achava que a residência em Uehon-machi ficara pequena após o nascimento dos muitos filhos e que a ausência ocasional das irmãs mais novas dava a Tsuruko a oportunidade de relaxar um pouco. "Deixe as moças à vontade", insistia Sachiko. Aos poucos, as longas estadas das duas irmãs na casa secundária começaram a ser consideradas normais.

Os anos se passaram sem que a vida de Yukiko sofresse maiores mudanças, mas, para Taeko, os acontecimentos acabaram evoluindo de maneira inesperada e, em última análise, afetaram parcialmente o destino de Yukiko. Desde os tempos de colegial, Taeko vivia a recortar retalhos em suas horas livres, pois tinha muito jeito para confeccionar bonecos. Aos poucos, aprimorou a técnica e suas criações ganharam espaço nas prateleiras das lojas de departamentos. De originalidade ímpar, seus bonecos eram inspirados em modelos franceses, em personagens do teatro *kabuki* e em tipos variados, e testemunhavam todos eles o vasto conhecimento da criadora sobre os mundos cinematográfico, teatral, literário e artístico. As delicadas peças que nasciam de suas mãos aos poucos atraíram admiradores e, patrocinada por Sachiko, Taeko aventurara-se, no ano anterior, a alugar uma galeria em Shinsaibashi para expor suas obras. A princípio, Taeko produzia as peças na casa da segunda irmã, Sachiko, já que na casa central os muitos filhos da irmã mais velha não lhe davam sossego. Àquela altura, porém, achou que precisava de ateliê próprio e alugou uma sala num prédio de apartamentos em Shukugawa, a menos de trinta minutos da casa de Sachiko. Tatsuo não aprovou a lenta transformação de Taeko em eficiente mulher de negócios e menos ainda sua decisão de alugar um apartamento. Sachiko, porém, alegou em defesa da caçula que era melhor provê-la com uma boa profissão, pois suas chances de realizar um bom casamento eram ainda menores que as de Yukiko, em virtude do incidente em seu passado. Quanto ao apartamento, continuou Sachiko a argumentar, Taeko o usaria apenas para trabalhar e não para morar; por sorte, a própria Sachiko sabia de um prédio administrado por uma viúva de suas relações. E se alugassem uma sala nesse prédio e pedissem à viúva que zelasse por Taeko? O lugar era próximo, e Sachiko se encarregaria de ir até lá de vez em quando supervisionar a irmã caçula... E uma vez que o apartamento já tinha sido alugado, Tatsuo se viu forçado a aceitar a situação.

Diferentemente de Yukiko, Taeko era extrovertida e espirituosa, porém andara deprimida e estranhamente pensativa à época do infeliz incidente. Agora que via um novo mundo se abrir diante de si, porém, recuperava aos poucos a antiga animação, comprovando que Sachiko tivera bom discernimento. Logo, começou a andar com bolsas vistosas e elegantes sapatos importados, pois sua situação financeira havia melhorado: além da mesada que recebia da casa principal, seus artesanatos vinham alcançando preços nada desprezíveis. O fato chamou a atenção de Sachiko e da irmã mais velha que, preocupadas, aconselharam-na a abrir uma poupança em instituição bancária. No entanto, muito antes de ser advertida, a esperta caçula dos Makioka já vinha depositando, todos os meses, determinadas quantias numa conta, cuja caderneta mostrou somente a Sachiko porque, segundo disse, queria fazer segredo disso para a irmã mais velha. "Se quiser, empresto-lhe algum para os alfinetes, Sachiko", acrescentara Taeko, deixando a irmã boquiaberta.

E então, certo dia, um conhecido deu a Sachiko uma notícia que a sobressaltou:

— Vi sua irmã caçula andando pelo barranco do rio Shukugawa em companhia de Kei, o filhinho de papai dos Okubatake — disse ele.

Pois poucos dias antes, Taeko havia acidentalmente deixado cair um isqueiro ao tirar um lenço do bolso. Sachiko deu-se conta então de que a irmã caçula fumava às escondidas, mas considerou que a moça já estava com 26 anos e essas pequenas falhas deviam ser toleradas. O caso do passeio com Okubatake, porém, era mais sério. Ao ser indagada, Taeko admitiu realmente ter saído com o moço. Sachiko continuou interrogando-a e, aos poucos, ela lhe contou que, desde o incidente da fuga malograda, nunca mais vira nem ouvira falar do jovem Kei, o filho dos Okubatake. O rapaz, no entanto, comparecera à exposição de bonecos ocorrida dias antes e lhe comprara a obra mais cara. Desde então, os dois haviam reatado as relações, que eram puras, naturalmente. Os dois quase nunca se encontravam. Sachiko podia confiar nela e ficar tranqüila, pois havia amadurecido muito nos últimos tempos, insistiu Taeko. Àquela altura, Sachiko começou a sentir-se um tanto insegura quanto à questão do apartamento e a dar-se conta de que era responsável perante Tatsuo por tudo que nele ocorresse. Para começo de conversa, Taeko se dedicava a um tipo de trabalho que dependia de inspiração. Além disso, ela se julgava uma artista e, como tal, seu horário de trabalho era irregular: podia ficar muitos dias sem produzir nada, ou trabalhar ininterruptamente e até fazer serões caso estivesse inspirada. Era então que, olhos inchados e cara de sono, retornava à casa depois que o dia clareava, ficando cada vez mais difícil fazê-la cumprir a promessa de não dormir no apartamento. Sachiko se deu conta de que tinha sido muito descuidada, pois até aquele momento ninguém se preocupara em lhe controlar os horários de saída e chegada em suas idas e vindas entre a casa central em Uehonmachi, a casa secundária em Ashiya e o apartamento em Shukugawa. Em vista disso, foi certo dia ao apartamento num horário em que a sabia ausente e sondou a proprietária do prédio quanto aos hábitos da irmã. Koisan, contou-lhe então a mulher, tornara-se uma artesã de grande sucesso nos últimos tempos e até já tinha duas ou três alunas, mocinhas e senhoras casadas; do sexo masculino eram apenas os fornecedores das caixas para bonecos que surgiam às vezes para retirar ou entregar pedidos; quanto ao modo de trabalhar, ela era do tipo que, uma vez iniciada uma peça, absorvia-se por completo e não raro trabalhava até três ou quatro horas da madrugada. Todavia, como não podia dormir ali — o apartamento não estava preparado para isso —, costumava descansar um pouco até o sol raiar e partia para Ashiya no primeiro trem. O relato da mulher concordava com o de Taeko até no tocante aos horários. Ainda de acordo com a mulher, Taeko alugara inicialmente um aposento em estilo oriental, medindo seis tatames, mas havia se mudado para outro maior pouco tempo depois. O novo apartamento, que Sachiko foi conhecer, era constituído de dois níveis: um, assoalhado em estilo ocidental, e o outro, em estilo japonês, com cerca de quatro tatames e meio, em plano mais elevado. Livros de referência, revistas, máquinas de costura, retalhos e materiais diversos, assim como peças inacabadas, abarrotavam o aposento. Presas por alfinetes, fotos cobriam as paredes, compondo um ambiente caótico, típico de ateliês, mas a limpeza e as cores alegres não deixavam dúvidas: aquele era o local de trabalho de uma jovem artista. Os cinzeiros estavam imaculadamente limpos, e a inspeção de gavetas e porta-cartas não revelou nada suspeito.

A princípio, Sachiko relutara em visitar o apartamento porque tinha medo de descobrir algo comprometedor entre as coisas da irmã. Naquele momento, porém, achou com real alívio e alegria que fizera bem em ter vindo. Sua confiança em Taeko aumentou. Um ou dois meses se passaram e Sachiko já começava a esquecer o assunto quando, certo dia, o jovem Okubatake lhe bateu à porta. Taeko tinha ido para o apartamento de Shukugawa. "Quero falar com a senhora Makioka", disse ele à empregada que o atendeu. Sachiko resolveu recebê-lo, pois o conhecia de vista dos tempos de Senba, quando as duas famílias moravam em casas próximas. Depois de um curto preâmbulo em que se desculpou por visitá-la de modo tão repentino, o jovem Okubatake declarou que, na verdade, viera lhe fazer um pedido especial. Reconhecia que anos antes Taeko e ele tinham lançado mão de um recurso extremado que, entretanto, não fora fruto da leviandade. E embora na ocasião os dois tivessem sido separados à força, ele e Koisan tinham-se prometido esperar anos a fio, se preciso fosse, pelo consentimento dos pais e dos irmãos mais velhos. A princípio, os pais dele achavam que Koisan era uma mocinha rebelde e desajuizada, mas ultimamente tinham começado a perceber que ela era uma pessoa séria, com acentuados dotes artísticos, e que o amor entre eles era sadio. Tanto assim que, hoje em dia, já não se opunham ao casamento. Koisan dissera a ele, Kei, que Yukiko ainda não encontrara um bom partido, mas que se esta se casasse, eles também poderiam seguir-lhe o exemplo. Ali estava a razão de sua visita: viera deixar claro que existia esse tipo de entendimento entre ele e Taeko e, de comum acordo com esta, solicitar a compreensão de Sachiko. Não tinham pressa alguma de se casar, esperariam com calma o momento apropriado, mas queriam que Sachiko confiasse neles. E caso Sachiko se propusesse a interferir junto à casa central para ajudá-los a atingir esse objetivo, agradeceriam em dobro. Tomara a liberdade de se apresentar com pedido tão ousado porque lhe haviam dito que ela era a mais compreensiva de todas as irmãs e a mais ferrenha defensora das causas de Koisan, concluiu o jovem Okubatake. Sachiko declarou-se então devidamente informada e dispensou o jovem sem nada prometer. Já lhe havia ocorrido que Taeko e Kei podiam estar vivendo uma situação dessas, de modo que não se surpreendeu muito. Para dizer a verdade, sabia que a solução ideal seria casá-los, pois a relação deles tinha se tornado pública. Achava também que o cunhado e Tsuruko chegariam à mesma conclusão. Ela apenas queria protelar essa definição em consideração a Yukiko, que poderia ficar bastante perturbada caso viesse a saber de tudo isso. Depois de acompanhar Okubatake até a porta, Sachiko sentou-se ao piano da sala de estar, como gostava de fazer nas horas vagas, e tocou diversas peças. E então, Taeko, que com certeza calculara a melhor hora para voltar, entrou aparentando indiferença.

Sachiko parou de tocar e lhe disse:

— Koisan... Kei, o filho dos Okubatake, acaba de sair.

— Verdade?

— Eu mesma compreendo a sua situação, mas... não diga nada a ninguém por enquanto. Deixe tudo por minha conta, está bem?

— Está bem...

— Tenho pena de Yukiko, entendeu?

— Hum...

— Você entendeu o que eu quis dizer, não entendeu, Koisan?

Taeko parecia constrangida e se esforçava por manter a expressão neutra.

4

Sachiko não contou nem a Yukiko nem a ninguém os recentes desdobramentos da relação de Taeko com Kei Okubatake, mas cerca de quinze dias depois soube pela própria Taeko que, certo dia, estando ela a passear mais uma vez pelas redondezas de Shukugawa em companhia de Okubatake e a ponto de cruzar a Rodovia Nacional Hanshin a caminho de Koroen, havia topado acidentalmente com Yukiko, que descia de um ônibus. Esta nada comentou, mas Sachiko achou conveniente contar-lhe que recebera a visita de Kei Okubatake, pois, caso não o fizesse, Yukiko podia fazer mau juízo da caçula, agora que a vira em companhia do rapaz. Mais dia, menos dia, explicou-lhe Sachiko, tinham também de pensar em casar Taeko e Kei, mas o assunto não era urgente, podia ser resolvido depois do casamento de Yukiko. E quando chegasse a vez da caçula, esperava que a própria Yukiko a ajudasse a obter a anuência da casa central, acrescentou Sachiko. Enquanto falava, procurou ler a fisionomia da irmã, mas esta ouviu toda a história serenamente e declarou que se consideravam seu casamento prioritário apenas por ser ela a mais velha, achava melhor não se preocuparem com isso e casarem Taeko primeiro; caso isso viesse a acontecer, ela própria não se sentiria prejudicada nem perderia as esperanças, pois sabia que a felicidade haveria de lhe sorrir um dia. Não havia ironia nem amargura em suas palavras.

Sua opinião, porém, era a que menos importava, pois tradicionalmente irmãs mais velhas tinham de se casar primeiro. E como a caçula já encontrara o seu par, maior se tornava a necessidade de apressarem o casamento de Yukiko. A dificultar esse plano existia, além dos motivos até agora expostos, mais uma infeliz particularidade: Yukiko nascera sob o signo do carneiro no horóscopo chinês.[5] O preconceito contra mulheres

---

5. São doze os signos do horóscopo chinês, cada um governando um ano. (N.T.)

nascidas sob o signo do cavalo[6] é bastante comum no Japão, mas aquele contra as mulheres de carneiro é restrito à área de Kansai[7] e praticamente desconhecido em Tóquio. Naquela região se diz que mulheres do signo do carneiro são desventuradas, que as propostas de casamento lhes passam ao largo e que com elas não devem se casar nem mercadores, nem artesãos. Em Osaka, cidade que concentra vasta população de mercadores, existe até um dito popular: "Mulheres de carneiro, nem me parem no portão." Não será também por isso que a pobrezinha da Yukiko não consegue se casar? — perguntava-se aflita a mais velha das irmãs Makioka.

Todos esses fatores somados, aos poucos, convenceram cunhados e irmãs mais velhas a baixar as expectativas no tocante às qualificações dos pretendentes à mão de Yukiko: se a princípio impunham que fossem solteiros — Yukiko também era, pois não? —, gradativamente passaram a admitir que fossem viúvos, mas sem filhos, e, em seguida, que até podiam tê-los, contanto que fossem apenas dois. Com o tempo, chegaram a ponto de conceder que fossem um ou dois anos mais velho que Teinosuke, o marido de Sachiko, contanto que não parecessem velhos demais. Yukiko a nada objetava e se declarava disposta a casar com o pretendente que merecesse a aprovação das irmãs e dos cunhados. Contudo, se o pretendente já fosse pai, queria, se possível, que a criança fosse uma menina bonita, pois tinha a impressão de que seria capaz de amá-la de verdade. E se o futuro marido tivesse bem mais que quarenta anos, era desejável que possuísse, já não diria uma grande fortuna, ao menos uma pequena reserva capaz de lhe garantir uma velhice tranqüila, pois as chances de promoção dele estariam limitadas, enquanto as dela de ficar viúva aumentariam. Esta última condição, considerada perfeitamente razoável tanto pela casa central como pela secundária, tinha sido incluída na lista de qualificações.

Apresentada nesse contexto, a proposta de Itani satisfez em linhas gerais as expectativas dos Makioka. O único requisito não preenchido

---

6. Diz uma antiga crença que a ocorrência de incêndios aumenta durante os anos regidos pelo signo do cavalo (*hinoe-uma*). Supersticiosos dizem também que mulheres nascidas sob este signo são dotadas de personalidade forte, capaz de anular a do companheiro. (N.T.)
7. Área em torno de Kyoto e Osaka. (N.T.)

era aquele referente à fortuna pessoal, que o candidato não possuía. Em compensação, o interessado tinha apenas 41 anos de idade, ou seja, era quase dois anos mais novo que Teinosuke e ainda tinha chance de ser promovido na empresa. Sim, o candidato podia ser mais velho que o marido de Sachiko, mas estava claro que seria muito melhor se fosse mais novo. Melhor que tudo, porém, era ele ser solteiro. Os Makioka já começavam a desesperar de encontrar um candidato com tal condição familiar e, por isso mesmo, a proposta lhes pareceu bastante tentadora, mais ainda por considerarem que esse tipo de pretendente tenderia a rarear com o passar dos anos. Em resumo, a condição de solteiro compensava de sobra os demais inconvenientes. Além do mais, pareceu a Sachiko que Yukiko apreciaria o fato de este homem, a despeito de ser um simples assalariado, ter sido educado na França e de possuir também, ao que tudo indicava, boas noções de literatura e de artes francesas. As pessoas que não privavam da intimidade dos Makioka viam em Yukiko uma mocinha de gostos tipicamente japoneses, mas essa imagem superficial provinha de suas roupas, aparência, linguajar e gestos. A verdadeira Yukiko não era bem assim, e prova disso era o fato de estudar francês e de ser muito mais entendida em música de compositores ocidentais que de japoneses. Discretamente, Sachiko buscou, na Companhia MB de Produtos Químicos e em algumas outras fontes, dados confidenciais sobre o caráter do pretendente Segoshi, e em todas obteve apenas informações elogiosas. Talvez devesse se contentar com um candidato desse nível, pensou, resolvida enfim a levar a proposta ao conhecimento da casa central nos dias seguintes. E então, cerca de uma semana depois, não é que Itani lhe surge de repente, saída de um táxi, indo em direção à porta da casa? Trazia a foto do candidato a noivo e queria saber se Sachiko já decidira alguma coisa. Como sempre, Itani encadeava as perguntas de maneira eficiente, e Sachiko, de súbito consciente da própria morosidade e indecisão, não teve coragem de confessar que ainda não levara o assunto ao conhecimento da casa central. A proposta era muito interessante, disse Sachiko quase sem pensar, e acrescentou que no momento a casa central se dedicava a levantar as informações pessoais do pretendente, e que dentro de uma semana devia estar apta a procurá-la com algum tipo de resposta. Itani lhe disse então que, especialmente em assuntos dessa natureza, era melhor decidir o mais rápido possível, sobretudo se havia interesse da parte dos Makioka. O senhor Segoshi, adiantou a dona do salão, mostrava-se genuinamente entusiasmado, ligava todos os dias para lhe cobrar uma definição e lhe solicitar que entregasse ao menos a fotografia dele aos Makioka e lhes sondasse o pensamento, de modo que ali estava ela. Finalizando, Itani disse que esperava uma resposta definitiva dentro de uma semana. E após despejar concisamente tudo isso sobre Sachiko em cinco minutos, voltou a embarcar no táxi que deixara esperando à porta e se foi.

Como a maioria dos habitantes da área de Kansai, Sachiko não gostava de tomar decisões apressadas. Principalmente se o que estava em jogo era o casamento — a questão mais importante da vida de uma mulher —, revoltava-a a necessidade de agir sistematicamente, como numa transação comercial. Pressionada por Itani, contudo, já no dia seguinte Sachiko dirigiu-se com surpreendente prontidão a Uehonmachi, apresentou à irmã mais velha um apanhado geral da situação e explicou que Itani estava à espera de uma resposta urgente. Tsuruko, porém, era ainda mais sossegada que Sachiko e especialmente cuidadosa quando se tratava de propostas de casamento: aquela lhe parecia interessante, disse ela, mas tinha de consultar o marido antes de tudo. Caso este concordasse, Tsuruko incumbiria um investigador especializado de levantar informações sobre o candidato tanto em Kobe como em sua terra de origem, etc. Pareceu a Sachiko que tudo isso jamais se resolveria no prazo de uma semana, era mais provável que levasse no mínimo um mês. E enquanto imaginava que desculpas daria para ganhar tempo, a semana prometida a Itani já tinha vencido no dia anterior, e um táxi estacionou outra vez à porta de sua casa, sobressaltando Sachiko. Conforme temia, a dona do salão de beleza lhe surgiu à porta da sala. No mesmo instante, ela se viu justificando afobadamente: pressionara a irmã mais velha ainda no dia anterior e dela exigira uma definição; ao que parecia, a casa central aprovara o candidato, mas como restavam ainda alguns detalhes a verificar, solicitava a Itani que esperasse mais quatro ou cinco dias. Sem ao menos ouvi-la até o fim, a dona do salão de beleza interveio: se ninguém tinha objeções a fazer, que achava Sachiko de deixar as pequenas averiguações para mais tarde e permitir que os próprios interessados se encontrassem para um *tête-à-tête*? Itani queria deixar de lado o *miai* formal e convidar ambas as partes para um jantar. A casa central nem precisaria comparecer, contanto que Sachiko e o marido estivessem presentes. Aliás, esse era o maior desejo do senhor Segoshi, insistiu a mulher em tom que não admitia recusa. Na opinião de Itani, as irmãs Makioka davam-se demasiada importância. Então, ela própria se punha a correr de um lado para o outro, enquanto as duas Makioka continuavam nessa indecisão? Que sossego! Não era à toa que a moça acabara solteirona. Estava ou não na hora de alguém acordá-las? — pensava a mulher, por isso mesmo falando em tom cada vez mais impositivo. Sachiko, a quem o ânimo da visitante não havia passado totalmente despercebido, capitulou e perguntou: "Quando, nesse caso?" "Amanhã, domingo, seria ideal tanto para ela como para o senhor Segoshi", respondeu-lhe Itani no mesmo instante. "Mas já assumi um compromisso para o domingo", disse Sachiko. "Nesse caso, depois de amanhã", disparou Itani sem dar trégua, obrigando Sachiko a declarar que, em princípio, ficava assim combinado. A resposta final, no entanto, Sachiko daria por telefone à hora do almoço do dia seguinte. E Itani havia se retirado levando essa promessa.

— Escute, Koisan — disse Sachiko. O quimono que provava não a agradou e ela o lançou ao chão num movimento brusco. Com a mão no laço de uma nova embalagem, Sachiko deu-se conta de que o piano, havia pouco emudecido, começava a soar outra vez no andar inferior, de modo que voltou ao assunto interrompido. — Não sei mais o que faço, realmente...

— A respeito do quê?

— Tenho de ligar para a senhora Itani agora, antes de sairmos, e lhe dar uma resposta qualquer.

— Por quê?

— Porque ontem ela me apareceu em casa outra vez querendo que o *miai* se realize amanhã, imagine!

— Isso é típico dela.

— Disse-me que não seria um *miai* formal, queria apenas convidar-nos para jantar em sua companhia, e que, portanto, eu não tinha nada com que me preocupar. E quando lhe disse que já tinha um compromisso para amanhã, ela imediatamente sugeriu depois de amanhã... Não tive como recusar.

— E a casa central? Que diz de tudo isso?

— Tsuruko me disse: "Se for mesmo preciso, vá apenas você em companhia do seu marido, porque, se Tatsuo e eu formos, dará um caráter formal ao *miai* e tornará difícil recusar a proposta mais adiante." Aliás, a senhora Itani concorda com isso.

— E Yukiko?

— Pois aí é que está o problema.

— Recusa-se a ir?

— Não está exatamente se recusando, mas... acho que quer ser tratada com maior seriedade. Afinal, a senhora Itani veio ontem e já queria marcar o encontro para hoje, entende? Mas não sei direito se é isso mesmo, pois Yukiko nunca diz claramente o que pensa... Só disse que devíamos antes levantar mais informações sobre o candidato. Insisti muito, mas não consegui fazê-la concordar com esse encontro.

— E agora? Como é que você vai explicar a situação para a senhora Itani?

— Como? Tenho de arrumar uma desculpa conveniente, pois essa mulher com certeza vai querer saber por que não vamos e me encher de perguntas... Ademais, seja qual for o desfecho desta proposta, não posso me dar ao luxo de irritar a senhora Itani, porque talvez precise dos seus préstimos futuramente... Faça-me um favor, Koisan: fale com Yukiko e convença-a a aceitar esse encontro, já não digo para hoje ou amanhã, mas no mais tardar para daqui a quatro ou cinco dias.

— Posso até falar, mas conheço Yukiko: quando fica desse jeito, é sinal de que não está interessada.

— Não, não é bem assim! Ela acha que a estamos apressando e ficou mal-humorada, mas, no íntimo, creio que está interessada. Se você lhe falar com jeitinho, tenho para mim que acabará concordando.

Nesse instante, a porta se abriu e Yukiko entrou. Sachiko se calou imediatamente, mas se perguntou aflita se a irmã não a teria ouvido.

5

— Você vai com esse *obi*[8] outra vez? — perguntou Yukiko ao ver a irmã caçula ajeitando o laço às costas de Sachiko. — Você não o usou... quando foi mesmo?... na última audição de piano a que assistimos?

— Isso mesmo.

— Pois eu me sentei ao seu lado e fiquei ouvindo esse *obi* ranger toda vez que você respirava.

— Tem certeza?

— O rangido era baixo, mas incomodou um bocado. Percebi na hora que não era apropriado para concertos e recitais.

— Mas, então, uso o quê? — disse Sachiko, tornando a abrir a cômoda. De dentro, retirou diversas embalagens de quimono, espalhou-as todas ao redor e levou a mão ao barbante que fechava uma delas.

— Este — decidiu Taeko por ela, escolhendo um *kanze-mizu*[9].

— Não sei se combina...

— Combina, combina sim. Faça o que estou dizendo, use-o — repetiu Taeko no tom persuasivo que usaria para falar a uma criança. Ela e Yukiko já estavam prontas e impacientavam-se. Com o *obi* na mão, Taeko postou-se outra vez às costas da irmã.

Quando, enfim, acabou de se vestir, Sachiko tornou a se sentar diante do espelho.

— Não é possível! — exclamou ela no mesmo instante com cômica dramaticidade. — Nem este vai servir!

— Por quê?

— Ora, por quê!? Ouça com cuidado. Ouviu? Crii, crii... este também range!

---

8. Faixa larga de tecido usada à cintura sobre o quimono, amarrada com um laço às costas. (N.T.)
9. Padrão em tecido com desenho de água em turbilhão. É assim chamado por ser o emblema da casa do grão-mestre de um dos cinco estilos tradicionais do teatro Nô, Kanze Dayu. (N.T.)

— É verdade!

— E aquele, todo raiado?

— Só provando... Você o pega para mim, Koisan?

Taeko, a única vestida à moda ocidental, moveu-se com agilidade entre os vários quimonos embalados em papel especial e espalhados sobre o tatame. Examinou rapidamente o conteúdo de diversos e, encontrando o que procurava, postou-se de novo às costas da irmã.

Com a mão sobre a faixa atada em *otaiko*[10], Sachiko respirou fundo duas ou três vezes.

— Acho que este não vai me dar trabalho — comentou. Apanhou o cordão *obidome*[11] que mantinha entre os dentes levemente cerrados, introduziu-o no laço e o amarrou. Uma vez firme, porém, a faixa logo fez ouvir seus rangidos.

— Até esta? Como é que pode?

— Ah, ah, ah! Como é que pode, mesmo?

As três irmãs rolavam de rir a cada rangido proveniente da altura do ventre de Sachiko.

— É porque esses *obi* são de tecido duplo! Procure um simples, Sachiko — sugeriu Yukiko.

— A culpa não é do tecido duplo, mas do próprio tecido.

— Nesse caso, estou realmente perdida! Pois vocês não viram que ultimamente os *obi* são todos feitos desse mesmo tecido? E se rangem porque são feitos desse tecido, vão ranger muito mais porque são duplos, entendeu?

— Ah, já sei! Já sei o que está acontecendo, Sachiko! — exclamou Taeko, desfazendo uma nova embalagem. — Experimente este. Não vai ranger, tenho quase certeza.

— Mas esse também é de tecido duplo.

— Não reclame e faça o que eu digo. Já entendi por que rangem.

---

10. Uma das diversas modalidades de laço. A extremidade mais longa da faixa é reintroduzida no nó, formando uma alça abaulada que lembra um tambor (*taiko*). (N.T.)
11. Cordão achatado em cores diversas, destinado a sustentar e dar firmeza ao laço do *obi*. Introduzido na alça do laço, tem as pontas atadas à frente sobre o *obi*. (N.T.)

— Já passa de uma hora, Sachiko. Ande logo ou o recital vai terminar antes de chegarmos. Em audições como as de hoje, são realmente muito poucas as peças dignas de serem apreciadas, você sabe — observou Yukiko.

— Mas foi você mesma que começou a reclamar do meu *obi*, Yukiko! — disse Sachiko.

— E como posso apreciar uma execução com esse rangido irritante nos ouvidos? Ponha-se no meu lugar e me diga! — rebateu Yukiko.

— Já estou cansada de tanto experimentar estes *obi*! Estou toda suada! — reclamou Sachiko.

— Cansada? Cansada estou eu — retrucou Taeko, que, ajoelhada no tatame, puxava com toda a força as pontas do *obi* a fim de apertá-lo melhor.

— Preparei a injeção. Posso deixá-la aqui mesmo? — indagou Oharu nesse instante. Trazia seringa esterilizada, vitamina, álcool, porta-algodão, esparadrapo e demais miudezas numa bandeja.

— A injeção, Yukiko, a injeção, faça-me o favor! — pediu Sachiko. Voltou-se para Oharu, que já se retirava, e acrescentou: — Ah, e chame um táxi para mim. Diga que esteja aqui dentro de dez minutos.

Habituada como estava a aplicar injeções, Yukiko cortou com destreza a ampola com a lixa, puxou o êmbolo da seringa e segurou o braço esquerdo da irmã, que continuava em pé diante do espelho, aguardando que Taeko acabasse de lhe forrar o laço. Arregaçou-lhe então a manga até a altura do ombro, esfregou vigorosamente um pedaço de algodão embebido em álcool no braço desnudado e introduziu habilmente a agulha na carne.

— Ai, está doendo!

— Desculpe-me, mas estamos atrasadas. Não posso aplicar o líquido muito lentamente, entendeu?

Por alguns momentos, a vitamina B recendeu fortemente no aposento. Yukiko ainda massageava com leves palmadas o local da aplicação, agora coberto por um pequeno pedaço de esparadrapo, quando Taeko interveio:

— Pronto. Terminei de dar o laço.

— Qual *obidome* devo usar com esta faixa? — indagou Sachiko.

— Use esse mesmo, ora! Ande, vamos de uma vez!

— Não me apressem tanto, que eu me afobo e não sei mais o que estou fazendo!

— E então? Respire fundo, vamos ver — disse Taeko.

Atendendo à solicitação, Sachiko respirou fundo diversas vezes.

— Ora, vejam! Este não range. Explique-me por que, Koisan...

— Porque já está bastante usado. Os *obi* rangem quando o tecido é novo. Com o uso, as fibras cedem e deixam de ranger, entendeu?

— Ah, então é isso!

— Faz bem usar a cabeça de vez em quando, sabe?

— Telefone para a senhora, patroa! Da parte da senhora Itani — anunciou Oharu nesse momento, vindo às carreiras pelo corredor.

— Que distração a minha! Tinha me esquecido de ligar para ela!

— E me parece que o táxi também já chegou.

— E agora? E agora? Que faço? — gemeu Sachiko.

Yukiko, porém, parecia a tranqüilidade personificada, e agia como se nada lhe dissesse respeito.

— Yukiko, meu bem, que digo a essa mulher?

— Diga o que você quiser.

— Mas você sabe muito bem que ela não vai aceitar qualquer desculpa...

— Pois então, explique com jeito.

— Seja como for, desmarco o encontro previsto para amanhã. Está bem assim para você?

— Hum...

— Concorda com isso?

— Hum...

Sachiko não conseguia ver o rosto da irmã, que se sentava cabisbaixa ao seu lado.

6

— Já vou embora, Etsuko. Até mais — disse Yukiko, espiando a sala de estar onde a sobrinha brincava com Ohana, a empregada. — Tome conta da casa direitinho durante a nossa ausência, ouviu?

— Sabe o que eu quero de presente, não sabe, tia?

— Sei. A panelinha que vimos outro dia e que faz arroz de verdade.

— Você volta mesmo antes de escurecer?

— Sem falta.

— Promete?

— Prometo. Sua mãe e sua tia Koisan ficam em Kobe depois do recital porque vão a um restaurante com seu pai, mas eu mesma volto para jantar em sua companhia. Você tem tarefas escolares a fazer, não tem?

— Uma redação...

— Pois se quer que eu a corrija mais tarde, pare de brincar e trate de aprontá-la.

— Está bem. Até mais, tia! Até mais, Koisan!

Assim dizendo, Etsuko desceu ao vestíbulo. Sem trocar os chinelinhos de andar dentro da casa pelos tamancos de uso externo, seguiu pelo caminho do jardim saltitando de laje em laje e foi com as tias até o portão.

— Não se esqueça que prometeu voltar, tia! Não vale mentir, ouviu?

— Já disse que volto! Quantas vezes tenho de repetir?

— Se você não voltar, vou ficar muito, muito brava! Entendeu?

— Ai, como esta menina amola! Entendi, entendi!

Apesar da aparente impaciência, Yukiko adorava sentir-se amada pela sobrinha. Etsuko não costumava importar-se tanto com as ocasionais saídas da mãe, mas, por uma razão inexplicável, aferrava-se a Yukiko toda vez que esta se preparava para sair e só lhe permitia ausentar-se sob certas condições. Por diversos motivos, Yukiko preferia a casa secundária dos Makioka, em Ashiya, à casa central, em Uehonmachi, e sempre imaginara, como aliás todo mundo, que não se dar bem com o cunhado Tatsuo e gostar mais de Sachiko que de Tsuruko constituíssem as principais razões dessa sua preferência. Ultimamente, porém, começava a se dar conta de que seu amor por Etsuko talvez sobrepujasse todas as razões e, mal compreendeu isso, seu sentimento pela sobrinha se intensificou. A propósito, lembrou-se de que, certo dia, ficara sem saber o que responder quando a irmã mais velha havia observado, não sem ironia, que Yukiko era muito carinhosa com Etsuko, mas não dava a mínima atenção para os sobrinhos da casa central. A bem da verdade, é preciso esclarecer que Yukiko sempre gostara de menininhas mais ou menos da idade e do jeito da pequena Etsuko. As crianças da casa central não estavam em condições de rivalizar com Etsuko na disputa pela atenção da tia, porque eram todas do sexo masculino, exceto a caçula, uma menina de dois anos, que, no entanto, era ainda muito nova para ser levada em conta. Yukiko, que perdera a mãe muito cedo, e também o pai havia dez anos, levava no momento uma vida quase nômade, indo e vindo entre a casa central e a secundária, sem um lar que pudesse chamar de seu. Nada nem ninguém a prendia emocionalmente, era livre para se casar a qualquer momento, no dia seguinte até, caso quisesse. Apesar de tudo, achava que se afligiria muito se isso de fato acontecesse e não pudesse mais se encontrar com Sachiko, a irmã com quem melhor se dava e que mais a apoiava. Não, muito mais que não ver Sachiko — esta, afinal, ela veria, de um modo ou de outro —, afligia-a a idéia de não mais poder ver a sobrinha. E mesmo que a visse, a menina já não seria a mesma de antes, ter-se-ia transformado em outra Etsuko, aos poucos esquecida do amor que a tia um dia lhe devotara. O pensamento sempre a fazia invejar Sachiko que, como mãe, podia monopolizar para sempre o amor daquela pequena criatura. Esta era a razão por que Yukiko condicionara: se o pretendente fosse viúvo, que ao menos tivesse uma filha graciosa como Etsuko. Mas ainda que seus desejos se concretizassem e ela viesse a ser a madrasta de uma menina quiçá até mais bonita que Etsuko, sentia ser incapaz de amar essa criança mais que a sobrinha. Tudo ponderado, concluíra que, apesar da condição de solteirona, não era tão infeliz quanto os outros podiam imaginar.

E se a irmã lhe permitisse continuar morando naquela casa, exercendo a função de mãe para Etsuko, ser-lhe-ia muito melhor continuar sozinha do que se casar com qualquer um, apenas para deixar de ser solteirona. Tinha a impressão de que a relação com a sobrinha mitigaria a tristeza de sua vida solitária.

Na verdade, Sachiko talvez pudesse ser em parte responsabilizada pelo apego da tia pela sobrinha. Tinha sido ela, por exemplo, que acomodara Yukiko no quarto da filha quando o aposento destinado às duas irmãs acabara transformado em ateliê para Taeko. Situado no andar superior da casa, o quarto da menina, do tamanho de seis tatames, tinha sido mobiliado com uma caminha baixa de madeira e, até então, uma das empregadas costumava arrumar as próprias cobertas sobre o tatame e dormir todas as noites ao lado da criança. No novo arranjo, Yukiko substituiu a empregada e passou a dormir sobre dois espessos cobertores de paina estendidos sobre outro grosso colchão de palha, do tipo usado para camas dobráveis, de modo que o conjunto ficasse quase da altura da cama da menina. A partir disso, outras obrigações — como cuidar de Etsuko quando adoecia, acompanhar-lhe as lições de casa e os exercícios de piano, preparar a merenda escolar e os lanches da tarde, etc., etc. — foram aos poucos passando da mãe para a tia, talvez porque esta última fosse mais competente em tais assuntos. Corada e gordinha, Etsuko parecia saudável à primeira vista, mas tinha baixa resistência a infecções, como a mãe: em seu cotidiano, eram freqüentes os episódios de linfadenite e amidalite seguidos de febre alta. Nessas ocasiões, quem melhor suportava as duas ou três noites consecutivas de vigília à cabeceira da doente, cuidando do gelo e das compressas frias, era Yukiko, das três irmãs justamente a de físico mais delicado. Seus braços eram finos, quase da mesma grossura dos de Etsuko, e seu aspecto, o de uma tísica, esta última particularidade constituindo-se, aliás, em outra causa de afugentamento dos pretendentes à sua mão. Apesar de tudo, era ela quem melhor resistia às infecções, a única a escapar quando a gripe derrubava, um a um, todos da casa, e a que nunca tivera uma doença grave. Nesse aspecto, Sachiko, do mesmo jeito que Etsuko, era menos resistente a despeito de seu vigor físico: quando excessivamente solicitada à cabeceira de doentes, terminava ela própria por adoecer e transformar-se em novo peso para os demais. Sachiko crescera nos tempos áureos da casa Yoshioka e, na condição de favorita do agora falecido pai, canalizara para si toda a atenção dele, de modo que ainda hoje, quando ela própria já era mãe de uma menina de sete anos, algo do seu passado de criança mimada transparecia em suas atitudes. Ademais, não sabia suportar provações físicas ou emocionais, e não raro acabava repreendida pelas irmãs mais novas. Por tudo isso, era pouco talhada não só para a função de enfermeira, como também para a de mãe e educadora, colocando-se muitas vezes em situação de conflito real com a própria filha. As más línguas chegavam a comentar que Yukiko demorava a arrumar um bom partido porque Sachiko a tinha na conta de uma conveniente professora particular da filha e, por não querer perdê-la, dispensava um a um todos os seus pretendentes. Os comentários percorreram as vias de praxe e chegaram à casa central, mas Tsuruko não era tola a ponto de acreditar neles. Não deixou, entretanto, de contribuir com sua pequena parcela de maledicência ao afirmar que Sachiko não permitia a Yukiko retornar à casa central porque lhe era muito cômodo tê-la perto de si. Tais rumores preocuparam Teinosuke, que chegou certa vez a advertir a mulher: não se importava nem um pouco que Yukiko permanecesse com eles, mas não gostava de vê-la interferindo na relação familiar. Ele preferia que tia e sobrinha mantivessem certa distância, pois temia que, com o tempo, Etsuko passasse a desconsiderar a mãe e a idolatrar Yukiko. Sachiko, no entanto, era de opinião que Teinosuke exagerava: Etsuko, apesar da pouca idade, era uma criança bastante esperta e, embora fosse muito apegada à tia, amava a mãe mais que qualquer um. Ademais, ela sabia perfeitamente que tinha de recorrer à mãe numa hora de necessidade real, já que a tia era uma presença temporária, um dia se casaria e se afastaria do seu convívio. Sachiko reconhecia que Yukiko em verdade lhe poupava tempo ao assumir os cuidados da criança, mas a comodidade era momentânea, duraria apenas até o seu casamento. E já que Yukiko amava tanto cuidar de crianças, dizia Sachiko, era mais importante dar a ela a oportunidade de cuidar da pequena Etsuko e desse modo mitigar, por pouco que fosse, a tristeza de sua condição de solteirona. O caso da caçula, Koisan, era diferente: ela tinha uma ocupação

— a confecção de bonecos —, uma renda que advinha do seu trabalho e até um homem com quem se comprometera secretamente, diga-se de passagem. Yukiko, ao contrário, não tinha nada, nem mesmo um lar. Sachiko argumentava que morria de pena desta irmã e por isso usava a própria filha como instrumento para aliviar-lhe a solidão.

Não se pode afirmar que Yukiko tivesse compreendido toda a profundidade dos cuidados da irmã, mas uma coisa era certa: quando Etsuko adoecia, a dedicação e a competência com que cuidava da criança superavam as da mãe ou as de qualquer enfermeira. E quando alguém tinha de ficar em casa fazendo companhia à criança, Yukiko chamava a si a incumbência, liberando as saídas de Sachiko, do cunhado e da irmã mais nova. Aquele domingo, por exemplo, era uma dessas ocasiões em que Yukiko normalmente ficaria em casa, mas o convite para o recital de piano de Leo Shirota, que se realizaria na mansão Kuwayama, no bairro de Mikage, estendia-se às três irmãs. Fosse aquele um recital qualquer, Yukiko se absteria prontamente de ir, mas sendo de piano, seu instrumento favorito, achou difícil recusar. Ainda assim, tinha se prontificado a voltar para casa mais cedo para fazer companhia à sobrinha, enquanto Taeko e Sachiko seguiriam para Kobe a fim de jantar com Teinosuke, que retornava de uma excursão para os lados de Harima.

7

— Que faz Sachiko lá dentro? Como demora!

Fazia algum tempo que as duas irmãs se impacientavam no portão à espera de Sachiko.

— Já são quase duas horas! — reclamou Taeko, aproximando-se lentamente do motorista, que aguardava em pé, ao lado da porta aberta.

— Como pode alguém falar tanto ao telefone?

— Será possível que não consiga desligar?

— Está tentando, com certeza, mas a outra não deixa. Imagine a aflição dela! — divertiu-se Yukiko, comportando-se outra vez como se nada daquilo tivesse a ver com ela. — Etsuko, vá lá dentro e diga à sua mãe para largar o telefone e vir de uma vez!

— Que acha de esperarmos dentro do carro? — sugeriu Taeko com a mão na porta.

Yukiko, porém, gostava de observar as boas maneiras e replicou em tom decidido:

— Vamos aguardar mais um pouco.

Relutante, Taeko parou diante do carro, mas ao ver que a sobrinha se afastava, correndo para dar o recado, voltou-se para a irmã.

— Fiquei sabendo da proposta da senhora Itani — disse, cuidando em não ser ouvida pelo motorista.

— É mesmo?

— Vi a foto dele também...

— É mesmo?

— Que achou dele, Yukiko?

— Que posso achar de alguém só de lhe ver a fotografia?

— E é exatamente por isso que você precisa se encontrar com ele!

— ...

— Sua recusa deixa Sachiko em situação difícil... Afinal, a senhora Itani teve tanto trabalho e...

— Mas por que essa pressa toda?

— Ah, então é isso! Eu já desconfiava.

Passos soaram nesse instante e Sachiko surgiu no portão ajustando nervosamente a manga do quimono interno, que insistia em aparecer.

— O lenço! Não peguei o lenço! Alguém me busque o lenço, rápido, rápido! — disse, voltando-se em seguida para as irmãs. — Desculpem-me a demora.

— E que demora!

— Mas que é que eu podia fazer? Não encontrava uma justificativa adequada... Só agora consegui desligar.

— Deixe essa história para mais tarde, Sachiko.

— Ande, entre no carro de uma vez! — apressou-a Taeko, que cerrava a fila.

A estação de Ashiyagawa distava quase oitocentos metros da casa de Sachiko e, às vezes, quando estavam com muita pressa, como naquele dia, as irmãs iam de táxi. Em outras, cobriam a distância a pé, em ritmo de passeio. Em dias ensolarados, a passagem das três irmãs elegantemente vestidas pela rua paralela ao trilho do trem e que o povo local costumava chamar de Rua do Encanamento atraía obrigatoriamente a atenção das pessoas. Lojistas da área as conheciam de vista e comentavam a beleza delas, mas poucos deviam ser os que adivinhavam quantos anos tinham realmente. Se mesmo a Sachiko — a quem não devia ser fácil ocultar a idade, uma vez que já tinha uma filha crescida — ninguém dava mais que 27 ou 28 anos, a Yukiko, ainda solteira, atribuíam 23 ou 24 anos de idade, quando muito. E nesse passo, Taeko parecia a todos ainda mais nova, uma adolescente de seus 17 ou 18 anos. De modo que as pessoas ainda se referiam a Yukiko como "mocinha" com a maior naturalidade quando, na verdade, ela havia muito passara da idade de ser assim chamada. Roupas de cores vivas caíam sempre muito bem nelas e contribuíam para acentuar a impressão de juventude. Não se podia, no entanto, afirmar que o colorido das roupas fosse a causa da aparente juventude daquelas mulheres. Ao contrário, seus corpos e rostos juvenis é que exigiam roupas de cores vivas, as únicas a lhes cair bem. No ano anterior, Teinosuke tinha levado as três irmãs e a filha Etsuko à ponte

Kintai[12] para apreciar o espetáculo das cerejeiras em flor. Na ocasião, ele havia composto um poema em estilo *waka*:

Uma foto! me
Pedem cerejeiras e
Três lindas irmãs
Em pé sobre a ponte
Kintai.

De fato, as três irmãs juntas constituíam um espetáculo único de beleza: eram parecidas, é verdade, mas de forma indefinida. Cada uma possuía uma característica que a transformava num tipo de beleza contrastante com a das demais, mas, ao mesmo tempo, todas elas tinham pontos que lhes eram indiscutivelmente comuns. Para começar, a altura — que de Sachiko para Yukiko e desta para Taeko diminuía aos poucos de acordo com a idade — já consistia em interessante detalhe a chamar a atenção dos que as viam passar juntas. Pelo tipo de vestuário e complementos que usavam, assim como pela aparência geral, Yukiko teria gosto genuinamente nipônico, e Taeko, gosto ocidentalizado. Já Sachiko seria considerada um meio-termo entre as duas irmãs. Taeko tinha nariz e olhos bem definidos num rosto arredondado e físico robusto com ele condizente, enquanto Yukiko, ao contrário, possuía rosto fino e corpo esguio. Quanto a Sachiko, constituía outra vez uma mistura das melhores características desses dois tipos físicos opostos. Taeko usava quase sempre roupas ocidentais, Yukiko, quimonos, enquanto Sachiko vestia roupas ocidentais no verão e quimono nas demais estações. No aspecto semelhanças, Sachiko e Taeko, ambas parecidas com o pai, tinham um tipo de beleza exuberante. Yukiko era a única diferente. Mas apesar de possuir uma beleza algo sombria, ficava bem apenas em quimonos de crepe de seda com estampas vistosas, do tipo usado pelas antigas cortesãs. Os listrados de tonalidade suave, tão ao gosto das mulheres de Tóquio, não lhe eram indicados.

---

12. Kintaibashi: Famosa ponte em arco de 193 m de comprimento por 5 m de largura situada na cidade de Iwakuni, província de Yamaguchi. (N.T.)

Se recitais já eram normalmente motivo para as três irmãs vestirem-se com apuro, mais motivadas estavam elas naquele dia em que o evento se realizaria na residência do anfitrião. Na plataforma da linha Hankyu, pessoas arregalavam os olhos e voltavam-se para ver o belo trio que se despejara do táxi e disparava pela rampa da estação férrea naquela translúcida tarde de outono. Era domingo, e a composição que se destinava a Kobe estava quase deserta. Diante das irmãs sentadas lado a lado, um ginasiano baixou timidamente a cabeça. Yukiko notou o rosto do rapazinho rapidamente se avermelhar.

8

Quando brincar de casinha se tornou aborrecido, Etsuko mandou a empregada Ohana subir ao quarto e trazer-lhe o caderno. Em seguida, pôs-se a preparar na própria sala de estar a redação que lhe coubera como tarefa escolar.

Quase todos os aposentos da casa tinham sido construídos em estilo japonês, mas as salas de estar e de jantar, contíguas, eram em estilo ocidental. A família costumava usar a sala de estar tanto para o lazer como para receber as visitas, e nela passava boa parte do dia. Ali havia, além do piano, do rádio e do toca-discos, uma lareira a lenha pronta para ser acesa no inverno e que se constituía num motivo a mais de convergência dos familiares em dias frios. Etsuko também passava ali os dias e, excetuando-se as ocasiões em que havia visitas ou em que ela própria adoecia, só subia à noite ao próprio quarto para dormir. O quarto da menina, aliás, tinha sido construído no padrão japonês, mas fora mobiliado à moda ocidental para cumprir as funções de dormitório e de quarto de estudos. Etsuko, porém, preferia a sala de estar tanto para estudar como para brincar de casinha, e seus brinquedos e materiais escolares espalhados por todo o aposento provocavam verdadeira comoção toda vez que a família recebia um visitante inesperado.

Quando a campainha da casa tocou no fim da tarde, Etsuko jogou o lápis sobre a mesa e correu para a porta. Logo, retornou às carreiras para a sala de estar atrás de Yukiko, que trazia à mão o prometido presente.

— Não vale olhar ainda, tia! — gritou, emborcando apressadamente o caderno sobre a mesa. — Dê-me o presente.

Arrebatou o embrulho das mãos da tia e espalhou o conteúdo sobre o sofá.

— Muito obrigada, titia — disse Etsuko.
— Era isso que você queria?
— Era. Obrigada.

— E a redação? Está pronta?

— Não! Você não pode ver ainda — gritou a menina. Agarrou o caderno, apertou-o contra o peito com as duas mãos e correu para longe. — Não pode!

— Por quê?

— É porque... escrevi umas coisas sobre você.

— E o que tem isso a ver? Vamos, mostre-me.

— Mostro mais tarde... Agora, não.

Etsuko explicou que a redação se intitulava *As orelhas do meu coelhinho* e que Yukiko aparecia num pequeno trecho, mas ia ficar constrangida se a lesse agora. A tia deveria esperar até vê-la adormecer e, só depois, ler e corrigir a redação. A menina passaria a limpo na manhã seguinte, antes de ir para a escola.

Certa de que as irmãs e o cunhado iriam ao cinema depois do restaurante e que só voltariam tarde da noite para casa, Yukiko tomou banho com Etsuko depois de jantar e subiu para o quarto às oito e meia aproximadamente. Fazer a menina dormir representava uma tarefa e tanto, já que, diferentemente da maioria das crianças, Etsuko custava a conciliar o sono: nervosa, desandava a falar de tudo em ritmo excitado durante cerca de meia hora antes de enfim adormecer. Para Yukiko, havia-se tornado um hábito deitar-se ao lado da sobrinha, entretê-la até vê-la adormecer e, em seguida, dormir também ou levantar-se depois de um curto sono, cuidando em não acordar a menina, vestir um *haori*[13] sobre o pijama e descer para a sala de estar para se reunir às irmãs e com elas tomar chá e conversar. Vezes havia em que ao grupo se juntava Teinosuke, que mandava servir queijo e vinho branco. Nessas ocasiões, as três irmãs também tomavam cada qual a sua taça de vinho. Nessa noite, Yukiko não conseguira adormecer porque sentia os músculos dos ombros rijos e doloridos, como era comum lhe acontecer. Sachiko não retornaria tão cedo, e ali estava uma boa oportunidade para corrigir a redação da sobrinha. Sondou a respiração da menina que, por sorte, parecia profundamente adormecida, ergueu-se e abriu o caderno deixado sob o abajur, à cabeceira da cama.

---

13. Sobretudo curto usado sobre o quimono. (N.T.)

As orelhas do meu coelhinho

Eu tenho um coelhinho de estimação. A pessoa que me deu o coelho me disse: "É para você, senhorita."

Eu pus o coelhinho sozinho no vestíbulo porque tenho também um cachorro e uma gata na minha casa. Eu pego o coelho no colo todas as manhãs sem falta e faço um carinho nele antes de ir para a escola.

O que eu vou contar aconteceu na quinta-feira passada. De manhã, passei no vestíbulo e vi que uma orelha do coelho estava em pé, e a outra estava caída para o lado. Eu disse: "Que coisa estranha, coelhinho. Levante a outra orelha também." Mas o coelhinho nem ligou para mim. Eu disse para ele: "Nesse caso, deixe que eu levanto a orelha para você." Endireitei a orelha dele com a mão, mas quando soltei, ela tornou a cair. Eu então disse para a minha tia: "Tia, arruma a orelha deste coelhinho para mim?" Minha tia prendeu a orelha do coelhinho entre os dedos do pé e endireitou, mas ela tornou a cair assim que a minha tia tirou o pé. Titia riu e disse: "Que orelha preguiçosa!"

Desconcertada, Yukiko rasurou rapidamente as palavras "do pé" no trecho "prendeu a orelha do coelhinho entre os dedos do pé".

Etsuko sempre tivera boas notas de redação na escola, e aquela composição também estava bem escrita. Yukiko corrigiu algumas passagens, mas o que mais a confundiu foi a correção do trecho referente aos "dedos do pé", que, afinal, acabou assim retificado: "Minha tia também endireitou a orelha, que tornou a cair assim que ela a soltou."

No caso, a melhor solução talvez fosse substituir simplesmente "dedos do pé" por "dedos da mão", mas a verdade era que Yukiko realmente usara o pé nessa ocasião. E como não lhe agradava obrigar a criança a mentir, optou por suprimir o trecho. A agudeza do olhar da sobrinha que notara justamente aquele seu gesto pouco educado a fez sorrir. Ao mesmo tempo, horrorizou-a imaginar que a redação poderia ter sido levada à escola sem o seu conhecimento e lida pelo professor.

O episódio da orelha erguida com os dedos do pé se dera da seguinte maneira:

Havia cerca de meio ano, uma família de origem alemã de nome Stolz tinha se mudado para a casa vizinha à dos Makioka. Melhor dizendo, as duas casas uniam-se pelos fundos, com uma simples tela de arame grosso delimitando as propriedades. Etsuko logo travou conhecimento com os filhos dos Stolz, mas, a princípio, as crianças se observaram ferozmente dos respectivos lados da cerca com os narizes pressionados contra a tela, à semelhança de pequenos animais ariscos que se farejam mutuamente. Aos poucos, porém, ambos os lados passaram a transpor a cerca para entrar no jardim vizinho. As crianças alemãs chamavam-se Peter, o menino mais velho, Rosemarie, a menina do meio, e Fritz, o caçula. O primogênito devia ter seus dez ou onze anos, e Rosemarie, apesar de aparentar a idade de Etsuko, talvez fosse na verdade um ou dois anos mais nova que ela, já que crianças ocidentais costumam ser mais desenvolvidas que as orientais. Etsuko logo se tornou amiga dos três irmãos — em especial da menina, a quem chamava de Rumi, imitando seus familiares —, e ao chegar da escola, convidava-os a brincar no gramado do seu jardim.

Pois os Stolz possuíam um cachorro da raça *german pointer*, um gato europeu preto e, além deles, um coelho da raça angorá. Para Etsuko, cães e gatos não constituíam novidade, já que também os tinha em sua própria casa, mas o coelho a atraía: ao chegar da escola, ia ajudar Rosemarie a alimentar o animal, erguia-o pelas orelhas e o pegava no colo. Logo, pôs-se a pedir um igual à mãe. Sachiko não se importava de ter animais em casa, mas como nunca criara um coelho, considerou que podia deixá-lo morrer por falta de tratamento adequado, o que seria uma pena. E se cuidar do cão Johnny e da gata Suzu já lhe consumia muito tempo, pior seria ainda ter de alimentar um coelho. Além do mais, não tinham naquela casa espaço para o cercado que protegeria o coelho de um eventual ataque do cão ou do gato. Sachiko ainda hesitava quando, certo dia, o limpador de chaminés surgiu trazendo um coelho para a pequena senhorita. Não se tratava de um angorá, mas, ainda assim, o animal era branquinho e mimoso. Depois de consultar mãe e tias, Etsuko decidiu criá-lo no vestíbulo, único lugar onde poderia mantê-lo a salvo dos outros animais da casa. Olhos vermelhos e arregalados, o coelho não reagia minimamente às palavras de incentivo ou de carinho. "Coelhos são tão diferentes de cães e gatos!", comentavam os adultos, achando graça, mas ao mesmo tempo não conseguindo nutrir carinho pelo animal, percebendo-o apenas como um ser estranho e assustadiço, totalmente distante do humano.

Esse era o coelho descrito na redação. Yukiko levantava cedo todas as manhãs, supervisionava a refeição matinal da sobrinha, examinava o conteúdo da sua pasta escolar e a acompanhava até a porta, feito o quê, voltava a mergulhar entre as cobertas para se aquecer por mais algum tempo. Aquela manhã de fim de outono tinha sido de frio penetrante, de modo que Yukiko jogou um robe de seda sobre o pijama, calçou um par de *tabi*[14] que nem se deu ao trabalho de abotoar, e seguiu a sobrinha até o vestíbulo. Notou então que Etsuko segurava uma das orelhas do coelho e tentava em vão mantê-la em pé. "Tia, tente você", pedira a menina. Como não queria que a sobrinha se atrasasse, Yukiko fez menção de ajudá-la, mas sentiu certa repugnância por aquela forma flácida e esponjosa. Avançou portanto o pé metido no *tabi*, prendeu a orelha na fenda da meia e a ergueu, mas não obteve resultado: mal afastou o pé, a orelha tornou a tombar sobre a cabeça do coelho.

— O que foi que eu escrevi errado, tia? — perguntou Etsuko na manhã seguinte ao ver a correção.

— Ora, faça-me o favor, Etsuko! Você tinha de escrever que usei o pé?

— E não usou?

— Mas só porque não tive coragem de pegar a orelha com a mão, entendeu?

— Sei... — disse Etsuko, ainda intrigada. — Então é melhor explicar tudo isso.

— E escrever que usei o pé em vez da mão? Seu professor vai pensar que sua tia é muito mal-educada.

— Ahn...

Etsuko ainda parecia em dúvida.

---

14. Meias japonesas especiais para sandálias de dedo. Feitas de tecido grosso, são confeccionadas com uma fenda entre o polegar e o segundo dedo do pé e ganchos para abotoamento no calcanhar. (N.T.)

9

— Se o dia de amanhã não lhe convém, que acha do dia 16? É de bom augúrio. Posso marcar? — indagara Itani na véspera, durante o longo telefonema que retivera Sachiko no exato momento em que se preparava para sair. Sem saber como escapar de mais esta investida, Sachiko acabara concordando, mas esperou ainda dois dias para obter de Yukiko a relutante resposta: "Está bem, eu vou!" O encontro, porém, teria de ocorrer em clima de jantar simples, conforme Itani prometera, sem nada que fizesse lembrar um *miai*, condicionou Yukiko. O local escolhido foi o Hotel Oriental, o horário, seis da tarde, e dele participariam como anfitriões Itani e o irmão dela, Fusajiro Murakami, este último acompanhado da mulher. Funcionário da Kokubu, uma empresa atacadista de ferro com sede em Osaka, Murakami era imprescindível na reunião daquela noite por ser amigo de longa data do candidato a noivo; a ele deviam, para começo de conversa, a elaboração daquela proposta. O proponente Segoshi pretendia vir sozinho porque seus parentes moravam todos no interior, não convinha incomodá-los por um jantar informal. Contudo, Segoshi não podia comparecer desacompanhado, de modo que Murakami solicitou a um dos diretores da empresa em que trabalhava — certo cavalheiro de meia-idade de nome Igarashi que, por feliz coincidência, era conterrâneo de Segoshi — a gentileza de representar os familiares do amigo. Do lado dos Makioka, compareceriam a própria Yukiko e o casal Teinosuke e Sachiko. Entre anfitriões e convidados, seriam portanto oito pessoas no jantar.

No dia anterior, Sachiko e Yukiko tinham ido ao salão de beleza de Itani. Sachiko, que pretendia apenas ajeitar o cabelo, determinou que a irmã fosse atendida primeiro. Itani aproveitou um momento livre e a abordou, enquanto ela aguardava sua vez.

— Escute... — disse Itani, curvando-se de leve e falando em voz baixa, rente ao ouvido de Sachiko. — Posso lhe pedir um favor? Tenho certeza de que a senhora já está consciente disso e que nem preciso chamar-lhe a atenção para o detalhe, mas em todo o caso… gostaria que a senhora viesse arrumada do modo mais discreto possível para o jantar de amanhã.

— Sem dúvida! — anuiu Sachiko.

— Mas quando digo discreto, senhora, quero dizer *realmente* discreto, compreende? — frisou Itani. — A senhorita Yukiko é realmente bonita, mas, como bem sabemos, tem o rosto magro, de expressão triste. Posta ao seu lado, tem-se a impressão de que perde quase vinte por cento da própria beleza. Em contrapartida, a senhora tem rosto expressivo e muito vistoso, não necessita de nenhum artifício para ser notada. É preciso, portanto, que ao menos amanhã a senhora se arrume de modo a parecer dez ou quinze anos mais velha do que é na realidade, e assim salientar a beleza da senhorita Yukiko. Caso contrário, corremos o risco de fazer desandar, só por sua causa, um arranjo que tem tudo para dar certo, entende?

Não era a primeira vez que Sachiko ouvia esse tipo de pedido. Ela já havia comparecido a diversos *miai* da irmã, e se cansara de ouvir comentários do tipo: "Tudo que a irmã mais velha tem de alegre e moderna, a mais nova tem de triste e retraída." Ou ainda: "A jovialidade e a vivacidade da irmã mais velha se espalharam por todo o recinto e simplesmente eclipsaram a irmã mais nova…" Houve até gente que solicitou francamente: "Queremos apenas o comparecimento da casa central. A casa secundária deve se abster." E cada vez que ouvia esses comentários, Sachiko saía em defesa da irmã e argumentava que quem dizia tais disparates não sabia apreciar a beleza de Yukiko; que podia até ser que rostos joviais e vistosos pudessem ser classificados de modernos, mas eram muito comuns no momento, não constituindo novidade. Talvez não fosse apropriado elogiar a própria irmã, mas quem melhor que Yukiko se enquadraria na classificação de beleza frágil e pura da moça de antigamente, criada em redoma de vidro e a salvo das mazelas humanas? Só daria a mão da irmã a um homem que soubesse realmente apreciar-lhe a beleza, que afirmasse ser Yukiko o tipo exato que procurava, assegurava Sachiko com veemência. No íntimo, porém, não podia deixar de se sentir envaidecida.

— Disseram que eu ofusco a beleza de Yukiko... — dizia apenas ao marido, com uma ponta de orgulho na voz. Nessas horas, Teinosuke replicava:

— Então não vá. Eu acompanho sua irmã, não se preocupe — replicava Teinosuke. Em outras ocasiões, observava a maquiagem e as roupas da mulher e dizia: — Ainda não está discreta o bastante. Vamos, você tem de se arrumar com maior sobriedade ou vão dizer que roubou a cena outra vez.

Nesses momentos, Sachiko percebia claramente no marido a satisfação íntima do homem casado com uma mulher bonita. Por tudo isso, Sachiko já deixara de comparecer a um ou dois *miai* da irmã, mas, por via de regra, representava a casa central nesses encontros, na maioria das vezes por exigência da própria Yukiko, que dizia: "Só vou se Sachiko for comigo." E embora nessas ocasiões se esforçasse por aparentar discrição, nem sempre conseguia atingir o objetivo por conta das peças e dos complementos de cores vivas que usava no cotidiano. "Não foi suficiente, senhora", reclamavam mais tarde os interessados.

— Claro, com certeza! Estou ciente do problema, e a senhora não é a primeira a me pedir isso. Eu já planejava arrumar-me com a maior discrição possível, nem era preciso me recomendar, senhora Itani — tranqüilizou-a Sachiko.

Ela era a única cliente na sala de espera, ali não havia ninguém para ouvi-las. Mas a cortina que as separava do aposento contíguo achava-se aberta e, sentada sob o secador, estava Yukiko, cujo reflexo Sachiko via claramente pelo espelho. Itani parecia achar que qualquer pessoa sentada sob um secador está impedida de ouvir o que quer que fosse, mas Sachiko quase não se continha de aflição, pois Yukiko as via perfeitamente do lugar em que se encontrava e nelas fixava um olhar inquisidor. "E se a irmã intuísse o teor da conversa pelo movimento dos lábios?", perguntava-se Sachiko.

No dia combinado, Yukiko começou a se arrumar às três horas da tarde com a ajuda das irmãs. Teinosuke retornou mais cedo do escritório e se reuniu às mulheres no quarto de vestir para ajudá-las no que fosse possível. Ele tinha gosto apurado para selecionar padrões e tecidos, e conhecia a maneira correta de arrumar quimonos e cabelos. Gostava, sobretudo, de contemplar as mulheres entretidas nessas atividades, mas seu retorno antecipado naquela tarde visava primordialmente a impedir que elas se atrasassem: Teinosuke sabia muito bem que a mulher e as cunhadas não tinham noção de tempo e, em virtude disso, já se havia visto mais de uma vez em situação embaraçosa.

Ao retornar da escola, Etsuko largou sua pasta na sala de estar e foi ao andar superior.

— Vai se encontrar com seu noivo esta tarde, titia? — veio ela dizendo em voz animada ao entrar na sala.

Pelo espelho, Sachiko percebeu que a expressão da irmã se alterava num átimo, mas perguntou à filha com indiferença forçada:

— Quem lhe contou?

— Oharu me contou esta manhã. É verdade, não é, tia?

— Não, não é — respondeu Sachiko secamente. — Sua tia e eu vamos apenas jantar com a senhora Itani no Hotel Oriental.

— Mas o meu pai também vai, não vai?

— Porque também foi convidado, ora.

— Vá lá embaixo, Etsuko — ordenou Yukiko, ainda contemplando-se no espelho. — Desça e diga a Oharu que venha cá. Quanto a você, não me suba mais, ouviu?

Normalmente, Etsuko não obedecia com facilidade quando a mandavam embora, mas nesse dia, a pequena percebeu algo estranho na voz da tia.

— Está bem — disse, desaparecendo em seguida.

Instantes depois, Oharu surgiu.

— Mandou me chamar? — perguntou, entreabrindo a porta corrediça e ajoelhando-se no umbral do aposento, com as mãos tocando de leve o tatame. Na certa, Etsuko havia-lhe dito alguma coisa, pois parecia levemente assustada.

Prevendo complicações, Teinosuke e Taeko bateram em rápida retirada.

— Acaso disse alguma coisa à senhorita Etsuko sobre a nossa saída de hoje, Oharu? — indagou Sachiko.

Ela sabia que não tinha falado do *miai* com as empregadas, mas deu-se conta de que não tomara nenhum cuidado especial em evitar que o assunto chegasse aos ouvidos delas. Naquela situação, sentiu que era seu dever repreender Oharu, ao menos para se justificar.

— Escute-me bem, Oharu... — começou ela dizendo.

Cabisbaixa e imóvel, a atitude da empregada já era um pedido de perdão.

— Quando foi que você disse essas coisas para a senhorita Etsuko?

— Esta manhã...

— Com que intenção, posso saber?

— ...

Com seus dezoito anos ainda incompletos, Oharu trabalhava para Sachiko desde os quinze e, promovida nos últimos tempos a arrumadeira, era tratada quase como membro da família. A ela cabia também a tarefa de levar Etsuko à escola e de trazê-la de volta quase todos os dias, já que, no trajeto, era preciso cruzar a Rodovia Nacional Hanshin, famosa pelos numerosos acidentes de trânsito. Questionada por Sachiko, a moça aos poucos revelou que falara do *miai* à pequena naquela manhã, a caminho da escola. Oharu era normalmente extrovertida e falante, mas arrefecia a olhos vistos quando repreendida, o que não deixava de ser cômico para as pessoas que eventualmente assistiam à cena.

— Parte da culpa talvez seja minha, já que fui descuidada e falei disso abertamente ao telefone perto de vocês. Mas se você me ouviu — e tenho certeza de que sim —, devia saber muito bem que a reunião programada para hoje é informal, um jantar íntimo, por assim dizer. E mesmo que não fosse, você tem de saber que existem coisas que podem ser comentadas e coisas que não podem, sobretudo com uma criança! E você não começou a trabalhar para mim nem hoje nem ontem, Oharu, já era mais que hora de saber disso!

— Você vive fazendo essas coisas — inveio Yukiko. — Para começar, você fala demais, Oharu. É um péssimo costume.

Repreendida simultaneamente pelas duas mulheres, Oharu tinha-se imobilizado por completo, tornando-se difícil saber se ouvia ou não o que lhe diziam. Tanto assim que continuou petrificada mesmo depois de ser dispensada pela patroa. "Pode ir agora", teve de lhe dizer Sachiko duas ou três vezes até que ela se desculpasse num sopro de voz e enfim se afastasse.

— Vivo lhe chamando a atenção, mas essa menina não aprende nunca! — comentou Sachiko, relanceando vez ou outra o rosto ainda crispado da irmã. — Reconheço que fui descuidada, Yukiko. Eu podia ter dado meus telefonemas de modo a não ser ouvida por elas, mas quem imaginaria que Oharu fosse contar para a criança?

— Você precisa se cuidar quando fala ao telefone, é claro, mas não é só isso. Eu já vinha me sentindo mal de uns tempos para cá por vocês comentarem as propostas de casamento na presença de Oharu.

— Na presença dela? Disso, não me lembro...

— E não foi uma nem duas vezes. É óbvio que todo mundo se calava quando Oharu entrava na sala, mas, mal ela saía, já começavam a falar sem lhe dar tempo nem de se afastar da porta. Eu sempre achei que ela conseguia ouvir tudo, principalmente por causa daquele vozerio...

Pensando bem, ultimamente, Teinosuke, Sachiko, Yukiko e por vezes Taeko tinham se reunido na sala de estar depois das dez da noite, assim que Etsuko adormecia, para discutir o jantar daquela noite, e Oharu costumava vir da sala de jantar com o vinho e os queijos. As folhas corrediças da porta que separava os dois aposentos não fechavam direito e entre elas restava sempre um vão da grossura de um dedo, possibilitando a quem estivesse na sala de jantar ouvir com bastante nitidez o que se falava na de estar. As conversas precisavam ter sido em voz baixa principalmente à noite, quando tudo se aquietava, mas a verdade era que ninguém se lembrara disso. Agora, se Yukiko havia se dado conta disso, por que não os alertara na hora em vez de reclamar àquela altura dos acontecimentos? Seu timbre de voz era naturalmente baixo e a Sachiko não pareceu que ela se preocupara em falar ainda mais baixo que de costume. Ademais, como haveriam de adivinhar o que a estava preocupando se ela não dizia nada? Oharu tornava-se inconveniente com sua tagarelice, mas, introvertida como era, Yukiko também se constituía em problema, pensou Sachiko. E a julgar pela frase "eu sempre achei que ela conseguia ouvir tudo, principalmente por causa daquele vozerio...", Yukiko queixava-se de Teinosuke. Ficava assim em parte explicado o motivo por que nada dissera na hora: Yukiko não quisera ser descortês com o cunhado. De fato, Teinosuke tinha voz forte e penetrante, e podia ser ouvido de longe.

— Se tinha se dado conta de tudo isso, por que não nos disse, Yukiko?

— Seja como for, gostaria, de agora em diante, que não comentassem esses assuntos perto da criadagem. Veja bem, não me incomoda comparecer a um *miai*, entende? Eu apenas... não suporto imaginar essa gente comentando depois: "Ainda não é desta vez que ela vai conseguir se casar!"

Repentinamente, sua voz adquiriu um tom nasalado. Uma lágrima correu pelo rosto refletido no espelho e caiu.

— Você fala como se tivesse sido recusada diversas vezes, mas isso nunca aconteceu, Yukiko! Você, mais que ninguém, sabe muito bem que seus pretendentes sempre a pediram em casamento com insistência depois de conhecê-la pessoalmente, mas que ainda assim seu enlace nunca se concretizou porque *nós* não os julgamos à sua altura e os recusamos, não é mesmo?

— Mas não é assim que essa gente vê as coisas. E se a proposta atual também não nos interessar, vão com certeza imaginar que fui recusada mais uma vez... E mesmo que não imaginem, estou certa de que é isso que dirão. Por tudo isso...

— Está bem, basta! Vamos mudar de assunto. Erramos, reconheço, e cuidaremos para que esse tipo de situação não volte a acontecer. Você está estragando a maquiagem, Yukiko.

Sachiko pensou em aproximar-se da irmã para retocar-lhe a pintura, mas se conteve: qualquer gesto nesse momento faria aflorar as lágrimas que a irmã retinha a custo.

10

Teinosuke havia procurado refúgio no gabinete anexo à casa e começava a se preocupar: já passava das quatro da tarde, e as mulheres ainda não estavam prontas. Repentinamente, ouviu algo caindo sobre a folha ressequida de uma arália do jardim. Estendeu o braço sobre a escrivaninha em que se apoiava, correu a folha do *shoji*[15] à sua frente e viu que o céu, limpo havia pouco, tinha escurecido, e que gotas esparsas de chuva riscavam o espaço além do beiral. Teinosuke retornou às pressas para a ala principal da casa:

— Aí vem chuva, Sachiko! — gritou ele da escada, antes ainda de alcançar o quarto de vestir.

— É verdade, está começando a chover! — espantou-se Sachiko, espiando pela janela. — Mas deve ser apenas um chuvisco passageiro. Veja, há pedaços de céu azul espiando por entre as nuvens.

Nem tinha acabado de falar quando as telhas que se avistavam da janela se encharcaram, e o chuvisco transformou-se em chuva pesada, a desabar ruidosamente.

— Se ainda não chamou o táxi, faça isso imediatamente, Sachiko. Mande-o vir às cinco e quinze em ponto — instruiu Teinosuke. — Quanto a mim, vou tirar este quimono: se a chuva engrossar, prefiro estar de terno. Acha o azul-marinho apropriado?

Alertada pelo marido, Sachiko telefonou naquele instante, pois os táxis de Ashiya eram avidamente disputados toda vez que uma chuva mais forte desabava sobre a região. Os três acabaram enfim de se aprontar, a hora marcada chegou e passou, mas o carro não surgiu. Apenas a chuva se intensificou. Todos os pontos de táxi foram contatados, mas

---

15. Divisória corrediça com estrutura leve de madeira e vedação em papel de arroz, ou madeira e vidro (*shoji* de vidro), que permite a entrada da claridade do sol, usada como porta e janela. Há também as portas *fusuma* (traduzidas por portas corrediças), forradas de papel decorado ou tecidos mais grossos, servindo de divisória ou porta interna dos cômodos. (N.E.)

a informação que obtinham era sempre a mesma: os veículos estavam todos na rua por causa da chuva e dos muitos casamentos que se realizavam naquele dia excepcionalmente auspicioso; que tivessem paciência e aguardassem um pouco, pediam os funcionários dos pontos, pois mandariam um carro assim que algum retornasse.

Para chegar ao hotel pontualmente às seis, bastava-lhes sair de casa às cinco e meia, já que naquele dia pretendiam seguir de carro até Kobe. Outra meia hora se passou e Teinosuke, cada vez mais aflito, ligou para o Hotel Oriental e explicou a situação a fim de evitar que Itani lhe telefonasse de lá questionando o atraso. Foi então informado de que os demais convidados já se encontravam reunidos. O táxi finalmente chegou quando faltavam apenas cinco minutos para as seis horas. No meio do aguaceiro em que se transformara a chuva, os três foram conduzidos um a um ao carro pelo motorista, protegidos sob seu guarda-chuva. Sachiko sentiu gotas geladas molhando-lhe o pescoço, e suspirou aliviada quando enfim se acomodou no banco traseiro. Lembrou-se então de que os *miai* da irmã sempre coincidiam com dias de chuva: isso tinha acontecido na última e também na penúltima vez.

— Peço desculpas pelos trinta minutos de atraso — foi logo dizendo Teinosuke ao avistar Itani, que viera encontrá-los na chapelaria do hotel. — Não havia táxis disponíveis por causa da chuva e dos muitos casamentos... Ao que parece, o dia hoje é de muito bom augúrio.

— Realmente, a caminho para cá, eu mesma cruzei com diversos carros transportando noivas — comentou Itani. Enquanto Sachiko e Yukiko entregavam os sobretudos na chapelaria, fez um sinal com os olhos e chamou Teinosuke para um canto.

— O senhor Segoshi os aguarda na outra sala em companhia dos demais convidados — disse-lhe a dona do salão. — Antes de nos juntarmos a eles, porém, gostaria de esclarecer um ponto: os senhores já levantaram as informações sobre ele?

— Bem... Na realidade, acabamos de investigar apenas seus dados pessoais. Aliás, saber que ele é realmente uma pessoa de qualidades excepcionais deixou-nos a todos muito felizes. Entretanto, as indagações na terra natal do cavalheiro estão sendo conduzidas pela casa central que, inclusive, já tem idéia do teor das respostas e já deu sua aprovação em termos gerais. Pediram para lhe dizer que estão aguardando apenas uma última informação, a qual deverá chegar dentro de aproximadamente uma semana.

— Compreendi...

— Sei que a senhora tem se empenhado em agilizar o andamento desta proposta e lamento estarmos atrasando o processo, senhora Itani, mas é que as pessoas da casa central são antiquadas, um tanto vagarosas em tudo que fazem... Eu, porém, compreendo a sua preocupação, senhora, e lhe asseguro que, pessoalmente, aprovo esta proposta. Vivo dizendo que, hoje em dia, exigências antiquadas têm de ser postas de lado ou Yukiko nunca se casará. Sendo o pretendente sério e idôneo, o resto não devia importar muito. Bem, vamos ver a reação dos dois diretamente interessados. Caso nada tenham a objetar, acredito que, desta vez, o casamento sairá.

As explicações foram apresentadas com facilidade pois Teinosuke já tinha combinado com Sachiko o teor do que declarariam naquela noite. A parte final do discurso, contudo, era a expressão sincera do seu desejo.

Depois das apresentações, feitas rapidamente no saguão para recuperar o atraso, os oito tomaram o elevador e se dirigiram a uma saleta reservada para grupos pequenos. Nas cabeceiras da mesa sentaram-se Itani e Igarashi. Segoshi, a mulher de Fusajiro e o próprio Fusajiro foram, nessa ordem, acomodados em um dos lados da mesa e, no oposto, frente a frente com Segoshi, Yukiko, seguida de Sachiko e Teinosuke. No dia anterior, quando Sachiko fora ao salão de beleza, a ordem sugerida por Itani havia sido: de um dos lados, Segoshi, ladeado por Fusajiro e pela mulher deste, e do outro, Yukiko, ladeada pela irmã e por Teinosuke. Sachiko, porém, considerara tal disposição excessivamente formal e propusera esta em que se sentavam agora.

A certa altura, Igarashi, considerando apropriado o momento, tomou a palavra:

— Tenho para mim que a minha presença nesta mesa lhes pareça totalmente forçada — disse ele, levando a colher de sopa à boca. — É verdade que Segoshi, aqui presente, e eu somos conterrâneos, mas as coincidências terminam aí. Para começar, sou muito mais velho que ele, como podem ver muito bem, e, depois, nem sequer freqüentamos a mesma escola. Nossas histórias se cruzam apenas num único ponto: nascemos ambos na mesma cidade e em casas próximas. De modo que o fato de eu estar sentado a esta mesa com os senhores se constitui em honra muito grande para mim, mas, ao mesmo tempo, em ousadia sem tamanho da minha parte. Peço-lhes que me perdoem por isso. Na verdade, a culpa é do Fusajiro, que me arrastou à força para cá. Os senhores não conhecem este homem. A senhora Itani, a irmã dele aqui presente, é bastante conhecida por sua oratória veemente, capaz de silenciar muitos barbudos. Pois lhes asseguro que o irmão não fica nada a lhe dever. "Como ouso recusar o convite para um jantar tão significativo quanto o desta noite? Não percebo então que, recusando, posso vir a agourar a reunião? A presença de um velho é imprescindível nestes encontros!" Você tem de comparecer, nem que seja apenas para honrar a sua careca!, disse-me ele, não imaginam os senhores com que ímpeto!

— Ah, ah, ah! O senhor reclama, diretor — interveio Fusajiro —, mas agora que aceitou, está achando muito bom, não é mesmo? Confesse!

— Deixe para lá essa história de "diretor"! Esta noite, quero esquecer o mundo dos negócios e apreciar o jantar.

Naquele momento, ocorreu a Sachiko que, na sua juventude, havia na loja dos Makioka, em Senba, um gerente careca e divertido que lembrava Igarashi. Hoje em dia, quando quase todas as grandes casas comerciais tinham se transformado em sociedades anônimas, os gerentes haviam sido promovidos a diretores e trocado os indefectíveis conjuntos de *haori* e avental por terno e gravata, e o linguajar típico de Senba fora substituído pelo japonês padrão. Na índole e nos modos, contudo, essa gente tinha-se muito mais por lojista que por diretor de empresa. Esse tipo de balconista ou gerente cortês — prestimoso, de prosa fácil e divertida, sempre atento aos humores do patrão — costumava ser figura obrigatória em quase todos os estabelecimentos comerciais de então. Sachiko deduziu que a inclusão de Igarashi no grupo fora sem dúvida cuidadosamente planejada por Itani com o intuito de animar a reunião.

Segoshi — que acompanhava o espirituoso diálogo entre Igarashi e Fusajiro com um sorriso nos lábios — correspondia em linhas gerais à imagem que Sachiko e Teinosuke haviam formado dele ao ver-lhe a fotografia. Pessoalmente, porém, ele parecia mais moço, ninguém lhe daria mais que 37 ou 38 anos. Tinha olhos e nariz bem talhados, mas, ainda assim, seu rosto era tosco, pouco atraente. Em suma, como Taeko já dissera antes, era um rosto comum. Peso e altura, terno e gravata, tudo nele era prosaico. Nenhum traço de um eventual bom gosto cultivado em Paris era visível. Em compensação, nada nele parecia afetado. Resumindo, Segoshi era a imagem viva do assalariado honesto e equilibrado.

A primeira impressão é positiva, pensou Teinosuke.

— Quantos anos esteve em Paris, senhor Segoshi? — perguntou.

— Dois anos, mas isso foi há muito tempo...

— Há quanto tempo, para sermos exatos?

— Cerca de quinze ou dezesseis anos atrás. Ou seja, fui para lá logo depois que me formei na faculdade.

— Quer dizer que, mal se formou, foi trabalhar na matriz da empresa em que se encontra atualmente?

— Não, não foi bem assim. Ingressei nessa empresa no Japão, depois de voltar da França. A Paris, fui sem nenhum objetivo concreto, para dizer a verdade... Na época, meu pai havia falecido e me deixado uma herança modesta. Vali-me disso para viajar e... Bem, se algum objetivo houve, posso dizer que foi o de aprimorar o conhecimento da língua francesa. Além disso, imaginava que talvez pudesse arrumar um emprego por lá. No final das contas, a viagem acabou sendo puramente turística, não consegui atingir nenhum dos objetivos.

— Segoshi é um excêntrico — interveio Fusajiro nesse instante. — Ouço dizer que a maioria das pessoas que vão a Paris encanta-se com a cidade e reluta em voltar para cá. Pois Segoshi, ao contrário, decepcionou-se com o lugar, quase adoeceu de saudade da nossa terra e voltou correndo, imaginem!

— Interessante... E por que, posso saber?

— Nem eu sei explicar direito — disse Segoshi. — Talvez esperasse demais da cidade...

— Foi a Paris e descobriu o Japão... Nada mau, realmente. Suponho que esse foi também o motivo por que passou a preferir mulheres tipicamente japonesas... — observou Igarashi, lançando do extremo da mesa um malicioso olhar de esguelha na direção de Yukiko que, embaraçada, baixou a cabeça.

— Mas imagino que, trabalhando numa companhia francesa, sua fluência nessa língua tenha aumentado — aparteou Teinosuke.

— Pois aí é que se engana. Embora seja uma companhia francesa, os funcionários são japoneses em sua grande maioria. De nacionalidade francesa, apenas dois ou três diretores.

— Isso significa que não tem oportunidade de conversar em francês?

— Falo apenas nos momentos em que vou ao porto receber um navio da companhia MM. Porém, sempre redijo as cartas comerciais em francês.

— E quanto a você, senhorita Yukiko? Continua estudando francês? — indagou Itani.

— Continuo... Mais para fazer companhia à minha irmã — respondeu Yukiko.

— E o seu professor? É japonês ou francês?

— É uma senhora francesa... — começou a dizer Yukiko, e Sachiko completou:

— ... casada com um japonês.

Não bastasse a habitual timidez que a impedia de falar com desenvoltura no meio de estranhos, Yukiko se inibia ainda mais nessas reuniões em que a linguagem usada era o japonês padrão de Tóquio: as terminações das expressões honoríficas tornavam-se quase inaudíveis e os finais de suas frases, truncados. Sachiko também tinha certa dificuldade em empregar essas mesmas expressões, mas conseguia falar com razoável naturalidade sobre qualquer assunto porque sabia disfarçar o sotaque típico da região de Osaka.

— E essa senhora francesa fala japonês? — indagou Segoshi a Yukiko, encarando-a pela primeira vez.

— Fala... No começo, não falava muito, mas ela foi melhorando aos poucos, fez um progresso incrível nos últimos tempos...

— ... o que acabou se constituindo em grande desvantagem para nós — interveio Sachiko uma vez mais. — Pois tínhamos combinado que, durante as aulas, só falaríamos francês, mas agora que ela aprendeu a falar japonês, isso já não ocorre. Estamos usando cada vez mais a nossa língua.

— Muitas vezes me acontece de acompanhar as aulas da sala ao lado, sabem? Nessas ocasiões, percebo que as três conversam o tempo todo em japonês — explicou Teinosuke.

— Não é verdade! — exclamou Sachiko, voltando-se para o marido, o modo de falar de Osaka evidenciando-se na exclamação repentina. — Falamos francês, e muito! Acontece apenas que nossas vozes não o alcançam...

— Sabem que isso acontece mesmo? Pelo jeito, elas falam francês uma vez ou outra, mas tão baixinho e com tamanha timidez que não consigo ouvir nada da sala ao lado. Desse jeito, acho difícil haver progresso, mas... que se há de fazer? Esse é o nível das aulas para mocinhas e senhoras casadas que buscam aprender uma língua estrangeira como passatempo...

— Sua observação não foi nada gentil — reclamou Sachiko. — Nosso aprendizado não é apenas de língua francesa, fique o senhor sabendo. Nossa professora nos ensina também a cozinhar, a assar bolos e a tricotar. Pois não se lembra de ter elogiado o prato de lulas à francesa que lhe servi no jantar de poucos dias atrás e de me ter recomendado que pedisse novas receitas à professora?

A discussão conjugal se transformou em divertida atração e provocou o riso dos demais.

— E como se faz esse prato de lulas? — indagou a mulher de Fusajiro.

Por alguns instantes, lulas cozidas com alho e molho de tomate foram o tema da conversa.

11

Observando o ritmo em que o vinho era servido a Segoshi, Sachiko tinha depreendido havia algum tempo que o homem era bom bebedor. Reparara também que Fusajiro devia ser quase abstêmio, e que Igarashi, com as orelhas vermelhas àquela altura, recusava sistematicamente o serviço toda vez que o garçom se aproximava com o vinho. Segoshi tinha encontrado em Teinosuke um parceiro à sua altura, mas nenhum dos dois apresentava sinais de embriaguez no rosto ou no comportamento. Itani revelara-lhe que Segoshi gostava de beber, embora não o fizesse todas as noites, e que, quando a ocasião se apresentava, era capaz de consumir doses consideráveis sem se alterar. A revelação não a desagradou, pois Sachiko sempre nutrira certa impressão de que abstêmios deixavam a desejar como seres humanos interessantes, e tanto o cunhado Tatsuo, o herdeiro adotivo dos Makioka, como o marido Teinosuke eram dos que não dispensavam um bom vinho ou saquê à hora do jantar. Por trás dessa sua impressão havia o fato de terem as irmãs, em substituição à mãe que lhes falecera muito cedo, feito companhia ao pai idoso todas as noites ao jantar. Desse modo, a começar por Tsuruko, a irmã mais velha da casa central, e terminando na caçula Taeko, todas aprenderam a apreciar vinhos e saquês com moderação. Eis por que Sachiko sentia-se melhor em companhia de homens que sabiam beber, com exclusão, claro estava, daqueles que se embriagavam e perdiam a compostura. E, baseada no que ela própria sentia, achou que Yukiko era da mesma opinião, muito embora esta não houvesse incluído no rol das qualidades esperadas de um futuro marido a de que soubesse beber. Ademais, tipos como Yukiko — especialmente contidos, incapazes de externar o que lhes ia no íntimo — necessitavam dos momentos de descontração proporcionados pela bebida para não se tornarem depressivos. Isso valia também para o homem que se casasse com uma mulher como ela: sem a ajuda de um bom gole, o pobre coitado não suportaria seu opressivo ambiente cotidiano. Imaginar Yukiko casada com um abstêmio provocava sempre em Sachiko um sentimento de tristeza e comiseração. Sachiko empenhava-se agora em descontrair a irmã e em fazê-la falar um pouco mais.

— Beba um pouco, Yukiko — sussurrava ao pé do ouvido da irmã, indicando com o olhar o vinho branco diante dela. Ela mesma tomava alguns goles à guisa de incentivo ou solicitava discretamente ao garçom:
— Sirva-lhe um pouco mais.

A própria Yukiko sentia-se estimulada pelo ritmo de Segoshi e, desejosa de aparentar maior animação, tomava discretos goles do vinho de tempos em tempos, mas as meias úmidas pela chuva lhe causavam mal-estar e a impediam de se descontrair, fazendo a bebida lhe subir à cabeça.

Segoshi, que observara tudo sem dar a perceber que o fazia, disse nesse instante:

— Gosta de vinho branco, senhorita?

Yukiko apenas sorriu e baixou a cabeça.

— Ela é capaz de tomar uma ou duas taças — respondeu Sachiko pela irmã. — O senhor, porém, é um bom copo, pelo que vejo. Qual é o seu limite?

— Nunca medi, mas devo ser capaz de beber quase um litro e meio sem me alterar.

— E no seu caso, que tipo de dote artístico se revela quando bebe? — indagou Igarashi.

— Infelizmente, nenhum. Não tenho dotes artísticos. A bebida no máximo me torna um pouco mais falante.

— E a senhorita Makioka?

— Ela toca piano — respondeu de pronto Itani. — Os Makioka são todos bons apreciadores da música erudita ocidental, sabiam?

— Não é bem assim... — interveio Sachiko. — Meus pais me fizeram estudar coto[16] na infância e, ultimamente, venho pensando em retomar

---

16. Harpa deitada, com corpo retangular de madeira e 13 cordas de seda, estabilizadas por cavaletes e tangidas com os dedos polegar, indicador e médio da mão direita. (N.T.)

as lições. Minha irmã caçula tem aulas de bailado Yamamura, o que nos põe em contato constante com esse instrumento e com as canções *jiuta*[17], compreendem?

— Koisan dança? Não sabia!

— Taeko dá a impressão de se ter transformado numa mulher moderna e ocidentalizada, mas, com o tempo, parece-me que algumas atividades artísticas genuinamente japonesas cultivadas na infância voltaram a atraí-la... Como sabem, ela é habilidosa em tudo que faz, e também dança muito bem, em parte por ter tido aulas quando criança, acho eu.

— Não sou nenhum especialista no assunto, mas o Yamamura me parece um bailado folclórico precioso desta nossa região — interveio Igarashi. — Não aprovo a tendência recente de imitar tudo que vem de Tóquio, sabem? As artes da terra também têm de ser prestigiadas...

— Por falar nisso, o diretor..., ou melhor, o senhor Igarashi é um excelente cantor do gênero *utazawa*[18]. Estuda essa modalidade há muitos anos — aparteou Fusajiro.

— Parece-me, porém, que o aprendizado desse tipo de canto traz consigo certos inconvenientes... — observou Teinosuke. — Não falo de cantores veteranos como o senhor Igarashi, é claro, mas... Não é verdade que cantores principiantes sentem em geral uma vontade irresistível de serem ouvidos por um público mais versado no assunto e, em conseqüência, são arrastados para as casas de chá em busca do aplauso das gueixas?

— Com certeza, com certeza! Aliás, não ter caráter familiar é o maior defeito das peças líricas tradicionais do nosso país. Comigo, porém, é diferente: o meu interesse por *utazawa* não foi motivado por nenhum desejo inconfesso de impressionar o público feminino,

---

17. Nome genérico de baladas declamadas ou cantadas na região de Kyoto ao som do shamisen. Com o tempo, este gênero fundiu-se com outro cantado com acompanhamento de coto e constituiu-se em gênero independente. (N.T.)

18. (Ou *utazawa-bushi*) gênero musical que compreende canções e baladas, tomou esse nome em homenagem ao seu criador, Utazawa Yamato-no-Daijou. Suas canções e baladas têm por base as hauta — pequenas peças cantadas com acompanhamento de shamisen muito em voga entre os anos de 1800 e 1830 na cidade de Edo. (N.T.)

asseguro-lhes! Nesse aspecto, sou um homem correto, rígido até. Não é mesmo, Fusajiro?

— Rígido, claro! Trabalhamos com ferro, não é mesmo?

— Ha, ha, ha...! Mudando um pouco de assunto e aproveitando a presença das senhoras nesta mesa, há uma questão que me vem intrigando e que gostaria de ver esclarecida: esses estojos compactos que carregam na bolsa contêm apenas cosmético em pó?

— Apenas cosmético em pó — respondeu Itani por todas. — Por que, senhor Igarashi?

— É que me aconteceu uma coisa interessante há cerca de uma semana. Tomei o bonde da linha Hankyu e me sentei ao lado de uma senhora distinta, por sinal muito bem vestida. Ela retirou da bolsa um desses estojinhos, abriu-o e se pôs a retocar a ponta do nariz, batendo assim, puf, puf, com uma esponja. O vento soprava na minha direção e, no mesmo instante, vi-me soltando dois ou três espirros sonoros. Que acham disso?

— Ha, ha, ha! A culpa deve ter sido do seu nariz, que na certa não estava funcionando direito nesse dia, senhor Igarashi. Eu dificilmente culparia o pó!

— E eu também, fosse essa a única vez que isso tivesse me acontecido. Mas a verdade é que eu havia tido uma experiência anterior semelhante, aquela já era a segunda vez...

— Espere! Acho que o senhor tem razão! — exclamou Sachiko repentinamente. — Já me aconteceu duas ou três vezes de abrir o estojinho no bonde e de ver a pessoa ao meu lado espirrar! Pela minha experiência, posso afirmar que, quanto melhor a qualidade do perfume no pó, maior a probabilidade de isso acontecer.

— Ah, viram só? Essas coisas realmente acontecem! Por falar nisso, senhora Makioka, a gentil dama que me fez espirrar da primeira vez, já que a última com certeza não era, não teria sido a senhora?

— Ora, pode até ser. Aceite minhas sinceras desculpas, senhor Igarashi.

— Isso é novidade para mim — aparteou a mulher de Fusajiro. — Prometo-lhes, porém, que farei um teste na primeira oportunidade com um pó bem perfumado, da melhor qualidade.

— Que os céus nos protejam, senhora! E se a moda pega? Aliás, gostaria aqui de solicitar às senhoras que nunca retoquem a maquiagem quando estiverem sentadas a barlavento. A senhora Makioka, por exemplo, está perdoada porque acaba de se desculpar graciosamente, mas a dama da semana passada nem se dignou a me lançar um olhar depois dos três espirros que arrancou de mim. É revoltante!

— Falando em bondes e passageiros, a minha irmã caçula sempre diz que morre de vontade de arrancar esses pelinhos espetados, parecidos com crina de cavalo, que espiam por cima da gola dos ternos de alguns cavalheiros no interior das conduções — aparteou Sachiko.

— Ha, ha!

— Todos nós tivemos experiências semelhantes em nossa infância. Não se lembram de ter puxado a pontinha do algodão que escapava de um rasgo da almofada e de não ter conseguido parar até esvaziar o enchimento inteiro? — disse Itani.

— Deve ser algum obscuro e inexplicável instinto humano. Do mesmo modo que todo bêbado sente vontade de tocar a campainha da casa dos outros, ou que aquele botão de alarme nas plataformas das estações de trem, com o aviso "Não toque", exerce um fascínio irresistível sobre nós, a ponto de acabarmos evitando nos aproximar dele... — completou Igarashi.

— Ha, ha, ha, fazia tempo que eu não ria tanto — observou Itani com um suspiro de satisfação.

A sobremesa foi servida, mas a mulher parecia querer conversar um pouco mais.

— Senhora Makioka — chamou ela da cabeceira da mesa —, mudando um pouco de assunto, já reparou que, nos últimos tempos, as donas-de-casa mais jovens... Não, não estou querendo dizer que a senhora não seja jovem, nada disso, estou apenas me referindo a essas mocinhas recém-casadas, com vinte e poucos anos de idade, uma geração mais nova que a sua, entende? Pois como ia eu dizendo, reparou como essas donas-de-casa mais jovens andam espertas? Elas resolvem seus problemas de economia doméstica e de educação infantil de maneira científica e fazem me sentir tão ultrapassada...

— Concordo plenamente. Veja o currículo do colegial, por exemplo: mudou tanto nos últimos anos! Até eu me sinto ultrapassada quando observo o comportamento dessas mocinhas recém-casadas.

— Tenho uma sobrinha que veio do interior para morar comigo e, sob minha supervisão, conseguiu formar-se num colégio feminino de Kobe. Ela casou-se recentemente e está morando no bairro de Koroen, na região de Hanshin. O marido trabalha numa empresa de Osaka e ganha 90 ienes mensais, mais o abono. Além disso, os dois recebem uma ajuda da família dela, que lhes manda 30 ienes todo mês, correspondentes ao aluguel da casa, de modo que, somando tudo, passam o mês com cerca de 160 ienes. Eu me angustiava imaginando como viviam com um orçamento tão apertado, e fui vê-la. Pois ela faz assim: no final do mês, quando o marido traz os 90 ienes do salário, minha sobrinha apanha, antes de mais nada, diversos envelopes previamente preparados especificando: gás, luz, vestuário, miudezas, etc., etc., e neles reparte o dinheiro, planejando os gastos do mês seguinte. Falando desse jeito, tem-se a impressão de que os dois passam maus bocados, mas para minha surpresa ela serviu bons pratos durante o jantar a que fui convidada. A decoração da casa também estava bem cuidada, não era tão pobre quanto eu imaginava. Mas naturalmente ela é bem esperta: dias desses, por exemplo, quando fomos juntas a Osaka, entreguei-lhe minha carteira e lhe pedi que comprasse as passagens. Pois não é que ela comprou um bilhete múltiplo e, depois que o usamos, ela o guardou para si com o saldo? Essas meninas não precisam dos conselhos ou da supervisão de velhas como eu, elas conseguem viver muito bem sem a nossa ajuda!

— Realmente, certas mães precisam aprender a economizar hoje em dia com as suas filhas — concordou Sachiko. — Perto de casa, mora uma jovem casada que tem uma filhinha de uns dois anos. Alguns dias atrás, precisei ir à casa dela por um motivo qualquer e ela insistiu comigo para que entrasse. Sei que ela não tem empregada, mas a casa estava muito bem arrumada, sabem... E por falar nisso, reparou que essas mães jovens só vestem roupas ocidentais quando estão em casa e preferem sentar-se em cadeiras em vez de almofadas sobre o tatame, senhora Itani? Essa de que eu estou falando, pelo menos, está sempre de vestido. E naquele dia, ela trouxe o carrinho para dentro da sala e pôs o bebê dentro dele para evitar que engatinhasse por todos os lados. E quando ela me viu brincando com o bebê, pediu-me que o entretivesse por alguns instantes, pois ela queria me preparar uma xícara de chá. Dito isso, deixou-me. Momentos depois, voltou com o meu chá e uma papa quentinha de pão com leite para a criança. "Obrigada por cuidar do bebê", disse-me ela. Ofereceu-me o chá e, mal se sentou, lançou um olhar ao relógio de pulso, dizendo: "Ah, é hora do concerto de Chopin. Não quer ouvi-lo comigo?" Ligou o rádio e, enquanto ouvia o concerto, começou a dar a papinha para o bebê. "Que moça esperta!", pensei. Planeja as coisas com cuidado para não perder tempo e é capaz de dar conta de três atividades simultâneas: alimentar a criança, servir-me o chá e apreciar um bom concerto. Fiquei encantada!

— Até o modo de educar as crianças é totalmente diferente, hoje em dia...

— Essa jovem mãe também falou desse problema. Ela disse: "Não me incomodo nem um pouco que minha mãe venha ver a neta, o problema é que ela fica com a criança no colo o tempo todo, ao contrário de mim, que evito pegá-la para que não fique manhosa. Quando a vovó vai-se embora, o nenê está chorão e mal-acostumado, e eu tenho de me esforçar para reeducá-lo."

— E por falar nisso, hoje em dia, as crianças já não são as choronas de antigamente. Dizem que agora a mãe não corre a acudir uma criança quando ela tropeça na rua e cai, continuando a andar sem lhe dar maior atenção. Ao contrário do que pensávamos em nosso tempo, parece que a criança então se ergue sozinha e corre no encalço da mãe sem chorar...

Terminado o jantar, desceram todos ao saguão do hotel, e Itani disse a Teinosuke e Sachiko que Segoshi desejava conversar a sós com Yukiko durante quinze ou vinte minutos. Como Yukiko não se opôs, os dois foram conduzidos para uma mesa afastada, enquanto os demais continuaram a conversar animadamente.

No interior do táxi que os levava para casa, Sachiko sondou a irmã:

— Que lhe disse o senhor Segoshi quando ficou a sós com você?

— Ele me fez muitas perguntas — respondeu Yukiko hesitante. — Nada muito objetivo...

— Sei... Em outras palavras, testou-a para saber o seu nível intelectual...

— ...

Lá fora, a chuva tinha amainado, transformando-se numa garoa fina e mansa que lembrava as de fim de primavera. O carro percorria agora a Rodovia Nacional Hanshin, e Yukiko, sentindo as faces coradas e a visão levemente embaralhada pelo efeito tardio do vinho, observava quase em transe os reflexos de inúmeros faróis no asfalto molhado.

12

Ao chegar em casa na tarde seguinte, Teinosuke mal viu Sachiko e lhe disse:

— A senhora Itani esteve hoje em meu escritório.

— O que a teria levado até lá?

— Ela disse que o correto teria sido vir para cá, mas como tinha algumas coisas a resolver hoje em Osaka, resolveu me procurar porque achava mais fácil falar comigo que com você.

— E então? Que lhe disse ela?

— De um modo geral, a conversa foi positiva, mas... bem, vamos para o meu gabinete — respondeu Teinosuke, conduzindo a mulher.

De acordo com Itani, depois que os Makioka haviam se retirado, na noite anterior, os demais permaneceram conversando por mais vinte ou trinta minutos. Resumindo, Itani dissera que Segoshi se mostrara entusiasmado com relação a Yukiko, só tivera palavras de elogio à beleza e ao caráter dela. Contudo, preocupou-lhe a impressão de excessiva fragilidade que dela tivera e indagara se não sofria ela de algum mal debilitante. E por falar nisso, continuara Itani, Fusajiro também observara que considerava excessivo o número de ausências no histórico escolar mostrado a ele tempos antes pela direção do colégio freqüentado por Yukiko, o que o fizera se perguntar se ela não teria sido uma menina muito doente. Essa era a dúvida. Teinosuke havia respondido que não conhecera a cunhada na época em que ela freqüentava o colégio e nada podia informar a respeito de faltas e outros pormenores de sua vida escolar sem antes perguntar a Sachiko ou à própria Yukiko. No entanto, uma coisa podia afirmar com certeza: desde o dia em que a conhecera, jamais vira Yukiko doente. Ela tinha essa aparência frágil, a ossatura delicada e, realmente, era magra, ninguém podia afirmar o contrário. Apesar de tudo, das quatro irmãs era a mais resistente a infecções: quase nunca pegava resfriados ou gripes e, depois de Tsuruko, a irmã mais velha, era a que melhor suportava a fadiga, isso ele podia assegurar. Contudo, compreendia a preocupação de Itani, pois antes dela houvera até quem insinuasse que Yukiko fosse tísica por causa dessa aparente fragilidade. Teinosuke prometera ir para casa e, lá chegando, expor o problema imediatamente à mulher e à cunhada, solicitar permissão à casa central para recomendar a realização de exames médicos e de raios X, feitos os quais, apresentaria os resultados ao senhor Segoshi. Isso, Itani respondera, era exagero, bastavam-lhe apenas as declarações de Teinosuke. "Não, não concordo", replicara ele, "essas questões têm de ficar bem esclarecidas". O testemunho dele, afinal, não se baseava em nenhum laudo médico, e aquela seria uma boa oportunidade de se obter essa garantia e de tranqüilizar a própria família; a casa central seria da mesma opinião, e tanto Itani como Segoshi se sentiriam muito mais seguros se vissem com os próprios olhos a radiografia dos pulmões sem máculas, concluíra Teinosuke. Aquele casamento podia até não se concretizar, dissera ele a Sachiko, mas seria interessante aproveitar a oportunidade e tirar uma radiografia, que lhes seria útil na eventualidade de alguém mais levantar a mesma dúvida no futuro. A casa central não haveria de se opor. Que achava Sachiko de levar a irmã amanhã mesmo ao Hospital Universitário de Osaka?

— Por que teria ela faltado tantas vezes às aulas no colegial? Teria andado doente? — perguntou Teinosuke à mulher.

— De jeito nenhum. Foi tudo culpa do meu pai, que inventava mil histórias para fazê-la faltar às aulas e poder levá-la ao teatro. Naquele tempo, os cursos colegiais não eram tão rigorosos quanto hoje. Ele também me levava sempre e sou capaz de apostar que meu histórico registra mais faltas que o de Yukiko.

— Sendo assim, sua irmã não se recusará a tirar a radiografia, não é?

— Mas por que no Hospital Universitário de Osaka? O doutor Kushida também tem um aparelho no consultório dele.

— Ah, e tem mais um problema. A mancha nesta área... — disse Teinosuke pondo o dedo sobre a borda do olho esquerdo. — Itani afirma nada ter percebido, "mas os homens, por improvável que isso possa parecer, são mais observadores que as mulheres", comentou: ontem, depois que nos retiramos, um deles expressou que tinha a impressão de ter visto uma sombra muito leve na borda do olho esquerdo de Yukiko. "Eu também achei", dissera outro, enquanto o terceiro achou que tudo não passava de um jogo de sombra e luz, e não conseguiram chegar a um consenso. "Tal mancha existiria realmente?", perguntou-me Itani.

— Eu também tinha reparado. Foi falta de sorte aquilo ter aparecido justo na noite de ontem. Enfim, alguém notou, como eu bem temia — comentou Sachiko.

— Apesar de tudo, Itani não parecia especialmente preocupada... — disse Teinosuke.

Nos últimos tempos, uma mancha tênue semelhante a uma sombra vinha surgindo vez ou outra no rosto de Yukiko — mais exatamente na região da pálpebra superior esquerda, logo abaixo da sobrancelha. Teinosuke, por exemplo, só reparara nela havia três meses. Na ocasião, ele indagara a Sachiko com discrição quando é que aquilo tinha aparecido. A mancha não existia antes, a própria Sachiko só a notara havia pouco. E mesmo agora não era constante. Tênue a ponto de ser quase invisível na maior parte do mês, desaparecia por completo durante alguns dias para de repente evidenciar-se com nitidez durante um curto período de quase uma semana. Sachiko logo deu-se conta de que os dias em que a mancha surgia bem escura coincidiam com os do período menstrual da irmã. Diante disso, sua preocupação aumentou: "Que pensaria a própria Yukiko de tudo isso? Com certeza ela teria sido a primeira a notar o fenômeno que ocorria no próprio rosto e podia ter ficado fragilizada emocionalmente. Ao que tudo indicava, Yukiko nunca dera mostras de se sentir inferiorizada ou especialmente desencorajada pelo fato de ser solteirona porque se sabia bonita. Contudo, que lhe aconteceria agora com o surgimento dessa mancha?" Sem poder abordar o assunto de maneira leviana, Sachiko passara os dias apreensiva, sondando o humor da irmã. Yukiko, porém, em nada havia modificado o comportamento usual, dando a entender que ou não notara o fenômeno ou não se importava com ele. E então, certo dia, Taeko trouxera uma revista feminina publicada havia dois ou três meses e indagara a Sachiko: "Você leu este artigo?" Na coluna dedicada à consulta das leitoras, uma mulher solteira de 29 anos confessava sua apreensão diante de idêntico problema dermatológico. A referida mulher relatava que, também em seu caso, dependendo do período do mês a mancha clareava, escurecia ou desaparecia, e se evidenciava em especial no período menstrual. "Não se preocupe", dizia o consultor na resposta à leitora, "tais manchas são fenômenos fisiológicos e costumam ocorrer com freqüência em mulheres maduras, mas solteiras. Desaparecem na maioria das vezes com o casamento, ou podem ser tratadas com injeções de pequenas doses de hormônio feminino aplicadas continuamente por um curto espaço de tempo", concluía o artigo. Sachiko respirou aliviada. Ela própria, na verdade, passara por experiência semelhante anos antes, logo depois do casamento. No seu caso, a mancha escura surgia sempre em torno da boca e a deixava com o aspecto de uma criança gulosa que acabou de comer *an*[19]. Na ocasião, o médico consultado diagnosticara intoxicação por aspirina, que desapareceria naturalmente com o passar do tempo. De fato, a mancha desaparecera quase um ano depois sem qualquer tratamento e nunca mais se manifestara. Sachiko achou então que ela e Yukiko, sendo irmãs, talvez tivessem as mesmas predisposições e não dedicou ao problema maior atenção, sobretudo porque, em seu caso, a nódoa tinha sido muito mais escura e mesmo assim desaparecera. A leitura do artigo na revista feminina serviu apenas para dar-lhe ainda maior tranqüilidade. Taeko, contudo, tinha outro objetivo em mente ao trazer à baila o referido artigo: ela ainda não sabia como, mas queria de algum modo mostrá-lo a Yukiko, pois desconfiava que esta aparentava indiferença, mas se afligia intimamente. Taeko queria dizer à irmã que não havia nada com que se preocupar, já que de acordo com a revista o problema era simples e a cura viria com o casamento. Contudo, era melhor, se possível, tratar o problema de imediato. Taeko, porém, achava difícil convencer a irmã disso, conhecendo seu temperamento apático.

Somente ao falar da mancha com Taeko, Sachiko, que nunca havia discutido o problema com ninguém, deu-se conta de que, assim como ela, a irmã caçula também vinha se angustiando por Yukiko. Deduziu também

---

19. Doce escuro e pastoso feito de feijão azuki e açúcar. (N.T.)

que, além do genuíno desejo de promover o bem-estar da irmã, Taeko tinha outro, inconfessado: o de vê-la casar-se o quanto antes a fim de abrir caminho para o próprio casamento com Okubatake. Depois de discutir quem deveria mostrar o artigo a Yukiko, chegaram à conclusão de que Taeko era a mais indicada, porque podia abordar o assunto de forma casual. Saída da boca de Sachiko, a questão podia soar mais séria do que era na verdade, além de dar erroneamente a impressão de que Teinosuke também estava a par de tudo. E então, certo dia em que a sombra surgira com maior nitidez no rosto de Yukiko e ela se encontrava sozinha diante do espelho do quarto de vestir, Taeko fingiu entrar ali por acaso e disse em voz baixa:

— Você não tem por que se preocupar com essa mancha na pálpebra, ouviu, Yukiko?

— Hum... — resmungou Yukiko.

— Esse problema foi tratado numa revista feminina há alguns meses. Você leu o artigo? Quer que o mostre? — ofereceu Taeko, fixando o chão e esforçando-se para não encontrar o olhar da irmã.

— Talvez eu o tenha lido.

— Ah, você já o leu... Pelo jeito, isso desaparece quando a pessoa se casa, ou com injeções.

— Hum...

— Sabia disso, Yukiko?

— Hum...

O tom indiferente das respostas pareceu inicialmente a Taeko uma indicação de que Yukiko não queria falar do seu problema, mas não se tratava disso: seus "hums..." tinham sentido afirmativo e eram apenas um recurso que ela usava para disfarçar o próprio constrangimento ao ver revelado o fato de que havia lido o artigo em segredo.

Taeko, que até então vinha sondando a irmã cautelosamente, sentiu-se de súbito livre para tratar do assunto.

— Se tinha lido, por que não recorreu às injeções? — indagou.

Yukiko, porém, não parecia propensa a isso, respondendo com vagos "hums..." a mais essa demonstração de interesse da irmã caçula. Uma das explicações possíveis para essa atitude estava em sua personalidade: se alguém não a conduzisse pela mão, Yukiko jamais procuraria por si mesma um dermatologista desconhecido para se tratar. Outra possível explicação era a de que a própria Yukiko não estava tão perturbada com o fenômeno quanto os demais supunham. Por falar nisso, alguns dias depois desse incidente, Etsuko pareceu notar a mancha no rosto da tia. Encarando-a com expressão admirada, a menina perguntou: "Que é isso no seu olho, tia?" No mesmo momento, todas as pessoas presentes — numerosas, por sinal, pois incluíam Sachiko e as empregadas — calaram-se, constrangidas. Também nessa ocasião, Yukiko apenas murmurou alguma coisa que ninguém entendeu, mas não se mostrou especialmente perturbada, conforme todos temiam. Aliás, andar com Yukiko pelas ruas da cidade ou ir com ela fazer compras num dia em que a mancha estava evidente deixava as demais irmãs em estado de total aflição. Pois Yukiko, achavam elas, era um bem precioso à venda, alguém poderia interessar-se por ela ao vê-la bem arrumada andando na rua, quem sabe? Seria, portanto, conveniente que permanecesse reclusa alguns dias antes e depois de a mancha escurecer — isto é, pelo período aproximado de uma semana —, ou, se fosse sair, que ao menos desse especial atenção à maquiagem nesses dias. Yukiko, porém, se mostrava indiferente a tudo isso. Sachiko e Taeko achavam também que uma maquiagem carregada lhe caía bem normalmente, mas nos dias em questão esse tipo de maquiagem produzia efeito contrário ao que pretendiam: quando a luz incidia de maneira oblíqua no rosto, a mancha cor de chumbo parecia fixar-se sobre a base imaculadamente branca e surgia nítida através da maquiagem. Parecia-lhes preferível, portanto, diminuir a quantidade de pó e carregar no ruge. Yukiko, porém, não gostava de ruges (a suspeita de que seria tísica provinha em parte dessa sua preferência por maquiagens pálidas, ao contrário de Taeko, que usava pouco pó e nunca se esquecia do ruge) e continuava abusando da maquiagem branca, como sempre. E era bem nessas ocasiões que, por azar, cruzavam com conhecidos na rua. Andando de bonde com a irmã, certo dia em que a mancha estava especialmente nítida, Taeko tirou o estojo de ruge da própria bolsa e o entregou de forma discreta à irmã, aconselhando:

— Passe no rosto.

Nem assim Yukiko pareceu interessar-se por seu problema.

13

— E o que foi que você lhe disse, Teinosuke? — perguntou Sachiko.

— Contei-lhe a verdade, honestamente. Disse a ela que nem sempre a mancha fica nítida como naquela noite, e que tinha lido numa revista feminina, e também em diversos outros lugares, que o problema não é preocupante. Fiquei então pensando, Sachiko: já que a sua irmã precisa tirar a radiografia, por que não vai de uma vez ao Hospital Universitário de Osaka e consulta um dermatologista a fim de confirmar se isso que ela tem realmente desaparece, conforme diz o artigo? Eu disse a Itani que as aconselharia a seguir essa conduta porque pensei comigo: já que o problema veio à baila, é preciso dar-lhe uma solução à altura.

Yukiko passava a maior parte do mês na casa secundária e, por causa disso, as pessoas da casa central nada tinham percebido, era natural. Teinosuke começou a sentir agora que talvez tivesse sido negligente em não ter tomado nenhuma atitude até aquele momento. A seu favor, ele podia alegar que o problema era recente, ninguém o havia notado nos *miai* anteriores. Ele não dera ao caso maior importância, sobretudo porque vira a própria mulher curar-se com facilidade de um mal semelhante tempos antes. Sachiko, por sua vez, não devia ter marcado um *miai* justamente nos dias em que a mancha no rosto da irmã escurecia, pois se tivesse contado os dias, poderia ter previsto o período exato em que o fenômeno ocorreria. Contudo, ela também se descuidara, primeiro porque Itani a pressionara exigindo a reunião, e, depois, porque subestimara o problema imaginando que, por aqueles dias, se mancha houvesse ainda, já se teria tornado quase imperceptível.

Pela manhã, Sachiko esperou o marido partir para o escritório em Osaka, como sempre, e perguntou discretamente a Yukiko o que ela achara do *miai*, obtendo a resposta de que ela delegava em linhas gerais aos cunhados e às irmãs mais velhas a decisão quanto ao caminho a tomar em seguida. Temerosa agora de que uma abordagem desastrada desviasse o rumo positivo dos entendimentos, Sachiko esperou naquela noite que a filha fosse dormir, solicitou ao marido que também se retirasse e, finalmente a sós com Yukiko, falou-lhe da radiografia e da consulta ao dermatologista. Para seu espanto, Yukiko concordou com relativa facilidade, impondo apenas uma condição: a de que Sachiko a acompanhasse às consultas. Enquanto isso, a mancha na borda do olho clareava dia a dia e já estava prestes a desaparecer, de modo que Sachiko decidiu esperar até o próximo período para levar a irmã ao médico, pois lhe pareceu melhor que o dermatologista examinasse a irmã quando a mancha estivesse plenamente visível. A esperta Itani, porém, acertara ao escolher Teinosuke para seu novo interlocutor: agora, era ele que queria ver o caso solucionado o quanto antes e pressionava Sachiko, exigindo providências imediatas. No dia seguinte, portanto, Sachiko dirigiu-se à casa central em Uehonmachi, apresentou à irmã mais velha o relatório do *miai* e pediu-lhe que levantasse com urgência as informações relativas a Segoshi. Aproveitando, comunicou-lhe ainda que levaria Yukiko ao Hospital Universitário de Osaka. Feito isso, saiu de sua casa na manhã seguinte declarando ostensivamente às empregadas que ia à loja de departamentos Mitsukoshi para fazer compras com Yukiko.

Os resultados do exame clínico e dermatológico foram exatamente os esperados. A radiografia ficou pronta no mesmo dia, depois de breve espera, e revelou pulmões limpos por completo. Poucos dias depois, o resultado do exame de sangue lhes foi entregue: velocidade de sedimentação sangüínea 13, demais reações negativas. Terminada a consulta, o dermatologista chamou Sachiko a um canto e lhe disse sem rodeios: "É melhor casar a moça o quanto antes." Ao ser questionado por Sachiko sobre o tratamento com injeções, o médico respondeu que o recurso existia, sem dúvida, mas para que intervir se a mancha era tão discreta? Melhor mesmo seria casá-la de uma vez, era a cura mais rápida para aquele tipo de anomalia, concluíra. A revista feminina estava certa, afinal.

— Leve então os resultados a Itani, Sachiko — pediu Teinosuke.

Não lhe custava nada levar, respondeu Sachiko, mas preferia que Teinosuke se encarregasse disso, já que Itani o elegera por julgá-lo mais eficiente; ela não estava se fazendo de difícil por ter sido preterida, nada disso, mas, para falar com franqueza, não conseguia conversar direito com pessoas insistentes como Itani. Se essa era a situação, nada mais simples, ele também trataria o assunto de forma sistemática, disse Teinosuke. No dia seguinte, o marido de Sachiko telefonou para Itani do escritório de Osaka, reportou os últimos acontecimentos e remeteu-lhe a radiografia e os resultados dos exames por remessa registrada. E então, cerca de quatro horas da tarde seguinte, Itani ligou dizendo que iria encontrá-lo dentro de uma hora. Às cinco em ponto, Itani surgiu no escritório de Teinosuke e, mal o viu, agradeceu-lhe a pronta solução dos problemas. Havia mandado de imediato, continuou ela dizendo, todo o material ao senhor Segoshi que, ao ler o minucioso relatório e verificar a radiografia, não só se declarou tranqüilizado como também absolutamente sensibilizado pelo pronto esclarecimento de suas dúvidas, as quais ele próprio considerou de certo modo ofensivas aos Makioka e por elas pediu reiteradas desculpas. Depois desse preâmbulo, Itani disse a que vinha: na verdade, Segoshi gostaria de conversar uma vez mais a sós com a senhorita Yukiko durante cerca de uma hora e solicitava permissão a Teinosuke. Segoshi já não era nenhum rapazola, explicou Itani, mas por ser ainda solteiro, conservava certa dose de ingenuidade e de pureza em seu caráter, e isso o fizera sentir-se vulnerável e nervoso no dia do primeiro encontro. Em razão disso, ele já nem se lembrava direito sobre o que havia conversado com a senhorita Yukiko naquela noite, e ela, sendo por sua vez tão tímida... não, não, Segoshi até lhe aprovava a timidez; ele apenas achou que, por ser o primeiro encontro dos dois, a senhorita Yukiko talvez tivesse ficado mais inibida que de costume. Assim sendo, ele queria um novo encontro para poder, agora sim, conversar com um pouco mais de liberdade... Caso concordassem, prosseguiu Itani, poderiam todos reunir-se na casa dela em Okamoto, casa essa que podia não ser nenhum palacete, mas era sem dúvida um local menos público que restaurantes ou hotéis. Segoshi declarara que o domingo seguinte, por exemplo, seria ideal para ele, concluiu Itani.

— Que acha disso, Sachiko? Yukiko compareceria a esse novo encontro? — perguntou Teinosuke.

— Considero a reação da casa central mais preocupante que a de Yukiko. Talvez nos digam que os entendimentos ainda estão em fase inicial e que será melhor não nos comprometermos demais — ponderou Sachiko.

— Desconfio de que a verdadeira intenção do senhor Segoshi é examinar uma vez mais a mancha na borda do olho.

— Ora, deve ser isso mesmo!

— E nesse caso, será melhor promovermos realmente esse encontro. A mancha agora está imperceptível, é o momento certo de mostrarmos a ele que esse é o aspecto normal da sua irmã.

— Concordo. Se recusarmos, pode parecer que estamos tentando esconder alguma coisa.

No dia seguinte a esse diálogo, Sachiko, que não queria ser entreouvida outra vez pelas empregadas, ligou de um telefone público para a casa da irmã mais velha. Conforme temera, Tsuruko lhe perguntou por que Segoshi e Yukiko tinham de se encontrar tantas vezes. Para explicar as razões, Sachiko fez cinco ligações de três minutos desse telefone público. Tsuruko até concordou com tudo o que ouviu, mas não soube decidir se era ou não adequado que os dois tornassem a se ver, já que nada de concreto se decidira com relação a Segoshi. Ela aguardaria o retorno de Tatsuo à noite, conversaria com ele e daria o parecer no dia seguinte. Bem cedo na manhã seguinte, Sachiko correu de novo para o telefone público antes que a irmã se lembrasse de lhe ligar. Soube então que o cunhado concordara, muito embora com restrições quanto ao horário, ao local e à maneira de supervisionar esse encontro. Só depois Sachiko levou a questão ao conhecimento de Yukiko, que compreendeu rapidamente a situação e aceitou comparecer.

No dia estabelecido, Sachiko acompanhou a irmã à casa de Itani, levando um buquê de flores para ela. Inicialmente, os quatro tomaram o chá preto servido pela dona da casa e conversaram durante algum tempo. Em seguida, Segoshi e Yukiko foram conduzidos ao andar superior enquanto Sachiko e Itani permaneciam no andar inferior. Decorridos trinta ou quarenta minutos dos sessenta previamente combinados, os dois desceram. As duas irmãs se retiraram, então, porque Segoshi queria ficar ainda algum tempo conversando com Itani. Era domingo e Etsuko estava em casa, o que significava que não haveria qualquer oportunidade para uma conversa privada com Yukiko. Ciente disso, Sachiko seguiu para a cidade de Kobe e, no saguão do Hotel Oriental, tomou chá uma vez mais com a irmã e a sondou.

— Ele conversou bastante desta vez — comentou Yukiko, ela própria se mostrando mais faladeira e descontraída que de hábito.

Inicialmente, Segoshi lhe havia perguntado a respeito do relacionamento das quatro irmãs. Depois, quisera saber por que tanto ela como Taeko viviam mais tempo na casa secundária que na casa central, além de indagar com relativa persistência acerca do incidente publicado no jornal envolvendo Taeko e das decorrências desse episódio. Ela então havia dado as respostas que achara convenientes, mas nada dissera que pudesse ser tomado como crítica ao cunhado da casa central, assegurou Yukiko. "Não deixe que somente eu faça perguntas, faça-me algumas você também", pedira Segoshi a certa altura. Como nem assim Yukiko se animasse, ele próprio começara a falar de si. Não se casara até então porque buscava uma mulher do tipo clássico — não gostava das modernas —, e finalmente a encontrara. Caso Yukiko se dignasse a casar com ele, sentir-se-ia extremamente honrado, continuara, falando nesse ínterim duas ou três vezes da "diferença de classes sociais" entre eles. Declarou também que não havia nenhuma mulher em seu passado que pudesse de algum modo ameaçar sua futura relação com Yukiko, mas que, mesmo assim, gostaria de pô-la a par de um fato. Com esse preâmbulo, Segoshi revelara algo inesperado: na época em que vivera em Paris, havia conhecido uma francesa, balconista de loja, a quem prometera casamento. Ele não entrara em detalhes, mas, ao que parecia, acabara sendo desprezado pela referida mulher, essa sendo a razão por que terminara nostálgico e se transformara em fervoroso apreciador das coisas genuinamente japonesas. O velho amigo Fusajiro era o único a saber dessa história e, além dele, Yukiko era a primeira a ouvi-la. No entanto, sua relação com essa francesa tinha sido platônica, nisso Yukiko podia acreditar, concluíra Segoshi. Em poucas palavras, esse foi o relato que Sachiko obteve da irmã, mas pelo que pôde deduzir desse desnudamento de alma da parte de Segoshi, suas intenções em relação a Yukiko eram sérias.

No dia seguinte, Itani ligou de pronto para Teinosuke em seu escritório de Osaka a fim de comunicar que, graças à oportunidade que havia sido concedida a Segoshi no dia anterior, este declarara estar plenamente satisfeito. Comprovara também que a mancha no olho não era de fato nada preocupante e afirmava que a ele agora só restava esperar que estivesse à altura de se tornar marido da senhorita Yukiko. Itani indagou também se a casa central ainda não terminara de levantar as informações referentes ao seu protegido. A impaciência da mulher era perfeitamente justificável, uma vez que mais de um mês se havia passado desde o dia em que levara a proposta ao conhecimento dos Makioka. Além do mais, tanto no dia em que batera à porta da casa secundária em Ashiya como na ocasião em que se tinham reunido no Hotel Oriental, haviam-lhe dito que esperasse apenas mais uma semana. Na realidade, porém, Sachiko levara a proposta ao conhecimento da irmã mais velha havia apenas dez ou quinze dias, sendo óbvio que a casa central — ciosa quando se tratava desse tipo de pesquisa — tão cedo não haveria de chegar a uma conclusão. Em suma, a culpa era de Sachiko que, para se livrar da pressão de Itani, tinha pedido impensadamente apenas mais uma semana de prazo, e também de Teinosuke que, embora a contragosto, secundara as palavras da mulher. Na verdade, a casa central comunicara ter recebido o registro familiar de Segoshi fazia apenas três dias. E se o relatório solicitado ao escritório de investigações particulares abrangia também uma pesquisa na terra natal dos Segoshi, previa-se que haveria ainda muito tempo de espera pela frente. E caso depois de tudo isso se chegasse por fim à conclusão de que o candidato era aceitável, Tatsuo mandaria ainda uma pessoa da confiança dele à terra dos Segoshi averiguar pessoalmente todas as informações, para desencargo final de consciência. Teinosuke e Sachiko não tinham agora outro recurso senão ganhar tempo pedindo mais quatro ou cinco dias de prazo a cada questionamento da parte de Itani. Nesse ínterim, Itani visitou mais uma vez tanto a casa secundária em Ashiya como o escritório de Teinosuke em Osaka cobrando providências, insistindo que tais assuntos tinham de ser resolvidos com rapidez para impedir que alguém lhes deitasse olho gordo. Se tudo desse certo, o melhor era que os dois se casassem ainda no decorrer daquele ano. Por fim, a impaciência pareceu tornar-se insuportável, pois Itani, ignorando as regras da boa educação, acabou telefonando para a mais velha das Makioka sem nunca antes ter-lhe sido apresentada e dela cobrou providências, como a própria Tsuruko contou logo em seguida, totalmente desconcertada, num telefonema para a casa secundária. Sachiko imaginou a expressão atarantada da irmã mais velha — ainda mais lenta nas reações que ela própria, do tipo que leva cinco minutos para responder a uma pergunta — e sorriu em seu íntimo. Como sempre, falando com rapidez, Itani aparentemente convencera Tsuruko a agir, usando também dessa vez o argumento de que olho gordo era o que não faltava para estragar as boas propostas.

14

Entrementes, os dias passaram, dezembro chegou e, certa vez, avisada pela empregada de que a senhora da casa central a chamava ao telefone, Sachiko foi atender. Desculpando-se antes de mais nada pela demora no levantamento das informações, Tsuruko lhe comunicou que estava enfim de posse da maior parte dos dados e que iria em seguida para a casa de Sachiko. Quase ia desligando, mas reconsiderou e acrescentou uma breve advertência: as notícias não eram exatamente animadoras. Mal Tsuruko começara a falar e antes mesmo de lhe ouvir a advertência, Sachiko já havia inferido pelo seu tom de voz que não seria ainda desta vez que Yukiko se casaria. Depois de desligar o telefone, Sachiko retornou à sala de estar e deixou-se cair pesadamente na poltrona com um profundo suspiro. Recusar propostas a um passo do entendimento final parecia ter-se tornado procedimento rotineiro, tantas foram as vezes que isso acontecera. Contudo, Sachiko nunca se sentira tão abatida como agora. Tentou convencer-se de que esta proposta nem era tão vantajosa, mas o desânimo íntimo existia, não havia como negar. Talvez porque nos *miai* anteriores sempre concordara com Tsuruko quanto à necessidade de recusar os pretendentes, enquanto neste tivera quase certeza de que tudo daria certo... Sobretudo, a presença de Itani no papel de intermediária tinha despertado em todos eles um interesse muito maior pelo proponente. Teinosuke, por exemplo, que sempre se havia mantido à margem das negociações e marcado presença apenas quando solicitado, desta vez se propusera a intermediar os entendimentos com grande entusiasmo, sem falar na própria Yukiko, que, não havia dúvida, também se comportara de forma um tanto diferente. Ela havia aceitado participar de um *miai* marcado às pressas, conversara a sós com o pretendente duas vezes e submetera-se aos exames radiológico e dermatológico sem reclamar. Tais atitudes, inimagináveis até então, talvez indicassem que Yukiko passava por sutis alterações íntimas e que sentia agora certa pressa em se casar. Podia ser também que o surgimento da mancha na borda da pálpebra, apesar de aparentemente não a ter incomodado, tivesse contribuído de maneira decisiva para essa alteração. Esses fatores todos somados a diversos outros haviam levado Sachiko a desejar e até mesmo a imaginar que, desta feita, haveriam enfim de casar Yukiko.

Até encontrar-se com a irmã mais velha e dela ouvir toda a história, Sachiko ainda acreditara que havia esperanças, mas ao se inteirar de todos os detalhes, não teve outro recurso senão conformar-se. Diferentemente de Sachiko, a primogênita dos Makioka tinha prole numerosa e, para vir a Ashiya, fizera uso das cerca de duas horas que tinha livres na parte da tarde, antes do retorno dos filhos mais velhos dos cursos primário e secundário. Tsuruko também tirou proveito da ausência de Yukiko — a partir das duas da tarde ela participaria da aula semanal de cerimônia do chá — para se sentar por cerca de uma hora e meia na sala de visitas e relatar o que soubera a Sachiko. E ao ver Etsuko chegar da escola, Tsuruko ergueu-se e apresentou as despedidas, não sem antes pedir a Sachiko que consultasse o marido e juntos recusassem oficialmente a proposta.

De acordo com Tsuruko, a mãe de Segoshi enviuvara havia pouco mais de dez anos e, depois disso, enfurnara-se na velha mansão familiar. Diziam que estava doente, ninguém mais a vira. O filho também quase nunca retornava à casa ancestral, e quem cuidava da velha mãe era a irmã mais nova desta, também viúva. Oficialmente, a mãe do pretendente estava paralisada em decorrência de um derrame cerebral, mas os fornecedores que lhe freqüentavam a casa contavam uma história um pouco diferente: na verdade, ela sofria das faculdades mentais e estava incapacitada até de reconhecer o próprio filho. Esse detalhe vinha vagamente subentendido no relatório apresentado pela agência de detetives, de modo que, intrigada, Tsuruko havia mandado para lá um informante com a missão específica de esclarecer a questão. Ela não gostava de dar a impressão de que a casa central procurava sempre inviabilizar as propostas trazidas por pessoas bem intencionadas e preocupadas em ajudar, queria deixar bem claro que isso não era verdade. Àquela altura, nem ela nem o marido estavam se importando com questões como posição social ou posses do candidato; tanto era verdade que haviam considerado esta última proposta muito interessante e, se haviam mandado gente ao interior averiguar melhor as informações, era porque estavam decididos a aceitá-la. Mas... que se haveria de fazer? Um caso de distúrbio mental na família não podia ser ignorado, só lhes restava recusar, não era mesmo? Não conseguia entender por que todas as propostas que surgiam para Yukiko acabavam sempre esbarrando em dificuldades intransponíveis, era estranho demais... Yukiko devia ter nascido sob uma estrela particularmente infeliz, e aquela história de azar que acompanha mulheres do signo de carneiro podia afinal não ser simples superstição, concluiu Tsuruko.

Momentos depois da partida de Tsuruko, Yukiko retornou. Uma ponta do pequeno lenço usado em cerimônias do chá ainda lhe aparecia pelo ajuste frontal do quimono, à altura do peito. Sachiko aproveitou a ausência da filha, que tinha ido brincar no jardim dos Stolz, para relatar o acontecido.

— Tsuruko esteve aqui. Ela acaba de sair — explicou.

Fez uma pausa à espera de um comentário, mas apenas ouviu o costumeiro "hum", de modo que prosseguiu a contragosto:

— Vamos ter de recusar a proposta.

— Sei...

— É a mãe dele... Essa história de que ela estava paralítica em conseqüência de um derrame não é verdadeira. Na realidade, ela sofre das faculdades mentais.

— Sei...

— Isto torna a proposta totalmente inviável, não é mesmo?

— Hum...

A voz de Etsuko dizendo "Venha comigo, Rumi!" chegou-lhes de longe.

Logo, Sachiko avistou as duas meninas correndo pelo gramado na direção da casa e se apressou a concluir o relato com voz desanimada:

— Só queria que você soubesse disso. Mais tarde eu lhe explico tudo.

— Ah, a titia já chegou! — disse Etsuko, subindo do jardim para o terraço e parando do lado de fora da porta de vidro da sala de visitas. Rosemarie, que lhe vinha no encalço, parou ao seu lado e dois pares de pernas calçando meias soquete de lã creme se enfileiraram.

— Entre, Etsuko. Brinque dentro de casa porque esfriou — disse Yukiko, erguendo-se e abrindo por dentro a porta envidraçada.

— Entre você também, Rumi — acrescentou com a calma costumeira.

Assim encerrou-se a questão para Yukiko, mas Teinosuke não se conformou com tanta facilidade. Quando chegou em casa naquela tarde e ouviu de Sachiko que a irmã da casa central não aprovara a proposta, Teinosuke demonstrou sua insatisfação resmungando: "Quer dizer que vamos recusar outra vez?" Escolhido por Itani como primeiro interlocutor das negociações, Teinosuke viera aos poucos se entusiasmando e havia decidido que, caso a casa central se opusesse uma vez mais com argumentos antiquados como aparência ou inadequação social, iria pessoalmente a Osaka para fazer o cunhado e a cunhada reconsiderarem. Ele haveria de contra-argumentar de maneira enfática e acentuaria as qualidades do candidato. Afinal, Segoshi era solteiro e de certo modo jovem, dois pontos essenciais que jamais seriam superados por outros candidatos, isto é, se outros surgissem, bem entendido. Eis por que Teinosuke não conseguiu se conformar facilmente mesmo depois de ouvir os motivos da rejeição. Mas, por mais que pensasse, um candidato com problema familiar de doença mental era caso sério, a casa central jamais o aceitaria. Por outro lado, Teinosuke também não se sentia capaz de garantir plenamente que, num eventual casamento de Yukiko com um homem portador desse tipo de carga genética, tanto o homem como o fruto dessa união não apresentariam nenhuma anormalidade no futuro. Lembrou-se então de súbito que na primavera anterior também lhes haviam apresentado um candidato com características semelhantes às de Segoshi: o homem era solteiro, tinha quarenta e poucos anos, e possuía considerável fortuna. Na ocasião, a família inteira se entusiasmara e chegara até a marcar a data do casamento. Mas o acordo foi cancelado às pressas quando de repente lhes chegou ao conhecimento, por intermédio de certa fonte, que havia outra mulher na vida do dito homem e ele buscava um casamento de conveniência para regularizar essa situação. Estranho como muitas das propostas trazidas para Yukiko, quando investigadas a fundo, acabavam esbarrando nesses detalhes sombrios... Era portanto perfeitamente compreensível que a casa central conduzisse as investigações com redobrada cautela. Mas a recorrência dessas situações estranhas podia ser imputada aos próprios Makioka, que buscavam candidatos com qualificações muito além das que seria razoável esperar. Homens de mais de quarenta anos, solteiros e ricos quase sempre ocultavam algum segredo inconfessável, era óbvio.

Segoshi também podia ter tido seu casamento retardado por causa do problema genético, mas ficava claro que não pretendera enganar ninguém. Pelo tempo que os Makioka diziam estar levantando informações em sua terra de origem, na certa tinha imaginado que a doença da mãe já fosse do conhecimento deles e entendera que as negociações continuavam apesar disso. Eis por que, emocionado, ressaltara repetidas vezes a existência de diferenças sociais entre ele próprio e Yukiko, e se confessara não merecedor de uma mulher tão fina quanto ela. Ao mesmo tempo, o boato de que Segoshi estava para se casar com uma mulher muito bem-nascida já se espalhara entre os funcionários da empresa MB. O próprio Segoshi já não tentava desmentir a notícia. Os Makioka ouviram dizer que o homem, protótipo do funcionário dedicado, parecia ter perdido a paz de espírito, não conseguia mais empenhar-se no trabalho. Teinosuke sentia pena e remorso: sujeitara desnecessariamente um perfeito cavalheiro à humilhação. Nada disso teria acontecido se tivessem investigado com rapidez e recusado a proposta em seguida. Mas não: primeiro, as investigações haviam parado nas mãos de Sachiko e, depois, seguido para a casa central, onde também não prosseguiram em ritmo rápido. Pior ainda: para camuflar essa demora, vinham nos últimos tempos dizendo a Itani que a investigação já se encontrava em estágio final e que quase tudo estava acertado. Naturalmente, eles haviam dito tudo isso porque pretendiam de fato aceitar a proposta, mas no final tinham apenas brincado com as emoções do pretendente. Nesse aspecto, muito antes de acusar Sachiko e a casa central, Teinosuke maldisse a própria leviandade.

Do mesmo modo que Tatsuo, Teinosuke era também genro adotivo, de maneira que nunca fizera questão de se imiscuir nas propostas de casamento trazidas para a cunhada. Claro, não havia como evitar que justamente a primeira proposta em que ele se metia acabasse em fracasso. Mesmo assim, sentia-se em dívida com Yukiko, pois temia ter contribuído com sua ineficiência para causar constrangimentos ao proponente e para trazer no futuro ainda maior infelicidade à cunhada. Embora agissem com diplomacia no momento de recusar uma proposta, ele sentia que os Makioka haviam ferido o orgulho de muitos candidatos e lhes comprado o rancor, sobretudo porque tanto Sachiko como Tsuruko costumavam agir com a morosidade própria das que pouco conheciam do mundo e mantinham por muito tempo a esperança desses pretendentes para, por fim, recusar-lhes. Teinosuke não temia apenas que, por causa da recorrência dessas situações, a casa Makioka acabasse transformada em alvo do rancor dos preteridos, mas também que esse mesmo rancor impedisse a própria Yukiko de encontrar sua felicidade. Por tudo isso, e em parte para reparar sua própria ineficiência, Teinosuke chamou a si o espinhoso encargo de se entender com Itani, pois sabia também que Sachiko tentaria livrar-se dessa incumbência. Como porém haveria ele de agir? Àquela altura, nada mais podia ser feito com relação a Segoshi, mas ao menos a Itani ele não queria causar má impressão. Afinal, a mulher despendera tempo e esforço na tentativa de levar a bom termo os entendimentos, e não tinham sido poucas as vezes que se locomovera até Ashiya e o escritório em Osaka. Itani tinha muitas assistentes, era verdade, mas mesmo assim não devia ser nada fácil encontrar uma brecha no movimentado cotidiano do salão para cumprir com tanto zelo seu papel de mediadora. Ela devia gostar dessa função, conforme comentavam, mas para cumpri-la a contento era também preciso boa dose de bondade e interesse. Só em táxis e passagens ela devia ter gasto considerável soma, sem falar no jantar no Hotel Oriental. Embora a anfitriã oficial tivesse sido Itani, Teinosuke achou que as despesas deviam ser rateadas entre ele e Segoshi, e assim dissera à dona do salão no momento de se despedirem naquela noite. Itani, porém, não concordara, insistindo que o convite partira dela. Teinosuke achou então que, até a concretização do casamento, outras oportunidades de compensá-la devidamente ainda surgiriam. Agora, tinha mais essa dívida a acertar.

— Mas ela não vai aceitar dinheiro... — disse Sachiko. — O melhor mesmo é levar-lhe algum presente, mas não me ocorre nada interessante para dar a ela no momento. Vamos fazer o seguinte: você vai até lá apenas para formalizar a recusa. Quanto a mim, consulto Tsuruko e vou depois procurar Itani levando uma lembrancinha que seja do gosto dela.

— Você sempre dá um jeito de ficar com a parte agradável das tarefas — queixou-se Teinosuke, que acabou concordando por não ver outra saída para a situação.

15

A partir dos primeiros dias de dezembro, Itani deu-se conta de que, talvez, as perspectivas não fossem boas e cessou subitamente de pressionar os Makioka em busca de uma definição. Se esse fosse o caso, melhor ainda. Teinosuke telefonou-lhe então e disse que tinha um assunto confidencial a tratar com ela e que preferia não procurá-la no salão. Indagou a que horas a encontraria em casa e para lá se dirigiu depois de sair do escritório mais tarde que de hábito.

Na sala em que foi introduzido já havia uma luz proveniente de um abajur de cúpula verde bastante funda que mergulhava a metade superior do aposento na semi-obscuridade. Itani sentou-se numa poltrona com o rosto na sombra, detalhe que dificultava o trabalho de discernir-lhe as feições, mas que Teinosuke — cujo caráter era sensível como o de um jovem artista aspirante à carreira literária e muito diferente do da maioria dos membros de sua classe profissional — considerou providencial por lhe facilitar a tarefa de abordar o penoso tema.

— Vim falar de coisas nada agradáveis, senhora Itani... Na verdade, andamos nos últimos dias colhendo informações na terra natal do cavalheiro em questão, e nada encontramos de desabonador, exceto a doença da mãe dele...

— Como? — disse Itani, parecendo perplexa.

— Hum... Tínhamos sido informados de que ela estava semiparalisada em virtude de um derrame, mas nosso enviado nos reportou que ela sofre das faculdades mentais, entende? — explicou Teinosuke.

— Ah, entendi!... — exclamou Itani, que perdeu momentaneamente a fleuma habitual, sacudiu a cabeça e repetiu ainda algumas vezes a mesma observação.

Itani sabia ou não desse mal? Até então, Teinosuke não tivera certeza, mas observando-lhe agora a perturbação e considerando sua pressa em levar adiante os entendimentos, foi obrigado a concluir que sim.

— Não me leve a mal: em minhas palavras inexiste qualquer intenção crítica, senhora Itani. Falando honestamente, pensei até se não seria mais sensato apresentar qualquer desculpa inofensiva para recusar a proposta do senhor Segoshi, mas considerei que a senhora se empenhou muito nos últimos tempos em prol deste acordo e senti que não teria paz de espírito enquanto não lhe explicasse de forma honesta e convincente os verdadeiros motivos de nossa recusa...

— Claro, claro! Compreendo perfeitamente, nem me passa pela cabeça levá-lo a mal. Pelo contrário, eu é que devo me desculpar. Não me informei direito, fui negligente.

— Não se desculpe ou então me deixará constrangido, senhora Itani. Apenas... aflige-me a fama que os Makioka criaram para si mesmos de recusar excelentes propostas de casamento por darem excessiva importância a questões como aparência e prestígio social... Isso não é absolutamente verdade. Não me importam os outros, mas eu gostaria de deixar bem claro ao menos à senhora que, no presente caso, há um motivo incontestável que nos obriga a recusar. Explico-lhe tudo isso porque não desejo vê-la exasperada e, também, por querer que continue a cuidar dos interesses da minha cunhada... Aliás, esta conversa destina-se somente aos seus ouvidos, senhora Itani. Nada disso precisa ser dito ao pretendente: a senhora está livre para explicar da maneira que achar melhor as razões da nossa recusa.

— É muito gentil em expor tudo isso, estou sensibilizada. Talvez não acredite, mas, na verdade, essa história de doença mental é total novidade para mim. Eu não sabia de nada disso e acho que foi bom o senhor ter-se informado direito. Não, não, o senhor tem toda razão. Sinto muita pena do proponente, mas... pode deixar, darei a ele as explicações necessárias, não se preocupe.

Reconfortado pela atitude amável de Itani, Teinosuke despediu-se em seguida. Enquanto o acompanhava até a porta, Itani continuou a lhe asseverar diversas vezes que, longe de se aborrecer com os Makioka, lamentava a própria incompetência. E para compensar esse deslize, ela ainda haveria de arrumar uma bela proposta e de levá-la aos Makioka, que esperassem para ver. Insistiu ainda que dissesse para Sachiko ficar tranqüila, pois ela, Itani, se encarregaria do futuro da irmã com muito gosto. Baseado no que conhecia do caráter de Itani, Teinosuke concluiu que a mulher estava sendo sincera.

Alguns dias depois, Sachiko dirigiu-se à loja de departamentos Mitsukoshi, comprou o quimono que pretendia dar de presente a Itani e rumou em seguida para a casa dela em Okamoto. A mulher ainda não havia retornado do salão de beleza, de modo que Sachiko se retirou deixando-lhe o presente e um recado. E então, no dia seguinte, recebeu uma carta de agradecimento muito educada. Itani dizia lamentar não só o fato de não lhe ter sido útil, como também o de ter-lhes dado tanto trabalho sem nenhum resultado. Ela não merecia nenhum presente depois de todos os inconvenientes que causara, mas ainda haveria de compensá-la de alguma maneira, tornava a mulher a assegurar no final da carta. Cerca de dez dias depois e com o fim do ano se aproximando, um táxi estacionou certa tarde à porta dos Makioka em Ashiya e dele saltou Itani, como de hábito às pressas. Ainda no vestíbulo, comunicou que estava de passagem e descera apenas para apresentar-lhes os cumprimentos. Infelizmente, Sachiko se achava acamada em conseqüência de uma gripe, mas Teinosuke, que já havia retornado do escritório, insistiu com a dona do salão para que entrasse. Em seguida, introduziu-a na sala de visitas e ali conversaram por alguns momentos. Como estaria passando o senhor Segoshi? Um homem tão bom, pena que as coisas tivessem terminado daquele jeito... Tinha pena dele, realmente... — começou Teinosuke por dizer, observando enfim em tom casual que Segoshi na certa imaginara que os Makioka estavam a par da doença da mãe desde o princípio. A isso, Itani respondeu que, pensando bem, Segoshi demonstrara a princípio uma estranha reserva, até mesmo um certo desinteresse pela proposta, mas fora se entusiasmando cada vez mais conforme o tempo passava. De fato, podia ser que sua discrição inicial se devesse à situação da mãe, concordou Itani. Se isso acontecera mesmo, disse Teinosuke, a culpa cabia inteiramente aos Makioka, que tinham levado tempo demais para levantar todas as informações. Ele esperava, porém, que Itani não se aborrecesse e continuasse a cuidar dos interesses de Yukiko, disse ele, repetindo o mesmo refrão de dias antes.

Itani baixara então a voz e dissera em tom tentador: "Tenho mesmo uma outra proposta, se o fato de o proponente ter muitos filhos não lhes incomodar." Dando-se conta de que aquele talvez fosse o motivo da visita de Itani, Teinosuke sondou um pouco mais a mulher. O proponente desempenhava o cargo de gerente de certo banco na cidade de Shimoichi, na região de Yamato[20] e tinha cinco filhos. O primogênito freqüentava a escola X de Osaka, e a segunda filha, casadoura, na certa abandonaria em breve a casa paterna para constituir lar próprio. Restariam então apenas três filhos morando com o pai. Yukiko teria a vida garantida, pois o candidato era dono de uma das maiores fortunas locais. Mal ouviu dizer Shimoichi e cinco filhos, Teinosuke percebeu que a proposta nem merecia consideração e, no meio da conversa, deixou transparecer seu desinteresse. Itani notou de imediato a reação do seu interlocutor e, declarando que realmente a proposta era desvantajosa e lhe parecera descabida desde o começo, deu o assunto por encerrado. Mas se a proposta assim lhe parecera, para que haveria ela de trazê-la à baila? Tudo indicava que Itani na verdade se aborrecera com o incidente anterior e agora lhes mandava um recado: nas atuais circunstâncias, aquele era o tipo de proposta que os Makioka deviam esperar.

Depois que Itani se foi, Teinosuke subiu ao andar superior e encontrou Sachiko fazendo inalação. Uma toalha de banho lhe envolvia a cabeça.

— Soube que a senhora Itani trouxe mais uma proposta — disse ela ao terminar, enxugando nariz e boca com a toalha.

— É verdade. Quem lhe contou? — perguntou Teinosuke.

— Etsuko.

— Não diga!...

Enquanto conversava com Itani havia pouco, Etsuko deslizara para dentro do aposento, sentara-se numa cadeira e se pusera a ouvir atentamente. Teinosuke, então, a havia mandado embora explicando que crianças não deviam se intrometer em conversa de adultos, mas a menina na certa se ocultara na sala de jantar e de lá acompanhara o restante do diálogo.

---

20. Denominação antiga de parte da atual província de Nara. (N.T.)

— Estou vendo que meninas se interessam desde cedo por este tipo de assunto... — observou Teinosuke.

— O homem tem cinco filhos, não tem?

— Como? Até isso ela lhe contou?

— Ah, se contou! Disse que o mais velho freqüenta uma escola em Osaka, que a mais velha está em idade de se casar...

— Como é?

— ... e que o homem é natural de Shimoichi, em Yamato, e gerente de um banco local.

— Estou realmente pasmo! De agora em diante, temos de tomar muito cuidado com a nossa filha...

— Concordo. Do contrário, teremos também muita dor de cabeça pela frente. Por sorte, Yukiko já não estava em casa.

Pois tanto Yukiko como Taeko retornavam todo fim de ano à casa central para as comemorações do ano-novo e lá permaneciam ao menos até o terceiro dia de janeiro. Por conta disso, Yukiko já havia partido no dia anterior, alguns dias mais cedo que Taeko. Teinosuke e Sachiko se entreolharam, sem vontade sequer de imaginar a celeuma que Yukiko certamente teria aprontado, caso ainda estivesse entre eles.

Sachiko costumava ter crises de bronquite a cada inverno e, quando isso acontecia, guardava o leito durante quase um mês com medo das complicações, alertada pelo médico de que bronquites mal curadas podiam progredir para pneumonias. Por sorte, a infecção desta vez parecia restrita à área da garganta, e a temperatura já começava a declinar para níveis normais. Sachiko, porém, pretendia guardar o leito por mais alguns dias, pois era extremamente cautelosa mesmo em casos de simples resfriados. Naquele dia 25 de dezembro, com o fim do ano já bem próximo, ela se sentava sobre as cobertas e lia a edição especial de ano-novo de uma revista quando Taeko apareceu dizendo que viera se despedir, pois estava de partida para a casa central.

— Por que está indo tão cedo, Koisan? Falta ainda uma semana inteira para o ano-novo! — reclamou Sachiko com leve desconfiança na voz.

— No ano passado, você foi para lá somente no dia 31 de dezembro...

— Fui mesmo?...

Nos últimos tempos, Taeko vinha se dedicando à produção dos bonecos que exporia na sua terceira mostra individual, programada para os primeiros dias do ano seguinte, e já fazia cerca de um mês que passava a maior parte dos dias em seu apartamento de Shukugawa. Alegando que nem por isso podia abandonar as aulas de dança, ia ainda uma vez por semana até a escola Yamamura, em Osaka, de modo que Sachiko teve a impressão de não vê-la havia muito. Sachiko não tinha nenhuma intenção de reter as irmãs mais novas em Ashiya, pois sabia que a casa central desejava mantê-las em Osaka, mas estranhou a inusitada pressa da caçula em partir, justo ela que abominava, mais que Yukiko, retornar à casa central. Contudo, sua estranheza era desprovida de malícia: não lhe passava pela cabeça desconfiar que a caçula tivesse, por exemplo, programado encontrar-se com Okubatake em Osaka. Sachiko apenas sentia uma espécie de vaga insatisfação porque esta irmã precoce caminhava a passos largos para a plena maturidade, prescindindo até mesmo da sua companhia, tão valorizada até pouco tempo antes.

— É que terminei enfim de produzir os bonecos. Agora, vou para Osaka e de lá pretendo cursar a academia de dança todos os dias durante algum tempo — explicou Taeko em tom que não soava exatamente como justificativa.

— Que peça você está ensaiando nesses últimos dias?

— *Manzai*[21], para comemorar o ano-novo... Você sabe tocar o acompanhamento, Sachiko?

— Acho que me lembro ainda... — disse ela, pondo-se logo a cantarolar a melodia e o acompanhamento de shamisen.

Glória eterna ao império,
Tsun, ten, ton
No primeiro dia do ano
Passa vendendo...

---

21. Gênero musical antigo apreciado na corte, no qual de quatro a seis pessoas executam o bailado. Palavras auspiciosas compõem a letra da canção, motivo por que a música faz parte do cerimonial de coroação e é também executada em ocasiões festivas. (N.T.)

Taeko se ergueu, acompanhando o ritmo, e começou executar os passos do bailado, mas parou abruptamente dizendo:

— Espere, espere um pouco, Sachiko.

Correu para o seu quarto, trocou o vestido por um quimono e retornou com um leque nas mãos.

Chi-tsun-tsun, chin-rin, chin-rin,
No primeiro dia do ano
Passa vendendo
Yashome, yashome,
Linda moça, meiga moça,
Da cidade de Kyoto.
"Gordos pargos, olhetes, haliotes e moluscos,
Quem me compra, quem me compra?"
Yashome linda moça
Passa vendendo.
E passando ela viu
Brocados e seda pura,
Seda chirimen escarlate
Abarrotando prateleiras.
Ton-ton-chirimen, ton-chirimen...

Os trechos *yashome, yashome,* ou ainda os refrões *ton-ton-chirimen, ton-chirimen,* haviam deliciado as irmãs na infância. Passados tantos anos, Sachiko ainda se lembrava da letra porque a repetira sem parar antigamente. Ao cantá-la agora, lembranças da casa de Senba renasciam, e as imagens dos pais pareciam flutuar diante dos seus olhos. Por ocasião das festividades de ano-novo, Taeko, que à época já tinha suas aulas de bailado, costumava dançar *manzai* ao som do shamisen tocado pelas irmãs e pela mãe.

No dia três de janeiro
Ebisu[22] *se encontra*
A nordeste no firmamento.

---

22. Um dos sete deuses da felicidade. (N.T.)

A imagem de uma menina ingênua apontando o céu com o mimoso indicador em riste presente nesse trecho permanecia vívida na memória de Sachiko, como um acontecimento recente. Essa criança e a jovem que movia agora o leque e bailava diante dela seriam de fato a mesma pessoa? "E tanto ela como a outra irmã continuam solteiras... Ah, meus pais devem estar tão aflitos no outro mundo ao vê-las ainda tratadas por 'senhoritas' nessa idade..." Repentinamente, Sachiko sentiu os olhos repletos de lágrimas. Sem se preocupar em escondê-las, perguntou:

— Quando volta, Koisan?

— No dia 4 de janeiro.

— Nesse caso, faça-me o favor de decorar a coreografia da peça inteira até lá porque comemoraremos o ano-novo com uma apresentação do seu bailado. Eu mesma vou ensaiar todos os dias o acompanhamento.

Desde que se mudaram para Ashiya, Sachiko e o marido já não recebiam tantas visitas no ano-novo como na época em que moravam em Osaka. Com as duas irmãs mais novas retornando à casa central, as comemorações de começo de ano vinham-se tornando tranquilas demais. Para o casal, essa era uma boa oportunidade para desfrutar calmamente a companhia um do outro, mas Etsuko sentia falta das tias e esperava com ansiedade o retorno delas. Na tarde do primeiro dia de janeiro, Sachiko buscou seu shamisen e passou a praticar *manzai*. De tanto ouvir os ensaios, que continuaram até o terceiro dia do mês, Etsuko também acabou por decorar trechos da melodia e por repetir com entusiasmo: "*Ton-ton-chirimen, ton-chirimen.*"

16

Realizada durante três dias numa galeria da rua Koikawa, em Kobe, a mostra individual de Taeko resultou em grande sucesso, e a maioria dos bonecos expostos exibia a marca "vendido" desde o primeiro dia, graças, em parte, ao empenho de Sachiko em convocar seus numerosos conhecidos da região de Kansai. A mostra se encerrou na tarde do terceiro dia, quando então Sachiko surgiu em companhia de Yukiko e da filha Etsuko para ajudar a irmã caçula a arrumar o salão. Terminada a tarefa, saíram todas para a rua.

— Sua tia Koisan nos deve um bom jantar esta noite, não acha, filhinha? Afinal, ela está rica — disse Sachiko.

— Concordo! — interveio Yukiko com animação. — Você prefere comida ocidental ou chinesa, Etsuko?

— Mas eu ainda nem recebi o dinheiro dessas vendas... — retrucou Taeko, tentando aparentar indiferença, mas sem conseguir ocultar um sorriso satisfeito.

— Dinheiro não é problema, Koisan. Eu lhe empresto algum — disse Sachiko, ciente de que, mesmo deduzindo o valor das diversas despesas, a irmã caçula obteria uma bela soma nos próximos dias.

Contudo, simples sugestões não conseguiam convencer Taeko a esbanjar. Conforme Itani já observara, a caçula dos Makioka era o tipo de garota moderna e esperta, bem diferente de Sachiko.

— Já que vocês fazem tanta questão, vamos jantar no Togaro. É mais barato — decidiu.

— Mão-de-vaca! Pague-nos ao menos um bom grelhado no Hotel Continental!

Situado em Nankinmachi, o bairro chinês, Togaro era um modesto restaurante especializado em pratos da região de Cantão, e comercializava carne bovina e suína na parte da frente do estabelecimento. As quatro entravam na loja quando uma mulher, que se preparava para pagar a conta no caixa, as cumprimentou:

— Boa-noite!

— Ora, Katarina-san! Encontramo-nos em boa hora. Deixe-me apresentá-la — disse Taeko, voltando-se para as irmãs. — Esta é a jovem russa de quem lhes falei no outro dia, lembram-se?

Voltou-se uma vez mais para a desconhecida e disse:

— Estas duas são minhas irmãs. Esta é a mais velha, e a outra, a logo abaixo dela.

— Muito prazer. Sou Katarina Kirilenko. Fui ver sua exposição hoje, Taeko-san. Você conseguiu vender todos os seus bonecos, não é? Parabéns!

— Quem é essa moça estrangeira, tia? — perguntou Etsuko, mal viu a mulher se afastar.

— Aluna de Koisan — explicou Sachiko para a filha.

— Acho que já a vi algumas vezes no bonde — observou Yukiko.

— Ela é bonitinha, não acham? — tornou Taeko.

— Essa moça gosta de comida chinesa, Taeko?

— Katarina foi criada em Xangai, de modo que é quase uma autoridade em culinária chinesa. Costuma dizer que se você quer comida chinesa genuína, deve procurar os restaurantes de aspecto sujo, pouco freqüentados por ocidentais. Quanto mais suja a aparência, mais gostosa é a comida, diz ela. E este onde estamos é o que serve os pratos mais saborosos de toda Kobe, ainda de acordo com ela.

— Tem certeza de que é russa? Não me pareceu... — observou Yukiko.

— É que ela estudou numa escola inglesa em Xangai. Depois, foi enfermeira num hospital inglês e se casou com um homem de nacionalidade britânica. Parece novinha, mas já tem uma filha.

— É mesmo? Quantos anos terá essa moça?

— Não faço idéia. Vocês a acham mais velha ou mais nova que eu?

De acordo com Taeko, os Kirilenko — uma família de russos brancos composta por Katarina, um irmão e a avó — moravam numa dessas minúsculas construções modernas de dois andares e apenas quatro aposentos, situada nas proximidades de Shukugawa. Dos três, Taeko conhecia de vista apenas Katarina, a quem cumprimentava com um leve aceno de cabeça ao se cruzarem na rua. Certo dia, Katarina surgiu de repente no ateliê de Taeko e lhe perguntou se não a aceitaria como aluna, pois estava interessada em aprender a técnica, principalmente a japonesa, de confeccionar bonecos. Ao receber resposta afirmativa, passou de imediato a tratá-la por "*sensei-san*". O inusitado acréscimo de "*san*" ao já respeitoso tratamento "*sensei*" divertiu Taeko que, embaraçada, pediu que a chamasse "Taeko-san". Tudo isso se dera havia quase um mês e, desde então, a amizade das duas mulheres crescera a ponto de Taeko visitar Katarina na casa dela, a caminho do ateliê.

— Fazia já algum tempo que Katarina vinha me pedindo: "Eu vejo sempre irmãs suas no bonde. Elas são muito bonitas, gosto muito. Por favor, me apresente!" — disse Taeko às irmãs.

— Do que vive essa família?

— Parece que o irmão comercializa artigos de lã, mas, pelo aspecto da casa, não estão bem de vida. Apesar disso, Katarina anda sempre bem arrumada. Ela me disse: "Ganhei dinheiro quando divorciei marido inglês. Vivo disso, não dependo do meu irmão."

Por mais algum tempo os Kirilenko foram o tema da conversa à mesa a que se sentavam as mulheres. A refeição constituiu-se de camarões empanados pedidos por Etsuko, uma sopa de ovos de pombo, um prato composto por tiras assadas de pele de ganso, temperadas com missô e cebolinha verde e envoltas em panquecas finas quase transparentes — o predileto de Sachiko —, e algumas outras iguarias chinesas servidas em travessas de estanho. Taeko contou que tinha visto uma foto da filha de Katarina, uma criança de quatro ou cinco anos que vivia na Inglaterra com o pai, que obtivera sua guarda. Comentou também não saber se a produção de bonecos tradicionais japoneses era para a moça simples passatempo ou se ela pretendia transformá-la futuramente em meio de vida. Seja como for, a russa tinha habilidade manual, era inteligente e aprendera com rapidez a combinar as cores e os padrões dos quimonos. Katarina fora criada em Xangai, pois foi para lá que a avó fugira por ocasião da revolução russa. A família Kirilenko se dispersara, mas o irmão tinha vindo para o Japão com a mãe e, segundo Taeko ouvira dizer, tinha freqüentado a escola secundária do país e possuía razoável conhecimento dos ideogramas japoneses. Por tudo isso, a filha adquirira esse ar britânico, ao passo que a mãe e o irmão tinham se tornado grandes admiradores do Japão. O retrato do casal imperial japonês enfeitava a parede de um dos aposentos do andar inferior de sua casa, e o do imperador Nicolau II e da imperatriz, a de um outro. Era ainda perfeitamente compreensível que o irmão mais velho falasse bem o idioma, dizia Taeko, mas Katarina não lhe ficava muito atrás: apesar de estar há pouco tempo no país, fazia-se entender muito bem. Difícil de captar e cômico era o japonês que a "velhinha" falava, uma algaravia que se transformava algumas vezes em fonte de dor de cabeça para Taeko.

— Não queiram saber como é difícil entender o japonês da "velhinha". Dia desses, por exemplo, ela me disse: "*Anata kinodoku de gozeemasu*"[23], mas como fala rápido e com cadência estranha, pensei que estivesse me perguntando: "*Anata kuni doko de gozeemasu?*"[24], entendem? De modo que respondi: "Sou de Osaka", imaginem!

Taeko era especialista em arremedar as pessoas e em provocar o riso dos seus ouvintes. A imitação dos gestos e da fala da "velhinha Kirilenko" foi tão cômica que as outras três se dobraram de rir, a evocar vivamente a imagem dessa senhora estrangeira, idosa e desconhecida.

— Mas, segundo ouvi dizer, essa "velhinha" não é uma mulher qualquer. Formou-se bacharel em Direito nos tempos da Rússia imperial, e sempre diz: "Falo mal japonês. Falo bem francês e alemão."

— Eles devem ter sido ricos, antigamente. Quantos anos tem ela?

— Uns sessenta e poucos, acho eu. Mas está longe de caducar. É uma pessoa bastante ativa.

Passados dois ou três dias, Taeko tornou a contar mais alguns episódios que envolviam a "velhinha" dos Kirilenko e a divertir as irmãs. Nesse dia, Taeko, que tinha ido fazer compras no bairro de Motomachi, em Kobe, tomava chá no café Juccheim quando viu a referida senhora entrar com Katarina. A "velhinha" pretendia ir em seguida para o rinque de patinação no gelo inaugurado no topo do edifício Shurakkan e insistiu com Taeko para que a acompanhasse, caso não tivesse nada melhor para fazer. Sem nunca

---

23. Tenho pena de você. (N.T.)
24. De onde você é? (N.T.)

antes ter patinado no gelo, Taeko relutou a princípio em aceitar o convite, mas como suas amigas russas lhe asseguraram que se encarregariam de ensiná-la num instante, e como, além disso, sempre gostara de atividades esportivas, resolveu acompanhá-las. Conforme previra, uma hora de treino lhe fora suficiente para apreender em linhas gerais os macetes da patinação. "*Anata taihen j zu gozeemasu.*[25] Não acredito você nunca patinou!", elogiou-a a "velhinha" em sua confusa algaravia. A própria Taeko, porém, ficou muito mais admirada com o desempenho da "velhinha" russa que, mal se viu no rinque, pôs-se a patinar com uma agilidade que superava a de muita gente moça. Mantendo-se ereta e em pose graciosa, não só deslizava com segurança como também executava vez ou outra movimentos de espantoso efeito visual, cuja destreza evidenciava longa prática dessa modalidade esportiva. A exibição deixou boquiabertos todos os patinadores japoneses presentes no rinque, terminou Taeko de contar.

Poucos dias depois, Taeko voltou tarde da noite dizendo:

— Jantei hoje na casa de Katarina.

Comentou ainda que o apetite dos russos era admirável. De início, tinham servido uma entrada e, em seguida, alguns pratos quentes. Espantosas quantidades de verduras e carnes abarrotavam travessas, e vinham acompanhadas de pães de diversos tipos e formatos. Taeko, que já se satisfizera só com a entrada, recusara inutilmente as demais iguarias. "Por que não come? Experimente um pouco disto. E também disto", diziam os Kirilenko, abastecendo-lhe o prato sem cessar, eles próprios servindo-se de generosas porções e demonstrando insaciável apetite, ao mesmo tempo em que bebiam saquê, cerveja e vodca em grandes goles. Taeko não estranhou que o irmão de Katarina comesse ou bebesse tanto, mas se espantou ao ver que tanto a velha mãe como a própria Katarina não lhe ficavam atrás. Os minutos transcorreram rapidamente e, logo, já eram nove da noite, de modo que pensou em despedir-se, mas seus anfitriões lhe disseram que ela não podia ir-se ainda porque pretendiam jogar baralho. A moça fez-lhes companhia por cerca de uma hora e, então, pouco depois das dez da noite, os anfitriões tornaram a pôr a mesa para uma refeição tardia. A visão

---

25. Você patina muito bem! (N.T.)

de tanta comida quase fez mal a Taeko, tão satisfeita estava, mas os Kirilenko tornaram a comer e a beber. Beber não era bem o termo: os russos enchiam até a borda pequenos cálices do tamanho de dosadores de uísque e jogavam a bebida para dentro da boca, engolindo-a de uma só vez. Essa era a melhor maneira de apreciar uma bebida, afirmavam. Seus estômagos deviam ter espantosa resistência, já que emborcavam desse modo não só o saquê, como também a forte vodca. Taeko não achou os pratos especialmente saborosos, mas considerou diferente a sopa com uma espécie de massa que lembrava o ravióli italiano ou o *wantan* chinês.

— Disseram que querem convidar todos vocês para um jantar na casa deles. Aceitem ao menos uma vez, está bem? — terminou por dizer Taeko.

Nessa época, Katarina dedicava-se com afinco a produzir uma boneca à imagem e semelhança de uma jovem japonesa penteada no tradicional estilo *shimada,* vestindo *furisode*[26] e empunhando uma raquete de volante lindamente trabalhada. Pedira a Taeko que lhe servisse de modelo e, nos dias em que esta não comparecia ao ateliê em Shukugawa, Katarina a procurava em Ashiya. Em conseqüência disso, toda a família Makioka foi aos poucos conhecendo-a melhor. Teinosuke chegou a comentar que, com seu porte físico, Katarina podia tentar a sorte em Hollywood. A moça, porém, não tinha o atrevimento típico das atrizes ianques. Pelo contrário, era modesta e gentil, o tipo de pessoa capaz de relacionar-se bem com mulheres japonesas. E então, na tarde do dia em que o país comemorava a fundação do império, Katarina surgiu em Ashiya com o irmão. Vestindo calção preso à altura dos joelhos, o filho dos Kirilenko explicou que viera com a irmã até ali a caminho das cataratas de Koza. Sem entrar na casa, deu a volta pelo jardim e sentou-se numa poltrona do terraço. Em seguida, foi apresentado a Teinosuke, tomou o coquetel que lhe foi servido, conversou sobre amenidades por cerca de meia hora e partiu.

— Agora, fiquei com vontade de conhecer também a "velhinha" que diz "*gozeemasu*" — brincou Teinosuke.

— Eu também fiquei. Mas de tanto ouvir Koisan imitando-a, parece-me até que já a conheço — riu Sachiko.

---

26. Quimono tradicional de mangas excepcionalmente longas usado por moças solteiras. (N.T.)

17

Com a curiosidade aguçada pelos episódios narrados por Taeko e incapazes de continuar recusando os insistentes convites dos russos, os Makioka, que a princípio não consideravam seriamente fazer-lhes uma visita, acabaram afinal rumando para lá numa fria tarde do começo de primavera em pleno festival *omizutori*[27]. Os Kirilenko convidaram a família inteira, mas como a reunião tinha todo o jeito de terminar tarde da noite, Etsuko foi deixada em casa com a tia Yukiko, e apenas Teinosuke, Sachiko e Taeko atenderam ao convite. Os três desceram na estação Shukugawa, cruzaram a passagem sob a estrada de ferro e caminharam cinco ou seis quadras na direção das montanhas. Nessa altura, a rua ladeada por luxuosas casas de veraneio terminou e deu lugar a uma estreita senda que cortava um arrozal. No fim dela, os Makioka avistaram uma colina coberta de pinheiros. A casa dos Kirilenko fazia parte de um conjunto de residências modernas e simples construídas em duas fileiras confrontantes na base da colina. De paredes recém-pintadas de branco, era a menor de todas e tinha certa semelhança com as casinhas de conto de fadas que costumam ilustrar livros infantis. Katarina veio imediatamente à porta e conduziu-os ao aposento mais ao fundo dentre os dois únicos que constituíam o andar inferior. A saleta tinha proporções tão exíguas que quase não restou espaço para se moverem, mal a anfitriã e seus três convidados se acomodaram ao redor da estufa central, de ferro fundido. As quatro pessoas se sentaram como puderam: duas num banquinho, uma na única poltrona da sala e a última, numa cadeira dura, mas não podiam mover-se sem correr o risco de esbarrar na chaminé da estufa ou de derrubar com o cotovelo os objetos sobre a mesinha próxima. O andar superior parecia abrigar dois dormitórios e, o inferior,

---

27. Realizada no pavilhão Nigatsudo do templo Todai, de Nara, esta cerimônia, que ocorre na madrugada do dia 13 de março, se constitui num ritual mágico de purificação da água extraída do poço Wakasa, cavado diante do pavilhão. (N.T.)

os dois aposentos frontais e mais a cozinha, nos fundos. Da sala onde se encontravam podiam ver que a sala anexa era usada para refeições e era igualmente pequena, detalhe que fez os convidados se perguntarem, não sem ansiedade, como haveriam seis pessoas de se sentar àquela mesa. Mais intrigante que tudo, porém, era o fato de apenas Katarina encontrar-se na casa e nada, nem o menor ruído, indicar que o irmão ou a tão falada "velhinha" fossem dar o ar de sua graça. Talvez tivessem chegado cedo demais, pensou Teinosuke, pois embora soubessem que os ocidentais costumavam jantar mais tarde que os japoneses, tinham-se esquecido de confirmar o horário. Mesmo assim, era estranho que a casa continuasse mergulhada em silêncio e que nem a mesa estivesse sendo posta no momento em que, lá fora, o céu escurecia por completo.

— Vejam isto, por favor. Meu primeiro trabalho — disse Katarina, retirando de uma prateleira baixa, a um canto da sala, uma boneca em trajes de dançarina *maiko*.

— Nossa, que beleza! Foi você mesma que o fez?

— Eu mesma. Mas tinha muita, muita coisa errada. Taeko-san consertou tudo.

— Repare no belo padrão do *obi* — disse Taeko a Teinosuke. — O desenho foi inteiramente idealizado e pintado por Katarina-san. Eu mesma não lhe ensinei nada.

O *obi* à cintura da boneca tinha sido atado com nó simples e as duas pontas da longa faixa caíam soltas às costas. No tecido preto, Katarina havia pintado duas peças de *shogi* — a versão japonesa do jogo de xadrez —, correspondentes ao bispo e à torre.

— Vejam — tornou a dizer Katarina, apresentando-lhes agora um álbum de fotos dos tempos em que morara em Xangai. — Este é o meu ex-marido. Esta é minha filha.

— Sua filha se parece com você, Katarina-san. É muito bonita — disse Sachiko.

— A senhora acha?

— Acho. É muito parecida, realmente. Não tem vontade de revê-la?

— Minha filha Inglaterra, agora. Não posso ver. Paciência.

— Em que parte da Inglaterra ela mora? Acha que poderá vê-la caso algum dia você resolva ir até lá?

— Isso não sei. Mas eu quero. Acho que vou lá me encontrar com ela — disse Katarina sem demonstrar muita emoção.

Fazia já algum tempo que Teinosuke e Sachiko, esfomeados, vinham relanceando o relógio e trocando olhares entre si. Teinosuke aproveitou a primeira brecha no diálogo para perguntar:

— E o seu irmão, Katarina-san? Está ausente esta noite?

— Meu irmão volta tarde toda noite.

— E sua mãe?

— Minha mãe foi a Kobe fazer compras.

— Sei...

Foi comprar os ingredientes para o jantar, pensou Teinosuke, ainda assim sentindo certo desconforto ao ouvir o relógio bater sete horas sem que os anfitriões dessem sinal de vida. Taeko, a responsável pela presença da irmã e do cunhado naquela casa, começou também a se afligir e espiava abertamente a sala de jantar, onde a mesa continuava nua. Katarina, contudo, parecia não notar a inquietação dos seus convidados. Impassível, seguia lançando vez ou outra pedaços de carvão na estufa que, por ser pequena, tinha de ser alimentada sem parar. Os Makioka empenhavam-se em manter a conversa, já que a fome se intensificava quando se calavam, mas nem sempre achavam assunto. E, então, nos momentos em que os quatro silenciavam, o rugido do combustível queimando na estufa fazia-se ouvir de modo intenso. Um cão mestiço da raça *pointer* entreabriu a porta com o focinho e entrou na sala. Escolheu a área mais bem aquecida pela estufa, meteu-se entre os pés das pessoas e se deitou confortavelmente no chão com a cabeça sobre as patas estendidas, gozando o calor.

— Bóris! — chamou Katarina, mas o cão apenas voltou o olhar para a dona, sem fazer nenhuma menção de se erguer.

— Bóris — chamou também Teinosuke por absoluta falta do que fazer, curvando-se e alisando as costas do animal.

Mais trinta minutos se passaram nisso, e Teinosuke se decidiu.

— Katarina-san — disse ele de repente —, começo a achar que houve um grande mal-entendido, um *mistake*, entende?

— Como assim?

— Escute, Koisan — tornou a dizer Teinosuke, voltando-se agora para a cunhada. — Você tem certeza de que não entendemos errado? Porque se isso aconteceu, estamos realmente atrapalhando. Não será melhor nos retirarmos agora?

— Não sei como posso ter-me enganado... — disse Taeko, logo acrescentando: — Escute, Katarina-san...

— Que foi?

— Sabe... Ah, Sachiko, fale você. Eu não sei nem como começar — pediu Taeko.

— Seu conhecimento da língua francesa não poderia nos ajudar nesta situação, Sachiko? — indagou Teinosuke.

— E ela fala francês, Koisan? — perguntou Sachiko por sua vez.

— Não. Mas inglês ela fala perfeitamente.

— Katarina-san, I... I'm afraid... — começou a se explicar Teinosuke em inglês vacilante — *you were not expecting us tonight...*

— Como assim? — exclamou Katarina, arregalando os olhos e respondendo em inglês fluente e em tom de leve censura. — Nós os convidamos a jantar conosco esta noite. Eu os estava esperando, sim senhor!

Quando o relógio bateu oito horas, Katarina ergueu-se, foi para a cozinha e por ali ficou algum tempo, movimentando-se e provocando leves ruídos. Logo, transportou com presteza diversos pratos para a sala de jantar, para onde convidou seus três convidados. A visão dos variados antepastos — salmão defumado, anchovas em conserva, sardinhas marinadas, presunto, queijo, bolachas salgadas, torta de carne, além de vários tipos de pães, na certa preparados de antemão e que agora abarrotavam a mesa como num passe de mágica — trouxe alívio para os Makioka. Incansável, Katarina abasteceu inúmeras vezes o bule de chá preto e serviu seus três esfaimados convidados, que comeram rapidamente, mas com discrição. Contudo, as porções eram tão generosas e a insistência da anfitriã em servi-los tão grande que logo começaram a sentir-se satisfeitos e a dar sub-repticiamente os restos a Bóris, que aguardava os bocados sob a mesa.

Nesse momento, um ruído do lado de fora fez com que o cachorro disparasse na direção do vestíbulo.

— Acho que a mãe de Katarina está de volta — disse Taeko em voz baixa para a irmã e o cunhado.

Mal disse isso, a "velhinha" dos Kirilenko passou rapidamente pelo vestíbulo sobraçando cinco ou seis sacolas de compras e desapareceu na cozinha. Logo atrás, entraram na sala de jantar o irmão de Katarina e um cavalheiro de cerca de cinqüenta anos de idade.

— Boa-noite! Tomamos a liberdade de iniciar a refeição sem a sua presença. Espero que não se importe — disse Teinosuke.

— Por favor, estejam à vontade — respondeu o jovem Kirilenko com uma mesura e friccionando as mãos geladas.

Diferente da maioria dos ocidentais, Kirilenko era baixo e franzino, tinha o rosto comprido e as faces magras rubras do frio vento noturno daquele começo de primavera. Trocou com a irmã algumas palavras em russo, das quais os japoneses presentes só conseguiram perceber repetidas vezes o termo *mamotchka*, provavelmente o correspondente russo de "mãe".

— Encontrei-me com minha mãe em Kobe e viemos embora juntos. E este — explicou Kirilenko batendo no ombro do cavalheiro desconhecido — é meu amigo Vronski-san. Você o conhece, não é mesmo, Taeko-san?

— Sim, já o conheço. E estes são o meu cunhado e minha irmã.

— Seu nome é Vronski? Existe um personagem com esse nome no romance *Anna Karenina*, não existe? — indagou Teinosuke.

— Ah, é verdade! Como sabia? Leu Tolstói?

— Tolstói, Dostoiévski, os japoneses lêem tudo! — explicou Kirilenko para o amigo Vronski.

— De onde você conhece Vronski-san? — indagou Sachiko a Taeko.

— Ele mora num prédio de apartamentos chamado House, em Shukugawa, bem perto daqui. Gosta de crianças e trata todas elas com muito carinho, de modo que é conhecido como "*kodomono sukina roshiya-jin*"[28]. Ninguém mais o chama Vronski-san. Hoje em dia, é "*Kodomosuki-san*"[29].

— É casado?

---

28. Russo que gosta de crianças. (N.T.)
29. Trocadilho. *Kodomo* (criança) e *suki* (gostar). (N.T.)

— Não. Parece que houve um episódio infeliz em seu passado...

Com um sorriso que juntava pequenas rugas nos cantos dos olhos serenos e tristes, repletos de delicadeza e que realmente indicavam um temperamento carinhoso, Vronski ouviu calado os comentários a seu respeito. Mais robusto que Kirilenko, tinha, porém, corpo enxuto e pele bronzeada, cabelos ralos salpicados de branco e olhos negros, o tipo físico próximo ao dos japoneses e certo jeito de ser que lembrava o de um velho marinheiro.

— A pequena Etsuko não veio? — indagou Kirilenko.

— Não... Ela tinha de fazer seus deveres escolares, entende?

— Que pena! Eu trouxe o Vronski comigo com a promessa de lhe apresentar uma linda garotinha esta noite...

— Mas que pena... — disse Sachiko.

Nesse momento, a "velhinha" entrou para cumprimentá-los.

— *Watashi, kon-ya taihen ureshi gozeemasu.*[30] A outra irmã de Taeko-san e a pequena senhorita, por que não vieram?

Ao ouvir o estranho *gozeemasu*, Teinosuke e Sachiko evitaram olhar para Taeko temendo cair na risada, mas o aspecto compenetrado da mais nova das irmãs Makioka, que fixava um ponto no espaço distante dos demais, era mais cômico ainda. O termo "velhinha" não se adequava à senhora Kirilenko: diferente das matronas ocidentais, roliças em sua maioria, a mãe de Katarina era esbelta. Tinha pernas finas e bem torneadas, calçava sapatos de salto alto e andava pela casa com a vivacidade de uma gazela, batendo os saltos no chão com força quase selvagem. Seu porte gracioso lembrou a Teinosuke e a Sachiko a exibição de elegância e habilidade no rinque de patinação descrita por Taeko dias antes. Quando a senhora Kirilenko ria, percebia-se claramente que lhe faltavam alguns dentes na boca. A pele, flácida em torno do pescoço e dos ombros e rugosa no rosto, tinha contudo uma espantosa brancura, detalhe que a fazia parecer quase vinte anos mais nova a distância.

A "velhinha" retirou os pratos vazios, ajeitou a mesa e voltou a abastecê-la, desta vez com ostras frescas, ovas de salmão, picles de pepino, lingüiças de porco, de frango e de fígado, assim como um novo sortimento

---

30. Esta noite vocês me deram uma grande alegria. (N.T.)

de pães que havia comprado em Kobe. Finalmente, as bebidas — vodca, cerveja e até saquê quente — foram servidas em copos, todas de uma vez. Entre os russos, a "velhinha" e Katarina preferiram saquê. Conforme Teinosuke previra, não havia lugar para todos à mesa, de modo que Katarina jantou recostada ao consolo da lareira apagada, enquanto sua mãe se postava às costas dos comensais e se servia por sobre os ombros deles nos intervalos de suas idas e vindas à cozinha. Garfos e facas pertenciam a jogos diferentes e eram em número insuficiente. À falta deles, Katarina viu-se obrigada a usar os dedos para comer e corava violentamente toda vez que era pega em flagrante por seus convidados. Estes tinham então muito trabalho em fingir que nada haviam visto.

— Não coma as ostras, querido... — sussurrou Sachiko ao ouvido do marido, pois a cor delas indicava claramente que não tinham sido apanhadas em alto-mar e selecionadas para serem consumidas cruas. Na certa, eram ostras comuns compradas em banca de mercado. Observando os russos, que as comiam bravamente, Sachiko concluiu serem eles bem menos sensíveis que os japoneses nesse aspecto.

— Estamos de fato satisfeitos, não é mentira! — diziam os japoneses. Os russos, porém, não paravam de lhes encher os pratos, de modo que os convidados continuaram a dar furtivamente os restos da comida a Bóris, que aguardava sob a mesa.

Teinosuke parecia estar sentindo os efeitos da mistura de bebidas que lhe tinham sido servidas.

— Que é aquilo? — disse em voz anormalmente alta, apontando a foto de uma construção esplêndida que pendia da parede ao lado do retrato do tsar.

— O Tsarskoe Selo, o palácio do tsar, nas proximidades de Petrogrado (esta gente jamais dizia Leningrado) — explicou Kirilenko.

— Ah, então esse é o famoso Tsarskoe Selo...

— Nossa casa era bem perto Tsarskoe Selo. O tsar entrava na carruagem, certo? Saía do palácio Tsarskoe Selo, certo? *Sore, watashi, mainichi mimashita gozeemasu.*[31] Acho ouvi até tsar conversa voz.

---

31. Isso eu via todos os dias.

— *Mamotcha* — disse Kirilenko para a mãe, pedindo algumas explicações em russo e voltando-se em seguida outra vez para Teinosuke. — Não é que ela tenha ouvido de fato a voz do tsar conversando no interior da carruagem. Ela está dizendo que a carruagem passava tão perto dela que se sentia até capaz de ouvi-lo falar. Seja como for, nossa casa se situava bem ao lado do palácio, entendem? Eu mesmo era criança ainda, de modo que só me lembro vagamente disso.

— E você, Katarina-san?

— Eu nem ia escola ainda, não lembro nada.

— Vi que vocês têm uma foto do casal imperial japonês no outro aposento. Por que isso?

— Ah, claro que temos! Nós, russos brancos, podemos viver aqui nossas vidas graças imperador do Japão! — disse a senhora Kirilenko, subitamente séria.

— Todos os russos brancos são da mesma opinião: o único país que vai combater o comunismo até o fim é o Japão — interveio Kirilenko, continuando: — O que vocês acham que acontecerá com a China? Será que, mais dia, menos dia, ela não se transformará num país comunista?

— Quem sabe? Para ser franco, não entendo muito de política. É verdade, porém, que essa inimizade entre o meu país e a China é problemática.

— O que acham de Chiang Kai-shek? — perguntou subitamente Vronski, que até aquele momento apenas manipulava um copo vazio e ouvia. — E o que acham do episódio ocorrido em Hsian no ano passado? Hsüeh-liang prendeu Chiang Kai-shek, lembram-se? Mas, no fim, acabou poupando-lhe a vida. Por que isso?

— Não sei ao certo... Tenho a impressão de que o episódio não se restringiu aos fatos publicados em jornais, mas...

A política, em especial a internacional, despertava vivo interesse em Teinosuke, que conhecia os incidentes relatados em jornais e revistas. Ele porém mantinha, em qualquer circunstância, a atitude de simples observador. Considerava que, naqueles dias de turbulência social, uma opinião leviana, principalmente se emitida diante de estrangeiros desconhecidos, podia trazer conseqüências imprevisíveis, e contra isso decidira acautelar-se. Contudo, para esses exilados, que expulsos da pátria vagavam por terras estranhas, tais acontecimentos na certa representavam questões cruciais, cujo desenvolvimento não podiam deixar de discutir um dia sequer. Por instantes, o debate se restringiu ao grupo dos russos, dentre os quais Vronski parecia ser o mais bem informado e o de convicções mais firmes. Os demais passaram então apenas a ouvi-lo na maior parte do tempo. Em atenção aos convidados, os russos se esforçavam por falar em japonês, mas Vronski preferia a língua natal quando o assunto se tornava complexo, e Kirilenko traduzia a intervalos para Teinosuke e suas companheiras o raciocínio do amigo. Não contente em ouvir passivamente a conversa dos homens, a senhora Kirilenko também passou a expor suas opiniões e a discutir de maneira ativa, revelando-se boa polemista. Contudo, quanto mais a "velhinha" se inflamava, mais o seu japonês se tornava confuso, incompreensível tanto para os japoneses quanto para os russos.

— *Mamotcha*, fale em russo — advertia Kirilenko.

Teinosuke não conseguiu compreender direito como tudo aconteceu, mas passados alguns instantes a polêmica tinha se transformado em briga entre mãe e filha. Segundo lhe explicaram mais tarde, a mãe havia começado a atacar tanto a política como o próprio povo inglês, e os ataques receberam pronta e calorosa contestação por parte da filha. Embora tivesse nascido na Rússia, dizia Katarina, ela havia sido expulsa da própria terra, aportado em Xangai e crescido sob a proteção dos ingleses ali residentes. As escolas inglesas a tinham instruído sem cobrar um centavo sequer de mensalidade. Ela se formara enfermeira, trabalhara em hospitais e ganhara o próprio sustento, tudo isso graças ao povo inglês. "Como podia então tal povo merecer censura?", perguntava. A mãe, contudo, dizia que a filha era jovem ainda, incapaz de perceber a verdadeira natureza das coisas. Aos poucos, as duas se exaltaram e empalideceram, mas graças à oportuna intervenção do filho e de Vronski, a discussão apenas fumegou e impediu-se que se transformasse em incêndio incontrolável.

— *Mamotcha* e Katarina sempre discutem por causa da Inglaterra. Elas me fazem passar maus bocados — queixou-se o jovem Kirilenko mais tarde.

Todos foram outra vez convidados a passar para a sala ao lado e ali se entretiveram algum tempo folheando revistas e jogando baralho. Em seguida, foram novamente convidados a passar para a sala de jantar e a cear. Os japoneses, porém, não conseguiam comer mais nada, e as iguarias a eles destinadas terminaram por forrar o estômago do cão Bóris. Contudo, Teinosuke procurou beber até o fim no mesmo ritmo de Kirilenko e Vronski.

— Cuidado, você não está firme das pernas — observou Sachiko enquanto voltavam pela escura senda que cortava o arrozal. Passava das onze horas.

— Este vento frio é revigorante!

— Que aflição passamos esta noite, não é mesmo? Só a Katarina estava lá para nos receber, o tempo passava e a gente não via nem sinal de comida ou de bebida, a fome apertava... — tornou a dizer Sachiko.

— E quando enfim nos serviram a comida, a fome era tanta que exagerei. Mas como é que os russos conseguem comer tanto? Beber, eu bebo tanto quanto eles, mas perco longe quando se trata de comer...

— Mas a "velhinha" parecia muito feliz por termos aceitado o convite. Pelo jeito, os russos gostam de receber, mesmo morando em casas minúsculas.

— Acho que os desterrados levam uma vida muito triste e por isso procuram conviver socialmente com os japoneses.

— Aquele homem, Vronski — disse Taeko a Teinosuke no escuro —, tem uma história triste em seu passado, sabe? Segundo me contaram, ele amou uma moça na juventude, mas veio a revolução, os dois se desgarraram e não souberam mais do paradeiro um do outro. Anos depois, Vronski descobriu que ela vivia na Austrália, e foi até lá buscá-la. Ele a encontrou com muito custo, mas a moça estava doente e morreu. Ele então prometeu nunca se casar, e vem mantendo a promessa até hoje.

— Ah, coitado! Ele tem mesmo um ar trágico...

— Passou momentos difíceis na Austrália e teve até de trabalhar nas minas. Mas, por fim, conseguiu abrir um negócio qualquer, ganhou muito dinheiro e, hoje em dia, tem uma pequena fortuna de cerca de quinhentos mil ienes. Acho que o irmão de Katarina recebeu ajuda dele, ao que parece em forma de investimento.

— Hum!... Estou sentindo um cheirinho de cravo — observou Sachiko mal chegaram à rua das mansões de veraneio.

— Mas ainda falta um mês inteiro até a floração das cerejeiras... Não vejo a hora.

— *Watashi machidooshi gozeemasu*[32], disse Teinosuke, arremedando a "velhinha".

---

32. Não vejo a hora. (N.T.)

18

NOME: Minokichi Nomura

DATA DE NASCIMENTO: setembro de 1893

LOCAL DE NASCIMENTO: Tatemachi nº 20, Himeji, província de Hyogo

RESIDÊNCIA ATUAL: 559 Setani, 4-chome, Nada, cidade de Kobe

FORMAÇÃO: Faculdade de Agronomia da Universidade Imperial de Tóquio (1916)

PROFISSÃO: Engenheiro do Departamento de Piscicultura da Secretaria de Agricultura da província de Hyogo

SITUAÇÃO FAMILIAR: casou-se em 1922 com Noriko, segunda filha da casa Tanaka, e com ela teve um filho e uma filha. A filha faleceu aos 3 anos de idade. A mulher, Noriko, faleceu em 1935 durante a epidemia de influenza, e o filho, no ano seguinte, aos 13 anos de idade. Perdeu os pais muito cedo. Como parente consangüíneo resta-lhe atualmente apenas uma irmã, casada, de sobrenome Ota, residente em Tóquio.

Março já chegava ao fim quando uma foto de aproximadamente 10 x 8 centímetros colada em cartolina chegou às mãos de Sachiko. Remetida pela senhora Jinba, sua amiga dos tempos de colegial, trazia no verso os dados acima, escritos de próprio punho pelo cavalheiro da foto. Ao receber a correspondência, Sachiko lembrou-se de um incidente, de cuja ocorrência já havia até se esquecido: certo dia, em fins de novembro do ano anterior, topara repentinamente com a senhora Jinba num cruzamento ao lado da ponte Sakura, em Osaka, e com ela ficara a conversar durante cerca de meia hora. À época, os trâmites para o casamento de Yukiko com Segoshi tinham chegado a um impasse e, quando o assunto viera à baila, a senhora Jinba comentara: "Ah, quer dizer que a sua irmã continua solteira..." Sachiko havia então respondido que sim,

Yukiko continuava solteira, e agradeceria caso a amiga lhe apresentasse um bom partido. Assim dissera mais como um recurso para continuar a agradável conversa com ela, já que naquele tempo Sachiko ainda tinha esperança de concretizar o casamento da irmã com Segoshi. Tudo indicava, porém, que a senhora Jinba levara a sério o pedido, pois lhe mandara uma carta em que dizia: "Como vai a sua irmã Yukiko? Embora não me tivesse ocorrido no dia em que nos encontramos em Osaka, conheço, na verdade, alguém que talvez possa lhes interessar. O homem em questão é primo do senhor Jokichi Hamada (presidente da Ferrovia Kansai e ao mesmo tempo grande amigo e benfeitor do meu marido), perdeu a mulher no ano passado e está querendo refazer a vida. O senhor Hamada me havia pedido com insistência que procurasse um bom partido para o primo viúvo e até me confiara uma foto do interessado. Lembrei-me, então, de repente, da sua irmã. Meu marido não conhece o candidato pessoalmente, mas crê que ele seja um indivíduo íntegro, uma vez que o senhor Hamada assim garante. Vou lhe mandar a referida fotografia pelo correio, em separado. Caso lhe interesse, efetue as investigações necessárias com base nos dados pessoais que encontrará no verso da foto. Concluídas as investigações e se o pretendente lhe parecer interessante, comunique-me, pois terei imenso prazer em tomar de imediato as providências necessárias para a apresentação. Sei que este tipo de assunto deve ser tratado pessoalmente, mas como não queria me impor, resolvi escrever-lhe nesta primeira etapa." E, de fato, a foto havia chegado no dia seguinte.

Sachiko mandara imediatamente uma resposta na qual acusava o recebimento da carta e agradecia o interesse da amiga. Contudo, a experiência do ano anterior envolvendo Itani lhe havia ensinado a nada prometer de forma impensada. "Seu interesse pelo futuro de Yukiko me comove, de verdade, mas gostaria que me concedesse um ou dois meses para madura reflexão. O fato é que acabamos de recusar uma proposta e, levando em consideração o estado de espírito da minha irmã, preciso dar a ela um prazo mais longo para se refazer antes de apresentar-lhe um novo candidato. Resolvi também agir doravante com máxima prudência, senhora Jinba, e só solicitar seus préstimos —

se for esse o caso — depois de levantar de maneira cuidadosa todas as informações concernentes ao candidato. A falta delas pode redundar em mais um insucesso, coisa que quero evitar. Como deve ser do seu conhecimento, Yukiko já passou por muito da idade de se casar e, na qualidade de irmã mais velha, parte-me o coração submetê-la gratuitamente a sucessivos *miai*", escreveu Sachiko com franqueza em sua carta. Desta feita, e de comum acordo com Teinosuke, Sachiko estava resolvida a não se precipitar: antes de tudo, mandaria investigar com calma o proponente e, caso as informações fossem positivas, passá-las-ia à casa central. A própria Yukiko só seria informada depois disso. Mas a verdade era que Sachiko não sentia particular simpatia por este último candidato. Claro, ela precisava verificar melhor antes de emitir qualquer juízo, ainda mais que não havia informações sobre a situação financeira do pretendente nos dados constantes no verso da foto. Contudo, só a leitura da sua breve história já evidenciava qualificações bem inferiores às de Segoshi. Para começo de conversa, era dois anos mais velho que Teinosuke. Depois, já tinha sido casado. Era certo que, com os dois filhos do primeiro casamento falecidos, haveria um problema a menos a enfrentar. Mesmo assim, Sachiko era capaz de deduzir que a aparência envelhecida do candidato já se constituiria por si só em forte motivo de rejeição da parte de Yukiko. Podia até ser que o retrato não lhe fizesse justiça, mas se esse era o aspecto dele na foto que distribuía como candidato a noivo, era quase certo que o homem parecesse mais velho pessoalmente; mais jovem, nunca. Sachiko não fazia questão que o candidato fosse mais novo que Teinosuke, nem excepcionalmente bonito. Contudo, seria sem dúvida uma pena muito grande se, durante a cerimônia do casamento, o noivo parecesse muito acabado ao lado da pobrezinha da Yukiko no momento em que os dois fossem beber da taça votiva diante de todos. Tudo isso sem falar na própria Sachiko, que perderia a oportunidade de exibir perante os demais parentes a própria competência em salvaguardar os interesses da família. Desejável seria, não havia dúvida, que o noivo tivesse ar jovial ou, não sendo isso possível, no mínimo aparentasse saúde e vigor... Ao ponderar todos esses aspectos,

Sachiko continuou a sentir pouco entusiasmo pelo homem da foto. Sem ânimo para efetuar as investigações, deixou o caso de lado durante uma semana.

No decorrer desses dias, porém, Sachiko começou a imaginar se Yukiko não teria entrevisto o envelope com o carimbo "Material Fotográfico", entregue dias antes pelo correio. Caso tivesse, ela poderia estar àquela altura estranhando o silêncio da irmã mais velha. Sachiko só não mencionara ainda o recebimento da foto por não saber a que ponto Yukiko fora afetada pelo malogro do caso Segoshi. Era verdade que não via nenhuma alteração no comportamento da irmã, mas julgara melhor não perturbá-la tão cedo com mais esta proposta. Contudo, a irmã podia estar interpretando erroneamente sua solicitude e se perguntando: "Por que minha irmã não me diz com franqueza que um candidato me mandou seu retrato?" Se isso estivesse acontecendo, ela estaria criando outro problema. A correr tal risco, talvez fosse preferível mostrar-lhe a foto de uma vez e observar sua reação. E então, certo dia, Sachiko, que pretendia fazer compras em Kobe, se arrumava no toucador quando viu Yukiko entrar na sala.

— Você recebeu outra proposta, Yukiko — disse abruptamente. Sem esperar resposta, tirou a foto da gavetinha da cômoda e entregou à irmã. — Leia os dados no verso — acrescentou.

Yukiko aceitou em silêncio o retrato, relanceou o olhar por ele e pôs-se a ler o verso.

— Quem foi que nos mandou este? — perguntou Yukiko.

— Você se lembra da minha amiga, a senhora Jinba, não se lembra? Quando solteira, ela se chamava Imai...

— Hum...

— Dia desses, topei com ela na rua e, como ela perguntou por você, pedi-lhe que nos apresentasse alguém, caso conhecesse. Pois ela se lembrou disso e me mandou o retrato.

— ...

— Você não precisa decidir nada de imediato, Yukiko. Na verdade, eu pensava em fazer primeiro as averiguações de praxe e só depois falar disso a você, mas... não quero dar a impressão de estar fazendo as coisas furtivamente, escondida de você, compreende? De modo que aí está.

Yukiko parecia não saber o que fazer com o retrato que tinha nas mãos, mas logo o depositou numa prateleira próxima e foi para o corredor. Debruçou-se então na balaustrada da varanda do andar superior e, absorta, ali se deixou ficar contemplando o jardim.

— Você não tem que se preocupar com nada por enquanto — disse-lhe Sachiko. — Se o homem não lhe interessar, faça de conta que nunca ouviu falar dele. Da minha parte, vou mandar verificar seus antecedentes, mas só para dar uma satisfação à senhora Jinba...

— Sachiko — interrompeu-a Yukiko nesse instante, voltando-se com calma para o lado da irmã e esforçando-se por sorrir. — Ponha-me sempre a par das propostas de casamento que surgirem. Melhor recebê-las do que não receber nenhuma. Eu mesma me sinto mais animada ao saber que não me esqueceram por completo, entende?

— É mesmo?

— Só lhe peço uma coisa: levante com cuidado as informações do candidato antes de apresentá-lo a mim. De resto, você não precisa se preocupar tanto em não me melindrar.

— Verdade? Não imagina como fico feliz em saber disso. Você me deu novo ânimo — disse Sachiko. Em seguida, acabou de se arrumar e saiu dizendo que estaria de volta para o jantar.

Depois de ajeitar num cabide o quimono caseiro que a irmã despira e de juntar o *obi* e os acessórios num canto, Yukiko deixou-se ficar mais algum tempo recostada na balaustrada, a contemplar o jardim.

Originariamente, florestas e propriedades agrícolas ocupavam aquela região de Ashiya. A expansão imobiliária só começara aos poucos a partir do período Taisho [1912-1926]. O jardim da casa, por exemplo, nem era muito espaçoso, mas nele haviam transplantado dois ou três pinheiros gigantescos, lembranças vivas da floresta primitiva. Depois de passar quatro ou cinco dias na casa da irmã mais velha em Honmachi, Yukiko sentia-se agradavelmente reconfortada toda vez que retornava para ali e avistava a noroeste, para além das árvores da propriedade vizinha, a região montanhosa de Rokko. Em pé na varanda, contemplava agora o lado sul do jardim, com o gramado e o canteiro de flores. Para além deles, havia um singelo *tsukiyama*[33] e, por entre as fendas das rochas sobrepostas, flores brancas e miúdas de buquês-de-noiva cascateavam para dentro de um lago seco. Uma cerejeira e um lilaseiro floriam na borda direita do lago. Dentre as árvores, apenas a cerejeira era aquisição recente. Sachiko pedira para transplantá-la havia dois ou três anos porque amava suas flores. Na época da floração, os moradores da casa traziam banquinhos ou estendiam tapetes debaixo da árvore que, inexplicavelmente, não se adaptara muito bem ao terreno e dava poucas flores todos os anos. Em contraste, o lilaseiro cobria-se de flores recentes, brancas como neve. A oeste do lilaseiro, havia um pé de cardamomo e outro de amendoeira-da-praia, cujas folhas não haviam ainda começado a brotar. Mais além, ao sul do cardamomo, um arbusto que os franceses denominavam "siringa" passara a merecer maior atenção da família depois que madame Tsukamoto, a professora de francês, disse em tom emocionado jamais ter visto suas flores no Japão. Segundo o dicionário consultado, o arbusto se chamava *satsumautsugi* em japonês, e era uma subespécie das dêutzias. No momento, as folhas mal começavam a despontar nos galhos, já que sua floração e a da roseira japonesa em torno do anexo ocorriam quase simultaneamente, logo depois que se iam as flores dos buquês-de-noiva e dos lilases. Para além das siringas, erguia-se a tela de arame no limite com o jardim dos Schultz. E debaixo das amendoeiras-da-praia que bordejavam a cerca, Etsuko e Rosemarie brincavam de casinha, de cócoras sobre a relva banhada pelo suave sol da tarde. Da varanda superior onde se encontrava, Yukiko era capaz de divisar as bonecas, caminhas, armários, cadeiras e mesas, assim como cada um dos minúsculos apetrechos domésticos. As agudas vozes infantis lhe chegavam claramente aos ouvidos, mas as duas crianças brincavam entretidas, sem se dar conta de que eram observadas.

— Este é papai — disse Rosemarie, segurando na mão esquerda um boneco. — Esta é mamãe — continuou, segurando na mão direita uma boneca.

---

33. Elevação (de terra, areia ou rochas) natural ou artificial que simboliza uma montanha em jardins japoneses. (N.T.)

Apertou-lhes então os rostos um contra o outro e produziu sons estalados com a boca. A princípio, Yukiko não compreendeu o que a menina fazia, mas observando melhor percebeu que os bonecos se beijavam e que os estalidos reproduziam sons de beijo.

— O bebê veio — tornou a dizer Rosemarie, extraindo um boneco-bebê de sob a saia da mãe. Tornou a fazer repetidas vezes o mesmo gesto e a dizer: — O bebê veio. O bebê veio.

Pelo jeito, "veio" significava "nasceu". Yukiko sempre ouvira dizer que, no ocidente, era costume ensinar-se às crianças que os bebês eram trazidos por cegonhas e depositados em galhos de árvores. Mas esta menina sabe que nascem do ventre, pensou Yukiko, sorrindo intimamente e ficando a observar por bastante tempo a brincadeira das duas.

19

Anos antes, em viagem de núpcias, Sachiko estivera numa hospedaria da região de Hakone e lembrava-se de, na ocasião, ter discutido com o marido as preferências gastronômicas de ambos. Perguntada qual era seu peixe favorito, Sachiko respondera de pronto: pargo. Teinosuke rira por achar-lhe o gosto prosaico, mas, para ela, pargo era o peixe mais genuinamente japonês tanto pelo sabor quanto pelo aspecto. Quem não gostasse de pargo, sustentava, não podia ser japonês. Sua opinião ocultava certo orgulho bairrista: Sachiko achava que os pargos provenientes dos mares de Kansai, onde nascera, eram os mais saborosos do Japão e, também, que Kansai era a região mais tipicamente japonesa de todo o país. Pelo mesmo motivo, quando lhe perguntavam qual era sua flor preferida, Sachiko respondia sem hesitar: a de cerejeira.

Desde os remotos tempos em que a coletânea *Kokinshu* fora compilada, poetas vinham compondo milhares de versos em que cantavam repetida e incansavelmente a impaciente espera pelo desabrochar das flores das cerejeiras, assim como a suave tristeza com que contemplavam seu despetalar. Quando moça, Sachiko considerava tais poemas banais e os lera com indiferença. Com o passar dos anos, porém, passara ela própria a perceber que esperar impacientemente pela floração das cerejeiras e entristecer-se ante a visão de centenas de pétalas soltando-se umas após as outras em suave chuva rosada não eram prerrogativas de poetas antigos ansiosos por exibir bom gosto. Assim, a cada primavera Sachiko instava com o marido, a filha e as irmãs para que a acompanhassem a Kyoto para apreciar o espetáculo das cerejeiras em flor, e tão constantes tinham sido tais viagens que acabaram transformadas em rituais. E, embora Teinosuke e Etsuko tivessem deixado vez ou outra de comparecer a esses rituais por conta de deveres profissionais ou escolares, as três irmãs nunca haviam deixado de cumpri-los juntas. Sachiko, particularmente, contemplava com tristeza a chuva de pétalas porque nela via o fim da primavera e da juventude das irmãs mais novas. A cada ano que passava, imaginava se esse não seria o último em que veria o espetáculo das cerejeiras em flor na companhia das irmãs, e de Yukiko, em especial. O mesmo tipo de pensamento parecia ocorrer à própria Yukiko e também a Taeko. Apesar de não se interessarem por flores tanto quanto Sachiko, desde cedo — isto é, desde os dias do festival *omizutori* — as duas davam mostras de estar aguardando com ansiedade o desabrochar das cerejeiras e a viagem a Kyoto, ao mesmo tempo em que compunham mentalmente quais *haori, obi* e até roupas de baixo usariam para a ocasião.

Com a chegada da primavera, eram divulgadas as datas prováveis em que as cerejeiras estariam no auge da floração. Cabia então às irmãs a tarefa de escolher um fim de semana que fosse próximo a esse período e ao mesmo tempo conveniente tanto para Teinosuke como para Etsuko. Escolhida a data, só lhes restava aguardar sofrendo as mesmas ansiedades banais dos antigos: chegariam a tempo de ver o auge das flores? O clima e o vento seriam clementes com a florada? Cerejeiras em flor não eram especialidades únicas de Kyoto: havia-as também em Ashiya e podiam ser contempladas à vontade da janela dos trens da linha Hankyu. Mas, para Sachiko — em cuja opinião, pargos, para serem saborosos, tinham de provir da região de Akashi —, cerejeiras também tinham de ser de Kyoto: não as vendo, não vira nenhuma. No ano anterior, Teinosuke, que se tinha rebelado e proposto viagem a outra localidade para variar, levara a família para ver as cerejeiras da ponte Kintai. Ao retornar da viagem, porém, Sachiko sentiu-se inquieta como alguém que se esqueceu de fazer algo muito importante: a primavera já ia a meio e ela não a vira passar. Convencera então Teinosuke a empreender nova viagem a Kyoto, onde por sorte encontraram ainda em floração as espécies diferentes e tardias de cerejeira da região de Omuro. Em anos normais, porém, a programação era a mesma: partiam todos juntos numa tarde de sábado e, chegando a Kyoto, jantavam cedo no restaurante Hyotei do templo Nanzen. Depois, iam assistir, infalivelmente e antes de tudo, ao bailado Miyako e, em seguida, ao espetáculo das cerejeiras noturnas de Gion. Passavam então a noite numa hospedaria de Fuyacho e, na manhã seguinte, iam de Saga para Arashiyama e, na altura de Nakanoshima, acomodavam-se numa barraquinha de chá para lanchar. À tarde, estavam de volta ao centro da cidade de Kyoto para apreciar as cerejeiras do jardim sagrado do templo Heian. E, então, dependendo das circunstâncias, as duas irmãs mais novas voltavam para casa com Etsuko, enquanto Teinosuke e Sachiko passavam mais uma noite em Kyoto. De um jeito ou de outro, o ritual dos Makioka terminava no domingo. A ida ao santuário Heian era sempre deixada para o último dia porque as cerejeiras do jardim sagrado eram as mais belas e as mais vistosas de Kyoto. Mormente agora que as cerejeiras do parque Maruyama, já envelhecidas, davam ano a ano flores cada vez mais esbranquiçadas em seus galhos pendentes como os dos salgueiros, podia-se afirmar com segurança não existir nenhum outro conjunto de cerejeiras mais representativo da primavera de Kyoto do que as de Heianjingu. E era por esse motivo que as três irmãs, terminada a excursão para os lados de Saga e arrastando os pés já cansados da atividade matinal, escolhiam todos os anos a hora mais comovente do dia, quando a tarde de primavera ameaçava findar, para vagar pelo jardim sagrado sob as cerejeiras floridas. Paravam então diante das árvores que se erguiam à beira do lago, na base da ponte, numa curva do caminho, ao lado de uma galeria, e suspiravam, sentindo intensa ternura por cada uma delas. De volta a Ashiya, as irmãs poderiam então a qualquer momento cerrar os olhos e evocar o suave colorido das flores e a aparência daqueles galhos, e assim aguardar a chegada da próxima primavera.

Como sempre, em meados de abril daquele ano, Sachiko e suas irmãs partiram numa tarde de sábado para cumprir o ritual. Vestindo um quimono de seda de mangas compridas — o mesmo, aliás, usado na excursão do ano anterior —, Etsuko parecia pouco à vontade por não ter o hábito de usá-lo no dia-a-dia e, além do mais, por senti-lo apertar, já que crescera um pouco. Havia também certo ar diferente em seu rosto devido à leve maquiagem que lhe haviam aplicado naquele dia. Preocupada em não deixar a sandália de verniz escapar do pé, a menina pareceu ainda mais desconfortável quando se acomodou na esteira estreita do restaurante Hyotei: acostumada como estava no cotidiano a sentar-se à vontade em seus vestidinhos de corte ocidental, tinha de se esforçar por manter a frente do quimono ajustada.

— Olhem os joelhinhos da Etsuko espiando — caçoavam os adultos.

Além de tudo, a menina parecia estar com dificuldade até para comer, pois não bastasse o fato de ainda não saber manejar direito os *hashi* e os empunhar à maneira desajeitada das crianças, a manga do quimono lhe tolhia o movimento dos braços. Ao tentar apanhar um tubérculo particularmente escorregadio servido em travessa sem bordas, a garota deixou-o escapar. No momento seguinte, o tubérculo rolou da varanda para o jardim e correu sobre o musgo verde, o que provocou o riso da própria Etsuko e dos adultos e constituiu-se no primeiro episódio divertido da excursão.

Na manhã seguinte, primeira coisa, foram todos até a beira do lago Hirosawa. Teinosuke registrou em sua Leica uma foto das quatro mulheres — Sachiko, Etsuko, Yukiko e Taeko, em pé, nessa ordem — debaixo de uma cerejeira, que tinha a montanha Henjoji ao fundo e que projetava seus longos ramos sobre o lago. A família guardava uma agradável lembrança dessa cerejeira em particular. Na primavera de alguns anos antes, um cavalheiro desconhecido se aproximara e solicitara permissão para tirar fotos do grupo à beira desse mesmo lago. Permissão obtida, o desconhecido registrara alguns instantâneos em sua câmera e, depois de agradecer profusamente, anotara-lhes o endereço e se fora, prometendo remeter-lhes pelo correio algumas cópias, caso a qualidade das fotos se revelasse boa. O cavalheiro havia cumprido a palavra e lhes mandara os instantâneos dias depois, no meio dos quais, um em especial chamou a atenção por sua beleza. Nele, Sachiko e Etsuko apareciam de costas à sombra da referida cerejeira e com o lago de águas crespas ao fundo. A câmera havia capturado habilmente um quadro de louvor à primavera em que mãe e filha contemplavam extasiadas a superfície aquática, enquanto pétalas das cerejeiras esvoaçavam sobre a manga do quimono da menina. Desde então, as irmãs faziam questão de vir todo ano até o lago a fim de contemplá-lo sob a mesma cerejeira e de registrar o momento em foto. À beira do caminho que margeava o lago, Sachiko sabia ainda que havia uma sebe, além da qual um magnífico pé de camélia dava maravilhosas flores rubras todos os anos, e fazia questão de parar junto a elas também.

Subindo pelo barranco do lago Osawa, a família passou diante dos portões dos templos Daikaku, Seiryo e Tenryu, e saiu como sempre na base da ponte Togetsu. Em meio à multidão que acorria para apreciar o espetáculo das cerejeiras em flor, havia sempre um grupo de coreanas vestidas com seus trajes típicos de fortes cores monocromáticas, que se constituíam em nota estranha à paisagem. Sem fugir à regra, também naquele ano, lá estavam elas do outro lado da ponte, acocoradas em pequenos grupos à sombra das flores. Tinham acabado de almoçar e algumas estavam embriagadas, em ruidosa baderna.

Os Makioka tinham lanchado no ano anterior no Daihikaku e, no anterior a esse, numa barraquinha de chá na base da ponte Togetsu. No presente ano, escolheram para essa finalidade o morro do templo Horin, depositário da famosa imagem Kokuzo-bosatsu. Tornaram, portanto, a cruzar a ponte e seguiram em direção a Nonomiya por uma trilha que cortava um bambuzal ao norte do templo Tenryu, sempre brincando com a menina.

— Veja, Etsuko. O pardalzinho da lenda devia morar num lugar como este.

À tarde, o vento despertou repentinamente baixando a temperatura e, no momento em que atingiram a ermida Enri, as cerejeiras diante do portão despejaram sobre as irmãs uma intensa chuva de suaves pétalas. De lá, saíram uma vez mais diante dos portões do templo Seiryo e tomaram o bonde de Atago para retornar a Arashiyama e alcançar a base norte da ponte Togetsu, onde descansaram alguns momentos. Em seguida, apanharam um táxi e rumaram ao santuário Heian.

Como estariam aquelas cerejeiras que se erguem a oeste da galeria do santuário Daigo, bem no limite do jardim sagrado? Aquelas de ramos pendentes como os de salgueiros, cuja beleza é cantada até no exterior? O auge das suas flores não teria passado? A inquietude acelerava-lhes o coração todos os anos até o instante em que passavam pelo portão da galeria. Também agora, a família passou pelo portão com a mesma ansiedade no peito e, ao avistar a miríade de flores que se abria em nuvem rosada contra o céu do entardecer, deixaram escapar em uníssono uma exclamação emocionada.

Esse era o instante que coroava o ritual de dois dias, o instante de felicidade tão intensamente esperado desde o final da primavera anterior. Ah, perfeito, ali estavam todos, contemplando-as uma vez mais em plena floração, pensavam com intenso alívio, ao mesmo tempo em que rezavam para que na próxima primavera também obtivessem o mesmo sucesso. "Yukiko talvez já esteja casada e não faça mais parte do grupo quando eu parar sob estas mesmas árvores no ano que vem", pensou Sachiko. As flores tornariam a alcançar o seu auge no ano seguinte, mas Yukiko talvez não estivesse ali para vê-las. Era triste, mas Sachiko desejava que assim fosse, para o bem da irmã. Falando com franqueza, ela se emocionara com os mesmos pensamentos tanto no ano anterior como no anterior a esse, imaginando que cada vez era a última que cumpririam o ritual todas juntas, e era algo maravilhada que se via agora novamente ali, de pé sob as cerejeiras com Yukiko. Um misto de pena e ternura pela irmã a assaltou, quase a impedindo de encará-la.

No ponto em que terminava a renque de cerejeiras havia alguns bordos e carvalhos com tenros brotos despontando, assim como oleandros podados em bola. Teinosuke pediu às três irmãs e à filha que andassem à frente e as seguiu, Leica em punho. Fotografou-as enquanto contornavam as íris do lago Byakko, cruzavam a ponte Garyu sobre o lago Soryu, projetando seus reflexos na superfície aquática, posavam sob uma cerejeira excepcionalmente magnífica do lado ocidental do morro Komatsu, cujos galhos se estendiam sobre o lago Seiho, ou seja, todos os pontos habituais. Ali, todo ano, também o vistoso grupo chamava a atenção e, como sempre, estranhos lhes tiravam fotos, os mais corteses pedindo permissão e os mais rudes disparando as câmeras a seu bel-prazer sem nada solicitar. Elas se lembravam muito bem onde e o que tinham feito nos anos anteriores e, uma vez nesses lugares, repetiam os mesmos gestos, por mais insignificantes ou singelos que fossem. Por exemplo, tornaram a tomar chá na barraquinha do lado oriental do lago Soryu e a jogar migalhas de pão às carpas vermelhas do alto de uma ponte.

— Olhe, mãe! Uma noiva! — gritou Etsuko repentinamente.

Um casal terminara a cerimônia religiosa e saía do anexo do santuário. Curiosos abriam alas e contemplavam a noiva, que se preparava para entrar no carro. Do lugar onde se encontravam, as Makioka só conseguiram divisar do outro lado da porta de treliça o tecido branco cobrindo o cabelo da noiva, bem como um pedaço da sua vistosa capa. Aquele não tinha sido o primeiro ano que cruzavam com pares de noivos e, como sempre, Sachiko sentiu o peito apertar de emoção e não se deteve. Suas duas irmãs, todavia, não se abalaram: misturadas à turba curiosa, esperavam a saída da noiva para mais tarde contar a Sachiko sua aparência e os detalhes do quimono.

Teinosuke e Sachiko pousaram mais uma noite em Kyoto e, no dia seguinte, o casal visitou o convento Fudo-in, mandado erigir no interior do templo do monte Takao pelo pai de Sachiko nos tempos áureos. Ali, despenderam meio dia em calmo colóquio com a idosa abadessa, relembrando passagens da vida do falecido pai. Naquele local famoso pelo colorido exuberante das folhas de outono, o verde ainda nem despontara no arvoredo. No momento, apenas um único botão começava a desabrochar no marmeleiro-da-china próximo à tubulação de bambu do jardim. Sachiko e Teinosuke contemplaram por algum tempo o pequeno botão que parecia simbolizar de maneira apropriada a singeleza de um convento. Depois de beber diversos copos da água cristalina de uma nascente, maravilhados com o seu sabor, os dois se despediram e trataram de descer a íngreme ladeira de quase dois quilômetros enquanto ainda havia luz. No caminho, passaram diante do templo Nin'na, em Omuro, e Sachiko quis visitá-lo. Sabia perfeitamente que ainda era cedo para as cerejeiras em penca, mas queria ao menos descansar um pouco debaixo das árvores e apreciar o famoso *tofu* do templo, assado ao molho de missô com ervas. Contudo, os dois desistiram, com muita pena, da visita a Saga, à região de Yase-Ohara e ao templo Kiyomizu por saberem que, como todo ano, a vontade de pousar mais uma noite em Kyoto se fortalece com o avançar da tarde. E acorreram às pressas à estação da rua Shichijo quando já passava um pouco das cinco da tarde.

Alguns dias depois, Sachiko entrou de manhã no escritório de Teinosuke depois da saída do marido para, como sempre, arrumar o aposento, quando viu na beira de uma folha de rascunho o seguinte poema:

(Um dia de abril, em Saga)
À festiva Saga
Das cerejeiras em flor,
Bela gente em
Belos trajes acorre:
Kyoto, capital das flores.

Sachiko, que em seus tempos de colegial também sonhara em ser poetisa, havia retomado o hábito instigada pelo marido e, nos últimos tempos, registrava em cadernetas os poemas que lhe vinham à mente. A anotação do marido despertou-lhe a inspiração e, depois de pensar por alguns instantes, completou a idéia que lhe viera ao visitar o templo Heian dias antes e escreveu:

(Vendo a chuva de pétalas em Heianjingu)
Quisera guardar
Numa dobra do quimono
As flores caídas
Em relutante adeus
À primavera perdida.

Sachiko escreveu o poema na área em branco do rascunho e o deixou sobre a escrivaninha. Ao chegar em casa naquela noite, Teinosuke nada comentou sobre o poema, e a própria Sachiko se esqueceu do episódio. Na manhã seguinte, como sempre, ela entrou no escritório para arrumá-lo e notou que Teinosuke havia reescrito o poema com ligeiras alterações.

20

— Não tente fazer tudo de uma vez, querido. Você vai acabar se cansando — disse Sachiko.

— Sei disso, mas agora que já comecei, não consigo parar.

Naquele domingo, Teinosuke havia planejado viajar outra vez com a mulher para Kyoto — de onde, aliás, tinham retornado havia apenas um mês —, desta feita com o intuito de apreciar o progressivo aumento do verde no arvoredo. Sachiko, porém, amanhecera queixando-se de indisposição e cansaço, de modo que Teinosuke desistira da viagem e dedicara a tarde à eliminação das ervas daninhas do gramado.

O jardim não era gramado na época em que haviam adquirido a casa. "A terra não é boa, nem vale a pena tentar gramá-la", dissera o proprietário anterior. Teinosuke contrariara o conselho e, graças a ingentes esforços de sua parte, a relva — muito embora de germinar tardio e de viço duvidoso quando comparado ao da vizinhança — recobria agora todo o jardim. Na qualidade de idealizador do gramado, Teinosuke dele se ocupava mais que qualquer outro membro da família e, certo dia, descobriu que um dos motivos que retardavam o seu desenvolvimento eram os pardais, os quais colhiam um por um os embriões na época da germinação. Desde então, dedicava todo começo de primavera à tarefa de espantar os passarinhos: mal os via, lançava-lhes pedras e insistia com a família para que lhe seguissem o exemplo. As cunhadas comentavam: "Chegou de novo o tempo das pedradas em passarinhos." Conforme o verão se aproximava e os dias se tornavam cada vez mais quentes, era comum vê-lo, de chapéu de praia e calção, aparando a grama ou eliminando as ervas daninhas do jardim.

— Ai, uma abelha! É das grandes! — gritou Sachiko.

— Onde?

— Foi para o seu lado!

Com a chegada do verão, um estore de junco já tinha sido instalado como sempre na borda da varanda, à sombra do qual se sentava Sachiko num banco rústico feito de toras de vidoeiro. A abelha tinha resvalado por seu ombro, rodeado algumas vezes o vaso de peônias sobre a banqueta de porcelana chinesa e, zumbindo, voado na direção das azaléias brancas e vermelhas. À cata de ervas daninhas, Teinosuke aos poucos se afastara para a área sombria próxima à tela de arame, onde os ramos de um carvalho e de bambus se entrelaçavam, de modo que Sachiko só lhe via a aba do chapéu de praia por entre o branco e o vermelho das flores.

— Eu mesmo estou mais preocupado com os pernilongos. Picam mesmo por cima das luvas — reclamou Teinosuke.

— Você devia dar o trabalho por terminado, já lhe disse...

— E quanto a você? Melhorou da indisposição?

— Não muito. Começo a me sentir mal quando fico deitada, de modo que achei melhor sentar-me por aqui...

— Mal como?

— A cabeça pesa... Estou enjoada... e sinto um cansaço muito grande nas pernas. Acho que estou adoecendo de verdade.

— Que bobagem! Você está se deixando levar pelos nervos, Sachiko.

De repente, Teinosuke disse alto:

— Pronto! Agora chega!

As folhas dos bambus farfalharam e ele se levantou arqueando as costas para trás. Lançou longe a faquinha que usara para desenterrar raízes de bananeiras-anãs, descalçou as luvas e limpou o suor do rosto com as costas das mãos picadas por pernilongos. Abriu a torneira ao lado do canteiro de flores, lavou as mãos e, coçando as áreas vermelhas e inchadas, disse:

— A pomada contra picadas está aí com você?

— Oharu, traga Mosquiton para mim — gritou Sachiko para dentro da casa.

Mas Teinosuke já tinha descido outra vez para o jardim e começado a limpar o canteiro das azaléias, arrancando uma a uma as flores mortas. Quatro ou cinco dias antes, elas estiveram no auge, mas agora dois terços da florada tinham secado e deixado o canteiro com aspecto sujo e maltratado. Teinosuke sentia-se especialmente incomodado com as flores brancas que, depois de murchas, pareciam pedaços de papel sujos e amarrotados. Ele as apanhava uma a uma, jogava-as no chão e depois retirava com cuidado os pecíolos que permaneciam nos talos como bigodes.

— Aqui está a pomada — avisou Sachiko.

— Hum — murmurou Teinosuke, continuando a limpar.

— Peça a alguém que varra o chão para mim — pediu a Sachiko ao voltar para a varanda instantes depois. Mas no momento em que recebeu a pomada das mãos da mulher, viu-lhe os olhos e exclamou:
— Que é isso?

— Isso o quê?

— Venha para este lado, onde a claridade é maior — disse Teinosuke.

A tarde caía e já começava a escurecer na área à sombra do estore, mas um resto de sol ainda batia no canto do terraço.

— Que estranho! Seus olhos estão amarelados...

— Amarelados?

— Isso mesmo. O branco dos seus olhos está amarelado.

— Por quê? Será que estou com icterícia?

— Provavelmente. Você andou comendo algum prato gorduroso?

— Pois não comemos filé ontem à noite?

— Ah, então é isso.

— Agora entendi por que sinto náuseas! É icterícia, com certeza.

Ao ouvir o marido dizer "que é isso?", Sachiko tinha-se assustado. Agora, porém, sentiu certo alívio: afinal, icterícia não era nenhuma doença grave. E, com o alívio, uma inesperada expressão de alegria lhe veio aos olhos.

— Deixe-me ver se você tem febre — disse Teinosuke, encostando a própria testa na da mulher. — Não, não muita. Mas fique deitada, não convém abusar. E vamos pedir ao doutor Kushida uma visita domiciliar.

Esperou até vê-la subir a escada e foi pessoalmente telefonar.

O doutor Kushida tinha consultório nas proximidades da estação de trem à beira do rio Ashiya e era intensamente procurado pela população local por ser médico competente, capaz de fazer diagnósticos corretos. Falar com ele não era fácil, pois as visitas domiciliares o mantinham fora do consultório até depois das onze toda noite, muitas vezes sem jantar. Quando o caso era grave e seu comparecimento à casa se fazia imprescindível, Teinosuke costumava chamar ao telefone a enfermeira Uchihashi, veterana no posto, e solicitar sua intervenção. Contudo, nem isso garantia um pronto-atendimento: se o estado do doente não era realmente grave, o médico podia nem vir ou aparecer bem mais tarde que o horário combinado. Para se prevenir, Teinosuke usava de esperteza e exagerava na descrição dos sintomas. Nesse dia, por exemplo, já passava das dez horas da noite e o médico não aparecera.

— Pelo jeito, vai nos deixar a ver navios — comentou Teinosuke.

Pouco depois das onze, porém, ouviu o barulho de um carro estacionando à porta.

— É icterícia, não tem erro — decretou o doutor Kushida.

— Comi um bife grande ontem à noite, doutor...

— Aí está o motivo! Quem mandou ser gulosa... Bem, passe alguns dias à base de caldo de vôngole — disse o médico no costumeiro tom benevolente. Ocupado como era, fez os exames rapidamente e se foi, ligeiro como o vento.

Sachiko começou então a passar os dias em seu quarto, indo da cama para a poltrona e vice-versa. Não se sentia muito indisposta, mas, em compensação, não melhorava a olhos vistos. A recuperação demorada e a desagradável sensação de desânimo e lassidão resultavam, em parte, do clima estranhamente abafado daquele início de verão, em que nem chovia nem fazia sol. Já fazia alguns dias que ela não tomava um bom banho de imersão, de modo que despiu o pijama suado e pediu a Oharu que lhe esfregasse as costas com uma toalha umedecida em água quente e salpicada de álcool. Nesse momento, Etsuko veio subindo a escada e entrou no quarto.

— Como se chama essa flor no vaso do nicho, mãe? — perguntou.

— Papoula.

— Ela me dá medo.

— E por que, minha filha?

— Quando a gente fica olhando, ela começa a puxar a gente para dentro dela...

— É mesmo!...

"Crianças são realmente perceptivas", pensou Sachiko. A filha tinha lhe revelado o exato motivo da estranha pressão na cabeça, do peso no peito que vinha sentindo naquele quarto havia algum tempo. A causa parecia estar bem diante dos seus olhos, mas até aquele momento Sachiko não conseguira atinar com o quê. Era a papoula, com certeza. Era lindo vê-la num campo florido, mas ter apenas um exemplar arrumado num vaso dentro do quarto dava certamente uma impressão sinistra, "começa a puxar a gente para dentro dela", como bem definira Etsuko.

— Confesso que também me sentia desconfortável, mas esse tipo de explicação não ocorre à mente adulta — comentou Yukiko que, bastante impressionada, trocou o arranjo da papoula por outro, de íris e lírios.

Sachiko, porém, continuava se sentindo oprimida e já não quis nenhuma flor no quarto. Em troca, pediu ao marido que lhe procurasse um poema em *kakemono*[34] que falasse de coisas revigorantes. Embora faltasse ainda um pouco para os fortes aguaceiros de verão, Teinosuke escolheu "Chuva sobre a montanha", de Kageki Kagawa[35]:

O aguaceiro
Que lavou o pico Atago
Breve chegará
Às margens do rio
Kiyotaki.

A mudança na decoração do quarto talvez tivesse influído no humor da doente, pois no dia seguinte Sachiko já se sentia bem melhor. Cerca das três da tarde, ouviu soar a campainha da entrada e, em seguida, o ruído de passos indicou que tinha visita. Logo, Oharu veio subindo a escada e anunciou:

— A senhora Nifu está aqui. Veio com as senhoras Shimozuma e Sagara.

---

34. Pintura ou manuscrito (exercício caligráfico, poema) em rolo de tecido ou papel. (N.T.)

35. Famoso poeta (1768-1843) do final do período Edo. (N.T.)

Fazia já algum tempo que Sachiko não via a senhora Nifu, pois nas duas últimas vezes que a amiga a visitara, a própria Sachiko não se encontrava em casa. Pensou em recebê-la no quarto, mas hesitou, pois a amiga não estava sozinha. Sachiko não conhecia muito bem a senhora Shimozuma, e muito menos a senhora Sagara, de quem, aliás, nunca ouvira falar. Nessas circunstâncias, Yukiko ajudaria muito se pudesse recebê-las em seu lugar, mas não era de seu feitio fazer sala a pessoas desconhecidas, Sachiko sabia disso muito bem.

Recusar-se a recebê-las alegando indisposição seria indelicado para com a senhora Nifu, que afinal já a havia procurado duas vezes em vão. Além do mais, a própria Sachiko se entediava por falta do que fazer. Instruiu, portanto, a empregada para que as introduzisse na sala de visitas e lhes explicasse que a patroa não estava em condições de recebê-las imediatamente porque andara indisposta e passara os últimos dias acamada; que ela ia se arrumar em seguida e, assim, tivessem a bondade de aguardar uns instantes. Em seguida, Sachiko correu a sentar-se diante do toucador, passou maquiagem sobre a pele maltratada do rosto, vestiu um quimono leve e limpo e, meia hora depois, desceu.

— Deixe-me apresentar-lhe a senhora Sagara — disse a senhora Nifu, indicando uma mulher bem vestida em trajes tipicamente americanos, decerto recém-chegada do exterior. — É minha amiga e fomos colegas no colegial. O marido dela trabalha numa companhia marítima, e os dois moravam em Los Angeles até há pouco.

— Muito prazer — disse Sachiko, arrependendo-se de imediato de tê-las recebido.

Bem que hesitara em avistar-se com uma estranha quando ela própria se sentia tão abatida, mas acabara optando por atender as visitas por não ter imaginado que a referida estranha fosse uma mulher tão refinada.

— Que aconteceu? Você está doente? — perguntou a senhora Nifu.

— Estou com icterícia. Veja o branco dos meus olhos. Não estão amarelados?

— É mesmo!

— Você deve estar se sentindo mal. Deveria estar descansando, não? — disse a senhora Shimozuma.

— Bem... Hoje estou me sentindo um pouco melhor.

— Que hora mais inconveniente escolhemos para visitá-la. Não devíamos ter entrado... A culpa é sua, Nifu-san — reclamou a senhora Shimozuma.

— Minha? Que injustiça! A verdade, Makioka-san, é que ontem a senhora Sagara me surgiu de repente em casa, sabe? Ela não conhece direito a área de Kansai, de modo que acabei aceitando o papel de cicerone. Perguntei-lhe então o que gostaria fazer, e ela me disse que queria conhecer uma típica senhora da sociedade de Kansai.

— Ora essa! Típica em que sentido?

— Difícil dizer, mas... típica de um modo geral, acho eu. Fiquei imaginando quem melhor se adequaria a essa categoria e, no final, elegi você.

— Que bobagem!

— Talvez seja, mas já que foi eleita, eu a conclamo a considerar-se honrada, a suportar com graça a sua indisposição, e a fazer-nos sala. E por falar nisso... — disse a senhora Nifu, desembrulhando um pacote que deixara sobre a banqueta do piano ao entrar. E apresentou duas caixas recheadas de tomates enormes, maravilhosos. — Isto é da parte da senhora Sagara.

— Que lindos! De onde provêm?

— Do pomar da casa dela. Você nunca encontraria tomates tão bonitos à venda em mercados.

— Com certeza!... Desculpe a indiscrição, mas... onde mora, Sagara-san?

— Em Kamakura do Norte. Na verdade, retornei ao Japão no ano passado e faz apenas uns três meses que moro nessa área.

As terminações cultas de alguns verbos empregados pela mulher sofriam uma curiosa nasalação, derivantes talvez de certos maneirismos em voga nos círculos sociais refinados de Tóquio. Sachiko jamais conseguiria imitá-la, mas imaginou, mal contendo um sorriso, o que Taeko não faria com sotaque tão peculiar, caso estivesse ali presente.

— Esteve viajando pelo Japão, nesse caso?

— Estive internada por uns tempos...

— Internada? Andou doente?

— É que tive um sério esgotamento nervoso, entende?

— Sério coisa alguma. O que ela teve foi doença de madame rica — interveio a senhora Shimozuma. — Aliás, o Hospital São Lucas, onde ela ficou internada, é um paraíso. Seria bom poder ficar ali a vida inteira, não seria?

— De fato, a proximidade com o mar torna a região especialmente agradável nesta época do ano. Há sempre uma brisa fresca soprando por lá... Em contrapartida, a proximidade com o mercado central traz um cheirinho nada agradável quando o vento muda de direção. E o sino do templo Hongan também incomoda — explicou a senhora Sagara.

— Mas ainda há sinos tocando no Hongan, mesmo depois que modernizaram o prédio daquele jeito?

— Pois é, ainda há sinos tocando.

— Daquele tipo de construção, a gente espera ouvir sirenes em vez de sinos, não é mesmo?

— E os sinos da igreja católica também tocam.

— Ai, ai! — suspirou a senhora Shimozuma. — Acho que vou me candidatar a enfermeira do Hospital São Lucas. Que acham?

— Talvez seja uma boa idéia — respondeu a senhora Nifu casualmente.

Sachiko, porém, tinha ouvido falar que a senhora Shimozuma não era feliz no casamento, e percebeu uma nota séria em suas palavras.

— E, por falar nisso, ouvi dizer que se cura icterícia pondo bolinhos de arroz sob as axilas — continuou a senhora Nifu, mudando bruscamente de assunto.

— É mesmo? — perguntou a senhora Sagara, acendendo o isqueiro e voltando um olhar duvidoso na direção da amiga. — De onde você desencava essas informações estranhas?

— Disseram-me também que os bolinhos ficam amarelados — insistiu a senhora Nifu.

— Já pensou? Que nojo! — exclamou a senhora Shimozuma. — E então, Makioka-san? Você segue esse tratamento?

— Nunca ouvi falar disso! Sei apenas que faz bem tomar caldo de vôngole.

— E convenhamos: essa doença é barata, já que se pode tratá-la com vôngole ou com bolinhos de arroz — arrematou a senhora Nifu.

Ao ver que haviam trazido tomates de presente, Sachiko já se havia dado conta de que suas visitas pretendiam ficar para o jantar. Até lá, porém, faltavam ainda quase duas horas e, ao contrário do que pensara de início, começou a sentir que lhe seria muito penoso entretê-las por tanto tempo. Não se sentia à vontade na presença de mulheres do tipo da senhora Sagara, típica mulher da sociedade de Tóquio que revelava essa condição no jeito de ser e de falar, em gestos e em atitudes. Na alta roda de Kansai, a própria Sachiko era considerada uma das que melhor dominavam a língua padrão, o que não a impedia de se sentir inferiorizada diante de tipos como a senhora Sagara. Inferiorizada não era bem o termo. Ao ouvi-las falar, o padrão de Tóquio começava a soar desagradável aos ouvidos de Sachiko, que, numa reação natural, sentia-se compelida a usar o dialeto de Kansai. E, por falar nisso, a própria senhora Nifu, que até então sempre se comunicara cordialmente no dialeto local com Sachiko, parecia diferente e distante por ter resolvido justo naquele dia falar com desenvoltura em irrepreensível padrão, talvez para acompanhar as demais mulheres. A despeito dos longos anos de convívio, Sachiko jamais imaginara até aquele dia que a amiga dominasse o padrão com tamanha perfeição, essa, aliás, facilmente explicável: a senhora Nifu nascera em Osaka, mas freqüentara o colégio em Tóquio e ali mantivera um extenso círculo de amizades. Naquele momento, Sachiko sentiu que a amiga perdia a suavidade costumeira: o jeito como movia os olhos, curvava os lábios, levava o indicador e o médio aos lábios ao fumar, tudo nela transpirava vulgaridade. Mas talvez a língua padrão só soasse convincente quando acompanhada de todos esses trejeitos...

Em geral, Sachiko seria capaz de suportar as próprias indisposições para não desagradar os outros. Naquele dia, porém, o falatório das três mulheres começou gradativamente a irritá-la, a aumentar-lhe a sensação de cansaço. A certa altura, a senhora Shimozuma pareceu dar-se conta da situação, pois se ergueu e disse:

— Nossa amiga parece indisposta, Nifu-san. Vamos embora.

Sachiko não fez nenhum esforço para detê-las.

21

Embora leve, a icterícia demorou a ceder. O período de chuvas intensas do verão já havia começado quando Sachiko por fim começou a se recuperar. E então, certo dia, Tsuruko lhe telefonou. Depois de inquirir sobre a convalescença da irmã, ela transmitiu uma notícia totalmente inesperada: a diretoria do banco em que Tatsuo trabalhava o havia designado gerente da sucursal do edifício Marunouchi, em Tóquio, e a família fora instruída a fechar a casa em Uehonmachi e mudar-se para lá.

— Não me diga! E quando é que vocês vão? — indagou Sachiko.

— Logo no próximo mês, diz Tatsuo. Ele vai antes para alugar uma casa. Nós iremos mais tarde, mas, de qualquer modo, tenho de sair daqui até fins de agosto por causa da escola das crianças...

Sachiko percebeu a perturbação da irmã na voz trêmula que lhe chegava pelo aparelho.

— Essa possibilidade já tinha sido aventada anteriormente?

— Nunca. Fomos todos pegos de surpresa. Nem Tatsuo tinha ouvido qualquer referência.

— Mas já, no mês que vem? Não é muito repentino? E que pretendem fazer com a casa onde moram?

— Não tenho a mínima idéia... Pudera! Nunca sonhei que me mudaria para Tóquio algum dia...

Nos trinta minutos seguintes, Tsuruko, cujos telefonemas eram sempre longos, esteve diversas vezes a ponto de desligar, mas sempre voltava a falar da angústia de, aos 37 anos de idade, ser obrigada a se mudar de Osaka, onde nascera e se criara e de onde, aliás, nunca saíra até então.

Ninguém a compreendia, dizia ela: parentes e colegas de Tatsuo só sabiam parabenizá-la pela promoção do marido. Ela não podia deixar escapar uma única queixa porque logo riam dela e a chamavam de retrógrada, ninguém a levava a sério. Em parte, concordava com essas pessoas. Conforme lhe asseguravam, o marido não estava sendo mandado para um distante país estrangeiro ou para alguma província interiorana de difícil acesso. Pelo contrário, estava indo para o edifício Marunouchi, no centro da grande capital Tóquio, bem perto do Palácio Imperial, imagine! Ela própria tentava convencer-se de que não havia motivo para angústias. Ainda assim, deixar para trás a querida Osaka, onde nascera e crescera, dava-lhe uma tristeza tão grande que os olhos se enchiam de lágrimas, transformando-a em alvo de caçoada dos próprios filhos, lamentava-se Tsuruko.

Enquanto ouvia as lamúrias da irmã, Sachiko também começou a achar graça em tanta tristeza. Contudo, era até capaz de compreendê-la. Afinal, com a morte da mãe, Tsuruko se vira desde cedo cuidando das irmãs mais novas e do pai. Anos depois, quando o pai faleceu e as irmãs menores enfim chegaram à idade adulta, ela já era casada, tinha filhos e viu-se com o marido lutando por recuperar a economia familiar combalida. Das quatro irmãs, Tsuruko era, portanto, a que mais sofrera, mas, por outro lado, era também a que tinha mais evidentes os traços de "mocinha criada em redoma" dos velhos tempos, por ter sido educada de acordo com antigos padrões. Atualmente, a própria existência de uma senhora de classe média de 37 anos que nunca tivesse ido a Tóquio era inacreditável, mas Tsuruko nunca fora, de fato. Diferente do que ocorria em Tóquio, mulheres bem-nascidas de Osaka não costumavam viajar para localidades distantes. Tanto era verdade que até mesmo Sachiko e as irmãs mais novas quase nunca tinham se aventurado a localidades mais a leste de Kyoto. Ainda assim, as três já haviam ido a Tóquio uma ou duas vezes em excursões escolares ou em outras ocasiões. Tsuruko, porém, não tivera tempo para passeios, pois sobre seus ombros pesara desde cedo a responsabilidade de cuidar da casa. Além disso, nunca tivera vontade de ver terras desconhecidas, porque considerava Osaka o melhor lugar de todo o Japão, Ganjiro, o melhor ator de *kabuki*, e Harihan e Tsuruya, os melhores restaurantes do país. E já que o padrão de excelência de Osaka a satisfazia plenamente, cedia sempre o lugar para as irmãs mais novas e chamava a si a função de tomar conta da casa toda vez que lhe surgia uma oportunidade de viajar.

A casa onde morava, em Uehonmachi, era uma construção no mais puro estilo de Osaka: depois de passar pelo portal do muro alto que cercava a casa, chegava-se a uma fachada em treliça. Aberta a porta de entrada, surgia um vestíbulo de terra batida, de onde partia um longo jardim interno que levava em linha reta até o portão de serviço nos fundos da casa. Os aposentos, sombrios mesmo em pleno dia porque as plantas do jardim barravam o sol, eram do tipo antiquado, providos de velhos pilares feitos de tronco de cicuta japonesa cuidadosamente polidos, a brilhar de maneira baça na semi-escuridão. As irmãs não sabiam desde quando a casa existia naquele lugar. Construída decerto por algum ancestral havia duas ou três gerações, os Makioka a tinham usado para veraneios ou para abrigar membros idosos do clã ou famílias do ramo secundário. Quanto às quatro irmãs, tinham vindo da moradia existente nos fundos da loja em Senba para a casa em Uehonmachi nos últimos anos de vida do velho pai, quando entrou em voga entre os mercadores a moda de separar o endereço residencial do comercial. Portanto, as quatro irmãs ali não moraram muito tempo, mas ainda assim a casa possuía para elas significado especial, pois guardava, além da lembrança dos parentes visitados por elas na infância, a do pai, que ali falecera. Sachiko depreendeu que o apego da irmã por aquela casa respondia por boa parte do amor dela pela cidade de Osaka. Aliás, ao ser notificada da repentina mudança e se dar conta de que não poderia mais freqüentá-la, a própria Sachiko, sempre tão pronta a zombar do conservadorismo da irmã, sentira um inesperado vazio no peito. Isso, porém, não a impedira, até então, de comentar maldosamente com as irmãs mais novas: "Não sei como Tsuruko consegue viver lá. Nunca vi casa de insolação tão precária e insalubre. Nós não conseguiríamos passar três dias ali sem ficar com dor de cabeça." Ainda assim, razões havia para Sachiko sentir esse indescritível vazio no peito: afinal, perder para sempre a casa de Osaka era o mesmo que perder as raízes.

Mas a partir do momento em que o herdeiro adotivo dos Makioka desistira de levar avante os negócios da casa e optara por trabalhar em um banco, a possibilidade de Tatsuo ser designado para outras sucursais e de a família ter de se mudar dali sempre existira. Surpreendente era que nem a própria Tsuruko nem as três irmãs mais novas tivessem se dado conta disso até aquele momento. Cerca de dez anos antes, contudo, Tatsuo quase fora remanejado para uma filial em Fukuoka. Na ocasião, o genro dos Makioka conseguira deter o processo de remanejamento ao explicar à diretoria do banco que, por razões familiares, era-lhe difícil afastar-se de Osaka; ele preferia permanecer nessa cidade mesmo que isso representasse menores chances de promoção ou de aumento salarial. Desde então, tudo parecia indicar que o banco compreendera sua situação de herdeiro adotivo de família tradicional e resolvera em caráter extraordinário mantê-lo em Osaka, muito embora essa resolução não tivesse sido anunciada oficialmente. Por conseguinte, a recente ordem de transferência caiu como um raio sobre as quatro irmãs. Dois eram os fatores por trás da nova resolução: alterações das normas internas do banco, originadas em mudanças no quadro administrativo, e o desejo ultimamente expresso por Tatsuo de ser promovido, mesmo que para isso tivesse de ser transferido de Osaka. Afinal, Tatsuo começara a sentir-se inútil ao observar o progresso dos colegas enquanto ele próprio estagnava. Acrescia ainda que, de um lado, a família e as despesas mensais aumentaram no decorrer dos anos e, do outro, a herança deixada pelo sogro, solapada por instabilidades econômicas, deixara de ser recurso confiável.

 Sachiko condoeu-se da irmã, que devia estar se sentindo condenada ao degredo e precisava de apoio. E como ela própria já começava a ter saudades antecipadas da casa, decidiu visitá-la em seguida, mas viu-se retida por um motivo ou outro. E então, passados dois ou três dias, a irmã tornou a ligar para lhe comunicar que, embora não fizesse idéia de quando retornariam a Osaka, por ora havia resolvido deixar a casa para "On'yan" e seus familiares, os quais, em troca de um aluguel módico, ficariam também encarregados de cuidar da propriedade. Disse ainda que, para organizar a mudança, tinha passado os últimos dias no interior do depósito, pois o mês de agosto já se aproximava. Acrescentou que uma montanha de objetos, móveis e utensílios domésticos ali se havia acumulado ao acaso desde a morte do pai e ela se sentia bastante aturdida ao contemplar tudo aquilo, e nem sabia por onde começar a arrumação. Muito pouca coisa devia ser de utilidade para ela própria, mas talvez Sachiko quisesse alguns desses objetos para si.

— Não quer vir e verificar pessoalmente? — indagou ela.

"On'yan" era, na verdade, um velho de nome Kanei Otokichi, antigo caseiro de uma propriedade dos Makioka em Hamadera. Com o filho já casado trabalhando na loja de departamentos Takashima, "On'yan" levava vida tranqüila nos últimos tempos, mas nunca se esquecera da família do antigo patrão e de visitá-la com freqüência, o que na certa pesara no momento de escolher o novo inquilino da casa.

Na tarde do dia seguinte ao segundo telefonema da irmã, Sachiko foi visitá-la e viu, para além dos arbustos do jardim, a porta entreaberta do grande depósito.

— Tsuruko! — chamou ela da porta, entrando em seguida.

Naquele dia úmido de começo do período chuvoso, Tsuruko protegera os cabelos com um lenço e se agachara no segundo andar do depósito, absorta em pôr ordem às coisas em meio ao cheiro acre de mofo. À sua volta havia pilhas de cinco a seis caixotes envelhecidos, marcados com etiquetas que diziam: "20 travessas de laca Shunkei", "20 tigelas laqueadas", etc. Ao lado da irmã, Sachiko entreviu uma arca aberta, recheada de caixinhas miúdas. Tsuruko desatava cuidadosamente as fitas que as mantinham fechadas, verificava o conteúdo de cada uma delas — doceira em porcelana Shino, botija de saquê em porcelana Kutani, etc., etc. —, tornava a embalá-las para, só então, distribuí-las pelos grupos das coisas que levaria consigo, das que deixaria no depósito e das que daria.

— Você está se desfazendo disto? — perguntou Sachiko.

— Hum... — murmurou a irmã, sem lhe dar atenção e sem parar de trabalhar.

De repente, de uma das caixas abertas pela irmã, Sachiko viu surgir uma pedra *suzuri*[36] e lembrou-se das circunstâncias em que o artigo tinha sido comprado. O pai, que nunca fora bom avaliador de antigüidades — a seu ver, preço alto era garantia de autenticidade —, fizera em

---

36. Pedra usada para produzir tinta líquida feita de pedra ou de telha. Sobre ela é friccionado o bastonete de tinta *sumi*, umedecido em água. (N.T.)

seu tempo algumas aquisições bastante tolas. Essa pedra, por exemplo, tinha sido trazida por um antiquário conhecido e lhe custara algumas centenas de ienes. Sachiko tinha presenciado a transação e, embora ainda fosse pequena, estranhara o alto preço pedido pelo artigo. Nunca lhe passara pela cabeça que uma pedra de fazer tinta pudesse custar tão caro e ficara imaginando para que haveria o pai de comprá-la se não era calígrafo nem pintor. Mas, a seu ver, bobagem maior tinha sido a aquisição, se não se enganava na mesma oportunidade, de outras duas pedras sarapintadas de vermelho denominadas *keiketsu-seki*, usadas na confecção de carimbos. Dias depois, o pai resolveu dá-las de presente a um amigo, médico e compositor de poemas em estilo chinês, pela passagem do seu sexagésimo aniversário. Para tanto, mandou gravar mensagens de bom augúrio nas referidas pedras. O gravador, porém, se escusara e mandara de volta as peças, explicando que continham impurezas e não se prestavam para gravações. O pai então as enfurnara num canto qualquer, sem coragem de jogá-las fora depois do exorbitante preço pago por elas. Posteriormente, Sachiko se lembrava de tê-las visto rolando pelos cantos da casa.

— Mana, havia também umas peças *keiketsu-seki*, não havia?
— Hum...
— Você sabe que fim levaram?
— ...
— Está me ouvindo, Tsuruko?...
— ...

Com um caixote que continha "Porta-papel em laca e *makie* Kodaiji" no regaço, Tsuruko tentava forçar o dedo por uma fresta e abrir a tampa emperrada. A operação a absorvia de tal maneira que ela não escutava mais nada.

Sachiko já se habituara a ver a irmã nessa espécie de transe. Em tais ocasiões, quem não a conhecesse bem e a visse trabalhando ativamente, absorta a ponto de não ouvir o que lhe diziam, logo imaginaria estar diante de uma dona-de-casa eficiente e dedicada, digna de admiração. A verdade, porém, é que Tsuruko não era esse modelo de eficiência. Quando algo inesperado lhe acontecia, aturdia-se num primeiro momento e se alheava por completo. Passada a fase, punha-se a trabalhar como se mil demônios a possuíssem. Quem a visse num desses momentos imaginaria estar diante de uma dona-de-casa ativa que não poupava esforços no cumprimento de seus deveres, quando, na realidade, Tsuruko trabalhava em ritmo frenético apenas por estar abalada a ponto de perder por completo o discernimento.

— Que absurdo! Dias atrás, Tsuruko me disse com voz trêmula que ninguém a levava a sério quando chorava de tristeza por sair de Osaka e me pediu que fosse à casa dela porque tinha de desabafar com alguém. Pois hoje fui até lá e a encontrei enfurnada no depósito. Acreditem vocês ou não, ela estava tão entretida em aprontar a mudança que nem me ouvia quando a chamava — reclamou Sachiko para as irmãs mais novas ao retornar para casa naquela tarde.

— Ela é assim mesmo — asseverou Yukiko. — Mas esperem: dentro de alguns dias a ansiedade cederá e ela começará a chorar de novo, tenho certeza.

Dois dias depois, foi a vez de Yukiko receber um telefonema da irmã mais velha, convocando-a a Uehonmachi. "Agora, é a minha vez de ir até lá averiguar a situação", afirmou Yukiko antes de partir. Ao retornar, uma semana depois, comentou entre risadas:

— Pelo jeito, Tsuruko já organizou quase toda a mudança, mas continua em estado de transe.

Contou então que a irmã mais velha a havia convocado para tomar conta dos filhos porque tinha de ir a Nagoya com o marido apresentar as despedidas à família dele. O casal realmente partira na tarde do dia seguinte à da chegada de Yukiko, um sábado, e retornara no domingo, tarde da noite. E que fizera Tsuruko durante todos os cinco ou seis dias entre a chegada de Nagoya e aquele dia? Sentara-se à escrivaninha e fizera exercícios caligráficos. "E sabem por quê?", perguntou Yukiko às irmãs. "Porque Tsuruko tinha agora uma importantíssima tarefa a cumprir: a de mandar cartas de agradecimento a todos os familiares de Tatsuo que os haviam recebido muito bem em Nagoya." Tsuruko tinha de se esforçar muito principalmente se quisesse ficar à altura da mulher do irmão mais velho do marido, cuja caligrafia era maravilhosa. Aliás, sempre que tinha de redigir uma carta para essa cunhada, Tsuruko se rodeava de dicionários e de modelos de cartas, examinava cada passo do processo de redução dos ideogramas para o cursivo e procedia à cuidadosa escolha de palavras a fim de evitar qualquer deslize. E como só se satisfazia depois de rascunhar diversas vezes, o processo todo levava um dia inteiro. Sobretudo agora que tinha de escrever cinco ou seis cartas de uma vez, Tsuruko passava o dia todo em intermináveis exercícios caligráficos e ainda nem terminara todos os rascunhos, os quais, aliás, chegara ao cúmulo de mostrar a Yukiko para lhe perguntar se estavam bons e se não deixara escapar nenhum ponto importante. Quando Yukiko saíra de lá naquela manhã, Tsuruko havia terminado apenas uma carta.

— Nada disso me espanta, pois conforme é do conhecimento de vocês, dois ou três dias antes de ser apresentada a um dos diretores do banco, ela costumava repetir sem parar as palavras que usaria para cumprimentá-lo, como se pensasse em voz alta… — comentou Sachiko.

— E ouçam mais esta. Ela disse que a história de ser mandada para Tóquio foi tão repentina e triste que a fez chorar demais, mas que já se conformou. Agora, sente-se muito bem e quer ir para Tóquio o mais cedo possível, só para mostrar como é decidida e deixar todos os parentes boquiabertos.

— Realmente, ela é do tipo que encontra prazer nessas situações.

Por algum tempo, as três irmãs comentaram as incongruências da irmã mais velha em meio a risadas.

22

Em fins de junho, Tatsuo seguiu sozinho para Tóquio para poder assumir em 1º de julho seu posto na sucursal do edifício Marunouchi. Estabeleceu-se provisoriamente em casa de parentes na região de Azabu, dedicou-se a procurar uma casa de aluguel conveniente para a família e pediu a amigos e conhecidos que o ajudassem nessa tarefa. Não tardou muito, Tsuruko recebeu uma carta do marido comunicando que encontrara uma residência adequada em Omori e que a família devia seguir para Tóquio pelo trem noturno do dia 29 de agosto, domingo. Tatsuo retornaria a Osaka no sábado, um dia antes da partida, e na noite de domingo estaria na estação com a família para se despedir dos amigos e parentes que acorreriam ao bota-fora.

Nos primeiros dias de agosto, Tsuruko começou a fazer uma ou duas visitas diárias a parentes, conhecidos e superiores hierárquicos do marido para deles se despedir formalmente. Terminadas as visitações obrigatórias, veio enfim passar três dias com Sachiko em Ashiya. Sua passagem por lá não se revestia das características de uma despedida formal e tinha sido planejada de modo a constituir-se em merecido descanso para Tsuruko, que, presa na roda-viva dos preparativos da mudança, trabalhara sem descanso nos dias anteriores a ponto de realmente parecer possuída. Ao mesmo tempo, seria para as quatro irmãs uma rara oportunidade de se reunirem em Kansai num descontraído ambiente doméstico. Disposta a esquecer aflições e responsabilidades durante esse período, Tsuruko delegou à mulher de "On'yan" os cuidados da família e da própria casa, e trouxe consigo para Ashiya apenas a caçula de três anos e uma babá. Quantos anos fazia que as quatro irmãs não se reuniam sob um mesmo teto, esquecidas das horas, apenas para conversar? As duas mais velhas, por exemplo, não tiveram oportunidade de conversar com calma desde a época em que se casaram. No decorrer desse tempo, Tsuruko, sempre premida por inúmeros afazeres domésticos, podia contar nos dedos as visitas que fizera à irmã em Ashiya e, mesmo estas, em rápidas passagens de uma ou duas horas. Sachiko, por seu lado, quase não conseguia conversar com a irmã mais velha nas ocasiões em que ia a Uehonmachi, por conta das crianças que se aglomeravam em torno delas, exigindo-lhes atenção. Por conseguinte, as duas aguardavam com ansiedade o próximo encontro e repassavam mentalmente os assuntos que se tinham acumulado desde os respectivos casamentos. Mas quando enfim o tão esperado dia chegou, Tsuruko pareceu sentir de súbito o cansaço dos dias passados — ou melhor, da lide diária de mãe e dona-de-casa dos últimos dez anos — e preferiu, antes de tudo, chamar um massagista em domicílio e desfrutar a liberdade de se deitar em pleno dia no quarto do andar superior que lhe fora destinado. Ciente de que a irmã não conhecia muito bem a cidade de Kobe, Sachiko planejara levá-la ao restaurante do Hotel Oriental e a mais alguns do bairro chinês, mas até isso Tsuruko recusou, alegando que, a sair e desfrutar de banquetes, preferia mil vezes ficar deitada o dia inteiro sem se preocupar com nada nem com ninguém, e comer uma refeição simples à base de arroz, picles e chá. E assim, em parte por causa do intenso calor daqueles dias, Tsuruko realmente permaneceu todo o tempo em doce ócio e arruinou a rara oportunidade de conversar de forma consistente com as irmãs.

Algum tempo depois do retorno de Tsuruko para Uehonmachi e faltando apenas dois ou três dias para a mudança, surgiu em Ashiya a idosa tia Tominaga, irmã mais nova do falecido patriarca dos Makioka. Sachiko adivinhou por alto o que fizera a velha tia arrostar o intenso calor e vir de Osaka até a sua casa, onde, aliás, nunca havia estado. Bem como previra, a anciã ali viera para tratar do destino das duas irmãs mais novas, Yukiko e Taeko. Em outras palavras, a velha tia viera dizer que, até aquele momento, o ramo central do clã morara logo ali em Osaka, pertinho da casa secundária, de modo que não se opusera a que as duas moças passassem seus dias indo e vindo à vontade entre as duas casas. Mas com a ida da casa central para Tóquio, tais idas e vindas já não seriam tão fáceis no futuro, e, uma vez que as duas moças, por tradição, pertenciam à casa central, a velha tia achava que elas deveriam viver nela. Yukiko, por exemplo, livre e desimpedida como estava, deveria retornar ainda no dia seguinte para Uehonmachi e, depois, seguir com Tsuruko para Tóquio. Já Taeko desenvolvia uma atividade em Kobe naquele momento, de modo que a tia consentia em lhe dar um tempo para ajeitar suas coisas. Ainda assim, ela a queria em Tóquio dentro de um ou dois meses. Que a entendessem direito: ela não exigia que Taeko abrisse mão de sua atividade artística. Pelo contrário, a caçula podia muito bem continuar a se dedicar à produção de bonecos em Tóquio. Aliás, achava que esse tipo de atividade era até mais fácil de ser desenvolvido por lá. E se Taeko pretendia levar o trabalho com seriedade, Tatsuo já declarara não se importar que ela montasse um ateliê na capital, principalmente agora que seus bonecos vinham obtendo certa notoriedade. Em linhas gerais, isso era tudo o que tinha a dizer. Na verdade, a própria Tsuruko deveria ter abordado essa questão quando de sua estada naquela casa, mas evitara trazer um assunto tão espinhoso à baila e fora embora sem nada dizer porque viera apenas para descansar. Posteriormente, Tsuruko pedira a ela, tia Tominaga, que viesse até ali para tratar do assunto. E assim, lá estava ela, como mensageira da sobrinha.

Desde o instante em que souberam da mudança da casa central para Tóquio, as duas irmãs mais novas haviam previsto que a questão viria à tona a qualquer momento e, no íntimo, já vinham se sentindo deprimidas, muito embora nada comentassem. Na verdade, as moças deveriam ter retornado espontaneamente a Uehonmachi para ajudar a irmã mais velha a preparar a mudança, pois sabiam que a vida desta tinha se transformado em verdadeira roda-viva. Ainda assim, as duas tinham se mantido ao largo e, muito embora Yukiko tivesse passado uma semana com a irmã mais velha, depois de ter sido intimada, Taeko dera como desculpa um repentino aumento na quantidade de encomendas para se enfurnar no ateliê, retornando à casa em Ashiya apenas uma noite durante os três dias que Tsuruko ali passara. Ao tomar tal atitude, as duas irmãs tinham procurado deixar bem claro a vontade delas de continuar morando em Kansai.

Continuando a argumentar, a idosa tia perguntou: "Cá entre nós, por que Yukiko e Koisan não querem voltar a morar na casa central?" Ela ouvira dizer que as duas não se davam bem com Tatsuo, mas ele não era o chato que imaginavam e, além de tudo, não as queria mal. Acontecia apenas que Tatsuo descendia de uma família tradicional de Nagoya e, em conseqüência, era bastante convencional. Na atual situação, tendia a imaginar que a relutância das duas cunhadas em acompanhá-lo a Tóquio era negativa para sua imagem; em outras palavras, ele achava que esse tipo de atitude abalava seu prestígio de líder de clã. E se as duas insistissem nessa atitude, que seria da pobre Tsuruko, presa no conflito entre o marido e as duas irmãs? Por conseguinte, queria pedir a Sachiko o favor de convencê-las, uma vez que as duas costumavam obedecer-lhe as ordens. Com isso, não estava sugerindo de modo algum que a culpa de não quererem voltar para a casa central era de Sachiko. Estava claro que não se podia obrigar uma mulher adulta, com discernimento e idade suficiente para ser mãe e dona-de-casa, a voltar para casa como se fosse uma criança. Contudo, depois de muito pensar, ela e Tsuruko tinham concluído que não havia ninguém melhor que Sachiko para convencê-las. "Que Sachiko fizesse, portanto, o favor de tentar," terminou de dizer a tia.

— E então? Nem Yukiko nem Koisan estão em casa? — indagou a tia Tominaga no linguajar característico da região de Senba.

— Ultimamente, Taeko quase não tem vindo para casa porque as encomendas aumentaram, mas... — replicou Sachiko, atraída de modo inconsciente para o mesmo linguajar. — Yukiko está lá dentro. Quer que a chame?

Mal ouvira a voz da tia instantes antes, Yukiko desaparecera. Imaginando que a irmã tivesse procurado refúgio num dos quartos, Sachiko subiu a escada e foi procurá-la. Através dos estores viu-a cabisbaixa, sentada na caminha de Etsuko.

— Yukiko, a tia Tominaga veio nos ver, conforme temíamos.

— ...

— E então? Que pretende fazer, Yukiko?

De acordo com o calendário, o outono já havia chegado, mas o calor voltara intenso nos últimos dois ou três dias. No quarto quente e de ventilação precária, Yukiko usava um vestido de crepe *georgette*, o que se constituía em fato bastante raro. Não era qualquer calor que a fazia desistir do seu tradicional conjunto de quimono e *obi*, pois Yukiko sabia-se magra demais para usar vestidos de corte ocidental. Mas no decorrer de cada verão havia cerca de dez dias em que, não suportando as altas temperaturas, Yukiko apelava para os vestidos, mesmo assim somente durante as horas mais quentes, do meio-dia ao final da tarde, e apenas na presença das irmãs. Yukiko não gostava que o cunhado a visse desse jeito, mas quando, por uma conjunção imprevista de circunstâncias, isso acontecia, Teinosuke concluía que o dia tinha sido de fato muito quente. Ao ver sob a transparência do crepe azul-marinho as espátulas pontudas e aquela pele de um branco lívido, arrepiante, a recobrir os ossos finos dos braços e ombros dolorosamente magros, Teinosuke tinha a nítida sensação de que o suor do próprio corpo estancava. A própria Yukiko talvez nem desconfiasse disso, mas vê-la usando um vestido constituía-se em refrigério para os demais.

— A tia veio dizer que é para você voltar ainda amanhã para a casa central, e de lá seguir para Tóquio com a família...

Cabisbaixa e com os braços caídos ao lado do corpo, ela parecia uma boneca japonesa desnudada. Repousando os pés descalços sobre uma bola de futebol que a sobrinha largara perto da cama, Yukiko rolava o brinquedo de um lado para o outro em busca de uma área fria toda vez que sentia esquentar a superfície em contato com a planta do pé.

— E quanto a Koisan?

— Como ela tem compromissos comerciais, a tia diz que não impõe sua partida imediata. Mas Tatsuo já disse que, mais tarde, ela também tem de seguir para Tóquio impreterivelmente.

— ...

— Na verdade, tia Tominaga está achando que eu quero retê-la aqui comigo, Yukiko, e veio, antes de tudo, ver se me convence a deixá-la ir para Tóquio. Claro que está falando com muito jeito para não me ofender. Sei que você não quer ir, mas pense um pouco na posição difícil em que me encontro, está bem?

Sachiko tinha muita pena da irmã, mas maior ainda era a sua revolta contra a crítica de certas pessoas, segundo as quais ela se aproveitava de Yukiko para educar Etsuko. Essas pessoas podiam achar que, ao contrário da irmã mais velha, que criava sozinha sua numerosa prole, ela, Sachiko, precisava da ajuda de terceiros para cuidar de uma única filha. Aliás, a própria Yukiko podia ser da mesma opinião e estar agora se julgando merecedora de gratidão. E se isso fosse verdade, Sachiko se sentiria ferida em seu orgulho de mãe. Não podia negar que a irmã a ajudava, mas, na ausência desta, considerava-se perfeitamente capaz de educar a filha. Além do mais, por que haveria ela de depender de uma pessoa que cedo ou tarde se casaria e teria de ir-se embora? Quanto a Etsuko, na certa sentiria falta da tia caso esta se fosse, mas a menina era compreensiva e estava claro que superaria a momentânea tristeza da separação, não choraria nem bateria os pés, como Yukiko podia muito bem estar receando. Mantendo a irmã solteirona consigo, Sachiko tentara à sua moda amenizar a aridez dos seus dias, mas não tinha intenção alguma de retê-la e iniciar um conflito com o cunhado. Agora que a casa central viera solicitar o retorno de Yukiko, a conduta certa era aconselhá-la a obedecer. Além disso, talvez fosse conveniente dispensar Yukiko só para mostrar a todos, e até à própria irmã, que era capaz de cuidar muito bem dos seus sem a ajuda de ninguém.

— Vá, Yukiko, nem que seja só para prestigiar sua tia Tominaga — disse Sachiko.

Yukiko apenas ouvia em silêncio, cabisbaixa e abatida. Seu jeito dava a perceber claramente que se conformara em obedecer, já que a própria Sachiko se mostrava tão irredutível.

— E só porque vai para Tóquio agora, não quer dizer que terá de ficar lá para sempre... Pois você não se esqueceu da proposta que a senhora Jinba nos apresentou, esqueceu? Os trâmites estão parados neste momento, mas se precisarmos realizar o *miai*, você terá de voltar para cá de qualquer modo. E mesmo que isso não aconteça, tenho certeza de que surgirão outras oportunidades.

— Hum...

— E então? Posso dizer à tia que você retornará à casa central amanhã?

— Hum...

— E já que resolvemos a questão, desça para cumprimentar sua tia.

Enquanto Yukiko maquiava o rosto e trocava o vestido de crepe por um *yukata*[37], Sachiko desceu para a sala de visitas.

---

37. Quimono informal de algodão sem forro, usado especialmente no verão. (N.T.)

— Yukiko já vem. Ela compreendeu perfeitamente a situação e concordou com tudo. Por favor, não toque mais nesse assunto, tia.

— Verdade? Ah, que beleza! Nesse caso, não me esforcei em vão.

Satisfeita, a velha senhora recusou o convite de Sachiko para demorar-se um pouco mais e jantar com a família — Teinosuke estaria de volta dentro de instantes —, esperou a sombra do beiral se alongar um pouco mais na rua e se foi, alegando que preferia dar de uma vez a boa notícia a Tsuruko e tranqüilizá-la. Era uma pena, disse ela à saída, que não tivesse se avistado com Koisan, mas esperava que Sachiko lhe transmitisse fielmente o recado.

Na tarde do dia seguinte, Yukiko também se foi, despedindo-se da irmã e da sobrinha com as mesmas palavras que sempre usava quando pretendia ausentar-se uns poucos dias. Yukiko havia trazido pouca bagagem de Osaka porque as três irmãs tinham o hábito de se emprestar mutuamente os quimonos formais de acordo com as necessidades. Seus pertences — dois ou três quimonos de tecido leve, algumas roupas de baixo e um livro já começado — formaram uma pequena trouxa envolta em pano que Oharu, encarregada de acompanhar Yukiko, levou até a estação da linha Hankyu. E conforme Sachiko previra, Etsuko, que só soube das circunstâncias à noite do dia anterior por ter estado brincando na casa dos Stoltz durante a visita da tia Tominaga, não chorou nem pareceu excessivamente sentida ante a perspectiva da separação, talvez porque lhe tivessem dito que Yukiko iria ajudar a tia de Osaka, mas logo estaria de volta.

O grupo de onze pessoas — nove da casa central (Tatsuo, Tsuruko, seis filhos, o mais velho com treze anos, e Yukiko), acompanhadas da empregada e da babá — ficou de partir da estação de Osaka no trem das 20h30. Teinosuke foi sozinho ao bota-fora, pois Sachiko, cuja presença era, aliás, esperada, absteve-se propositadamente por temer que, ao vê-la, Tsuruko se tornasse ainda mais emotiva, desandasse a chorar e fizesse um papel deprimente. A sala de espera da estação tinha sido preparada desde cedo para receber a quase centena de amigos e parentes que acorreu para se despedir. No meio da pequena multidão, viam-se artistas que tinham sido apadrinhados pelo patriarca dos Makioka, assim como proprietárias de hospedarias e velhas gueixas das zonas Shinmachi e

Shinchi, numa demonstração inequívoca de que naquela noite uma casa tradicional, embora destituída do antigo fausto, deixava para trás seu torrão nativo. Taeko, que à custa de mil subterfúgios evitara até então contatar a casa central, surgiu na plataforma apenas no último momento e despediu-se com simplicidade do cunhado e da irmã mais velha, misturada à multidão presente. Mas no momento em que se retirava da plataforma rumo à bilheteria, ouviu alguém lhe dizer às costas:

— Desculpe, mas a senhorita não seria uma das mocinhas da casa Makioka?

Ao se voltar, deparou com uma velha gueixa de nome Oei, famosa dançarina.

— Exatamente. Sou Taeko — respondeu.

— E agora... qual das irmãs se chamava Taeko-san? — murmurou a mulher.

— A mais nova — explicou Taeko.

— Ah, Koisan! Como cresceu! Já completou o colegial?

— Já... — disse Taeko, disfarçando a própria surpresa com uma risada cortês.

Ela aprendera a disfarçar porque sempre a tomavam por colegial recém-formada. Oei já era madura nos tempos prósperos do pai, e vinha visitá-lo com freqüência em Senba. Taeko teria então seus dez anos, mas lembrava-se de que a gueixa era recebida com carinho por todos da casa. Mas tais fatos aconteceram fazia quase 17 anos, e bastaria que Oei fizesse um pequeno exercício aritmético para saber que a caçula dos Makioka já não era adolescente, pensou Taeko, divertida. Contudo, sabia muito bem que parte da confusão se devia ao chapéu e ao vestido de corte excepcionalmente juvenil que usava nessa noite.

— E quantos anos você tem, Koisan?

— Muitos mais do que imagina — respondeu Taeko.

— Lembra-se de mim?

— Claro. Seu nome é Oei-san. Sabe que não mudou nada desde aqueles tempos?

— Como não mudei? Veja como estou velha... E por que não foi para Tóquio com sua irmã mais velha, Koisan?

— Pretendo ficar mais algum tempo na casa da minha segunda irmã, em Ashiya.

— Ah, entendi. Mas essa ida da casa central para Tóquio foi uma pena. Vamos todos sentir falta deles, não é mesmo?

Na bilheteria, Taeko despediu-se de Oei e mal tinha dado dois ou três passos quando um homem a interpelou:

— Taeko-san? Sou Sekihara. Lembra-se de mim? Parabéns pela promoção de Tatsuo.

Sekihara tinha sido colega de turma de Tatsuo na faculdade e trabalhara numa firma do grupo Mitsubishi nos arredores da ponte Korai, próxima à casa dos Makioka. Na época em que Tatsuo se casou com Tsuruko, Sekihara ainda era solteiro e freqüentava com assiduidade a casa dos Makioka. Posteriormente, o rapaz se casara e fora designado para a filial dessa firma em Londres. Sekihara passara cinco ou seis anos lá, e Taeko tinha ouvido que ele retornara à matriz de Osaka havia pouco mais de dois meses. Aquela, porém, era a primeira vez que o via em oito ou nove anos.

— Eu já a tinha localizado no meio da multidão faz algum tempo, Koisan — disse Sekihara, adotando o tratamento familiar. — Quanto tempo, não é mesmo? Já não tenho nem idéia de quando foi que nos vimos pela última vez.

— É um prazer vê-lo de volta à nossa terra depois de todos esses anos.

— Obrigado. Quando a vi de relance na plataforma, duvidei dos meus próprios olhos. Achei que era realmente você, mas... me parece que você não envelheceu nem um pouco!

Taeko tornou a rir e a disfarçar o embaraço.

— E a outra que estava no trem com o meu amigo Tatsuo era Yukiko-san, acertei?

— Acertou.

— Pois perdi a chance de cumprimentá-la... Mas vocês duas continuam exatamente iguais, parecem duas mocinhas. Não me interprete mal, mas durante todo o tempo que morei no exterior, vivia me lembrando da época em que freqüentei sua casa em Senba. Eu imaginava que, ao retornar, iria encontrá-las casadas e com filhos. E quando Tatsuo me contou que continuavam solteiras, senti que os seis anos passados longe do meu país foram uma ilusão, como se eu tivesse vivido um sonho muito longo... Posso estar sendo indelicado, mas é tudo tão estranho... E ver que vocês duas não tinham envelhecido foi para mim a segunda surpresa desta noite!

Taeko tornou a rir.

— Não é lisonja, acredite! Mas agora entendi: ninguém com sua aparência precisa se dar pressa em casar, é claro...

Sekihara examinou-a da ponta dos sapatos até o topo do chapéu.

— E por falar nisso, por onde anda a sua outra irmã, Sachiko-san?

— Ela não quis vir porque não queria chorar com Tsuruko e se transformar em espetáculo à parte na hora da despedida.

— Ah, entendi. Tsuruko-san tinha os olhos cheios de lágrimas quando fui me despedir dela. De fato, os anos não a fizeram perder aquele jeitinho encantador, só dela.

— Ora, mas como pode alguém chorar só porque vai morar em Tóquio? Ela se transformou em motivo de chacota de todo mundo!

— Pois *eu* não concordo com todo mundo. Depois de tantos anos no exterior, foi um prazer presenciar o comportamento de uma típica mulher japonesa. Você vai continuar morando em Kansai, Koisan?

— Tenho algumas coisas a resolver por aqui...

— Ah, é verdade! Você agora é artista, segundo ouvi. Que beleza!

— Artista, eu? Aprendeu a exagerar com os ingleses, Sekihara-san?

Taeko lembrou-se de que Sekihara gostava de beber uísque e se deu conta de que o homem já se servira de algumas doses naquela noite. Recusou seu convite para um chá e se afastou às pressas na direção da estação Hankyu.

23

TÓQUIO, 8 DE SETEMBRO

Querida Sachiko,

Não lhe escrevi até agora porque tenho andado muito ocupada, sem tempo para nada. Perdoe-me.

Mal o trem se afastou da estação naquela noite, Tsuruko não conseguiu mais conter a tristeza: ocultou-se atrás da cortina do leito no vagão-dormitório e desatou a chorar. Depois, Hideo teve febre alta, começou a se queixar de dor de barriga e não parou de ir ao banheiro a noite inteira, em virtude do que nem a mana nem eu conseguimos dormir um instante sequer. Muito pior, porém, foi o dono do imóvel que pretendíamos alugar em Omori ter desfeito o contrato alegando problemas particulares. Essa notícia nos foi transmitida de Tóquio no dia anterior ao da partida, mas como não havia mais o que fazer àquela altura, mudamo-nos mesmo assim. Decidimos pedir abrigo momentâneo aos Taneda de Azabu, e ainda estamos na casa deles. Imagine o incômodo que tem representado para eles a súbita invasão de onze pessoas em seu cotidiano. Para Hideo, chamamos imediatamente um médico, que diagnosticou infecção intestinal. Ele começou a melhorar um pouco ontem. Uma porção de gente se espalhou em regime de urgência para buscar uma casa para nós e, por fim, encontramos uma na ladeira Dogen, em Shibuya. É uma daquelas casas de aluguel, nova, sem jardim, com três aposentos no andar superior e quatro no andar térreo, e 55 ienes de aluguel. Ainda não estive lá pessoalmente, mas já imagino que deva ser muito pequena. Não faço idéia de como uma família numerosa como a nossa haverá de caber nela, mas mesmo que tenhamos de nos mudar outra vez depois, resolvemos alugá-la em consideração aos Taneda. A mudança será no próximo domingo. A casa se situa em Owada, no bairro de Shibuya, e o telefone deverá ser instalado no próximo mês. Segundo me disseram, é uma área bastante saudável e fica perto tanto do escritório de Tatsuo, no edifício Marunouchi, quanto da escola que Teruo passará a freqüentar.

Por ora é só.

Lembranças ao senhor meu cunhado e a Etsuko.

P.S.: O outono parece ter-se instalado definitivamente nesta região, pois esta manhã havia um toque frio no vento. Como está o tempo por aí? Cuidado, vai começar a época dos resfriados!

No dia em que Sachiko recebeu esta carta, o tempo em Kansai também havia mudado de repente e o outono podia ser sentido no ar fresco da manhã. Depois de despachar a filha para a escola, Sachiko foi se sentar diante do marido à mesa da refeição matinal enquanto lia a notícia do ataque às regiões de Swatow e Chaotow, desfechado por bombardeiros baseados em porta-aviões da Marinha japonesa. Foi então que se deu conta do pungente aroma de café que vinha da cozinha.

— O outono chegou... — disse ela de repente para o marido, erguendo os olhos do jornal. — Notou como o café está especialmente perfumado esta manhã?

— Hum... — respondeu Teinosuke, ainda entretido na leitura do jornal aberto à sua frente.

Nesse instante, Oharu entrou trazendo o café e a carta de Yukiko numa bandeja.

Sachiko abriu prontamente o envelope. Passados mais de dez dias da mudança, a falta de notícias a vinha preocupando. Percebeu no traçado dos ideogramas a pressa de quem os escrevera e deduziu de imediato o agitado cotidiano das duas irmãs em Tóquio. Taneda, o irmão logo acima de Tatsuo, trabalhava no Ministério do Comércio e da Indústria. Sachiko nem se lembrava direito dele porque só o encontrara uma vez, mais de dez anos antes, por ocasião do casamento de Tsuruko, e a própria irmã não devia tê-lo visto muito mais vezes desde então. Apesar de tudo, tinham pedido abrigo na casa dele porque Tatsuo ali morava desde o mês anterior. Ele estava em meio à própria família, mas a situação devia ser estressante para Tsuruko e Yukiko, que, além de estarem em terra estranha, dependiam de uma família hierarquicamente superior na estrutura do clã Taneda. Como se não bastassem os transtornos que já causavam aos anfitriões, uma das crianças estava doente e tiveram até de chamar um médico.

— É carta da Yukiko? — indagou Teinosuke nesse instante, erguendo enfim os olhos do jornal e estendendo a mão para pegar a xícara de café.

— Eu estava estranhando a falta de notícias, mas agora entendi. A situação está bastante difícil em Tóquio.

— Que aconteceu?

— Leia a carta — disse Sachiko, passando para o marido as três folhas.

Cinco ou seis dias depois, Sachiko recebeu, embora com atraso, um cartão impresso agradecendo a presença no bota-fora e comunicando o novo endereço. Yukiko, porém, não lhes escreveu mais. Na segunda-feira seguinte, contudo, receberam a visita de Shokichi, filho de "On'yan", que estivera em Tóquio durante o fim de semana anterior ajudando na mudança. Incumbido pela casa central de pôr a família de Ashiya a par do que ocorria em Tóquio, Shokichi lhes contou, entre outras coisas, que a mudança tinha sido feita com sucesso; que, diferentemente de Osaka, as casas de aluguel em Tóquio eram construções modestas; que o material usado era barato e que, em conseqüência, as portas corrediças ficavam mal ajustadas; que as medidas dos aposentos eram respectivamente de dois, quatro e meio e seis tatames no andar térreo, e de seis, quatro e meio e três tatames no superior; que a medida padrão do tatame em Tóquio era menor que a de Osaka, de modo que um aposento de oito tatames de Tóquio correspondia ao de seis tatames de Osaka, e um de sei, ao de quatro e meio; que a casa, embora modesta, tinha alguns pontos positivos, ou seja, era nova, bem ensolarada e voltada para o sul; que comparada à casa de Uehonmachi, era sem dúvida alguma mais saudável; que o fato de não ter jardim era compensado pela existência de grandes mansões e jardins públicos nas proximidades, os quais ajudavam a compor um bairro tranqüilo e elegante, mas a casa nem por isso era isolada, pois bastava dobrar uma esquina para se chegar em Dogenzaka, a ladeira Dogen, uma rua comercial movimentada que contava até com alguns cinemas; que a novidade fora muito bem recebida pelas crianças, as quais pareciam felizes com a mudança para Tóquio e, por fim, que Hideo se recuperara totalmente e ia freqüentar a escola primária próxima.

— E Yukiko? Como estava ela?

— Parecia muito bem. A senhora Tsuruko comentou, bastante admirada, que a senhorita Yukiko foi muito mais eficiente que a própria enfermeira nos cuidados com o menino Hideo durante a crise de infecção intestinal.

— Yukiko deve realmente ter sido de grande ajuda, pois sempre cuidava muito bem da minha Etsuko quando ela ficava doente.

— O único inconveniente é que, sendo a casa tão pequena, não existe um quarto especial para a senhorita Yukiko. Por enquanto, o aposento de quatro e meio tatames está sendo usado como quarto de estudos do menino Hideo e como dormitório da senhorita. O senhor Tatsuo também comentou que precisavam mudar-se o mais cedo possível para uma casa maior e arrumar um quarto só para ela...

Shokichi, um tipo falador, acrescentou em voz baixa:

— O patrão está muito contente com o retorno da senhorita Yukiko para a casa central e parece decidido a não deixá-la escapar outra vez. Percebi muito bem que ele se esforça por agradá-la.

E assim Sachiko conseguiu ter uma idéia do que se passava em Tóquio. Yukiko continuou sem dar notícias, mas o fato não causou muita estranheza porque, embora em menor grau que a irmã mais velha, Yukiko também era do tipo que considerava estressante a tarefa de escrever cartas. Além de tudo, a falta de um quarto só dela devia tornar as coisas ainda mais difíceis.

— Que acha de escrever uma carta para a sua tia? — disse ela certo dia para Etsuko.

Num cartão postal ilustrado com os bonecos da tia Taeko, a menina escreveu algumas linhas e remeteu, mas não recebeu resposta.

O dia 20 de setembro passou e, na noite em que celebravam a lua cheia, Teinosuke propôs:

— Vamos todos escrever para Yukiko.

Depois do jantar, Teinosuke, Sachiko, Etsuko e Taeko se encaminharam para a varanda da sala de visitas e se juntaram em torno das oferendas destinadas à lua. Estenderam então um rolo de papel de carta e cada qual escreveu algumas linhas com a tinta *sumi* preparada por Oharu. Teinosuke redigiu um poema *waka*, e Sachiko e Etsuko compuseram singelos haicais. Taeko preferiu desenhar a lua espreitando entre os galhos de um pinheiro em estilo *sumi-e*.

Espera a ramagem
Do pinheiro no jardim
Que a nuvem dispersando
Revele a lua
Em seu esplendor.
(Teinosuke)

Esta noite a lua
Uma sombra a menos
No jardim projetou...
(Sachiko)

Tia Yukiko
Contempla esta lua
Sozinha em Tóquio.
(Etsuko)

Em seguida, Taeko executou sua pintura *sumi-e*. Os poemas, contudo, sofreram ligeiras correções por parte de Teinosuke.

— Escreva alguma coisa você também, Oharu — disse Sachiko.

A moça então apanhou o pincel e escreveu com razoável facilidade, mas em letra miúda e incerta:

A lua cheia
Começa a espreitar
Entre as nuvens.
(Haru)[38]

Em seguida, Sachiko retirou um galho de eulália do arranjo oferecido à lua e o anexou à carta.

---

38. Haru é o nome da moça. Oharu é o modo coloquial e mais íntimo de chamá-la. Na época em que este romance foi escrito, era comum as patroas chamarem as empregadas com o acréscimo de "O" no início de seus nomes. (N.T.)

24

A resposta chegou dias depois, endereçada a Sachiko. Em tom comovido, Yukiko dizia que havia lido diversas vezes com intensa alegria as mensagens da família e que, da janela do seu quarto, ela própria contemplara sozinha a lua cheia noites antes. Dizia também que, ao ler a carta, as cenas da comemoração do ano anterior lhe haviam ressurgido nítidas à mente, como se houvessem acontecido no dia anterior. E então, nada mais se soube de Tóquio por algum tempo.

Com a partida de Yukiko, Oharu passara a dormir ao lado da caminha de Etsuko, mas, decorridos cerca de quinze dias, a menina se irritou com ela e exigiu que Ohana a substituísse. Decorridos mais quinze dias, Etsuko implicou com Ohana e exigiu que Okiku, a moça dos serviços gerais, a substituísse. Conforme escrevi antes, Etsuko, diferentemente da maioria das crianças, tinha dificuldade em pegar no sono e, excitada, disparava a falar durante quase trinta minutos antes de adormecer. As empregadas, porém, acabavam pegando no sono antes da menina e não a entretinham durante essa meia hora, o que a irritava profundamente. E quanto mais irritada ficava, menos sono tinha. No meio da noite, Etsuko vinha correndo pelo corredor e abria a porta do quarto dos pais com violência.

— Não consigo dormir, mãe! — gritava a pequena, desatando a chorar. — Eu odeio a Oharu! Ela está dormindo tão pesado que até ronca! Que ódio! Tenho vontade de matar essa tonta!

— Não se irrite desse jeito ou será pior para você. Filha, não tente dormir à força. Relaxe e verá que o sono logo vem.

— Mas eu *tenho* de dormir agora ou não consigo acordar de manhã! E vou chegar atrasada à escola de novo!

— Acalme-se, menina! Precisa gritar desse jeito? — ralhava Sachiko.

Em seguida, ia deitar-se na caminha com a filha, mas o sono não vinha. "Não consigo dormir! Não consigo dormir!", continuava Etsuko a reclamar e a chorar, o que terminava por irritar a própria mãe e por levá-la a ralhar com ela outra vez. A menina tinha então nova crise de choro ainda mais aguda, enquanto a empregada continuava a dormir, indiferente ao mundo que desabava ao seu redor. Esse tipo de cenário vinha se tornando cada vez mais freqüente nos últimos tempos.

Por falar nisso, era outra vez época de atentar para a falta de vitamina B no organismo. Embora estivesse ciente disso, Sachiko viera negligenciando as injeções por ter andado com a mente repleta de preocupações e, agora, a família inteira parecia apresentar leves sintomas de beribéri. Talvez essa também fosse a causa dos males da filha, pensou Sachiko, levando a mão ao peito da criança. E como lhe pareceu sentir ligeira palpitação, ignorou os protestos da menina e aplicou-lhe uma injeção de betaxina no dia seguinte. Após quatro ou cinco aplicações em dias alternados, as palpitações abrandaram, o pulso suavizou e a criança pareceu recuperar-se do estado de fadiga generalizada, mas a insônia só fez piorar. O caso não parecia grave a ponto de exigir a presença do médico, de modo que Sachiko consultou o doutor Kushida por telefone. Seguindo suas instruções, passou a administrar um comprimido de Adalin à noite, mas a dose era insuficiente e o remédio demorava a surtir efeito. Em vista disso, aumentou a dose, mas a menina passou a dormir tanto que perdia a hora. Pela manhã, Sachiko hesitava em chamá-la porque a via dormindo a sono solto, mas ao despertar sozinha mais tarde, a menina lançava o olhar para o relógio de cabeceira e desatava a chorar e a gritar que perdera a hora, que tinha vergonha de ir para a escola tão tarde. Já que era assim, Sachiko experimentou acordá-la, mas Etsuko então se irritava, cobria a cabeça com o cobertor, esbravejava que não conseguira dormir nem um pouquinho durante a noite inteira e tornava a cair no sono, para acordar mais tarde e recomeçar a chorar reclamando que perdera a hora. Sua relação com as empregadas passou a sofrer variações brutais e, se as moças a desagradavam, dirigia-lhes palavras violentas. Não raro lhe escapavam da boca expressões do tipo "eu mato você". Seu apetite, que a despeito da fase de crescimento nunca fora bom, piorou. Etsuko passou a comer apenas uma ou duas porções por refeição e a demonstrar preferência pela dieta pouco gordurosa de idosos, como alga em conserva, *tofu* cozido e arroz com picles e chá. Como tinha o hábito de manter a gata de estimação Suzu aos pés da cadeira e de alimentá-la durante as refeições, passou a lhe dar a maior parte dos alimentos gordurosos. Não obstante, era obcecada por limpeza e mandava escaldar seus *hashi* em água quente diversas vezes durante as refeições, alegando que ora a gata, ora uma mosca ou a manga da copeira havia esbarrado nele. Ciente desse hábito, a copeira deixava um bule de chá fervente sobre a mesa no início de cada refeição. O medo de moscas era anormal em Etsuko. Se pousavam na comida, claro estava que a refugava, mas bastava vê-las esvoaçando nas proximidades para cismar que nela haviam pousado e negar-se a comer. Outras vezes, perguntava com insistência doentia a quem estivesse perto se não as havia visto pousando. Negava-se também a comer qualquer coisa que caísse sobre a toalha de mesa, ainda que esta estivesse recém-lavada.

Certo dia, Sachiko saiu a passeio com Etsuko pela rua do Encanamento, quando viram um rato morto repleto de vermes caído à beira do caminho. Cerca de duzentos metros adiante, Etsuko aproximou-se de Sachiko como se buscasse proteção.

— Mãe... — sussurrou a menina, apavorada. — Eu não pisei no rato morto, pisei? Tem algum verme agarrado no meu quimono?

Sobressaltada, Sachiko tentou avaliar a expressão da menina, pois as duas tinham passado a uma segura distância de seis ou sete metros do animal morto, precisamente para evitá-lo. Não havia jeito de a menina ter-se enganado e imaginado que o pisara.

Seria possível que uma criança freqüentando o segundo ano do curso primário tivesse crises de esgotamento nervoso? Por causa desse incidente, Sachiko, que até então não dera grande importância a seu estado e apenas ralhara com a menina, deu-se conta da gravidade da situação e pediu ao doutor Kushida uma visita domiciliar para o dia seguinte. Na opinião do médico, a neurastenia — provável mal da menina — não era de modo algum ocorrência rara em crianças. O médico não achava que o quadro fosse grave, mas considerava melhor pedir a visita de um especialista. Ele próprio trataria apenas dos sintomas do beribéri, mas entraria em contato com o doutor Tsuji, um especialista conhecido com consultório na cidade de Nishinomiya, e lhe pediria para vir olhar a menina ainda naquele dia. Realmente, o doutor Tsuji veio naquela mesma tarde e, depois de fazer algumas perguntas a Etsuko, confirmou o diagnóstico de neurastenia. Explicou entre outras coisas que, antes de tudo, o beribéri tinha de ser tratado; depois, que precisavam ensinar a criança a comer de tudo e a melhorar seu apetite, ainda que à custa de remédios; que Etsuko não devia faltar às aulas, mesmo que tivesse de chegar atrasada ou sair mais cedo, dependendo de seu estado de ânimo; que uma mudança de ares com afastamento temporário da escola era o tipo de tratamento desaconselhado para o caso, já que a criança tinha de ocupar a mente para não se deter em fantasias; que a família devia cuidar de lhe evitar emoções fortes e, por fim, que suas birras não deviam ser duramente repreendidas; muito pelo contrário, tinham de ser combatidas de maneira paciente, com argumentos.

Era difícil afirmar de modo taxativo que Etsuko estivesse, dessa maneira, demonstrando a falta que Yukiko lhe fazia. A própria Sachiko não queria pensar dessa maneira, mas toda vez que sentia esgotarem-se os recursos no trato com a filha e lhe vinha a vontade de chorar, não podia deixar de imaginar que, se Yukiko estivesse em seu lugar, haveria de argumentar estoicamente com a criança até fazê-la compreender. Sachiko sabia que se explicasse a gravidade da situação, a casa central não se negaria a mandar-lhe Yukiko por algum tempo. Aliás, nem precisava explicar nada: bastava mandar uma carta relatando a situação da menina a Yukiko para que esta viesse voando em seu socorro, com ou sem o consentimento de Tatsuo. Mas mesmo Sachiko, tão pouco propensa a ser orgulhosa ou a dar importância à opinião alheia, sentia que era um tanto humilhante pedir socorro, mal passados dois meses desde a partida de Yukiko. "Por enquanto consigo cuidar dela. Vamos observar a situação mais um pouco...", pensava Sachiko, dando tempo ao tempo.

Teinosuke, porém, era contrário à idéia de pedir ajuda a Yukiko. Para começo de conversa, ele achava que essa idéia de desinfetar *hashi* em água quente diversas vezes durante as refeições e considerar alimentos que caíam sobre a toalha de mesa impróprios para o consumo provinha da educação dada por Sachiko e Yukiko, manias que elas próprias haviam desenvolvido muito antes de Etsuko manifestar a atual crise. Esse tipo de educação, vivia ele alertando, era nocivo e devia ser corrigido porque acabava produzindo uma criança nervosa e frágil. A correção tinha de começar pelos adultos, os quais precisavam de início abandonar as ditas manias e mostrar para a criança que uma mosca, mesmo pousando num alimento, dificilmente o contamina a ponto de ameaçar a saúde das pessoas. E para provar a verdade do que diziam, deveriam consumir o referido alimento diante da criança, a despeito do ligeiro risco que tal atitude apresentava. Tanto Sachiko quanto Yukiko davam importância excessiva à higiene, mas se esqueciam de disciplinar a criança, o que se constituía em erro grave, dizia Teinosuke. A seu ver, uma vida regrada era muito mais importante que qualquer mania de limpeza.

Contudo, Teinosuke nunca tivera sua opinião acatada. Para Sachiko, uma pessoa de saúde férrea e resistente a infecções como ele jamais compreenderia o que se passava com pessoas de natureza delicada, suscetíveis a toda espécie de doença, como ela própria, Yukiko ou Etsuko. Teinosuke, por seu lado, achava que a possibilidade de um indivíduo cair doente por causa de micróbios trazidos por uma única mosca que pousou na ponta do *hashi* era de uma em mil, e que, se por causa dessa única possibilidade elas persistissem nessas manias, os mecanismos de autodefesa de seus organismos tenderiam a enfraquecer-se ainda mais. Sachiko declarava que graça era muito mais importante que disciplina na educação de uma menina, e Teinosuke rebatia, afirmando que esse ponto de vista era antiquado, que o importante no cotidiano era disciplina. Disciplina no horário das refeições, disciplina no horário das brincadeiras. O atual estilo de vida desregrado era negativo tanto para a saúde física como mental da menina. Sachiko contra-atacava, asseverando que o marido era selvagem e não tinha noção alguma de higiene, e Teinosuke revidava, dizendo que o método de esterilização utilizado por elas era ineficaz, já que micróbio algum haveria de morrer só de lhe jogar em cima água ou chá quentes; além do mais, elas não tinham meios de saber a procedência dos produtos que lhes chegavam à mesa. Quem lhes garantia que não tinham entrado em contato com sujeira muito maior? Sachiko e Yukiko tinham interpretado erroneamente o conceito ocidental de higiene, não tinham elas visto ainda no outro dia os russos consumindo ostras cruas com a maior tranqüilidade?

Não-intervencionista por princípio, Teinosuke achava que a educação de uma menina devia ser delegada à mãe. Nos últimos tempos, contudo, começara a considerar que, dependendo dos rumos da guerra na China, existia a possibilidade de o chamado sexo frágil vir a ter de assumir todas as funções e responsabilidades da retaguarda doméstica. Dali em diante, meninas tinham de ser educadas para se transformar em mulheres fortes ou não estariam aptas a cumprir a missão que delas se esperava. Foi então que viu, certo dia, a filha brincando de casinha com Ohana. Etsuko trouxera de algum lugar uma agulha de seringa descartada e aplicava uma injeção no braço recheado de palha da sua boneca. "Que brincadeira doentia!", pensou ele. "Aí está uma das conseqüências dessa noção equivocada de higiene." Desde então, Teinosuke desejou mais que nunca corrigir os rumos da educação da filha. Mas que podia ele fazer se a própria Etsuko havia começado a depositar mais fé em Yukiko do que nos pais, e se tudo o que a cunhada dizia e fazia tinha o apoio da mulher? Nessas circunstâncias, uma intervenção desastrada da parte dele corria o risco de provocar uma briga conjugal e turbulências no âmbito doméstico. Teinosuke resolveu aguardar uma oportunidade melhor.

E no momento, a ausência de Yukiko vinha a calhar, pensou Teinosuke. Pois embora a criação da filha lhe fosse muito importante, ele também era solidário com a situação da cunhada e queria poupá-la do trauma de sentir-se indesejada no seio de sua família. Era difícil afastá-la de Etsuko sem fazê-la sentir-se intrusa e sem ferir-lhe os brios. Agora, porém, tais dificuldades tinham sido naturalmente removidas. Sem Yukiko por perto, Sachiko podia ser manipulada com maior facilidade. Eis por que vinha tentando demovê-la do intuito de chamá-la de volta, explicando-lhe que se a cunhada desejava retornar àquela casa, não haveria de ser ele que se oporia, pois tinha tanta pena da moça quanto Sachiko, mas não concordava em chamá-la de volta por causa dos problemas da filha. É verdade que Yukiko estava habituada a lidar com Etsuko e os ajudaria muito. Se lhe perguntassem a opinião, contudo, ele diria que, na base da neurastenia da menina estava a educação que mãe e tia tinham dado a ela. Por conseguinte, era melhor aproveitar a oportunidade para eliminar em definitivo a ascendência de Yukiko sobre Etsuko. Teinosuke vinha também tentando convencer Sachiko de que seria muito melhor se a cunhada não retornasse tão logo ao convívio deles, pois desse modo teriam tempo de mudar aos poucos as diretrizes educacionais da menina sem precisar contrariar frontalmente a tia.

Em novembro, Teinosuke esteve dois ou três dias em Tóquio a negócios e fez uma visita à nova residência da casa central. As crianças já tinham se adaptado à vida nova, dominavam muito bem a língua padrão de Tóquio e haviam até aprendido a usar esta última na escola e o dialeto de Osaka em casa. Tanto o casal como Yukiko pareciam bem-humorados e, desculpando-se pela casa apertada, haviam insistido em hospedá-lo. Teinosuke preferiu hospedar-se numa estalagem em Tsukiji, mas, por uma questão de deferência, dormiu uma noite na casa da cunhada. Na manhã seguinte, tendo as crianças e Tatsuo partido, respectivamente, para a escola e para o trabalho e estando Yukiko no andar superior a arrumar os quartos, Teinosuke aproveitou o momento de tranqüilidade para comentar com Tsuruko:

— Fico feliz em ver que Yukiko parece bem adaptada à vida desta cidade.

Para sua surpresa, Tsuruko lhe respondeu:

— Mas... as aparências enganam, sabe?

De fato, Yukiko tinha sido de muita valia na época da mudança, contou Tsuruko. Ajudara-a a realizar as tarefas domésticas e a cuidar das crianças com boa vontade, e assim continuava a se comportar até aquele momento. Contudo, vez ou outra ela se enfurnava no aposento de quatro e meio tatames do andar superior e demorava muito a descer. Tsuruko subia então para ver o que se passava e a encontrava ora absorta em pensamentos com o rosto apoiado nas mãos e os cotovelos sobre a escrivaninha do filho Tatsuo, ora a chorar mansamente. Tais episódios, que a princípio aconteciam uma vez a cada dez dias, vinham-se amiudando nos últimos tempos. Nesses dias, Yukiko podia até descer do quarto, mas ninguém lhe ouvia a voz durante o dia inteiro. Ocasiões havia também em que parecia incapaz de se conter e deixava cair uma lágrima sentida diante de todos. Tanto Tsuruko como o marido tratavam-na com extremo cuidado para não melindrá-la e não conseguiam atinar com coisa alguma que pudessem ter feito para entristecê-la. Concluindo, tudo levava a crer que Yukiko sentia falta de Kansai, ou seja, estava com saudades da sua terra natal. Haviam-na aconselhado também a retomar os cursos de cerimônia do chá e de caligrafia, mas ela não demonstrara o menor interesse. Tsuruko e o marido estavam felizes com o fato de Yukiko ter voltado para o convívio deles, graças em parte à interferência da velha tia Tominaga, mas jamais haviam imaginado que isso representasse tamanha provação e tão profunda tristeza para ela. Se permanecer na casa deles era penoso a ponto de fazê-la chorar, tinham de pensar em outra solução. Mas, afinal, que teriam eles feito para que Yukiko sentisse tamanha aversão por eles?, perguntara Tsuruko, também chorando a essa altura. Embora se sentisse ofendida, a tristeza de Yukiko era tão evidente e sincera que acabava por comovê-la. Se gostava tanto de Kansai, talvez fosse melhor permitir-lhe voltar para lá. Tatsuo não haveria de concordar em deixá-la definitivamente aos cuidados da casa secundária, mas ela podia ficar em Kansai até que encontrassem uma casa maior em Tóquio, pois esta onde moravam era muito apertada. Ou talvez devessem deixá-la ficar em Ashiya durante uma semana ou dez dias. Desse modo, Yukiko talvez se consolasse da tristeza e retornasse a Tóquio com novo alento. De um jeito ou de outro, era melhor encontrar uma boa desculpa para a sua ida a Kansai. Uma coisa, porém, era certa: do jeito que estava não podia continuar. Não suportava mais ver o sofrimento de Yukiko. Aliás, não sabia dizer quem sofria mais: se Yukiko ou ela própria, vendo a tristeza da irmã, terminou por relatar Tsuruko.

 Tudo isso foi-lhe dito em tom informal, de modo que Teinosuke apenas comentou que imaginava a difícil situação em que se encontravam tanto ela, Tsuruko, como Tatsuo. Parte da culpa cabia também a Sachiko, disse ele; pediu desculpas em nome da mulher e, claro, não mencionou a doença de Etsuko. Ao chegar em casa, contudo, Sachiko lhe pediu notícias de Tóquio e de Yukiko, e Teinosuke viu-se na obrigação de relatar a conversa que tivera com Tsuruko sem nada omitir.

— Nunca imaginei que Yukiko detestasse tanto viver em Tóquio — acrescentou Teinosuke.

— Será que ainda é Tatsuo a causa do seu desgosto? — especulou Sachiko.

— É possível...

— Ou, então, ela sente falta da Etsuko...

— Esse também pode ser um dos motivos, mas deve haver muitos outros. O fato é que Yukiko não se sente bem em Tóquio.

Sachiko lembrou-se de repente que, desde pequena, Yukiko sempre fora do tipo estóico: suportava os próprios desgostos em silêncio e chorava às escondidas. Naquele instante, pareceu-lhe ver diante de si a irmã apoiada à escrivaninha e a chorar escondida.

25

Para o tratamento da pequena Etsuko, o médico administrou calmantes e potássio e recomendou a adoção de uma dieta mais saudável, o que se tornou possível com a descoberta de que ela, embora não gostasse de comida gordurosa, apreciava pratos chineses. E assim, com a convergência de diversos fatores, como a ingestão de alimentos mais nutritivos, a cura do beribéri pela chegada do inverno, a sábia orientação do professor, que a aconselhou a não se preocupar com a escola e a priorizar a saúde, Etsuko começou a melhorar muito mais depressa do que a família imaginara possível e tudo se acalmou sem que tivessem precisado recorrer à casa central ou a Yukiko. Mas Sachiko tinha de rever a irmã para poder recuperar por completo a tranqüilidade perdida no momento em que soubera dos acontecimentos em Tóquio.

Ultimamente, dera de se perguntar se não teria sido cruel demais com Yukiko no dia em que a velha tia Tominaga lhe surgira em casa para tratar do seu retorno à casa central. Não devia ter sido tão impositiva, ela quase expulsara a irmã da casa. Afinal, se a tia havia concedido dois ou três meses de prazo para a caçula, Sachiko devia ter-se mostrado mais humana e negociado prazo semelhante para Yukiko. Mas não, nem tempo para se despedir direito ela lhe havia concedido... Tudo por causa de um orgulho tolo, da vontade que lhe viera, justo naquele dia, de mostrar a todos que era capaz de cuidar sozinha da filha... E pensar que, apesar da flagrante injustiça, Yukiko se submetera em silêncio, sem mostrar rebeldia nem por gestos nem por palavras, a pobrezinha. Agora, dava-se conta de que Yukiko tinha partido até com certa animação, levando uma bagagem pequena como se estivesse saindo para uma viagem curta, porque acreditara piamente na promessa que ela, Sachiko, lhe fizera de logo chamá-la de volta a Kansai com um pretexto qualquer, ansiosa como estava por convencer a irmã. Tinha sido a crença no cumprimento dessa promessa que a convencera a ir para Tóquio satisfazer as exigências da casa central. Supondo, porém, que uma vez lá Yukiko não visse Sachiko empenhar-se para chamá-la de volta a Osaka... e que além de tudo percebesse que tinha sido a única a ir para Tóquio, enquanto Taeko permanecia em Kansai sem que ninguém se importasse... Nesse caso, era quase certo que estivesse pensando, muito compreensivelmente, que fora feita de tola, que fora ludibriada...

A casa central deixava de ser um problema agora que Tsuruko julgava melhor mandar Yukiko de volta a Ashiya. Mas qual seria a reação de Teinosuke? Ele podia dizer que era melhor esperarem mais um pouco... Ou talvez dizer que, passados mais de quatro meses e com Etsuko em franca recuperação, não haveria problema algum que Yukiko viesse passar dez ou quinze dias com eles... Sachiko decidiu discutir a questão com o marido na primavera seguinte.

E então, no dia 10 de janeiro, Sachiko recebeu uma carta da senhora Jinba, de quem nada mais tinha sabido desde a última troca de correspondências. Que resolvera Sachiko a respeito do pretendente cuja foto lhe havia remetido no ano passado?, perguntava a senhora Jinba em sua carta. Tinha aguardado até aquele momento porque, naquela ocasião, Sachiko lhe havia escrito que não podia lhe dar resposta imediata. O candidato não teria agradado a Yukiko? Se esse fosse o caso, pedia-lhe o favor de devolver a foto pelo correio. Se, pelo contrário, se interessara, por pouco que fosse, não era tarde ainda para promoverem um encontro. Não sabia se Sachiko levantara os antecedentes do candidato, mas, de um modo geral, o currículo escrito por ele mesmo no verso da foto resumia seu passado, não havia mais nada a acrescentar. O único ponto que talvez não tivesse ficado claro fora o fato de que ele não possuía fortuna pessoal. O pretendente pedia que ficasse explícito que vivia apenas do próprio salário. O detalhe talvez o tornasse menos atraente para Yukiko, mas ele, ao contrário, tinha confessado ao senhor Hamada que estava muitíssimo interessado. Ele já havia levantado todas as informações pertinentes à família Makioka e se declarava bastante impressionado com a beleza de Yukiko, a quem, ao que parecia, vira pessoalmente nalgum lugar. Assegurara também que esperaria o tempo que achassem necessário, contanto que lhe permitissem casar-se com ela. A senhora Jinba encerrava solicitando enfaticamente um encontro dos dois para que ela pudesse dar ao menos uma satisfação ao senhor Hamada, o homem que tinha sido o benfeitor do marido dela e que nessa oportunidade representava os interesses do pretendente.

A carta não podia ter chegado em momento mais oportuno. Decidida a tirar bom proveito da situação, Sachiko remeteu um bilhete para Tsuruko, e a este juntou a correspondência da senhora Jinba e a foto de Minokichi Nomura. A senhora Jinba parecia ter pressa em realizar o *miai*, escreveu Sachiko, mas, em vista do lamentável desfecho do caso anterior, Yukiko talvez se negasse a participar do encontro antes de conhecer todos os dados do pretendente, dados esses que Sachiko podia se encarregar de levantar, caso Tsuruko concordasse. Passados cinco ou seis dias, recebeu da irmã mais velha uma resposta inusitadamente longa.

18 DE JANEIRO

Para Sachiko-sama
Saudações.

Embora com atraso, desejo a você e a todos os seus um feliz ano-novo. Fico contente em saber que vocês comemoraram a chegada do novo ano gozando de boa saúde. Recém-chegados à nova terra, nós aqui nem sentimos direito a passagem da época festiva e, quando nos demos conta, já era dia de desfazer os arranjos comemorativos diante do portão. Eu já ouvira que o inverno em Tóquio era especialmente rigoroso e, de fato, não se passa dia sem que o vento seco, que faz a fama desta região, sopre para nos enregelar. Nunca passei um inverno tão frio em toda a minha vida. Esta manhã, as luvas congeladas lembravam pranchas de madeira e chegavam a estalar, coisa que jamais vi acontecer em Osaka. Dizem que o frio é mais suportável na região do centro antigo. Nós, porém, moramos num planalto quase na periferia, em área totalmente exposta ao vento, e a família inteira, incluindo as empregadas, acabaram gripadas e acamadas. Apenas Yukiko e eu escapamos com um leve resfriado e coriza. Em compensação, o ar desta área é mais limpo mesmo, há menos partículas de pó em suspensão.

Prova disso é que a barra dos quimonos mantém-se limpa por mais tempo. Aqui, já cheguei a usar o mesmo quimono por uns dez dias e ele continua limpo. Tatsuo, que em Osaka costumava vestir a mesma camisa por três dias, agora a veste por quatro.

Quanto à proposta de casamento de Yukiko, devo inicialmente agradecer os contínuos cuidados que vocês têm dispensado à matéria. Mostrei de imediato tanto a foto como a carta ao meu marido. Ele me parece menos severo nestes últimos tempos (a mudança de ares e de ambiente deve ter influído em seu caráter), mais disposto a delegar a vocês a condução dos entendimentos. Apenas comentou que se o candidato já tem mais de quarenta anos, é formado em agronomia e trabalha como técnico em repartição pública, a probabilidade de vir a obter um aumento salarial nesta altura da carreira é mínima e que a vida de Yukiko não deverá ser das mais confortáveis. Contudo, se a própria Yukiko não faz caso, Tatsuo diz que também não se oporá a essa união. Diz também que se Yukiko estiver interessada, vocês poderão marcar o miai *para o dia que melhor lhes convier. Na verdade, os antecedentes do candidato deveriam ser levantados antes do encontro, mas em vista do que nos diz a senhora Jinba em sua carta, talvez seja melhor promover primeiro o* miai *e depois examinar os detalhes do passado desse pretendente. Acredito que seu marido já lhe tenha contado, mas não sei mais o que fazer com Yukiko e estava exatamente procurando uma boa desculpa para mandá-la de volta à região de Kansai a fim de passar alguns dias com vocês. Ontem, toquei no assunto do* miai *com ela. Pois mal percebeu que havia aí uma oportunidade de retornar a Kansai, a interesseira concordou imediatamente em comparecer a esse encontro. E esta manhã, pasmem-se vocês, desceu outra vez toda risonha e alegre, nem parecia a mesma.*

Estabeleçam, portanto, as datas aproximadas e nós lhes mandaremos Yukiko. A ela, diremos que deverá voltar a Tóquio quatro ou cinco dias depois do miai, *mas não vejo problema algum em prolongar sua estada entre vocês por mais algum tempo, caso ela queira. Eu saberei convencer meu marido.*

Parece-me que a carta está ficando longa demais, mas esta é a primeira vez que lhes escrevo desde a minha chegada a Tóquio e os assuntos

tinham-se acumulado. Neste momento, sinto um frio intenso, como se alguém me houvesse jogado um balde de água gelada nas costas, e minhas mãos estão a ponto de congelar. A temperatura em Ashiya deve estar mais confortável, mas cuidem-se para não pegar uma gripe, todos vocês.
Lembranças ao senhor meu cunhado.
Tsuruko.

Sachiko não conhecia Tóquio direito e não conseguia imaginar como seriam Shibuya ou Dogenzaka. Só lhe restou, portanto, o recurso de recordar o aspecto dos bairros suburbanos que avistara certa vez da janela do trem da linha Yamate: as casas distantes que se aglomeravam intermitentes entre vales, colinas e bosques numa composição topográfica emaranhada, e o céu a se espraiar acima, límpido e gelado, compondo um ambiente totalmente diverso do de Osaka. Contudo, ao ler a passagem em que Tsuruko lhe falava da sensação de "um balde de água gelada" jogado nas costas, e das mãos "a ponto de congelar", lembrou-se também de que na casa central, tradicionalista e antiquada em todos os aspectos, a lareira nunca era usada durante o inverno desde os tempos de Osaka. Em Uehonmachi, a sala de visitas tinha aquecimento e estufa elétricos, mas esta última era ligada apenas quando recebiam visita em dias excepcionalmente frios. Nos demais, usavam apenas pequenos fogareiros a carvão. Sachiko perdera a conta das vezes em que voltara resfriada para Ashiya depois de ter ido à casa da irmã para cumprimentá-la pela passagem do ano-novo e de com ela ter ficado a conversar, quando então experimentara essa exata sensação de alguém lhe jogando "um balde de água gelada" nas costas... Tsuruko costumava alegar em defesa própria que, em Osaka, a moda de aquecer as casas começou a se popularizar a partir do fim do período Taisho, ou seja, nos anos 1920, mas que até o pai delas, sempre inclinado ao luxo, tinha instalado uma estufa a gás apenas no ano anterior ao de sua morte. Uma vez instalada, porém, o ancião pouco a usara, alegando que o aquecimento artificial lhe causava mal-estar, motivo por que as irmãs tinham-se criado aquecendo-se ao débil calor dos fogareiros a carvão mesmo durante os rigores do inverno. Na verdade, a própria Sachiko só havia começado a usar a lareira depois que viera morar em Ashiya, alguns anos depois de se casar com Teinosuke. Uma vez provado o gostoso calor, porém, tornou-se difícil para ela passar um inverno sem acendê-la. Difícil também se tornou compreender como conseguira viver até então se aquecendo à beira dos pequenos fogareiros a carvão. E, pelo visto, Tsuruko não abandonara os hábitos antigos em Tóquio. "Só mesmo Yukiko com sua constituição resistente para suportar tanto frio", pensou Sachiko. Tinha certeza de que ela própria já teria desenvolvido uma pneumonia.

O dia do *miai* precisou ser estabelecido por intermédio do senhor Hamada, que se tinha arvorado em mediador entre a senhora Jinba e o candidato Nomura, dificultando a comunicação entre os interessados. Logo, porém, ficou claro que o pretendente desejava encontrar-se com Yukiko ainda antes da primavera. Em vista disso, Sachiko enviou uma carta a Tóquio em 29 de janeiro pedindo o retorno imediato da irmã. Lembrou-se também do incidente anterior envolvendo o uso do telefone e pediu ao marido que lhe instalasse com urgência uma extensão no gabinete anexo à casa. Na tarde do dia 30, porém, chegou-lhe às mãos um bilhete da irmã, a qual, sem ainda ter recebido sua carta, comunicava que seus dois filhos menores tinham adquirido influenza, e que a casa estava em polvorosa porque a caçula Umeko, de quatro anos, apresentava quadro sugestivo de pneumonia. Na verdade, precisavam contratar uma enfermeira, mas não havia acomodação para ela, pois a casa era pequena demais. Além disso, o caso de Hideo provara que Yukiko era até mais confiável que enfermeiras. Portanto, Tsuruko pedia que falassem com a senhora Jinba e lhe pedissem para aguardar alguns dias até novo contato. E então, outro bilhete chegou em seguida, avisando que Umeko estava de fato com pneumonia. Dando-se conta imediatamente de que a situação em Tóquio não se normalizaria em uma semana ou dez dias, Sachiko expôs a dificuldade à senhora Jinba e pediu que o *miai* fosse postergado, o que nada tinha de mais, uma vez que o pretendente já declarara não se importar de esperar. Contudo, ver que Yukiko era sempre solicitada nos momentos de crise para cumprir as tarefas mais ingratas, como cuidar de crianças doentes, só fez aumentar a compaixão de Sachiko pela irmã.

Com a protelação do *miai*, as investigações dos antecedentes do candidato solicitadas havia algum tempo tiveram tempo de progredir. Logo depois, o escritório de investigação lhes mandou um relatório, segundo o qual o candidato Nomura era funcionário público Classe III Superior, e seus proventos chegavam a aproximadamente 3.600 ienes anuais. Além disso, recebia um pequeno abono no final do ano, o qual, somado ao salário e dividido por doze meses, resultava em renda mensal aproximada de 350 ienes. Até a geração do pai, a família havia administrado uma estalagem na província de Himeji, mas no momento já não restava por lá nenhum imóvel em seu nome. Nomura tinha ainda uma irmã em Tóquio casada com um certo Ota, farmacêutico, e dois tios em Himeji. Um deles era comerciante de antigüidades e mestre da arte do chá e, o outro, funcionário de cartório. Havia também um primo, Jokichi Hamada, presidente da Ferrovia Kansai, o qual era fiador do candidato e, ao mesmo tempo, único parente que ele podia citar com certo orgulho. (Este homem, Jokichi Hamada, era também o benfeitor do marido da senhora Jinba. Havia muito tempo, este último tinha sido porteiro da mansão dos Hamada, e a eles devia gratidão por lhe terem custeado os estudos.) Em linhas gerais, nisso se resumia o relatório. Além disso, levantamentos posteriores esclareceram que, conforme o candidato registrara em seu currículo, a primeira mulher tinha de fato morrido de influenza e não havia nenhuma doença hereditária por trás da morte dos dois filhos. Para saber detalhes relativos ao comportamento e à personalidade do interessado, Teinosuke procurou informar-se com alguns conhecidos, que nada descobriram de desabonador. Mas Minokichi Nomura tinha, ao que parecia, um estranho hábito, uma mania, enfim. De acordo com um colega da repartição, Nomura costumava deixar escapar de súbito algumas palavras totalmente desprovidas de nexo. Tal fato parecia acontecer apenas nos momentos em que ele pensava estar sozinho, ou seja, sem ninguém por perto que pudesse ouvi-lo. Como, porém, muitas vezes acontecia de haver alguém nas proximidades sem que Nomura detectasse a presença, nos últimos tempos quase todos os seus colegas de trabalho estavam a par desse seu estranho hábito. E, pelo visto, era do conhecimento tanto da falecida mulher quanto dos filhos, os quais, dizia-se, costumavam comentar entre risadas: "O pai fala coisas tão estranhas!" Exemplo dessa situação testemunhou um colega de Nomura que, certa vez, ocupava um *box* do banheiro quando ouviu alguém entrando no compartimento ao lado. Logo, ouviu uma voz perguntando: "Olá! Você é o senhor Nomura?" Ao ouvir duas vezes a mesma pergunta, o colega quase respondeu "Não, sou fulano", mas conteve-se ao perceber que a voz era do próprio Nomura. Lá estava ele falando sozinho de novo, certo de não haver mais ninguém no banheiro, pensou o colega. No mesmo instante, sentiu pena dele e, constrangido, continuou imóvel e em silêncio. Ao ver, porém, que ele demorava para sair, perdeu a paciência e foi-se embora sem ser identificado. Nomura na certa maldisse a própria distração quando percebeu alguém saindo do *box* contíguo, mas como não conseguiu saber quem era, continuou a trabalhar como se nada tivesse acontecido, comentara seu colega. Conforme se via, seus monólogos eram inofensivos e, por isso mesmo, cômicos quando irrompiam inesperadamente. Ao que parecia, obedeciam a impulsos, os quais, no entanto, não deviam ser incontroláveis. Prova disso era que Nomura conseguia refreá-los na presença de outros. Contudo, comentava-se que quando se sentia seguro de estar sozinho, a voz lhe saía tão alta que chegava a assustar os que por coincidência estivessem nas proximidades, fazendo-os imaginar que o homem endoidecera.

A mania com certeza era inofensiva, não prejudicava nem ofendia ninguém, mas era também verdade que não havia razão alguma para se escolher justamente um indivíduo com tão estranho hábito. Contudo, o detalhe que no entender de Sachiko mais pesaria de forma negativa na avaliação de Yukiko, e quase por certo a levaria a recusar este candidato, era ainda o seu aspecto envelhecido. Ora, o homem parecia ter passado havia muito dos cinqüenta, ninguém diria que ele tinha 46 anos! Estava claro que o destino do pretendente era ser recusado logo na primeira apresentação. Honestamente falando, Sachiko e Teinosuke apenas levavam avante os trâmites para o *miai* por ser esta a única forma de trazer Yukiko de volta para Kansai. E já que a proposta estava fadada ao insucesso, os dois decidiram não pôr Yukiko a par desse estranho hábito do pretendente Minokichi Nomura.

26

Parto hoje expresso Kamome pt Yukiko

O tão esperado telegrama chegou no momento em que Etsuko, retornando da escola, montava com a ajuda da mãe e de Oharu o tablado onde em seguida disporia os bonecos para a comemoração do Dia das Meninas.

Na verdade, os bonecos estavam sendo expostos com um mês de antecedência naquele ano, já que, de um modo geral, o Dia das Meninas era comemorado pelos moradores de Kansai em abril, um mês mais tarde que nas demais localidades. Quatro ou cinco dias antes, Taeko trouxera para casa um boneco Kikugoro Dojoji[39] confeccionado por ela própria para a sobrinha e, por coincidência, no mesmo dia Yukiko havia mandado um bilhete avisando que não demoraria a chegar. Sachiko teve então a seguinte idéia:

— Já que você ganhou esse lindo boneco, vamos aproveitar a ocasião para armar o tablado, filhinha. Acho que os bonecos gostariam de dar as boas-vindas à sua tia Yukiko.

— Mas o Dia das Meninas não é no mês que vem? — estranhou Etsuko.

— E ainda não temos flores de pessegueiro para enfeitar o tablado — acrescentou Taeko. — E há também uma crença segundo a qual os bonecos devem ser expostos apenas nos dias certos pois, caso contrário, as meninas da casa não conseguem se casar, não há?

— É verdade... — disse Sachiko. — Quando éramos pequenas, você se lembra que a nossa mãe se apressava em guardar os bonecos mal terminavam as festividades? Mas armar o tablado antecipadamente não traz azar. O problema é não desarmá-lo depois que terminam os festejos.

---

39. Boneco com as características do ator Kikugoro, ataviado como personagem da peça *kabuki Dojoji* (O templo Dojo). (N.T.)

— É mesmo? Disso eu não sabia.

— Justo você, que sempre foi a mais bem informada de todas nós? Pois agora aprenda e não se esqueça mais.

Os bonecos tinham sido especialmente encomendados à loja Maruhei de Kyoto logo após o nascimento da pequena Etsuko para comemorar o seu primeiro Dia das Meninas e, em Ashiya, vinham sendo expostos todos os anos na sala de visitas. Mobiliado e decorado em estilo ocidental, esse aposento não se constituía em ambiente ideal para os bonecos, mas acabou escolhido por ser ponto de reunião familiar. Sachiko tivera a idéia de arrumar os bonecos em março de acordo com o costume moderno, e deixá-los expostos até abril — mês em que tradicionalmente o povo da região de Kansai festeja a data — só para alegrar Yukiko, cuja permanência naquela casa era prevista durante todo esse período. A idéia teve imediata aceitação, e ali estavam elas iniciando a arrumação no dia 3 de março.

— Está vendo, filha? Tudo conforme planejei — disse Sachiko.

— É verdade! Ela vai chegar na hora certa!

— A tempo de festejar com os bonecos. Lindo, não é?

— Um bom augúrio, senhora — comentou Oharu.

— Acha que desta vez ela se casa, mãe?

— Cuidado! Não diga nada disso na presença da sua tia, filhinha.

— Já sei, já sei. Nem precisa recomendar, mãe.

— E você também, Oharu. Muita atenção para que não se repita o que aconteceu no ano passado, ouviu bem?

— Sim, senhora.

— Se têm de comentar, que o façam sem ser ouvidas...

— Sim, senhora.

— E a tia Koisan? Ninguém vai avisá-la? — perguntou Etsuko excitada.

— Quer que eu ligue para ela, senhora? — ofereceu-se Oharu.

— Ligue você mesma, Etsuko — ordenou Sachiko.

— Está bem — disse a menina. Correu para o telefone e ligou em seguida para o ateliê. — Isso mesmo, chega hoje, conforme a gente queria... Tia, volte para casa mais cedo, está bem?... Não, não é o expresso Tsubame, é o Kamome, ouviu? Oharu vai buscá-la na estação de Osaka...

Ocupada em arrumar a coroa de ouro na cabeça dos bonecos que representavam o casal imperial, Sachiko ouvia a voz aguda da filha que vinha do outro aposento. Naquele momento, interrompeu a conversa com uma instrução:

— Etsuko! Diga a Koisan para ir buscar Yukiko, caso não tenha nada importante a fazer.

— Tia, a mãe está dizendo para você mesma ir buscar a tia Yukiko, se puder... Isso mesmo... Às nove e meia, na estação Osaka... Você vai, tia?... Nesse caso, Oharu não precisa mais ir, precisa?...

Taeko devia saber muito bem por que Sachiko lhe pedia a gentileza de ir buscar a irmã na estação. No ano anterior, quando a velha tia Tominaga viera tratar do retorno de Yukiko à casa central, ficara estabelecido que Taeko também seguiria para Tóquio dois ou três meses depois. Mas, uma vez em Tóquio, Tsuruko e o marido se viram envolvidos em tantos problemas que a questão do retorno da caçula dos Makioka à casa central acabara relegada a segundo plano e ela pôde continuar em Kansai desfrutando a vida costumeira com toda a liberdade. Nessas circunstâncias, Taeko devia estar sentindo um vago peso na consciência, como se tivesse jogado a irmã às feras para se salvar. Buscá-la na estação seria um meio de amenizar o próprio mal-estar.

— Quer que eu avise o papai? — indagou Etsuko.

— Para quê? A esta altura, ele já está a caminho de casa.

Ao retornar no fim do dia e saber da novidade, Teinosuke deu-se conta de que, passados seis meses desde a partida de Yukiko, seus sentimentos em relação à cunhada haviam mudado consideravelmente. Agora, pensava nela com real afeto, e chegava a se censurar por não tê-la querido de volta àquela casa. Ordenou que lhe preparassem a água do banho, e preocupou-se se ela teria ou não jantado no vagão-restaurante do trem; mesmo que tivesse, achou que ela com certeza gostaria de comer alguma coisa leve antes de ir para a cama. Pediu que lhe trouxessem algumas garrafas do vinho branco preferido dela, tirou o pó dos vasilhames e examinou-lhes o ano de produção; enfim, cuidou pessoalmente de todos os detalhes para que a cunhada se sentisse bem-vinda.

Etsuko queria a todo custo esperar a chegada da tia, mas como todos lhe disseram que ela a veria na manhã seguinte, subiu a contragosto para o quarto às nove e meia e foi dormir com Oharu. Porém, mal ouviu a campainha tocar momentos depois e o cão disparar para a entrada, desceu a escada às carreiras gritando:

— É a tia!

— Olhem quem chegou! Seja bem-vinda, Yukiko! — saudou-a Sachiko.

— Olá! — disse Yukiko em pé no vestíbulo, ocupada em acalmar o cão Johnny, que saltitava de alegria em torno dela. Cansada da longa viagem, tinha o rosto pálido e abatido, em flagrante contraste com a cútis viçosa e brilhante de Taeko, que lhe vinha atrás carregando a maleta.

— Onde está o meu presente? — disse Etsuko, depois de abrir a maleta da tia e examinar-lhe o conteúdo. Logo extraiu um maço de papéis para dobradura e uma caixa de lenços.

— É que eu soube que você anda colecionando lenços ultimamente... — explicou Yukiko.

— É isso mesmo! Obrigada, tia.

— Mas tem mais uma coisa para você. Procure bem no fundo.

— Achei, achei! É isto, não é? — exclamou Etsuko, tirando um pacote embrulhado em papel de uma certa loja de calçados de Ginza. De dentro, surgiu um par de sandálias em verniz vermelho.

— Que beleza! Os melhores calçados são produzidos em Tóquio, não há dúvida — comentou Sachiko, tomando nas mãos as sandálias e examinando-as cuidadosamente. — Guarde-as com carinho porque você as usará quando formos a Kyoto para ver as cerejeiras, filhinha.

— Está bem. Obrigada por tudo, tia.

— Ah, agora entendi! O que Etsuko esperava com tanta ansiedade eram os presentes! — arreliou Teinosuke.

— Pois agora que já os tem, leve tudo para cima e vá dormir — disse Sachiko.

— Tia, você vai dormir comigo esta noite, ouviu?

— Ela ouviu, ela ouviu! — interrompeu-a Sachiko. — Sua tia ainda vai tomar um bom banho antes de ir para a cama, de modo que você sobe primeiro e vai tratando de dormir com Oharu.

— Não demore, viu, tia?

Já era quase meia-noite quando Yukiko saiu do banho. E então, após o longo intervalo de quase meio ano, Teinosuke e as três irmãs tornaram a se reunir na sala de visitas e a se sentar em torno da mesa para saborear vinho e queijo enquanto ouviam o crepitar da lenha na lareira.

— Sabem que esta região é realmente mais quente? — disse Yukiko. — Desci há pouco na estação de Ashiya, após a baldeação, e notei a diferença!

— Por aqui, já estamos em pleno festival *omizutori* — disse Teinosuke.

— A diferença é mesmo tão grande? — perguntou Sachiko.

— Enorme — confirmou Yukiko. — Começa com o vento, que não é suave como o daqui. Sabem o famoso "vento seco" que sopra por lá? Não imaginam como é desagradável. Dias atrás, fui fazer compras na loja Takashima e, na volta, saí na rua do Fosso Externo. Pois o vento veio numa lufada e me levou o embrulho que eu carregava. Corri atrás dele, mas, quando me abaixava para pegá-lo, tornava a rolar mais adiante, a rolar e a rolar toda vez que eu tentava pegá-lo. Logo o maldito vento ameaçou abrir o transpasse dianteiro do quimono, de modo que, além de tudo, vi-me obrigada a correr segurando a frente do quimono com a mão. Não é mentira, não, o vento de Tóquio é realmente desagradável!

— Pois a mim me impressionou a facilidade com que as crianças da casa central aprenderam a língua padrão — disse Teinosuke. — Como conseguem? Estive em Shibuya em novembro do ano passado, isto é, dois ou três meses depois da mudança da família para Tóquio. Pois todos eles já tinham dominado muito bem o dialeto, os mais novos melhor ainda que os mais velhos.

— Mas, para alguém da idade de Tsuruko, aprender uma linguagem nova não deve ser coisa fácil — disse Sachiko.

— Não mesmo — concordou Yukiko. — Para começar, Tsuruko não quer aprender. Certa vez, começou a falar comigo no dialeto de

Osaka dentro do ônibus e me deixou constrangida porque todos olhavam para o nosso lado. Mas Tsuruko nem se importou com os olhares curiosos e continuou a falar no nosso dialeto com uma desenvoltura que me deixou admirada. No final, tinha gente comentando: "Até que o dialeto de Osaka é bonito!"

Yukiko fez uma imitação perfeita do sotaque de Tóquio ao repetir a observação "até que o dialeto de Osaka é bonito".

— Mulheres de meia-idade são todas destemidas, na minha opinião. Uma gueixa da zona norte que eu conheço — ela deve ter mais de quarenta anos — me contou certa vez que, quando toma o ônibus em Tóquio, sempre grita em alto e bom som no dialeto de Osaka: "Vou descer!" Diz ela que assim o motorista nunca se esquece de parar no ponto — falou Teinosuke.

— Hideo começou a dizer que não gosta de andar com a mãe porque ela só fala no nosso dialeto — acrescentou Yukiko.

— A reação é até compreensível numa criança...

— Será que Tsuruko se julga simples turista em Tóquio? — indagou Taeko.

— Pode ser. Ela diz que a vida lá é menos estressante. Faz o que bem entende e não precisa prestar contas de seus atos porque não conhece ninguém. Diz também que, em matéria de moda, prefere Tóquio a Osaka, pois as mulheres de lá sabem escolher suas roupas de modo a valorizar a própria personalidade. Não ligam para tendências, só vestem o que lhes cai bem — explicou Yukiko.

Em parte por conta do vinho, Yukiko ria e brincava, livre do costumeiro mutismo. Embora nada dissesse, não conseguia esconder a alegria de estar de volta a Kansai, de estar naquela sala de visitas em companhia das irmãs e do cunhado, esquecida das horas, apenas a conversar.

Teinosuke sugeria de vez em quando:

— Vamos dormir?

A conversa, porém, continuava tão animada que ele tratava de buscar outra garrafa de vinho e de andar à volta servindo nova taça.

— Gostaria de ir a Tóquio qualquer dia, mas a casa de lá é pequena, não é? Quando é que eles vão se mudar?

— Não tenho idéia... aliás, nada indica que eles estejam procurando uma casa maior.

— Quer dizer que não vão mais sair de lá?

— Acho que não... No ano passado, viviam reclamando que a casa era apertada demais para tanta gente e que precisavam se mudar para outra maior, mas, este ano, não ouvi mais ninguém falando disso. Ao que parece, tanto a mana como o Tatsuo mudaram de idéia.

Em seguida, Yukiko começou a contar uma história curiosa. Na opinião dela — era apenas opinião, nada ouvira da boca da irmã ou do cunhado —, o que levara o casal a abandonar a tão querida Osaka e mudar-se para Tóquio fora o desejo de Tatsuo de ser promovido, desejo que, por sua vez, teria nascido da percepção de que a herança deixada pelo falecido patriarca já não era suficiente para sustentar uma família de oito pessoas. Em outras palavras, tinha ficado difícil para ele prover o sustento da família. Quem sabe não fora por isso que se queixaram do aperto da casa de Shibuya num primeiro momento, mas depois, ao perceber que com um pouco de sacrifício era até possível viverem naquela casa, se calaram? O que tornava a casa tão atraente era o aluguel de 50 ienes. Embora não devessem satisfações a ninguém, Tsuruko e o marido começaram a comentar, quase como se explicando a si mesmos, que o aluguel, barato, realmente compensava a pequenez da casa. E de tanto repetirem a mesma observação, talvez tivessem se convencido de que valia a pena continuar morando ali mesmo. Se tivessem permanecido em Osaka, teriam de se preocupar em manter as aparências porque eram os herdeiros de uma casa tradicional bastante conhecida na região, mas, em Tóquio, ninguém conhecia os Makioka. Nada, portanto, existia de estranho no fato de terem chegado à conclusão realista de que, em vez de gastar para manter aparências, era melhor economizar e amealhar. Prova disso era que Tatsuo, mesmo depois de promovido a gerente e de receber aumento salarial, andava mais sovina do que na época em que viviam em Osaka. E, ao que tudo indica, Tsuruko decidira perseguir os mesmos objetivos do marido, pois havia se tornado extremamente parcimoniosa nos gastos com a alimentação. Era bem verdade que, para dar de comer a seis crianças, tinha-se que usar a cabeça até para comprar uma simples verdura. Não queria parecer vulgar, disse Yukiko, mas o cardápio diário, por exemplo, havia sofrido drástica alteração quando comparado ao da época em que moravam em Osaka. Tsuruko passara a montar refeições à base de pratos únicos substanciosos que exigiam ingredientes simples e baratos, como guisados e ensopados. Carne bovina, por exemplo, quase nunca era servida, ou, se era, surgia em fatias finas e quantidade mínima no meio de ensopados. *Sukiyaki* era prato raro. Contudo, vezes havia em que as crianças jantavam primeiro e, mais tarde, as duas irmãs com Tatsuo. Nessas raras ocasiões, Tsuruko servia *sashimi* de atum (o pargo da região de Tóquio dificilmente se prestaria para isso), muito mais em atenção à irmã que ao próprio marido. Ao que parecia, era assim que o casal procurava compensar o cotidiano monótono e estressante de Yukiko, sempre às voltas com as crianças.

— Essa é a conclusão a que cheguei depois de observar os dois em Tóquio... — disse Yukiko. — Eles não vão se mudar daquela casa, vocês vão ver.

— Será que a mudança para Tóquio seria capaz de lhes alterar tanto o modo de encarar a vida?

— Acho que Yukiko está certa — observou Teinosuke. — Em vista das circunstâncias, creio ser perfeitamente compreensível que Tatsuo tenha decidido abandonar gastos inúteis com aparências e optado por uma política doméstica de contenção e amealhanço. E é uma atitude digna de elogio, não acham? Afinal, a casa é apertada, mas perfeitamente habitável com um pequeno sacrifício de todos...

— Se é isso que ele quer, por que não o diz claramente? É até engraçado ouvi-lo desculpar-se pela falta de um quarto só meu toda vez que me vê... — reclamou Yukiko.

— Bem... As pessoas não são capazes de mudanças tão radicais de um dia para o outro, não é mesmo? É até compreensível que elas procurem manter certa pose.

— E eu? Também vou ter de morar nesse aperto? — quis saber Taeko. A questão era crucial para ela.

— A meu ver, não há espaço para você naquela casa... — respondeu Yukiko.

— Nesse caso, posso me considerar a salvo por enquanto?

— Acho que eles se esqueceram de você.

Nesse momento, o relógio sobre a lareira bateu duas e meia da manhã.

— Já é tarde, vamos dormir! — decidiu Teinosuke. — Você deve estar cansada da viagem, Yukiko.

— Eu queria lhe falar sobre os detalhes do *miai*, mas vamos deixar para amanhã — disse Sachiko.

Sem prestar maior atenção ao comentário da irmã, Yukiko subiu a escada e entrou no quarto. Etsuko dormia. Sobre a mesinha de cabeceira, a menina havia disposto um a um, cuidadosamente, todos os presentes que ganhara da tia, até mesmo a caixa da sandália. Yukiko espiou o rostinho adormecido iluminado pela claridade baça do abajur e sentiu uma vez mais a alegria de estar de volta àquela casa invadir-lhe o peito. Sacudiu então algumas vezes a empregada Oharu, que dormia a sono solto no estreito espaço que restara entre os leitos da sobrinha e da tia, mandou-a descer para o quarto dela e deitou-se também.

27

O retorno de Yukiko a Kobe tinha sido programado para os primeiros dias de março em virtude de uma carta da senhora Jinba estabelecendo para o dia 8 desse mês — de bom augúrio, segundo o calendário — a data para o *miai*. Local e horário seriam posteriormente comunicados. Mas um acontecimento inesperado no meio da noite do dia 5 resultou em nova postergação do encontro. Na manhã desse dia, Sachiko tinha ido visitar, em companhia de duas ou três amigas, certa senhora conhecida que se recuperava de uma enfermidade nas termas de Arima, além das montanhas Rokko. A visita, programada com bastante antecedência, teria ocorrido sem transtornos caso o pequeno grupo de amigas tivesse usado a estrada de ferro para a curta viagem de transposição da serra, conforme efetivamente fizeram na volta. A viagem de ida, porém, acabou sendo feita de ônibus e, talvez em virtude disso, Sachiko foi acometida por forte cólica e sofreu repentina hemorragia no meio da noite, depois de chegar em casa. Para surpresa geral, o doutor Kushida, chamado às pressas, foi de opinião que Sachiko estava tendo um aborto. O especialista convocado em seguida confirmou o diagnóstico e, na manhã seguinte, o aborto se consumou.

Desde o instante em que Sachiko começara a se queixar de dores, Teinosuke havia mandado desfazer o próprio leito, sentara-se à cabeceira da mulher e ali permanecera em vigília constante, só se afastando por instantes durante o processo de expulsão do feto. No dia seguinte, Teinosuke não foi trabalhar e se deixou ficar confinado no quarto mesmo depois que as cólicas da mulher abrandaram. Com os cotovelos apoiados na borda do fogareiro de barro, ao lado do qual se sentava, e com as mãos apoiadas num par de atiçadores metidos na brasa, permaneceu imóvel e cabisbaixo, nada fazendo durante o dia inteiro. Vez ou outra, sentia os olhos da mulher repletos de lágrimas fixos nele, quando então lhe lançava um olhar de relance e dizia em tom consolador:

— Não se martirize tanto... Paciência, nada mais podemos fazer.

— Você me perdoa?

— Perdoar o quê?

— O descuido...

— Você não teve culpa. Para dizer a verdade, agora estou mais esperançoso do que antes...

Mal disse isso, a lágrima que a mulher retinha nos olhos avolumou-se, transbordou e deslizou por sua face.

— Que pena... — murmurou Sachiko.

— Pare de se lamentar... Você vai ter outros, tenho certeza...

No decorrer do dia, o casal havia repetido inúmeras vezes o mesmo diálogo. Sem conseguir disfarçar a própria tristeza, Teinosuke observava o rosto abatido e exangue da mulher.

Para dizer a verdade, Sachiko chegara a desconfiar que estava grávida ao se dar conta de que não havia menstruado nos dois últimos meses, mas errara ao achar impossível uma gestação àquela altura, já que dez anos se haviam passado desde o nascimento da pequena Etsuko. Além do mais, o médico lhe havia dito certa vez que ela talvez precisasse fazer uma cirurgia caso quisesse engravidar mais uma vez. Sachiko estava ciente de que o marido queria mais filhos e, embora não tivesse pretensões de se igualar à irmã mais velha em matéria de fertilidade, ela própria achava desalentador ter uma única filha. Desta feita, havia ficado vagamente esperançosa e pretendera consultar o médico caso a menstruação não se regularizasse em três meses. No dia anterior, ela chegara a pensar se não devia, por precaução, abster-se de viajar para além das montanhas Rokko, mas, para sua infelicidade, acabou achando que era tolice preocupar-se tanto. Para que haveria ela de se opor a um projeto planejado com tanto entusiasmo pelas amigas? Por conseguinte, Sachiko não podia ser inteiramente responsabilizada pelo trágico desfecho, tinha havido atenuantes para o seu descuido. Isso, porém, não a impediu de chorar de raiva de si mesma ao ouvir o doutor Kushida lamentar-lhe a falta de sorte. Por que prometera ir às termas de Arima justo naquelas circunstâncias? Por que não atentara melhor ao que fazia antes de tomar o ônibus?, acusava-se Sachiko. O marido a consolava dizendo que não estava desapontado. Pelo contrário, enchera-se de esperanças, pois imaginara que não fossem ter mais filhos e, agora, tivera provas de que isso ainda podia acontecer. Mas bastava vê-lo para se perceber seu abatimento, e quanto mais bondoso ele se mostrava, mais Sachiko tinha pena dele e mais recriminava o próprio descuido, grave no seu entender.

No segundo dia, Teinosuke recobrou o ânimo e foi para o escritório no horário usual, mas deitada sozinha em seu quarto, Sachiko não conseguia parar de lamentar o ocorrido. Era inútil, sabia disso, mas seus pensamentos voltavam sempre e sempre para o mesmo ponto. O próximo *miai* de Yukiko — um acontecimento festivo que merecia ser comemorado — não se harmonizava com lágrimas. Sachiko as escondeu da irmã, da filha e das empregadas, mas ao se ver sozinha, não conseguia impedir que se acumulassem nos olhos. Ah, não fosse por seu descuido, em novembro a criança nasceria e, por esta altura do próximo ano, já estaria crescida o bastante para lhe sorrir... Desta vez, podia ter sido um menino. Caso fosse, teria representado uma grande alegria tanto para o marido, era óbvio, como para a pequena Etsuko... Ela própria não estaria se recriminando dessa maneira caso não tivesse se dado conta do que estava acontecendo. Mas não, ela tivera um leve pressentimento naquele momento. E por que não se lembrara de recusar-se a viajar de ônibus? Em parte porque não lhe ocorrera uma desculpa razoável, assim, de improviso... Mas podia ter inventado qualquer coisa e seguido sozinha de trem mais tarde, desculpas não teriam faltado! Por que não fizera isso, por quê? Ah, se arrependimento matasse... Se ainda tivesse a sorte de engravidar outra vez, conforme dizia o marido... Mas se isso não ocorresse, passaria o resto da vida imaginando de que tamanho estaria a criança caso fosse viva, jamais a esqueceria... O remorso que sentia agora seria uma chaga difícil de curar, acompanhá-la-ia enquanto vivesse... E ali deixava-se ficar Sachiko a se recriminar, a suplicar mentalmente, ao marido e ao pequeno ser não nascido, perdão pelo crime irreparável que cometera, a sentir novas lágrimas juntando nos olhos...

A justificativa por mais esta protelação do *miai* deveria, por uma questão de cortesia, ser apresentada de viva voz à senhora Jinba. Contudo, na noite do dia 6, Teinosuke optou por escrever-lhe às pressas em nome de Sachiko porque não conhecia pessoalmente a senhora Jinba, e também porque, até então, o marido dela, Sentaro Jinba, permanecera nos bastidores e deixara a mulher no comando dos entendimentos. Na carta, Teinosuke explicou que se via, bastante constrangido, obrigado a protelar uma vez mais a data do *miai* porque a mulher estava de cama, resfriada e febril. Pediu também escusas por mais esta arbitrariedade e solicitou que concordassem em cancelar o encontro antes marcado para o dia 8. Contudo, acrescentou, queria deixar bem claro que nada havia por trás do pedido de protelação a não ser a doença da mulher, que não pairasse dúvida alguma quanto a isso. O resfriado, aliás, parecia ser leve e estaria provavelmente curado com uma semana de repouso.

A carta foi postada como envio expresso e, na tarde do dia 7, a destinatária surgiu de repente em Ashiya. Viera saber da saúde de Sachiko, disse ela à empregada que a atendeu, e agradeceria caso pudesse falar-lhe nem que fosse por um breve instante. Sachiko resolveu então recebê-la no quarto. Desse modo, mostraria à senhora Jinba que estava de fato acamada e a tranqüilizaria, caso a amiga estivesse duvidando dos motivos que a levaram a protelar o *miai*. E quando a viu diante de si, Sachiko sentiu renovar-se a antiga relação de confiança com a amiga e resolveu revelar-lhe a verdadeira natureza do seu mal. À guisa de prólogo, Sachiko explicou que, na carta, dissera estar resfriada por não achar conveniente tratar de um assunto triste em ocasião festiva, mas revelaria agora a verdade para a amiga. Resumidamente, falou então dos acontecimentos da noite do dia 5 e da tristeza que lhe ia no coração, mas solicitou que nada disso fosse revelado aos demais e que ela se encarregasse de inventar uma escusa adequada e a apresentasse ao pretendente. Fosse como fosse, ali estava a razão nua e crua do pedido de postergação, esperava que a amiga não a levasse a mal. A recuperação se dava satisfatoriamente e, se tudo corresse bem, o médico lhe dissera que podia ter alta e sair de casa dentro de uma semana. Em vista disso, queria que a senhora Jinba lhe fizesse a gentileza de marcar nova data para o *miai*.

Ao ouvir os fatos, a senhora Jinba declarou que sentia muitíssimo, e que avaliava a tristeza de Teinosuke, mas parou quando viu os olhos de Sachiko encherem-se de lágrimas e mudou rapidamente de assunto. Se uma semana era suficiente para a recuperação, disse a mulher, que tal se marcassem para o próximo dia 15? Ao receber naquela manhã a carta que Teinosuke lhe escrevera, havia contatado imediatamente a parte interessada e combinado a nova data, pois de 18 a 24 de março estariam em pleno *higan*, as comemorações do equinócio de primavera. Excetuando-se esses sete dias, só restava um único de bom augúrio, o dia 15. Depois dessa data, teriam de esperar até o mês seguinte. E então? Sachiko não concordaria em realizar o *miai* no dia 15, já que até lá faltava ainda exatamente uma semana? O mediador, o senhor Hamada, também lhe pedira que marcassem para esse dia, completou a senhora Jinba. Sachiko não se sentiu em condições de impor mais nada e acabou concordando sem ao menos consultar o marido. Confiava no diagnóstico do médico e achou-se capaz de comparecer, mesmo que à custa de algum sacrifício.

Mas a recuperação terminou não sendo tão tranqüila quanto a princípio parecera. Sachiko vinha passando os dias ora deitada na cama, ora sentada numa poltrona, e o dia 14 amanheceu sem que a hemorragia tivesse cessado inteiramente.

Quanto a Teinosuke, este mostrara-se inseguro desde o princípio:

— Acho que você não devia ter prometido nada disso...

Se a situação se agravasse durante o *miai*, Sachiko podia arruinar esse importante acontecimento, mas felizmente a senhora Jinba conhecia toda a verdade. Teinosuke começou então a imaginar que poderia propor um novo arranjo: Sachiko ficaria em casa e só ele acompanharia Yukiko. Nesse caso, porém, havia um inconveniente: quem se encarregaria de apresentar uns aos outros?

Yukiko se preocupava com o bem-estar da irmã, não queria vê-la sacrificar a saúde por sua causa. Bastava que pedissem um novo adiamento e, se o candidato não gostasse disso e cancelasse a proposta, paciência, ela se conformaria. Esse infeliz aborto acontecer justo naquele momento talvez fosse sinal de que a proposta estava destinada a não frutificar, quem sabe?

Sachiko andara atordoada pela tristeza da própria perda, mas ao ver-se alvo de tanta consideração, sentiu ressurgir em seu íntimo a solidariedade para com a irmã. As propostas de casamento que traziam para Yukiko quase sempre esbarravam em algum tipo de obstáculo, de modo que, também desta vez, Sachiko já não diria que previra, mas que temera alguma dificuldade. E então, eis que surgiu, primeiro, a doença da caçula da casa central. Removida esta, mais outra bastante agourenta surgira, o aborto. Sachiko não conseguia livrar-se da assustadora sensação de que todos eles estavam sendo arrastados por poderosos laços cármicos ao mesmo destino que oprimia a irmã. Mas a própria Yukiko parecia tão tranqüila que, ao vê-la, Sachiko não pôde deixar de sentir grande ternura por ela.

Quando saiu para trabalhar na manhã do dia 14, Teinosuke tendia a achar que Sachiko devia ficar em casa, enquanto ela, ao contrário, pretendia ir de qualquer maneira. E então, cerca de três da tarde, a senhora Jinba ligou. "Você está se recuperando bem?", perguntou ela, e Sachiko acabou respondendo que já estava quase boa. Nesse caso, podiam contar com ela na reunião do dia seguinte?, quis saber a senhora Jinba, tão ansiosa que quase não lhe ouviu a resposta até o fim. Acrescentou que o encontro teria lugar às cinco da tarde no saguão do Hotel Oriental. O local tinha sido escolhido pelo senhor Nomura, mas seria usado apenas como ponto de reunião, ali só tomariam um rápido chá. Depois, seguiriam todos juntos para jantar em outro local. Não haviam estabelecido ainda o restaurante, mas podiam até escolhê-lo durante o encontro no saguão do hotel, pois o pretendente queria que o *miai* fosse encarado como uma reunião descontraída de um grupo reduzido de pessoas, e não como uma solenidade rígida. O grupo seria composto pelo pretendente, claro, e por ela própria e o marido na qualidade de representantes do mediador, que era o senhor Hamada. Com os três da casa de Sachiko, seriam seis ao todo, concluiu a mulher.

Enquanto ouvia a programação, Sachiko sentiu-se cada vez mais resolvida a participar, mas no momento em que a amiga procurou encerrar a conversa com um "tudo certo, então?", Sachiko interveio às pressas:

— Espere um pouco!

Explicou então que embora já estivesse quase recuperada, aquela seria a sua primeira saída desde o aborto e, como na verdade a hemorragia não cessara por completo, pediu especial consideração da amiga no sentido de não forçá-la a andar muito, ou, caso tivessem de se locomover, que fossem impreterivelmente de táxi, ainda que a distância a ser coberta fosse curta. Uma vez que a senhora Jinba cuidasse desses pormenores, frisou Sachiko, estava tudo certo.

No momento do telefonema, Yukiko arrumava o cabelo no salão de Itani, mas ao chegar em casa e saber da programação, fez apenas uma objeção: não queria o Hotel Oriental como local de reunião, pois o *miai* anterior com Segoshi tinha sido naquele estabelecimento. Que a compreendessem bem, não era supersticiosa nem temia a repetição do insucesso, mas aborrecia-a imaginar que garçons e garçonetes podiam estar lembrados do encontro anterior e contemplá-la com piedade: "Olhem, é a mocinha daquela outra vez fazendo um novo *miai*." Na verdade, quando a senhora Jinba lhe falara do Hotel Oriental momentos antes, Sachiko ficara de fato com a impressão de que a irmã se oporia. E quando Yukiko cismava, dificilmente a demoviam. Ligou, por conseguinte, para a senhora Jinba da extensão no escritório do marido, expôs com franqueza o problema e solicitou que procurassem um novo ponto de reunião. Decorridas cerca de duas horas, a senhora Jinba retornou o telefonema. Conversara com o senhor Nomura, disse ela, mas não lhes ocorrera de imediato nenhum local conveniente além do Hotel Oriental. A melhor solução talvez fosse encontrarem-se todos no restaurante, mas temia que a escolha unilateral do estabelecimento pudesse originar novas objeções, e se Sachiko tinha alguma sugestão, queria ouvi-la. Longe de ela querer impor coisa alguma, dizia a senhora Jinba, mas o Hotel Oriental seria usado por curtíssimo espaço de tempo, apenas como ponto de reunião. "Será que Yukiko não poderia reconsiderar?", perguntava a mulher. Sachiko consultou o marido, que acabara de chegar do trabalho, e os dois concluíram que era melhor respeitar a vontade de Yukiko. Que perdoassem a implicância da irmã, disse Sachiko à senhora Jinba em novo telefonema, mas gostaria de manter a objeção e de obter a anuência da outra parte. Nesse caso, disse a amiga antes de desligar, tornaria a avaliar e voltaria a ligar na manhã seguinte. E, em outro telefonema na manhã do dia 15, a senhora Jinba sugeriu o Hotel Tor. A sugestão foi acatada, e o encontro, acertado.

28

O festival *omizutori,* que sinaliza o início da primavera, já tinha sido comemorado, mas o dia do *miai* amanheceu frio. Embora não houvesse vento, o céu estava nublado e escuro, e ameaçava nevar. De manhã, Teinosuke preocupou-se antes de mais nada em perguntar à mulher se a hemorragia já havia cessado e voltou a fazer a mesma pergunta à tarde ao retornar mais cedo para casa. Insistiu também que, se Sachiko não estivesse bem, seria melhor ficar em casa; eles ainda estavam em tempo de refazer o trato. Não havia necessidade alguma de ambos comparecerem naquela fase dos entendimentos, ele daria conta do recado sozinho. Sachiko vinha respondendo que melhorava aos poucos, e que a hemorragia diminuíra sensivelmente, mas a verdade era que o sangramento aumentara naquele dia, talvez por ter sido obrigada a se erguer diversas vezes desde a tarde do dia anterior para atender ao telefone. Havia já algum tempo que não tomava um bom banho de imersão, mas contentouse em lavar o rosto e o pescoço rapidamente. Ao sentar-se diante do espelho, deu-se conta de que as faces pálidas e opacas evidenciavam anemia. O abatimento era visível. Lembrou-se então que, certa vez, Itani a aconselhara a esforçar-se por parecer envelhecida nos *miai* da irmã e imaginou se não estaria enfim com o aspecto ideal.

A senhora Jinba, que os aguardava na entrada do hotel, aproximouse às pressas ao perceber que Sachiko e Teinosuke entravam escoltando Yukiko.

— Sachiko, apresente-nos seu marido — pediu a mulher, voltando-se ao mesmo tempo para um homem que se perfilava dois ou três passos atrás dela em atencioso silêncio. — Venha cá, querido.

— Sou Sentaro Jinba, muito prazer — disse o homem. — Minha mulher deve tê-los perturbado bastante ao telefone e...

— Pelo contrário, nós é que abusamos da boa vontade dela ao impor nossas condições. Perdoe-nos — replicou Teinosuke.

— Escute, Sachiko — interveio nesse momento a senhora Jinba, baixando a voz. — O senhor Nomura está logo ali e já vou apresentá-lo a vocês. Mas antes deixe-me explicar que estamos meio constrangidos porque não sabemos muita coisa a respeito dele, só o encontramos umas duas vezes até agora na casa do diretor Hamada. De modo que, se não se importam, perguntem diretamente a ele qualquer coisa que queiram saber a seu respeito, está bem?

Jinba, que escutava em silêncio o murmúrio apressado da mulher, esperou-a calar-se para estender o braço e, com uma leve mesura, indicar aos Makioka a direção a seguir.

— Tenham a bondade...

Ainda antes das apresentações, Sachiko e o marido já tinham reconhecido o cavalheiro da fotografia na pessoa que se sentava sozinha numa poltrona do saguão. Com dois ou três movimentos enérgicos, o homem esmagou contra o cinzeiro o cigarro que fumava e ergueu-se. Parecia mais robusto do que Sachiko imaginara, mas também mais velho e acabado do que na foto, conforme temera. Para começar, não era careca, mas tinha os cabelos ralos e grisalhos — detalhe imperceptível na foto — e eram crespos e rebeldes, dando-lhe um aspecto desalinhado. O rosto era vincado de pequenas rugas e ninguém, por mais bem intencionado que fosse, lhe daria menos que 54 anos. Na verdade, o homem era apenas dois anos mais velho que Teinosuke, mas aparentava dez anos a mais. Lado a lado, ele e Yukiko — que aparentava ter, quando muito, 24 ou 25 anos, sete ou oito a menos do que a idade real — poderiam passar por pai e filha. Sachiko arrependeu-se de ter imposto aquela situação à irmã.

Feitas as apresentações, os seis se sentaram em torno da mesa de chá, mas a conversa não evoluía e silêncios constrangedores ocorreram em alguns momentos. Parte da culpa cabia a Nomura e a seu jeito de ser distante e frio, e parte ao casal Jinba, que apesar de ali estar para apadrinhar Nomura, não parecia à vontade na função e tratava o afilhado com exagerada cerimônia. Jinba talvez se comportasse desse modo por ter consciência de que Nomura era o primo do seu benfeitor. De qualquer modo, estava inibido demais. Teinosuke e Sachiko tinham traquejo social suficiente para não deixar a conversa arrefecer em tais situações, mas, naquele dia, a mulher estava indisposta e o marido, influenciado por ela, começava a se sentir levemente deprimido.

— Que tipo de trabalho desenvolve na secretaria, senhor Nomura?

Aos poucos, perguntas desse tipo serviram para descontrair o ambiente e animar a conversa. Nomura explicou, então, que dirigia e inspecionava um projeto que visava incrementar a produção do peixe da espécie *ayu* na província de Hyogo. Revelou a procedência dos *ayu* mais saborosos, falou de Tatsuno e da produção dessa região, etc., etc. E, durante todo o tempo, a senhora Jinba não parou quieta: levou Sachiko para um canto, conversou com ela, retornou para perto de Nomura, falou-lhe ao pé do ouvido, correu à cabine telefônica e tornou a convocar Sachiko. Quando enfim a mulher sentou-se e sossegou, foi a vez de Sachiko erguer-se e chamar Teinosuke à parte.

— Que houve? — perguntou este.

— É a respeito do restaurante. Você conhece um estabelecimento chinês de nome Peking-ro lá pelos lados das montanhas?

— Não, não conheço.

— O senhor Nomura é *habitué* dessa casa e pretende nos levar até lá. Mas na condição em que me encontro prefiro não me sentar em cadeiras, de modo que pedi à senhora Jinba que procurasse um estabelecimento em estilo japonês, com tatame e almofadas. Ela então me disse que esse restaurante, apesar de ser chinês, dispõe de uma ou duas saletas com tatames, e reservou uma delas por telefone. Você concorda com esses arranjos?

— Se está bem para você, eu mesmo não me oponho a nada. Mas veja se fica quieta no lugar. Evite levantar-se com tanta freqüência.

— Mas essa mulher não pára de me chamar!...

Sachiko dirigiu-se em seguida ao toalete e lá permaneceu por quase vinte minutos. Quando retornou, estava mais pálida que antes. Mal a viu, a senhora Jinba a chamou:

— Venha cá um instante.

Incapaz de se conter, Teinosuke disse a Sachiko:

— Fique aí. Eu a atendo desta vez.

Ergueu-se em seguida e se aproximou da senhora Jinba.

— Diga a mim o que deseja, senhora Jinba. Como sabe, minha mulher não está totalmente recuperada e...

— Ah, entendi. É o seguinte. Há dois táxis nos aguardando lá fora e eu gostaria de distribuir as pessoas da seguinte maneira: o senhor Nomura, a senhorita Yukiko e eu num deles e, no outro, o senhor, sua mulher e o meu marido.

— Bem... A idéia partiu do senhor Nomura?

— Não, não. Apenas me ocorreu que seria interessante distribuirmo-nos dessa maneira...

— Bem...

Teinosuke lutava por não deixar o desagrado transparecer em sua fisionomia. Afinal, a senhora Jinba tinha sido perfeitamente informada desde o dia anterior — e, aliás, diversas vezes lembrada no decorrer daquela noite — de que Sachiko comparecia ao *miai* suportando desconfortos físicos e até correndo certo risco de comprometer a própria saúde. O que mais o irritava era o fato de a senhora Jinba, apesar de tudo, não ter tido nenhuma palavra de consolo ou solidariedade para com Sachiko. Podia até ser que evitasse tocar no assunto para não agourar o encontro, mas ela devia ao menos tratar a amiga com bondade. "Que mulher insensível!", pensou Teinosuke. Ou será que estava sendo egocêntrico? Ao contrário do que ele pensava, a senhora Jinba podia estar achando que insensíveis eram os Makioka ao protelar inúmeras vezes o *miai*, que Sachiko não fazia mais que a obrigação de sacrificar-se um pouco, sobretudo por estar trabalhando em prol da própria irmã, enquanto ela, senhora Jinba, tudo fazia desinteressadamente, e que errados estavam os Makioka em agir como se merecessem consideração especial. Muito pelo contrário, podia ser que o casal Jinba acreditasse, do mesmo modo que Itani, estar ajudando a se casar uma moça a caminho de se tornar solteirona, e por isso mesmo se julgasse merecedor de muitos agradecimentos. Mas a depreender do que Sachiko lhe contara, Sentaro Jinba trabalhava como chefe do departamento elétrico da Ferrovia Kansai, companhia presidida por Jokichi Hamada, homem a quem Jinba muito devia. Era, portanto, mais correto interpretar o comportamento daquela mulher como uma espécie de ânsia por agradar Nomura e de assim demonstrar indiretamente devoção a Hamada, ânsia essa tão intensa que a tornava cega aos interesses dos demais. O que continuava obscuro era se a sugestão de juntar Yukiko e Nomura num mesmo carro partira do próprio Nomura ou da senhora Jinba como mais uma demonstração de lealdade a Hamada, o precioso benfeitor do marido. Qualquer que fosse a alternativa, Teinosuke considerou a sugestão despropositada e até ofensiva.

— Que acha da minha idéia? Se a sua cunhada não se opuser... — pressionou a senhora Jinba.

— Bem... Tímida do jeito que é, Yukiko dificilmente se oporá... Mas acho que não precisamos nos apressar, oportunidades semelhantes não haverão de faltar, caso esta proposta evolua positivamente.

— Sei, entendi... — disse a senhora Jinba, interpretando enfim de forma correta o brilho no olhar de Teinosuke. A mulher forçou um sorriso que lhe encurvou o nariz como um camarão.

— Acho também que será negativo expor Yukiko a essa situação, pois ela é capaz de se inibir por completo e de se tornar ainda mais calada, compreende?...

— Verdade?... Bem, nesse caso... Não, não tem importância, foi só uma idéia que me ocorreu.

Mas a irritação de Teinosuke não terminou com esse episódio. Ao saber que o restaurante Peking-ro se situava no topo de uma elevação para os lados da estação Motomachi, na área montanhosa da cidade, Teinosuke tratou de perguntar se não haveria dificuldade em estacionar o táxi à porta do estabelecimento. Asseguraram-lhe então que isso era perfeitamente possível, não havia com o que se preocupar. Mas, ao chegar ao local, verificou que de fato o táxi parava à entrada, a qual, no entanto, se situava na estrada que leva de Motomachi à estação de Kobe, acompanhando o lado norte da via férrea elevada, e que havia diversos lances íngremes de uma escadaria de pedra a galgar para atingir o vestíbulo do restaurante, além de mais outro lance para alcançar o andar superior. Sachiko ficou para trás e foi subindo bem devagar os degraus, amparada pelo marido. E quando, enfim, os dois alcançaram os demais, foram recebidos pela voz animada de Nomura que, em pé no corredor e contemplando o mar distante, lhes disse, em tom totalmente despreocupado:

— Que acham? Bela vista, não?

Jinba, que estava em pé ao seu lado, apressou-se em concordar:

— Realmente! O senhor encontrou um ótimo restaurante!

— Quando se olha daqui, o porto é uma visão exótica que lembra Nagasaki — tornou a observar Nomura.

— Exatamente! É Nagasaki, sem tirar nem pôr — apoiou-o Jinba.

— Costumo freqüentar os restaurantes chineses do bairro Nankin, mas nunca imaginei que houvesse um estabelecimento como este em Kobe — interveio solícita a mulher de Jinba.

— A secretaria fica bem perto desta casa, de modo que meus colegas e eu a freqüentamos com assiduidade. A comida também é boa, entendem? — disse Nomura.

— Claro, claro... E por falar em exotismo, esta construção é diferente, lembra vagamente as das cidades portuárias chinesas, não lembra? A arquitetura dos restaurantes administrados por chineses é em sua grande maioria desprovida de interesse, mas vejam este corrimão ou aquelas bandeiras entalhadas, ou ainda a decoração do aposento... São típicas, bem interessantes!

— Vejam, tem um navio de guerra atracado no porto — observou Sachiko, num esforço por mostrar-se animada. — De que bandeira será?

Nesse momento, a senhora Jinba, que tinha descido para tratar do jantar na recepção, veio subindo a escada às pressas, com expressão preocupada.

— Sachiko, nem sei como me desculpar, mas me disseram que o aposento com tatame está ocupado e teremos de ficar com outro, o chinês... Quando telefonei, há pouco, disseram-me que reservariam o de tatame, mas os garçons desta casa são todos chineses e me parece que não entenderam direito o meu pedido, embora eu o tenha frisado diversas vezes.

Bem que Teinosuke tinha estranhado o aposento preparado com mesa e cadeiras que avistara do corredor no momento em que chegara ao andar superior. Se o garçom havia entendido errado, paciência, não se podia culpar a senhora Jinba. Contudo, se a pessoa que atendera ao telefone soara tão despreparada, a senhora Jinba podia ao menos ter procurado outros meios de se fazer entender, pensou Teinosuke, cada vez mais irritado com o que só podia entender como falta de consideração para com Sachiko. Além de tudo, não ouviu nenhuma palavra de Jinba ou de Nomura lamentando o ocorrido, os dois só sabiam elogiar o panorama que se avistava dali.

— Você se contenta com este arranjo, não é, Sachiko? — pressionou a senhora Jinba. E para não lhe dar chance de reclamar, agarrou as duas mãos da amiga e fez trejeitos cativantes, como uma criancinha à espera de um presente.

— Claro, claro... Este não deixa de ser um bom aposento. Um ótimo restaurante, realmente... — retrucou Sachiko, mais preocupada com o mau humor do marido que com o próprio desconforto.

— Querido — disse ela, voltando-se agora para Teinosuke —, que acha de trazermos Etsuko e Koisan para conhecerem este lugar?

— Hum... A menina talvez goste de ver tantos barcos no porto — replicou Teinosuke sem muito entusiasmo.

Sentaram-se todos a uma mesa redonda, Sachiko e Nomura confrontando-se em lados opostos. Entradas, saquê e vinho Shaoxing foram servidos, dando início à refeição. Jinba trouxe à baila a anexação da Áustria — assunto que nos últimos tempos era a manchete dos jornais — e a conversa girou por algum tempo em torno da renúncia de Schuschnigg e da entrada de Hitler em Viena. Os Makioka restringiram-se a algumas observações casuais, de modo que a conversa tendia a se transformar em diálogo entre Jinba e Nomura. Sachiko se esforçava por aparentar naturalidade, mas nas duas vezes que fora ao toalete — uma no Hotel Tor e outra havia pouco, antes de sentar-se à mesa —, verificou que a hemorragia vinha aumentando, na certa provocada pela súbita atividade física. Além de tudo, a cadeira alta de espaldar duro contribuía para o seu desconforto, conforme temera. O esforço para conter o desagrado associado ao receio de sujar acidentalmente o quimono logo fez com que Sachiko se sentisse desanimada. Quanto a Teinosuke, quanto mais pensava nos acontecimentos daquela noite, mais se irritava. Contudo, sabia melhor que ninguém do esforço que Sachiko vinha fazendo para cumprir de maneira devida seu papel e que, àquela altura, mostrar-se mal-humorado só dificultaria o trabalho da mulher. Em conseqüência, buscou em si, até com a ajuda do saquê, ânimo para impedir que a conversa esmorecesse.

— Sachiko, você também gosta de beber, não gosta? — disse a senhora Jinba, voltando o gargalo da botija para o lado da amiga após servir nova rodada para os homens.

— Hoje não posso. Mas acho que você devia aceitar, Yukiko — respondeu Sachiko.

— Deixe-me servi-la, Yukiko — tornou a oferecer a senhora Jinba, voltando-se em sua direção.

— Aceito um pouco deste outro — disse Yukiko, tomando em seguida minúsculos goles do vinho Shaoxing repleto de açúcar cristalizado.

Yukiko sentia o desânimo da irmã e do cunhado, assim como os olhares avaliadores que Nomura lhe vinha lançando do outro lado da mesa. Cabisbaixa e mais acanhada do que nunca, a moça contraía os ombros já estreitos por si, assemelhando-se cada vez mais com uma bonequinha de *origami*. Ao contrário dela, Nomura se tornava mais falante conforme o tempo passava, levado em parte pela bebida e em parte pela excitação de ver diante de si a delicada Yukiko. Tudo indicava que Nomura tinha orgulho de ser primo de Jokichi Hamada, pois mencionou diversas vezes seu nome enquanto conversavam. Jinba também não lhe ficava atrás com referências ao "diretor-presidente", conforme o chamava, e nunca perdia a oportunidade de dar a entender o prestígio que gozava o pretendente a noivo junto ao primo importante. Mas o que mais surpreendeu Teinosuke foi saber que Nomura havia levantado em surdina todas as informações concernentes não só a Yukiko, como também às demais irmãs, ao pai delas, à família de Tatsuo e ao escândalo envolvendo Taeko publicado nos jornais. Em outras palavras, o homem conhecia quase tudo sobre a casa Makioka. E quando instado a indagar o que achasse necessário para esclarecer eventuais dúvidas, ele começou a fazer perguntas sobre detalhes que só poderiam ter chegado ao seu conhecimento por intermédio de meticulosa pesquisa com os conhecidos de Yukiko. Na certa, Hamada lhe fornecera os recursos financeiros necessários para levar avante esse inquérito abrangente. Teinosuke depreendeu que Nomura mandara informantes ao salão de beleza de Itani, ao consultório do doutor Kushida, às casas de madame Tsukamoto e do antigo professor de piano. Quanto à informação sobre por que a proposta de Segoshi fora recusada, assim como sobre o episódio da radiografia tirada no Hospital da Universidade de Osaka, podia apostar que Nomura a obtivera por meio de uma indiscrição de Itani. (Sachiko lembrou-se de que Itani certa vez a abordara para lhe dizer que uma pessoa interessada em Yukiko viera procurá-la em busca de informações e que ela havia fornecido apenas as que julgara convenientes. E, por falar nisso, havia ainda a questão da mancha no rosto, a qual, aliás, não aparecera desde que Yukiko retornara de Tóquio. Ao menos com essa questão não precisava se preocupar naquela noite, mas sentiu um leve calafrio de apreensão ao imaginar que a indiscreta Itani podia ter revelado mais esse detalhe.) Teinosuke havia chamado a si o encargo de responder às perguntas de Nomura e aos poucos começou a perceber que o homem era extremamente nervoso e que a mania de falar sozinho era compreensível em gente desse tipo. Analisou o comportamento dele e concluiu que Nomura não tinha a menor idéia do que ia na mente de seus interlocutores e que considerava favas contadas o seu casamento com Yukiko. Esta era provavelmente a razão por que perguntava com tanta desenvoltura detalhes íntimos da vida dos Makioka. Aos poucos, Nomura perdia o ar frio e distante que mostrara no Hotel Tor e se transformava em outra pessoa, animada e sorridente.

    Honestamente, Teinosuke e Sachiko não viam a hora de encerrar o encontro e ir para casa, mas, no momento de se separarem, outro acontecimento os deixou perplexos. Pois os Jinba, que moravam em Osaka, tinham combinado de levar os Makioka de táxi até Ashiya, e de lá seguir de trem para a casa deles. Quando o recepcionista avisou que o táxi havia chegado, saíram todos à rua, mas havia apenas um carro à espera. A senhora Jinba então lhes disse que Nomura morava para os lados de Aotani, mais ou menos na direção em que iam os Makioka. Ela sabia que o percurso se alongaria um pouco, mas lhes pediu a gentileza de levá-lo até a casa dele. Teinosuke sabia perfeitamente que era muito mais rápido voltar direto para Ashiya pela Nova Rodovia Nacional do que dar a volta por Aotani. Ademais, Aotani se situava em área montanhosa, cheia de ladeiras e de rodovias malconservadas que decerto provocariam violentos sacolejos no carro. A óbvia falta de consideração de mais este arranjo o exasperou. Teinosuke se afligia imaginando a expressão no rosto da mulher a cada curva mais acentuada, mas se viu impedido de voltar-se com freqüência porque os três homens tinham se apertado no banco da frente do táxi. E quando enfim se aproximaram de Aotani, Nomura repentinamente os convidou a entrar para uma última xícara de café. O homem era insistente e as repetidas recusas dos Makioka não tiveram o poder de abatê-lo. Sua casa, dizia ele, estava longe de ser um palacete, mas em matéria de vista era ainda melhor que o restaurante Peking-ro. Ele tinha orgulho de sua sala de visitas, de onde podia-se divisar todo o porto. Que entrassem todos para testemunhar seu estilo de vida, insistiu. A senhora Jinba secundou-lhe o convite, implorando que atendessem à gentil solicitação do senhor Nomura. Eles não iam incomodar ninguém com essa visita fora de hora, pois Nomura morava só com uma velha aia e uma empregada. A senhora Jinba tinha certeza de que os Makioka deviam aproveitar a oportunidade para ver a casa, pois assim conheceriam melhor o seu morador. A despeito da firme vontade de partir, Teinosuke não podia se impor sem antes consultar Yukiko, já que toda decisão tomada naquele dia influiria no futuro dela. Além disso, qualquer que fosse o rumo dos entendimentos, considerou que precisava prestigiar a senhora Jinba, pois Yukiko poderia necessitar outra vez de seus préstimos no futuro... Os Jinba podiam não primar pela cortesia, mas era inegável que tinham boas intenções... Tantas reflexões tiveram o efeito de acalmar-lhe a irritação, e Teinosuke acabou cedendo no momento em que ouviu Sachiko declarar que, nesse caso, aceitariam o convite e fariam uma rápida parada.

Mas ali também tiveram de andar cerca de cinqüenta metros por uma ladeira estreita, íngreme e acidentada até alcançar a casa. Nomura mostrava uma alegria esfuziante. Feliz como uma criança, mandou correr às pressas a porta de madeira da sala de visitas — o tal aposento que dava para o mar —, convidou-os a conhecer o gabinete e aproveitou para mostrar a casa inteira, até a cozinha. A modesta casa térrea era alugada, e nela havia apenas seis aposentos. Nomura levou-os especialmente até a saleta de refeições, de seis tatames, onde mantinha o altar budista, e fez questão de mostrar-lhes as fotos da falecida mulher e dos filhos que enfeitavam o altar. Quando todos foram reintroduzidos na sala de visitas, Jinba apressou-se em agradar o anfitrião com rasgados elogios ao cenário panorâmico que dali se descortinava e em declarar que a vista era sem dúvida muito superior à do restaurante Peking-ro. Ao se postar na varanda, Teinosuke sentiu, porém, a desagradável sensação de que podia escorregar e precipitar-se no abismo, pois o aposento fora construído rente a uma ribanceira. Imaginou então que ele próprio jamais conseguiria viver sossegado em semelhante casa.

Nem bem o café foi servido, os Makioka apressaram-se em se despedir e embarcar no táxi que os ficara aguardando.

— Como estava alegre o nosso homem, não? — comentou Jinba, mal o carro se pôs em movimento.

— De fato, nunca vi o senhor Nomura falar tanto! Na certa, a presença de uma mulher jovem e bela ao seu lado soltou-lhe a língua — concordou a mulher. Voltou-se então para Sachiko e acrescentou: — Acho que o comportamento do senhor Nomura mostrou de modo eloqüente os seus sentimentos, nem vai ser preciso perguntar-lhe nada. Agora, a decisão final cabe a vocês. Ele não tem fortuna pessoal, e isto sem dúvida é um ponto negativo. Mas até isso pode ser contornado, já que o senhor Hamada estará sempre ao lado dele e jamais permitirá que lhe falte qualquer coisa no seu cotidiano. Aliás, podemos até pedir ao senhor Hamada garantias mais bem definidas quanto a esse aspecto. Que acha, Sachiko?

— Agradeço realmente todo o seu empenho... Agora, porém, vamos discutir o caso em família e tentar também conhecer a opinião da casa central — interveio Teinosuke em tom decidido e formal.

Ao descer do carro, porém, desconfiou que fora um tanto rude e se sentiu desconfortável.

— Perdoe-nos qualquer indelicadeza que porventura tenhamos cometido, senhora Jinba — desculpou-se ele diversas vezes no momento de apresentar as despedidas.

29

Dois dias depois, ou seja, na manhã do dia 17, a senhora Jinba veio ver Sachiko em Ashiya. Ao ser informada de que a dona da casa se encontrava acamada em conseqüência dos excessos cometidos na noite do *miai*, mostrou-se realmente compungida. Antes de se ir, sentou-se à cabeceira da amiga e conversou durante cerca de meia hora. Em suma, disse que, cedendo às instâncias de Nomura, ali estava para pedir Yukiko em casamento. Sachiko já tinha visitado a casa do candidato a noivo e devia ter boa idéia do seu estilo de vida, prosseguiu a senhora Jinba. Mas Nomura declarara que morava lá apenas porque a residência supria suas poucas necessidades de homem solteiro, e que pretendia mudar-se para um local mais decente tão logo se casasse, principalmente se a noiva fosse Yukiko, a quem pretendia amar com toda a devoção. Ele não era rico, mas assegurara que podia muito bem lhe dar uma vida confortável. Antes de vir para Ashiya, a senhora Jinba já havia estado com o diretor Hamada, o qual, ao saber do grande interesse de Nomura por Yukiko, também pedira encarecidamente que fizesse o possível para levar a bom termo os entendimentos. Hamada dissera ainda que a vida da noiva não seria fácil porque o pretendente não tinha posses, mas que ficassem tranqüilos, pois ele procuraria uma solução razoável para a situação. Claro estava que não podia dar nenhuma garantia objetiva de imediato, mas assegurou que cuidaria do seu protegido enquanto vivesse, não o deixaria passar privações. "A palavra de um homem influente como o senhor Hamada merece crédito", salientou a senhora Jinba. A despeito do ar desenxabido e da carranca, o senhor Nomura era bastante sensível e bondoso, tinha sido sempre muito atencioso com a primeira mulher e dela cuidara com tanta dedicação em seus últimos momentos que, diziam, fizera muita gente chorar de emoção. Sachiko vira naquela noite como ele ainda mantinha a foto da mulher, não vira? Ele podia não ser o partido ideal — afinal, ninguém era perfeito —, mas que maior felicidade uma mulher podia esperar do casamento senão a de um marido carinhoso e dedicado? Sachiko deveria considerar cuidadosamente tudo isso e dar-lhe a conhecer sua decisão com a maior rapidez possível, concluiu a senhora Jinba.

Pretendendo deixar porta aberta para uma resposta negativa, Sachiko declarou que o problema não era Yukiko, pois esta já havia dito que acataria a decisão dos mais velhos da família, fosse ela qual fosse. Peso decisivo na questão, explicou, tinha a casa central, que se incumbira de levantar as informações sobre o candidato para em seguida dar a opinião final; Sachiko e o marido atuavam apenas como seus representantes. Com esta explicação, que visava transferir o ônus da decisão para a casa central e evitar que Yukiko ficasse malvista caso tivessem eventualmente de recusar mais este candidato, despediu-se da senhora Jinba. Os dias passavam, Sachiko não melhorava e, como continuou a observar repouso absoluto por indicação médica, não teve muita oportunidade de ficar a sós com Yukiko para sondar seus sentimentos. Contudo, na manhã do quinto dia após o *miai*, as duas viram-se repentinamente sozinhas no quarto e Sachiko tirou proveito do raro momento para perguntar em tom conspirativo:

— Que achou do homem, Yukiko?

— Hum...

Ao ver que a irmã nada mais dizia, Sachiko contou a conversa que tivera dias antes com a senhora Jinba.

— Em linhas gerais, foi o que ela me disse. Mas você parece tão novinha, e ele, tão velho ao seu lado... Isso não a incomoda? — insistiu Sachiko, procurando ler em sua fisionomia.

— De fato... Mas se me casar com ele, tenho a impressão de que terei um marido que fará tudo que eu quiser. Vou poder levar a vida do jeito que eu bem entender — murmurou Yukiko.

Sachiko deduziu que, para Yukiko, "levar a vida do jeito que eu bem entender" significava, nem era preciso perguntar, vir a Ashiya quando lhe desse vontade. Yukiko queria provavelmente dizer que ela não desfrutaria de tanta liberdade num casamento padrão, mas ao menos o consolo de ir e vir à vontade ela teria casando-se com um velho. Ser escolhido por tão pouco devia ser humilhante para a maioria dos homens, mas por tudo que vira de Nomura, Sachiko tinha a impressão de que ele aceitaria Yukiko sem pestanejar. Uma vez casada, porém, Yukiko talvez se desse conta de que não era tão fácil dar essas escapadas quando bem entendesse. E se bem conhecia o gênio de Yukiko, ela talvez acabasse se entregando totalmente ao amor do velho e se esquecendo das outras irmãs, situação que teria maior probabilidade ainda de ocorrer se Yukiko viesse a ter um filho, por exemplo... A essa altura do raciocínio, Sachiko começou a considerar que era uma sorte ter um homem tão interessado na irmã solteirona e que tinha de pensar duas vezes antes de descartar Nomura.

— Realmente, tudo depende do modo como a gente encara as coisas, não é mesmo? Visto por seu ângulo, Nomura pode ser um bom partido... — disse Sachiko, tentando aos poucos levar a irmã a se definir melhor.

— Por outro lado, deve ser insuportável viver o tempo todo cercada de mil atenções... — despistou Yukiko com um sorriso maroto.

E mais não quis dizer.

Sachiko mandou um bilhete para a casa central no dia seguinte ao do *miai* comunicando que o encontro tinha se realizado, mas não recebeu resposta da irmã. Os dias do festival *higan* passaram, e Sachiko continuava a passar os dias intercalando momentos na cama com outros na poltrona. Certa manhã, atraída pela cor do céu que repentinamente prenunciava a primavera, resolveu levar uma almofada para a varanda do seu quarto e se aquecer ao sol. Nesse momento, notou que Yukiko saía da varanda do andar inferior e rumava para o gramado. Quase a chamou, mas se conteve ao dar-se conta de que, depois de mandar Etsuko para a escola, Yukiko procurava gozar no jardim aquele momento matinal de calma e silêncio. Através da treliça, viu a moça dar a volta ao canteiro de flores, examinar os galhos do lilaseiro e do buquê-de-noiva da beira do lago, pegar no colo a gata Suzu, que correra para o seu lado, e acocorar-se junto aos arbustos arredondados de gardênia. De cima, não era capaz de distinguir-lhe as feições, só lhe via a nuca mover-se conforme a irmã pressionava a face contra a cabeça da gata. Sachiko, porém, achou-se capaz de ler seus pensamentos. Yukiko estaria com certeza imaginando naquele momento que, mais dia, menos dia, seria chamada de volta a Tóquio. Tsuruko ainda não mandara dizer em que data a esperava, mas a moça estaria se despedindo da primavera e do jardim, desejando ao mesmo tempo ficar ali ao menos até a época em que os lilases e os buquês-de-noiva florissem outra vez. E enquanto aguardava apreensiva a ordem de retorno, ela estaria rezando para que sua permanência em Ashiya se prolongasse mais um dia, outro dia mais... "Ah, se já estivesse boa, sairia todos os dias com Yukiko e a levaria a chás e a cinemas", pensava Sachiko, pois sabia muito bem que a irmã, apesar de tímida, adorava passear. Mas Yukiko resolvera esse problema sozinha: cansada de esperar pela recuperação de Sachiko, nos últimos tempos dera de sair com a irmã caçula. Quando o tempo firmava, não sossegava enquanto não perambulasse pela área de Motomachi. Primeiro, telefonava para o ateliê de Taeko para combinar o local de encontro e, depois, saía toda apressada, aparentemente esquecida de que havia uma proposta de casamento à espera de solução.

Taeko, por seu lado, vinha sentar-se vez ou outra à cabeceira de Sachiko para se queixar de modo indireto: de uns tempos para cá andava assoberbada, dizia ela, porque Yukiko lhe tirava as melhores horas de trabalho ao convocá-la com freqüência a lhe fazer companhia no início das tardes. E então, certo dia, Taeko surgiu no quarto da irmã com uma nova história.

— Ontem aconteceu uma coisa engraçada — começou ela a contar.

Na tarde anterior, ela e Yukiko andavam por Motomachi e resolveram parar diante da confeitaria Suzuran para comprar alguns doces. De repente, Yukiko se apavorara e começara a balbuciar: "Olhe quem está aí, Koisan! E agora, que faço, que faço?" "Mas quem está onde?", perguntou Taeko. Yukiko, porém, só sabia repetir, totalmente confusa: "E agora, que faço?" Taeko não entendia nada, mas, nesse momento, um desconhecido que tomava café no interior do estabelecimento erguera-se repentinamente da mesa a que se sentava e aproximou-se delas. Curvou-se então de forma cortês e disse a Yukiko: "Não quer se sentar um instante à minha mesa para um chá? Por favor, faça-me companhia por uns quinze minutos..." Yukiko então se apavorara ainda mais e, totalmente enrubescida, só soubera balbuciar: "Bem... É que...É que..." Parado no mesmo lugar, o desconhecido renovara o convite algumas vezes, "venha, só por alguns minutos", até que por fim acabou desistindo. Desculpou-se então por ter-lhes tomado o tempo e com mais outra mesura cortês se afastara. "Depressa, Koisan, vamos embora de uma vez!", dissera Yukiko. Mandaram então embalar os doces às pressas e saíram correndo da confeitaria. "Quem era aquele homem?", perguntara Taeko, ao que Yukiko respondera: "Foi com ele que me encontrei no outro dia..." Só então Taeko compreendera: o desconhecido era Nomura.

— Você precisava ter visto a afobação da Yukiko! Ela podia ter-se desculpado perfeitamente, mas só soube balbuciar coisas sem nexo e se atrapalhar cada vez mais.

— Essa é a nossa Yukiko. Ela fica totalmente desnorteada quando se vê nessas situações e se comporta como uma adolescente... — comentou Sachiko.

Aproveitou então para perguntar se Taeko sabia o que Yukiko pensava de Nomura. Ela lhe havia confidenciado alguma coisa? De fato, Taeko sondara a irmã a esse respeito e dela ouvira que deixara a questão do seu casamento a cargo das irmãs mais velhas. Sempre fora sua intenção casar-se com o homem que Sachiko e Tsuruko escolhessem para ela, dissera Yukiko, fosse ele quem fosse. Mas Nomura era caso à parte. Talvez a julgassem voluntariosa, continuara Yukiko, mas queria que Taeko dissesse a Sachiko que recusava esse pretendente. A própria Taeko se espantara com o aspecto realmente acabado do homem — ora, parecia até mais velho do que faziam crer os comentários! — e achara que Yukiko tinha toda razão de não querer se casar com ele. Taeko então imaginou que tal aspecto era a razão principal da recusa de Yukiko em se casar com Nomura, mas se enganara. Ao que tudo indicava, ela não se importara com a aparência ou as feições dele, pois nem as mencionara. Ficara, porém, indignada com o fato de Nomura tê-la levado à casa dele em Aotani na noite do *miai* e de ter feito questão de lhe mostrar o altar caseiro com as fotos da primeira mulher e dos filhos falecidos. Estava perfeitamente ciente de que ia ser a segunda mulher dele, dissera Yukiko, mas não era nada agradável ter de ver a foto da mulher e dos filhos falecidos, certo? No momento, Nomura era solteiro e Yukiko até compreendia que ele venerasse a memória dos seus entes queridos. Mas como podia ele deixar expostas tais fotos no momento em que levava ela, Yukiko, para conhecer a casa? Pior ainda: em vez de apressar-se em escondê-las, Nomura a levara especialmente à sala em que mantinha o altar! Naquele momento, havia se dado conta de que Nomura era o tipo do homem incapaz de compreender a delicadeza dos sentimentos femininos e se desgostara dele por completo, terminara Yukiko de explicar.

Alguns dias depois, Sachiko finalmente sentiu-se em condições de sair. Depois do almoço, arrumou-se e disse:

— Yukiko, vou à casa dos Jinba recusar a proposta.

— Hum...

— Koisan me deu seu recado.

— Hum...

Seguindo o plano preestabelecido, Sachiko disse à senhora Jinba que a casa central não aprovara a proposta e lhe pedira que desse por terminados os entendimentos. A Yukiko, disse apenas que se entendera satisfatoriamente com a senhora Jinba; não entrou em detalhes, e nem a moça nada quis saber. Tempos depois, quando a primavera já chegava ao fim, Jinba mandou o recibo do jantar no restaurante Peking-ro e um bilhete, no qual pedia o ressarcimento de metade daquele valor. Pelo correio seguinte, Sachiko mandou um cheque no valor correspondente e assim formalizou o término dos entendimentos.

Sachiko relatou os últimos acontecimentos numa carta à casa central, mas nem desta vez recebeu resposta. Contudo, tinha começado a sugerir a Yukiko que retornasse a Tóquio por uns tempos, pois já estava em Ashiya havia um mês. Ela podia voltar quando quisesse, disse-lhe Sachiko, mas uma estada longa demais naquele momento talvez viesse a pesar negativamente no futuro, quando fossem barganhar nova autorização. Yukiko concordou em voltar para Tóquio depois das comemorações do Dia das Meninas, em 3 de abril. Nesse dia, Etsuko costumava convidar as colegas de classe para uma festinha de chá e doces e Yukiko queria cumprir sua tarefa habitual: assar as tortas e fazer os sanduíches para as pequenas convidadas. Mas, uma vez comemorado o festival, a família deu-se conta de que dentro de três ou quatro dias as cerejeiras de Gion estariam em flor e seus famosos festivais noturnos se iniciariam.

— Tia, você tem de ir com a gente ver as cerejeiras. Eu não deixo você ir embora antes disso, ouviu? — começou a insistir Etsuko.

Mas quem mais se empenhou em reter Yukiko desta feita foi Teinosuke. Alegou que Yukiko se arrependeria pelo resto do ano caso fosse embora sem ver as flores e que, além do mais, ela era personagem importante e imprescindível no ritual anual da família. Na verdade, o que vinha preocupando Teinosuke não eram tais trivialidades, mas o estado emocional da mulher que, mal se via a sós com ele, só falava da criança perdida com lágrimas nos olhos. Ver as cerejeiras em flor com as irmãs talvez a distraísse, pensava Teinosuke.

A família resolveu viajar para Kyoto no final de semana de 9 e 10 de abril, mas Yukiko, indecisa como sempre, não dizia claramente se participaria ou não do evento daquele ano. Na manhã do sábado, porém, a moça começou a se arrumar com as outras irmãs. Maquiado o rosto, abriu a maleta que trouxera de Tóquio, dela retirou uma embalagem de quimono, desfez o laço do fecho e, para espanto geral, exibiu o quimono que usava nessas ocasiões.

— Ora essa! Ela tinha trazido o quimono especial! — sussurrou Taeko, mal viu Yukiko sair um instante do quarto. Reprimiu o riso às costas da irmã mais velha e apertou-lhe o *obi*.

— Pois não digo sempre? Essa menina não diz nada, mas faz exatamente o que quer... — comentou Sachiko. — E quando se casar, vai manipular direitinho o marido, você vai ver.

Em Kyoto, Teinosuke não parou de se angustiar toda vez que via os olhos da mulher encherem-se de lágrimas ao cruzar com alguém levando um bebê ao colo. Dessa vez, ele preferiu voltar para Ashiya na noite de domingo com as cunhadas e a filha. Dois ou três dias depois, em meados de abril, Yukiko retornou a Tóquio.

Livro II

Livro II

1

Desde que contraíra icterícia no ano anterior, Sachiko passou a examinar freqüentemente a aparência do branco do seu olho no espelho. Todavia, a doença já tinha sido curada havia um ano. Mais uma vez era a época dos lírios amarelos murcharem e se tornarem feios sem sequer lembrar a exuberância da floração de outrora.

Num dia livre de seus afazeres domésticos, Sachiko apreciava as plantas do jardim diante de um agradável pôr-do-sol de início de verão. Encontrava-se no terraço com cobertura de junco, sentada na cadeira de vidoeiro. De repente, aproximou-se dos pés de lírio e pôs-se a arrancar as flores murchas, uma a uma. Lembrou-se de ter sido nessa época que o marido havia reparado seus olhos amarelados. A intenção de Sachiko era manter o jardim bonito para agradá-lo. Teinosuke estaria de volta dali a uma hora e, por certo, não gostaria de encontrá-lo sujo. Cerca de trinta minutos após se distrair colhendo as flores, Sachiko ouviu os tamancos de Oharu aproximarem-se. Saltando por sobre as alpondras, a empregada trazia à mão um cartão de visitas, com estranha indiferença.

— Esta pessoa deseja vê-la, senhora.

Era o cartão de Okubatake. Teria sido na primavera de dois anos antes que o jovem estivera em visita à casa dos Makioka? Como não era um visitante autorizado a freqüentar a casa e seu nome sequer mencionado por lá, Sachiko pôde depreender pela atitude de Oharu que ela tinha conhecimento do escândalo que saíra no jornal envolvendo Taeko e o rapaz.

— Irei atendê-lo logo. Conduza-o à sala de estar.

Lavou as mãos que haviam ficado pegajosas devido ao néctar das flores, e foi ao quarto maquiar-se rapidamente.

— Desculpe-me por fazê-lo esperar.

Okubatake vestia uma jaqueta de cor clara, quase branca, e uma calça de flanela cinza. Era evidente que suas roupas eram importadas da Inglaterra. Ao ver Sachiko entrar na sala, levantou-se em exagerada posição de sentido. Ela lembrou-se de que ele era três ou quatro anos mais velho que Taeko, estaria portanto com 31 ou 32 anos. No último encontro, notara que Okubatake ainda conservava alguns traços de sua adolescência, mas o fato de ter ficado mais robusto nesses um ou dois anos deu-lhe a impressão de que o rapaz tornara-se mais adulto. No entanto, o modo de dirigir-lhe a palavra com um sorriso amável, estudando sua reação, o queixo um pouco erguido e a voz nasalada de súplica lembravam ainda a maneira dengosa do "patrãozinho de Senba".

— Peço perdão por tão longa ausência. Pensei em visitá-la, mas não sabia se me seria permitido... Cheguei a vir até a frente da casa duas ou três vezes, mas não tive coragem de entrar.

— Mas que pena! Por que não entrou?

— Sou um pouco tímido...

Recuperou logo a confiança e exibiu um vago sorriso. O sentimento de Sachiko em relação ao jovem já era diferente daquele da primeira visita. Sabia por Teinosuke que o "patrãozinho dos Okubatake" não agia mais com a retidão de antes. Seu marido, que costumava visitar as zonas de espetáculos e prazeres em virtude das obrigações sociais, ouvira boatos segundo os quais Okubatake não só freqüentava a zona de Soemon, como também mantinha uma gueixa como amante. Ele estava preocupado. Saberia Taeko o que o jovem Kei andava fazendo? Caso ela estivesse esperando Yukiko se casar primeiro para então desposar o jovem Kei, que lhe prometera matrimônio, não seria melhor alertá-la? Poderiam até relevar o ocorrido, caso a má conduta do jovem se devesse à demora na autorização para o matrimônio, deixando-o desesperado. Isso, porém, faria Kei, que afirmava seriedade em sua relação com Taeko, ter sua reputação abalada, o que seria imprudente naqueles dias. Se ele não mudasse de atitude, Teinosuke e Sachiko, que até então os haviam apoiado, não poderiam continuar se empenhando pelo futuro dos dois. Diante de tais preocupações de Teinosuke, Sachiko resolveu questionar Taeko discretamente. Esta lhe explicou que a família de Kei, desde a geração de seu pai, freqüentava as zonas de espetáculos e prazeres; seu irmão mais velho e seu tio também gostavam desse tipo de diversão, não sendo portanto um problema relacionado exclusivamente a Kei. Além disso, como percebeu bem o cunhado Teinosuke, os contratempos em torno do casamento deles faziam Kei buscar uma válvula de escape, o que era inevitável por ele ser jovem. Se existisse alguma gueixa mais íntima dele, era novidade também para ela. Devia ser um simples boato e não acreditaria em nada a menos que houvesse uma prova concreta. Apesar disso, reconhecia que numa época como aquela não estavam mais imunes a comentários que pudessem gerar mal-entendidos. Iria aconselhá-lo a não freqüentar mais tais lugares. Estava certa de que ele deixaria de ir, pois sempre a escutava. Assim Taeko se justificou e concluiu: não tinha má impressão de Okubatake, pois já sabia daquilo tudo havia muito tempo. Sachiko ficou desconcertada perante a tranqüilidade da irmã. Ao saber disso, Teinosuke afirmou que seria importante Taeko não perder a confiança no jovem Kei, e como a questão ainda o preocupasse, não negligenciou o assunto, indagando sobre o rapaz às mulheres da zona sempre que tinha oportunidade. Fosse ou não por causa do conselho de Taeko, o fato é que durante um bom tempo nada se ouviu a respeito do jovem, e Teinosuke sentiu-se aliviado. Entretanto, cerca de quinze dias antes, por volta das oito da noite, quando se dirigia de Umeda Shinmichi para a estação de Osaka, Teinosuke viu de relance, no foco do farol de seu carro, Okubatake apoiado a uma mulher que parecia ser uma garçonete. Concluiu então ser por ali que o jovem furtivamente buscava deleite. Na mesma noite, ao ouvir o marido narrar o episódio, Sachiko decidiu seguir seu conselho de não comentar nada com Taeko. Por essa razão, ao se ver naquele momento diante de Kei, ficou em dúvida com relação à honestidade do rapaz. Não sabia se era apenas impressão sua, mas a verdade é que não percebia mais franqueza nele e tendia a concordar com o marido, que afirmava não mais nutrir simpatia pelo rapaz.

— Yukiko? Sim, muita gente tem-se preocupado e ela continua recebendo propostas.

Sachiko presumiu que as perguntas sem fim de Okubatake a respeito de Yukiko fossem uma cobrança indireta para que também seu pedido de casamento com Taeko fosse logo resolvido. Concluiu ser esse o verdadeiro motivo da visita e pôs-se a refletir sobre o que responder, acreditando que o jovem tocaria logo no assunto. No encontro anterior, respondera com evasivas e dissera que consultaria o marido, encerrando a conversa. Não se lembrava de ter feito qualquer promessa. Se a opinião de seu marido havia mudado, aí estava mais um motivo para ser prudente no uso das palavras que dirigiria a Okubatake. No seu íntimo, refletiu ser necessário um esclarecimento que dissipasse qualquer mal-entendido. Teinosuke e ela não seriam obstáculo para o casamento dos jovens, mas que não esperassem também compreensão ou simpatia por parte deles. Okubatake, de repente, endireitou-se na cadeira e, batendo as cinzas do cigarro no cinzeiro com o polegar, pôs-se a falar referindo-se a Sachiko como "minha irmã".

— Estou aqui hoje porque surgiu um pedido que preciso fazer à senhora minha irmã a respeito de Koisan.

— Entendo. O que seria?

— A senhora minha irmã sabe que Koisan começou recentemente a tomar aulas de corte e costura na escola da senhora Tokuko Tamaki. Isso em si não é nenhum problema, senão que por esse motivo ela tem mostrado pouco entusiasmo com a confecção de bonecos e não tem realizado o trabalho como deveria. Intrigado, questionei-a. Sua resposta foi então que a confecção de bonecos não lhe agradava mais, desejava estudar seriamente corte e costura para se profissionalizar no futuro. Ela disse também ter no momento muitos pedidos de bonecos e algumas alunas, o que a impedia de parar definitivamente, mas pretendia aos poucos passar a atividade a elas e seguir a carreira de costureira. Disse ainda que pedirá consentimento seu e do senhor seu marido para ir à França por um período de seis meses ou um ano, e obter um diploma nessa área.

— Ela disse isso?

Sachiko sabia que Taeko praticava corte e costura nas horas em que não se dedicava à confecção de bonecos, mas o que Okubatake estava lhe contando era novidade.

— Sim. Não tenho o direito de interferir nas decisões de Koisan, mas tenho dúvidas quanto a ela deixar o trabalho de confecção de bonecos, agora que conseguiu êxito por esforço próprio e tem sua arte reconhecida por todos. Eu entenderia se Koisan desistisse de confeccioná-los e não fosse lidar com corte e costura. Ela me explicou que uma das razões pelas quais pretende desistir dos bonecos é que passada a moda as pessoas se cansariam deles, mesmo daqueles bem-feitos, deixando de comprá-los, ao passo que as roupas são artigos do cotidiano e nunca teriam pouca demanda. Contudo, por que uma pessoa bem-nascida precisa fazer coisas desse tipo para ganhar dinheiro? A senhora não concorda que uma mulher, às vésperas de seu casamento, não precisa inventar maneiras de prover seu próprio sustento? Por mais incompetente que eu seja, não deixaria Koisan passar por dificuldades. Não quero que trabalhe como essas mulheres que exercem uma profissão. Como é muito hábil nos trabalhos manuais, compreendo que para ela deva ser difícil ficar sem trabalhar. É muito digno e respeitável fazer por simples passatempo, sem o propósito de ganhar dinheiro, algo que se possa chamar de arte! A confecção de bonecos como passatempo para moças e senhoras bem-nascidas não é motivo de vergonha, mas corte e costura... Aquilo! Tenho pedido que ela consulte a casa central; com certeza, eles concordarão comigo.

Normalmente, Okubatake pronunciava as palavras de forma lenta, indulgente como um jovem senhorio, atitude que desagradava a Sachiko. Nesse dia, porém, provavelmente por estar tenso, falava de modo agitado.

— É muita gentileza de sua parte nos avisar. De qualquer maneira, precisaremos consultá-la.

— Por favor, consulte-a. Devo estar me excedendo em meus modos, mas se ela estiver pensando nisso, a senhora minha irmã poderia aconselhá-la a desistir da idéia de trabalhar com corte e costura? Com relação à viagem à Europa, não digo que ela não deva ir à França. Seria interessante que fosse, desde que para estudar algo mais útil; eu mesmo pagaria as despesas, caso não seja um gesto indelicado. Poderia, ainda, acompanhá-la. Não me parece louvável, entretanto, viajar tão-somente para aprender a costurar. Nem acredito que a senhora minha irmã e o senhor seu marido permitirão tal atitude. Reforço meu pedido para que a demovam dessa idéia. Quanto à viagem, poderia fazê-la logo após o casamento. Por sinal, seria até mais conveniente para mim...

Sem ter ouvido a versão de Taeko, havia muitos porquês que Sachiko custava a entender. Deixando isso de lado, escutava Okubatake com uma pitada de antipatia e ironia. O jovem falava como se já fosse reconhecido como o futuro marido de Taeko. Por estar fazendo um "pedido" de tal natureza, decerto Okubatake esperava que Sachiko demonstrasse simpatia, levasse sua proposta de casamento adiante e, com sorte, o apresentasse a Teinosuke. Parecia ter sido com tal propósito que viera àquela hora, pois, mesmo encerrado o "pedido", continuou a especular sem dar mostras de querer se retirar. Sachiko respondia fugindo à questão do casamento, mantinha-se distante e continuava agradecendo a gentileza pela atenção que o jovem dispensava à irmã. Nesse momento, ouviu lá fora o ruído dos sapatos do marido, que parecia estar de volta, e correu em direção à entrada.

— Querido, o jovem Kei está aqui — alertou-lhe, ao abrir a porta
— Para quê?

Teinosuke continuou em pé à entrada de terra batida, e ouviu o relato sussurrado de sua mulher.

— Se o motivo é esse, não é preciso que eu fale com ele — afirmou, por fim.

— É o que também acho.

— Diga qualquer coisa então e faça-o ir embora.

Ainda assim, Okubatake relutou por mais meia hora antes de sair, despedindo-se com cortesia. Só o fez quando finalmente percebeu que Teinosuke não apareceria para vê-lo.

— Desculpe-me não poder recebê-lo como convém.

Sachiko se despediu apenas com essas palavras, sem justificar a ausência do marido.

2

Seria difícil aceitar a história de Okubatake caso ela fosse verdadeira. Taeko dizia estar com muito trabalho nos últimos tempos. Pela manhã saía um pouco antes ou depois de Teinosuke e Etsuko, era a última a chegar em casa e jantava fora a cada três dias. Naquela noite, Sachiko não encontrou uma oportunidade para conversar com a irmã, mas na manhã seguinte interpelou-a quando ela saía, logo após Teinosuke e Etsuko.

— Há uma coisa que quero lhe perguntar, Koisan.

Levou-a para a sala de estar e as duas conversaram.

Taeko não tentou negar o que dissera Okubatake sobre seu desejo de trocar a confecção de bonecos por corte e costura e ir à França para estudar durante algum tempo. Entretanto, à medida que a interrogava, Sachiko compreendeu que havia um motivo justo para a questão, resultado de demorada reflexão por parte de Taeko.

O motivo por que estava farta de confeccionar bonecos era devido ao seu amadurecimento. Agora preferia fazer algo mais significativo para a sociedade a continuar um trabalho de menina. Ao considerar seu talento natural, gosto e conveniência de aprendizagem, concluíra que a costura seria a melhor opção. Afinal, cedo tinha tomado gosto por esse trabalho, era habilidosa no manuseio da máquina de costura e confeccionava roupas para si e até mesmo para Sachiko e Etsuko, seguindo revistas estrangeiras como *Jardin de Mode* e *Vogue*. Não teria de aprender os fundamentos, progrediria rapidamente, e estava confiante que se tornaria, no futuro, uma profissional. Taeko riu e nem se importou com a opinião de Okubatake de que costureira não era uma profissão nobre, enquanto a confecção de bonecos seria uma arte. Ela não queria a falsa reputação de artista. Se costureira não era uma atividade nobre, não se importava. Afinal, Kei dizia tal coisa por não compreender a conjuntura da época em que viviam. Naqueles dias, não se podia mais ficar satisfeita com atividades secundárias como confecção de bonecos, que só contentavam as crianças. Não seria vergonhoso para uma mulher não ter um trabalho ligado à vida prática?, argumentava ela.

Sachiko achou a explicação de Taeko razoável e sentiu que não havia como se opor. Porém, será que por trás desse cuidado louvável não estaria o descaso da irmã em relação a Okubatake? Noutras palavras, pelo fato de seu relacionamento com o rapaz ter sido exposto até mesmo em jornais, e para manter seu orgulho perante o cunhado e as irmãs, ela não podia simplesmente abandoná-lo, tampouco aceitar a derrota. Por outro lado, não teria ela já desistido daquele rapaz se sua verdadeira intenção fosse esperar pela oportunidade de quebrar a promessa de casamento? Daí seu desejo de aprender corte e costura. Afinal, nesse caso, não lhe restaria outro caminho senão a independência, e estava se preparando para isso. Okubatake não percebera a intenção secreta de Taeko e não compreendera por que uma moça de boa família desejava ganhar dinheiro ou ter uma profissão. Sachiko concluiu isso logo de princípio. Seu desejo de ir à França fazia sentido. Taeko queria aprender corte e costura, mas seu objetivo principal seria aproveitar a ocasião para separar-se de Okubatake. Dessa forma, não seria conveniente que ele a acompanhasse. Provavelmente, ela encontraria um pretexto para viajar sozinha.

Entretanto, à medida que continuavam conversando, pareceu a Sachiko que sua posição não era certa nem errada. O ideal seria que Taeko desistisse espontaneamente de Okubatake, sem que alguém a convencesse disso. Como acreditava que ela seria sensata, Sachiko a questionou aos poucos, de forma indireta, procurando não dizer coisas que a magoassem. Não lhe pareceu claro se essa era sua verdadeira intenção ou se era apenas orgulho, mas relacionando as palavras que ela deixara escapar casualmente, Sachiko concluiu que, por ora, Taeko não perdera as esperanças em Okubatake e pretendia casar-se com ele no futuro.

Taeko dizia saber melhor do que qualquer pessoa o quanto Kei era um rapaz mimado, pouco interessante e sem grandes qualidades. Nem seria preciso que Teinosuke ou ela, Sachiko, a alertassem a esse respeito. De fato, quando se apaixonou por Kei, oito ou nove anos antes, era ainda uma menina sem discernimento. Seu amor não devia nascer ou morrer apenas porque o parceiro tinha futuro ou era insignificante. Ela, pelo menos, não podia deixar de gostar de seu primeiro amor por um motivo assim. Acreditava que se apaixonar por alguém desprezível como Kei era sua sina e não se arrependia disso. O que a preocupava em relação ao casamento deles era os meios de subsistência. Dito isso, Taeko completou afirmando ser Kei diretor da Okubatake Comercial e possuidor de imóveis e bens a receber do irmão mais velho quando se casasse, mas pelo fato de ser ingênuo e não se preocupar com nada, ela tinha a impressão de que, cedo ou tarde, ele viria a perder seus bens. De fato, naquele momento ele não levava uma vida de acordo com sua situação financeira. Todo mês, suas contas nas casas noturnas, alfaiataria e lojas de miudezas chegavam a um valor considerável e ele pedia à mãe que lhe cedesse suas economias. Isso só continuaria enquanto a mãe estivesse viva. Se algo lhe acontecesse, seu irmão mais velho não lhe permitiria tantas extravagâncias. Ainda que os Okubatake possuíssem muitos bens, Kei era o terceiro filho e, quando o mais velho assumisse os negócios, ele não receberia um quinhão tão grande. Pior ainda se esse irmão não concordasse com o casamento deles. Caso Kei recebesse uma parte razoável, se envolveria facilmente no mercado de ações ou seria enganado por alguém. Este era seu tipo. Ela não duvidava que no final acabasse abandonado pelos irmãos, sem ter o que comer. Como temia que isso acontecesse, não gostaria que as pessoas viessem lhe falar "Bem que lhe avisei". Queria uma profissão que lhe permitisse seguir em frente sem ter de contar com Kei, pelo contrário, que lhe possibilitasse viver sem sua renda e até mesmo sustentá-lo. Esse era o motivo por que pensou em trabalhar com corte e costura, explicou Taeko.

Sachiko presumiu que Taeko decidira não ser acolhida pela casa central de Tóquio. De fato, eles não sabiam nem mesmo o que fazer com Yukiko, e, segundo esta, também não pretendiam chamar Taeko para morar lá. Mesmo que a chamassem, ela não obedeceria. Diante do boato de que o cunhado controlava mais os gastos desde que se mudaram para Tóquio, Taeko afirmou não se importar que reduzissem sua mesada, ela possuía algumas economias e tinha renda com os bonecos.

Além de os seis sobrinhos estarem em fase de crescimento, Yukiko também necessitava de cuidados. Certamente Tatsuo e Tsuruko deviam ter muitas despesas e gostaria de poder aliviar-lhes o ônus. Com o tempo, poderia manter-se sem a mesada deles. Mas, para isso, gostaria que eles lhe autorizassem a ir estudar na França no ano seguinte, e lhe entregassem uma parte ou toda a herança deixada pelo pai para seu casamento. Desconhecia o montante que Tatsuo guardava para ela, mas devia ser o suficiente para uma permanência de seis meses a um ano em Paris, mais a passagem de ida e volta de navio. Gostaria que a irmã mais velha e o cunhado lhe dessem o que pedia e não reclamassem, enfatizou ela, mesmo que não sobrasse um centavo para o casamento. Por fim, pedia a Sachiko que lhes falasse sobre tais idéias e planos no momento oportuno e lhe conseguisse a permissão, dispondo-se ela também, Taeko, a ir até Tóquio para conversar sobre o assunto. Sequer considerou a oferta de Okubatake de lhe custear a viagem. Segundo ela, o jovem sempre lhe dizia que caso ela fosse à Europa, queria arcar com as despesas de sua viagem, mas ela sabia melhor que ele se teria ou não condições para tanto. Talvez ele pretendesse implorar à mãe, mas não lhe agradaria receber esse favor antes do casamento. Mesmo depois de casados, não gostaria de usufruir os bens de Kei e também não o deixaria gastá-los. Queria mesmo era viajar sozinha, com seu próprio dinheiro. Convenceria o rapaz a lhe esperar quieto, sem incomodar Sachiko, por isso pedia à irmã que não se preocupasse. Foi o que disse Taeko.

Se Koisan havia refletido bem, seria melhor não se intrometerem, comentou Teinosuke. Propôs certificarem-se de que a decisão dela era séria e firme. Quando estivessem seguros, comunicariam a casa central e fariam o que fosse possível. Por ora, a questão estava resolvida, e Taeko prosseguiu sua vida ocupada. Segundo Okubatake, Taeko teria se cansado da confecção de bonecos, o que foi negado por ela. Na verdade, dizia, não queria mais fazer bonecos, mas recebia diversos pedidos e vinha trabalhando mais que antes, já que precisava poupar dinheiro e as despesas diárias eram muitas. Além disso, queria confeccionar a maior quantidade possível de bons trabalhos antes de deixar a atividade. Nos intervalos, não só freqüentava diariamente por uma ou duas horas a escola de corte e costura da professora Tokuko Tamaki, no bairro de Noyori, na vila de Motoyama, como também prosseguia com os ensaios de dança.

Quanto à dança, ela não a praticava como mero passatempo. Mostrava ter ambição de obter nome no meio artístico e se tornar mestra também nessa área. Taeko freqüentava semanalmente a academia de Saku Yamamura, neta de Sagijuro Ichikawa, o quarto da geração de mestres — conhecida, portanto, como "Sagi Sakusan". A academia era considerada a única a cultivar a dança tradicional mais autêntica, dentre as duas ou três famílias Yamamura. O local dos ensaios ficava no mezanino de uma casa de gueixas, numa viela do bairro de Tatamiya, em Shimanouchi. Devido à localização, a maioria das alunas era gueixa profissional, pouquíssimas eram amadoras — menos ainda moças de boa família. Taeko sempre chegava com sua maleta contendo o leque e o quimono, vestia-se no canto do salão e, enquanto esperava sua vez, observava os ensaios das colegas ou conversava com as gueixas e as *maiko*, aprendizes de gueixa, mais íntimas. Ela percebia, lisonjeada, que tanto sua mestra como suas colegas pensavam que ela tivesse em torno de vinte anos e a consideravam tranqüila e perspicaz para sua pouca idade. As pessoas que lá estudavam, tanto as profissionais como as amadoras, lamentavam a perda de espaço da dança da região de Kyoto, a antiga capital, para a de Tóquio; desejavam conservar a tradição da arte regional e admiravam o estilo Yamamura. As alunas mais dedicadas formavam um grupo de arte regional e se reuniam todos os meses para ensaiar na casa da senhora Kamisugi, viúva de um advogado. Taeko também participava e apresentava sua dança com freqüência.

Teinosuke e Sachiko levavam Yukiko e Etsuko para assistirem à dança de Taeko e acabaram ficando íntimos do grupo. Então, em fins de abril, Taeko trouxe uma solicitação da coordenadora. Ela perguntava se seria possível utilizar a casa de Ashiya para a reunião de junho. Na verdade, explicou ela, dada a conjuntura do momento, tais eventos estavam proibidos desde julho do ano anterior. Algumas pessoas começaram a dizer que não haveria problema em se encontrarem, pois se tratava de uma mera reunião com fins de estudo. Para não incomodar a todo momento a senhora Kamisugi, dispunham-se a mudar de local. Como Sachiko e a família também gostavam de dança, estes resolveram colocar a casa à disposição. Não tinham instalações completas como na residência da senhora Kamisugi, disseram, mas se o grupo não se importasse com isso... Na casa da viúva havia um palco, mas transportá-lo de Osaka a Ashiya seria um transtorno. Resolveram então remover os móveis de dois cômodos contíguos e improvisar, com um biombo dourado, o palco na sala de jantar dos Makioka. O público ficaria sobre o tapete da sala de estar. O quarto de oito tatames do andar superior seria usado como camarim. Acertou-se o encontro para o primeiro domingo de junho, dia 5, das treze às dezessete horas, quando Taeko apresentaria o balé *Neve*. Ao começar o mês de maio, Taeko passou a dedicar dois ou três dias da semana para os ensaios. Na semana do dia 20, a mestra Osaku ia diariamente até Ashiya para orientá-la. Osaku, com seus 58 anos, quase nunca ia à casa de alunas; além de ser frágil, sofria de uma doença renal crônica. Apesar disso, fazia a gentileza de enfrentar o calor do alto verão para vir do sul de Osaka, no trem da linha Hankyu. Um dos motivos era o fato de ter ficado tocada com a dedicação de Taeko, "moça de boa família", empenhando-se entre as profissionais. Outro era ter chegado à conclusão de que não poderia permanecer afastada se quisesse fortalecer o decadente estilo Yamamura. Assim, até Etsuko, que desistira dos ensaios devido à localização da academia, passou a dizer que também queria aprender. Se a mocinha fosse praticar, podia vir dez vezes por mês, prontificou-se Osaku. Graças à oferta da mestra, Etsuko aproveitaria a oportunidade para receber orientação.

O horário em que a mestra vinha variava conforme o dia. Ela combinava o horário no dia anterior, mas não era pontual, chegava a atrasar-se uma ou duas horas e não aparecia em dias de mau tempo. No início, Taeko chegava cedo, apesar de estar ocupada com seus bonecos, mas depois pediu que a avisassem por telefone da chegada da mestra e vinha de seu estúdio em Shukugawa, enquanto Etsuko tomava a lição. Não era fácil para a adoentada Osaku deslocar-se até Ashiya. Primeiro descansava de vinte a trinta minutos conversando com Sachiko na sala de estar. Depois, lentamente ensaiava na sala de jantar de assoalho de madeira, de onde afastavam mesas e cadeiras. Quando cantava para mostrar os passos, acontecia de perder o fôlego. Noutras vezes, aparecia com o rosto inchado dizendo estar de novo com problema renal desde a noite anterior. Apesar disso, mostrava-se animada e falava que seu corpo era mantido pela dança. Não parecia sofrer com a doença. Por modéstia ou sinceridade, dizia ser introvertida, mas era ótima oradora e talentosa em imitar as pessoas, e divertia muito Sachiko e a família durante as conversas. Provavelmente herdara tal dom do avô, Sagijuro Ichikawa. Via-se que descendia dele, um típico ator do final do século XIX. Mestra Osaku tinha o rosto alongado e grande para sua baixa estatura. Cair-lhe-ia bem — se vivesse naquela época — raspar as sobrancelhas, escurecer os dentes e arrastar a bainha do quimono. Quando ela imitava alguém, seu rosto grande transformava-se livremente, como se usasse uma máscara.

Ao voltar da escola, Etsuko vestia o quimono, que antes só usava uma vez por ano para contemplar as cerejeiras em flor, calçava meias grandes demais para os seus pés, abria o leque de estilo Yamamura, com desenho de flores de ameixeira, crisântemo, orquídea e bambu sobre redemoinhos d'água, e ensaiava a dança com a paródia de *Festa da divindade Ebisu*, que começava com os seguintes versos:

Florescem em março as cerejeiras do templo Omuro
Lanche animado por shamisen e tambor
Rostos que mutuamente se olham.

Era a época dos dias longos. Etsuko terminava seu ensaio e chegava a vez de Taeko dançar *Neve*. O jardim continuava ensolarado e os lírios amarelos tardios se destacavam sobre o verde do gramado. As crianças dos Stolz, Rosemarie e Fritz, que costumavam brincar na sala de estar enquanto esperavam Etsuko voltar da escola, perderam o local e a companheira de brincadeiras, e espiavam do terraço os gestos da amiguinha, estupefatos. Por fim, até Peter, o irmão mais velho, passou a assistir. Certo dia, Fritz entrou na sala de ensaio e, imitando Sachiko, chamou a mestra Osaku.

— Mestra!

Esta lhe respondeu comicamente, alongando a voz:

— Siiim.

Rosemarie achou graça e também a chamou:

— Mestra!

— Siiim.

— Mestra!

— Siiim.

Mestra Osaku, séria, fez companhia para as crianças de olhos azuis repetindo "Siiim", "Siiim".

3

— Koisan, o fotógrafo está perguntando se pode entrar.

Mascote da apresentação do dia, Etsuko fora a primeira a apresentar a dança que começava pelo verso "Florescem em março as cerejeiras do templo Omuro", e ainda com os trajes e a maquiagem da apresentação, subiu ao quarto do andar superior, utilizado como camarim.

— Entre, por favor...

Taeko, já vestida para dançar *Neve*, estava em pé, apoiada à coluna do *tokonoma*[1] para não cair, enquanto Oharu calçava-lhe as meias. Apenas volveu o olhar perdido no vazio em direção à menina, sem mover a cabeça devido ao penteado ao estilo *shimada*. Etsuko, embora soubesse que sua jovem tia, acostumada a vestir roupas ocidentais, a título de preparação começara a usar penteados japoneses e quimono havia cerca de dez dias, arregalou os olhos admirada com tamanha transformação. Aquilo que Taeko vestia, na realidade, era parte de um traje com três quimonos sobrepostos, o qual fora utilizado antes por Tsuruko, a primogênita, em seu casamento. Tratava-se de uma apresentação modesta para um pequeno público e o momento era de contenção de despesas, motivos pelos quais Taeko não viu necessidade de confeccionar um traje novo. Consultou Sachiko e esta se lembrou de que o traje da irmã mais velha ainda se encontrava no depósito de Uehonmachi, e resolveu então tomá-lo emprestado. O conjunto, confeccionado a mando do pai na fase próspera, fora estampado com três das paisagens mais pitorescas do Japão pintadas por artistas diferentes. A primeira peça trazia um desenho do santuário de Itsukushima sobre fundo preto; a segunda, as ilhas cobertas de pinheiros da baía de Matsushima em tecido vermelho; e a terceira, as costas da praia de Amanohashidate sobre fundo branco. Usado apenas uma vez, por volta de 1920, cerca de 16 ou 17 anos antes,

---

1. Espaço usado para decoração nas salas em estilo japonês. Feito com assoalho de madeira, um degrau acima do nível do tatame, geralmente fica na parte mais afastada da entrada. (N.T.)

no casamento da irmã mais velha, conservava-se impecável. Com o brilhante *obi* preto sobre a peça branca com a paisagem de Amanohashidate pintada por Kan'yo Kanamori, Taeko, talvez pelo tom da maquiagem, não parecia a jovem de sempre. Aparentava ser uma senhora de porte alto e maduro e, trajada assim, com aparência genuinamente japonesa, seu rosto se parecia ainda mais com o de Sachiko. Nas fartas maçãs do rosto, trazia uma altivez que não se notava quando vestia roupas ocidentais.

— Senhor fotógrafo — disse Etsuko ao rapaz de 27 ou 28 anos que, parado na escada, esticava o pescoço para olhar Taeko no andar superior —, por favor, tenha a bondade de entrar.

— Etsuko, é indelicado dizer "senhor fotógrafo". Diga "senhor Itakura".

Enquanto Taeko falava, Itakura entrou pedindo licença.

— Koisan, fique assim como está — sugeriu ele, e imediatamente posicionou sua Leica apoiando o joelho na soleira. Tirou cinco ou seis fotos em seqüência, de frente, de costas, pela direita, pela esquerda e assim por diante.

Depois da exibição de Etsuko, foram apresentadas *Cabelos negros, Recolhedor de alguidares de madeira, Grande Buda e Presente de Edo* — esta última pela filha de uma aprendiz, de nome artístico Sakuko, reconhecida pela mestra. Naquele momento, iniciara-se o intervalo no salão do andar de baixo, quando foram servidos chá e *chirashizushi*[2]. Na sala de estar destinada à platéia, havia no máximo vinte ou trinta pessoas além dos familiares daquelas que dançariam, pois intencionalmente não foram confeccionados convites. Em meio aos presentes, Fritz e Rosemarie ocupavam os assentos na primeira fila; ora dobravam as pernas para os lados, ora entrecruzavam-nas, mas permaneciam sentados em suas almofadas e assistiam à apresentação desde o princípio, iniciada com a dança de Etsuko. Hilda Stolz, a mãe das duas crianças, também se encontrava no terraço. Ao saber, pelos filhos, da exibição desse dia, demonstrou grande interesse em assistir. Fritz foi avisá-la assim que a dança

---

2. Arroz solto preparado com o mesmo tempero do *sushi* e servido com peixes, verduras e omelete por cima. (N.T.)

de Etsuko começara, e ela veio pelo jardim. Foi convidada a entrar, mas preferiu ficar ali mesmo. Ofereceram-lhe então uma cadeira de vime para que ela se acomodasse no terraço, e de lá ela avistava o palco.

— Fritz, como você está comportado hoje, não? — disse a mestra Osaku surgindo por trás do biombo dourado do palco. Vestia um quimono de gola branca, com estampas na barra e um brasão bordado.

— Está mesmo! Onde nasceram essas crianças? — perguntou a viúva Kamisugui, também ali na platéia.

— São amigos da menina desta casa e filhos de alemães. Tornamo-nos muito amigos e sempre me chamam "Mestra! Mestra!".

— É mesmo? É admirável como assistem interessados.

— Ainda mais assim comportados — comentou alguém.

— Garotinha da Alemanha, como é mesmo o seu nome? — perguntou mestra Osaku, sem conseguir se lembrar do nome de Rosemarie. — Não lhes doem as pernas, sentados assim? Se doerem, podem esticá-las.

Rosemarie e Fritz, no entanto, continuaram comportados como se naquele dia fossem pessoas totalmente diferentes, calados e com aparência séria.

— A senhora aprecia? — perguntou Teinosuke ao ver a senhora Stolz com um prato de *chirashizushi* no colo, pondo-se a manusear os *hashi* com dificuldade. — Acho que a senhora não vai conseguir comer. Se não quiser, pode deixar — observou Teinosuke. E dirigiu-se a Ohana, que servia chá à platéia.

— Não temos bolo ou algo parecido? Pegue aquele *sushi* de volta e sirva-lhe alguma outra coisa.

— Não é preciso. Eu gosto... — disse a senhora Stoltz a Ohana, que já se dispunha a retirar seu prato.

— Tem certeza? A senhora quer mesmo?

— Sim, quero. Aprecio esse prato...

— É verdade? Quer dizer que gosta? Sendo assim, Ohana, traga-lhe uma colher ou algum outro talher.

A senhora Stolz parecia mesmo apreciar *chirashizushi*, pois assim que Ohana lhe trouxe a colher, literalmente limpou o prato.

Após o intervalo, seria o momento de Taeko apresentar *Neve*. Por isso, Teinosuke, bastante apreensivo, subiu e desceu as escadas inúmeras vezes. Quando se supunha que ele fazia sala às visitas no andar inferior, na verdade já estava no andar superior a espiar o camarim.

— Ei, está quase na hora.

— Como pode ver, já estou pronta.

No aposento usado como camarim, Sachiko, Etsuko e o fotógrafo Itakura sentavam-se junto de Taeko, que estava numa cadeira. Eles quatro também se serviam do *chirashizushi*. Para não sujar o traje, Taeko colocara um guardanapo no colo e, abrindo a boca em formato oval — o que deixava seus lábios carnudos ainda mais espessos —, introduzia pequenos bocados de *chirashizushi*, sorvendo alternadamente o chá que Oharu lhe segurava.

— Está servido?

— Acabei de comer lá embaixo. Koisan, será que pode comer tanto assim? Já ouvi dizer que saco vazio não pára em pé, mas não será desconfortável dançar de estômago cheio?

— Acontece que ela nem almoçou direito e, caso dance assim, de estômago vazio, poderá desmaiar.

— Não dizem que o narrador do teatro de bonecos *bunraku* nada come até terminar a narração? Ainda que seja diferente no caso da dança, é melhor não comer tanto.

— Não estou comendo tanto assim, Teinosuke. Parece bastante porque o faço diversas vezes, aos bocados, para não borrar o batom.

— Já faz algum tempo que estou admirado, observando-a comer *chirashizushi*, Koisan — comentou Itakura.

— Por quê?

— Por quê? Você fica assim, da mesma maneira que os peixes ornamentais quando abocanham sua ração, abrindo a boca redondinha e parecendo muito incomodada, mas ainda assim come bastante.

— É isso, então? Bem que reparei que olhava muito para a minha boca.

— Seja como for, ele tem razão, Koisan — interveio Etsuko, rindo ruidosamente.

— Mas aprendi que é assim que se come.

— Com quem?

— Com a gueixa que freqüenta a casa da mestra de dança. Ela disse que quando as gueixas passam batom, sempre tomam cuidado para não molhar os lábios com saliva. Na hora de comer, levam a comida com os *hashi* até o centro da boca, sem tocar os lábios. Treinam com um queijo de soja do tipo *koya*, desde os tempos de aprendizes de gueixa. Isso porque esse é o melhor tipo de queijo para se aprender a lidar com alimentos com caldo, sendo preciso praticar até conseguir comê-lo sem borrar o batom.

— Como está entendida!

— Veio hoje para assistir à apresentação, Itakura? — perguntou-lhe Teinosuke.

— Também para assistir, mas vim mesmo para tirar fotos.

— Fará cartões-postais das fotos de hoje?

— Não. Como é muito raro ver Koisan com um penteado japonês e trajada para dançar, pensei em tirar fotos para guardar como lembrança.

— Então, as de hoje são cortesia do senhor Itakura — acrescentou Taeko.

Itakura era proprietário de um pequeno estúdio especializado em fotos artísticas, em cuja placa podia-se ler "Itakura Fotos", localizado um pouco mais ao norte da parada de ônibus Tanaka, na Rodovia Nacional Hanshin. Trabalhara pouco antes como aprendiz na loja dos Okubatake, mas nem concluíra o curso ginasial. Tempos depois, fora morar nos Estados Unidos, voltando ao Japão após estudar fotografia por cinco ou seis anos em Los Angeles. Corriam até mesmo boatos de que ele quisera se tornar cineasta em Hollywood, mas a sorte não lhe bateu à porta. Assim que chegou, o dono da Okubatake Comercial, irmão mais velho de Kei, apadrinhou-o, emprestando-lhe certo capital para abrir o estúdio e apresentando-lhe clientes. Kei também o apoiava, e, por recomendação dele, Taeko passou a usar seus serviços quando precisava de um fotógrafo para divulgar suas criações. Desde então, Itakura passou a fazer todas as fotos dos trabalhos de Taeko, tanto para a confecção de folhetos como para cartões-postais. Além das encomendas constantes que recebia de Taeko, fazia propaganda de seu trabalho por meio do dela. Além disso, ciente da relação da jovem com Kei, tratava-a da mesma maneira que a ele, o que, aos olhos de terceiros, parecia ser uma relação de patroa e empregado. Tornara-se íntimo de Teinosuke e dos demais devido a essa ligação com Taeko e, por ser um rapaz esperto, habituado ao estilo americano de agarrar todas as oportunidades, já agia como se fizesse parte da família, adulando até mesmo as empregadas. Dizia brincando que pediria permissão a Sachiko e se casaria com Oharu.

— Se é cortesia, poderia tirar uma foto nossa também?

— Sim, claro! Vejamos... Posem todos juntos, deixando Koisan ao centro, por favor.

— Como seria melhor?

— Minha senhora e meu senhor, fiquem por favor atrás da cadeira de Koisan. Isso, assim mesmo. A senhorita Etsuko, do lado direito de Koisan.

— Oharu, venha posar também — disse Sachiko.

— Então, Oharu, fique do lado esquerdo.

— Seria tão bom se a tia Yukiko estivesse aqui... — comentou Etsuko, inesperadamente.

— De fato... — concordou Sachiko. — Quando lhe contarmos, ela sem dúvida ficará bastante magoada por não ter vindo.

— Mamãe, por que você não a chamou? Já sabia da apresentação desde o mês passado, não sabia?

— Nem me lembrei, e ela também mal havia voltado para lá em abril...

Itakura, olhando pelo visor, notou que de repente os olhos de Sachiko ficaram levemente umedecidos e, num sobressalto, ergueu o rosto. Teinosuke também reparou no mesmo instante. Por que, afinal, o semblante dela tomara subitamente aquela expressão? Desde o aborto, em março do ano anterior, seus olhos costumavam se encher de lágrimas sempre que se lembrava da criança. Vez ou outra, ele se surpreendia com isso, entretanto não lhe parecia ser esse o motivo do que acabara de acontecer, e se pôs a imaginar qual poderia ser a causa. Teria ela se comovido ao ver Taeko sentada na cadeira, vestida com aquele traje, despertando-lhe lembranças do passado, da cerimônia em que a irmã da casa central o vestira? Ou teria ficado melancólica ao imaginar quando, afinal, Taeko vestiria um traje nupcial para contrair matrimônio? E também que antes dela ainda havia Yukiko? Talvez tudo isso passasse por sua mente, supôs Teinosuke. Ao pensar que, além de Yukiko, mais alguém gostaria de ver Taeko naqueles trajes, Teinosuke sentiu pena do jovem Kei. Sem querer, suspeitou que Itakura viera tirar as fotos a mando do rapaz.

— Satoyu! — chamou Taeko, após a sessão de fotos, a moça parecida com uma gueixa de 23 ou 24 anos que, diante do espelho no outro canto do quarto, preparava-se para apresentar *Música folclórica do chá*, em seguida à exibição de *Neve*. — Por favor, gostaria de pedir-lhe uma coisa.

— O que seria?

— Poderia acompanhar-me até aquele quarto?

Entre as pessoas que dançariam naquele dia, quatro ou cinco eram profissionais — as senhoras que já possuíam nome artístico e duas gueixas, uma delas, Satoyu, vinda do bairro de Soemon, dançarina do estilo Yamamura e a mais querida pela mestra Osaku.

— Nunca dancei com a barra do quimono arrastando e estou preocupada se conseguirei me sair bem. Vou até lá para aprender como se faz — disse Taeko, levantando-se e dirigindo-se para onde Satoyu estava, falando-lhe algo ao pé do ouvido. — Você poderia me ensinar como não cair?

— Eu também não estou confiante — revelou Satoyu.

— Por favor, eu lhe peço, só um pouquinho... — dizendo isso, Taeko puxou-a para o outro lado do corredor.

No andar de baixo, os músicos pareciam se preparar, pois era possível ouvi-los afinar o *kokyu*[3] e o shamisen.

Taeko permaneceu trancada com Satoyu numa sala por uns vinte minutos.

— Koisan, o senhor Makioka pede que se apresse — chamou Itakura, que veio buscá-la.

---

3. Instrumento de três ou quatro cordas, semelhante ao shamisen, mas tocado com um arco como o do violino. (N.T.)

— É, acho que está bem — comentou ela ao abrir a porta corrediça. Logo em seguida, desceu as escadas e pediu: — Senhor Itakura, segure a barra para mim...

Teinosuke, Sachiko e Etsuko também seguiram Taeko. Quando a dança teve início, Teinosuke dirigiu-se discretamente à platéia e bateu nas costas do menino alemão que olhava absorto para Taeko no palco.

— Fritz, sabe quem é ela?

O menino, mantendo o semblante sério, deu uma olhada rápida para trás, fazendo que sim com a cabeça, e novamente voltou-se para o palco.

4

Era a manhã do dia 5 de julho, exatamente um mês após a apresentação de dança.

Nesse ano, o volume de água que caía desde maio era maior que o normal. Parecia que o período de chuvas não terminaria. Já estavam no mês de julho e as precipitações, que recomeçaram no dia 3, continuaram durante todo o dia seguinte. A partir da madrugada do dia 5, tornou-se torrencial, mas ninguém imaginava que uma ou duas horas depois pudesse acontecer uma enchente de proporções inusitadas na região entre Osaka e Kobe. Por isso, na residência de Ashiya, Etsuko saíra para a escola por volta das sete horas acompanhada de Oharu, como de costume, sem se importar com o tempo, muito embora devidamente vestida para a chuva. A escola primária que Etsuko freqüentava situava-se nas proximidades da margem oeste do rio Ashiya, ao sul da Ferrovia Hanshin e à distância de três ou quatro quadras da Rodovia Nacional Hanshin. Normalmente, Oharu retornava após certificar-se de que Etsuko atravessara a rodovia em segurança. Entretanto, nesse dia, a empregada levou-a até a escola e voltou para casa somente por volta das oito e meia. A chuva estava forte demais, e os jovens voluntários da defesa civil faziam a ronda. Isso acabou levando Oharu a desviar-se do caminho normal e sair na parte superior do rio Ashiya, quando notou que o volume do rio aumentara ainda mais. A situação nos arredores da ponte Narihira era complicada e o nível de água do rio parecia alcançar perigosamente a ponte. Oharu, entretanto, àquela altura, sequer imaginava a tragédia que estava por vir. Dez ou vinte minutos após o retorno de Oharu, Taeko saíra para a escola de corte e costura em Noyori, na vila Motoyama. Sachiko, surpresa, chegara a perguntar à irmã caçula se ela iria sair com aquele tempo. Taeko vestia uma capa de seda verde esmeralda e calçava botas de borracha. Nesse dia não iria a Shukugawa. Mas aquela chuva não era nada de especial. Seria até mais divertido se houvesse algum alagamento, respondeu ela. Como falou em tom de brincadeira, Sachiko não a censurou. Apenas Teinosuke relutava em sair e, esperando que a chuva acalmasse, permanecia em seu escritório, num anexo da casa, pesquisando algo. De repente, ouviu-se o som ensurdecedor de uma sirene.

Nesse momento, a chuva caía mais forte. Teinosuke olhou pela janela, notou que não havia em sua propriedade nada de anormal, além de uma poça que se formava sob a ameixeira, no canto sudeste do jardim de seu escritório. O local costumava empoçar com qualquer garoa. A propriedade ficava a sete ou oito quadras da margem oeste do rio Ashiya, assim não havia razão para preocupações. A escola de Etsuko, no entanto, ficava mais próxima ao rio. Teinosuke pôs-se a pensar se a escola estaria em segurança e, caso o dique se rompesse, em que altura isso ocorreria. Não queria preocupar Sachiko, por isso tentou demonstrar tranqüilidade, aguardando um momento para só então se dirigir à casa (ficando encharcado nesse trajeto de cinco ou seis passos). Ao ser indagado por Sachiko sobre qual teria sido o motivo da sirene, o marido respondeu que nada sabia. Acrescentou, contudo, que não haveria de ser nada grave. Entretanto, ele já estava vestindo uma capa de chuva sobre o quimono estampado de verão e se dirigia ao vestíbulo. Neste momento, Oharu entrou correndo pelos fundos, pálida, com o vestido sujo de barro da cintura para baixo. Tratava-se de uma situação terrível, disse a empregada. Após ver o volume da água, ela ficara preocupada com Etsuko, que estava na escola, e ao ouvir a sirene, precipitou-se para fora. Foi então que percebeu que a água já alcançara o cruzamento a leste da propriedade, formando uma correnteza impetuosa vinda das montanhas para o mar, isto é, do norte para o sul. Tentou atravessar a correnteza, mas a água que atingia de início a altura dos calcanhares já subia até os seus joelhos, o que a fazia correr o risco de ser arrastada pela enxurrada. Ouviu, nesse momento, um grito vindo do telhado de uma das casas. "Ei, senhorita. Aonde pensa que vai com essa enchente? É apenas uma mulher, não faça besteira." Tentou ver de quem se tratava e notou que era o jovem dono da loja Yaotsune, vestido com uma espécie de uniforme dos voluntários da defesa civil. Para onde Oharu ia naquela correnteza? Estava louca? Nem mesmo os homens conseguiam avançar. Perto do rio, casas desabaram e algumas pessoas morreram, disse ele. Ouvindo o relato do rapaz, Oharu soube do deslizamento de terra no alto dos rios Ashiya e Koza que arrastou restos de casas, barro, pedras e galhos de árvores, os quais se acumularam na ponte ao norte da linha Hankyu, causando a enchente nas margens. Nas ruas abaixo do dique, a água formava redemoinhos devido à força da correnteza, atingindo em alguns lugares quase três metros de profundidade, o que obrigou as pessoas a subirem para o andar superior de suas casas, de onde gritavam por socorro. Preocupadíssima com Etsuko, perguntou como estava a situação na região da escola primária. Yaotsune, no entanto, não esclareceu muito. Talvez as áreas inferiores do rio não tivessem sido afetadas. O lado superior da Rodovia Nacional é que estava com problemas. Corriam boatos de que a margem leste estava ainda pior, mas não havia tanto problema na margem oeste. Oharu insistiu em averiguar, insatisfeita com as informações vagas. Yaotsune, todavia, desencorajou-a ao explicar-lhe o risco. Não havia outro caminho senão pelas águas, e seu nível subia à medida que se avançava para o leste. Como se isso não bastasse, a correnteza era forte o bastante para arrastá-la, além dos galhos de árvores e pedras carregados pelas águas, que poderiam machucá-la; a correnteza poderia levá-la para o mar. Os homens da defesa civil poderiam atravessar atados por cordas; além disso, sabiam do perigo. Mas para ela, Oharu, mulher e vestida com aquela roupa, seria impossível, explicou ele. Ela contou que, ao ouvir isso, tinha voltado porque já não havia o que fazer.

Teinosuke ligou imediatamente para a escola de Etsuko. Percebendo, porém, que o telefone estava mudo, resolveu ir até lá. Não se lembrava do que dissera a Sachiko quando saíra, mas permaneceu para ele apenas a imagem de sua esposa fitando-o com os olhos marejados, abraçando-o forte por um breve momento. Teinosuke trocara sua roupa japonesa por uma ocidental mais velha, calçara botas de borracha e colocara uma capa e um chapéu de chuva. Após andar meia quadra, notou que Oharu o seguia. Havia pouco, ela voltara para casa com um vestido esvoaçante cheio de barro; agora, entretanto, vestia um quimono pós-banho com um cordão amarrando as mangas. Arregaçara a bainha posterior deixando à mostra seu saiote vermelho. Teinosuke tentou impedi-la aos gritos, dizendo que ela não precisava ir, que podia ir embora. Resoluta, Oharu continuou a segui-lo, orientando-o sobre a melhor direção a tomar e, dessa maneira, deixou o caminho a leste e desceu diretamente no sentido sul. Teinosuke seguiu suas instruções. Fizeram o possível para se desviar do trajeto rumo ao sul e tiveram êxito em caminhar, sem afundar muito os pés na água, até uma ou duas quadras ao norte da linha Hanshin. No entanto, para chegar à escola, precisavam atravessar para o outro lado, naquela altura da rua. Felizmente, a água não atingia ainda a borda da bota de Teinosuke e, um pouco antes da rodovia, após a linha de trem, o nível de água se encontrava ainda mais baixo. Enfim, puderam avistar o prédio da escola e perceberam os alunos com a cabeça para fora da janela do andar superior. "Ah! Nenhum problema com a escola. Que bom!" Teinosuke ouviu uma voz emocionada. Era de Oharu, que ainda o seguia. (Os monólogos de Oharu eram famosos. No cinema, exclamava a cada cena "Oh! Que lindo!", ou perguntava para si mesma em voz alta "O que será que acontecerá àquela pessoa?", entusiasmava-se ou questionava-se, chegando a bater palmas. Essa mania impacientava as pessoas que a acompanhavam às sessões de filmes. Teinosuke riu por dentro ao notar que mesmo numa situação extrema como aquela ela não perdia tal costume.) Agora, era Oharu quem seguia Teinosuke, e ele nem percebeu em que altura do caminho ele a tinha ultrapassado. Ele concentrava sua atenção nos passos seguros que teve de dar para enfrentar a forte correnteza das águas e preocupava-se com as botas já pesadas pelo tanto de água que havia nelas. Oharu, de estatura mais baixa que Teinosuke, tendo o saiote sujo pela água barrenta, utilizava o guarda-chuva como bengala, já desistindo de usá-lo para proteger-se da chuva. Vinha logo atrás, apoiando-se nos postes de luz e nos muros das casas para não ser levada pela correnteza.

Depois da saída do marido, Sachiko não conseguia se acalmar, e assim que a chuva começou a diminuir, saiu para o portão. Nesse momento, o motorista do estacionamento em frente à estação do rio Ashiya passou e a cumprimentou. Sachiko aproveitou para saber sobre a escola de Etsuko e obteve uma resposta que a tranqüilizou um pouco. Ele não tinha ido para aqueles lados, mas acreditava que a escola primária estivesse segura; ouvira dizer que, por estar na parte alta, não fora atingida pelo alagamento, mesmo as áreas vizinhas tendo sido inundadas. O motorista contou que a enchente do rio Sumiyoshi era bastante mais grave. Não se sabia ao certo porque o tráfego das linhas Hankyu e Nacional e da Rodovia Nacional Hanshin estava interrompido. Mas, segundo as pessoas vindas da parte oeste, não havia tanto alagamento até perto de Motoyama. Era possível andar sobre os trilhos sem molhar os pés, mas, dali em diante, rumo a oeste, era um mar de água barrenta. Grandes ondas vindas da parte superior do rio formavam redemoinhos com todo tipo de escombros. Pessoas em cima dos tatames ou apoiadas aos galhos de árvores eram arrastadas pela correnteza. Pediam ajuda, mas não era possível fazer nada.

Ao ouvir o relato do motorista, Sachiko ficou ainda mais apreensiva com Taeko. A escola de corte e costura que sua irmã caçula freqüentava ficava um pouco ao norte do ponto de ônibus, em frente à Escola Feminina Konan, na Rodovia Nacional, apenas duas ou três quadras do rio Sumiyoshi. Pelo que contou o motorista, Sachiko imaginou que a escola estivesse atolada num mar de lama. Taeko, para ir à escola de corte e costura, caminhava até Tsuji, na rodovia, e de lá pegava um ônibus. Aliás, o motorista disse-lhe que cruzara havia pouco com Taeko descendo a caminho da rodovia. Ela vestia uma capa de chuva verde. Se a senhorita tinha saído naquele horário, concluiu ele, a água do rio devia ter subido assim que chegara por lá e a região de Noyori deveria estar mais alagada que a escola primária de Etsuko. Sem dizer mais nada, Sachiko entrou às pressas para entrar e gritou por Oharu.

Alguém respondeu que a empregada seguira o senhor Makioka e que não tinha voltado ainda. De repente, Sachiko começou a chorar, contraindo os músculos do rosto como uma criança.

Oaki e Ohana puseram-se a observar, assustadas, o rosto em prantos de Sachiko. Sentindo-se embaraçada, Sachiko fugiu da sala de estar para o terraço e continuou soluçando enquanto descia em direção ao gramado do jardim. Nesse momento, a senhora Stolz surgiu do outro lado da cerca que separava as duas propriedades. A senhora alemã chamou-a com o rosto pálido.

— Senhora, onde está o seu marido? Como está a escola de Etsuko?

— Meu marido foi buscá-la faz algum tempo. Parece que a escola não corre perigo. E seu marido?

— Foi para Kobe buscar Peter e Rumi. Estou muito nervosa.

Das três crianças dos Stolz, Fritz era o único que ainda não freqüentava a escola; entretanto, Peter e Rumi estudavam na Escola Primária Alemã, anexa ao Clube Alemão. O local de trabalho do pai deles, o senhor Stolz, ficava também em Kobe. Por isso, freqüentemente os três eram vistos saindo cedo de casa. Após a guerra sino-japonesa, contudo, os negócios do senhor Stolz amiudaram, o que o fez deixar de ir a Kobe com freqüência. Por essa razão, nos últimos tempos, podia-se ver logo cedo somente as duas crianças deixando a casa rumo à escola. Naquela manhã, o senhor Stolz também não fora ao trabalho, mas, alarmado com a segurança dos filhos, saiu dizendo que daria um jeito de chegar a Kobe. No momento em que partiu, ele não sabia da gravidade da enchente, tampouco que os trens estavam parados. A senhora Stolz, quando tomou conhecimento da situação real, ficara muito preocupada, imaginando se algo teria acontecido no caminho. Como a senhora alemã não falava japonês tão bem quanto suas crianças, Sachiko teve dificuldade em conversar com ela. Usou palavras inglesas cujo significado não sabia com exatidão para se fazer entender e tentou consolar a vizinha. Sachiko repetia:

— Seu marido, com certeza, voltará bem. Esta enchente atingiu a região dos rios Ashiya e Sumiyoshi e não há indícios de que tenha ocorrido o mesmo em Kobe. Peter e Rumi estão bem. Acredito nisso, de verdade. Fique tranqüila.

Despediu-se da vizinha e voltou para a sala de estar. De repente, Teinosuke, Etsuko e Oharu entraram pelo portão principal que ela deixara escancarado.

Como pensara, a escola de Etsuko estivera totalmente fora de perigo. Mas como os arredores estavam alagados, e a água ainda dava mostras de subir, a direção da escola achou por bem cancelar as aulas e reunir os alunos nas salas do andar superior. Quando apareciam pais preocupados, os filhos eram entregues para que fossem levados às suas casas. Etsuko, ela própria, não passara por nenhum medo ou susto. Ao contrário, estava preocupada com a segurança das pessoas em sua casa até ver seu pai e Oharu chegarem para buscá-la. Ela fora uma das primeiras alunas recolhidas em segurança pela família e, aos poucos, pais de outros alunos também foram aparecendo. Teinosuke expressou pesar e agradecimento ao diretor e aos professores da escola e conduziu Etsuko pelo mesmo caminho, de volta para casa. Só então nesse trajeto percebera o quanto estava feliz por ter a companhia de Oharu. Na escola, ela havia surpreendido as pessoas ao abraçar Etsuko com força, gritando "Senhorita!", vestida com um quimono sujo; no caminho de volta, seguira na frente, como se protegesse Teinosuke. O nível da água já tinha subido aproximadamente cinco centímetros e a correnteza estava mais forte. Num pequeno trecho, Teinosuke teve de carregar Etsuko nas costas. Sentiu dificuldade para andar e todos correram o risco de serem arrastados pelas águas. Se Oharu não o tivesse acompanhado e enfrentado a correnteza com seu corpo, Teinosuke não teria conseguido avançar. Ela cortava a água, criando uma espécie de vácuo para Teinosuke e Etsuko. Mas não lhe tinha sido fácil avançar, pois a água chegara-lhe até a altura do quadril. A água vinha do norte para o sul, e os três tiveram que atravessá-la no sentido leste-oeste. A passagem por três ou quatro cruzamentos fora o momento mais tenso. Em alguns lugares, puderam apoiar-se em cordas ali fixadas; em outras partes, os voluntários da defesa civil ajudaram. Já em outros trechos, puderam contar tão-somente com o guarda-chuva que Oharu utilizava como bengala, andando bem juntos para não serem arrastados.

 Sachiko nem teve tranqüilidade suficiente para se alegrar com a volta de Etsuko ou para agradecer ao marido e a Oharu. Antes que ele terminasse de relatar tudo, desabafou desesperada:

 — Querido... a Koisan... — e desatou a chorar novamente.

5

Em geral, Teinosuke levava entre vinte e trinta minutos para ir e voltar da escola primária, mas naquele dia gastara, provavelmente, mais de uma hora. Durante esse tempo, chegavam rumores sobre o transbordamento do rio Sumiyoshi: águas turvas teriam formado um rio a oeste de Tanaka, junto à Rodovia Nacional; Noyori, Yokoya e Aoki teriam sido os bairros mais atingidos; ao sul da rodovia, o mercado Konan e o campo de golfe tornaram-se parte do mar; havia pessoas e animais mortos e feridos, e casas destruídas; enfim, todas as notícias que chegavam aos ouvidos de Sachiko eram somente motivo de tristeza.

Entretanto, Teinosuke, que vivenciara o terremoto de Kanto[4] e sabia que quem conta um conto aumenta um ponto, citou exemplos dessa época para tentar acalmar Sachiko, pessimista em relação a Taeko. Ele tinha ouvido dizer que se podia ir até a estação Motoyama pelos trilhos... De qualquer maneira, iria até onde conseguisse e veria com seus próprios olhos. Se a força das águas fosse como diziam, não haveria o que fazer; entretanto, disse ele, tinha aprendido no terremoto que a probabilidade de o ser humano morrer num cataclismo era surpreendentemente pequena, e ainda que parecesse impossível se salvar, em geral sobrevivia-se... Fosse como fosse, seria prematuro chorar ou fazer alvoroço naquele momento; por isso, pediu a Sachiko que se acalmasse e esperasse por seu retorno. Caso se demorasse, completou, que ela não se preocupasse com ele, pois não costumava se arriscar de maneira imprudente, e assim que percebesse ser impossível avançar, retornaria de onde fosse. Dito isso, mandou preparar bolinhos de arroz para quando sentisse fome, guardou no bolso um pouco de conhaque e dois ou três tipos de remédio. Farto das botas, calçou sapatos de couro e calças curtas.

---

4. Forte terremoto, de 7,9 graus na escala Richter, que abalou a região de Kanto (abrangendo Tóquio, Ibaraki, Tochigi, Saitama, Chiba e Kanagawa), em 1º de setembro de 1923, deixando um rastro de mais de 140 mil mortos. (N.T.)

Pensou que, se caminhasse junto à via férrea, seriam pouco mais de quatro quilômetros até Noyori. Teinosuke, que gostava de caminhadas, conhecia bem a geografia da região e passava, volta e meia, em frente à escola de corte e costura. O que lhe dava esperanças era que o prédio da escola ficava a pouco mais de dez quarteirões a oeste da estação Motoyama, junto à Ferrovia Nacional, em frente à Escola Feminina Konan. Se conseguisse caminhar pelos trilhos até lá, chegaria à escola de corte e costura, ou ao menos verificaria as avarias sofridas pelo prédio. Quando ele ainda saía pelo portão, avistou Oharu, outra vez, seguindo-o imprudentemente. Disse-lhe que daquela vez ela não poderia ir. Em vez disso, pediu para que cuidasse de Sachiko e Etsuko durante a sua ausência. Teinosuke ordenou-lhe de forma severa que voltasse e subiu em direção aos trilhos, a meio quarteirão ao norte de sua casa. Por alguns quarteirões, não viu água, mas, nas imediações do bosque, as plantações de arroz estavam submersas de ambos os lados, com a água chegando a quase um metro de altura.

Ao atravessar o bosque e aproximar-se da região de Tanabe, Teinosuke avistou apenas água ao norte da via férrea, mas o lado sul estava normal. À medida que se aproximava da estação Motoyama, notava água também no lado sul. A via férrea ainda estava segura e ele não sentia qualquer perigo ou dificuldade para caminhar. Às vezes, ao cruzar com grupos de dois ou três alunos do Colégio Konan, parava-os para perguntar-lhes sobre a situação, ao que lhe respondiam que por ali não havia nada, adiante da estação Motoyama era que de fato existiam problemas. Se seguisse mais adiante, veria que lá parecia um mar. Todos davam a mesma resposta a seu pedido: "Quero ir para oeste da Escola Feminina Konan, em Noyori." Diziam: "Bem, provavelmente, lá é onde está pior. Quando saímos do colégio, as águas continuavam a subir; talvez agora até os trilhos estejam submersos." Por fim, ao chegar à estação Motoyama, Teinosuke viu que, realmente, a força das águas era terrível. Ele entrou na estação disposto a descansar um pouco. A rua já estava cheia d'água e, como esta continuava a invadir o prédio minuto a minuto, sacos de areia e esteiras eram empilhados, e funcionários e estudantes revezavam-se para empurrar com rodos a água que vazava pelos vãos. Se ficasse por lá, Teinosuke também teria de ajudar, por isso resolveu dar um trago no conhaque que levara consigo e, enfrentando a chuva que se intensificava, seguiu de novo pelos trilhos.

A água lamacenta era turva e amarela, muito semelhante à do rio Yang-Tsé, na China. Havia nela algo escuro e lodoso. Teinosuke não se deu conta de que caminhava nessa água e, quando caiu em si, percebeu que o riacho de Tanaka, por onde costumava passear, transbordara e ele andava pela ponte metálica que havia sobre esse regato. Ao atravessá-la e prosseguir mais adiante, já era possível avistar os trilhos, mas o nível da água era bastante alto em ambos os lados. Teinosuke parou, olhou adiante e entendeu o que os colegiais quiseram dizer com "parecer um mar"; era esse o panorama diante de seus olhos. Naquela situação, as palavras "majestoso" e "esplendoroso" pareciam inadequadas, porém a sensação que lhe veio, de início, era mais próxima disso e, em vez de assustar-se, ficou deslumbrado. Nessa região, onde a face sul do sopé do monte Rokko descia com suavidade em direção à baía de Osaka, havia plantações, bosques de pinheiros e riachos, e por ali se espalhavam casas tradicionais de agricultores e outras em estilo europeu, com telhados vermelhos. Teinosuke particularmente achava alegre a paisagem daquele local, um dos mais altos e secos entre Osaka e Kobe, e agradável para caminhadas. Porém, ela agora se transformara, lembrando as grandes enchentes dos rios Yang-Tsé e Hoang-Ho, ou Amarelo. A diferença entre esta e as outras inundações comuns era que nesta ocorrera desmoronamento de terra, que desgarrara das encostas do monte Rokko. Ondas brancas avançavam umas após as outras, lançando esguichos de espuma, parecendo um imenso caldeirão de água fervente. Era verdade, aquele lugar cheio de ondas não era mais um rio, era um mar — um turvo mar de lama trazido pelas ondas formadas pelos tufões de verão. A via férrea, na qual se encontrava Teinosuke, adentrava como atracadouro por esse mar barrento. Em alguns trechos, encontrava-se rente à superfície da água, a ponto de submergir; noutros, a terra do leito fora solapada e apenas dormentes e trilhos flutuavam, parecendo degraus de uma escada. Teinosuke viu dois caranguejos, que por certo se refugiaram na via férrea devido à enchente do riacho. Se estivesse sozinho, Teinosuke provavelmente retornaria desse ponto, mas estava em companhia de alunos do Colégio Konan. Eles haviam ido à escola pela manhã e uma ou duas horas depois, deu-se a confusão. Com o cancelamento das aulas, escaparam da correnteza e foram até a estação Okamoto, onde souberam que a linha Hankyu estava interrompida. Foram então até a estação Motoyama, da Ferrovia Nacional. Descobriram que esta também estava intransitável e resolveram descansar um pouco por lá. (Eram eles que, momentos antes, ajudaram os funcionários da estação a varrer o recinto.) Entretanto, como a água subia cada vez mais, era perigoso ficar ali, razão por que então resolveram separar-se em dois grupos para caminharem juntos pelos trilhos: aqueles que retornariam rumo a Kobe e os que iriam para os lados de Osaka. Era uma turma de jovens animados. Não tinham muita noção do perigo e, quando um afundava na água, todos gritavam e se divertiam. Teinosuke seguiu-os saltando a muito custo, de dormente em dormente, sobre os trilhos suspensos em virtude do deslizamento de lastros e terra. Lá embaixo, a correnteza violenta ia numa velocidade estonteante. Até então ele não tinha percebido, devido ao ruído da água e da chuva, mas havia uma voz a chamar: "Ei! Ei!" Viu que, meia quadra adiante, um trem estava parado e, da janela, alunos da mesma escola esticavam o pescoço, chamando a turma que Teinosuke acompanhava. Perguntaram para onde iam e avisaram do perigo: o rio Sumiyoshi estava muito cheio e impossível de atravessar. "Venham para cá", diziam eles. Como não havia outra opção, Teinosuke entrou com os jovens no trem.

Era um vagão de terceira classe do expresso que ia para a periferia, e, além dos alunos de Konan, várias pessoas nele se abrigaram. Algumas famílias coreanas formavam um grupo, ali refugiadas provavelmente por terem perdido suas casas. Uma senhora idosa de palidez mórbida, acompanhada de sua criada, pôs-se de pronto a orar. Um caixeiro-viajante que vendia quimonos, trajando camiseta de cânhamo e ceroulas, tremia enquanto colocava a seu lado um embrulho grande com tecidos cheios de lama e pendurava as mercadorias molhadas e o *obi* às costas do assento. Os estudantes animaram-se ainda mais com a chegada dos colegas e começaram a conversar. Um deles tirava caramelos do bolso e dividia-os com os amigos, outros emborcavam as botas para retirar areia e lama, descalçavam as meias e observavam os pés esbranquiçados e intumescidos. Um outro torcia o uniforme e a camisa encharcados e enxugava o corpo seminu. Outro se mantinha em pé, evitando sentar-se com a roupa ensopada. Todos espiavam, alternadamente, pela janela: lá vem um telhado, tatame, tábua, bicicleta... Nossa! Um carro!, gritavam. Então, alguém disse:

— Ei, um cachorro!

— Vamos salvá-lo.

— Não está morto?

— Não. Está vivo. Olha! Ali, em cima dos trilhos.

Um cão de porte mediano, mestiço da raça *terrier*, com os pêlos cheios de lama, tremia encolhido ao lado da roda do trem para abrigar-se da chuva. Dois ou três estudantes resolveram salvá-lo: desceram e puxaram o animal para cima. Ao entrar no vagão, o cão sacudiu-se todo, espirrando água. Sentou-se quieto diante do menino que o salvara e fixou nele um olhar assustado. Alguém aproximou um caramelo de seu focinho, mas o cão simplesmente o cheirou e não quis comer.

Teinosuke começou a sentir frio devido à roupa molhada pela chuva. Tirou a capa e o paletó, pendurou-os às costas do assento, bebeu uma ou duas doses de conhaque e acendeu um cigarro. O relógio de pulso indicava uma hora da tarde, mas como não sentia fome, não quis abrir o lanche. De seu assento, espiou na direção de Yamate e viu que, ao norte, a Segunda Escola Primária Motoyama estava inundada. Das janelas enfileiradas na face sul do andar térreo jorravam águas turvas, como comportas gigantescas. Se a escola ficava ali, era certo que aquele trem se encontrava apenas meio quarteirão a nordeste da Escola Feminina Konan. Em dias normais, de lá até a escola de corte e costura seriam alguns minutos. Com o passar do tempo, os estudantes perderam o ânimo e, como se tivessem combinado, todos assumiram uma expressão séria. A situação deixava visivelmente de ser descontraída, até mesmo para jovens cheios de entusiasmo. Teinosuke esticou o pescoço e viu que o caminho por onde viera com os meninos — a via férrea entre a estação Motoyama e o trem — estava submerso por completo, apenas o trem permanecia como uma ilha. Não se sabia, contudo, quando aquele lugar também seria inundado e, na melhor das hipóteses, o leito dos trilhos poderia ruir. A ribanceira da via férrea devia ter entre 1,80 e 2,10 m de altura, mas agora submergia pouco a pouco; as águas turvas que vinham das montanhas batiam com força no trem, como ondas quebrando na costa, e esparramavam-se espirrando a água sonoramente, chegando a molhar o interior do vagão — todos passaram a fechar as janelas. Lá fora, as correntezas turvas se chocavam, subiam, formavam redemoinhos e levantavam uma espuma branca. De repente, um carteiro fugiu do vagão dianteiro, seguido por quinze ou dezesseis desabrigados. Logo depois, apareceu o condutor.

— Senhores, passem para o vagão de trás, pois a água começou a cobrir os trilhos da frente.

Às pressas, todos pegaram suas bagagens, recolheram as roupas, penduraram as botas nos ombros e dirigiram-se ao vagão traseiro.

— Senhor condutor, posso usar esta cama? — pediu alguém. Tratava-se de um vagão-dormitório de terceira classe.

— Não há problema, afinal é uma emergência.

Alguns estudantes deitaram-se, mas logo se levantaram inquietos para espiar pela janela. O ruído das águas se intensificou e já ensurdecia os que estavam no trem. A senhora idosa continuava a orar. Subitamente, as crianças coreanas começaram a chorar.

— A água atingiu os trilhos! — alguém gritou, e todos correram às janelas do lado norte. Ainda não tinha alcançado o trilho em que estavam, mas já cobria a beira da ribanceira e estava próxima ao trilho vizinho.

— Condutor, será que aqui é seguro? — perguntou uma mulher de uns trinta anos, aparentemente da região de Osaka-Kobe.

— Bem, se pudesse se abrigar em lugar mais seguro seria melhor, mas...

Teinosuke observava com o olhar perdido um reboque rodopiar no redemoinho. Ele dissera, ao sair de casa, que não se arriscaria e retornaria quando percebesse algum perigo, mas, sem notar, acabara envolvido naquela situação. Não havia imaginado a "morte". De certa maneira, fizera pouco caso dela, pois não sendo mulher nem criança, achou que poderia safar-se numa emergência. De súbito, ele se lembrou que a escola de corte e costura que Taeko freqüentava era térrea na maior parte de sua extensão, o que o deixou muito apreensivo. A preocupação exagerada da esposa parecera-lhe um pouco anormal. Teria sido intuição de alguém com laços sangüíneos? A imagem de Taeko, dia 5, um mês antes, quando dançava *Neve*, veio-lhe à mente de modo estranhamente saudoso e fascinante. Naquele dia, a família se tinha reunido ao redor dela para uma fotografia, e a esposa estava com lágrimas nos olhos, sem motivo aparente... De qualquer maneira, era provável que naquele momento Taeko estivesse pedindo socorro em cima do telhado. Estava tão perto. Haveria algum outro jeito? Até quando teria de esperar? Já que tinha ido até ali, era preciso arriscar-se um pouco para levá-la embora, senão não teria como se desculpar perante a esposa, pensava ele. Diante de seus olhos, a expressão de gratidão de Sachiko se alternava com seu choro desesperado de pouco antes.

Porém, enquanto ele olhava para fora, absorto nesses pensamentos, algo animador aconteceu. A água do lado sul da via férrea baixara, e a areia já despontava em alguns trechos. No lado norte, por sua vez, o nível da água subia, as ondas ultrapassavam a via oposta e atingiam os trilhos.

— No lado de cá a água baixou! — gritou um dos estudantes.

— É verdade. Ei, agora podemos ir.

— Vamos até a Escola Feminina Konan.

Os estudantes foram os primeiros a saltar. Os outros pegaram as malas, colocaram os embrulhos nas costas e seguiram atrás. Teinosuke estava entre eles, mas, no momento em que corria desenfreadamente para baixo da ribanceira, uma onda enorme avançou sobre a parte norte do trem. A água desabou num estrondo sobre sua cabeça, como se fosse uma cachoeira, e uma tábua surgiu pela lateral. Ele escapou da correnteza turva por um triz, e chegou à parte seca, mas suas pernas afundaram na areia até acima dos joelhos. Ao levantar uma das pernas, perdeu o sapato. Deu mais cinco ou seis passos, erguendo as pernas da areia, e encontrou outra correnteza forte, com cerca de dois metros de largura. A pessoa que ia à sua frente conseguira atravessar, mas foi quase arrastada várias vezes. A força da correnteza era incomparavelmente superior à daquela que atravessara com Etsuko às costas. No meio da travessia, por duas ou três vezes Teinosuke achou que não conseguiria e quase desistiu. Ao chegar por fim ao outro lado, novamente afundou até a cintura. Rapidamente, agarrou-se a um poste e subiu arrastando-se. O portão dos fundos da Escola Feminina Konan ficava a quatro ou cinco metros de distância de onde estava. Não havia nada a fazer senão abrigar-se ali, mas havia outra correnteza a separá-lo do portão. Avistou-o do outro lado, mas não conseguia alcançá-lo. Até que ele se abriu e alguém lhe estendeu algo semelhante a um ancinho. Teinosuke agarrou-se a ele e foi puxado portão adentro.

6

Seria mais de uma da tarde quando o furor da chuva abrandou naquele dia? A água, porém, ainda não dava mostras de baixar e só começou a escoar lentamente quando enfim a chuva cessou por completo por volta de três horas, e o céu azul abriu-se aqui e ali.

Com o despontar dos raios de sol, Sachiko saiu ao terraço coberto por junco. Duas borboletas brancas voavam sobre a grama do jardim, ainda mais verdejante após a chuva, uma pomba ciscava na poça d'água em meio à relva, entre os lilases e uma árvore de cinamomo, compondo uma paisagem plena de serenidade. Ali não havia o menor vestígio de "*tsunami* de montanha". Estava entre os lugares prejudicados apenas pelo corte de energia, de gás e de água, mas como, além da água encanada, a casa era provida de um poço, não havia faltado água potável para beber e para tudo o mais. Por isso, havia pouco ela dera ordens para que deixassem a banheira preparada, supondo que o marido e os demais voltariam cheios de lama. Etsuko, convidada por Oharu, saíra pelos arredores para olhar a enchente, e a casa mergulhou por algum tempo no silêncio. Vez ou outra, ouvia-se pela porta de serviço apenas um ruído de balde lançado na água do poço. O motor estava parado e parecia que ora os homens ora as criadas da vizinhança vinham buscar água. Era possível ouvir também algumas vozes a comentar com Oaki e Ohana os danos da enchente.

Por volta das quatro horas da tarde, Shokichi, filho de On'yan, que ficara com a guarda da casa de Uehonmachi, chegou de Osaka. Foi a primeira manifestação de condolências recebida pelo ocorrido. Nas redondezas de Osaka nada de anormal ocorrera, e Shokichi, empregado da loja Takashima, na região de Nankai, nem imaginava que as cercanias de Osaka e Kobe tivessem passado por tamanha calamidade. Só tomou conhecimento de que os prejuízos das regiões ribeirinhas dos rios Sumiyoshi e Ashiya eram grandes quando, por volta do meio-dia, leu a edição extra do jornal. Resolveu, por isso, não ir à loja à tarde e saiu às pressas, pegando apenas o necessário. Mesmo assim, só havia conseguido chegar àquela hora. A certa altura do trajeto, baldeou para o trem da linha Hanshin, em outro local para o trem da linha nacional, e, em seguida, para o ônibus da linha Hankoku, precisando recorrer até mesmo aos veículos de carga e aos táxis, inclusive pedindo carona. Nos lugares onde o tráfego impossibilitava a circulação, foi obrigado a caminhar e vaguear. Seguiu descalço, levando os sapatos nas mãos, com as calças cheias de lama arregaçadas na altura dos joelhos, e carregando às costas uma mochila com alimentos.

— Quando vi a trágica situação nos arredores da ponte Narihira, deu-me uma dor no coração pensar na situação de sua família. No entanto, ao chegar aqui na rua, tudo se encontrava tão tranqüilo, como se nada tivesse acontecido, que até fiquei pasmado — disse, saudando primeiramente Sachiko com cumprimentos efusivos. Nisso, Etsuko retornou.

— Oh, senhorita, estava bem, afinal — continuou ele, nasalando intencionalmente a voz, pois era um rapaz muito falante e cheio de expressividade. Em seguida, como se finalmente retornasse à realidade, voltou-se para Sachiko. — Se houver algo ao meu alcance, estou à sua disposição — e logo começou a perguntar o que ocorrera ao patrão e a Taeko. Sachiko contou-lhe, então, em minúcias, sua inquietação desde aquela manhã.

A preocupação de Sachiko era ainda maior naquele momento, porque desde então ouvira muitos comentários: que o vale de mais de trinta metros de profundidade, localizado entre o museu Hakutsuru e a mansão Nomura, na parte superior do rio Sumiyoshi, fora completamente soterrado; que havia um amontoado de pedras enormes e árvores imensas semelhantes a toras de madeira descascadas obstruindo o trânsito na ponte da Rodovia Nacional, que atravessa o rio Sumiyoshi; que pouco antes daquele ponto, duas ou três quadras ao sul, em frente ao edifício de apartamentos Konan, localizado abaixo do nível da rua, inúmeros cadáveres eram trazidos pela água, todos tão impregnados de terra que era impossível reconhecer seus rostos ou roupas; que o município de Kobe também sofrera com a enchente e vários passageiros do trem morreram afogados com a invasão da água no subterrâneo da linha Hanshin. É claro que todos esses boatos continham suposições e exageros, mas o que abalou Sachiko, em especial, foi o caso dos cadáveres que apareceram em frente ao edifício Konan. A escola de corte e costura, freqüentada por Taeko, ficava exatamente a meia quadra para o norte, do outro lado desse prédio de apartamentos, separados pela Rodovia Nacional. Se todos esses cadáveres chegavam à frente desse edifício, isso significava que na região de Noyori, logo ao norte, várias mortes ocorreram. Essa suposição sinistra de Sachiko adquiriu uma certeza maior com os relatos de Oharu, que acabara de retornar com Etsuko. Oharu partilhava a mesma preocupação de Sachiko, por isso perguntou a todos que encontrara na rua sobre os danos sofridos pelos lados de Noyori. Todas as informações relacionadas à gravidade dos estragos sofridos na margem leste do rio Sumiyoshi coincidiam. Dizia-se que, embora em outras regiões o nível da água já estivesse bem reduzido, ali não havia indícios de que fosse baixar e, em alguns lugares, ainda ultrapassava a estatura de uma pessoa.

Sachiko confiava na prudência do marido que, ao sair, tinha afirmado que não se arriscaria em caso de perigo. Porém, à medida que as horas avançavam, começou a preocupar-se com ele e com Taeko. Se a situação em Noyori estava tão ruim, era provável que ele não tivesse conseguido prosseguir e fosse obrigado a retornar no meio do caminho, mas por que não teria chegado até aquele momento? Seria possível que, pensando em ir um pouco mais adiante, teria ido parar, por acaso, num lugar arriscado, sendo tragado pela água? Ou então, por ser mais persistente que cauteloso, procurando chegar ao local, ele poderia ter buscado outros caminhos, aqui e acolá, e, nisso, ter avançado em várias direções? Ou estaria em algum lugar, esperando a água baixar? Mesmo que ele tivesse chegado ao local desejado e obtido sucesso em salvar Taeko, eles teriam de retornar caminhando na água e, então, seria natural que demorassem. Não havia nada de estranho que chegassem às seis ou sete horas, mas, dentre todas as situações imaginadas, desde as melhores até as piores, Sachiko só conseguia pensar nas possibilidades ruins como as mais prováveis. Já que esses acontecimentos, apesar de improváveis, afligiam tanto as mulheres, Shokichi se ofereceu para ir até lá verificar a situação. Mesmo sem saber se eles teriam a sorte de se encontrar, Sachiko julgou que tal providência a deixaria um pouco mais tranqüila. Assim, já eram quase cinco da tarde quando ela foi até o portão dos fundos acompanhar Shokichi, já de saída depois de ter se preparado rapidamente.

A casa tinha um portão na frente e outro nos fundos, cada qual com saída para uma rua diferente. Sachiko aproveitou para, dali mesmo, dar a volta até a frente a fim de se exercitar. Entrou pelo portão que fora deixado aberto, em razão da campainha que não funcionava e caminhou em direção ao jardim.

— Senhora! — apareceu a senhora Stolz na cerca de arame. — A escola de Etsuko está a salvo. Está mais tranqüila?

— Estou, obrigada. Etsuko está bem, mas continuo muito preocupada com minha irmã. Meu marido foi buscá-la, e no entanto...

Usando expressões que a senhora Stolz pudesse compreender, Sachiko contou os mesmos fatos que já havia exposto a Shokichi.

— Ah! É mesmo?

A senhora Stolz franziu a testa e expressou sua desaprovação estalando a língua.

— Entendo sua preocupação. Compartilho sua dor.

— Muito obrigada. E o marido da senhora, está bem?

— Meu marido ainda não voltou. Também estou muito preocupada.

— Oh ! Então ele foi mesmo a Kobe?

— Creio que sim. Kobe também está alagada. Todos os lugares. Nada, Rokko e Oishikawa, todos os lugares estão cheios de água, água... Meu marido, Peter, Rosemarie... O que terá acontecido com eles? Onde estarão? Estou muito, muito preocupada...

O senhor Stolz tinha um porte físico magnífico e dava, à primeira vista, a impressão de ser robusto e muito forte. Por se tratar de um alemão de intelecto desenvolvido, jamais passara pela cabeça de Sachiko que ele pudesse estar em apuros ao deparar com uma enchente. Peter e Rosemarie estudavam numa escola situada em Kobe, mas num lugar mais elevado, e por isso certamente não tinham sofrido nenhum dano. Era bem capaz de estarem presos a caminho de casa devido à enchente, mas Sachiko, colocando-se na posição da senhora Stolz, obviamente também imaginava inúmeras situações. Mesmo recomendando-lhe calma, a senhora alemã não dava ouvidos a suas palavras tranqüilizadoras.

— Não adianta. Ouvi dizer que a enchente de Kobe foi terrível. Muitas, muitas pessoas morreram.

Ao notar seu rosto em prantos, Sachiko, sem conseguir desvencilhar-se da aflição da vizinha e, mais ainda, sem ter o que lhe dizer, repetia apenas frases feitas, desprovidas de qualquer imaginação.

— Eles estão bem... vou orar pela segurança de todos, de coração.

Enquanto ela tentava consolar a senhora Stolz, uma presença se fez sentir no portão da frente e Johnny saiu correndo. Seria seu marido? Sachiko sentiu o coração disparar e viu um vulto vestindo paletó azul-marinho e chapéu panamá, caminhando em direção ao vestíbulo, do outro lado do canteiro de plantas.

— Quem vem lá? — perguntou Sachiko, avançando em direção a Oharu que descia da varanda para o jardim.

— É o senhor Okubatake.

— Ah, sim...

Sachiko mostrou-se um pouco decepcionada. Embora não esperasse por Okubatake nesse dia, o fato de ele vir até ali para manifestar suas condolências era bastante natural. Mesmo assim, como ela deveria lidar com a situação? Desde a última visita, ela mesma pensara em manter distância: atenderia o rapaz no vestíbulo, dispensando-o logo em seguida, recomendação também de seu marido... Nessa ocasião, contudo, caso ele solicitasse, consentiria que esperasse por Taeko. Seria desumanidade sua recusar sumariamente tal pedido. Na verdade, tinha a intenção de permitir que Okubatake aguardasse Taeko para compartilhar com eles a alegria de receber a irmã a salvo.

— Ele perguntou se Koisan estava em casa, e respondi que ela ainda não havia retornado. Então, pediu para falar com a senhora.

Okubatake sabia que sua ligação com Taeko era segredo para as pessoas da casa, exceto para Sachiko, e o fato de ele, soberbo e sossegado, ter-se esquecido dos procedimentos de costume devido à afobação, indo tomar informações com a empregada, pareceu-lhe perfeitamente perdoável naquele dia. Sachiko sentiu até estima por ele se mostrar tão fora de seu juízo.

— Seja como for, faça-o entrar.

Aproveitando a ocasião, voltou-se à senhora Stolz, que ainda se encontrava do outro lado da cerca.

— Com licença, tenho uma visita me aguardando...

Sachiko entrou na sala de estar depois de fazê-lo esperar um pouco, mandando servir-lhe chá de cevada, que fora gelado no poço pois a geladeira elétrica não estava funcionando, Okubatake, como procedera na vez anterior, levantou-se e colocou-se em posição de sentido. Sua calça azul-marinho de sarja bem alinhada exibia vinco perfeito e quase não apresentava felpas. Um contraste com Shokichi, que pouco antes havia chegado coberto de lama. Okubatake disse ter pego o comboio até Ashiya tão logo soube que o trem de Hanshin fora liberado no percurso entre Osaka e Aoki, e andara apenas cerca de dez quadras para chegar até ali. No caminho, encontrou ainda alguns trechos inundados, mas, como não era nada sério, tirou os sapatos, arregaçou as calças e atravessou-os.

— Deveria ter vindo muito antes, mas nem tomei conhecimento da edição extra do jornal e só ouvi falar da enchente ainda há pouco. Sabia que hoje era dia de Koisan ir cedo para a escola de corte e costura. Fiquei torcendo para que a enchente tivesse ocorrido antes de ela sair de casa, mas pelo jeito...

Expondo claramente os fatos, Sachiko resolveu atender Okubatake com segundas intenções. Já que o rapaz com certeza entenderia sua apreensão num momento como aquele, se o fizesse ouvir o quanto ela desejava a segurança do marido e da irmã, mesmo que por pouco tempo, poderia ser poupada do sentimento inquietante e irreprimível da expectativa que ecoava em seu ouvido: "Eles já estão chegando, estão chegando." No entanto, começou a se arrepender ao sentar-se diante dele, separados apenas pela mesa de centro, acreditando que teria sido melhor não lhe ter dado muita confiança. Isso porque, ainda que o desejo de Okubatake de saber sobre o paradeiro de Taeko fosse sincero, seu jeito de demonstrar preocupação e de falar soava meio artificial, fazendo com que Sachiko logo se pusesse na defensiva. Ela suspeitava ter ele outras intenções, como a de se aproveitar de uma oportunidade como aquela para conquistar a família. Limitou-se então a responder às suas perguntas e depois contou-lhe, de modo bem austero, que a enchente começara assim que Taeko saíra de casa, e tendo sido a região da escola de corte e costura a mais afetada, ficara extremamente receosa quanto à segurança da irmã. Todavia, por excesso de zelo, pedira ao marido que saísse à procura dela e fosse pelo menos até onde conseguisse chegar. Ele partira por volta das onze horas da manhã. Uma hora antes, Shokichi, vindo de Uehonmachi para oferecer seu apoio, também fora no encalço de Teinosuke, mas como ninguém retornara, ela já estava muito nervosa.

— Por desencargo de consciência, poderia permitir-me esperar por mais algum tempo? — solicitou Okubatake em meio a rodeios.

— Certamente. Fique à vontade — e encaminhou-se para o andar superior.

Sachiko orientou as criadas para que levassem ao rapaz dois ou três tipos de revistas de edições mais recentes e lhe servissem chá preto, mas ela mesma não desceu mais. Lembrando que vez ou outra Etsuko costumava espiar a sala de estar, interessada nos visitantes, Sachiko mandou-a subir, chamando-a do alto da escada:

— Etsuko, que costume feio! Por que fica espiando a sala de estar quando temos visita?

— Eu não estava espiando coisa alguma.

— Deixe de mentiras. Já vi e sei muito bem. É falta de respeito com a visita, entendeu?

Etsuko, ruborizada, abaixou a cabeça, voltando os olhos para cima, mas logo fez menção de descer novamente.

— Não desça! Venha para cá!

— Por quê?

— Faça os deveres de casa aqui em cima. Etsuko, você tem aula amanhã, não tem?

Sachiko forçou a filha a ficar no quarto de seis tatames, em meio aos livros e cadernos, e acendeu um incenso contra pernilongos. Em seguida, saiu para a sacada do aposento de oito tatames e olhou fixamente para a rua, na direção de onde o marido e os demais deveriam chegar. De repente, ouviu uma voz grossa vinda da casa dos Stolz, e voltou-se para lá. Era o senhor Stolz, de mãos erguidas, chamando pelo nome da esposa. Ele acabara de entrar pelo portão da frente e seguia para o quintal dos fundos. Logo atrás do senhor Stolz vinham também Peter e Rosemarie. A senhora, que parecia fazer algo no quintal, soltou um grito bem alto, agarrou-se ao marido e começou a beijá-lo sem parar. O sol já estava se pondo, mas o jardim continuava claro, e na divisa dos terrenos, entre os vãos das folhas das árvores de palóvnia azul e de cinamomo, Sachiko pôde contemplar um abraço como aqueles que aparecem nos filmes ocidentais. Assim que o casal se afastou, foi a vez de Peter e de Rosemarie revezarem-se para agarrar a mãe. Sachiko, que estava recostada no parapeito e agachada, saiu da sacada e entrou no quarto em silêncio, pondo-se atrás do *shoji*. Sem perceber que era observada, assim que soltou a mão de Rosemarie, a senhora alemã se voltou em direção a cerca e não se contendo de tanta alegria gritou com aquela voz esquisita, arregalando os olhos:

— Senhora! Senhora! Meu marido voltou! Peter e Rosemarie também voltaram!

— Que boa notícia!

No mesmo instante em que Sachiko saiu para a sacada, pondo-se de pé próxima ao parapeito, Etsuko, que estudava no quarto ao lado, também se livrou do lápis e aproximou-se da janela.

— Peter! Rumi!

— *Banzai*!

— *Banzai*!

Quando as três crianças, a maior e as menores, acenaram com as mãos, o senhor e a senhora Stolz também o fizeram.

— Senhora! — desta vez foi Sachiko que gritou do andar superior. — O seu marido foi até Kobe?

— Meu marido encontrou Peter e Rosemarie quando estava a caminho de Kobe. Depois, voltaram juntos.

— Ah! Encontraram-se na rua! Que sorte, não é mesmo? Peter — Sachiko voltou-se para ele, pois o japonês da senhora Stolz era meio confuso —, onde foi que vocês se encontraram?

— Perto de Tokui, na Rodovia Nacional.

— Oh! Foram caminhando de Kobe até Tokui, então?

— Não, senhora. De San'nomiya até Nada, o trem da Ferrovia Nacional estava circulando.

— Ah, então os trens estão circulando até Nada?

— Sim, senhora. Fui andando com Rumi de Nada até Tokui e nos encontramos com papai.

— Que sorte grande ter encontrado o senhor seu pai, não? Que caminho pegaram de Tokui?

— Passamos pela Rodovia Nacional, mas também por outros locais, como os trilhos da Ferrovia Nacional, lugares um pouco mais próximos da montanha, outros lugares sem estradas...

— Oh! Deve ter sido terrível, não? Ainda há muitos lugares alagados?

— Não são muitos, não... Poucos... Alguns lugares...

O conteúdo da fala de Peter também ficava meio confuso à medida que era solicitado a dar detalhes, e ele não conseguia esclarecer onde e de que modo passaram, que lugares estavam inundados, qual era a situação no trajeto, entre outras coisas. Contudo, se uma garotinha como Rosemarie tinha conseguido vir a pé, em segurança — e as roupas dos três não estavam tão sujas —, era possível supor que eles não haviam enfrentado tantos perigos e dificuldades para chegar até ali. Por isso, Sachiko começou a recear ainda mais pela demora do marido e da irmã. Se até aquelas crianças conseguiram percorrer uma distância como a de Kobe até ali naquele intervalo de tempo, era óbvio que o marido e a irmã já deveriam ter voltado há muito tempo. Se não o fizeram, só lhe restava pensar que era porque havia algo de errado. Só o pior poderia ter acontecido a Taeko e, provavelmente, tanto o marido quanto Shokichi estariam enfrentando um contratempo para salvá-la ou localizá-la.

— Senhora, como estão seu marido e sua irmã? Ainda não voltaram?

— Ainda não voltaram! O marido da senhora e seus filhos já estão em casa e eles não. O que terá acontecido? Não me agüento de tanta preocupação!

Enquanto Sachiko dizia essas palavras, sua voz assumia um tom lamurioso que ela não conseguia conter. A senhora Stolz, cujo rosto encoberto pela sombra das folhas de palóvnia Sachiko via parcialmente, não parava de estalar a língua.

— Senhora... — Nesse momento, Oharu subiu e a reverenciou, colocando a mão na soleira. — O senhor Okubatake pediu para lhe informar que ele também vai para os lados de Noyori.

7

Quando Sachiko chegou à porta, Okubatake já se encontrava à entrada do vestíbulo, apoiado numa bengala de freixo com acabamento dourado.

— Acabei ouvindo a conversa. Por que será que Koisan ainda não retornou, se até mesmo aquelas crianças alemãs estão de volta?

— Tem razão. Eu também não entendo por quê.

— Está demorando demais. Pensei em sair por aí para ver como estão as coisas. Pode ser que mais tarde passe aqui novamente.

— Agradeço-lhe. Mas está escurecendo, poderia esperar aqui.

— Pode ser. Mas não consigo ficar quieto. Prefiro sair em vez de ficar aqui esperando.

— Sim, sim. Se achar melhor assim...

Naquele momento, Sachiko desejava agradecer a qualquer um que se preocupasse de fato com sua irmã, por isso não conseguiu conter as lágrimas diante do jovem.

— Então, eu irei. A senhora minha irmã não deveria ficar tão preocupada.

— Muito obrigada. Por favor, tome muito cuidado.

Descendo com ele à entrada de chão batido, perguntou ainda:

— O senhor possui lanterna?

— Sim.

Okubatake tirou às pressas duas coisas debaixo de seu panamá, que ficara sobre o degrau de madeira da soleira, e guardou uma delas em seu bolso, mais rápido ainda. Sachiko teve a certeza de que uma dessas coisas era a lanterna e, a outra, uma Leica ou uma Contax. O jovem deve ter-se sentido constrangido por ter em mãos tal equipamento em hora tão inapropriada como aquela.

Depois da partida de Okubatake, Sachiko continuou por algum tempo do lado de fora, encostada à coluna do portão, fitando a escuridão.

Ao se conformar que seu marido e Taeko iriam demorar, retornou à sala de estar, acendeu as velas para diminuir seu receio e sentou-se. Oharu entrou e informou receosa, estudando a reação da patroa, que a ceia já estava pronta. Só então Sachiko se deu conta de quão tarde era, mas como estava sem apetite, ordenou-lhe servir somente a Etsuko, dizendo para não se preocupar com ela. A empregada foi ao andar superior, mas logo voltou, informando que a senhorita também comeria mais tarde. Sachiko observou que, àquela hora, Etsuko já teria terminado as tarefas da escola e estranhou que não estivesse insistentemente atrás dela, como fazia sempre, para não se sentir sozinha no quarto. Supôs que a filha permanecia em silêncio, recolhida em seu quarto, procurando não se aproximar da mãe por supor que seria repreendida. Sachiko ficou por mais vinte ou trinta minutos sentada, mas, tomada por nova ansiedade, subiu ao primeiro andar e, sem falar com Etsuko, dirigiu-se ao quarto de Taeko, onde acendeu uma vela no castiçal. Como que atraída por alguma força invisível, aproximou-se de um quadro na parede da ala sul. Pôs-se a ver as quatro fotos do quadro, uma a uma.

Eram as fotos de Taeko dançando *Neve* na festa folclórica do dia 5 do mês anterior. Naquele dia, Itakura batera fotos ao longo da apresentação da irmã, tirando outras tantas após o término da dança, com poses em frente ao biombo dourado, antes de despir o traje. Taeko escolhera somente quatro dentre as várias reveladas, e pedira para ampliá-las no tamanho 25,5 x 30,5 cm. As quatro foram tiradas após a dança. Itakura tinha sido bastante meticuloso quanto à iluminação e aos efeitos, e Sachiko ficara bastante impressionada ao perceber o cuidado com que ele assistira à dança. No momento em que batia as fotos, ia instruindo Taeko a partir de algumas passagens — "Acho que tinha algo como uma 'cama gelada', Koisan", dizia, ou "Que tal o trecho do 'som de granizo que ecoa no travesseiro'?" — e ele até se lembrava de algumas poses tão bem a ponto de demonstrá-las ele mesmo. Era possível dizer que as fotos estavam perfeitas, eram obras-primas de Itakura. Contudo, nesse momento, o que vinha à lembrança de Sachiko, de forma muito nítida, eram as falas emitidas ou as ações casuais de Taeko: um pequeno movimento, um leve olhar ou poucas palavras. Aquela tinha sido sua primeira apresentação pública da dança *Neve*. Nem por isso deixou de ser primorosa. Não porque Sachiko simplesmente se sentisse orgulhosa, mas porque a própria mestra Osaku tecera elogios a ela. Obviamente, o crédito pertencia à mestra, que tinha se deslocado de longe, todos os dias, para dirigir os ensaios da aluna em sua própria casa. No entanto, não se poderia ignorar a experiência de Taeko adquirida desde pequena, bem como seu talento natural. Poderia até mesmo ser uma opinião parcial a favor da irmã caçula, mas Sachiko, sinceramente, tinha achado boa a apresentação. De lágrimas fáceis, ela não conseguira contê-las naquele dia ao admirar o rápido progresso de Taeko; e agora, ao ver as fotos, sentiu a emoção aflorar novamente. Dentre as quatro imagens, Sachiko preferiu aquela em que, durante o interlúdio que se segue ao verso "o coração ao longe, ao som do sino da meia-noite", Taeko, com o guarda-chuva aberto no chão atrás de si, estava ajoelhada com o corpo levemente erguido para a esquerda, as mangas do quimono sobrepostas à frente, a cabeça graciosamente inclinada, olhando ao longe um céu com neve, onde as badaladas do sino teriam desaparecido. Mesmo nos ensaios, ao ritmo da voz da mestra, Sachiko gostara dessa parte. No dia da apresentação, entretanto, Taeko parecia superar-se ainda mais que nos treinos, em grande parte devido ao traje e penteados adequados. Sachiko não conseguia explicar a razão pela qual apreciava essa passagem da dança; talvez fosse porque a irmã lhe parecesse mais meiga, diferente de seu jeito arrojado de sempre. Até aquele dia, Sachiko via Taeko como uma estranha entre as irmãs, ativa e inovadora, uma moça moderna e impetuosa que fazia o que lhe vinha à cabeça. Vendo-a nos trajes de dançarina, percebeu nela a graciosidade própria das donzelas japonesas e passou a nutrir-lhe mais ternura. O penteado incomum e a maquiagem à moda antiga transformaram a expressão facial de Taeko, fazendo desaparecer a jovialidade e a vivacidade que lhe eram naturais, substituídas por uma beleza madura, adequada à sua idade, levando Sachiko a sentir maior simpatia pela irmã caçula. Por outro lado, terem feito aquelas fotos em poses tão admiráveis, exatamente um mês antes, não lhe parecia nada casual, o que a fizera pressentir algo ruim. Lembrou-se, naquele instante, de haver outra fotografia na qual Taeko posara entre Teinosuke, Sachiko e Etsuko, que poderia vir a transformar-se numa terrível recordação, se algo porventura lhe acontecesse. Sachiko recordou-se ainda das lágrimas que tivera dificuldade em conter, emocionada que estava ao ver Taeko vestida com o mesmo quimono do casamento da irmã mais velha, Tsuruko. Essa foto acabaria sendo a última de Taeko em traje de gala? Percebeu a inutilidade do desejo, que tinha até então, de vê-la casar-se luxuosamente. Sachiko procurou apagar tal pensamento e, uma vez que continuar contemplando o quadro de fotos lhe causava uma sensação mórbida, desviou o olhar para uma prateleira próxima ao leito. Ali estava um boneco simbolizando a dança *Jovem acompanhante jogando peteca*, recentemente confeccionado por Taeko. Fazia dois ou três anos que o sexto mestre Kikugoro apresentara essa dança e *O bonzo alegre* no Teatro Kabuki de Osaka, época em que Taeko assistiu ao espetáculo várias vezes. Sachiko impressionou-se ao constatar que sua irmã tinha observado com tanta atenção os movimentos de Kikugoro, porque os bonecos representavam fielmente seus movimentos peculiares nessas peças, embora fisionomicamente não se parecessem. Tão hábil em tudo que fazia... Nascida caçula, sempre fora a mais infeliz, mas por isso havia se tornado a mais prática de todas as irmãs. Algumas pessoas achavam que Yukiko e ela própria, Sachiko, eram até mais novas que Taeko... Sachiko, por sentir pena de Yukiko, sempre acabava ignorando essa irmãzinha. E não era certo, concluiu ela. A partir de então, tratar-lhe-ia do mesmo modo que Yukiko. É claro que não haveria de acontecer nada grave, mas se Koisan voltasse bem, iria convencer Teinosuke a permitir que ela fosse à Europa e também que se casasse com Okubatake, prometeu a si própria.

Lá fora estava um completo breu sem a iluminação elétrica, e quanto mais longe se olhava, mais escura parecia a noite. Ao fundo, bem distante, podia-se ouvir o coaxar calmo de um sapo. De súbito, uma luz iluminou a folhagem do jardim, atraindo a atenção de Sachiko para a varanda. Os Stolz haviam acendido os castiçais da sala de jantar. Ouviam-se a fala estridente do senhor Stolz e as vozes, provavelmente, de Peter e Rosemarie. A família vizinha devia estar reunida para o jantar, e pai, filho e filha estariam narrando, um após o outro, as aventuras daquele dia.

Sachiko podia imaginar pela luz das velas a feliz ceia dos Stolz, o que a deixava mais inquieta. Ouviu, então, Johnny correndo no gramado.

— Voltamos! — era a voz entusiasmada de Shokichi vinda do vestíbulo.

— Mamãe! — gritou Etsuko com voz estridente do quarto vizinho.

— Ah! Voltaram! — repetiu Sachiko. No instante seguinte, mãe e filha desceram a escada em disparada.

Não podia distinguir muita coisa no vestíbulo escuro, mas logo após a voz de Shokichi, ouviu a de seu marido:

— Estamos de volta.

— E Koisan?

— Também — respondeu Teinosuke imediatamente.

Como não ouvira a voz de Taeko, Sachiko ficou apreensiva.

— Qual o problema? Koisan... O que aconteceu?

Quando Sachiko espiou a entrada, Oharu iluminou o local com um castiçal. À luz da chama oscilante que aos poucos iluminava o vestíbulo, Sachiko pôde ver, por fim, Taeko a fitá-la diretamente com os olhos arregalados, vestida num quimono de seda barata, sem forro, muito diferente do traje com o qual saíra pela manhã.

Taeko pronunciou o nome de Sachiko com voz trêmula e emocionada, pôs-se a soluçar como que aliviada de forte tensão, cambaleou e aproximou o rosto ao degrau de madeira da soleira.

— O que aconteceu, Koisan, está machucada?

— Não se machucou. — Foi seu marido quem respondeu novamente. — Passou por sérios apuros e foi salva por Itakura.

— Itakura?

Sachiko procurou o fotógrafo atrás dos três, mas ele não estava lá.

— Agora, traga-me um balde d'água.

Teinosuke estava coberto de barro, sem os sapatos que provavelmente perdera, só com tamancos nos pés nus. Os tamancos, as pernas e as canelas eram puro barro.

8

À noite, os pormenores dos dissabores de Taeko foram contados em turnos por ela própria e Teinosuke a Sachiko.

Naquela manhã, Oharu acompanhara Etsuko até a escola e já estava de volta quando Taeko saiu de casa, às oito e quarenta e cinco, e tomou o ônibus na parada Tsuji, como de costume. Naquela hora, a chuva era forte, mas o ônibus circulava. Ela desceu em frente à Escola Feminina Konan, como sempre, e passou às nove horas pelo portão da escola de corte e costura, a um passo dali. A escola era praticamente um curso particular, bastante sossegado, mas devido ao mau tempo e ao risco de inundação muitos alunos tinham faltado, e os presentes estavam inquietos. Foi resolvido então cancelar as aulas, e todos foram embora. A professora Tamaki ofereceu café a Taeko e as duas ficaram conversando na casa dela. A senhora, sete ou oito anos mais velha que Taeko, era casada com um engenheiro da Sumitomo, com quem tivera um menino que estudava na escola primária. Trabalhava como consultora do setor de roupas femininas de uma loja de departamentos em Kobe, além de administrar a escola de corte e costura. Vizinha à escola, sua elegante casa térrea em estilo espanhol ligava-se àquela pelo pátio, tendo por acesso uma portinhola lateral. Taeko era muito estimada pela professora, considerada por esta mais do que uma simples discípula, e era sempre convidada para esse tipo de conversa amigável. Taeko fora conduzida à sala de estar e fazia perguntas sobre coisas que pudessem ajudá-la em sua ida à França. A professora, que estudara alguns anos em Paris, encorajava Taeko a fazer o mesmo e ofereceu-se para indicá-la a alguém.

Enquanto a anfitriã preparava o café no fogareiro a álcool, a chuva continuava terrível. E agora? Como iria embora? A professora lhe disse para não se preocupar, que descansasse um pouco mais, pois ela também sairia quando a chuva diminuísse. De repente, Hiroshi, seu filho de dez anos, entrou ofegante. A senhora Tamaki lhe perguntou por que não estava na escola. Segundo ele, os alunos haviam sido dispensados depois da primeira aula, disseram que poderiam ir embora, pois havia risco de enchente. "Risco de enchente? O que estão dizendo? E então a água me perseguiu e eu corri desesperadamente para não ser alcançado." Enquanto o pequeno Hiroshi falava, ouviu-se o barulho de água lamacenta invadir o jardim. Como parecia que ia entrar na casa, a professora e Taeko fecharam a porta às pressas. Então, ouviu-se do corredor oposto um ruído semelhante ao da cheia da maré, e a água invadiu a casa pela porta que Hiroshi entrara.

Apenas fechar a porta não bastaria para conter o fluxo, por isso os três encostaram seus corpos para segurá-la. Mesmo assim, a água atingia a porta com violência, como se fosse arrombá-la. Escoraram-na com mesa e cadeiras e encostaram-lhe uma poltrona, onde o menino sentou-se com as pernas cruzadas. Não demorou para que ele começasse a rir bastante, pois, num instante, a porta se abriu e a poltrona flutuou junto com ele. "Oh, e agora? Não deixe que os discos se molhem", disse a professora. Retiraram, então, os discos do móvel da vitrola e, como não havia nem prateleira nem qualquer outro lugar alto, empilharam-nos sobre o piano. A água logo chegou à altura do abdômen e muitas coisas, como o jogo de três mesas, o frasco da cafeteira, o açucareiro e as flores de cravo, começaram a flutuar no recinto. A professora ficou preocupada com a boneca francesa feita por Taeko que estava sobre a lareira. Estaria segura? Taeko achava que sim, a água não deveria subir mais. Àquela altura, os três ainda achavam engraçada a situação. Hiroshi esticou-se para tentar pegar a maleta escolar que era arrastada, e bateu a cabeça no rádio que flutuava. Tanto a professora como Taeko e o próprio menino, que esfregava a cabeça, deram risada. Divertiram-se durante cerca de meia hora, mas, em certo momento, ficaram sérios e emudeceram. Pelo que recordava Taeko, a água chegara à altura do peito num piscar de olhos e ela encostou-se na parede, segurando-se na cortina. Esta provavelmente esbarrou no quadro, que caiu por cima de sua cabeça e flutuou na água, bem diante de seus olhos. Era o *Retrato da pequena Leiko*, de Ryusei Kishida[5], que flutuava e

---

5. Pintor natural de Tóquio (1891-1929). (N.T.)

afundava ao ser arrastado para o canto da sala. A professora e Taeko nada podiam fazer senão observarem-no com pesar. Tamaki perguntou ao filho se ele estava bem, com uma voz completamente diferente de instantes antes. O menino respondeu que sim e, como não era seguro permanecer ali, subiu no piano. Taeko lembrou a cena de um filme policial do Ocidente, que vira quando criança: o detetive era lançado ao porão, trancado pelos quatro lados, a água começava a entrar, e o corpo do homem ia submergindo aos poucos. Àquela altura, os três encontravam-se em lugares diferentes: Hiroshi, em cima do piano no lado leste, Taeko, agarrada à cortina da janela, no lado oeste, e a professora Tamaki, sobre a mesa que fora usada como escora e depois arrastada para o centro do recinto. Taeko, temendo ser levada pela água, segurou-se na cortina e procurou com o pé algo que lhe servisse de apoio. Por sorte, encontrou uma mesa, colocou-a de lado e subiu nela. (Mais tarde soube-se que a água, por ser barrenta, segurava os objetos. Depois que a água escoou, mesas e cadeiras permaneceram presas à areia. Muitas casas escaparam do desmoronamento por terem ficado cheias de terra por dentro.) Taeko até pensara na alternativa de sair de lá, talvez conseguisse quebrar o caixilho da janela (tipo guilhotina, fechada para evitar a chuva, com uma abertura de aproximadamente cinco centímetros na parte superior); porém, ao espiar através dela, percebera que o nível da água do lado de fora da casa era igual ao de dentro, e, enquanto o do recinto estagnava, na área externa havia uma correnteza fortíssima. Além disso, lá havia apenas um gramado, nenhuma árvore grande, nem construção, exceto uma pérgula usada para proteção contra o sol da tarde, a cerca de um metro e meio da janela. Seria ótimo se conseguisse sair pela janela, nadar e subir na pérgula, porém, era óbvio que seria arrastada antes de chegar até ela. Hiroshi, em pé sobre o piano, alisava o teto fazendo círculos com as mãos. De fato, a melhor alternativa seria quebrar o teto e subir ao telhado, mas com a força de mulheres e criança não havia a menor possibilidade. O menino perguntou subitamente à mãe onde estava Kaneya. Havia pouco estava no quarto de empregada, respondeu a professora, como estaria ela? "Mas não ouço sua voz", replicou o menino, e a professora não disse mais nada. Mudos, os três observavam a superfície da água que os separava. O nível elevou-se ainda mais e a distância até o teto se reduziu a pouco mais de um metro. Taeko subiu na mesa depois de recolocá-la na posição normal (nesse momento, a mesa estava pesada, afundada na areia e enroscou-se em seu pé) e segurou firme a ferragem da cortina, apenas a cabeça fora d'água. A professora, sobre a mesa no centro da sala, encontrava-se em situação semelhante: quando ia cair, segurou-se ao lustre de duralumínio preso por três correntes ao teto, bem acima de sua cabeça. Hiroshi perguntou à mãe se iria morrer. Como a mãe continuava calada, ele repetiu a pergunta: "Vou morrer, não é? Vou, não é?" "Morrer, isso é...", a professora parecia dizer alguma coisa, mas apenas balbuciara e provavelmente nem sabia o que dizer. Taeko observou que Tamaki tinha apenas a cabeça fora d'água, e sua expressão era a de quem via a morte próxima. Ela própria também tinha a mesma expressão e compreendeu que quando a morte chega sem qualquer possibilidade de salvação, o ser humano fica surpreendentemente calmo e nem medo sente.

O tempo em que Taeko ficou nessa situação parecia-lhe muito longo — três ou quatro horas —, mas na verdade não deve ter chegado a uma hora. A parte superior da vidraça da janela onde ela se apoiava tinha cerca de cinco centímetros de abertura, e por esse vão penetrava a correnteza turva. Ela segurou a cortina com uma das mãos e tentou fechar a vidraça com a outra. Fazia algum tempo que ouvia passos de alguém a caminhar sobre o telhado, mas naquele momento notou a sombra de uma pessoa saltando do telhado em direção à pérgula. Taeko estranhou quando aquele vulto se dirigiu para o canto leste — isto é, próximo à janela por onde ela espiava —, segurou-se na beira da pérgula e lançou-se na correnteza. Obviamente aquele corpo inteiro estava submerso, quase sendo arrastado pela água, mas a mão segurava firme na pérgula, e, voltando-se em direção à janela, viu Taeko a observá-lo. Ele olhou de soslaio pela janela e começou a gesticular. No início, ela não entendia o que ele queria fazer, depois percebeu que tentava atravessar a correnteza e alcançar a janela com uma mão, enquanto segurava-se na pérgula com a outra. Taeko logo percebeu que aquele homem, trajando jaqueta de couro e boné de aviador e piscando muito, era o fotógrafo Itakura.

A jaqueta devia ser da época em que ele vivera nos Estados Unidos, mas Taeko nunca o vira vestido assim, seu rosto oculto pelo chapéu, e jamais havia imaginado que ele apareceria ali naquela hora. Havia névoa ao redor devido à chuva torrencial e à correnteza, mas, principalmente por estar perturbada, durante um breve tempo não percebera que o vulto era de Itakura. "Senhor Itakura!", gritou ao reconhecê-lo, mas sem se dirigir a ele, e sim à professora e a Hiroshi que estavam na sala, para avisá-los de que o socorro chegara e com isso encorajá-los. O que Taeko fez em seguida foi esforçar-se ao máximo para abrir a janela emperrada pela água. Minutos antes, ela tentara levantar a vidraça, mas dessa vez abaixou-a, deixando um vão suficiente para poder passar. Com muito custo, conseguiu abri-la. Diante de seus olhos, surgiu a mão de Itakura. Ela inclinou-se e segurou-a com a mão direita. No mesmo instante, quase foi levada pela correnteza. Com a mão esquerda ainda segurava firmemente o trinco da janela, mas quase o soltou. "Solte a outra mão", falou pela primeira vez Itakura, "eu seguro sua mão, solte a outra." Taeko entregou sua sorte aos céus e obedeceu as instruções. Por um instante, os braços de ambos estenderam-se por completo, como se formassem uma corrente, e parecia que seriam arrastados pelas águas; no instante seguinte, Itakura puxou Taeko para junto de si. (Mais tarde ele viria a dizer que mal conseguia acreditar no esforço que fizera.) "Segure assim como eu", disse Itakura novamente. Taeko estendeu ambas as mãos e fez como ele, agarrando-se à beira da pérgula. Mas sendo ali o perigo muito maior do que dentro da casa, ela se desesperou, temendo não conseguir se segurar e acabar sendo arrastada. "Agüente mais um pouco, não solte, segure firme"; dizendo isso, Itakura trepou na pérgula, lutando contra a correnteza violenta. Removeu alguns ramos da glicínia, abrindo ali um buraco, através do qual estendeu as mãos e puxou Taeko para cima.

Já estava a salvo, foi o que pensou Taeko no mesmo instante. Isso não significava que a água não viria a alcançar o topo da pérgula, mas ela poderia fugir para cima do telhado e, houvesse o que houvesse, Itakura faria alguma coisa. Até então, Taeko se debatia numa sala escura e não podia imaginar a situação lá fora, mas agora, em cima da pérgula, percebeu com clareza o fenômeno que ocorrera em apenas uma ou duas horas. O que ela via nesse momento provavelmente era a mesma paisagem "igual a um mar" que Teinosuke vira de cima da Ferrovia Nacional logo que atravessara o pontilhão sobre o riacho de Tanaka. Teinosuke avistou esse "mar" da margem leste, enquanto Taeko se encontrava praticamente no meio dele e via a sua fúria nas quatro direções. Instantes antes, Taeko pensara que estava a salvo, mas ao ver a força da natureza enlouquecida, teve a impressão de que a sua segurança fora apenas momentânea e no final não se salvaria. Como ela e Itakura conseguiriam escapar desse cerco das águas? Preocupada com a professora e o pequeno Hiroshi, ela apressou Itakura, pedindo-lhe que fizesse alguma coisa. Nesse momento, algo fez a pérgula estremecer. Era uma tora que a atingira. Itakura entrou na água de novo e com a própria tora improvisou uma ponte entre a pérgula e a janela, contando com a ajuda de Taeko para fixar suas extremidades com os cipós de glicínias. Feita a ponte, ele atravessou para o outro lado, entrou pela janela e não reapareceu por um longo tempo. Depois ela soube que ele estivera improvisando uma corda com a renda da cortina. Arremessou-a para a professora, que estava relativamente próxima à janela. Ela a pegou e a lançou para Hiroshi, que estava em cima do piano, junto à parede do outro lado. Itakura primeiro puxou ambos para perto da janela, depois atravessou a ponte levando o menino até a pérgula. Em seguida, voltou e salvou a professora da mesma maneira.

 O trabalho de Itakura parecia ter sido ao mesmo tempo demorado e breve, e Taeko, ao relembrá-lo posteriormente, não soube a duração real. Naquela hora, Itakura usava seu relógio de pulso predileto, automático e à prova d'água, porém, a certa altura, este havia parado de funcionar. De qualquer maneira, enquanto os três ficaram sobre a pérgula após terem sido resgatados, chovia torrencialmente e a água continuava a subir. Até ali estavam em perigo, e tiveram de atravessar de novo a ponte improvisada e se refugiar em cima do telhado (mais duas ou três tábuas se juntaram à tora, formando uma espécie de jangada, o que lhes foi muito útil). Somente quando estavam no telhado, Taeko teve a chance de questionar Itakura sobre o enigma de seu aparecimento naquela emergência, vindo como se caísse do céu. A resposta de Itakura foi que naquela manhã ele tivera o pressentimento de que haveria uma enchente. Para completar, na região de Osaka e Kobe havia registros de desabamentos de terra a cada sessenta ou setenta anos, e Itakura ouvira falar de um ancião que já na primavera previra que naquele ano ocorreria o próximo desabamento. Ele tinha isso em mente e estava preocupado com a chuva torrencial que caía havia vários dias. Naquela manhã, como já esperava, a vizinhança estava agitada, ouviam-se boatos de que o dique do rio Sumiyoshi estava em via de se romper, a defesa civil corria para dar o alarme. Itakura ficou ansioso e foi até as proximidades do rio Sumiyoshi para verificar a situação. Ele observou as duas margens do rio e concluiu que um desastre estava prestes a acontecer. E, ao voltar para Noyori pelo caminho da rede de água, deparou com a inundação.

De qualquer modo (ainda que Itakura tivesse previsto a enchente), era estranho que tivesse saído preparado com jaqueta de couro e estivesse rondando as cercanias de Noyori. Sabendo que aquele era o dia de Taeko ir à aula de corte e costura, teria ele saído de casa com a intenção de socorrê-la, caso ela corresse perigo? Há essa dúvida, mas, por enquanto, deixemo-la de lado. De qualquer forma, foi isso o que Taeko ouviu Itakura contar-lhe em cima da pérgula: enquanto fugia da água para cá e para lá, ele lembrou por acaso que ela iria à escola de corte e costura, achou que tinha de ir socorrê-la a qualquer custo e correu loucamente pela água. Quanto à sua luta mortal para chegar até lá, mais tarde Taeko ouviu a história com todos os detalhes, mas não me parece ser necessário registrá-la aqui. Assim como Teinosuke, Itakura subira à via férrea e viera pelos lados da Escola Feminina Konan, mas como se adiantara uma ou duas horas em relação ao primeiro, conseguiu atravessar as águas. O próprio Itakura disse que por três vezes foi arrastado e quase morreu, ninguém mais além dele pulou naquela forte correnteza. Devia ser tudo verdade. E após chegar com muito custo à escola, a ressaca atingira seu auge. Durante algum tempo, distraiu-se no terraço da escola, mas caiu em si e notou alguém a acenar no telhado da dependência de empregada da casa da professora: era a criada

Kaneya. Ao perceber que Itakura a vira, ela apontou em direção à sala de estar, fez um "três" com os dedos e escreveu no ar: T-A-E-K-O. Com isso, Itakura soube que havia três pessoas ali, dentre as quais Taeko. Pulou imediatamente na água outra vez e, nadando com dificuldade, quase sendo por ela arrastado e se afogando, conseguiu alcançar a pérgula. Não é difícil supor que esta última luta contra a correnteza foi uma aventura em que arriscara a própria vida.

9

O trabalho de resgate relatado por Itakura provavelmente correspondeu ao tempo em que Teinosuke esteve refugiado no vagão. Depois, ele abrigara-se na Escola Feminina Konan por precaução, e descansou até por volta das três horas da tarde, recolhido no primeiro andar, em uma das salas improvisadas para atender as vítimas da calamidade. Mas assim que a chuva cessou e a água escoou, ele se dirigiu à escola de corte e costura, localizada a uma pequena distância dali. Não conseguiu, porém, chegar até lá com a facilidade que teria em dias normais. A água havia abaixado, mas o acúmulo de terra e pedras era tão grande que, dependendo do local, atingia dimensões capazes de soterrar uma casa. Isso não era novidade. Assemelhava-se às paisagens de neve da região norte. Um fator agravante foi que, ao andar sobre esses montes de forma desprevenida, as pessoas acabavam sendo engolidas, como acontece na areia movediça dos pântanos. Teinosuke havia afundado num desses atoleiros de lama e perdido um dos sapatos. Desfez-se então do outro, e acabou ficando apenas de meias. Para um trajeto em que normalmente se levava um ou dois minutos, necessitou de vinte ou trinta para completá-lo.

Quando por fim chegou ao local, estranhou os arredores da escola de corte e costura. O portão estava praticamente soterrado, deixando à mostra apenas a parte superior da coluna. A casa onde ficava a escola, uma construção térrea, também havia sido coberta, e somente o telhado de ardósia estava à vista. Teinosuke imaginou Taeko e outras pessoas refugiadas no telhado. Que teria acontecido aos alunos? Teriam conseguido fugir a salvo? Teriam sido levados pela água? Estariam soterrados? No telhado, não avistou uma só alma. Desesperado (o terreno da região oferecia grande perigo e a cada passo suas pernas afundavam até as coxas), atravessou a parte sul do prédio, onde antes ficava o jardim com canteiro de flores e gramado, e seguiu em direção à casa da professora

Tamaki. A pérgula de glicínias permanecia rente à superfície do solo, sustentada pelos galhos da trepadeira enrolados nas ripas. Ao lado, havia dois ou três troncos de árvores arrastados pela enxurrada, uns sobre os outros. Nesse momento, inesperadamente, ele avistou Taeko, Itakura, a professora Tamaki, o pequeno Hiroshi e mais uma pessoa, Kaneya, a criada, todos reunidos sobre o telhado vermelho da residência.

Itakura contou a Teinosuke suas proezas ao salvar Taeko, a professora e seu filho. Ele pretendia acompanhar a senhorita Makioka até Ashiya, pois a água já havia escoado consideravelmente; contudo, resolveu ficar descansando para observar o desenrolar da situação por mais algum tempo, além do que, Taeko estava extremamente exausta, e a professora Tamaki e o garoto receavam que ele fosse embora. Só mesmo passando por experiência semelhante para compreendê-los, porquanto a professora, Taeko e o pequeno Hiroshi, indistintamente, foram tomados de um pavor tão grande — a ponto de se tornar cômico após tudo ter passado — que, mesmo com o céu azul diante de seus olhos e tendo acompanhado o escoamento da água, não conseguiam acreditar que estavam seguros, e o tremor que os dominou custou a passar. De fato, Taeko — mesmo incentivada por Itakura, que se ofereceu para acompanhá-la, dizendo que seu cunhado e sua irmã deveriam estar preocupados, sendo melhor voltar o quanto antes para casa — sequer teve coragem de descer ao chão, contíguo ao telhado, por ainda temer algum perigo iminente. A professora Tamaki, por sua vez, dizia muitas coisas que demonstravam seu desamparo: "Se a senhorita Taeko e o senhor Itakura partirem, não saberei o que fazer. Meu marido deve vir logo em socorro, mas caso anoiteça enquanto o esperamos, teremos que passar a noite sobre este telhado." No momento em que o pequeno Hiroshi e até Kaneya imploravam a Itakura que ficasse mais um pouco, Teinosuke apareceu. Subiu ao telhado para tomar fôlego e deixou cair seu corpo exausto, também ele sem forças para se levantar. Deitado de costas por mais de uma hora, ficou a observar o céu azul cada vez mais iluminado pelo sol. Quando supunha ser umas quatro horas da tarde — o relógio de pulso de Teinosuke acabara se quebrando —, chegou um grupo de homens, enviados pelos parentes da família Tamaki do bairro de Mikage, preocupados com a professora e o menino. Aproveitando a chegada desse socorro, Teinosuke e Itakura pegaram o caminho de casa, amparando Taeko. Ela ainda não recobrara as forças, parecia um pouco aturdida e teve de ser escorada ou carregada o tempo todo pelos dois.

O veio principal do rio Sumiyoshi já estava com o fluxo completamente normal; em contrapartida, um outro braço, que se formara no lado leste, obstruía a passagem entre a Escola Feminina Konan, na Rodovia Nacional, e a região próxima a Tanaka, o que dificultou a passagem pelo local. Por sorte, quando chegaram à parte mediana do rio encontraram-se com Shokichi, que viera vagueando da parte leste; a partir dali, a comitiva ampliou-se e passou a ser composta de quatro pessoas. Chegando a Tanaka, Itakura propôs que descansassem um pouco em sua casa perto dali; na verdade, também queria saber em que estado a residência se encontrava. Teinosuke tinha pressa, mas resolveu aceitar o convite e descansar por cerca de uma hora, pois Taeko se encontrava em péssimas condições e precisava repousar. Solteiro, Itakura vivia com a irmã mais nova. O andar superior era reservado para o estúdio fotográfico e outros trabalhos, e o térreo, para a moradia. Ao chegarem à sua residência, encontraram-na alagada, com a água a uma altura de cerca de trinta centímetros do chão e danos consideráveis. Teinosuke e os demais foram convidados a ficar no estúdio do andar superior, e se serviram de sodas que conseguiram resgatar da água enlameada. Taeko, aconselhada por Itakura, tirou a roupa de *voile* impregnada de lama e água da chuva, enxugou-se e vestiu um quimono *meisen* emprestado da irmã do fotógrafo. Teinosuke, descalço até então, pegou emprestados os tamancos de Itakura. Este, contrariando Teinosuke, que argumentava não haver mais perigo por estarem com Shokichi, acompanhou-os novamente até mais adiante e regressou quando se afastaram um pouco de Tanaka.

Sachiko, supondo que Okubatake teria se desencontrado de Taeko, ficou na expectativa de que ele retornasse mais tarde para obter informações, mas o rapaz acabou não aparecendo naquela noite. Na manhã seguinte, Itakura veio em seu lugar. Este esclareceu que viera "a pedido" de Kei, e contou que na noite anterior, algum tempo depois de ter-se despedido de Taeko e voltado para casa, Kei aparecera e lhe explicara que tinha estado à espera dela na residência dos Makioka, em Ashiya, até o entardecer. Como ela estava demorando, resolveu seguir a pé pela Rodovia Nacional com a intenção de descobrir o que estava acontecendo, e acabou chegando ali perto. Se fosse possível, ele gostaria de ir a Noyori, mas como já estava muito escuro e as ruas dali em diante eram verdadeiros rios, seria arriscado avançar pela água. Assim, passara na casa de Itakura para lhe perguntar se sabia de algo. Itakura tranqüilizou-o, informando-lhe o ocorrido. Kei disse então que se Taeko estava a salvo iria direto para Osaka. Antes, pediu-lhe que fosse no dia seguinte em seu nome até Ashiya e dissesse aos Makioka que pretendia voltar lá, mas, sabendo que todos estavam bem, resolvera regressar a Osaka. Além disso, gostaria de saber sobre o estado de Taeko pela manhã. Mesmo não estando ferida, ela poderia ter pego uma gripe. E mandou-lhe visitá-la em seu lugar.

Taeko já estava melhor pela manhã e foi com Sachiko até a sala de estar para agradecer pessoalmente a Itakura pelo favor do dia anterior. Mais uma vez, voltaram a recordar aquelas horas de perigo. Mesmo depois de estarem a salvo naquele telhado, eles, que vestiam apenas roupas leves de verão, pegaram uma chuva torrencial durante aproximadamente duas horas. Era surpreendente ela não ter se resfriado. Nesses momentos, a tensão é tão grande que, ao contrário do que se espera, nada de ruim acontece, não é mesmo? Itakura discorreu sobre assuntos desse tipo e logo se retirou. Taeko, no entanto, talvez por ter-se desgastado demais fisicamente na sua luta com a água no dia anterior, sentia dores nas juntas, a parte inferior da axila direita a incomodava demais e chegou a ficar apreensiva imaginando se não viria a contrair pleurite, mas felizmente melhorou em poucos dias. Dois ou três dias depois do ocorrido, ao cair uma forte chuva durante o entardecer, Taeko apavorou-se quando ouviu seu barulho ensurdecedor. Era a primeira vez na vida que sentia medo da chuva. O medo sentido naquela ocasião parecia ter-se alojado em algum lugar obscuro de sua mente. Dias mais tarde, ela não conseguiu mais dormir depois que começou a chover no meio da noite, e amedrontou-se com a possibilidade de uma nova enchente.

10

As pessoas da região de Kobe e Osaka só tomaram conhecimento da dimensão da tragédia pelo jornal do dia seguinte, e o susto foi novamente grande. A casa de Ashiya recebeu técnicos e visitas de condolências quase que diariamente durante quatro ou cinco dias, e atendê-los deixou Sachiko bastante atarefada. À medida que diversos serviços como os de telefone, luz e gás foram voltando à normalidade, a agitação também foi diminuindo. Apenas a remoção da terra, acumulada em diversos pontos, ficou sem solução imediata. Faltava mão-de-obra e utilitários, dada a anormalidade da situação. As cenas de pessoas cobertas de poeira, no meio da rua, lembravam as imagens de Tóquio após o terremoto ocorrido anos antes. A estação de Ashiya, da linha Hankyu, teve suas plataformas soterradas. Foi necessário iniciar obras para a instalação de uma plataforma provisória sobre a montanha de terra e de uma ponte mais alta sobre a antiga para que o trem pudesse passar. Entre aquela ponte da linha Hankyu e o viaduto Narihira, da Rodovia Nacional, o leito do rio subira quase à altura das margens da rodovia, ameaçando transbordar à menor chuva. Por ser perigoso deixá-lo atingir tais níveis, um grande número de operários retirou a terra por dias a fio. Pareciam formiguinhas a escavar uma montanha de açúcar. O trabalho não surtiu maiores efeitos, servindo apenas para sujar os pinheiros da barragem com uma nuvem de poeira. Para agravar a situação, desde a enchente o tempo permaneceu bom e os dias mantiveram-se ensolarados, o que aumentou ainda mais o pó. Naquele ano, nem se pôde notar a habitual elegância da região de alto padrão residencial de Ashiya.

Foi num dia poeirento de verão como aquele que Yukiko chegou de Tóquio, depois de aproximadamente dois meses e meio sem voltar para a casa secundária.

Em Tóquio, a notícia da enchente saíra na edição da noite do mesmo dia, mas, por não trazer detalhes, todos na casa central de Shibuya ficaram muito preocupados. Pelo jornal, era evidente que as margens dos rios Sumiyoshi e Ashiya foram as mais afetadas pela calamidade, e ao ler que alguns alunos da Escola Primária Konan haviam morrido, Yukiko quis, acima de tudo, certificar-se de que Etsuko estivesse em segurança. Assim, no dia seguinte, quando Teinosuke telefonou-lhes do escritório de Osaka, Yukiko e Tsuruko revezaram-se ao aparelho perguntando sobre tudo o que lhes interessava. Na ocasião, Yukiko manifestou sua intenção de fazer-lhes uma visita no dia seguinte mesmo, consultando-o sobre a possibilidade. Se quisesse, ela poderia vir, disse-lhe o cunhado, mas explicou-lhe que a situação não era tão grave a ponto de ela viajar especialmente por isso, além do que a ferrovia a oeste de Osaka ainda não estava funcionando. Naquela noite, comentou com Sachiko sobre a conversa que tivera com as cunhadas de Tóquio. Explicou-lhe que Yukiko dizia estar com muita vontade de vir, mas ele a havia assegurado que não havia necessidade, embora acreditasse que ela viria mesmo assim, usando a enchente como pretexto para a visita de condolências. Como previam, dias depois chegou uma carta endereçada a Sachiko.

Quero encontrar-me com Koisan, que ganhou vida nova, e ver, pessoalmente, o estado em que ficou a vila de Ashiya, tão cheia de lembranças para mim. Não conseguirei sossegar enquanto não for visitá-los e, por isso, talvez parta em breve.

E lá estava ela.
Como já havia anunciado por carta, ela partiu de Tóquio no trem Andorinha, sem nem ao menos mandar um telegrama naquele dia. Depois de baldear para a linha Hanshin, em Osaka, e descer em Ashiya, apanhou facilmente um táxi, chegando à casa da irmã um pouco antes das dezoito horas.
— Seja bem-vinda!
Entregou a mala a Oharu, que viera abrir-lhe a porta, e foi para a sala de estar, mas a casa pareceu-lhe vazia.
— Minha irmã está em casa?
Oharu posicionou o ventilador na direção de Yukiko.

— Não, ela foi à casa dos Stolz...

— E Etsuko?

— A senhorita e Koisan... todos foram convidados hoje para um chá na casa dos Stolz. Já está na hora de voltarem, mas vou até lá chamá-los.

— Não precisa, pode deixar!

— É que a senhorita aguardava ansiosa pela sua chegada. Disse que provavelmente viria hoje. Vou chamá-la...

— Não precisa, não. Deixe, Oharu!

Yukiko reteve Oharu, que saía para chamar a menina, pois ouviu as crianças no quintal dos fundos da casa dos Stolz. Saiu para o terraço de cobertura de junco e sentou-se na cadeira de vidoeiro.

Instantes antes, havia se surpreendido com os estragos que vira de relance através da janela do táxi, nas proximidades da ponte Narihira, a caminho dali. Eram bem maiores que do que imaginara. No entanto, sentada ali, apreciando o jardim, a sensação era igual à de outrora. Nenhuma árvore, nenhuma planta fora danificada. Exatamente naquele horário de calmaria do entardecer, a ausência total de vento fez o calor ficar mais forte, a coloração das árvores inertes mostrava-se mais intensa e a grama verdejante parecia queimar-lhe os olhos. Quando partiu para Tóquio na primavera anterior, os lilases e os buquês-de-noiva estavam em plena florada, ainda não era época dos girassóis japoneses, das globulárias e de outras plantas, mas agora, já passada a época das azaléias *kirishima* e dos lírios amarelos *hirato*, restaram apenas uma ou duas gardênias perfumadas ainda em flor. A densa folhagem do cinamomo e da palóvnia azul, ambos na divisa com a propriedade dos Stolz, cobria parcialmente a visão do sobrado em estilo ocidental.

Do outro lado da cerca de arame, as crianças pareciam brincar de trem. Não pôde avistá-las, mas ouviu a voz de Peter imitando o condutor:

— Próxima estação: Mikage! Mikage! Senhores passageiros, depois de Mikage, este trem não irá parar até a estação de Ashiya. Passageiros com destino a Sumiyoshi, Uosaki, Aoki e Fukae, por gentileza, queiram fazer a baldeação.

A fala era idêntica à dos condutores de trem de Hanshin e nem parecia uma imitação feita por uma criança ocidental.

— Rumi, vamos a Kyoto, então! — ouviu, desta vez, a voz de Etsuko.

— Está bem, vamos a Tóquio — era a voz de Rosemarie.

— Não é "Tóquio", é "Kyoto".

Rosemarie parecia não conhecer o nome da cidade e, por mais que Etsuko lhe ensinasse que era "Kyoto", ela repetia "Tóquio". Então, irritada, Etsuko disse:

— Está errado, Rumi, é "Kyoto".

— Vamos a Tóquio, sim.

— Está errado! Se for até Tóquio haverá mais de cem paradas.

— Realmente, iremos chegar daqui a dois dias.

— O que disse, Rumi?

— Que vamos chegar a Tóquio daqui a dois dias.

Etsuko não conseguiu captar de imediato o sentido daquelas palavras, talvez porque Rosemarie não pronunciasse claramente "daqui a dois dias" ou por estar habituada a usar a expressão "depois de amanhã".

— O que quis dizer, Rumi? Isso não é japonês — disse ela.

— Etsuko, como se chama essa árvore em japonês? — perguntou Peter e, bem naquele momento, começou a subir pelo tronco, balançando ruidosamente as folhas da palóvnia. Essa árvore estendia seus galhos para o outro lado do terreno e, por essa razão, as crianças sempre apoiavam o pé na cerca de arame do lado da casa dos Stolz para se agarrarem ao galho e subirem no tronco.

— É *aogiri*.

— É *aogirigiri*?

— Não é *aogirigiri*! É *aogiri*.

— *Aogirigiri*...

— *Aogiri*.

— *Aogirigiri*...

Por pirraça, ou por não conseguir mesmo pronunciar, Peter dizia *aogirigiri* em vez de *aogiri*.

— Não é *girigiri*. *Giri* é uma vez só — disse Etsuko já farta. Essa última frase podia ser interpretada também como "é preciso manter as aparências", por isso Yukiko não conseguiu conter-se e acabou soltando uma boa gargalhada.

11

As crianças dos Stolz e Etsuko logo entraram em férias de verão. Etsuko ora era convidada para ir à casa deles, ora as convidava para a sua. Nas horas mais frescas da manhã e do entardecer, brincavam de trenzinho ou trepavam nas árvores do jardim, perto da palóvnia azul e do cinamomo, e nas mais quentes permaneciam no interior da casa. Quando estavam somente as meninas, brincavam de casinha; quando estavam também Peter e Fritz, a brincadeira passava a ser os jogos de guerra. As quatro crianças, apesar do pouco tamanho, mudavam de lugar o canapé e o sofá da sala de visitas para, com eles, formar fortalezas e casamatas, e, fingindo portar espingardas, empreendiam seus ataques. Peter era o oficial de comando e, obedecendo às suas ordens, todas as outras crianças abriam fogo ao mesmo tempo. Nesses momentos, os filhos dos Stolz, incluindo o pequeno Fritz, que nem freqüentava a escola ainda, chamavam o inimigo imaginário de *Frankreich*. No início, Sachiko não sabia o significado dessa palavra alemã, mas após Teinosuke dizer-lhe que significava França, indagou-se, pela primeira vez, sobre o tipo de educação dada aos filhos pela família alemã. Para os Makioka, a brincadeira era um grande aborrecimento, porque desarrumava completamente a decoração da sala em estilo ocidental. Quando recebiam alguma visita inesperada, era preciso que a criada solicitasse ao visitante para aguardar no vestíbulo, enquanto todos eram convocados a colocar os móveis no lugar. Um dia, por acaso, a senhora Stolz espiou a sala pelo terraço e, estupefata, perguntou se Peter e Fritz sempre aprontavam tanto. Sachiko concordou, meio sem jeito, e a senhora alemã forçou um sorriso. Não era possível saber ao certo se ela chegara a chamar a atenção das crianças, mas o fato é que a impetuosidade delas não diminuíra.

Sachiko e as irmãs cediam a sala em estilo ocidental para as brincadeiras das crianças, enquanto elas próprias se retiravam para um quarto em estilo japonês de seis tatames, onde passavam a maior parte da tarde deitadas. Era um quarto localizado em frente à sala de banho, usado para se despir ou deixar as roupas secas dobradas. A janela do lado sul dava para o jardim, mas um toldo o transformava numa espécie de despensa escura. Dessa forma, longe dos raios solares e graças a uma janela baixa do lado oeste, quase junto ao piso, circulava um ar frio até mesmo durante o dia, o que tornava esse quarto um dos recintos mais frescos da casa. As três irmãs disputavam o espaço próximo à janela para passar o período das duas às três da tarde, momento mais quente do dia, estendidas no tatame. Como acontecia todos os anos, no alto verão elas perdiam o apetite e ficavam "sem B", ou seja, com deficiência de vitamina B. Perdiam muito peso, em especial a já franzina Yukiko. Ela contraíra beribéri em junho e, sem perspectiva de cura, a vinda à casa secundária em Ashiya fazia parte da terapia. Contudo, como a doença parecia piorar, recebia injeções de betaxina, aplicadas por Sachiko ou Taeko. Como elas também tinham propensão à doença, a aplicação da medicação, uma na outra, era uma tarefa diária. Havia alguns dias, Sachiko passara a usar um vestido leve, com abertura nas costas. No final de julho, até mesmo Yukiko, que sentia repulsa por roupas ocidentais, rendera-se e começara a envolver seu corpo delgado, como o de uma boneca feita de barbante de papel, numa *georgette*. Quanto a Taeko, a mais dinâmica das três, ainda sofrendo do trauma da enchente, não mostrava a mesma disposição de sempre. A escola de corte e costura continuava fechada desde a calamidade, mas o apartamento de Shukugawa felizmente não tinha sido atingido pelas águas. Portanto, podia continuar confeccionando os bonecos. Mas nada parecia atraí-la. Taeko não ia nem mesmo ao seu estúdio de trabalho no apartamento.

Itakura continuou a aparecer com freqüência. Desde a enchente, os clientes tinham diminuído, deixando-o com alguma folga no trabalho. Em conseqüência, saía pelos locais atingidos pela água, registrando os prejuízos, a fim de preparar um álbum fotográfico sobre a enchente. Se o dia estava ensolarado, vestia uma calça curta e saía com sua Leica ao ombro. Com o rosto queimado de sol e suando por todos os poros, aparecia de repente na casa e pedia a Oharu, pela porta de serviço: "Água, água!" A empregada entregava-lhe um copo d'água com gelo picado, e Itakura tomava-o num só gole. Sacudia com cuidado a camisa e a calça para tirar a poeira e entrava pela cozinha para conversar com as irmãs Makioka no quartinho. Essa conversa consistia invariavelmente num relato sobre os danos causados pela enchente nos locais inspecionados por ele durante o dia, como Nunobiki, monte Rokko, rochedos de Koshiki, termas de Arima ou Minoo. Às vezes, trazia-lhes fotos dos lugares e tecia os devidos esclarecimentos, acompanhados de observações e impressões espirituosas, muito próprias dele. Ocasionalmente, entrava gritando no quarto, chamando-as para um banho de mar.

— Vamos, levantem-se todas. Não é bom para a saúde ficarem deitadas com tamanha preguiça.

Quando Sachiko ou as irmãs lhe respondiam desinteressadas, tentava convencê-las e providenciava tudo. A praia de Ashiya ficava próxima dali e, além do mais, nada melhor do que exercícios de natação para curar o beribéri, dizia ele, tomando-as pelos braços para levantá-las. Outras vezes, pedia a Oharu para separar os trajes de banho das irmãs e chamar um táxi para levá-las à praia, inclusive Etsuko, embarcando-as no carro. Sachiko desejava levar a filha mais vezes a esses banhos de mar; contudo, quando se sentia fatigada, pedia a Itakura que o fizesse por ela, o que ocorria com certa freqüência. Em pouco tempo, ele se tornou íntimo delas, seu modo de falar passando a ser cada vez mais familiar e até mesmo rude, chegando a abrir portas de armários sem ter sido autorizado, o que por vezes era inadequado. No entanto, tornou-se útil por atender a todos os pedidos prontamente, sem fazer cara feia, e querido por suas conversas encantadoras.

Um dia, as irmãs Makioka estavam deitadas como de costume no quartinho, sentindo a brisa que soprava pela janela. Uma abelha grande entrou, vinda do jardim, e pôs-se a voar, ruidosamente, em círculos sobre a cabeça de Sachiko.

— Cuidado, uma abelha!

Com o grito de Taeko, Sachiko levantou-se com rapidez. A abelha, nesse instante, sobrevoava a cabeça, ora de Yukiko, ora de Taeko, mas voltou-se novamente em direção a Sachiko. O inseto continuou nessa dança entre as três irmãs que, em trajes leves, quase nuas, fugiam de um canto a outro do quarto. A abelha, como que zombando, voava na direção delas. As três precipitaram-se aos gritos para o corredor, tendo a abelha em seu encalço.

— Está vindo, está vindo!

Berrando, percorreram o corredor, entraram no refeitório e, daí, apressaram-se rumo à sala onde Rosemarie e Etsuko brincavam de casinha. As meninas assustaram-se:

— Mamãe, o que está acontecendo?

Nesse instante, a abelha trombou com o vidro da janela.

— Está vindo, está vindo!

Rosemarie e Etsuko juntaram-se, animadas, ao grupo de mulheres. Agora, as cinco corriam pela sala, soltando gritinhos, como se brincassem de pega-pega. A abelha, em vez de sair para o jardim, voltou a segui-las, quer perturbada pelo estímulo causado pelo barulho, quer porque perseguir fazia parte de sua natureza. As cinco voltaram ao refeitório pelo corredor e entraram no quartinho. Nessa algazarra do vaivém das mulheres, Itakura entrou pela porta de serviço, espiando por entre a cortina.

— Que bagunça é essa?

Tinha, na certa, a intenção de convidá-las para mais um banho de mar, pois vestia um quimono de algodão sobre o traje de banho, usava chapéu de praia e tinha uma toalha no pescoço.

— O que é isso, Oharu?

— Estão sendo perseguidas por uma abelha.

— Puxa! Que gritaria!

Nesse momento, as cinco passaram correndo em bloco, à frente dele, com as mãos fechadas na altura das axilas, como se estivessem treinando corrida.

— Boa tarde. Que situação, não?

— Senhor Itakura, é uma abelha! Pegue-a. Depressa!

Sachiko continuou fugindo sem parar, soltando gritos estridentes. Com a boca aberta e brilho nos olhos, todas pareciam risonhas e sérias ao mesmo tempo, com as faces retorcidas. Itakura tirou de imediato o chapéu e abanou-o perto da abelha, expulsando-a para o jardim.

— Que susto! Que abelha insistente!

— Bobagem! A abelha é que parecia assustada.

— Pode ser. Mas não é motivo para riso, tive medo de verdade — disse Yukiko, ainda ofegante, com um sorriso forçado no rosto pálido. A palpitação de seu coração, vitimado pelo beribéri, transparecia por debaixo de seu vestido *georgette*.

12

Logo no início de agosto, Taeko recebeu um cartão-postal informando que a mestra Osaku fora internada devido a problemas renais.

Normalmente, os ensaios de dança eram suspensos nos meses de julho e agosto. Nesse ano, por conta da doença da mestra, fora decidido que a suspensão dos ensaios seria em junho, logo depois da apresentação folclórica, até setembro. Taeko não estava indiferente à precária saúde de sua mestra; seu afastamento involuntário devia-se à distância. Para ir de Ashiya, que ficava em Hankyu, à residência da professora, localizada em Tengajaya, era preciso atravessar Osaka de norte a sul e tomar um trem da linha Nankai, na estação de Nanba. Em geral, o ensaio de dança acontecia na academia, em Shimanouchi, motivo pelo qual Taeko nunca tinha ido à residência da mestra. O aviso sobre sua internação foi repentino e a informação de que o problema renal se transformara em uremia mostrava a gravidade de seu estado.

— Koisan, por que você não a visita amanhã para ter notícias de seu estado? Assim que puder, irei também.

Sachiko se sentia culpada, pensando se a causa indireta do agravamento da doença da mestra não teria sido a sucessão de visitas diárias que ela fizera à sua casa, durante os meses de maio e junho, deslocando-se de tão longe para fazer Taeko e Etsuko ensaiarem. Nessa época, Sachiko percebera o rosto inchado e pálido da senhora Osaku, assim como sua dificuldade em respirar durante os treinos. Embora ela própria tivesse afirmado que seu corpo era conservado pela dança, o excesso de exercícios físicos poderia vir a ser fatal para uma pessoa com distúrbios nos rins. Ocorrera a Sachiko pedir à mestra que desistisse dos ensaios, mas, ao mesmo tempo, não queria decepcionar a filha e a irmã, que estavam bastante animadas, além de ter-se convencido do contrário ao ver o grande empenho da própria professora. Agora, arrependia-se de sua hesitação e por não tê-la poupado naquele período. Fora essa a razão de ter pedido a Taeko que a visitasse o quanto antes.

Taeko intencionava sair pela manhã, quando o tempo ainda estivesse fresco. No entanto, tendo gasto horas na escolha do presente que levaria para a mestra, entre outras providências que teve de tomar, só pôde sair sob o sol forte da tarde. Retornou por volta das cinco horas, ofegante e reclamando do calor daquela região de Osaka. Entrou no quartinho de seis tatames e, como quem arranca a pele, livrou-se, pela cabeça, da roupa grudada em seu corpo suado. Ficou só de roupas íntimas e entrou no banheiro. Voltou com uma toalha molhada prendendo os cabelos e com outra envolvendo seu corpo. Vestiu apenas um quimono de dormir, sem fechá-lo com o *obi*.

— Com licença — pediu às irmãs, passando na frente delas para ir se sentar junto ao ventilador. Somente depois de abrir a gola de seu quimono para sentir o vento no peito é que começou a contar como estava a mestra moribunda.

Já fazia algum tempo que a mestra Osaku vinha reclamando de sua doença, porém, até meados do mês anterior, nada grave tinha acontecido. Ela não costumava conceder nomes artísticos às alunas a esmo, mas decidira habilitar uma jovem; para tanto, realizou o cerimonial em sua casa, no dia 30 de julho. Nesse dia, apesar do calor, vestira o quimono com o brasão da escola, reverenciando a foto da mestra precedente; então, mestra e discípula tomaram juntas o saquê, tudo como mandava a tradição. No dia seguinte, quando foi à casa da jovem para felicitá-la, já exibia aparência debilitada e, no dia 1º de agosto, caiu desfalecida.

O bairro, ao longo da linha Nankai, não possuía árvores como em Hankyu, além de as casas terem sido construídas muito próximas umas das outras. Taeko ficara encharcada de suor ao tentar encontrar o hospital. Para agravar a situação, o quarto ocupado pela mestra era voltado para o oeste, portanto muito quente. Em seu leito, dormia solitária, assistida por uma discípula. Segundo esta, a hidropisia da doente não era grave, contudo, seu rosto parecia inchado e ela continuava inconsciente, pois não reagia às palavras de Taeko, que se sentara educadamente à sua cabeceira. A acompanhante comentou também que, às vezes, a mestra recobrava os sentidos, mas que na maior parte do tempo permanecia inconsciente. Outras vezes delirava e, nessas horas, só falava de coisas relacionadas à dança. Taeko ficara ali por cerca de trinta minutos. Na saída, a discípula a acompanhara até o corredor, dizendo-lhe que, daquela vez, o médico não tinha dado esperanças. Taeko também sentira o mesmo após vê-la naquele estado. Enquanto fazia o caminho de volta, respirando com dificuldade e suando muito sob o sol escaldante, percebera o sacrifício da mestra Osaku em ter feito aquele trajeto todos os dias durante seus ensaios.

No dia seguinte, Sachiko foi visitar a mestra Osaku acompanhada de Taeko, e depois de cinco ou seis dias as irmãs receberam a nota de seu falecimento. Quando foram apresentar as costumeiras palavras de condolências, conheceram sua residência. Era uma construção precária, semelhante a uma casa popular, fazendo-as duvidar se aquela era de fato a residência da segunda geração de mestres da única herdeira autêntica da tradição da escola Yamamura e da linhagem da família Kuyamamura, assim chamada por ser originária do bairro Kuroemon, de Nanchi, uma das zonas de espetáculos e prazeres de Osaka. Tudo levava a crer que ela vivia muito modestamente, quase na miséria, mas isso porque não era apegada às coisas materiais. Manteve-se fiel à sua arte, e radicalmente contra as mudanças de passos de sua dança, que eram praticados da mesma forma de outrora, sem terem sido adaptados aos novos tempos. Dizia-se que a pioneira Sagi Saku fora mestra no Teatro de Espetáculos de Nanchi, onde fazia as gueixas ensaiarem para o *Ashibe odori*, festival organizado na primavera pela associação dos donos de casas de gueixas. Após a morte da pioneira, a mestra Osaku assumiu, e fora-lhe feito o pedido para que continuasse o trabalho anterior. A mestra recusou a solicitação, dizendo que não faria aquilo por nada no mundo. A dança ousada das escolas Fujima e Wakayagi estava em pleno apogeu e, numa situação como aquela, ser mestra de gueixas significava sofrer interferências do pessoal da associação, o que a obrigaria a adaptar seus passos de dança às tendências da moda, algo que a professora abominava. Essa sua natureza inflexível foi um infortúnio em sua vida, e provavelmente por essa razão tivera poucas discípulas. A falecida Osaku, órfã de pai e mãe desde cedo, fora criada por uma das avós e, ao que parece, chegou a ter um patrão que saldara sua dívida de gueixa, mas não tivera nem marido nem filhos, não sendo, portanto, agraciada com uma família. Por isso a notícia de sua morte não reuniu parentes próximos em seu funeral. Poucas pessoas estiveram presentes na cerimônia que aconteceu no bairro de Abeno, num dia de terrível calor. Seguiram para o crematório ao lado e, enquanto os ossos da mestra eram consumidos pelo fogo, trocavam recordações sobre a falecida. Ela detestava veículos, em especial automóveis e navios. Pessoa de muita fé, todo dia 26 de cada mês orava no santuário de Kiyoshi Kojin, localizado próximo à linha Hankyu; já havia visitado os santuários de Sumiyoshi, Ikutama, Kozu e suas dependências, cumprindo a "peregrinação" pelos 128 santuários; na véspera da primavera, por volta do dia 4 de fevereiro, fazia orações aos *jizo*, divindades de pedra, protetoras das crianças, em templos de Uemachi, oferecendo-lhes bolinhos de arroz, sempre na mesma quantidade que os seus anos de vida. Era cuidadosa nos ensaios de dança, orientando minuciosamente suas alunas sobre cada posição. Na dança *Fabricante de sal*, chamava especial atenção para a parte da canção que diz: "Quem lhe deu o pente de madeira-buxo que usa, venha recolher as águas da maré que sobe", e também para o verso: "Uma lua e duas sombras", pedindo às alunas que imaginassem uma lua nas águas da bacia. Ensinara que ao fingirem bater com o martelo no prego, fizessem isso com o corpo devidamente inclinado para frente e firmassem o olhar, demonstrando determinação, na parte em que se canta: "Vejo ressentimento em seus olhos, vamos, arrependa-se, sinta", de *A maldição*. Em tudo fora conservadora e retraída, mas nos últimos anos, não suportando o fato de a dança de Kyoto e Osaka ser deixada para trás, confessou sua vontade de se lançar em Tóquio, caso surgisse uma oportunidade. Sem suspeitar que morreria jovem, dizia ainda que quando completasse sessenta anos alugaria o Teatro de Espetáculos do bairro de Minami e faria uma apresentação inesquecível. Taeko tinha sido admitida havia pouco como discípula e só nos últimos tempos passara a conhecer a mestra com mais intimidade, o que fazia com que ela e Sachiko apenas ouvissem silenciosa e respeitosamente tais conversas. Apesar do pouco contato, Taeko andara recebendo certa proteção de Osaku, o que a fez, em seu íntimo, alimentar a esperança de que um dia receberia seu nome artístico. Agora, entretanto, essa esperança não existia mais.

13

— Mamãe, os Stolz vão embora para a Alemanha — comentou Etsuko certo dia ao chegar em casa, após passar a tarde brincando na casa deles.

Sachiko achou que não podia dar crédito a tal coisa dita por uma criança e, na manhã seguinte, quando encontrou a senhora Stolz no jardim, perguntou-lhe através da tela de arame se o que Etsuko havia lhe contado era verdade. A resposta foi afirmativa. Não havia negócios para seu marido desde que o Japão entrara em guerra. A loja de Kobe estava praticamente fechada desde o início do ano. Esperavam que a guerra terminasse logo, mas agora não sabiam quando acabaria. Ela disse que seu marido pensou muito e resolveu voltar para a Alemanha. Contou um pouco mais: ele tinha um comércio em Manila, e viera para Kobe havia dois ou três anos. Com muito esforço, construíra o alicerce dos seus negócios tendo como base o Oriente. Era lamentável que esse esforço de muitos anos tivesse sido em vão e precisassem ir embora agora. Além disso, ela e os filhos estavam muito felizes por terem bons vizinhos como eles. Era muito triste ter de se separar. As crianças sofreriam ainda mais com isso. Segundo o plano deles, o senhor Stolz e Peter partiriam na frente, naquele mesmo mês, passariam pelos Estados Unidos e voltariam para a Alemanha. A senhora Stolz viajaria com Rosemarie e Fritz, primeiro para Manila, ali permanecendo algum tempo na casa da irmã mais nova, e dali partiria para a Europa. Sua irmã, que havia ido temporariamente à Alemanha, não pôde voltar a Manila para cuidar da mudança por estar doente e acamada. Por isso, a senhora Stolz cuidaria dos acertos finais da casa e da bagagem e, além dos próprios filhos, levaria os três da irmã. Assim, restavam cerca de vinte dias para a partida da senhora Stolz, Rosemarie e Fritz. O senhor Stolz e Peter já tinham reservado uma cabine no navio Empress of Canada, que partiria de Yokohama no final de agosto. Era uma mudança muito repentina.

Etsuko estava novamente com esgotamento nervoso e beribéri desde o final de julho. Como perdera o apetite e começava a se queixar de insônia, Sachiko decidiu levá-la a Tóquio e marcar uma consulta com um especialista, antes que a doença se agravasse. Por ainda não conhecer a cidade, Etsuko vivia repetindo com certa inveja, "fulano e sicrano já viram a Ponte Dupla do Palácio do Imperador e eu não". A menina ficaria muito satisfeita se pudesse visitar tais lugares e como Sachiko também não tinha ido ainda à casa central de Shibuya, a viagem seria bastante oportuna. Assim, Sachiko, Yukiko e Etsuko pretendiam partir no início de agosto, porém foram adiando seus planos devido ao estado de saúde da mestra Osaku, e diziam já não saber mais se poderiam viajar naquele mês. Sachiko achou que como Peter e seu pai partiriam de Yokohama em breve, seria bom também aproveitar para se despedirem. Infelizmente, o dia da partida do navio era o do *jizobon* — cerimônia budista em homenagem à divindade Ksitigarbha —, e ela, como representante da irmã mais velha da casa central, teria de participar de qualquer maneira do *Segaki*[6] no templo de Uehonmachi, realizado todos os anos. Não tendo outra maneira, convidaram Peter, Rosemarie e Fritz para um chá de despedida no dia 17, e, dois dias depois realizou-se uma festa de despedida para as crianças na casa dos Stolz. No meio dos amigos alemães de Peter e Rosemarie, Etsuko era a única convidada japonesa. Na tarde do dia seguinte, Peter veio sozinho à casa dos Makioka para dizer adeus. Depois de apertar a mão de cada membro da família, cumprimentando-os, informou-lhes que no dia seguinte partiria com o pai de San'nomiya rumo a Yokohama. Passariam pelos Estados Unidos e provavelmente chegariam à Alemanha no início de setembro. Esperava que a família Makioka fosse visitá-los em Hamburgo, onde morariam. Como ele queria enviar algo para Etsuko dos Estados Unidos, gostaria de saber o que ela desejava. Etsuko consultou a mãe e pediu que lhe enviasse sapatos. Peter então pediu emprestado o sapato de Etsuko e levou-o para casa. Logo voltou com papel, lápis e fita métrica. Sua mãe havia dito que era melhor medir os pés de Etsuko do que pegar o sapato emprestado. Por

---

6. Cerimônia budista na qual se oferecem simbolicamente alimentos aos espíritos errantes torturados pela fome.

isso, tinha vindo para medi-los. Ele estendeu a folha de papel, colocou os pés de Etsuko em cima e tirou o molde e as medidas.

Na manhã do dia 22, Etsuko foi levada por Yukiko até a estação de San'nomiya para despedir-se do senhor Stolz e de seu filho e, na mesma noite, durante o jantar, a menina falou sobre ambos. Peter parecia muito hesitante ao se despedir e lhe perguntou quando iria a Tóquio, pedindo-lhe para ir até o navio, caso pudesse. A partida seria na noite do dia 24. Se ela quisesse, ainda poderiam se encontrar mais uma vez, explicou. Ela disse ter ficado com pena, pois Peter ficou repetindo isso até o trem começar a se mover. Então, como surgiu a viagem a Tóquio, Sachiko propôs à filha ir até Yokohama para ver Peter. Como ela mesma não poderia ir antes do compromisso do dia 24, que tal se Etsuko pegasse o trem noturno no dia seguinte com a titia? Chegariam a Yokohama um dia depois, logo cedo, e poderiam ir direto ao navio. Sachiko iria lá pelo dia 26, e a filha poderia passear em Tóquio e esperá-la em Shibuya. Etsuko concordou, e assim resolveram tudo repentinamente.

— Yukiko, que tal? Você pode partir amanhã à noite?

— É que tenho muitas compras a fazer...

— Não conseguiria fazê-las até amanhã?

— Bem... Se o trem sair muito tarde, Etsuko sentirá sono. Se partirmos depois de amanhã cedo, ainda chegaremos a tempo.

Sachiko ficou comovida ao perceber que Yukiko queria ficar ainda que fosse apenas mais um dia, e disse disfarçando:

— É verdade. Então, pode ser depois de amanhã.

Porém, Taeko disse em tom de gracejo:

— Que partida rápida, hein? Você acabou de chegar.

— Eu queria ficar mais, mas se é para alegrar Etsuko e Peter...

Quando chegara a Ashiya, em julho, Yukiko tinha a intenção de ficar uns dois meses. Por isso, seria frustrante ter de partir dali a dois dias. Dessa vez, Etsuko estaria junto e Sachiko iria depois, assim não sentiria a melancolia de voltar sozinha, mas as duas não ficariam muito tempo em Shibuya e voltariam antes das aulas de Etsuko começarem. Depois disso, Yukiko ainda teria de permanecer na casa central por muito tempo. Pensando desse modo, Sachiko concluiu que Yukiko desejava ficar em

Ashiya, pois queria viver junto de sua família e também por ter um grande apego à região de Kyoto e Osaka. Não gostava de Tóquio por causa da incompatibilidade com o cunhado da casa central e, principalmente, porque os ares de Kanto, região circunvizinha de Tóquio, não combinavam com seu temperamento. Ela própria compreendia isso muito bem.

Sachiko presumiu serem esses os sentimentos da irmã, mas nada disse no dia seguinte, Yukiko e Etsuko poderiam decidir como quisessem. Pela manhã, Yukiko ficara em casa indecisa, mas, à tarde, ao ver Etsuko ansiosa para viajar logo, começou a arrumar-se às pressas. Pediu a Taeko para aplicar-lhe a injeção de costume e saiu com Oharu, sem dizer nada. Depois das seis da tarde, voltou trazendo muitas coisas embrulhadas em papel da loja de departamentos Daimaru, de Kobe, e de outras lojas das redondezas de Motomachi.

— Comprei isto — e tirou do vão do *obi* duas passagens do expresso Fuji para a manhã seguinte. — O trem sai de Osaka antes das sete e chega a Yokohama antes das três da tarde. Devemos chegar ao píer pouco depois das três. Assim, poderemos passar no mínimo duas ou três horas juntos — dito isso, o assunto foi decidido rapidamente, e se apressaram em ir arrumar as malas e avisar a senhora Stolz.

Como Etsuko estava muito empolgada e não queria se deitar logo, Yukiko se viu forçada a acompanhá-la ao segundo andar — elas teriam de acordar cedo no dia seguinte. Fez sua mala vagarosamente. Quando terminou, Teinosuke, que ainda pesquisava na biblioteca, no anexo da casa, convidou as irmãs a ficarem na salar de estar. Elas conversaram até depois da meia-noite, então Taeko rudemente deu um grande bocejo e disse:

— Vamos nos deitar, Yukiko.

A irmã caçula sempre teve maus modos, ao contrário de Yukiko. No verão ficava ainda pior. Naquela noite, por exemplo, Taeko estava seminua, só com uma peça de quimono de dormir, pronta para se recolher. Às vezes, abria-a na altura do peito para se refrescar com um leque, enquanto tagarelava.

— Se está com sono, Koisan, deite-se antes.

— Você não está, Yukiko?

— Talvez porque tenha ficado agitada o dia todo, sinto-me esgotada demais para dormir. Quer que lhe aplique outra injeção?

— Não é melhor deixar para amanhã, antes de sair?

— Lamento muito desta vez, Yukiko... — respondeu Sachiko, notando as manchas suaves no rosto da irmã, que havia muito tempo não apareciam.

— Espero que surja algum evento para que venha mais uma vez este ano. Afinal, o próximo é seu ano de azar.[7]

O senhor Stolz e seu filho partiram da estação de San'nomiya, mas Yukiko e Etsuko preferiram sair de Osaka para não precisarem ir muito cedo. Mesmo assim, para poderem pegar o trem das sete em Osaka, deveriam estar na Ferrovia Nacional às seis. Sachiko nem pretendia levá-las até a estação, mas como a senhora Stolz e as crianças resolveram acompanhá-las até a estação Ashiya, Sachiko, Taeko e Oharu decidiram ir também.

— Ontem à noite, enviei um telegrama para o navio. Comuniquei o horário da partida — disse a senhora Stolz, enquanto esperavam o trem.

— Peter vai me esperar no convés, não é?

— Acho que sim, Etsuko muito gentil. Muito obrigada — respondeu a senhora Stolz. E ordenou a Rosemarie e Fritz que agradecessem Etsuko. Ela falou em alemão, e Sachiko e as outras só entenderam o "muito obrigada", *danke schön*.

— Então, mamãe, venha logo.

— Certamente. Irei no dia 26 ou 27.

— Certeza?

— Certeza.

— Etsuko, volte logo, por favor — disse Rosemarie perseguindo o trem que começava a se mover.

— Até mais, passar bem, *auf wiedersehen*.

— *Auf wiedersehen* — acenou e respondeu Etsuko, num alemão que aprendera sem perceber.

---

7. Existiriam algumas idades em que se deve tomar muito cuidado, por serem consideradas críticas: 19 e 33 anos para as mulheres e 25 e 42 para os homens. (N.T.)

14

Sachiko, decidida a partir no expresso Gaivota na manhã do dia 27, começara a preparar as bagagens na noite anterior. Juntou três malas de tamanhos variados com suvenires para a casa central em Shibuya, entre outros objetos. Percebeu que não seria conveniente ir sozinha. Teve então a idéia de levar Oharu para conhecer Tóquio. Já que Teinosuke não era motivo para preocupação, pois poderia ficar aos cuidados de Taeko, era muito conveniente levar a criada. Dependendo da situação, faria com que ela voltasse com Etsuko antes do início das aulas. Já havia se passado um bom tempo desde a última ida de Sachiko a Tóquio, por isso ela queria demorar-se um pouco mais para ir ao teatro e fazer outras coisas.

— Oharu também veio!

Etsuko, que fora buscar a mãe na estação de Tóquio com Yukiko e Teruo, o primogênito da casa central, gritou de alegria e de surpresa ao ver Oharu descer do trem logo atrás de sua mãe. Dentro do táxi, continuou toda serelepe, gabando-se do conhecimento recém-adquirido:

— Aquele lá é o edifício Marunouchi. Ali, do outro lado, é o Palácio Imperial.

Sachiko, apesar do breve contato, logo percebeu que a filha se mostrava cheia de saúde, corada, de pele lustrosa e bochechas mais fartas.

— Etsuko, hoje, do trem, conseguimos ver o Monte Fuji perfeitamente, não foi, Oharu? — disse.

— É verdade, do topo até o sopé, sem nenhuma nuvem.

— Da última vez que o vi, estava um pouco nublado e não deu para avistar o topo — disse Etsuko.

— Foi mesmo? Quer dizer, então, que "Oharudon" teve muita sorte...
— Só quando falava com Etsuko, Oharu referia-se a si mesma como "Oharudon".

O carro chegou próximo a um riacho, e a um sinal de Teruo tirando o boné, Etsuko disse:

— Olha, Oharu, ali fica a Ponte Dupla do Palácio Imperial.

— Outro dia, descemos do carro ali e reverenciamos o Imperador — interveio Yukiko.

— Foi mesmo, mamãe...

— Quando?

— Outro dia... No dia 24, estávamos o senhor Stolz, Peter, tia Yukiko e eu. Ficamos em fila e fizemos a reverência máxima.

— Ah! Então o senhor Stolz veio até aqui?!

— Tia Yukiko o trouxe.

— Tiveram tempo para isso?

— Ele dizia que o tempo era curto e só olhava o relógio. Não consegui ficar sossegada!

Naquele dia, enquanto Yukiko e Etsuko apressavam-se para ir ao píer, o senhor Stolz e Peter já as aguardavam ansiosamente no convés. Yukiko indagou o horário da partida do navio e soube que seria às sete da noite. Como ainda dispunham de quase quatro horas, pensou em ir ao New Grand tomar chá, mas ainda era muito cedo. Então, Yukiko propôs irem a Tóquio, pois sabia que o senhor Stolz e Peter nunca tinham visitado a cidade. Levariam uma hora de trem, ida e volta, e ainda teriam cerca de três horas para passear de carro e conhecer a região de Marunouchi.

O senhor Stolz hesitou um pouco e só aceitou o convite depois de averiguar, reiteradas vezes, que daria mesmo tempo. Os quatro pegaram um táxi no bairro de Sakuragi e desceram em Yuraku. Primeiro, tomaram chá no Hotel Imperial e, às quatro e meia, saíram para o passeio de carro, que durou uma hora. Foram à Ponte Dupla, prestaram reverência ao Imperador e, logo em seguida, deram uma volta extremamente rápida para visitar vários lugares, como o Ministério do Exército, a Dieta Imperial, a residência do primeiro-ministro, o Ministério da Marinha, o Ministério da Justiça, o Parque Hibiya, o Teatro Imperial e o edifício Marunouchi, ora descendo do veículo, ora admirando-os de seu interior. Às cinco e meia, chegaram à estação de Tóquio. Yukiko e Etsuko pretendiam acompanhá-los até Yokohama e aguardar a partida do navio, mas como elas tinham saído de casa muito cedo e Yukiko sabia que a sobrinha se cansaria caso voltassem tarde, diante da insistência do senhor Stolz de que era desnecessário acompanhá-los, acabaram cedendo e despedindo-se em frente à estação de Tóquio.

— Peter ficou contente?

— Parece que ficou admirado com as maravilhas de Tóquio, não foi, Etsuko?

— Ah-hã. Ficou deslumbrado diante daqueles prédios enormes!

— O senhor Stolz conhece a Europa, mas Peter só conhece Manila, Kobe e Osaka.

— Parece ter achado Tóquio realmente fantástica.

— Você também achou o mesmo, não foi, Etsuko?

— Como assim? Sou japonesa! Já sabia, antes mesmo de ver.

— Ora, eu era a única que conhecia Tóquio. Sofri tendo que ciceroneá-los.

— Tia Yukiko, a senhora explicou tudo em japonês? — perguntou Teruo.

— Veja só, eu falava com Peter em japonês, e ele traduzia para o pai, mas o menino não sabia o que era Dieta Imperial e nem residência do primeiro-ministro. Por isso, de vez em quando, eu falava em inglês...

— Como sabia falar "Dieta Imperial", "residência do primeiro-ministro", em inglês? — indagou Teruo, falando com perfeição o dialeto de Tóquio.

— Fiquei misturando japonês e inglês. Lembrei-me das palavras "Dieta Imperial" em inglês, mas "residência do primeiro-ministro" tive de dizer em japonês: "Aqui é onde fica o senhor Konoe."

— Eu falei em alemão — disse Etsuko.

— Disse *Auf wiedersehen*?

— Ah-hã, disse várias vezes durante a despedida, na estação de Tóquio.

— O senhor Stolz também agradeceu, reiteradas vezes, em inglês...

Sachiko ficou imaginando quão estranha teria sido a cena em que Yukiko, em geral calada e introvertida, surgia com um traje leve de estampa *yuzen* e de mãos dadas com Etsuko, vestida com roupas ocidentais, ciceroneando um senhor e um jovem estrangeiros pelo saguão do Hotel Imperial e pelo centro administrativo e financeiro de Marunouchi. Visualizou ainda o senhor Stolz, que viera apenas acompanhar o filho, tendo de enfrentar a barreira da comunicação, olhando preocupado o relógio, sentindo-se pasmo e pouco à vontade ao ser levado de um lado para outro.

— Mamãe, a senhora já viu aquela galeria? — perguntou Etsuko quando o carro se aproximou do jardim externo.

— Claro que sim. Não me trate como uma provinciana visitando Tóquio pela primeira vez, está bem?

Apesar de ter dado essa resposta à filha, Sachiko não conhecia Tóquio tão bem assim. Muito tempo antes, quando era moça, com seus 17 ou 18 anos, fora a Tóquio levada pelo pai, e se instalara um ou dois dias numa hospedaria localizada nos arredores de Uneme, no bairro de Tsukiji. Passeou bastante, mas isso fora antes do terremoto de 1923. Depois disso, só retornou à capital imperial já reconstruída, quando, em lua-de-mel, voltava de Hakone. Na ocasião, hospedou-se por dois ou três dias no Hotel Imperial. Pensando bem, não tinha estado em Tóquio desde que tivera Etsuko, havia nove anos. Acabara de caçoar da filha e de Peter, mas, na realidade, sentia de novo a imponência da Capital Imperial, maravilhando-se ao avistar os arranha-céus de ambos os lados do elevado, desde a estação de Shinbashi até a de Tóquio. Nos últimos tempos, Osaka também tivera suas principais ruas ampliadas. Prédios modernos surgiram, uns após outros, de Nakanoshima em direção ao porto, e a vista do restaurante Alaska, no décimo andar do edifício Asahi, embora deslumbrante, não se comparava à de Tóquio. A visita de Sachiko à Capital Imperial ocorreu pouco depois da reconstrução, e, desde então, ela nunca tinha imaginado seu desenvolvimento. Por isso, a cidade que avistara do alto do elevado pareceu-lhe bem diferente da Tóquio que ela conhecera. Ao apreciar, através da janela do trem, as sucessivas construções imponentes e a Torre da Dieta ao longe, entrevista por entre as frestas dos quarteirões, Sachiko percebeu como foram longos aqueles nove anos e quantas transformações ocorreram naquele período, não apenas na aparência da cidade, mas também nela própria e no mundo ao seu redor.

Para ser franca, ela não gostava tanto assim de Tóquio. É claro que o castelo de Chiyoda, cheio de glórias, dispensava comentários. Mas se fosse para mencionar as atrações de Tóquio, ela apontaria apenas a região de Marunouchi, tendo como centro os pinheiros próximos do castelo. Ela tinha, diante de seus olhos, a grandiosa visão dos magníficos edifícios que herdaram a dimensão dos castelos construídos nos séculos XVIII e XIX, a torre de vigília e a cor verde-azulada do fosso. Essas atrações não existiam nem em Kyoto nem em Osaka, e ela não se cansava de apreciá-las, mas concluiu que, além delas, nada mais a atraía. As ruas que iam de Ginza até os arredores de Nihonbashi eram de fato magníficas, mas o ar da região era muito seco, e o lugar não lhe parecia aprazível para se morar. Não se interessava especialmente pela região sem graça e periférica de Tóquio. Nesse dia, apesar do entardecer de verão, sentiu um certo frio quando chegou em Shibuya, depois de passar por uma avenida no bairro de Aoyama. Teve a impressão de que chegara a um país longínquo e desconhecido. Não se lembrava se já havia passado ou não por essa região de Tóquio, mas o aspecto da cidade era totalmente diferente do de Kyoto, Osaka ou Kobe. Era como se estivesse num lugar bem ao norte de Tóquio, numa cidade recém-desbravada da província de Hokkaido ou da Manchúria. "Periferia" não era exatamente o termo, pois essa região já integrava a grande Tóquio e, de ambos os lados da estação de Shibuya até Dogenzaka, muitas lojas se enfileiravam formando um ponto bastante movimentado. Mesmo assim, carecia de um ar acolhedor. Não sabia bem o motivo, mas as pessoas na rua pareciam-lhe estranhamente frias e indiferentes. Sachiko lembrou-se da cor alegre do céu de Ashiya em harmonia com a paisagem da região. Quando estava na cidade de Kyoto, por exemplo, mesmo que entrasse por acaso em uma rua que nunca tivesse visitado, sentia-a familiar, como se já a conhecesse havia muito tempo, tendo vontade até de conversar com as pessoas das redondezas. Tóquio era um lugar pouco familiar, sem laços, por mais que a visitasse. Não conseguia acreditar que uma pessoa típica de Osaka, como sua irmã mais velha, residisse numa dessas regiões da metrópole... Era como se, mergulhada num sonho, caminhasse por uma cidade completamente estranha e chegasse à casa de sua mãe ou de sua irmã e, só então, percebesse que elas residiam ali... Ela fora invadida por um sentimento desse tipo. Até chegar ao local, tinha a sensação de que a irmã não residia ali realmente, pois lhe custava a acreditar que Tsuruko fosse capaz de viver num lugar como aquele.

O carro subiu quase todo Dogenzaka e entrou numa tranqüila rua residencial, do lado esquerdo. Nisso, duas ou três crianças, a mais velha com cerca de dez anos de idade, correram para cercar o carro.

— Titia, titia!

— Mamãe está esperando.

— Minha casa é logo ali.

— Cuidado, cuidado, afastem-se um pouco mais! — alertou Yukiko do interior do carro, que começava a reduzir a velocidade.

— Puxa, serão as crianças de Tsuruko? Aquele maior seria o Tetsuo?

— É o Hideo — disse Teruo. — Os outros são Yoshio e Masao.

— Como cresceram! Se não falassem comigo no dialeto de Osaka, nem os reconheceria.

— Todos eles falam muito bem o dialeto de Tóquio, mas para dar-lhe as boas-vindas, titia, estão usando o de Osaka.

15

A vida da família de sua irmã mais velha, em Shibuya, era pior do que Sachiko imaginava, apesar dos recorrentes comentários de Yukiko a esse respeito. Todos os recintos da casa encontravam-se em completa desordem por causa das crianças, e quase não se tinha espaço para pisar no chão. A residência, por ser uma construção nova, era inegavelmente clara, mas tinha colunas estreitas e um assoalho de madeira ruim, fazendo-a parecer mais ainda um prédio modesto de aluguel, pois tremia cada vez que as crianças desciam a escada correndo. A porta corrediça e os *shoji*, com os papéis rasgados ou furados, deixavam transparecer o madeiramento novo e esbranquiçado, porém barato, acentuando a impressão de pobreza. Sachiko lembrou-se da velha casa de Uehonmachi. Os cômodos eram escuros, dispostos de maneira antiquada, mas a residência mantinha a nobreza do passado, o que lhe conferia um ar tranqüilo. Havia um jardim interno e, da sala de refeições, podia-se avistar a porta do depósito, uma imagem elegante da qual ela tinha saudade. Notou que a nova casa possuía apenas um estreito espaço junto ao muro, onde cabiam somente alguns vasos, e que dificilmente poderia ser chamado de jardim. Sua irmã lhe reservara a sala de visitas de oito tatames do andar superior, explicando que no andar de baixo as crianças faziam muito barulho. Ao levar a mala de viagem para cima, notou no *tokonoma* o quadro *Truta*, de Seiho Takeuchi[8], que fora trazido de Osaka. O falecido pai por algum tempo colecionara obras de Seiho, muitas delas vendidas por ocasião da mudança da velha residência de Osaka, mas aquela devia ser uma das poupadas. Outras coisas faziam Sachiko recordar-se da antiga casa: o aparador de oito pernas em laca vermelha, a caligrafia de Rai Shunsui[9], a prateleira com laqueação dourada

---

8. Pintor natural de Kyoto (1864-1942), pertenceu à corrente Shijo e posteriormente adotou as novas tendências advindas da abertura do Japão ao Ocidente. Foi um grande líder da pintura japonesa em Kyoto e Osaka. (N.T.)
9. Confucionista do século XVIII, que viveu de 1746 a 1816. (N.T.)

e o relógio sobre a mesma. Ao apreciar esses objetos um a um, podia visualizar cada canto da velha casa onde costumavam ficar. Conjecturou que sua irmã os havia trazido para Tóquio a fim de ajudá-la a relembrar os dias de prosperidade. Desconfiou também que os objetos deviam servir para abrilhantar aquela sala sem cor. Em sua opinião, porém, eles produziam efeito contrário. Acentuavam a modéstia e a má qualidade da construção. Parecia-lhe estranho ver tais objetos, as lembranças de seu pai, num subúrbio de Tóquio. Eles pareciam mostrar a difícil situação em que sua irmã se encontrava.

— Tsuruko, como conseguiu acomodar todos esses móveis aqui?

— Pois sim. Quando a mudança chegou, duvidei que caberiam. Não sei por onde e nem como eles entraram, mas de algum modo ficaram acomodados. Mesmo quando a casa é pequena, com jeito tudo se arranja.

Naquela tarde, depois de conduzir Sachiko ao andar superior, Tsuruko sentou-se com a irmã para uma conversa. Mas não tiveram paz por muito tempo. As crianças vinham e agarravam-se ao pescoço das duas. Era preciso que Tsuruko interrompesse a conversa para ralhar com os filhos.

— Masao, vá pedir a Ohisa que traga algo gelado para a titia. Vamos, obedeça à sua mãe!

Depois, pegou a pequena Umeko, de quatro anos, no colo e falou:

— Yoshio, traga-me o abanico. Hideo, você é mais velho e deve dar o exemplo, desça logo. Faz tempo que a titia e eu não nos falamos, e se ficar grudado em nós duas desse jeito não poderemos conversar.

— Quantos anos você tem, Hideo?

— Nove.

— É grande para a sua idade. Quando o vi há pouco na esquina, pensei que fosse Tetsuo.

— É grande realmente, mas ainda fica debaixo da barra da saia da mãe e não se comporta como irmão mais velho. Tetsuo, por sua vez, está ocupado com os estudos, preparando-se para o ginásio. Por isso, não faz tantas travessuras.

— Você tem somente Ohisa para lhe ajudar?

— Sim. Até outro dia, tínhamos Omiyo. Ela pediu para voltar a Osaka e, uma vez que Umeko já está andando sozinha, não precisamos mais de babá...

Ainda assim, Sachiko imaginou que Tsuruko negligenciaria sua aparência por causa dos afazeres domésticos. Entretanto, vendo-a de roupa e cabelos arrumados, era impossível não admirar a elegância da irmã. Cuidando de seis filhos, com idades de quinze, doze, nove, sete, seis e quatro anos, além do marido, e sendo auxiliada apenas por uma empregada, normalmente uma mulher pareceria mais desarrumada, sem vaidade e despreocupada com a aparência, evidenciando mais idade do que de fato tinha. Todavia, esta mulher, provavelmente com 38 anos, mantendo a fama de beleza e jovialidade das irmãs Makioka, parecia cinco ou seis anos mais nova. Das quatro irmãs, ela, a primogênita, e Yukiko, a terceira, herdaram os traços da mãe. Sachiko e Taeko saíram parecidas com o pai. Como a mãe era de Kyoto, a irmã mais velha e Yukiko possuíam a beleza das mulheres de lá. A constituição física avantajada era o que diferenciava Tsuruko da irmã menor. Quanto mais novas, mais baixas eram em estatura. Tsuruko, portanto, era mais alta que Sachiko. Parecia até maior que o marido, de porte franzino para um homem. Com pernas e braços mais robustos, não tinha a estrutura delicada de Yukiko, uma característica das beldades de Kyoto. Sachiko, então com 21 anos, estivera presente à cerimônia de casamento da irmã mais velha, e ainda se lembrava de quão bela e vistosa estava. Os contornos dos olhos e o nariz bem marcados, o rosto ovalado, os cabelos longos e sedosos, que provavelmente alcançariam o chão quando ficava em pé, tal qual as damas dos séculos VIII e IX, e o penteado em estilo *shimada* lhe davam, ao mesmo tempo, formosura e imponência. Imaginou como ficaria num clássico quimono de gala *juni hitoe*. Logo depois do casamento, Sachiko e as irmãs ouviram os parentes e colegas de trabalho do cunhado comentarem que este tivera sorte: havia desposado uma dama maravilhosa, e a partir daquele momento passava a fazer parte da família Makioka. Sussurraram, orgulhosas, que tal admiração era mais do que natural. Passaram-se 15 ou 16 anos desde então. Durante esse tempo, Tsuruko teve seis filhos, e a situação econômica da família tornou-se cada vez mais penosa, multiplicando-se as dificuldades e apagando-se o brilho dos tempos idos. Sachiko supunha que fora a constituição física privilegiada de Tsuruko que lhe conservara a juventude. Enquanto tecia essas reflexões, observava a maciez e a alvura do peito firme da irmã, sobre o qual sua sobrinha Umeko batia com as palmas das mãos.

Quando estava de saída para essa viagem, Teinosuke sugerira a Sachiko ficar com Etsuko uma ou duas noites na casa da cunhada e depois se hospedar em Hamaya, no bairro de Tsukiji. Provavelmente, as duas, mãe e filha, seriam um incômodo para Tsuruko. Ele poderia telefonar ou enviar uma carta à dona da Hospedaria Hamaya, solicitando uma reserva, mas Sachiko esquivou-se da sugestão do marido. Além de não lhe agradar ficar na hospedaria sozinha com a filha, considerou mais conveniente ficar na casa da irmã. Após tanto tempo, poderiam conversar sobre inúmeros assuntos. Resolvera levar Oharu para que a empregada ajudasse um pouco a anfitriã enquanto ali estivessem. Depois de dois dias, no entanto, Sachiko concluiu que deveria ter dado ouvidos ao marido. A irmã mais velha tentava tranqüilizá-la, alegando que a agitação era grande por causa da presença das crianças em casa devido às férias escolares, mas que em dois ou três dias teriam mais sossego. Porém, como as três menores não freqüentavam a escola, Tsuruko continuaria a ser requisitada. Nos intervalos das tarefas domésticas, ia ao andar superior para falar com Sachiko, mas as crianças logo subiam atrás dela. Irritada com a desobediência, Tsuruko repreendia-as e dava-lhes umas palmadas, o que aumentava o tumulto e fazia com que o grito de choro ressonasse alto nos ouvidos de Sachiko. Isso acontecia uma ou duas vezes ao dia. Tsuruko, desde os tempos de Osaka, era mais rápida com as mãos do que com as palavras para repreender os filhos. Sachiko dava-lhe razão em virtude da quantidade de crianças, mas concluiu que numa situação como aquela não haveria condições para uma conversa tranqüila com a irmã. Etsuko, que durante os dois ou três primeiros dias visitara os santuários de Yasukuni e o templo Sengaku com Yukiko, começou a se entediar com os passeios diários e o calor insuportável. Esperava-se que, nessa oportunidade, ela se familiarizasse com os primos, pois, pelo fato de não ter irmãos, vinha mostrando alguma curiosidade por

Umeko, a caçula. Esse foi um dos motivos pelos quais evitara-se a Hospedaria Hamaya. Entretanto, Umeko era muito apegada à mãe e sequer tinha-se acostumado a Yukiko, portanto seria muito mais difícil para Etsuko aproximar-se dela. E esta começou a queixar-se, dizendo que as aulas reiniciariam ou que precisava voltar, pois Rosemarie partiria em breve para Manila. Além disso, Etsuko, que nunca havia sido repreendida daquela maneira, olhava furtiva e temerária para a tia quando esta começava a ralhar com os filhos. Sachiko estava preocupada, não queria que a filha tivesse má impressão de Tsuruko (na verdade, a mais bondosa das irmãs) ou que aquela situação afetasse a hipersensibilidade da filha. Pensou várias vezes em mandá-la de volta para casa com Oharu, mas foi impedida pelo fato de o doutor Sugiura, da Universidade de Tóquio, estar em viagem até o início de setembro. Sachiko tinha uma carta de recomendação mandada pelo doutor Kushida. Se Etsuko não se consultasse com o doutor Sugiura, a viagem teria sido em vão.

Pensou mesmo em hospedar-se na Hamaya, caso a estada em Tóquio se estendesse. Não conhecia a hospedaria, mas a proprietária fora empregada do restaurante Harihan, em Osaka. Era uma antiga amiga de seu pai, e Sachiko conhecia-a desde a época em que era mocinha. Não seria como se hospedar num lugar estranho. E, a julgar pela conversa do marido, Hamaya, que havia algum tempo tinha sido um ponto de encontro, era agora uma hospedaria com poucos quartos. Os hóspedes, em sua maioria, eram provenientes de Osaka, e muitas das empregadas falavam o dialeto dessa região, criando um ambiente familiar que não dava a impressão de se estar em Tóquio. Ainda pensou várias vezes em se mudar, e só não o fez porque a irmã mais velha esmerava-se para recebê-la bem. O cunhado também não media esforços para agradá-la. Convidou-a para ir ao Futaba, um restaurante de Dogenzaka famoso por seus pratos ocidentais, pois julgava que em sua casa não se podia comer calmamente; ofereceu um pequeno banquete a Etsuko, levando-a, com seus filhos ao Pekintei, restaurante chinês próximo de sua casa. O cunhado sempre gostou de convidar as pessoas para comer fora e, a despeito de ter passado a controlar mais os gastos, parecia manter este hábito. Poderia ser esse o caso, ou, quem sabe, os convites para comer fora se devessem ao seu antigo hábito de tomar conta das irmãs. Sachiko desconhecia a verdadeira intenção de Tatsuo. Poderia ser uma forma de compensação, incomodado que estava com os comentários a respeito de suas diferenças com as cunhadas. Insinuando que talvez Sachiko e Yukiko não conhecessem restaurantes caros como o Harihan ou o Tsuruya, Tatsuo explicou-lhes que existiam pequenos estabelecimentos para atender os clientes das zonas de prazer, oferecendo pratos mais saborosos que os restaurantes luxuosos e onde podiam-se ver até mesmo muitas senhoras de família acompanhadas de suas filhas. Tudo era uma experiência nova, afirmava o cunhado; por isso, que aproveitassem o clima de Tóquio! Assim, ia com Sachiko e Yukiko a pequenos restaurantes, deixando sua mulher em casa. Sachiko lembrou-se com saudade da época de recém-casados de Tatsuo e Tsuruko, e de como ela, Sachiko, tendo como cúmplices as irmãs mais novas, aprontou algumas travessuras para o cunhado, fazendo a irmã mais velha chorar de desgosto. Percebendo a sensibilidade de Tatsuo e vendo seu empenho em agradar-lhe, muito mais do que à própria esposa, concluiu que não poderia ser má como nos tempos de moça. Resignou-se e resolveu continuar na casa. Mas decidiu que voltaria a Osaka assim que Etsuko passasse pela consulta com o doutor Sugiura. Assim, permaneceram durante todo o mês de agosto em Shibuya.

16

Era a noite de 1º de setembro, data de recordação do Terremoto de 1923, dia seguinte à chegada de Sachiko.

As crianças haviam terminado de brincar. Tsuruko, seu marido, Sachiko e Yukiko jantavam em casa. A partir da conversa sobre terremotos, surgiu o tema do último "*tsunami* de montanha", que ocorrera em Ashiya e causara a enchente. O dissabor de Taeko e seu resgate pelo jovem fotógrafo Itakura foram o assunto à mesa. Por sorte, ela própria não tinha passado por tal apreensão e soubera de tudo por Taeko, afirmou Sachiko antes de contar com detalhes o ocorrido. Como se as palavras desse seu preâmbulo desafiassem a sorte que tivera no recente acontecimento, justamente naquela noite um dos furacões mais violentos desde a década de 1920 atingiu toda a região de Kanto, que compreende Tóquio e uma grande área circunvizinha. E Sachiko passou, pela primeira vez, os momentos mais terríveis de sua vida.

Tendo sempre vivido em Kansai, região de Kyoto e Osaka, onde são poucas as calamidades causadas pelo vento, Sachiko desconhecia a existência de vendavais aterrorizantes. Daí seu grande susto. Por outro lado, quatro ou cinco anos antes, mais ou menos no outono de 1934, ela soubera do vendaval que havia derrubado a torre do templo Tenno, em Osaka, e desnudado o monte Higashi, em Kyoto. Ela se recordava de ter sido tomada pelo medo durante cerca de vinte ou trinta minutos, mas, como naquela ocasião Ashiya não tinha sido atingida diretamente, ficou impressionada ao saber da queda da torre pelos jornais, chegando a se surpreender com um vento daquelas proporções, mas em nada comparável ao tufão que assolava Tóquio naquele momento. Para dizer a verdade, o medo era bem maior devido à lembrança do vendaval de 1934: se a torre fora derrubada por aquele vento, a casa em que estava hospedada certamente não resistiria à impestuosa ventania de então. Sem dúvida, a intensidade do vento era grande, e sendo a casa de Shibuya feita de material de segunda, tal intensidade parecia cinco ou até dez vezes maior.

    A ventania começara antes de as crianças se deitarem, entre oito e nove horas, e ficou mais forte por volta das dez. Sachiko repousava com Etsuko e Yukiko no quarto de oito tatames do andar superior. Devido à excessiva trepidação da casa, Etsuko agarrou-se à mãe e convidou Yukiko a juntar-se a elas no leito materno. A menina ficou abraçada entre as duas. No início, toda vez que Etsuko gritava "Estou com medo! Tenho medo!", Sachiko e Yukiko a confortavam dizendo que não havia o que temer, que o vento passaria dali a pouco, e que portanto ficasse tranqüila. Aos poucos, porém, elas também começaram a se agarrar com a mesma força com que Etsuko as agarrava. As três aproximaram seus rostos e se abraçaram formando um bloco. No mesmo andar, havia ainda mais dois quartos: um de três tatames, ao lado, e outro de quatro tatames e meio, do outro lado do corredor. Teruo e Tetsuo repousavam neste último. Eles também se levantaram e foram espiar o quarto das três. Teruo sugeriu que descessem, o andar de baixo devia ser mais seguro. Parecia ouvir a agitação de todos lá embaixo. A luz elétrica fora cortada e não se conseguia distinguir a fisionomia de Teruo, mas sua voz não parecia normal. Já fazia algum tempo que Sachiko sentia o perigo de a casa desmoronar; contudo, evitava falar isso para não assustar Etsuko. Toda vez que a estrutura da casa estremecia, pensava "Vai ser agora, é desta vez, é agora", e suava frio. Por isso, assim que Teruo deu a sugestão, não pensou duas vezes: "Yukiko, Etsuko, vamos para baixo!" As três, com Sachiko à frente, seguiram Teruo, que começava a descer os degraus da escada. No meio do caminho, um forte vento balançou a casa como se fosse derrubá-la. Para Sachiko, a escada, cujos degraus normalmente já vergavam como tábuas finas de cedro ou de ciprestes, parecia estar desabando entre as paredes, que inflavam como velas de barco. A emenda entre a coluna e a parede se abriu, e o vento lançou uma nuvem de areia. Sachiko teve a impressão de que seu corpo estava prestes a ser atingido pelas paredes. Desceu correndo, quase caiu e rolou, derrubando Teruo. Do andar superior, não haviam percebido as vozes gritando "Estou com medo!", "Estou com medo!", que ecoavam em todo o andar térreo, abafadas pelo bramido do vento, pelo ruído de folhas e galhos de árvores e pelo som de chapa de metal proveniente de coisas como letreiros sendo arrastados. Só ouviram os gritos quando chegaram ao andar inferior. Viram então as quatro crianças mais novas amontoadas em volta dos pais no quarto de seis tatames, que servia de aposento para o casal. Quando Sachiko e os outros entraram e se sentaram, Yoshio e Masao tomaram conta cada qual de um ombro de Sachiko. "Titia!", diziam. Sem outro jeito, Etsuko abraçou Yukiko. A irmã mais velha abraçava Umeko, como se a cobrisse com as duas mãos, e tinha as mangas tomadas por Hideo. (O medo de Hideo se manifestava de modo estranho. Enquanto não havia vento, ele agarrava as mangas da mãe, aguçando os ouvidos, e ao soar um bramido distante, largava as mangas às pressas, dizendo com voz rouca, muito grave e forte "Que medo!", tapava os ouvidos com as mãos, cerrava os olhos e debruçava a cabeça sobre o tatame.) Os quatro adultos e as sete crianças, encolhidos naquele local, pareciam um grupo de pessoas encenando uma peça de terror. Diferentemente de Tatsuo, as irmãs Tsuruko, Sachiko e Yukiko, embora não tivessem coragem de expressá-lo, estavam resignadas se todos acabassem esmagados juntos. De fato, se aquela ventania resistisse por mais algum tempo e fosse um pouco mais forte, certamente a casa teria desabado.

 Sachiko acreditou que estivesse alucinando devido ao terror enfrentado na escada instantes antes. Mas quando foi ao quarto de seis tatames, viu com os próprios olhos um vão de cinco a dez centímetros entre a coluna e a parede se abrir. Sob a luz fraca da única lanterna acesa do quarto, parecia-lhe que o vão atingia entre quinze e trinta centímetros cada vez que o vento soprava. Reconheçamos que um vão de cinco ou dez centímetros não era um exagero. Ele não se mantinha aberto o tempo todo. Fechava-se quando o vento cessava e abria-se de novo quando voltava a soprar. A cada instante a abertura ia ficando maior. Sachiko recordou-se de que a casa de Osaka havia balançado demasiadamente na ocasião do terremoto de Mineyama, na região de Tango. Contudo, no caso dos abalos sísmicos, os tremores são instantâneos, e não duradouros como no caso do vento. Era a primeira vez que via algo assim: a emenda entre a parede e a coluna separar-se e juntar-se.

Tatsuo, que se empenhava em permanecer calmo enquanto todos tremiam, também parecia ter ficado nervoso ao ver o estado da parede. Seria esta casa a única a balançar tanto? As casas dos vizinhos pareciam boas e não acreditava que estivesse ocorrendo o mesmo com eles, começou ele a dizer. Lá nos Koizumi, por exemplo, deveria estar tudo bem. Aquela era uma residência sólida e térrea, completou Teruo, dando seqüência ao raciocínio do pai. E se eles fossem se abrigar lá? Era ridículo ficar ali, acabariam esmagados... Tatsuo mostrou hesitação: era provável que não desmoronasse, por outro lado, seria mais seguro pedir abrigo. Não seria indelicado acordá-los? Poderiam estar dormindo. Não era o caso de se ficar pensando em tais coisas... Com um tufão daqueles, até os Koizumi deviam estar acordados, interviu Tsuruko. Aproveitando essa chance, os outros começaram a dizer: "Vamos, vamos para lá nos abrigar." As propriedades dos Koizumi e dos Makioka eram separadas por uma viela nos fundos, e tinham suas entradas de serviço apenas a um passo uma da outra. O proprietário era um oficial aposentado do governo ou algo do estilo, e lá moravam três pessoas: um casal de idosos e o filho. Coincidentemente, o garoto freqüentava a mesma escola ginasial para a qual Teruo fora transferido. A partir dessa relação, os Makioka vinham recebendo préstimos, e tanto Tatsuo como Teruo já haviam estado duas ou três vezes na sala de estar daquela casa. Oharu e Ohisa, que estavam no quarto de empregadas, pareciam combinar algo em segredo. Ao sair dali, Oharu informou que ela e Ohisa iriam até os Koizumi para verificar a situação. Conforme o caso, pediriam a eles que acolhessem todos. Oharu nem sabia onde ficava a casa deles, mas por ter confiança em suas habilidades nesses assuntos, bastaria que Ohisa a levasse até lá. Do resto, cuidaria ela mesma. Pretendia fazer-lhes um pedido veemente. "Então está bem assim, vamos fazer isso. Ei, Ohisa, vamos lá enquanto não há vento." Dito isto, ela mesma se autorizou, antes que alguém concordasse ou discordasse. Nem se importou com as recomendações de Tsuruko e Sachiko, de prestar atenção para não se machucar e ter cuidado para não ser levada pelo vento, e saiu pela porta dos fundos, apressando Ohisa. Logo retornou. Os Koizumi disseram não ser incômodo algum, comunicou-lhes. Deviam abrigar-se logo. Como o jovem Teruo tinha dito, a casa dos Koizumi não fora afetada pelo vendaval, até parecia que nem existisse... Em seguida, Oharu ofereceu suas costas a Etsuko.

— Senhorita, eu a levo até lá. A situação é tão terrível que não dá para caminhar. Até eu fui empurrada de volta e tive de rastejar. Várias coisas passam voando, por isso é preciso proteger-se com um edredom ou algo semelhante.

Tatsuo não cedia: todos poderiam ir, ele ficaria tomando conta da casa. Teruo, Tetsuo, Sachiko, Yukiko, Etsuko e Oharu foram logo resguardar-se do vento. Tsuruko acabou ficando, hesitante em deixar o marido. Oharu retornou sozinha, chamou Masao e colocou-o nas costas num passe de mágica. Voltou novamente com a intenção de carregar Yoshio. Foi então que Tsuruko não agüentou mais. Pegou Umeko no colo, fez Ohisa levar Yoshio às costas e foram abrigar-se. Durante esse tempo, a ação de Oharu foi a mais notável. Na segunda vez que retornou, por exemplo, quase ficou presa debaixo de uma base de varal que desmoronou sobre a viela. Ao ver que Ohisa carregava Yoshio às costas, chamou Hideo, sem dar ouvidos a alguém que dizia: "Essa criança não requer cuidados, pois é grande." Colocou o menino assustado em suas costas e correu.

Por fim, como até Ohisa acabou indo proteger-se, Tatsuo, não se sabe por quê, depois de trinta minutos entrou pela porta de serviço com expressão de constrangimento, dizendo também ter vindo incomodá-los. O vento continuava forte, e ouvia-se um estrondo igualmente terrível. De fato, ao ver a casa dos Koizumi com as colunas e as paredes firmes e sem a menor possibilidade de ruir, podia-se pensar que a sensação de segurança variava de acordo com a qualidade da construção. Toda a família Makioka aguardou o vento cessar, o que ocorreu por volta das quatro horas da manhã seguinte. Eles retornaram à casa frágil e nada convidativa, apesar de ainda estarem um pouco receosos.

17

Na manhã seguinte à passagem do tufão, o céu assumiu um tom azul levemente outonal, mas a lembrança daquela noite terrível atormentava Sachiko como um pesadelo. Além disso, aquele não era o momento para titubear diante do quadro de pavor e hipersensibilidade de Etsuko. Por isso, logo pela manhã enviou uma mensagem urgente para o marido, no escritório em Osaka, pedindo-lhe que reservasse um quarto na Hamaya. Gostaria, se possível, de transferir-se para lá naquele mesmo dia. Ao final da tarde, recebeu uma ligação da hospedaria confirmando sua reserva. Sachiko despediu-se rapidamente da irmã, pediu a ela que deixasse Oharu permanecer na casa central por mais dois ou três dias e encaminhou-se para Tsukiji.

Yukiko e Oharu acompanharam Sachiko e Etsuko até a Hamaya, e juntas resolveram passear por Ginza e degustar a culinária ocidental. A proprietária da hospedaria recomendou-lhes a Casa Romaiyart, no bairro de Owari. Levaram Oharu com elas e, na volta, ficaram apreciando os artigos das barracas noturnas para matar o tempo. Teria sido depois das nove horas que Sachiko e Etsuko voltaram a pé para a hospedaria, após se separarem das duas na esquina da Hattori? Para Sachiko, ficar com a filha numa hospedaria durante uma viagem, deixando o marido em casa, por si só já era uma experiência nova e, além disso, à medida que as horas avançavam, voltava a se lembrar do horror da noite anterior. Experimentou então tomar um comprimido de Adalin, depois, um pouco do conhaque que costumava carregar como remédio, mas não conseguiu pegar no sono e permaneceu em vigília até o primeiro silvo do trem da manhã. Etsuko parecia enfrentar a mesma situação. Incomodava Sachiko, reclamando o tempo todo que não conseguia dormir, e fazia manha resmungando seu desejo de retornar e rever a amiga Rosemarie. Ainda assim, dormiu bem ao amanhecer, chegando até mesmo a roncar. Por volta das sete horas, Sachiko desistiu de tentar pegar no sono e levantou-se, procurando não despertar Etsuko. Pediu o jornal, foi ao corredor com vista para o rio Tsukiji e acomodou-se numa cadeira de vime.

A cada manhã, ela esperava avidamente pelo jornal, interessada em acompanhar dois acontecimentos, um na Ásia e outro na Europa. Tratava-se dos mais recentes alvos de atenções do mundo: a estratégia japonesa para a tomada de Hankou, cidade em que se instalou o governo do Partido Popular da China no início da guerra com o Japão, e a questão dos Sudetos, na Checoslováquia. Entretanto, depois que chegou a Tóquio, não conseguia ler os periódicos locais da mesma forma que lia o *Yorozu Choho* e o *Mainichi Shinbun*, de Osaka. Talvez pela falta de familiaridade, os de Tóquio não prendiam sua atenção, e ela não conseguia se acostumar a eles. Logo se enfastiou do jornal que estava lendo e ficou com o olhar perdido nas ruas que margeavam o rio. A hospedaria em Uneme, na qual pousara com o pai quando moça, ficava logo do outro lado do rio, numa ruazinha quase em frente ao Teatro Kabuki, e era possível avistar o seu telhado dali mesmo, naquele instante. Aquela não lhe era uma região totalmente desconhecida, e até chegou a sentir certa nostalgia. Não podia equipará-la a Dogenzaka, mas a paisagem às margens desse rio estava muito diferente, na época, o Teatro de Tóquio e o Auditório de Dança ainda não haviam sido construídos. Vinha com o pai a Tóquio sempre nas férias de março, nunca estivera na cidade em setembro. Mas, sentada ali, teve a forte impressão de já estar no outono, pois mesmo no centro da cidade, como era o caso, podia sentir o vento gelado. Com certeza, as regiões de Osaka e Kobe ainda não estariam tão outonais.

"Será que o outono realmente chegava mais cedo em Tóquio, por ser uma região mais fria? Será um fenômeno momentâneo que ocorre após a passagem de um tufão, e o calor voltará? Ou o vento em terras estranhas sempre é sentido com mais intensidade do que em nossa terra natal?"

De qualquer modo, ainda faltavam quatro ou cinco dias para a consulta com o doutor Sugiura. O que ela faria nesse meio tempo?

Sachiko, acreditando que a temporada do teatro de Kikugoro[10] iniciava-se em setembro, teceu comparações com a sua época de criança, quando fora às apresentações de Ganjiro[11] com o pai. Era uma boa oportunidade para levar Etsuko. Como ela gostava de dança, com certeza ficaria feliz em assistir ao *shosagoto*[12]. Era possível que a tradição do teatro *kabuki* deixasse de existir quando ela atingisse a idade adulta. Achou melhor mostrar-lhe peças como a de Kikugoro enquanto era tempo, mas ao procurar no jornal a programação da temporada teatral não encontrou nenhum grande espetáculo de *kabuki* que tivesse começado em setembro. Sendo assim, não havia nenhum outro lugar, além dos passeios noturnos por Ginza, a que quisesse ir. De repente, sentiu saudades de casa. Não tinha a intenção de repetir o discurso de Etsuko, mas teve vontade de deixar a consulta para outra ocasião e partir no mesmo dia. Ao sentir tanta falta de sua terra, tendo passado pouco mais de uma semana em Tóquio, pôde entender perfeitamente o sentimento de Yukiko, que chegava a chorar inconformada, desejando voltar para Ashiya quando ficava na casa de Dogenzaka, em Shibuya.

Por volta das dez horas, recebeu um telefonema de Oharu. Tsuruko gostaria de ir à hospedaria, e ela a acompanharia levando uma carta recém-chegada de Teinosuke. Sachiko mandou Oharu transmitir à sua irmã o convite para que almoçassem juntas por ali, e esta desligou o telefone. Poderia deixar Etsuko com Oharu e sair para almoçar calmamente com a irmã, algo que não fazia havia muito tempo. Mas aonde poderiam ir? Depois de pensar muito, lembrou-se de que Tsuruko gostava de enguias. Nos velhos tempos, fora várias vezes com o pai à casa de enguias Daikokuya num lugar conhecido como Ilha Kon'yaku. Pediu que verificassem se ainda existia. A proprietária da hospedaria não sabia informar, só conhecia o famoso Komatsu. Ao procurar na lista telefônica, encontrou o restaurante desejado. Sachiko então lhe pediu que fizesse uma reserva, esperou pela irmã e saiu com

---

10. Onoe Kikugoro (1855-1949), ator de *kabuki* da sexta geração. Em 1949, foi agraciado com o prêmio de cultura *Bunka Kunsho*. (N.T.)
11. Onoe Ganjiro, ator de *kabuki* da geração anterior à de Kikugoro. (N.T.)
12. Bailado apresentado nos palcos de *kabuki* ou em forma de peça teatral. (N.T.)

ela, sugerindo a Etsuko que fosse com Oharu até a loja de departamentos Mitsukoshi.

A irmã contou-lhe que havia saído de casa depois de se aprontar às pressas, enquanto Yukiko levava Umeko para cima, entretendo-a a muito custo. A essa altura, Yukiko devia estar passando por apuros, mas Tsuruko havia decidido que aproveitaria a saída, não tendo urgência de voltar. Olhou para o rio que corria próximo à área dos *zashiki*[13].

— Como aqui se parece com Osaka... Em Tóquio, também existem lugares assim?

— De fato, parece-se com Osaka, não é? Quando vinha a Tóquio nos tempos de moça, papai sempre me trazia aqui.

— Por acaso, aqui é uma ilha, para ter o nome de ilha Kon'yaku?

— Não sei direito. Tenho a impressão de que antes não havia uma área de *zashiki* tão próxima ao rio como essa, mas o lugar deve ser aqui mesmo.

Sachiko assim respondeu, e dirigiu o olhar para fora do *shoji*. Antigamente, quando vinha com o pai àquela rua que ladeava o rio, havia casas em apenas uma das margens. Agora, elas estavam ao longo de todo o rio, e sendo a Casa Daikokuya dividida ao meio pela rua, era preciso levar os pratos do prédio principal até o *zashiki*, à beira do rio. A vista dali de onde estavam era muito mais parecida com a de Osaka do que a de outrora. Como o *zashiki* ficava em cima de um penhasco, bem na curva do rio, e estando elas sentadas no interior daquela sala, aquele cenário dos rios em forma de cruz — delineado por mais dois veios que se encontravam exatamente onde essa curva formava um ângulo — lembrava a paisagem que se via do navio-restaurante de ostras nos arredores das Quatro Pontes. Sobre esses rios não havia quatro pontes, mas três. Era uma pena que essa região periférica, que parecia existir desde o século XVIII ou XIX, e que tinha, antes do terremoto de 1923, a tranqüilidade de bairros antigos como aqueles dos arredores de Nagabori, em Osaka, apresentasse as casas, a ponte e o asfalto com ares de bairro novo, mas ainda pouco movimentado.

— Gostariam de uma soda ou alguma outra bebida?

---

13. Sala em estilo japonês. Nos restaurantes, é costume haver várias, instaladas em ambientes fechados ou semifechados para maior privacidade dos clientes. (N.T.)

— Bem — disse Sachiko olhando para a irmã —, o que você quer, Tsuruko?

— Pode ser uma soda. Ainda é dia...

— Que tal uma cerveja?

— Se me ajudar a tomar metade...

Sachiko sabia que entre as quatro irmãs, Tsuruko era a que mais apreciava bebidas alcoólicas, tanto que, vez ou outra, era tomada por uma vontade irreprimível de saboreá-las. O saquê era sua bebida preferida, mas não menosprezava a cerveja.

— Ultimamente, você nem deve ter tido tempo para beber com tranqüilidade, não é?

— Nem tanto. Tenho bebido um pouco todas as noites para fazer companhia a Tatsuo. E também quando temos visitas...

— Que tipo de visitas?

— Quando meu cunhado de Azabu vem, tomamos saquê na certa. Ele diz ser até gostoso beber numa casa agitada, em meio à bagunça das crianças.

— Deve dar trabalho, não, minha irmã?

— É o mesmo que cuidar das crianças. Basta servir a bebida, não dá trabalho algum. Mas se você está se referindo ao acompanhamento da bebida, Ohisa é quem prepara, eu nem preciso orientá-la.

— Ainda bem que aquela menina está sendo útil.

— No início, ela ficava como eu, chorando porque não gostava de Tóquio, sabe? Insistia para deixá-la voltar a Osaka, mas ultimamente não pede mais. Bem, até que ela se case, espero que trabalhe para mim.

— Será que ela é mais velha que Oharu?

— Quanto anos tem Oharu?

— Vinte.

— Então devem ter a mesma idade. Não deixe Oharu sair de sua casa, Sachiko. Procure manter essa moça com vocês.

— Ela está comigo desde os quinze anos. Acredito que não deixará de trabalhar para mim a fim de ir para outra casa, mesmo que eu diga para fazê-lo. Mas, em todo caso, ela não é digna de tanta admiração assim. As aparências enganam.

— Ouvi algumas coisas de Yukiko também. O que você achou da atitude dela anteontem à noite? Numa situação como aquela, Ohisa fica toda atrapalhada, muito diferente de Oharu. Tatsuo também ficou surpreso com ela e elogiou-a por aquela presteza.

— Em momentos como aquele, Oharu é realmente gentil, pensa nas pessoas e é muito prestativa. Na enchente do outro dia, ela também foi assim.

Enquanto esperava o espeto médio, pedido pela irmã, e a sua porção de enguias assarem, Sachiko ficou enumerando os defeitos de Oharu como acompanhamento para a cerveja.

Ter uma criada que todos elogiavam era motivo de orgulho para qualquer patrão, e Sachiko não se sentia incomodada. Ela não gostava de falar mal dos outros, e sempre que alguém enaltecia sua empregada, costumava ouvir sem retrucar, pois, mesmo que o fizesse, não existiria uma criada com tão boa fama quanto Oharu. Além da moça fazer amizade com facilidade e não agir de má-fé, era bastante generosa, do tipo que dava tudo para as pessoas, sem se incomodar se os pertences eram seus ou dos patrões. Os comerciantes e prestadores de serviços que freqüentavam a casa gostavam muito dela e sempre a procuravam. Muitas foram as vezes que Sachiko ficara de queixo caído com os recados que a professora, responsável pela classe de Etsuko, e até as senhoras, suas amigas, enviavam especialmente para ela, dizendo ser Oharu de fato uma criada admirável. Mas quem melhor compreendia o sentimento de Sachiko em relação a Oharu era a madrasta da moça. De vez em quando, ela vinha da cidade de Amagasaki para verificar como estava a situação, e não se cansava de repetir que nunca se esqueceria do favor que Sachiko fizera ao aceitar uma menina tão complicada para trabalhar na casa. A madrasta dizia viver chorando por causa da enteada e saber muito bem o quanto ela dava trabalho. Depois, pedia a Sachiko para ter muita paciência, deixando-a trabalhar ali, porque ninguém mais iria querê-la. Não seria nem mesmo necessário remunerá-la e Sachiko poderia repreendê-la à vontade, não permitindo que ela se tornasse abusada. Após insistentes pedidos, partia.

No início, quando o dono da lavanderia levou Oharu, então com quinze anos de idade, para que Sachiko a deixasse trabalhar na casa, esta resolveu aceitá-la porque a achara graciosa, mas, em menos de um mês, deu-se conta de que havia empregado uma menina terrível. Compreendeu então que aquelas palavras da madrasta, de que ela era abusada, não eram de exagero. O que mais deixou as pessoas da casa incomodadas foi sua falta de higiene. Sachiko já havia reparado nisso na entrevista, pois suas mãos e pés estavam pretos de tão encardidos, mas logo ficou esclarecido que isso não era resultado da má situação em que vivia, e sim de sua natureza: detestava tomar banho e lavar suas roupas. Com a intenção de fazer com que ela corrigisse esse mau hábito, Sachiko chamava-lhe a atenção repetidas vezes, mas bastava descuidar um pouco e ela voltava ao que era. As outras aprendizes não deixavam de tomar banho no final do dia; ela, porém, cochilava no quarto de empregadas ao anoitecer e acabava dormindo, sem ao menos vestir o quimono de dormir. Detestava lavar as roupas de baixo e não se importava em usar peças sujas por vários dias. Para mantê-la asseada, era preciso chegar ao extremo de designar alguém para fazê-la despir-se e tomar banho, ou verificar, vez ou outra, o interior de seu baú a fim de retirar o quimono interno ou os *obi* que estivessem sujos e obrigá-la, mediante inspeção, a lavá-los. Dava mais trabalho para educar do que sua própria filha. Muito antes de Sachiko, foram as colegas, as diretamente atingidas, que reclamaram. Desde que Oharu chegara, o armário tinha ficado cheio de coisas sujas, uma imundície só. Como ela nunca lavava suas coisas, pensaram em fazê-lo, arrancando tudo o que estava sujo, mas qual não fora a surpresa quando apareceu uma peça íntima da patroa. Sua repugnância por lavar roupa era tanta que tapeava os outros, chegando até a usar as peças de seus superiores. Não conseguiam suportar o mau cheiro quando se aproximavam dela. Não se tratava apenas de odor corporal, mas também de seu hálito terrível... Parecia ter problemas de estômago, já que vivia beliscando e comprando guloseimas... A pior hora era à noite, quando dormiam em sua companhia... Até piolho acabaram pegando dela. Eram queixas que não acabavam mais. Por diversas vezes, Sachiko despediu-a por justa causa e mandou-a de volta para Amagasaki, mas o pai ou a madrasta da moça sempre vinham pedir-lhe desculpas, e ela acabava por aceitar a menina novamente. Em Amagasaki, ela tinha um meio-irmão e uma meia-irmã mais novos. Sendo ela a única filha que o pai tivera com sua primeira esposa, já falecida, era de natureza difícil e ia muito mal na escola, diferentemente dos irmãos. O pai de Oharu era cerimonioso em relação à madrasta, e esta tinha receios em relação a ele. Se Oharu continuasse na casa, o conflito entre eles não teria fim. Sendo essa a situação, pediam permissão para que ela permanecesse na casa de Sachiko até atingir idade suficiente para se casar. E, assim, tanto o pai quanto a madrasta curvavam-se diante dela, Sachiko. A madrasta, em especial, lamentava-se. A fama de Oharu na vizinhança era muito boa, os irmãos menores tomavam sempre o partido dela e podia até ser que a menina a interpretasse mal, como se ela fosse a única a tratá-la de maneira diferente por não ser sua filha de sangue. Ainda que a madrasta tentasse apontar suas características negativas, nem o pai lhe dava crédito. Não se conformava com o fato de ele a proteger em segredo. A senhora Makioka com certeza haveria de entendê-la. Ao ouvir seus lamentos, Sachiko compreendeu a situação complicada da madrasta e acabou cedendo, com pena dela.

— Você nem imagina como é desleixada. Já deve ter percebido só de ver como ela veste o quimono. As outras criadas sempre riam, dizendo que Oharu deixava a parte da frente e tudo o mais à mostra, e mesmo hoje em dia não melhorou em nada. O que é inato não muda com repreensões, não adianta — continuou Sachiko se queixando da empregada com a irmã.

— Mas até que ela é bonitinha.

— Cuida só do rosto, maquiando-se às escondidas. Pega nossos cremes e batons sem falar nada.

— Que menina estranha!

— Sua empregada, por exemplo, prepara as refeições sem que ninguém lhe ordene, mas Oharu, mesmo depois de cinco anos de serviço, ainda não prepara nada se eu não lhe disser para fazer desse ou daquele jeito. Quando volto para casa com fome no horário das refeições e lhe pergunto o que preparou, ela responde não ter aprontado nada ainda.

— É mesmo? Conversando com ela parece tão esperta...

— Estúpida ela não é. Em suma, gosta de lidar com as pessoas, mas não gosta de fazer as pequenas tarefas domésticas. A limpeza diária do *zashiki*, por exemplo, se não ficarmos atentos, ela deixa de fazer. Se não a acordam de manhã, ela não se levanta. À noite, continua dormindo de quimono mesmo...

    Enquanto discutiam o assunto, Sachiko foi se lembrando de diversas coisas e continuou a contá-las em tom de anedota. Oharu era gulosa e sabia beliscar como ninguém. Quando levava um prato da cozinha para a sala de jantar, era muito comum que uma ou duas castanhas doces, por exemplo, desaparecessem. Na cozinha, sempre estava mastigando algo; volta e meia, quando alguém a surpreendia, arregalava os olhos e, às pressas, ficava de costas para responder. Acabava cochilando durante as massagens solicitadas por Sachiko, recostando-se nela em menos de quinze minutos, após o que começava a esticar folgadamente as pernas, até que acabava caindo no sono, espichando-se toda sobre seu acolchoado. Dormia sem fechar o registro do gás, esquecia-se de desligar o ferro elétrico, já tendo deixado marcas de queimado nas roupas diversas vezes. Quase chegou a causar um incêndio. Nessas ocasiões, Sachiko pensava em fazê-la voltar para sua terra, mas sempre acabava cedendo diante das bajulações dos pais da menina. Quando a mandava fazer compras, punha-se a jogar conversa fora e demorava a vida toda.

— Se ela se casar desse jeito, o que irá acontecer?

— Também penso assim, mas se ela se casar e tiver filhos, é possível que melhore. Deixe-a ficar sem reclamar. Ela tem seu lado bom, não é?

— Pois é, depois de cinco anos em casa, é como se fosse minha filha. Tem um lado negativo que é o de enganar as pessoas, mas não é rebelde como as crianças criadas por madrastas; é graciosa, carinhosa e, mesmo achando-a inconveniente de vez em quando, não consigo ter raiva dela. Essa menina deve ter mesmo suas virtudes.

18

Ao voltar do restaurante Daikokuya, Tsuruko ainda ficou conversando até o fim da tarde na sala de estar dos aposentos de Sachiko, na Hospedaria Hamaya. Ela continuava admirada com Oharu por ter ajudado seus filhos na noite do tufão e, para expressar reconhecimento, propôs a Sachiko enviarem Oharu e Ohisa para a cidade de Nikko. Tsuruko prometera esse passeio a Ohisa como forma de reter em Tóquio a criada ansiosa por voltar a Osaka, mas a promessa vinha sendo adiada pela falta de uma companhia adequada. Esta seria então a oportunidade que estava esperando, pois Oharu poderia acompanhá-la. Tsuruko não conhecia Nikko, mas sabia de um trem da linha Tobu com saída do bairro de Asakusa. Chegando lá, elas só precisariam pegar um ônibus. Era possível conhecer o santuário Tosho, a cachoeira de Kegon e o lago Chuzenji em apenas um dia. A irmã mais velha finalizou sua argumentação pedindo a Sachiko, em seu nome e no de seu marido, que autorizasse a ida de Oharu. Obviamente as despesas ficariam por conta deles.

Sachiko considerou o passeio uma recompensa excessiva para Oharu, mas, se não concordasse, Ohisa perderia a oportunidade. Além disso, percebendo que sua criada já estava na expectativa, pois de alguma forma soubera dos planos, concluiu que seria crueldade não lhe dar autorização e deixou a irmã cuidar de tudo. Dois dias depois, recebeu um telefonema de Tsuruko, no qual relatava que já havia informado as criadas sobre o passeio no dia anterior. Elas tinham ficado tão contentes que haviam perdido o sono e partido logo cedo. Retornariam por volta das sete ou oito horas da noite, mas, mesmo assim, levaram dinheiro para um pernoite. Por fim, disse que Yukiko estava a caminho da hospedaria. Ao colocar o fone no gancho, Sachiko teve a idéia de ir à Academia de Arte Japonesa e à exposição anual de arte ocidental. Nesse instante, viu a empregada da hospedaria colocar uma carta expressa pelo vão da porta corrediça. Etsuko pegou-a, leu o verso com um ar de estranheza e, depois, calada, colocou o envelope na mesa à qual sua mãe se apoiava. Era um envelope quadrado, do tipo ocidental. Nele, estava escrito: "Ilma. Senhora Sachiko Makioka (a/c Hospedaria Hamaya), confidencial", com uma caligrafia que não era a de Teinosuke. Ficou intrigada porque ninguém, além de seu marido, enviaria uma carta à hospedaria em Tóquio. Então, viu o remetente:

"Keisaburo Okubatake, 2-3 Bairro de Chausuyama, Distrito de Tennoji, Cidade de Osaka."

Abriu o envelope evitando o olhar curioso de Etsuko. Tirou três folhas espessas de papel de carta ocidental, dobradas em quatro, que continham letras apertadas na frente e no verso. Ao desdobrar os papéis, estes emitiram um som seco como aquele que se ouve nos efeitos sonoros de filmes de cinema.

O assunto era, no mínimo, inesperado. Segue o texto integral.

13 DE SETEMBRO

Ilma. Senhora Sachiko Makioka,

Primeiramente, perdoe-me o envio repentino desta carta. Suponho que a senhora minha irmã estranhe ao recebê-la, mas gostaria que entendesse que não poderia perder esta oportunidade.

Há dias tento enviar-lhe uma carta, mas receava que Koisan a interceptasse. Hoje, depois de muito tempo, encontrei-a em Shukugawa, e soube que a senhora acha-se hospedada na Hamaya, no bairro de Tsukiji, somente com a senhorita Etsuko. Sei o endereço da hospedaria porque é onde um amigo costuma ficar quando vai a Tóquio. Percebi que se a enviasse agora, a carta a alcançaria a tempo, e escrevo-lhe consciente de minha atitude repreensível.

Procurarei ser o mais breve possível. Em primeiro lugar, vou revelar-lhe uma suspeita. No momento, trata-se de uma suspeita apenas minha: presumo que Koisan e Itakura estejam tendo alguma relação. Certamente, refiro-me a uma relação apenas sentimental. Não quero nem pensar nada além disso para resguardar a reputação de Koisan, mas gostaria de saber se estaria nascendo alguma paixão entre os dois.

Comecei a desconfiar disso desde a tragédia da enchente. Ao refletir sobre o acontecimento, estranhei que Itakura tivesse ido imediatamente em socorro de Koisan. Não me pareceu apenas gentileza da parte dele ter ido acudi-la, abandonando a própria casa e a irmã, correndo além disso o risco de perder sua própria vida. Em primeiro lugar, é estranho que ele soubesse da presença de Koisan na escola de corte e costura àquela hora e também que tivesse tanta intimidade com a senhora Tamaki. Posso supor que ele ia à escola com certa freqüência e lá encontrava-se com Koisan ou marcava encontros com ela. Fiz algumas investigações e tenho provas que não incluirei aqui. Se for preciso, posso apresentá-las, mas peço que a senhora faça uma averiguação à parte. Acredito que poderá se surpreender.

Quando passei a desconfiar dos dois, interroguei-os, mas eles desmentiram de modo veemente. O estranho é que, depois disso, Koisan começou a me evitar. As vindas a Shukugawa ficaram mais raras, e agora, quando telefono para sua casa, mentira ou não, Oharu começou a dizer com mais freqüência que ela não está. Itakura, por sua vez, diz que se encontrou com Koisan uma ou duas vezes depois da enchente, não dando motivos para qualquer suspeita, e repete essas coisas como se fossem frases feitas. Contudo, fiz minhas investigações, como disse. O fato é que Itakura tem ido à sua casa quase todos os dias, e ele e Koisan já foram juntos, somente os dois, tomar banho de mar. Tenho meios de obter essas informações, por isso não há como negar. Itakura pode ter dado, por acaso, a impressão de que eu o mandei como meu intercessor junto a Koisan, mas nunca lhe ordenei isso. Se existe algum motivo por que Itakura precise encontrar-se com Koisan é para fazer acertos sobre as fotos, mas como o proibi de continuar esse trabalho, não há mais negócios ou assuntos em comum entre eles. Apesar disso, Itakura continua a freqüentar a casa. Koisan já nem vai a Shukugawa. Permaneço tranqüilo enquanto houver a vigilância da senhora e de seu marido. Entretanto, fico extremamente apreensivo com o que poderia acontecer em casos como este: o senhor seu marido ausente de dia, a senhora, a senhorita Etsuko e Oharu em viagem. (Na certa a senhora minha irmã não está sabendo, mas, ao que parece, Itakura continua indo quase todos os dias à sua casa, durante a sua ausência). Sendo Koisan uma moça direita, não haverá nenhum comportamento indecoroso. No entanto, Itakura não é um sujeito confiável. Viveu muito tempo nos Estados Unidos fazendo diversas coisas. Tem habilidade para infiltrar-se em qualquer família de forma sorrateira e insistente para obter influência, como a senhora minha irmã deve saber. Tem fama de tomar dinheiro emprestado e ludibriar damas. Conheço-o, afinal, desde quando ele era aprendiz.

Na realidade, gostaria de fazer-lhe algumas solicitações relacionadas ao meu pedido de casamento com Koisan. Mas, como a prioridade no momento é manter Itakura afastado, deixarei o assunto para outra ocasião. Ainda que Koisan venha a cancelar o noivado (diz ela que não é sua intenção), qualquer falatório envolvendo um sujeito como Itakura significaria sua ruína. Não acredito que Koisan, sendo uma dama da família Makioka, tenha algum interesse num tipo como ele. Como fui eu quem lhe apresentou Itakura, sinto-me na responsabilidade de expor a suspeita e solicitar que tome cuidado.

Creio que tenha opiniões e soluções próprias para o problema, mas caso eu possa de alguma forma auxiliá-la, coloco-me à disposição.

Para encerrar, gostaria de solicitar-lhe que não permita a Koisan o acesso a esta carta, pois tenho certeza de que, se ela vier a saber de sua existência, as conseqüências seriam desastrosas.

Sendo só para o momento, e desejando que esta carta alcance a senhora a tempo na Hospedaria Hamaya, peço desculpas pelas minhas palavras apressadas e descuidadas.

Respeitosamente,
Keisaburo Okubatake
Vosso Admirador

Sachiko apoiou os cotovelos sobre a mesa, mantendo as folhas de papel entre as mãos: leu-as de novo, ainda evitando o olhar perscrutador de Etsuko. Ao terminar a leitura, guardou-as no envelope, que dobrou em dois e enfiou no *obi*. Saiu para a varanda e deixou-se cair na cadeira de vime.

As notícias eram bastante surpreendentes. Só pôde raciocinar depois de recuperar o fôlego e se acalmar. Até que ponto os fatos narrados nessa carta eram verdadeiros? De fato... Okubatake poderia estar certo. Talvez tivessem sido muito condescendentes com Itakura. Deram muita confiança àquele rapaz. Fora negligente ao tê-lo deixado fazer o que bem entendesse, sem desconfiar de suas visitas diárias. Era porque nunca o viram como alguém à altura de suas relações sociais. Mas, na verdade, não conheciam sua família ou seu passado, a não ser o fato de que tinha sido aprendiz na loja dos Okubatake. Desde o início, consideravam-no uma pessoa estranha à sua classe. Ele próprio brincava que queria Oharu como esposa, por isso nunca aventaram que pudesse interessar-se por Taeko. Teria sido um estratagema? Mesmo se o rapaz nutrisse qualquer sentimento por ela, era impossível que fosse correspondido. Pelo menos por parte de sua irmã, isso lhe parecia impensável, mesmo agora, depois de ter lido a carta de Okubatake. É certo que Taeko cometera erros no passado, mas não poderia estar tão desesperada a ponto de manchar sua reputação. Afinal, ela era uma Makioka. (Nessa altura do pensamento, os olhos de Sachiko encheram-se de lágrimas.) Com Okubatake, a despeito de todos os seus defeitos, era possível vislumbrar um relacionamento e até poderia permiti-lo, mas Taeko ter qualquer coisa com Itakura... A atitude dela em relação a ele, a maneira como lhe dirigia a palavra... Estava claro que sua irmã o tratava como alguém de classe inferior. E o jovem parecia também resignar-se à sua situação.

Então, será que o conteúdo daquela carta não tinha fundamento? Okubatake escreveu que tinha investigado, mas não apresentara qualquer prova concreta. Será que tudo isso não passava apenas de uma vaga suspeita? Será que ele não estaria exagerando por temer que suas suposições se concretizassem? Como Okubatake tinha apurado os fatos? Por exemplo, não existia nenhuma prova de que Taeko e Itakura foram à praia sozinhos. Por mais que tivesse depositado confiança no rapaz, não seria tão negligente. Etsuko é quem fora sozinha à praia com Itakura. Quando Taeko saía com Itakura, Yukiko, Etsuko ou ela própria estavam sempre com eles. Mesmo em outras ocasiões, os dois não ficavam a sós. Nunca tinha passado pela cabeça de ninguém ficar vigiando-os, mas quando Itakura chegava, todas elas se juntavam à sua volta para ouvir suas histórias pitorescas e, nessas ocasiões, nunca notaram nenhum comportamento impróprio. Em suma, Okubatake, por certo, estaria criando fantasmas de conveniência com base em boatos da vizinhança.

Sachiko desejava muito acreditar nisso, mas não conseguia negar que algo a perturbara enquanto lia a carta. Ela estava convencida de que Itakura, por ser de classe inferior, sequer seria cogitado como pretendente à mão de Taeko. Mas, por outro lado, não podia afirmar que uma relação assim nunca viesse a ocorrer. Devia confessar que já desconfiara de algo por trás da dedicação de Itakura a Taeko e de suas freqüentes visitas à sua casa. Colocou-se no lugar da irmã caçula. Não podia deixar de perceber quão forte era a emoção de uma jovem resgatada naquelas circunstâncias, e quanto ela se sentia agradecida ao seu salvador. Mas, como sempre tivera na cabeça a idéia preconcebida da diferença de classes, até chegara a perceber, mas não apurou, ou melhor, não quis apurar, como se o assunto não merecesse atenção. Esta era a verdade. A carta de Okubatake lhe mostrara, descaradamente, o que ela tentava não enxergar, o que temia ver. E isso a deixou muito confusa.

Se antes já estava ansiosa para voltar, a carta serviu para intensificar sua angústia. Assim que retornasse, precisaria esclarecer a questão. Como poderia fazer isso? Como abordaria o assunto sem deixar Koisan e Itakura irritados? Poderia confiar o caso ao seu marido? Não, não. Era sua responsabilidade e, como tal, guardaria o assunto em segredo. Nada revelaria a Teinosuke, nem a Yukiko; apuraria o fato. Se, por infelicidade, tudo isso fosse verdade, iria separar os dois sem magoá-los e sem que ninguém soubesse. Sim, era essa a melhor solução. Várias medidas vinham-lhe à cabeça, uma após a outra, mas, por ora, a providência mais urgente seria impedir Itakura de ir à sua casa enquanto estivesse fora. *Na certa a senhora minha irmã não está sabendo, mas, ao que parece, Itakura continua indo quase todos os dias à sua casa, durante a sua ausência.* Mais do que tudo, essas eram as palavras que angustiavam Sachiko. Se porventura existisse alguma paixão latente entre os dois, aquele seria o momento propício para tal sentimento se manifestar. *Entretanto, fico extremamente apreensivo com o que poderia acontecer em casos como este: o senhor seu marido ausente de dia, a senhora, a senhorita Etsuko e Oharu em viagem.* Essa frase de Okubatake deixava Sachiko completamente desorientada. Como ela havia sido descuidada! Quem havia deixado Taeko sozinha na casa e viajado para Tóquio arrastando Etsuko e Oharu fora ela. Ninguém mais. É como se ela tivesse criado um terreno fértil para despertar tal paixão. Beneficiada com tamanha fertilidade, tudo germinaria, mesmo sem nenhuma semente. Se acontecesse algo condenável, não seriam os dois a merecer punição, mas ela, Sachiko. Não podia perder tempo. Ficar daquele jeito, sem poder agir, deixava-a com os nervos em frangalhos. Sentiu uma irritação insuportável. Como poderia evitar a aproximação de Itakura e Koisan se só poderia voltar com Etsuko em dois dias? Uma solução mais rápida seria um telefonema para Teinosuke, pedindo-lhe que proibisse qualquer encontro entre os dois enquanto ela estivesse fora. Não, isso não seria apropriado. Queria evitar qualquer envolvimento de seu marido. Se não tivesse outro jeito, poderia revelar o fato a Yukiko e pedir-lhe que partisse no trem noturno daquele mesmo dia a fim de vigiar Taeko. Seria melhor do que envolver Teinosuke. Não, queria evitar isso também. Em primeiro lugar, mesmo que Yukiko aceitasse ajudar Sachiko, ela havia acabado de voltar a Shibuya e não tinha motivos para outra viagem a Ashiya. Poderia então fazer Oharu voltar antes. Isso seria mais natural e traria menos danos. Claro que não revelaria nada à empregada, mas só pelo fato de estar em casa ela poderia, pelo menos, deter a aproximação dos dois, mesmo que não impedisse a visita de Itakura.

Sachiko hesitou novamente. A menina era tagarela. Se Taeko e Itakura nada sentissem um pelo outro, a presença de Oharu manteria a relação nesse nível, mas se sua irmã e o fotógrafo estivessem nutrindo algum sentimento além de amizade, qualquer comportamento deles que levantasse suspeitas levaria aquela fofoqueira a espalhar a notícia aos quatro ventos. A menina era perspicaz nessas questões e poderia perguntar por que estava sendo mandada de volta antes do previsto. Pior do que isso, ela poderia ser subornada. Era simpática e tinha tato para lidar com as pessoas, mas também caía facilmente em tentação. Itakura, com suas palavras gentis, poderia enganá-la. Quando pensou em tudo isso, Sachiko concluiu que não poderia delegar o problema a ninguém. Não via outra solução senão fazer o possível para voltar o quanto antes. Após a consulta ao médico de Etsuko, tomaria o trem na mesma noite, não importando que hora fosse.

Instantes depois, avistou Yukiko sob sua sombrinha a atravessar a ponte, vinda dos lados do Teatro Kabuki, caminhando ao longo da margem do rio. Sachiko entrou calmamente na sala de estar, sentou-se em frente à penteadeira e, notando a coloração de seu rosto, aplicou nele duas ou três pinceladas de ruge. De súbito, abriu seu *nécessaire*, cuidando para não fazer barulho e chamar a atenção de Etsuko, pegou uma garrafa de bolso de conhaque, verteu um pouco da bebida na tampa e tomou.

19

Sachiko já perdera o interesse por exposições, mas achou que se saísse um pouco poderia se distrair, indo à tarde ao Parque Ueno com Yukiko e a filha. As duas mostras já haviam consumido suas energias, mas ainda teve de ir ao zoológico para atender às súplicas de Etsuko. Foi uma visita breve, mas ela arrastava os pés cansados. Quando as três retornaram à hospedaria, já passava de seis da tarde. O plano inicial incluía um jantar em algum restaurante, mas após os passeios queriam mesmo era descansar. Tomaram um banho relaxante e jantavam no quarto, quando Oharu chegou anunciando já estar de volta do passeio. Tinha o rosto ruborizado, suado, e seu quimono de crepe de seda de Akashi estava todo amarrotado. Chegara de Nikko e tomara o metrô com Ohisa, na estação de Kaminarimon, para voltar à casa dos Makioka, em Shibuya. Mas desceu sozinha na estação Owaricho, pois queria agradecer Sachiko pessoalmente. Ao dizer isso, tirou de suas coisas três barras de doce de feijão *yokan* de Nikko e cartões-postais.

— São para a senhorita.

— É muita gentileza sua trazer presentes, Oharu, mas leve-os para o pessoal da casa de Shibuya.

— Obrigada, minha senhora, mas comprei também para eles. Ohisa voltou na frente e os levou.

— Agradeço-lhe, mas tudo isso...

— Viu a cachoeira de Kegon, Oharu? — perguntou Etsuko, espalhando os cartões-postais para apreciá-los.

— Ah, sim. Vi tudo, desde o santuário Tosho, a cachoeira de Kegon, até o lago Chuzenji. Felizmente, pude ver tudo isso.

A visita a Nikko animou a conversa no jantar, mas foi só Oharu dizer "consegui ver o Monte Fuji também" que surgiu a discussão.

— O Monte Fuji? Tem certeza?

— Sim.

— De onde?

— Do trem da linha Tobu.

— Será que é possível ver o Monte Fuji de algum lugar do trajeto dessa linha?

— É verdade, acho que não dá. Oharu, não era uma montanha parecida com ele?

— Não, tenho certeza de que era ele. Todos os passageiros diziam: "Olha o Monte Fuji. Dá para ver o Monte Fuji."

— Será mesmo? Então, será que se pode vê-lo de algum lugar?

Sachiko, preocupada, pensando no doutor Sugiura desde aquela manhã, mandou Oharu chamá-lo por telefone. Por sorte, os Sugiura tinham acabado de retornar de viagem e o doutor poderia atendê-las em sua residência no dia seguinte. Tinham-lhe dito que o médico só estaria de volta no dia 5, mas Sachiko contava com mais dois ou três dias de atraso. Depois desse telefonema, porém, percebeu aliviada que o assunto de Etsuko seria resolvido antes do esperado. Ordenou novamente a Oharu que chamasse a recepção da hospedaria e solicitasse a compra de três passagens de trem no vagão-dormitório para a noite do dia seguinte, preferencialmente em leitos de números consecutivos. Yukiko perguntou, surpresa, se elas já iriam embora. Se conseguissem a consulta pela manhã, iriam sim, respondeu Sachiko. Seria um pouco atribulado, de fato, mas poderiam fazer compras à tarde e partir no trem noturno. Ela mesma não tinha nenhum compromisso urgente, mas as aulas da escola de Etsuko já haviam começado e não podia permitir que a menina faltasse por muito mais tempo. Portanto, queria Yukiko e Oharu na hospedaria no dia seguinte até a hora do almoço. Ela e Etsuko também voltariam da residência do doutor Sugiura mais ou menos nesse horário, e então iriam todas às compras na parte da tarde. Sabia que devia ir mais uma vez à casa em Shibuya, mas não teriam tempo. Desejava que levassem suas lembranças para Tatsuo e Tsuruko. Dito isso, mandou as duas embora logo após o jantar.

O dia seguinte foi intenso para Sachiko e Etsuko. Pela manhã, visitaram o doutor Sugiura, no bairro de Hongo Nishikata, foram até a farmácia Hongo para comprar medicamento, tomaram um táxi em frente ao Akamon[14] e voltaram a Hamaya. Yukiko e Oharu já as aguardavam. Yukiko foi logo perguntando sobre a consulta. A avaliação do doutor Sugiura tinha sido praticamente igual à do doutor Tsuji, disse Sachiko, e repetiu a observação do médico de Tóquio. Ou seja, crianças tensas como Estuko eram, na maioria, bem dotadas intelectualmente e muito aplicadas nos estudos. Dependendo do modo como fossem orientadas, poderiam tornar-se mais capazes que a média, por isso não era preciso ela se preocupar tanto. O doutor a aconselhou a descobrir alguma atividade em que Etsuko se destacava e fazer com que desenvolvesse essa qualidade. Ele recomendara uma terapia com dieta alimentar e prescrevera uma receita bem diferente da do doutor Tsuji. À tarde, as quatro deram uma volta por Domyo de Ikenohata, pela loja Mitsukoshi, em Nihonbashi, pela loja de algas Yamamoto, pela Erien, no bairro de Owari, e pelos estabelecimentos Hiranoya e Awaya, em Nishiginza. O calor intenso parecia ter voltado, e o sol estava forte, apesar da brisa. Precisaram parar várias vezes para aliviar a sede e o cansaço, e descansaram no sétimo andar do prédio da Mitsukoshi, na padaria alemã da Colombin. Oharu fora obrigada a carregar inúmeras sacolas e só se via sua cabeça no meio delas. Seguindo as três patroas, também carregadas de compras, tinha o rosto bastante suado, como no dia anterior. Foram mais uma vez para o bairro de Owari e, por fim, fizeram mais compras no subsolo da Hattori. Na hora de sair para jantar, como já tinham ido várias vezes ao Romaiyart e queriam mudar de ares, decidiram comer no New Grand, localizado numa das extremidades da ponte Sukiya. Isso economizaria tempo e daria satisfação a Yukiko, apreciadora da culinária ocidental. Ficariam sem vê-la por algum tempo, por isso o jantar com cerveja bem gelada seria um momento de despedida. Depois, voltaram às pressas para a hospedaria, fizeram as malas e correram para a estação de Tóquio. Durante cerca de cinco minutos conversaram, em pé mesmo, com Tsuruko, que também viera despedir-se. Entraram no vagão-dormitório do expresso das oito e trinta. A irmã mais velha e Yukiko acompanharam-nas até a plataforma. Yukiko e Etsuko conversavam fora

---

14. Famoso portão sudoeste da Universidade de Tóquio, pintado em laca vermelha. (N.T.)

do trem, quando a irmã mais velha aproximou-se de Sachiko, que estava entre os vagões, e perguntou:

— Não houve nenhuma proposta de casamento para Yukiko desde então?

— Nada. Mas creio que a qualquer momento receberemos alguma...

— Se isso não se resolver este ano, o próximo será o ano de azar de Yukiko.

— Eu também pensei nisso e fiz vários pedidos...

— Até logo, tia Yukiko. — Etsuko acenou da plataforma com um lenço *georgette* cor-de-rosa. — Quando voltará a Ashiya?

— Não sei... Não sei quando...

— Venha logo.

— Hum...

— Sem falta, tia Yukiko... Está bem? Sem falta...

Como tinham comprado passagens com números de leito consecutivos, Etsuko e Oharu deitaram-se naqueles que ficavam um de frente para o outro e Sachiko, no superior. Esta vestia apenas roupa de baixo, mas não se sentia confortável para dormir. Sabia que não conseguiria pregar os olhos e relaxou apenas as pernas e as costas. Sua cabeça ainda estava tomada pela imagem das duas irmãs com os olhos cheios de lágrimas. Pensou um pouco e percebeu que desde a partida de Ashiya, no dia 27 do mês anterior, apenas dez dias haviam se passado. Nunca tinha feito uma viagem tão apressada e agitada como aquela. Nos primeiros dias, na casa da irmã mais velha, sofrera com a bagunça dos sobrinhos e fora aterrorizada pelo tufão. Mudara-se então para a Hospedaria Hamaya, mas nem lá tivera tempo para relaxar, pois a carta de Okubatake fora como uma bomba a atingir sua cabeça. Só pôde relaxar um pouco no dia em que fora ao restaurante Daikokuya com a irmã mais velha. De qualquer modo, como Etsuko tivera sua consulta com o doutor Sugiura, a missão estava cumprida. Lamentou que não tivesse assistido a nenhuma peça teatral. Ademais, nos dois dias anteriores, andara pela poeirenta Tóquio e suas atividades tinham sido intensas. Realmente, foram dois dias atordoantes. Correr de um lado para o outro num espaço de tempo mínimo como aquele era uma façanha possível de se executar somente numa viagem, nunca no dia-a-dia. Tais lembranças foram suficientes para deixá-la ainda mais exausta. Ela sentia seu corpo quebrado, como se tivesse sido jogado do alto de algum lugar, mas mesmo assim não conseguia pregar os olhos. Se tomasse um gole de conhaque poderia cochilar um pouco, mas não tinha ânimo sequer para se levantar e pegar a garrafa. Sua mente não conseguia descansar. A incômoda questão que teria de solucionar assim que chegasse em casa — problema que a preocupava desde o dia anterior — ia e vinha em sua cabeça sob forma de dúvida e apreensão. Será que os fatos a que se refere aquela carta eram verdadeiros? Se fossem, como ela deveria lidar com eles? Etsuko suspeitaria de algo? Teria ela contado a Yukiko que chegara uma carta de Okubatake?

20

Etsuko faltou à escola apenas no dia em que chegaram de viagem; no dia seguinte já estava de volta às aulas. Sachiko, porém, sentia um cansaço cada vez maior, e durante dois ou três dias fez sessões de relaxamento com um massagista chamado à sua casa, descansando à tarde, depois do almoço. Quando se entediava, sentava-se na cadeira do terraço e se distraía contemplando o jardim.

O jardim, por certo, refletia o gosto da dona da casa, que preferia as flores primaveris às outonais, por isso, naquele momento não havia nenhum colorido que atraísse o olhar das pessoas: apenas a malva-rosa, escassa à sombra da colina artificial, e um arbusto de *hagi*, com seus galhos pendentes junto à cerca da casa dos Stolz. O cinamomo e a palóvnia azul, não suportando o calor, esparramavam seus galhos de folhas frondosas, e o gramado compunha um tapete verde-escuro ao seu redor. O aspecto do jardim era praticamente o mesmo de dez dias antes, mas o sol estava mais suave. Sachiko sentiu o ar fresco que trazia um aroma leve de oliva de algum lugar. Sem dúvida, percebia a proximidade, ainda que discreta, do outono. A cobertura de junco do terraço teria de ser removida em breve. Durante dois ou três dias ela deixara o pensamento vagar por tais amenidades enquanto contemplava, sentimental, o jardim que se habituara a apreciar. Era bom viajar de vez em quando. Dessa vez, não tinha passado mais de dez dias fora, mas provavelmente por estar desacostumada às viagens, tinha a leve impressão de ter-se ausentado um mês, e sentia nascer dentro de si uma alegria imensa de voltar para casa após um longo período de ausência. Lembrou-se de Yukiko, que, talvez por saudade, ou quem sabe, relutante em se despedir, apreciava o jardim durante suas estadas em Ashiya, contemplando-o parada, em pé, ora de um lugar, ora de outro. Pensando bem, não só Yukiko, mas ela também era uma autêntica filha de Kansai, e pôde compreender como eram apegadas ao seu clima. Aquele jardim era insignificante, sem qualquer encanto especial, mas ao ficar ali em pé, aspirando o ar impregnado do aroma de pinheiros, contemplando as montanhas das redondezas de Rokko e elevando o olhar para o céu límpido, reconheceu não haver região mais tranqüila e agradável para se morar do que as redondezas de Osaka e Kobe. Sentiu repulsa por aquele lugar agitado, poeirento e acinzentado chamado Tóquio. Entendia, naquele momento, porque Yukiko costumava dizer que naqueles lados até o toque da brisa na pele era diferente do que se sentia em Tóquio. Sachiko devia estar feliz por não precisar se mudar para um lugar como aquele, e teve pena da irmã mais velha e de Yukiko. Ela, que tinha grande prazer em poder mergulhar nessas impressões, disse a Oharu:

— Você aproveitou bastante podendo visitar Nikko. Comigo é que não aconteceu nada de bom naquele lugar chamado Tóquio. Na há nada como a nossa própria casa.

Havia algum tempo, Taeko vinha pensando em recomeçar o trabalho de confecção que interrompera durante todo o verão, mas tinha evitado sair enquanto tomava conta da casa de Sachiko. Assim, logo no dia seguinte à chegada da irmã, voltou a freqüentar seu estúdio em Shukugawa. Ainda não sabia quando a escola de corte e costura iria reabrir, e tendo a professora de dança falecido, por ora não havia o que fazer; pensou então em aproveitar o tempo disponível para praticar francês, idioma que desejava aprimorar já havia algum tempo. Por que não pedir aulas à madame Tsukamoto?, sugeriu Sachiko. Ela própria havia encerrado os estudos quando Yukiko os interrompeu para ir até Tóquio, mas se Koisan fosse estudar, gostaria de aproveitar a oportunidade. Isso não seria possível, disse Taeko rindo. Como começaria do básico, seria inconveniente estudarem juntas; além disso, a mensalidade das aulas da professora era alta.

Itakura apareceu na casa enquanto Taeko estava fora. Disse saber da volta de Sachiko e por isso tinha ido até lá para cumprimentá-la. Fez companhia a ela no terraço por vinte ou trinta minutos. Foi até a cozinha, ouviu de Oharu o episódio de Nikko e se retirou.

Na verdade, Sachiko queria se recuperar do cansaço antes de retomar o problema, mas à medida que os dias passavam, a suspeita adiada desde Tóquio se enfraquecia, estranha e gradualmente. O susto daquela manhã, quando abrira a carta em seu aposento da Hospedaria Hamaya, a ansiedade que continuou a lhe apertar o peito ainda no dia seguinte, o pesadelo que a torturou durante a noite no trem — naquela hora podia sentir que se tratava de um incidente cuja elucidação não deveria ser adiada um dia sequer —, toda aquela tensão misteriosamente começara a diminuir desde o instante em que voltara para casa e acordara numa manhã de céu claro, o que a fez pensar que não precisaria se afobar tanto. Se o problema estivesse relacionado à conduta de Yukiko, não importava quem dissesse o quê, ela, Sachiko, por certo não daria a menor atenção, e descartaria o assunto como simples calúnia sem fundamento. No entanto, com Taeko era diferente, ela já havia causado um incidente antes; além disso, o coração dela batia de forma um pouco diferente do seu e de Yukiko. Em razão disso, havia naquela irmã algumas inclinações que não lhe inspiravam plena confiança. Por isso ficara atônita com aquela carta.

Entretanto, como Sachiko não tinha notado nenhuma mudança no comportamento de Taeko desde que voltara para casa, e vendo seu semblante sempre radiante, foi deixando de lado a suspeita e começou até a achar engraçado ter-se afobado tanto naquela hora. Ao pensar em tudo agora, perguntava-se se, em Tóquio, não estaria também contagiada pela doença nervosa de Etsuko. De fato, naquela atmosfera irritante da cidade, uma pessoa como ela não poderia deixar de ter os nervos afetados. A preocupação naquele momento talvez fosse doentia, e o discernimento de agora talvez fosse verdadeiro.

Assim, quando já estava bem tranqüila, cerca de uma semana depois de retornar à casa, pôde falar a respeito do assunto com a irmã caçula.

Nesse dia, Taeko tinha voltado relativamente cedo de Shukugawa e se dirigido à sala de estar do andar superior. Colocou sobre a mesa a boneca que trouxera do local de trabalho e pôs-se a olhar atentamente para ela. Era uma mulher de meia-idade, agachada sob uma luminária de pedra, vestindo quimono preto em tecido de fino padrão e calçando um tamanco de madeira para jardim japonês. Era uma obra difícil, cujo título ela disse ser *Canto dos insetos*. Pretendia que desse a impressão de uma mulher absorta ouvindo o zumbido dos insetos. Nisso, entrou Sachiko.

— Oh, como está bem feita...
— Esta ficou boa, não é?
— Sim, realmente. Sua mais nova obra-prima! Boa idéia essa de fazer uma mulher de meia-idade em vez de uma jovem. Dá a sensação de serenidade... — Sachiko fez mais dois ou três comentários e disse após um breve silêncio, retomando a palavra: — Koisan, quando estava em Tóquio recebi uma carta estranha.
— De quem? — perguntou Taeko despreocupadamente, ainda com os olhos fixos na boneca.
— Do jovem Kei — disse Sachiko.
— Hum — Taeko voltou-se para a irmã.
— É esta aqui... — Mostrando a carta em envelope ocidental, Sachiko perguntou: — Koisan, sabe que tipo de coisa está escrito aqui?
— Posso imaginar. Não é sobre Itakura?
— Isso mesmo. Bem, leia.
Taeko, em tais situações, não empalidecia e ficava imperturbável, sem sentir-se ameaçada, o que tornava difícil adivinhar-lhe as intenções. Ela colocou calmamente as folhas de papel sobre a mesa, virou uma por uma e as leu com cuidado e vagar sem mover um músculo da face, enquanto Sachiko a observava.
— Que bobagem. Se está preocupada com esta carta, saiba que há algum tempo ele ameaça me denunciar a você.
— Para mim foi uma grande surpresa e me pregou um susto.
— Não quero que dê atenção a essas coisas.
— Está escrito para não comentar com você sobre esta carta, mas achei que o melhor era reportar-me diretamente, Koisan, em vez de consultar outras pessoas. Por isso, pergunto-lhe, não é verdade, certo?
— Como Kei é infiel, ele suspeita que os outros também o sejam.
— Mesmo assim, Koisan, quais são os seus sentimentos em relação a Itakura?
— Por ele? Sequer o tenho em consideração da maneira como Kei diz, mas sou muito grata a Itakura. Não se deve pensar mal do benfeitor que lhe salvou a vida.

— Se é dessa forma, já estou sabendo. Achava que certamente seria isso.

Pela explicação de Taeko, Okubatake dizia na carta que começara a suspeitar da relação entre ela e Itakura "desde a enchente", mas na verdade fora bem antes. Ela só soube muito mais tarde, pois Kei nada lhe dizia, embora freqüentemente dirigisse ironias a Itakura. De início, Itakura não se importava com o que ouvia por achar que Okubatake agia como criança aborrecida, não conseguindo conter o ciúme, já que a ele, Itakura, era permitido entrar e sair livremente da casa de Ashiya, e a Okubatake, não. Desde a enchente, entretanto, suas ironias tornaram-se inconvenientes e ele chegou a revelar que suas suspeitas recaíam também sobre ela. Okubatake dizia a Taeko que intencionava falar disso apenas com ela, Itakura não sabia de nada, e, portanto, pedia-lhe para manter segredo. Além disso, Taeko acreditava que Okubatake, possuidor de um forte amor-próprio, jamais diria algo a Itakura. Dessa forma, Taeko evitava falar diretamente sobre isso com ele e este, por sua vez, também não contava a ela que era censurado por Okubatake.

Por conta disso, Taeko teve um pequeno desentendimento com Kei e, emburrada, deixou de atender seus telefonemas, não dando a chance de se encontrarem; entretanto, como Okubatake estava seriamente aborrecido, passou a sentir pena dele. Então, muito recentemente, encontraram-se no dia 3 daquele mês — como constava na carta —, após longo tempo sem se verem. (Taeko parecia ter um local de encontro com Okubatake, em algum lugar no percurso da casa até o trabalho. A carta dele também registrava semelhante conteúdo: "Encontrei-a em Shukugawa", sem apresentar detalhes sobre como e onde se encontravam. Quando Sachiko a questionou sobre esse ponto, Taeko respondeu que conversavam, passeando pelo bosque de pinheiros daquelas redondezas, e depois se despediam.) Naquela ocasião, Okubatake dissera ter conseguido várias provas e trouxe à discussão fatos como os que constavam na carta, censurando Taeko e pedindo-lhe que rompesse relações com Itakura. Ela, porém, tinha rejeitado a exigência por não julgar ético romper relações com alguém que lhe salvara a vida, mas fez algumas promessas, como a de fazer o possível para dali em diante não ver mais o fotógrafo, induzi-lo a não ir com freqüência a Ashiya e romper totalmente as relações de trabalho com ele (no caso, a confecção de fotos de propaganda). Para cumpri-las, ela precisaria explicar o motivo a Itakura e, por decisão própria, expôs-lhe pela primeira vez a situação. Só então soube que ele, por sua vez, fora obrigado a se calar, e estava sendo forçado a cumprir promessa semelhante. Bem, como esta era a razão, feita a promessa a Okubatake, desde o dia 3 ela não se encontrava com Itakura, nem ele veio visitá-la. Contudo, ele tinha lhe dito que soaria estranho se de repente passasse a não aparecer na casa; por isso havia procurado Sachiko naquele dia para apresentar seus cumprimentos, e mesmo assim escolhera de propósito um horário em que ela, Koisan, não estivesse. Foi o que disse Taeko.

Entretanto, ainda que para ela estivesse bem assim, o que pensaria Itakura sobre tudo isso? Supondo que a suspeita de Kei referente a Koisan fosse infundada, não era de todo insano duvidar de Itakura. Segundo Okubatake, Taeko não precisava ter uma dívida de gratidão com Itakura por ter sido salva por ele, pois sua atitude heróica tinha um único objetivo desde o início. Aquele homem astucioso jamais se arriscaria daquele jeito sem vislumbrar alguma grande recompensa. Ele disse que naquela manhã vestira-se cedo e fora perambular por aquelas redondezas, mas por certo sua conduta fora totalmente planejada. Que motivo havia para ser grata a um homem ambicioso cujo único objetivo era galgar degraus em sua posição social? Para começar, ele era um ingrato, pensando em algo insano como roubar a namorada de seu ex-patrão. Okubatake parece ter dito isso a Itakura, mas este negou veementemente. Segundo ele, tratava-se de um grande mal-entendido. Ele salvara a vida de Koisan por ser ela a namorada de Kei. Fora pelo "dever de gratidão" ao ex-patrão que ele havia se dedicado lealmente, arriscando sua vida. Ser interpretado daquela maneira era algo que não poderia suportar. Se dizia uma pessoa sensata, e sabia perfeitamente que Koisan não se interessaria por alguém como ele, retrucou Itakura.

Então, como julgava Taeko o argumento dos dois? Para ser sincera, não ignorava os verdadeiros sentimentos de Itakura. Ele era uma pessoa sensata, sim, e não era do tipo que expunha os próprios sentimentos.

Mas o risco que correra para lhe salvar a vida não era apenas um ato de retribuição a um favor ou de lealdade para com o ex-patrão. Taeko não sabia se ele tinha consciência ou não, mas Itakura estava dedicando lealdade a ela e não mais a Kei. Supondo que fosse isso mesmo, qual seria o problema? Enquanto ele não ultrapassasse os limites, ela poderia fingir não desconfiar de nada. Ele tinha se mostrado um homem útil, que prestava serviços com prazer, e ela podia tirar alguma vantagem. Como ele próprio sentia-se honrado em lhe ser útil, preferia deixá-lo pensar assim, ponderava Taeko. Kei era covarde e ciumento e, como não queria ser mal interpretada, tinha conversado com Itakura para que se encontrassem o mínimo possível, sem, no entanto, cortarem relações por completo. Por causa disso, Kei já afastara suas suspeitas e estava tranqüilo. Provavelmente já estava arrependido de ter escrito uma carta como aquela para Sachiko.

— Alguém como Itakura! O que importa se ele sente algo por mim? Kei... Ele é muito engraçado!

— Se o jovem Kei fosse decidido como você, Koisan, isso não seria nada, mas para ele não deve ser tão fácil.

Nos últimos tempos, Taeko estava mais expansiva com Sachiko, inclusive deixando de esconder que fumava. Assim, tirou do *obi* a cigarreira branca de carapaça de tartaruga, de dentro dela, um cigarro importado envolto em papel metalizado, precioso na época, e o acendeu com o isqueiro. Abriu os lábios carnudos em forma de círculo perfeito, tão característicos dela, e ficou refletindo durante algum tempo, enquanto soltava sucessivos anéis de fumaça.

— Por falar nisso, a história da viagem à Europa... — Taeko falava sem se virar para Sachiko. — Será que Tsuruko pensou a respeito?

— Estive pensando sobre isso...

— Em Tóquio não falaram sobre o assunto?

— Estive a ponto de falar todas as vezes que conversamos, mas como há a questão do dinheiro, imaginei que teria de tocar no assunto com cuidado e acabei sem dizer nada. Mas, se for preciso falar, vamos pedir a Teinosuke.

— O que ele acha?

— Diz que se a sua vontade é séria e firme, pode intermediar, mas está preocupado com um provável início de guerra na Europa.

— Será que vai começar?

— Não sei, mas ele diz que é melhor esperar um pouco.

— Talvez tenha razão, mas é que a professora Tamaki partirá em breve. Ela diz que pode me levar.

Na verdade, Sachiko estava pensando que não seria ruim se Taeko, mesmo por pouco tempo, ficasse longe não só de Itakura, mas também de Okubatake. Entretanto, sabia pelos jornais que a situação na Europa era cada vez mais crítica e receava deixar sua irmã partir para um lugar nessa situação. Hesitava por causa da casa central também. Por certo, a irmã mais velha e o cunhado não autorizariam Taeko a ir. Se a professora Tamaki fosse junto, as coisas poderiam ser mais fáceis. A intenção da costureira era fazer uma viagem breve. Ela já estivera em Paris havia bastante tempo e pensava em voltar para estudar as últimas tendências da moda. O prédio de sua escola precisava de uma reforma devido à enchente, o que permitiria seu afastamento por algum tempo. Segundo Taeko, a professora Tamaki a incentivara a ir com ela. O melhor seria que ela estudasse lá por um ou dois anos. Mas, se a jovem tivesse receio de permanecer sozinha por todo esse tempo, que voltasse com ela, Tamaki. Mesmo que o período de estudo fosse curto, de meio ano apenas, teria algum mérito. A professora também mencionou que iria procurar usar sua influência para que esse estudo se revertesse em algum título para a aluna. Por ora, a intenção era partir no ano-novo e voltar em julho ou agosto. Como seria uma curta estada, a professora Tamaki acreditava que não seriam envolvidas na guerra na Europa, mas se porventura o conflito estourasse, bem, teriam de entregar a sorte aos céus. Além disso, estando juntas, uma encorajaria a outra. A senhora Tamaki tinha conhecidos na Alemanha e na Inglaterra, e eles poderiam acolhê-las numa emergência. Por tudo isso, Taeko acreditava que a viagem era uma oportunidade única e queria ir com a professora, mesmo correndo todos os riscos.

— Desta vez Kei concordou com a minha ida à Europa, por causa de Itakura — disse Taeko.

— Eu, particularmente, posso concordar. Mas vou consultar Teinosuke.

— Gostaria muito que ele também estivesse de acordo e persuadisse a casa central.

— Se é para o ano-novo, não há tanta pressa.

— Quanto mais cedo melhor. Quando ele irá para Tóquio?

— Deve ir mais uma ou duas vezes este ano. Bem, vá praticando seu francês — disse Sachiko.

21

A senhora Stolz iria partir com Rosemarie e Fritz para Manila no navio President Coolidge no dia 15 daquele mês.

A estada de Etsuko em Tóquio prolongou-se além do previsto, e todos os dias Rosemarie atormentava Taeko e as criadas que ficaram cuidando da casa de tanto lhes perguntar: "Etsuko-san já voltou? Por que está demorando?" Depois de seu retorno, Rosemarie costumava aguardar ansiosamente Etsuko voltar da escola e, durante o pouco tempo que lhes restava, as duas brincavam juntas sem falhar um único dia. Assim que Etsuko largava a mala na sala de visitas, corria até a cerca de arame.

— *Rumi, komm*, venha! — chamava a amiga em alemão precário.

Rosemarie aparecia, saltava a cerca para entrar no jardim da casa de Etsuko, ficava descalça e elas se divertiam pulando corda na grama. Às vezes, Fritz, Sachiko e Taeko também entravam na brincadeira.

— *Ein, zwei, drei, vier...* — Etsuko contava em alemão de um a trinta. — *Schnell, schnell*, rápido — dizia. — *Bitte*, por favor, *Rumi. Noch nicht*, ainda não. — Além dessas, conseguia dizer mais algumas frases de mesmo nível.

Certo dia, do alto dos arbustos que ficavam na divisa entre as duas casas, Rosemarie falou em japonês:

— Etsuko-san *gokigenyo*, até mais ver!

— *Auf wiedersehen* — respondeu Etsuko em alemão. — Quando estiver em Hamburgo, não deixe de me enviar cartas, está bem?

— Me mande cartas você também, Etsuko!

— Mandarei sim, sem falta... Recomendações a Peter!

— Etsuko!

— Rumi! Fritz!

Eles estavam chamando o nome um do outro, quando de repente ouviram-se as vozes de Rosemarie e Fritz cantando *Deutschland über Alles*.

Sachiko saiu ao terraço e viu as crianças encenando uma despedida. A menina mais velha e seu irmãozinho estavam sobre o galho de palóvnia azul, e de lá balançavam um lenço como se estivessem acenando para Etsuko do alto de um navio e ela correspondendo.

— Oh! — Sachiko foi correndo para baixo da árvore. — Rumi! Fritz! — E acenou com um lenço como se estivesse no cais.

— Mãe de Etsuko! *Auf wiedersehen!*

— *Auf wiedersehen!* Adeus, Rumi. Espero que algum dia volte ao Japão.

— Mãe de Etsuko! Etsuko-san! Venham nos visitar em Hamburgo!

— Iremos sim! Logo que Etsuko crescer, iremos com certeza. Rumi, adeus!

Enquanto falava, Sachiko, mesmo sabendo que se tratava de uma brincadeira de criança, sentiu os olhos marejarem.

A senhora Stolz era rigorosa e disciplinada com a educação das crianças e costumava chamar Rosemarie de volta toda vez que ela se demorava brincando na casa de Etsuko. Naqueles dez dias, porém, parecia dar atenção especial aos sentimentos dos pequenos, que queriam aproveitar os últimos dias de convívio, e não fora intransigente como sempre. Por isso, ao anoitecer, as duas ainda brincavam no interior da casa. Como de costume, enfileiravam as bonecas nuas na sala de visitas e vestiam-nas com vários trajes. Por fim, pegavam até a gata Suzu e vestiam-na no lugar das bonecas. Vez ou outra, revezavam-se ao piano.

— Etsuko-san, pode me dar mais uma — dizia Rosemarie. Com isso, ela queria dizer "Etsuko, toque outra música".

Como a partida do senhor Stolz fora às pressas, ela parecia cuidar sozinha de tudo que ficou por fazer, organizar os pertences do marido, vender os móveis e outros objetos da casa... Do andar de cima da casa de Sachiko podia-se notar que todos os dias ela trabalhava sem parar.

A propósito, desde que aquela família alemã mudara-se para a casa vizinha, Sachiko, que pela manhã e à noite cultivava o hábito de sair ao terraço de seu quarto para apreciar o jardim, avistava os fundos da casa dos Stolz e, mesmo sem intenções de espiar, acabava tomando conhecimento de tudo que se passava nos vizinhos, de que maneira a senhora

Stolz e as criadas trabalhavam e o que ocorria na cozinha. Era admirável como os apetrechos estavam sempre bem organizados. O fogão e a mesa ao centro, ao seu redor, a chaleira de alumínio e a frigideiras dispostas em ordem de tamanho, além de outros utensílios; ou seja, todas as coisas em seus devidos lugares, como armas num paiol, bem polido e brilhante. Tarefas como lavar roupa, fazer limpeza, preparar o banho de imersão e as refeições eram feitas diariamente como se tudo fosse cronometrado. Os moradores da casa de Sachiko nem precisavam olhar o relógio para saber as horas, bastava observar o trabalho dos vizinhos.

As criadas da senhora Stolz eram duas jovens japonesas. Aos olhos de Sachiko, as duas eram fidedignas e dedicadas ao serviço. No entanto, o tratamento austero da senhora Stolz era motivo de queixa antiga das empregadas. Reclamavam que a patroa tomava a frente do trabalho e determinava todos os passos dela, não desperdiçando um minuto sequer. Por isso, assim que terminavam um serviço, tinham logo outro por fazer. Era verdade que recebiam um salário bem maior do que as criadas contratadas pelas famílias japonesas e aprendiam muitas coisas úteis sobre as tarefas domésticas, mas, por outro lado, não tinham tempo de tomar fôlego durante o dia todo. Como dona-de-casa, as criadas a admiravam muito, mas, como patroa, consideravam-na uma pessoa insuportável.

Certa vez, houve um incidente envolvendo as criadas da senhora Stolz e as de Sachiko. Numa manhã, a limpeza da parte externa do muro da casa dos Stolz estava na programação das criadas da senhora alemã, mas Oaki, a empregada de Sachiko, que também fazia a limpeza do lado de fora da casa, aproveitou para varrer a parte dos vizinhos. Essa foi a única vez que Oaki limpou o lado vizinho e o fez por gratidão, já que elas sempre variam o lado da casa de Sachiko. Entretanto, quando soube, a senhora Stolz repreendeu severamente suas criadas dizendo-lhes que era muita safadeza deixar o serviço, que cabia a elas, para as empregadas dos outros. Estas, por sua vez, não deixaram por menos. Não tinham burlado a tarefa, nem pediram a Oaki que a desempenhasse por elas. Ela o fizera com boas intenções e foi apenas daquela vez. Sendo esse o problema, jamais permitiriam que Oaki repetisse o feito.

Contudo, talvez pela dificuldade de comunicação, a senhora Stolz custava a perdoar suas criadas, até chegarem a pedir demissão, pedido aceito pela patroa alemã. Sachiko ficou sabendo da situação por Oaki e tentou interceder, mas as criadas da senhora Stolz estavam irredutíveis. Agradeceram, mas preferiam que ela não interviesse. Elas não tiveram nada a ver com o caso. Na realidade, não estavam chateadas apenas com esse incidente. Acreditavam fazer seu serviço com muito afinco, mas a patroa não reconhecia nem um pouco tal esforço e ainda ficava repetindo que eram estúpidas. É claro que não chegavam nem aos pés dela em termos de inteligência, mas quando a senhora Stolz contratasse outras empregadas, entenderia o quanto elas eram fiéis e úteis. Se ela percebesse por si mesma o que fizera e reconhecesse o seu erro, reconsiderariam; caso contrário, essa seria uma boa oportunidade para irem embora. A senhora Stolz não tentou detê-las, e as duas pediram dispensa. Mais tarde, vieram as substitutas. O fato é que as antigas criadas eram muito mais inteligentes e ágeis no serviço, como elas próprias afirmaram, indignadas. Tempos depois, a senhora Stolz confessou a Sachiko que errara em dispensá-las.

Só o reconhecimento do erro era suficiente para evidenciar que, apesar da eficiência da senhora Stolz como dona-de-casa, ela não era apenas uma pessoa rígida, cheia de regras; também possuía o lado amoroso e generoso que pôde ser constatado na ocasião da enchente. Por exemplo, ao ouvir que duas ou três pessoas, vítimas da calamidade, conseguiram chegar a salvo ao posto policial da vizinhança e que estavam cheias de lama, imediatamente fez com que lhes levassem camisas e roupas de baixo, entre outras peças, recomendando também às criadas de forma veemente que se possuíssem quimonos de banho, lhos enviassem; quando, aflita com a segurança do marido e dos filhos e preocupada com Etsuko, ficara com os olhos cheios de lágrimas em seu rosto pálido; e, ainda naquele entardecer, quando correra gritando enlouquecida ao constatar que o marido e os filhos estavam sãos e salvos, além de muitos outros fatos. Sachiko trazia ainda na memória aquela cena deslumbrante que tinha visto por entre as folhas do cinamomo, quando a senhora Stolz, de tanta alegria, deixou de lado todo o pudor e agarrou-se ao marido. Era surpreendente que também tivesse esse lado amoroso. Apesar de dizerem que as alemãs costumavam ser admiráveis, isso não significava que todas fossem iguais à senhora Stolz. Com certeza seria difícil conhecer alguém tão perfeita, e tê-la como vizinha tinha sido, ao mesmo tempo, uma felicidade e uma sorte muito grandes. Mesmo assim, tiveram um relacionamento superficial. As famílias ocidentais normalmente não gostavam muito de criar laços de vizinhança com os japoneses, mas nesse ponto os Stolz eram simpáticos e, quando vieram de mudança, chegaram a trazer doces como cumprimento, seguindo o costume japonês de cordialidade. Eles, da família Makioka, deveriam ter sido mais abertos e não ter limitado o relacionamento à amizade das crianças, ter freqüentado mais a casa deles e vice-versa, e até mesmo ter aprendido um pouco mais sobre a culinária alemã, a fazer doces com a senhora Stolz..., arrependeu-se Sachiko àquela altura dos acontecimentos.

Havia outros vizinhos que, como ela, também estavam tristes com a partida da senhora alemã. Entre os comerciantes que freqüentavam a casa, muitos se alegraram com a máquina de costura, a geladeira e outros objetos que lhes foram vendidos a valores baixos pela senhora Stolz. Ela procurou repassar os móveis e outros utensílios desnecessários a preços generosos para os conhecidos e freqüentadores da casa. Vendeu à loja de móveis somente os artigos para os quais não havia interessados e ficou apenas com as louças e talheres que caberiam num cesto de piquenique.

— Não há mais nada em nossa casa. Até o dia de nosso embarque iremos comer com os garfos e facas desta cesta — dizia ela, rindo.

Os vizinhos ficaram sabendo que, como recordação de sua estada no Japão, a senhora Stolz pretendia montar uma sala em estilo japonês em sua casa na Alemanha, e decorá-la com suvenires do país. Por isso, ofereceram-lhe quadros com caligrafia japonesa e antigüidades. Sachiko presenteou-a com um lenço de cerimônia do chá, no qual havia um bordado de uma carruagem do Palácio Imperial, peça existente desde a época de seus avós. Rosemarie deu a Etsuko um carrinho com a boneca que sempre carregava consigo; esta, por sua vez, ofertou-lhe uma foto com tratamento colorido de quando havia dançado no recital, além de um *furisode* — quimono de mangas longas, próprio para solteiras — de seda com relevo e estampa de chapéu com flores, usado na ocasião.

Na noite anterior ao embarque, Rosemarie recebeu permissão especial para dormir no quarto de Etsuko, e a folia das duas foi indescritível. Etsuko cedeu sua cama à amiga e pegou emprestado o acolchoado de palha de Yukiko, mas elas custaram a dormir.

— Que algazarra! — dizia Teinosuke, de cabeça coberta com o acolchoado, sem conseguir pregar os olhos por conta dos gritos e ruídos das meninas circulando no corredor. À medida que a bagunça aumentava, foi demonstrando sua reprovação. Finalmente, balançou a cabeça e puxou a corrente da luminária para acender a luz.

— Ei, já são duas horas da madrugada!

— É mesmo?! Já é assim tão tarde? — exclamou Sachiko, surpresa.

— É melhor não deixar a menina muito agitada. A senhora Stolz vai ficar zangada!

— É só por esta noite, vamos deixá-las. A senhora Stolz também irá relevar...

Nisso, ouviram uma voz.

— Fantasma, *obake*...

De repente, passos se aproximaram do quarto.

— Papai! — gritou Etsuko do lado de fora do *shoji*. — Papai! Como se diz "fantasma" em alemão?

— Querido, como é "fantasma" em alemão? Se souber, ensine a ela.

— *Gespenst*! — Teinosuke estranhou que se lembrasse de palavras alemãs que aprendera havia tantos anos e acabou dizendo em voz alta: — "Fantasma", em alemão, se diz "*Gespenst*".

— *Gespenst* — experimentou repetir Etsuko. — *Rumi*, veja, *Gespenst*...

— Ah, eu também vou virar *Gespenst*.

Então o alvoroço ficou ainda maior.

— *Obake*...

— *Gespenst*.

Repetiam essas palavras enquanto corriam por todo o andar superior até que invadiram o quarto do casal com Rosemarie à frente. As duas tinham posto o lençol por cima da cabeça para imitar fantasmas e davam gargalhadas, dizendo *"obake"* e *"Gespenst"*. Deram duas ou três voltas no quarto e saíram para o corredor. Finalmente, depois disso, em torno das três horas da madrugada, as meninas entraram no quarto, mas, como era de se esperar, não conseguiam dormir de tanta agitação. Rosemarie, talvez com saudades de casa, começou a ficar manhosa. "Quero voltar agora para a casa da mamãe..." O casal teve de revezar-se para acalmá-la. Por fim, conseguiram fazê-la dormir ao amanhecer.

No dia do embarque, Etsuko, na companhia da mãe e de Taeko, foi ao cais com um ramalhete de flores, mas como o navio só partiria depois das sete horas da noite, poucas crianças foram despedir-se. Entre as amigas alemãs de Rosemarie, apenas uma menina chamada Inge estava presente. Etsuko a conhecia dos chás realizados na casa dos Stolz. Era a menina a quem todos chamavam secretamente de *ingenmame* (vagem). Das amigas japonesas, só compareceu Etsuko. A família Stolz já havia embarcado à tarde, por isso Etsuko e seus familiares jantaram mais cedo para poderem sair e tomar um táxi em San'nomiya. Ao passarem pela alfândega, logo avistaram o President Coolidge com as luzes acesas, erigindo-se do cais como um castelo iluminado. Foram imediatamente para a cabine da senhora Stolz. O teto, a janela, a cama, a cabine inteira era de uma cor creme esverdeada. A cama estava forrada de ramalhetes de flores de cores alegres e estimulantes. A senhora alemã chamou Rosemarie e ordenou-lhe que mostrasse o navio a Etsuko. Rosemarie conduziu-a de um lado a outro, mas Etsuko estava tão ansiosa com os quatorze ou quinze minutos que faltavam para a partida que só depois viera a se lembrar de quão magnífico e luxuoso era o navio e de que havia subido e descido suas escadas diversas vezes. De volta à cabine, viu que a senhora Stolz e sua mãe choravam enquanto trocavam palavras de despedida. Desembarcaram logo depois, alertadas pelo som do apito.

Taeko, que naquela noite de vento outonal à beira-mar vestia uma blusa branca, encolheu os ombros quando o navio se afastou do cais.

— Que lindo! Parece uma loja de departamentos se movendo... — comentou.

Por um longo tempo, viu-se, destacada em meio à iluminação, as figuras cada vez menores da senhora Stolz e das crianças no convés, até não ser mais possível distinguir-se quem era quem.

— Etsuko... — continuava a chamar persistente a voz fina e aguda de Rosemarie, ressoando acima do mar escuro.

22

Manila, 30 de setembro de 1938.

 Estimada senhora Makioka,
 Ocorreu-me que este é o mês em que o Japão sofre com os tufões e fiquei preocupada com a segurança de Vossa Senhoria e de sua família. Após muitos infortúnios por que passaram nos últimos meses, rogo muito para que nada mais lhes aconteça. Suponho que os montes de pedra, terra e areia já tenham sido removidos da Rodovia Nacional e do bairro de Ashiya. Imagino que o trânsito tenha voltado à normalidade e que as pessoas tenham retomado suas vidas. Espero que a casa onde morávamos tenha sido alugada e que os novos vizinhos sejam boas pessoas. Recordo-me com saudade do gracioso jardim que tínhamos e do bairro tranqüilo onde nossas crianças andavam de bicicleta. Foram dias muito felizes para nossos filhos. É impossível descrever quantos momentos prazerosos eles tiveram a oportunidade de usufruir em sua casa. Gostaria de reiterar meu agradecimento por toda a atenção que Vossa Senhoria dispensou a eles. Freqüentemente, eles comentam a respeito de sua família e dizem sentir falta da menina Etsuko e de Vossa Senhoria. Peter nos enviou do navio uma carta em que nos conta que a sua irmã e Etsuko acompanharam ele e meu marido num divertido passeio por Tóquio. Foi muita bondade delas e agradeço-lhes sinceramente. Acabamos de receber um telegrama em que eles informam a chegada a Hamburgo. Encontram-se bem e estão hospedados na casa de minha irmã. Ela tem três filhos e Peter será, por algum tempo, o seu quarto filho.
 Somos também uma grande família. São oito crianças e tornei-me a única responsável por este pombal. Às vezes, ocorrem brigas, mas na maior parte do tempo as crianças brincam amigavelmente. Rosemarie é a mais velha, sabe disso e comporta-se de forma adequada. Quase todos os dias, à tarde, vamos para uma maravilhosa avenida à beira-mar, andamos de bicicleta e tomamos sorvete.

Rogo pelo bem-estar de Vossa Senhoria e de sua família. Peço que envie meus cumprimentos ao senhor seu marido, à sua irmã e à graciosa Etsuko. Espero uma visita de todos à Alemanha, assim que a tranqüilidade voltar a reinar na Europa. Em muitos lugares, percebemos os soldados se armando para um confronto, mas como ninguém gosta de guerra, acredito que não acontecerá nenhum mal. Confio em Hitler para a solução da questão checa.

Sem mais, desejando muita saúde para Vossa Senhoria e para sua família, despeço-me expressando votos de grande estima e consideração.

Respeitosamente,

Hilda Stolz

P.S.: Envio um tecido com bordados das Filipinas. Espero que seja do seu agrado.

A carta da senhora Stolz, escrita em inglês, chegou às mãos de Sachiko por volta do dia 10 de outubro. O tecido bordado a que ela se referia chegara dois ou três dias após a carta, consistindo numa toalha de mesa finamente bordada à mão. Sachiko pensou em enviar uma resposta, mas foi adiando porque não encontrava quem a traduzisse. Seu marido não quis ajudá-la: "Dá muito trabalho. Deixe-me fora disso." Um dia, passeando pelo dique do rio Ashiya, Sachiko cruzou com a esposa de um alemão chamado Hening, a quem tinha sido apresentada pela senhora Stolz. Lembrou-se da carta, será que ela poderia traduzir a resposta? Sem problemas, aceitou prontamente a senhora. Ela mesma não sabia escrever muito bem, mas sua filha era boa em alemão e em inglês e iria mandá-la traduzir. Ainda assim, por não estar familiarizada com o envio de cartas ao exterior, Sachiko deixou por algum tempo o assunto de lado, só o retomando por não poder adiar mais. Preparou a resposta, fez com que Etsuko também escrevesse algumas linhas e enviou à senhora Hening.

Alguns dias depois, receberam um pacote endereçado a Etsuko, vindo de Nova Iorque. Era o prometido sapato que Peter enviara dos Estados Unidos, durante sua viagem de volta à Alemanha. O calçado não serviu em Etsuko, apesar de Peter ter tirado pessoalmente a medida.

Eram sapatos sociais, muito elegantes, confeccionados em couro envernizado. Etsuko ficou inconformada, fez um esforço enorme para calçá-los, mas uma vez com eles nos pés sentiu que eram duros demais, não podendo caminhar.

— Que pena! Se fossem grandes, e não pequenos, era possível dar-se um jeito.

— Por que será que Peter errou? Será que comprou um tamanho menor?

— Acho que seu pé cresceu, Etsuko. Precisávamos ter-lhe dito que em se tratando de sapatos de criança deve-se sempre comprar uma numeração maior. Se eu estivesse junto, teria lhe avisado.

— Que pena!

— Pare com isso, Etsuko! Quantas vezes você ainda vai tentar calçá-los?

Sachiko deu risada, chamou a atenção de Etsuko, que relutava em desistir, e ficou sem saber como agradecer a Peter pelo presente que se revelara inútil, não enviando, por fim, qualquer carta de agradecimento.

Enquanto isso, Taeko praticamente passava o dia fora de casa. Ia diariamente ao ateliê para dar conta das encomendas até a data de sua viagem à França. Três vezes por semana, tomava aulas de francês com a esposa do pintor Inosuke Bessho — que havia morado em Paris por seis anos e lhe fora apresentada pela senhora Tamaki —, pagando-lhe uma mensalidade irrisória. Etsuko, por sua vez, quando voltava da escola, dirigia-se à cerca que separava sua casa da antiga propriedade dos Stolz, agora vazia, e espreitava, saudosa, o jardim vizinho onde os insetos zumbiam inutilmente por entre as ervas daninhas. Até então, a vizinha Rosemarie tinha sido perfeita como amiga. Por isso, Etsuko não cultivara amizade com as colegas da escola, mantendo certo distanciamento. Com a partida dos vizinhos, sentindo-se só, passou a fazer novas amizades, mas parecia ainda não ter encontrado alguém com quem pudesse entender-se bem. "Podia vir uma família que tivesse uma criança como a Rumi", resmungava. A casa vizinha havia sido construída para estrangeiros ocidentais. Famílias japonesas não a alugariam. Os ocidentais, por sua vez, àquela altura dos acontecimentos, abandonavam cada vez em maior número a Ásia Oriental, como fizeram os Stolz. A casa não seria ocupada tão cedo. Sachiko treinava caligrafia, ensinava coto a Oharu, mas, ainda assim, seus dias eram entediantes. "Não é só Etsuko que sente solidão. Neste outono, eu também experimento um certo vazio. A primavera sempre foi minha estação preferida, mas, neste ano, percebo um encanto na tristeza do outono. Será a idade?", escrevera Sachiko numa de suas cartas a Yukiko.

Tinha sido um ano atribulado: a proposta de casamento para Yukiko na primavera, a apresentação de dança em junho, a enchente e o risco de afogamento enfrentados por Taeko, o falecimento da mestra Osaku, o retorno dos Stolz à Alemanha, a viagem a Tóquio, a tempestade, a carta de Okubatake. De repente, a calmaria. O sentimento de vazio e tédio talvez se devesse a isso. Sachiko não podia ignorar o quanto sua vida estava ligada à de suas irmãs mais novas. Era feliz no casamento com Teinosuke. Etsuko dava um pouco de trabalho, mas era filha única. Felizmente, a vida em família era tranqüila, até demais, podia-se dizer. Até então, as agitações ficavam por conta das duas irmãs, o que não significava incômodo para ela; ao contrário, elas eram responsáveis pela quebra da monotonia em seu lar, dando-lhe vivacidade. Isso satisfazia Sachiko, de natureza mais animada e ousada, herdada do pai. Detestava a casa silenciosa e queria a vida alegre e jovial. Por isso, acolhia com grande satisfação as duas irmãs, que preferiam passar mais tempo em sua casa. Em consideração à casa central, procurava não demonstrar o quanto as irmãs mais novas eram bem-vindas, nem formulava, ela própria, convites explícitos. Mas estava confiante de que era muito mais natural ter Yukiko e Taeko em sua casa, grande para uma família de três pessoas, do que deixá-las viver na casa de Shibuya, abarrotada de crianças. Não podia negar também a compreensão demonstrada pelo marido que, embora constrangido em relação à casa central, levava em conta os sentimentos de Sachiko e recebia bem as cunhadas. Dessa maneira, sua ligação com as irmãs mais novas estava longe de uma relação convencional. Muitas vezes surpreendia-se por se preocupar mais com elas do que com o marido ou a filha. A verdade é que Sachiko considerava Yukiko e Taeko como filhas, nutrindo por elas o mesmo sentimento materno que nutria por Etsuko; além disso, as irmãs eram suas melhores amigas. Sozinha, pela primeira vez percebeu que não tinha outras, não cultivara amizades, mantendo com as senhoras uma relação que se limitava ao convívio meramente social. Sentiu um estranhamento, mas logo concluiu que isso ocorrera porque as irmãs estavam sempre ali, junto dela, não tendo sido preciso procurar outras amigas. Assim como ocorria com Etsuko, naquele momento ela experimentava a solidão.

Teinosuke, que havia muito tempo vinha notando sua esposa abatida, num determinado dia de fins de outono propôs-lhe assistirem ao espetáculo do sexto mestre Kikugoro, que estaria em Osaka no mês seguinte. Poderiam ir mais ou menos no quinto dia útil da turnê e, sendo uma das peças *O leão e a montanha*, será que Koisan não gostaria de acompanhá-los? Como Taeko estaria ocupada até meados de novembro, disse que assistiria à peça numa outra oportunidade, e assim foram somente o casal e Etsuko.

Sachiko conseguiu dissipar sua frustração por não ter podido assistir ao espetáculo em setembro quando esteve em Tóquio, e pôde dar à filha a oportunidade de ver a arte de Kikugoro. Mas, no intervalo, após a apresentação de *O leão do espelho*, Sachiko saiu para o corredor e Teinosuke não pôde deixar de reparar em algo que Etsuko não notara. Ela havia derramado uma súbita lágrima. Sua esposa era extremamente sentimental, mas mesmo assim ele estranhou. Após puxá-la delicadamente para um canto, perguntou-lhe:

— O que foi?

As lágrimas não paravam.

— Querido, esqueceu-se? Foi em março. Não fosse por aquilo, hoje estaria completando exatamente nove meses. — Sachiko tentava secar as lágrimas com a ponta dos dedos.

23

Taeko encontrava-se irritada porque a senhora Tamaki pretendia partir no ano-novo, e já estavam em meados de novembro. Quando Teinosuke iria para Tóquio?, perguntou ela a Sachiko como quem não quisesse nada. Ele costumava ir para a capital a negócios mais ou menos a cada dois meses, mas já fazia algum tempo que isso não ocorria. No entanto, alguns dias depois de terem assistido ao *Leão do espelho*, surgiu um compromisso que o obrigou a ir a Tóquio por dois ou três dias.

As viagens eram sempre repentinas. Sachiko soube da ida do marido à capital por telefone, no dia anterior, quando conversavam sobre outros assuntos. Ela precisava pensar numa estratégia para o marido abordar o tema da viagem de Taeko com a casa central, e fez a irmã voltar imediatamente do ateliê. Taeko desejava ir à França para se tornar uma costureira profissional e reconhecida, mas havia um outro motivo, anterior a este. Era quase certo que necessitaria de uma fonte de recursos para que ela e Okubatake pudessem se manter depois de casados. Seguindo a ordem das coisas, o primeiro problema a ser resolvido seria levar ao conhecimento da casa central o pedido de Okubatake. Mas esta era uma questão complicada, poderia atrasar a viagem à Europa e, por certo, seria uma tarefa desagradável para Teinosuke. Como naquele momento o interesse de Taeko estava voltado para a viagem e seu desejo era o de não complicar as coisas, não seria uma atitude sábia omitir por ora o pedido de casamento de Okubatake? Sachiko pensou então se não poderia iniciar a conversa expressando o desejo de Taeko da seguinte maneira: embora Koisan não guardasse ressentimentos, seu nome já estivera nos jornais, e por isso não tinha esperança de conseguir um bom casamento; precisava obter sua independência financeira por meio de uma profissão. Certamente que ela não recusaria uma boa proposta de matrimônio, caso aparecesse, mas mesmo assim seria bom ter uma ocupação. Se voltasse ao Japão com alguma habilidade respeitável, poderia conseguir o reconhecimento das pessoas que no passado tacharam-na de garota rebelde, e seria uma forma de restabelecer sua reputação. Por isso, Taeko solicitava à casa central que a deixassem ir à Europa e financiassem a viagem, deixando claro que quando fosse se casar não exigiria mais nenhum dinheiro. Esta era a proposta de Sachiko. Poderia Teinosuke conduzir a conversa desse modo? Taeko não tinha objeções, a irmã fizesse da forma que julgasse melhor.

Sachiko, entretanto, ao explicar a tarefa a seu marido, acrescentou alguns pedidos por conta própria. Desejava que Taeko viajasse por outro motivo além do mencionado, ou seja, afastá-la na medida do possível de Okubatake e Itakura. Como Sachiko nada revelara a Teinosuke sobre sua suspeita em relação ao fotógrafo, pediu apenas que ele mencionasse Okubatake em sua conversa com a casa central. Que ele manifestara o desejo de se casar com Taeko; que, aos seus olhos, Okubatake perdera a retidão de antigamente, apesar de se mostrar um homem de bem; que, Teinosuke pôde apurar que o rapaz vinha freqüentando as zonas de espetáculos e prazeres e os cafés, onde as bebidas alcoólicas eram servidas por mulheres; que ele não era um homem de futuro promissor; que o melhor seria Taeko voltar sua atenção para a habilitação de costureira; e que, portanto, seria preferível realizar o desejo dela e autorizar-lhe a viagem, sendo mais seguro mantê-la longe daquele rapaz, porque, ainda que não viesse a agir de modo imprudente como no passado, a irmã já errara uma vez. As despesas, como dizia a própria Taeko, poderiam ser pagas com o dinheiro destinado aos preparativos para o seu casamento. Considerando o quanto seu cunhado e sua irmã eram conservadores, Sachiko previu que proibiriam a viagem de uma mulher solteira. A fim de persuadir o casal, pediu ao marido para dizer que Taeko poderia tentar outra fuga.

Teinosuke prorrogou em um dia sua estada em Tóquio justamente para tratar do assunto. Escolheu o horário das quatorze horas, período em que seu cunhado estaria ausente. A cunhada parecia-lhe mais acessível. Depois de ouvi-lo, Tsuruko disse ter compreendido o teor do pedido, consultaria Tatsuo e daria a resposta por carta a Sachiko o mais depressa possível, pois percebera que Taeko tinha pressa. Por fim, pediu desculpas a Teinosuke por envolvê-lo nos problemas das irmãs. Como não teria resposta imediata, ele voltou para casa.

Sachiko sabia que a irmã era acomodada e que o cunhado também costumava demorar em suas decisões. Por conseguinte, não esperava uma resposta tão cedo. Como previra, passados mais de dez dias ainda não tinham recebido notícias, e já estavam na segunda metade de novembro. Pediu ao marido que cobrasse a resposta. Ele havia iniciado as discussões, mas o resto não era mais assunto dele, esquivava-se Teinosuke. Por fim, Sachiko resolveu escrever à irmã mais velha perguntando sobre o caso de Taeko, já que a viagem ocorreria no ano-novo. Mesmo assim, não obteve resposta alguma. O melhor então era Koisan ir a Tóquio, seria mais rápido. Taeko concordou e estava decidida a viajar em dois ou três dias, quando, finalmente, no dia trinta de novembro, chegou uma carta nos seguintes termos.

28 DE NOVEMBRO.

Querida Sachiko,

Perdoe-me a demora desta. Espero que todos estejam bem. Soube, por Teinosuke, que Etsuko se recupera bem da hipersensibilidade. Não acredito que faltem tão poucos dias para o fim do ano. O próximo ano-novo será o segundo que passo em Tóquio. Fico arrepiada só de pensar no terrível inverno que se aproxima. A irmã mais velha de Tatsuo, que morava em Azabu, disse que foram necessários três anos para se acostumar ao frio daqui e mencionou também ter se resfriado durante esses anos. Sachiko, você deveria sentir-se feliz por morar num lugar como Ashiya.

A respeito de Taeko, devo agradecimentos a Teinosuke pelo trabalho que teve ao vir falar-nos e pela atenção que ele dispensa aos assuntos de nossas irmãs. Devia ter escrito a resposta mais cedo. Entretanto, tarefas diárias para a educação das crianças me impediram de mandar-lhe esta carta antes. Na verdade, a opinião de Tatsuo é contrária à de vocês e esse também foi o motivo da demora. Peço que me perdoe.

Em breves palavras, a justificativa dele é a seguinte. Não há porque Koisan continuar ressentida com o incidente do jornal. Uma vez que aconteceu há oito ou nove anos, é como se tivesse perdido a validade.

Se ela imagina que, por causa disso, não fará um bom casamento e que, conseqüentemente, precisará exercer uma profissão, Tatsuo acredita que isso não passa de puro complexo de inferioridade da parte de Koisan. Talvez seja estranho tecer elogios aos membros da própria família, mas Koisan inegavelmente reúne qualidades para ser uma excelente esposa: é bonita, possui boa educação e é cheia de talentos. Exposto isso, ele pede para esclarecer que não existe qualquer dinheiro em nome de Koisan sob seus cuidados, de modo que um adiantamento dessa natureza é impossível. É verdade que separou um montante para a cerimônia de casamento de Koisan, mas não se trata de dinheiro que possa ser liberado para qualquer outro propósito. Tatsuo é terminantemente contra ela ter uma profissão, espera que Koisan se case bem e tenha como objetivo ser boa esposa e mãe. Se desejar ter uma atividade como passatempo, prefere confecção de bonecos a corte e costura.

Quanto ao pedido do jovem Kei, gostaria de manter tudo como está, pois não é o momento para uma resposta. No entanto, Koisan já é adulta e não vamos nos intrometer como no passado. Se você e Teinosuke puderem manter-se vigilantes, podemos permitir que se encontrem esporadicamente. Pedimos que sejam reforçados os cuidados para que Koisan abandone a idéia de trabalhar fora.

Sentimos não poder corresponder aos esforços de Teinosuke, intermediador do pedido. Peço a você, Sachiko, que explique tudo devidamente a Koisan. A demora em se casar, com certeza, deve ser a causa de suas hesitações, deixando-a desesperada. Nós também esperamos uma rápida solução para Yukiko, mas parece que mais um ano se finda, e ela continua solteira.

No momento é só. Peço para estender meus cumprimentos a Teinosuke, a Etsuko e a Koisan.

Tsuruko

— O que achou? — Antes de falar com Koisan, Sachiko mostrou a carta a Teinosuke.

— O que Koisan e a casa principal dizem a respeito do dinheiro parece diferir um pouco.

— Sim, esse é o problema.

— O que você sabe quanto a isso?

— Agora, nem sei mais quem está falando a verdade. Ouvi dizer que papai entregou um montante a Tatsuo. Talvez seja melhor não dizer nada a Koisan.

— Não. É melhor informá-la logo. É muito importante para que não haja mal-entendidos.

— O que você falou sobre o jovem Kei? Deixou claro que ele já não é o mesmo?

— Contei por alto o que vimos, mas senti que ela não queria tocar no assunto. Por isso, não dei detalhes. Sugeri que seria melhor evitarmos os encontros deles por enquanto, mas não disse que éramos contra o casamento. Se perguntasse, teria dito. Mas ela desviava do assunto.

— Está escrito que quer deixar o pedido como está. Não lhe parece que querem aceitá-lo?

— Pode ser. Tive essa impressão também.

— Sendo assim, será que deveríamos ter falado sobre o pedido do jovem Kei primeiro?

— Não sei. Mas, nesse caso, a viagem não seria mais necessária...

— É verdade.

— De qualquer maneira, a conversa é complicada demais. Convém Koisan tratar desse assunto pessoalmente. Deixe-me fora disso.

Sachiko tinha consciência de que a antipatia de Taeko pela casa central era maior que a de Yukiko, e hesitou em contar a ela a decisão do cunhado e da irmã mais velha. Mas seguindo a recomendação de Teinosuke de que seria melhor não omitir nada, deixou Taeko ler a carta. A reação foi a que já esperava, que ela não era mais criança, não recebia ordens deles para decidir seu próprio futuro, que sabia o que estava fazendo. Que mal havia em ter uma profissão? A casa central ainda se preocupava com nobreza e posição social, achando que seria uma desonra ter uma mulher com profissão na família? Não seria este um preconceito retrógrado e ridículo? Ela iria pessoalmente a Tóquio expor seu ponto de vista, e mostraria à irmã e ao cunhado como estavam errados em sua forma de pensar.

Sua revolta sobre a questão do dinheiro foi descomunal. Taeko atacou diretamente a irmã mais velha, culpando-a por ter deixado Tatsuo dizer tudo o que dissera, algo inédito, pois até então quem sempre merecera tal crítica tinha sido o cunhado. Podia até ser que não houvesse dinheiro em seu nome, mas a tia Tominaga e Tsuruko haviam lhe dito que havia um montante aos cuidados de Tatsuo reservado para o seu futuro. Por isso, era um absurdo virem agora com evasivas. Na certa, ele mudara de idéia porque a casa central estava crescendo e, com ela, as despesas. Não tinha cabimento a irmã mais velha transmitir, impassível, essa opinião. Se fosse assim, que esperassem para ver. Pegaria cada centavo a que tinha direito. Taeko falava e chorava ao mesmo tempo. Sachiko levou algum tempo para aplacar a raiva da irmã, aconselhando-a a tirar aquela idéia da cabeça. Talvez Teinosuke não tivesse escolhido as palavras adequadas, sendo temeroso interpretar tudo de modo unilateral. Sachiko argumentava, compreendia o que Taeko queria dizer, mas pedia à irmã para pensar na situação dela e de Teinosuke. Que ela fosse conversar pessoalmente, mas de modo pacífico. Temia serem prejudicados se Koisan adotasse uma atitude agressiva. Não fora para isso que haviam se tornado aliados.

A explosão de Taeko tinha sido, na verdade, a busca de um escape para sua ira temporária. Após dois ou três dias, sem coragem para colocar todas as ameaças em prática, acalmou-se um pouco e voltou a ser a tranqüila Taeko de sempre. Mas como não tocou mais no assunto, Sachiko sentiu uma mistura de alívio e apreensão. Certo dia, em meados de dezembro, Taeko voltou mais cedo para casa e informou:

— Vou parar as aulas de francês.

— É mesmo? — respondeu, como quem não estava muito interessada.

— Não vou mais viajar.

— É uma decisão prudente, já que a casa central é contra.

— Não me importo com o que eles dizem. A senhora Tamaki disse que não viajará mais.

— Verdade? Mas por quê?

— As aulas de corte e costura serão retomadas logo depois do ano-novo. Por isso, ela não terá tempo para viajar à Europa.

Segundo Taeko, a senhora Tamaki viajaria durante o tempo em que a escola estivesse em reforma. Mas um levantamento dos danos causados pela enchente mostrou que o prédio estava completamente comprometido. Deveria ser reconstruído, o que demandaria mão-de-obra e matéria-prima, escassas naquela época. O trabalho não seria fácil em termos de custos e prazos e a reconstrução ficou pendente, até que ela encontrou a preço baixo uma casa em estilo ocidental em Rokko, na região de Hankyu. A edificação parecia adequada para uma escola e não teria tantas despesas. Uma vez comprada a casa, a senhora Tamaki teve vontade de recomeçar a atividade. Existia um outro motivo: seu marido recomendara desistir da viagem por causa dos conflitos na Europa. Segundo um militar recém-chegado de lá, a Alemanha e a Itália, de um lado, e a Inglaterra e a França, de outro, mantinham a paz desde a Conferência de Munique, assinada em fins de setembro. Mas era uma paz aparente, pois a Inglaterra assinara o tratado para ganhar tempo de se armar, e a Alemanha e a Itália, sabendo disso, tentavam frustrar o plano. A guerra era iminente. Por isso, a senhora Tamaki abandonara a idéia da viagem. Taeko não teve outra opção senão desistir também. Mas continuaria as aulas se a escola reabrisse a partir do ano-novo. Depois do ocorrido, tinha um motivo a mais para adquirir independência financeira e recusar a mesada da casa central. Precisava de uma profissão.

— Pode ser que esteja bem para você, mas se continuar na escola, como explicaremos isso a eles?

— Você pode fingir que não sabe de nada.

— Você acha que conseguirei?

— Vou continuar fazendo bonecos. Pode dizer que parei de ir à escola de corte e costura.

— Será uma complicação se souberem.

Sachiko percebeu o desespero de Taeko por independência, bem como a intenção de tomar posse do dinheiro que acreditava ser seu por direito. Temeu que por trás de sua determinação existisse alguma idéia perigosa. Sentiu que ela e seu marido seriam submetidos a algum dilema no futuro.

— Que complicação... — respondia assim Sachiko a tudo nesse dia.

24

Afinal, qual seria a verdadeira razão para que Taeko desejasse adquirir competência e habilitação profissional? Se, como ela mesma dizia, ainda desejava casar-se com Okubatake, não seriam incompatíveis os dois desejos? Para viver na companhia de alguém sem confiabilidade como Kei, afirmava Taeko, era necessário preparar-se para sustentá-lo, num caso de emergência. Sendo Okubatake um "patrãozinho", nunca havia passado por necessidade alguma, e parecia estar longe de chegar a tal ponto. O desejo de estudar corte e costura ou de ir à Europa por um motivo tão inconsistente como esse era mesmo estranho; em vez disso, a irmã deveria desejar constituir logo um novo lar com a pessoa amada. Como se tratava de Taeko, que sempre tivera um lado precoce, maduro e cauteloso, era compreensível que até para se casar ela pensasse no futuro, mas ainda assim havia algo vagamente estranho no ar. Ao pensar desse modo, Sachiko foi tomada pela antiga desconfiança de que a verdadeira intenção de Taeko era cancelar o casamento de modo diplomático, já que não gostava mais do rapaz, e a viagem à Europa seria o primeiro passo para isso. Ter uma profissão seria para ela uma forma de sustentar-se após romper com Okubatake.

Sachiko voltou a ter suspeitas. Também achava que havia algo estranho na relação de Taeko com Itakura. Desde então, o rapaz não aparecera mais em Ashiya, e não havia indícios de que estivessem se falando pelo telefone ou trocando cartas. De qualquer maneira, como Taeko passava a maior parte do dia fora, era bem possível que utilizassem algum estratagema para se encontrarem. O fato de Itakura não ter aparecido mais, em vez de tranqüilizá-la, a deixava desconfiada, além de lhe causar o mau pressentimento de que os dois continuavam a se encontrar às escondidas. Essas suspeitas de Sachiko não eram nada concretas e a confundiam. Porém, com o passar dos dias, foram ficando cada vez mais claras e intensas, e já não restavam-lhe mais dúvidas. Um dos motivos de sua desconfiança era que, aos seus olhos, a aparência de Taeko, sua personalidade, expressão, postura corporal e modo de falar vinham se alterando gradualmente desde a primavera anterior. Entre as irmãs, ela era a única aberta e direta. Em termos positivos, podia-se dizer que era moderna, mas ultimamente vinha se tornando indecorosa (na fala e nas atitudes), revelando até mesmo vulgaridade. Parecia não se importar em exibir o corpo seminu aos outros, e mesmo na presença das criadas não era raro que se refrescasse ao ventilador de peito descoberto, vestindo apenas um quimono pós-banho, ou que, saindo do banho, se parecesse com uma daquelas mulheres de casas populares. Para sentar-se, deixava de lado a postura, caindo para o lado, ou pior, sentava-se no chão cruzando as pernas, desnudando a frente. Não obedecia à hierarquia entre jovens e idosos: começava a comer ou entrava e saía dos recintos antes das irmãs mais velhas e ocupava o assento de honra com certa freqüência, daí a apreensão de Sachiko em sair com Taeko ou receber visitas. Em abril, quando foram ao restaurante Hyotei do templo Nanzen, em Kyoto, Taeko entrou à frente de todas e acabou tomando um assento hierarquicamente superior ao de Yukiko na sala de banquetes; depois, quando a mesa foi posta, serviu-se antes de todos, de modo que, em ocasião posterior, Sachiko sussurrou a Yukiko que não iria mais comer em restaurantes com Taeko. Um outro caso ocorreu no verão anterior, quando foram ao Teatro Kitano. Enquanto Yukiko servia o chá para os outros, Taeko apenas a observava, tomando sua própria xícara, sem ao menos fazer menção de ajudá-la. Maus modos como esses já ocorriam antes, mas tornaram-se notórios nos últimos tempos. Certa vez, atravessando por acaso o corredor à noite, Sachiko encontrou o *shoji* da cozinha semi-aberto. Através do postigo, entre o aquecedor e a banheira, por uma fresta de uns quinze centímetros, pôde entrever a silhueta de Taeko mergulhada na água quente até a altura dos ombros.

— Ei, Oharu, feche a porta da sala de banho — ordenou Sachiko.

— Não, não feche! — gritou Taeko de dentro da banheira.

— Ah, é para deixar aberta?

— Isso mesmo. Eu a deixei aberta de propósito, porque estou ouvindo rádio.

Nesse momento, Sachiko reparou que o rádio da sala de estar transmitia o concerto da Nova Orquestra Sinfônica, e a irmã o ouvia através das frestas de todas as portas abertas, da sala de estar até a sala de banho.

Houve ainda um outro episódio ocorrido por volta de agosto. Sachiko tomava seu chá da tarde quando o jovem dono da loja de tecidos Kozuchiya veio à casa trazer uma encomenda, por isso deixou Taeko na sala de estar durante alguns instantes fazendo companhia ao rapaz e, do cômodo ao lado, pôde ouvir a conversa dos dois.

— Como a senhorita está gorda, se vestir um quimono de uma camada só, a costura poderá se romper na altura das nádegas — disse o proprietário da Kozuchiya.

— Não irá rasgar, mas muitos homens virão atrás de mim — comentou Taeko.

— É bem provável! — e ficou rindo.

Sachiko sentiu repulsa ao escutar a conversa dos dois. Já fazia algum tempo que vinha percebendo a falta de classe de Taeko em seu modo de falar, mas jamais poderia imaginar que ela dizia tais coisas e de modo tão grotesco. O jovem proprietário da Kozuchiya não costumava falar daquele jeito com as esposas e filhas de clientes habituais, então Sachiko supôs que Taeko deixara uma brecha para que ele se sentisse à vontade diante dela. Não estaria Taeko tendo diálogos indecorosos como esse com outras pessoas, sem que Sachiko e os outros familiares soubessem? Afinal, Taeko confeccionava bonecos, tinha aulas de dança e praticava corte e costura; por conseguinte, desempenhava trabalhos em várias áreas e cotejava diferentes classes sociais, ao contrário de suas irmãs. Apesar de ser a caçula, era a que mais conhecia a sociedade, e se orgulhava disso. Acabava tratando Sachiko e Yukiko, por exemplo, como moças de boa família, o que Sachiko encarava como um gracejo mimoso, porém, ao chegar a esse ponto, não poderia mais ignorar a situação. Ela não era tão conservadora quanto Tsuruko, e esperava não estar presa a uma ideologia antiquada; entretanto, achava desagradável que uma de suas irmãs falasse daquele jeito. Supôs que a falta de postura de Taeko era devida à influência de alguém, e começou a suspeitar de Itakura. O modo de gracejar e a falta de classe na fala e nas atitudes do rapaz talvez tivessem relação com os maus modos de sua irmã.

Havia motivos para Taeko ter se tornado a mais excêntrica dentre as irmãs, por isso não seria justo censurá-la. Sendo ela a caçula, não pôde usufruir de todos os benefícios da época próspera do falecido pai. Como perdera a mãe ao entrar na escola primária, guardava de sua feição apenas uma vaga lembrança. Embora o pai fosse uma pessoa com gostos extravagantes e suntuosos, que proporcionara todo tipo de luxo às filhas, Taeko não se lembrava do quanto ele fizera por ela. Mesmo sendo pouca a diferença de idade entre as duas irmãs, Yukiko guardava diversas recordações paternas, e com freqüência contava que ele lhe fizera isso ou aquilo em determinada ocasião. Taeko, porém, era pequena demais e mesmo que ele tivesse lhe transmitido muitas coisas, nada deixara marcas profundas. Teria sido bom se pelo menos Taeko tivesse dado continuidade à prática da dança, mas acabou deixando de lado um ou dois anos após o falecimento da mãe. Ela se recordava sobretudo como o pai a descrevia: "Essa Taeko, com um rosto moreno desses, é a mais desajeitada de todas." Não era para menos. Nos últimos anos de vida dele, ela ainda estava na escola feminina e era uma menina um tanto descuidada, sem batom nem pó-de-arroz, e com roupas que não se podia distinguir se eram de menino ou menina. Na época, ela pensava em formar-se logo e chegar à idade de poder vestir-se bem para sair, como faziam suas irmãs mais velhas, quando então ela também ganharia roupas bonitas. Mas antes que esse desejo se realizasse, o pai falecera e, em seguida, a glória da família Makioka soaria seu fim. Pouco tempo depois, deu-se o "incidente do jornal" com Okubatake.

Segundo Yukiko, o comportamento de Taeko era natural para a irmã que menos sentira o amor dos pais, e que depois do falecimento deles não tinha conseguido manter uma boa relação com o cunhado. Por viver dias infelizes no seio familiar, seu sensível coração de virgem acabara desencadeando o incidente, não tendo sido este, portanto, de responsabilidade de ninguém, mas do meio em que ela vivia. Em termos de notas escolares, entretanto, a caçula não ficava nem um pouco atrás quando comparada às irmãs, e era a melhor de todas em matemática. Mesmo assim, era certo que aquele incidente colocara uma espécie de estigma no currículo de Taeko. Desde então, ela foi ficando ainda mais à margem da família, deixando de receber de Tatsuo um tratamento igual ao dispensado a Yukiko. O cunhado demonstrava afeição por esta irmã, apesar do difícil relacionamento que mantinha com ela, mas, desde o início, ele vira Taeko como a ovelha negra da família, parecia considerá-la um estorvo. Não se sabia ao certo desde quando, mas essa discriminação passou a figurar nitidamente na mesada de cada mês, no vestuário e até nas menores coisas. Yukiko possuía um armário cheio para que pudesse se casar a qualquer momento, mas Taeko nunca ganhara qualquer objeto de valor; as coisas valiosas que possuía foram, na sua maioria, adquiridas com seu próprio dinheiro ou então presenteadas por Sachiko. Como Taeko tinha outra fonte de renda, a casa central dizia ser injusto ela receber de mesada o mesmo montante que Yukiko, e a própria Taeko dizia não passar dificuldades financeiras, por isso insistia para que ajudassem a irmã, mas em termos concretos, a quantia que provinha da casa central naquele momento não devia chegar à metade da de Yukiko. Continuando o comentário, por mais que Taeko tivesse uma renda mensal considerável, a habilidade dela para se arranjar (por um lado, poupando, e por outro, acompanhando as últimas tendências da moda ocidental, chegando a fazer razoáveis extravagâncias com acessórios, etc.) causava admiração em Sachiko, sempre a se perguntar como ela conseguia fazer tudo aquilo, suspeitando secretamente que dentre seus anéis e colares haveria aqueles vindos das estantes da Okubatake Metais Preciosos. Em suma, também no que dizia respeito a conhecer bem o valor do dinheiro, Taeko se destacava das irmãs. Quanto a esse ponto, Sachiko, que crescera na época de prosperidade do pai, era a pior de todas, e Taeko, a que mais sentira na pele a miséria quando a família arruinou-se.

Sachiko acreditava que, cedo ou tarde, essa excêntrica irmã mais nova poderia vir a provocar um novo incidente, e seria doloroso verem-se envolvidos mais uma vez. O melhor seria deixá-la aos cuidados da casa central, mas era previsível que ela não concordaria, tampouco o faria a casa central. Dessa vez, ao tomarem conhecimento do ocorrido, era de se imaginar que a irmã mais velha e o cunhado ficassem preocupados em tê-la sob seus cuidados, levando-a para junto deles a fim de supervisioná-la; entretanto, não davam o menor indício de que o fariam. Principalmente porque a indisposição de Tatsuo quanto à ida freqüente das cunhadas mais novas à casa secundária, denegrindo sua imagem perante a sociedade, era coisa do passado. E, é claro, também havia questões econômicas envolvidas nessa mudança de atitude. Para a casa central, Taeko já era praticamente independente e bastava-lhe fazer uma pequena remessa de ajuda mensal. Embora Sachiko compreendesse a situação, sentia compaixão pela irmã caçula e, mesmo pouco à vontade, a essa altura não poderia afastá-la de si, sendo necessário, então, confrontá-la e averiguar os pontos que ainda lhe causavam dúvidas.

Depois da semana do ano-novo, Taeko começou a freqüentar a escola de corte e costura e propositadamente não informou Sachiko, que, desconfiada de seu comportamento, perguntou-lhe certa manhã, quando a irmã saía de casa:

— As aulas da senhora Tamaki começaram?

— A-hã — dizendo isso, Taeko saiu ao vestíbulo e começou a calçar os sapatos.

— Koisan, um instante, preciso falar com você — Sachiko chamou-a para a sala de estar e postaram-se frente a frente diante da lareira.

— É sobre a costura, mas, na verdade, há também outra coisa que gostaria de esclarecer. Serei direta e quero que também me diga toda a verdade, sem esconder nada.

— ...

Taeko ficou olhando a lenha queimar como se prendesse a respiração, enquanto sentia o calor da lareira em suas brilhantes bochechas tratadas com creme de beleza.

— Vou começar pelo jovem Kei. Koisan, você ainda pretende se casar com ele?

Inicialmente, por mais que Sachiko insistisse na pergunta, Taeko mantinha-se pensativa e calada, mas conforme a irmã mais velha foi mudando as palavras para expor suas suspeitas mais recentes, as lágrimas encheram-lhe os olhos e de repente ela levou o lenço ao rosto.

— Estou sendo traída por Kei, entende? — declarou com o nariz congestionado. — Sachiko, certa vez você me contou sobre a existência de uma gueixa íntima de Kei, não foi?

— Ah, sim, aquele caso que Teinosuke ouviu na casa de chá lá em Minami.

— Aquilo era verdade.

Taeko disse isso e aos poucos começou a responder às perguntas de Sachiko, confessando-se em seguida.

Em maio, quando ouvira de Sachiko essa história, ela havia negado afirmando que não passava de boato, mas, na verdade, desde então, isso tinha se tornado um problema. De fato, a diversão de Okubatake nos bares era algo que acontecia havia muito tempo, mas como ele mesmo dizia, era para esquecer a dor de não conseguir permissão de se casar com ela, por isso pedia a Taeko para fazer vista grossa. Apenas reunia as mulheres e bebia saquê inocentemente, jamais faria algo que manchasse sua honra, terminando por lhe rogar que confiasse nele. Ela havia aceitado suas explicações e consentido que ele continuasse com seus hábitos. O motivo, como já contara em outra ocasião, era que naquela família, tanto os irmãos mais velhos como os tios, eram grandes libertinos. Dizia-se também que até seu pai era uma pessoa que se divertia muito, e ela sabia disso desde pequena. Então, pensou que não haveria outro jeito senão permitir que Kei fizesse ao menos isso, e resolveu que não seria intransigente, contanto que ele, pelo menos, mantivesse a decência. Contudo, a partir de certo incidente, soube que tudo o que Okubatake dizia era uma grande mentira e que ele a enganava completamente. Além da gueixa de Soemoncho, ele tinha relações com uma dançarina e até a engravidara. Okubatake, ao saber que fora descoberto, desculpou-se enumerando várias justificativas, que a dançarina era coisa do passado, que já cortara relações com ela, e quanto à criança, tivera que arcar com o prejuízo de um filho que nem sabia ao certo se era seu, já tendo rompido por completo os laços de paternidade com ele; já quanto ao caso de Soemoncho, realmente sentia muito, mas jurava que cortaria relações dali por diante. Por sua altivez naquela hora, pôde perceber ser ele uma pessoa inescrupulosa, que não hesitava em mentir e em quem ela já não conseguia mais confiar. Kei chegara a mostrar um comprovante de indenização por rompimento das relações com a dançarina e o filho, e, por isso, era improvável que fosse mentira, mas quanto à gueixa, nada sabia, pois não havia outra prova além de sua palavra. Também não era possível saber se havia mais alguma coisa além disso. Assim mesmo, Okubatake dizia ser ardente seu desejo de se casar com Taeko, nada havia mudado, e insistia que o amor dedicado a ela não se comparava ao sentimento que tinha por aquelas mulheres. Entretanto, ela percebia que isso não passava de um conforto momentâneo e, para ser sincera, desde então passou a sentir repulsa por ele. Para evitar o vexame de ouvir suas irmãs e as pessoas da sociedade dizerem "Vejam só, levou a sério o que disse aquele homem, e por fim foi enganada", não conseguia decidir pelo rompimento do compromisso, mas desejava afastar-se dele nem que fosse apenas por algum tempo para pensar com calma. Então, conforme presumira Sachiko, a viagem ao exterior, sem dúvida, tinha sido cogitada como solução para o caso, e a escolha do corte e costura era na verdade uma forma de ela se preparar para a futura vida de solteira que previa para si.

Enquanto Taeko sofria em segredo com o problema relacionado a Okubatake, ocorrera o incidente da enchente. Ela disse que até aquele momento não via Itakura senão como um fiel criado; porém, desde então, rapidamente passou a vê-lo com outros olhos. Sachiko e Yukiko deviam estar pensando que ela era uma mulher muito excêntrica por dizer tal coisa, mas isso era porque elas não experimentaram a emoção de serem salvas. E acrescentou que Kei tinha censurado a atitude tomada por Itakura naquele dia, argumentando que ele só o fizera porque tinha algum interesse. Contudo, mesmo supondo que assim o fosse, Itakura, antes de tudo, arriscara sua vida. Kei, que tanto o censurara, o que havia feito? Não arriscara sua vida nem demonstrara afeição por ela. A partir de então, cansou-se de Okubatake, pois, como Sachiko também sabia, naquele dia ele só viera a Ashiya quando a linha Hankyu já tinha voltado a funcionar e, apesar de ter dito que havia vindo porque ficara preocupado, no final das contas fora apenas até Tanaka pela Rodovia Nacional, e continuando o local com um pouco de água, perambulou sem poder atravessar, indo parar na casa de Itakura. Ao saber que ela estava a salvo, acabou simplesmente indo embora para Osaka. Naquela tarde, quando apareceu na casa de Itakura, Okubatake usava um chapéu panamá e um elegante terno azul-marinho, portava bengala de freixo e uma câmera Contax, roupa que faria qualquer pessoa pensar que ele merecia apanhar por andar assim num momento como aquele. Não atravessara o alagamento em Tanaka, pois tinha receio de molhar o vinco de sua calça de pregas. Comparado a Teinosuke, Itakura e até a Shokichi, que ficaram enlameados no empenho para salvá-la, Okubatake não seria uma discrepância excessiva? Ela sabia ser seu namorado vaidoso e por isso não lhe pediria que ficasse sujo de lama, mas do jeito que tinha procedido, não demonstrara qualquer sentimento normal para um momento como aquele. Se Okubatake realmente alegrava-se por ter ela sido salva, era natural que tivesse vontade de ir a Ashiya para vê-la e só então retornar. Ele próprio dissera ao sair que voltaria mais tarde, e também Sachiko ficara obviamente à espera, prevendo que ele passaria lá na volta. No entanto, será que, ao verificar que estava tudo bem, achou que já teria cumprido seu dever? De qualquer modo, o valor real de uma pessoa podia ser conhecido em uma ocasião como aquela. Taeko acharia suportável se Okubatake fosse apenas esbanjador, namorador ou incompetente, pois tudo era destino, mas ao ver a sua frivolidade tentando até mesmo evitar sujar a calça para ajudar a futura esposa, perdera completamente a esperança.

25

    Rios de lágrimas corriam ininterruptamente pela face de Taeko, e por vezes ela assoava o nariz, mas contava tudo com relativa calma, de modo consistente e detalhado. Sobre Itakura, entretanto, falava pouco, cada vez menos, deixando Sachiko elaborar suposições com as quais ela apenas concordava ou negava, deixando a irmã preencher algumas lacunas da história com sua própria imaginação. Por isso, o relato que segue está acrescido de complementações e interpretações de Sachiko.

    Eis então que Itakura começou a surgir aos olhos de Taeko como o ideal oposto de Okubatake em vários aspectos, e o seu sentimento por ele crescera em uma velocidade incrível. Ela, que zombava da casa central, também tinha lá suas preocupações com linhagem familiar e origem, por isso pensava no quanto aquela situação era ridícula: ela interessada em alguém como Itakura. Seu autocontrole não tinha deixado de existir, mas o desejo de quebrar as antigas tradições fora mais forte. Por outro lado, sua natureza a impedia de perder a serenidade sob qualquer circunstância e, mesmo se apaixonando por Itakura, isso não a cegara, principalmente porque havia aprendido a lição com Okubatake. Desta vez, tinha considerado até o futuro distante, calculara ganhos e perdas, pesara tudo com muita sagacidade e só depois passara a pensar que se casar com Itakura seria o melhor caminho para ser feliz. Sachiko, na verdade, fazia diversas especulações a respeito desse relacionamento, mas jamais havia cogitado que Taeko estivesse decidida até a se casar, e seu susto foi múltiplo quando ouviu tal confissão. Taeko disse saber muito bem ser Itakura um homem ignorante e grosseiro que começara como aprendiz, filho de meeiros de Okayama, com os defeitos comuns aos imigrantes japoneses que vivem nos Estados Unidos. Analisara os prós e os contras e chegara a tal decisão. Segundo ela, Itakura tinha aquele jeito, mas comparado a um "patrãozinho" feito Okubatake era superior em vários aspectos como ser humano; de qualquer modo, ele tinha um físico forte e a coragem de pular até dentro do fogo numa emergência. Acima de tudo, sua maior vantagem era a capacidade de sustentar a si mesmo e a irmã mais nova, diferentemente de alguém que fazia extravagâncias à custa da mãe e do irmão mais velho. Itakura fora para a distante América estudar e trabalhar com fotografia artística, o que exige talento e inteligência, e o fizera sem a ajuda de ninguém; o fato de ele ter conseguido tornar-se profissional nessa área mostrava que, mesmo não tendo recebido uma educação formal, possuía um mínimo de inteligência e sensibilidade, ao menos segundo a avaliação de Taeko. Ele também parecia ter maior capacidade para os estudos que Okubatake, que possuía diploma da Universidade de Kansai, assim dizia ela. Não se sentia mais atraída por coisas como linhagem familiar, riqueza herdada dos pais, erudição só no título; ao observar Okubatake, ela tinha compreendido muito bem como essas coisas não tinham valor. Em vez disso, preferia a praticidade, um esposo com o corpo robusto e saudável, que tivesse uma profissão e a amasse profundamente a ponto de ser capaz de arriscar a própria vida; sendo alguém que preenchesse essas três condições, não exigiria outras coisas, completou. Itakura não só preenchia essas condições como, melhor ainda, possuía três irmãos mais velhos no interior e não tinha a responsabilidade de cuidar dos pais e dos irmãos. (A irmã mais nova com quem morava o ajudava nos serviços domésticos e nos negócios, mas ele a mandaria de volta quando se casasse.) Itakura era de fato sozinho e Taeko poderia ser mimada à vontade, sem nenhuma reserva, o que lhe era mais confortável do que ser a dama de qualquer família tradicional ou abastada.

Itakura tinha boa intuição e parecia ter percebido muito cedo os sentimentos de Taeko, que os demonstrava abertamente em palavras e gestos; mesmo assim, não fazia muito tempo que ela própria lhe abrira o coração com palavras francas. Tal fato se dera no início de setembro do ano anterior, durante a ausência de Sachiko, que tinha ido a Tóquio. Diante das suspeitas de Okubatake, Taeko e Itakura precisaram romper as relações temporariamente, e foi na ocasião em que discutiram o assunto que ela se declarou a ele pela primeira vez. A interferência de Okubatake, portanto, acabara aproximando os dois ainda mais. Quando

Itakura percebeu que as palavras dela não eram apenas uma demonstração de amor, e sim um pedido de casamento, mostrou-se perturbado como se duvidasse dos próprios ouvidos, mas isso devia ser proposital para simular boas intenções, ou então estava mesmo surpreso, não esperava tal atitude por parte dela até aquele momento. Como ele jamais poderia ter sonhado com isso, fora tudo tão repentino que nem sabia como responder, pediu-lhe o favor de o deixar pensar por dois ou três dias. Mas ao mesmo tempo disse tratar-se de uma honra tão grande que não podia afirmar se era bom ou ruim. Por isso, sugeriu a Taeko que ponderasse mais um pouco para não se arrepender depois. Se fizesse uma coisa dessas, obviamente ele não poderia freqüentar a casa dos Okubatake, e Koisan também seria abandonada tanto pela casa central como pela secundária. Além disso, haveria todo tipo de incompreensão por parte da sociedade e ambos seriam perseguidos. Ele tinha coragem de lutar contra tudo isso... Mas, e ela, agüentaria? Por certo iriam falar que ele seduzira com sucesso a filha da família Makioka, conseguindo um casamento com alguém de posição social superior. Itakura não se importava com os comentários da sociedade, o mais doloroso para ele seria o jovem Kei pensar isso. E com o tom de voz alterado, prosseguiu dizendo que de qualquer modo seria mesmo impossível desfazer tal equívoco, fosse lá o que Kei pensasse, não teria jeito; para dizer a verdade, quem o auxiliara de fato tinha sido apenas o pai dele, seu ex-patrão da Okubatake Comercial, o de agora (irmão mais velho de Keisaburo) e "Oiesan" (mãe de Keisaburo). Kei era apenas o filho de seu ex-patrão e dele não havia recebido nenhum favor direto; além disso, dependendo do ponto de vista, se viesse a se casar com Koisan, Kei ficaria furioso, mas os pais dele, ao contrário, talvez pensassem que ele tivesse lhes feito um favor, pois provavelmente ainda não concordavam com o casamento de seu filho e Taeko. Kei não lhe dissera isso, mas pelo que podia ver, era assim que as coisas se davam. No final das contas, depois de mostrar-se hesitante, Itakura já falava como se tivesse aceitado a proposta de Taeko.

Por algum tempo, os dois haviam combinado manter segredo absoluto sobre a promessa de casamento que fizeram. Naquele momento, a questão prioritária era o cancelamento do noivado de Taeko com Okubatake. Para isso, evitariam medidas precipitadas, fazendo Kei compreender gradualmente a situação e, se possível, desistir dela de modo espontâneo. A melhor saída seria Taeko ir à Europa e casar-se com Itakura dali a dois ou três anos. Era provável que viessem a sofrer pressões financeiras de todos os lados. A fim de se prepararem para enfrentar o que estava por vir, decidiram que Taeko iria se dedicar à aquisição das técnicas de corte e costura, mas logo ficaram em dúvida com relação ao plano. Isso porque o objetivo de Taeko de viajar à Europa tornara-se irrealizável devido à oposição da casa central e à mudança de planos da senhora Tamaki. Enquanto isso, Okubatake a perseguia, em parte para importunar Itakura, e ela não conseguiria romper com ele estando no Japão. Portanto, esta era a intenção de Taeko: ir a Paris, afastando-se durante algum tempo, e de lá enviar uma carta ao noivo, pedindo-lhe que desistisse do casamento com ela. Mas, como a viagem tornara-se inviável, provavelmente Okubatake distorceria os fatos, achando que ela havia desistido dele por causa de Itakura e iria persegui-la cada vez mais. Além disso, ela agüentaria ficar sem ver Itakura durante um semestre ou um ano se ficasse num país distante, mas seria insuportável viver sem poder vê-lo estando tão perto, e sendo perseguida continuamente por Okubatake. Então, nos últimos tempos, diante do fato de a viagem à Europa ter-se tornado impossível, da dificuldade de continuarem enganando Okubatake e a sociedade, o plano tendia que se preparassem para enfrentar tudo e casarem-se o mais rápido possível. Porém, tanto Taeko quanto Itakura não estavam suficientemente prontos em termos financeiros, e acabariam recebendo um castigo social. Receavam que Yukiko fosse atingida de forma indireta e ficasse ainda mais difícil arranjar-lhe um marido. Precisariam esperar que ela conseguisse alguém. A situação atual era que hesitavam apenas por esse motivo.

— Então... Koisan, você fez apenas essa promessa verbal e não há mais nada além disso, certo?

— A-hã.

— É isso mesmo?

— A-hã... Não há mais nada.

— Então você poderia pensar melhor, uma vez mais, quanto a cumprir essa promessa, não?

— ...

— Escute, Koisan... Se você fizer uma coisa dessas, eu não poderei encarar nem a casa central nem a sociedade...

Sachiko teve a impressão de que uma armadilha se abrira de forma abrupta diante de seus olhos. Agora, ao contrário, Taeko estava animada e Sachiko, completamente perturbada, com o tom de voz alterado.

26

Sachiko sondou a decisão de Taeko por dois ou três dias, chamando-a para conversar depois que o marido e Etsuko saíam. Taeko, porém, estava determinada e mostrava-se irredutível. Para convencê-la a desistir do casamento com Itakura, Sachiko chegou até mesmo a dizer-lhe que, independentemente da casa central, Teinosuke e ela aprovariam seu rompimento com Okubatake. Se fosse o caso, pediria ao marido para interceder junto a Kei, solicitando-lhe que não a procurasse mais dali em diante. Quanto à prática de corte e costura, ela não poderia concordar abertamente naquele momento, mas faria de conta que não sabia de nada e eles não a impediriam de trabalhar fora no futuro. Em relação à sua parte na herança, que estava sob os cuidados da casa central, por ora nada podiam fazer, mas no caso de querer utilizá-la para outro propósito, eles poderiam intervir a seu favor.

Taeko, entretanto, deixou claro que adiavam o casamento em consideração a Yukiko, sendo essa a única concessão que faziam, e insistiu que procurassem logo um pretendente para a irmã.

Sachiko ainda tentou argumentar. Podia relevar a posição ou a classe social de Itakura, mas não conseguia confiar nele como pessoa. Com certeza, ele era bem diferente de um "filhinho de papai" como Kei, uma vez que começara como aprendiz de comerciante e veio a tornar-se dono de um estúdio de fotografia. Justamente por isso, e talvez não devesse dizê-lo, sentia que ele possuía um lado ardiloso de quem sofrera no meio social. Em termos intelectuais era bastante simplório, tinha o péssimo hábito de se orgulhar e se vangloriar de coisas insignificantes e parecia ter uma formação que deixava a desejar; tinha mau gosto e péssima educação. Pelo que pôde observar, nada havia de excepcional em sua técnica fotográfica, comum a qualquer pessoa que tivesse certo talento e um pouco de habilidade. Talvez Koisan não enxergasse os defeitos do rapaz agora, mas não seria bom pensar melhor? Pelo que sabia, o casamento entre duas pessoas com condições de vida completamente diferentes não tinha nenhuma chance de durar. Para ser sincera, ela não conseguia entender como uma pessoa tão esclarecida quanto Taeko podia ter se interessado por alguém de nível tão inferior. Estava claro que com um marido como aquele logo passaria por privações e se arrependeria. Para Sachiko, um indivíduo ruidoso e desprovido de conteúdo como Itakura seria interessante por algum tempo, mas tornar-se-ia insuportável depois de uma ou duas horas de convivência.

Para Taeko, no entanto, Itakura era um rapaz vivido que havia deixado a casa ainda criança para trabalhar como aprendiz e passado pela experiência da emigração. Podia até ter esse lado um pouco ardiloso, o que era inevitável diante das situações que teve de enfrentar. Possuía um lado autêntico e honesto e, no íntimo, não era uma pessoa tão cheia de ardis. É verdade que tinha o hábito de se vangloriar de coisas insignificantes e, por isso, poderia ser malquisto pelas pessoas. Dependendo do ponto de vista, no entanto, isso podia ser uma mostra de sua inocência e criancice. Itakura carecia de boa formação, de um bom nível cultural, ela estava ciente disso, mas não queria que Sachiko e Teinosuke se preocupassem. Não se importava com sua falta de gosto ou de conhecimento lógico, que ele fosse uma pessoa tosca e sem conteúdo. Achava até melhor ter um marido que não tivesse um nível igual ou superior ao seu, pois seria mais fácil de lidar e não precisaria ficar atenta o tempo todo. Acrescentou também que Itakura estava honrado em desposá-la. Não apenas ele, mas sua irmã mais nova, que morava em Tanaka, seus pais e irmãos do interior, todos ficaram emocionados de tanta felicidade e demonstravam orgulho em receber uma moça de uma família como a dela. Quando Taeko fora à casa de Itakura, em Tanaka, ele chegou a chamar a atenção da irmã, dizendo que ela não tinha condição social para cumprimentá-la de modo informal; fosse nos tempos antigos, ela deveria retirar-se para a ante-sala e fazer os cumprimentos nos modos convencionais, de forma respeitosa, e deixou claro que tanto ele quanto a irmã iriam tratá-la devidamente. Taeko contava orgulhosa. Ao ouvir o discurso da irmã, Sachiko chegou mesmo a imaginar Itakura, diante de seus olhos, dizendo: "Vou desposar Koisan, da família Makioka", com aquele ar vaidoso de sempre. Também ficou desgostosa porque, apesar de ele ter garantido que manteria o segredo por algum tempo, já havia ido à sua terra comentar o assunto.

Mesmo assim, Sachiko pôde ficar um pouco mais tranqüila, pois nem tudo estava perdido. Por já ter prejudicado Yukiko com o incidente do jornal, Taeko afirmara que não tomaria nenhuma atitude leviana até que a irmã se casasse. Sachiko refletiu. Se a contrariasse, ela poderia rebelar-se, mas como ainda levaria pelo menos meio ano para que o futuro de Yukiko fosse decidido, ainda havia tempo para convencer Taeko, montar uma estratégia melhor e orientá-la aos poucos para que mudasse de idéia. E entendeu que naquele momento só lhe restava aceitar sua vontade e fazer o possível para não se opor a ela. Por outro lado, percebeu como era triste a situação de Yukiko. Colocando-se na posição desta irmã, imaginou o quanto lhe era desagradável saber que Taeko esperava por ela, devendo-lhe ser grata por isso quando, na realidade, não tinha motivo algum para tanto. Yukiko havia perdido a oportunidade de se casar no período propício devido a diversas razões, dentre elas a influência daquele mal resolvido incidente do jornal. Com certeza, Yukiko asseguraria que não tinha a menor pressa em se casar, não guardava rancor por ter sido envolvida gratuitamente no incidente e não deixaria seu destino à mercê de algo tão irrelevante; Koisan poderia casar-se antes, sem se incomodar com ela. Evidentemente, Taeko também não tinha a intenção de fazer com que a irmã lhe dedicasse gratidão, mas estava de fato apreensiva com a demora do casamento de Yukiko. Com certeza, se o casamento da irmã já estivesse definido ou em via de definição, ela não teria tomado aquela medida drástica que tinha virado assunto de jornal, por mais jovem que fosse. Em suma, as irmãs se davam muito bem e jamais haviam entrado em atrito, mas, observando friamente, havia entre elas um conflito ferino de interesses.

Desde aquela ocasião — setembro do ano anterior, quando fora surpreendida pela carta de Okubatake —, Sachiko vinha mantendo o caso de Itakura e Taeko em segredo. Agora, diante dos últimos acontecimentos, começou a achar que era um peso grande demais para carregar sozinha. Tudo que fizera por Taeko — permanecer ao lado dela, sendo sempre compreensiva, incentivá-la a confeccionar bonecos, alugando-lhe o apartamento em Shukugawa, aceitar passivamente seu relacionamento com Okubatake, além de interceder a seu favor junto à casa central sempre que havia algum problema — parecia voltar-se contra ela agora. Era difícil conter sua indignação em relação às atitudes de Taeko, e tinha a impressão de que as coisas só não estavam piores porque ela sempre havia tomado as rédeas. Tudo poderia ter seguido um rumo pior, ter-se transformado num escândalo social. Contudo, esse era o seu ponto de vista e, com certeza, não seria o mesmo daquele da sociedade e de sua irmã da casa central. O que Sachiko mais temia era que as agências, que costumavam fazer investigações a cada nova proposta de casamento para Yukiko, descobrissem a situação de Taeko numa dessas ocasiões. Sachiko não tinha a menor idéia do que Taeko faria em termos concretos para desvencilhar-se de Okubatake e ficar com Itakura; dependendo da interpretação, sua atitude poderia parecer canalhice e não era difícil imaginar que as pessoas também fariam um mau juízo de Taeko.

A idoneidade de Yukiko era evidente para a família Makioka, não possuindo ela nenhum defeito comprometedor. Mas havia uma tendência das pessoas a repararem mais nesta irmã caçula, que era um pouco diferente e sobre a qual geralmente recaíam as suspeitas. Desse modo, em uma investigação o interesse voltar-se-ia mais para Taeko do que para a própria Yukiko, dando a impressão de que as pessoas de fora conheciam-na melhor do que seus próprios familiares. Sachiko lembrou-se de que, apesar de suas solicitações a diversas pessoas de um pretendente para Yukiko, ninguém trouxera propostas desde a primavera anterior; talvez por causa dos boatos sobre Taeko, que estariam novamente sendo prejudiciais. Enquanto não passassem de rumores, não haveria problemas, mas seria muito duro se chegassem ao conhecimento da casa central, e Sachiko fosse a única a ser responsabilizada. Teinosuke e Yukiko questionariam por que ela não se abrira com eles para consultá-los. Sozinha, ela julgava não ter forças suficientes para fazer com que Taeko mudasse de idéia. Por isso, supôs que alcançaria melhores resultados se Teinosuke, Yukiko e ela se revezassem para falar com a irmã caçula.

Numa determinada noite, vinte dias após o ano-novo, Teinosuke folheava uma revista nova em seu gabinete, no anexo da casa, quando sua esposa entrou e sentou-se, como se tivesse algo a lhe dizer. Desconfiado, ele ergueu o rosto, e Sachiko passou a expor o assunto de Taeko.

— Hum... Quando é que isso aconteceu?

— Eles assumiram esse compromisso no ano passado, enquanto eu estava em Tóquio. Nesse período, quando Etsuko, eu e Oharu não estávamos aqui, parece que Itakura vinha todos os dias em casa...

— Isso significa que eu também sou responsável.

— Não é isso. Mas você não percebeu nada, querido?

— Não percebi absolutamente nada... Mas, pensando melhor, acho que eles estavam próximos demais, mesmo antes da enchente.

— Mas o rapaz é assim com todas as pessoas, não apenas com Koisan.

— Nisso você tem razão...

— Como estava ele durante a enchente?

— Naquela ocasião, ele foi extremamente dedicado. Fiquei muito admirado, achando que não existia um rapaz tão gentil e prestativo quanto ele. Koisan ficou feliz e impressionada.

— Seja como for, é muito estranho que uma pessoa como ela não repare no nível do rapaz. Quando toco nesse assunto, ela fica irritada e o defende, enumerando suas qualidades. Então, acho tolice continuar discutindo. Não parece, mas Koisan teve uma educação de "moça de boa família" e tem o seu lado bom. Talvez esteja sendo enganada.

— Não creio que seja isso. Ela pensou muito bem. Em suma, é do tipo "mulher prática". A ela não importa se o rapaz é de nível inferior, basta que seja forte fisicamente, suporte os sofrimentos e seja alguém com quem possa contar.

— Ela mesma afirma que vai viver de modo utilitarista.

— Essa também é uma forma de se viver.

— Querido, o que está dizendo? Então, concorda que ela se case com um rapaz como ele?

— Não é bem assim, mas se for para escolher com quem ela vai se casar, prefiro que seja com Itakura em vez de Okubatake.

— Acho o contrário.

De modo inesperado, descobriram a divergência de suas opiniões. Sachiko começara a desgostar de Okubatake influenciada pelo ponto de vista de Teinosuke e continuava a não fazer bom juízo dele. Mas quando o comparava com Itakura, aquele lhe parecia muito mais digno de pena. Verdade seja dita, Kei até podia ser um "filhinho de papai" depravado e sem muito futuro, ela sabia muito bem o quanto ele era leviano e desagradável, mas sendo amigo de infância de Taeko e natural de uma família tradicional de Senba, pertencia ao mesmo círculo social e sua simpatia ou antipatia pelo rapaz ficava dentro desses limites. No caso de Taeko se casar oficialmente com Okubatake, por mais que viesse a enfrentar dificuldades no futuro, eles não teriam problemas perante a sociedade. Por outro lado, se ela se sentisse livre para casar com Itakura, com certeza tornar-se-ia motivo de chacota social, algo terrível, mesmo se não tivesse em vista um casamento com Okubatake. Mas já que a relação com Itakura era um fato, seria preferível escolher Okubatake para evitar um desastre ainda maior. Esta era a opinião de Sachiko.

Nesse ponto, Teinosuke era mais moderno. Era da opinião que Okubatake não superava Itakura em nada, exceto no que dizia respeito à questão familiar. Concordava com Taeko sobre as condições para o casamento, ou seja, que seria importante preencher três requisitos básicos: o amor, a saúde e a capacidade de se sustentar. Se Itakura já tinha passado por essa prova, qual a necessidade de ficarem tão presos às questões de família e de formação? Muito embora Teinosuke não simpatizasse tanto com Itakura, ele nada mais fazia do que optar por um deles. Sabia que não havia a menor chance de o rapaz receber a aprovação da casa central, nem ele próprio tinha a intenção de interceder a seu favor. Segundo suas palavras, fosse por sua natureza, fosse por seu passado, Taeko não se casaria nos moldes tradicionais, mas o faria livremente com alguém do seu gosto e, para ela, isso era mais vantajoso do que um casamento comum. Por estar ciente disso é que ela dizia o que dizia, e era melhor não ficar se intrometendo. Yukiko, em comparação, não era do tipo que poderia ser deixada em meio ao turbilhão da sociedade, por isso precisavam cuidar de seu caso até o fim, procurando-lhe um bom casamento pelas vias normais, ou seja, considerando os aspectos ligados à linhagem familiar e aos bens. Já Taeko fugia à regra, mesmo sem ninguém para cuidar dela era capaz de se virar. Esta seria a resposta de Teinosuke no caso de lhe pedirem a opinião, mas como a compartilhava apenas com Sachiko, não gostaria que ela revelasse à caçula, e muito menos à casa central, que pensava dessa forma. Não queria ter envolvimento algum com a questão.

— Por quê? — censurou-o Sachiko.

— Koisan tem uma natureza muito complicada e há diversos aspectos que não consigo compreender... — resmungou ele.

— Realmente. Fiquei ao lado dela e acredito que fiz tudo o que podia, a ponto de ser mal interpretada, no entanto ela acabou me decepcionando...

— Você fala assim, mas esse tipo de natureza é bem peculiar e interessante...

— Já que era assim, ela podia ter-me dito logo a verdade. Quando penso que caí como um patinho, fico arrasada... Estou farta!

Sachiko fazia cara de menina travessa quando chorava. Teinosuke imaginou sua fisionomia quando ela era criança e certamente brigava com as irmãs: o rosto inconformado, vermelho e cheio de lágrimas.

27

    Sachiko não conseguia deixar de pensar em Yukiko, de natureza mais passiva, certamente vivendo dias tristonhos em Tóquio, muito diferente de Taeko, que fazia o que bem entendia, sem se preocupar com o incômodo ou o transtorno que causava às pessoas. Sentia-se muito mal em relação a essa irmã. Em setembro do ano anterior, quando se despediam na estação de Tóquio, Tsuruko havia lhe confiado a tarefa de encontrar um noivo para Yukiko. Entristecia-se por não ter conseguido resolver o assunto até o final do ano anterior, já que aquele não seria propício para casá-la, por ser seu ano de azar. Havia escolhido o solstício de primavera como prazo para solucionar o assunto, mas esse dia — 4 de fevereiro — já seria dali a uma semana.

    Se, como supôs, a má fama de Taeko estivesse sendo um obstáculo para o casamento de Yukiko, ela, Sachiko, também tinha sua parcela de culpa. Apesar de ter pensado em chamar Yukiko havia muito tempo para ser sua interlocutora — ninguém melhor que ela para compreender seu descontentamento com Taeko —, preocupava-se com o choque psicológico que a revelação do novo caso amoroso da irmã poderia causar-lhe, daí o adiamento. Agora, no entanto, pensava no desgosto de Yukiko caso ela viesse a saber dos fatos por outros meios. Sachiko esperava contar com a sabedoria de Teinosuke, mas depois do que ele lhe respondera, Yukiko era a única pessoa com quem poderia contar. Estava à procura de um bom motivo para chamá-la, quando, oportunamente, surgiu a apresentação de dança em memória da falecida mestra Osaku, que seria realizada no final do mês seguinte, no hall do oitavo andar do prédio das lojas Mitsukoshi, em Osaka.

> RECITAL
>
> Yamamura Saku
>
> *In memoriam*
>
> Apresentação de dança em estilo Yamamura
>
> DATA: 21 de fevereiro de 1939 (13 h)
>
> LOCAL: Hall do oitavo andar do Mitsukoshi, em Koraibashi.
>
> AS ATRAÇÕES: Incensório portátil (Elegia/oposição), Colza, Cabelos negros, Tigela de cerâmica moedeira, Batalha de Yashima, Presente de Edo, Argola de ferro (A maldição), Neve, Cabeça de batata (O Pudico), Gaivota, Oito paisagens, Ritmo do chá, Mês da afinidade, Recolhedor de alguidares de madeira (não simultâneas).
>
> O nome dos apresentadores e a programação serão comunicados no dia.
>
> Grátis (Necessário apresentar convite)
>
> RETIRADA DE CONVITES: 10 de fevereiro, apenas para associados e familiares.
>
> PESSOAS INTERESSADAS EM ASSISTIR: enviar o pedido via carta-resposta. O mesmo será devolvido ao remetente como convite.
>
> PROMOÇÃO: Grupo de Arte Regional Saku Yamamura
>
> APOIO: Associação de Dança de Osaka.

Logo no início de fevereiro, Sachiko colocou o convite impresso num envelope e o endereçou a Tsuruko e Yukiko. À irmã mais velha, escreveu sucintamente:

Desde a minha visita a Tóquio, pensei várias vezes em chamar Yukiko e estava à espera de uma oportunidade. No entanto, no ano passado, acabamos não recebendo nenhuma proposta de casamento interessante para ela, e o próximo solstício de primavera já está logo aí. Assim, não tenho nenhum assunto em especial para tratar com nossa irmã. Mas como já faz muito tempo que não a vejo, e ela, por sua vez, provavelmente deva estar com saudades daqui, se não houver nenhum inconveniente, será que poderia deixá-la vir passar algum tempo conosco? Oportunamente, teremos a apresentação da Escola de Dança Yamamura, como poderá ver no convite em anexo. Koisan também fará uma apresentação e disse que faz questão da presença de Yukiko.

Para Yukiko, no entanto, Sachiko escreveu mais detalhadamente:

Essa apresentação será realizada em memória da falecida mestra Osaku. Dadas as contingências do momento, apresentações deste tipo serão cada vez mais difíceis de serem promovidas. Por isso, não seria melhor você aproveitar essa oportunidade para vir assisti-la?

Como o evento foi organizado às pressas, Koisan, que abandonou os treinos de dança, havia se recusado de início a participar, mas acabou aceitando o convite por considerá-lo um sufrágio à falecida mestra Osaku e uma oportunidade de dançar, já que por um bom tempo não terá outra. Por isso, talvez não haja outra ocasião, além desta, para você assistir à sua dança. Koisan não terá tempo de preparar nova apresentação e está ensaiando às pressas a dança Neve, *para a qual já se preparara no ano passado. Certamente, ela não poderá usar o mesmo traje, e lhe sugeri vestir o quimono com um pequeno brasão da família que havia mandado tingir na Kozuchiya. Ele é bem adequado. Quem está acompanhando os ensaios de Koisan é Sakuine, uma discípula de elevada categoria da falecida mestra, que possui uma academia em Shinmachi, Osaka. Ultimamente, em meio a tantos afazeres, Koisan tem ido todos os dias a Shinmachi para os ensaios e, quando retorna à casa, pede-me para tocar a música da apresentação a fim de repassar a coreografia. Nos intervalos, fica trancafiada no ateliê, levando a vida agitada de sempre. Eu também tenho estado ocupada porque ela me faz acompanhar seus ensaios diariamente, e como não sei tocar* Neve *no shamisen, tenho usado o coto. Enquanto estamos envolvidas em coisas desse tipo, nada me aborrece em Koisan, mas ultimamente ela tem-me preocupado muito. Não posso lhe explicar por carta, mas se vier, Yukiko, gostaria de conversar com você sobre diversos assuntos. Etsuko também insiste para que venha sem falta e assista à apresentação desta vez, já que na do ano passado não pôde estar presente.*

Não houve resposta nem de Tsuruko nem de Yukiko. Os comentários na casa eram de que provavelmente ela viria sem avisar, como da outra vez. No entardecer do dia 11 de fevereiro, Taeko ensaiava na sala em estilo ocidental, vestida com o traje que usaria na apresentação, pois queria experimentar dançar arrastando a barra do quimono.

— Ah, titia!

Etsuko havia se adiantado a todos para atender a campainha.

— Seja bem-vinda! Todos estão aqui — Oharu também foi atendê-la em seguida e abriu a porta da sala de estar.

Quando Yukiko entrou, encontrou Taeko no centro da sala, de penteado em estilo *shimada* e fita vermelho-claro, com o traje descrito na carta — um quimono vermelho e lilás, com um pequeno brasão da família, estampas de ameixeiras e camélias cobertas com um pouco de neve — e de guarda-chuva na mão. O sofá permanecia no local de sempre, a mesa e as poltronas haviam sido removidas e o tapete estava enrolado num canto. Sachiko estava numa das extremidades, sentada numa almofada colocada diretamente no assoalho, e tocava um coto japonês de 1,82 cm trabalhado artesanalmente em laca e madrepérola, com desenhos de crisântemos de Korin[15].

— Achei mesmo que já tinham começado...

Assim falou Yukiko, depois de cumprimentar Teinosuke levemente com o olhar, ele que apreciava o ensaio sentado no sofá, deixando à mostra as caneleiras de lã sob a barra dos dois quimonos de Oshima sobrepostos.

— Dava para ouvir o som do coto quando eu ainda estava bem longe...

— Yukiko, você não deu notícias e estávamos aqui imaginando se viria ou não...

Sachiko, ainda com o plectro sobre as cordas do coto, observou a irmã que não via fazia meio ano. Ela, que era introvertida embora gostasse de agitação, entrara pálida, parecendo cansada da viagem, mas agora, diante de tal cena, exibira repentinamente um leve sorriso.

---

15. Pintor e criador do estilo Rin (1658-1716). Autor de *Biombo de ameixeiras com flores vermelhas e brancas*, uma das obras consideradas Tesouro Nacional do Japão. (N.T.)

— Titia, veio de Andorinha? — perguntou Etsuko.

Yukiko não lhe respondeu e dirigiu-se a Taeko:

— Você está usando peruca?

— Estou. Finalmente ficou pronta hoje...

— Fica muito bem em você, Koisan.

— Eu também pensei em usar a peruca vez ou outra quando fosse fazer um penteado, por isso mandei confeccionar uma em conjunto com Koisan — disse Sachiko.

— Se quiser, posso lhe emprestar, Yukiko.

— Use-a em seu casamento.

— Que tolice! E lá combina comigo?

Yukiko recebeu a brincadeira de Sachiko com um sorriso bem-humorado. A propósito, a cabeça de Yukiko era extremamente pequena, o que não se notava pois ela tinha grande volume de cabelo.

— Yukiko, chegou em boa hora — disse Teinosuke. — A peruca ficou pronta hoje, e Koisan resolveu dançar com o traje completo. Como o dia 21 cai numa terça-feira, não sei se conseguirei ir à apresentação, então pedi a ela que dançasse como se hoje fosse o dia.

— Etsuko também não poderá comparecer. É uma pena.

— De fato, por que não escolheram um domingo?

— Certamente para não chamar muito a atenção em vista do momento que atravessamos.

— Então... — disse Taeko a Sachiko, segurando na vertical o cabo do guarda-chuva aberto na mão direita. — Queria que tocasse mais uma vez a parte que acabei de dançar.

— Não diga isso. Comecem do início.

Seguindo as palavras do pai, Etsuko acrescentou:

— Isso mesmo. Koisan, mostre para ela.

— Se dançar duas vezes, Koisan vai ficar exausta.

— Bem, pense que é um treino e dance desde o início — disse Sachiko. — Eu também não estou agüentando a friagem, sentada aqui no assoalho.

— Minha senhora, deseja que prepare o aquecedor? — perguntou Oharu. — Se deixá-lo próximo ao quadril, já se sentirá bem melhor.

— Então traga-o.

— Enquanto isso, aproveito para descansar — Taeko deixou o guarda-chuva no chão, caminhou lentamente em direção ao sofá segurando as pontas do quimono e sentou-se ao lado de Teinosuke. — Por favor, poderia me dar um? — e acendeu um cigarro Gelbe Sorte.

— Vou jogar uma água no rosto — disse Yukiko, e foi para o lavatório.

— Quando se trata dessas coisas, Yukiko está sempre sorridente — disse Sachiko. — Querido, ela acabou de chegar e Koisan já dançou várias vezes. Que tal oferecer-lhes um jantar? — Você quer que eu arque com todo o custo da celebração?

— Isso mesmo. É o mínimo que pode fazer. Eu não deixei nada preparado para esta noite, já esperando por isso.

— Para mim, qualquer coisa serve.

— Aonde você prefere ir, Koisan? Ao Yohei ou ao *grill room* do Oriental?

— Para mim, tanto faz. Pergunte a Yukiko...

— Como ela ficou muito tempo em Tóquio, deve querer saborear pargos frescos.

— Então, vamos levar uma garrafa de vinho branco em comemoração à vinda de Yukiko e jantar no Yohei? — perguntou Teinosuke.

— Bem, já que teremos uma celebração, preciso dançar com todo o empenho!

Vendo Oharu voltar com o aquecedor, Taeko deixou a ponta de cigarro marcada de batom sobre a borda do cinzeiro e segurou a barra do quimono.

28

Teinosuke tinha dito que não assistiria à apresentação de dança marcada para o dia 21 por ter um trabalho de uma empresa a terminar, porém, no próprio dia, ligou para Sachiko pedindo que o avisasse pouco antes do início do balé *Neve*, queria pelo menos ver Taeko dançar. Sua esposa telefonou-lhe por volta das duas e meia, e ele estava prestes a sair do escritório quando apareceu um cliente com quem ficou tratando de negócios. Depois de trinta minutos, recebeu nova ligação, desta vez de Oharu. Apressou-se em encerrar a conversa com o cliente — quase o expulsando — e saiu sem chapéu, pois o local do evento era logo ali perto. Pegou o elevador, deixou correndo o prédio de seu escritório em Sakaisuji Imabashi, atravessou a linha de trem, entrando em seguida no edifício das lojas Mitsukoshi, localizado na esquina. Quando chegou ao oitavo andar, Taeko já estava no palco. Sachiko lhe dissera que a apresentação não era aberta, restringindo-se aos associados do Grupo de Arte Regional e da Associação de Dança de Osaka, assim como aos assinantes do periódico publicado por esta última entidade. Não haveria tantos espectadores, portanto. Eventos como este estavam se tornando raros, porém, algumas pessoas tinham obtido seus convites de maneira não convencional, pois as poltronas do auditório estavam quase todas ocupadas, havendo inclusive no fundo do teatro um grupo que assistia em pé ao espetáculo. Teinosuke juntou-se a ele para não perder tempo procurando um assento. De repente, notou na última fileira, mais ou menos a dois metros de distância, uma pessoa com o rosto colado ao visor de uma Leica. Era Itakura, sem dúvida nenhuma. Teinosuke foi imediatamente a um local mais afastado para não ser visto e, de lá, observando o fotógrafo de esguelha, percebeu que ele trazia a gola do casaco levantada e batia fotos de Taeko sem tirar o rosto da câmera. Se ele tinha a intenção de não ser reconhecido, chamava mais atenção justamente pelo fato de o casaco que usava, remanescente por certo da época em que viajara a Los Angeles, ter estampas vistosas, bem ao gosto dos atores de cinema.

Taeko já apresentara o balé *Neve* anteriormente, por esse motivo seus passos eram impecáveis, embora não treinasse havia muito tempo. Desde que tomou conhecimento de sua apresentação, participara apenas de um rápido ensaio no mês antecedente ao evento, e sendo a primeira vez que se apresentava num palco real — as exibições anteriores ocorreram em palcos improvisados, uma na residência dos Kamisugi e outra na sua casa de Ashiya —, era inevitável que estranhasse o excesso de espaço e a separação palco-platéia. Taeko parecia ter levado em conta tal preocupação, pois procurou dar brilho à dança, tirando maior vantagem do acompanhamento musical; em vez do coto, optou pelo shamisen, para cuja execução pediu os préstimos da filha de Kengyo Kikuoka, mestre de coto de Sachiko. Essa troca de instrumentos parecia não afetar a demonstração de Taeko, e ela não aparentava nervosismo. Aos olhos de Teinosuke, ela estava confiante e dançava calmamente, sem dar a impressão de que tivesse ensaiado muito pouco ou que participasse de um evento solene pela primeira vez. Não saberia dizer como os outros espectadores a viam, mas do seu ponto de vista Taeko dançava de modo desafiador, ousado, sem dar importância a elogios ou críticas, e isso o irritava. Entretanto, ela já tinha 29 anos, idade em que uma gueixa seria considerada veterana, e seu atrevimento não causava estranheza. Teinosuke sentira o mesmo da outra vez: Taeko sempre dava a impressão de ser cerca de dez anos mais jovem, mas naquele dia revelava-se uma mulher madura. Será que os trajes dos séculos XVIII e XIX envelheciam as mulheres? Mas isso parecia acontecer somente com Taeko. Seria devido ao contraste entre a roupa jovial que ela usava no dia-a-dia e o traje tradicional de dança? Ou devido ao fato de ela não demonstrar medo de se expor no palco?

Assim que a dança terminou, Itakura escondeu a Leica debaixo do braço e saiu apressado pelo corredor. Mal sumira porta afora, um cavalheiro surgiu em meio à platéia, correu na direção dele, empurrou com o corpo a mesma porta e seguiu o rastro do casaco de estampas vistosas. Por alguns instantes, Teinosuke ficou paralisado diante dessa movimentação súbita, mas ao perceber que a segunda pessoa era Okubatake, foi imediatamente atrás dos dois.

— Por que fotografou Koisan? Você prometeu que não iria mais tirar fotos dela...

Okubatake censurava o fotógrafo, mas, preocupado com as pessoas ao redor, tentava conter a voz ao máximo, ainda assim querendo gritar. Itakura estava aborrecido e cabisbaixo, como quando somos repreendidos e mostramos arrependimento.

— Dê-me a câmera...

Okubatake começou a apalpar o corpo de Itakura como um policial costuma fazer com os transeuntes na rua, abriu-lhe o casaco e tirou de seu bolso a câmera. Ia guardá-la no seu próprio bolso, mas interrompeu o movimento. Puxou a objetiva com as mãos trêmulas e jogou a máquina ao chão com todas as suas forças. Logo se afastou, sem olhar para trás. Tudo acontecera em poucos segundos, e tão logo as pessoas perceberam, Okubatake já havia desaparecido e Itakura recolhia a câmera, retirando-se a passos desanimados. No momento da explosão de Okubatake, Itakura permanecera em pé, com a cabeça baixa, fitando resignadamente para o chão, sem mostrar qualquer reação frente à violência do filho de seu antigo patrão; suportou em silêncio, sem apelar para a força física de que sempre se orgulhava, e assistiu à destruição de sua câmera, que considerava mais importante que sua própria vida.

Teinosuke passou pelo camarim para cumprimentar algumas pessoas, teceu elogios a Taeko e voltou ao escritório sem nada comentar sobre o ocorrido. À noite, depois que todos haviam se retirado para os aposentos, relatou o incidente apenas à esposa e deu a sua versão dos fatos. Itakura devia ter ido à apresentação às escondidas, permanecendo tempo suficiente apenas para tirar fotos de Taeko dançando *Neve*; se fora a pedido desta ou não, ele não sabia. Tarefa cumprida, retirou-se e foi interceptado por Okubatake, que certamente o vigiava a distância até o final da dança, assim como fizera ele próprio, Teinosuke. Mas não saberia dizer se os dois perceberam que ele assistia ao pequeno drama ou se fingiram não notar sua presença.

Sachiko disse também ter ficado preocupada com o aparecimento do jovem Kei, e teria sido um aborrecimento se ele lhe tivesse dirigido a palavra. Taeko tinha-lhe assegurado que o rapaz não sabia do evento, ela não lhe dissera nada; além disso, ele trabalhava à tarde, de duas a três horas, na loja da família. Mas Sachiko desconfiava que o rapaz tivesse tomado conhecimento do evento na coluna cultural do jornal que noticiara a apresentação. Kei poderia ter obtido um convite de alguém, por isso havia ficado atenta à platéia, mas não tinha notado sua presença. Provavelmente também Yukiko, que estivera mais tempo por lá, não vira coisa alguma; caso contrário, teria lhe revelado. Talvez ele tivesse entrado no auditório quase na mesma hora que Teinosuke, ou estivesse escondido o tempo todo. Não colocariam as mãos no fogo por Taeko, mas nem Yukiko nem ela sabiam de Itakura. O que dizer então sobre esse episódio da câmera?

— Por sorte, ninguém do camarim soube, pois se isso viesse a público, seria vergonhoso — comentou Sachiko.

— Bem, não aconteceu nada de mais grave porque Itakura não reagiu. Mas não fica bem dois homens brigarem em público por causa de Koisan. Acho melhor que se tome alguma providência, antes que coisas desse tipo cheguem ao conhecimento de outras pessoas.

— Já que você está falando assim, bem que poderia se preocupar mais.

— Insisto que não é um assunto para eu me intrometer. Yukiko não sabe sobre Itakura?

— Foi para falar sobre ele que eu a chamei, mas ainda não tive a chance de conversar com ela.

Sachiko tinha se programado para contar a Yukiko sobre Itakura após a apresentação de dança, e a oportunidade surgiu dois ou três dias após a conversa com o marido, quando Taeko pediu emprestado o quimono usado no dia da última exibição, dizendo querer registrar uma vez mais sua apresentação de *Neve*. Depois de colocar o traje na mala e pegar a caixa de peruca e o guarda-chuva, chamou um táxi e saiu. Deixadas a sós, Sachiko e Yukiko puderam conversar.

— Com certeza, Koisan foi para o estúdio de Itakura.

Assim foi o início da conversa das irmãs. Sachiko começou a contar tudo, desde a carta que Okubatake enviara para Tóquio até o recente episódio da câmera.

— Será que a câmera quebrou? — foi o primeiro comentário de Yukiko, ao fim da narração.

— Não sei. Teinosuke disse que, no mínimo, a lente deve ter ficado toda arranhada.

— É provável que ela tenha ido fazer fotos novamente, o filme certamente velou.

— É. Pode ser.

Notando a calma de Yukiko, Sachiko tocou no cerne da questão.

— Desta vez, sinto que fui traída por Koisan. Só em pensar me dá raiva. Se me puser a enumerar os constrangimentos, não vai ter fim. Não sou a única vítima. Você também é, Yukiko, pois não há ninguém que tenha trazido tantos problemas a você como Koisan.

— Não me importo.

— Como não? Primeiro, o incidente do jornal. Veja quantos problemas. Talvez você se ofenda se eu disser, mas preste atenção. Quantas propostas de casamento fracassaram por causa dela? Mesmo assim, sempre a protegemos e a defendemos, e é desse modo que ela nos agradece? Simplesmente fez promessas a Itakura sem nos consultar!

— Teinosuke sabe?

— Sim. Não consegui guardar segredo.

— E o que ele pensa?

— Tem lá suas opiniões, mas não quer se envolver.

— Por quê?

— Disse não saber o que se passa na cabeça de Koisan. Em outras palavras, não confia nela e não quer se intrometer. Cá entre nós, Teinosuke vê Koisan como alguém que não precisa de ajuda. Acredita que o melhor é que ela cuide da própria vida e se case com Itakura, se quiser. Acha que ela sabe cuidar de si mesma. Ele pensa diferente de mim, por isso não posso me aconselhar com ele.

— Quer que eu converse com Koisan?

— Sim, é o que mais quero. Não tem outro jeito senão nós duas tentarmos persuadi-la. Se bem que ela faz uma concessão: esperar que você se case primeiro, para depois desposar Itakura...

— Pouco me importa que ela se case primeiro, desde que seja com alguém mais decente.

— Itakura, nem pensar.

— Koisan tem um lado vil.

— Talvez.

— Não quero um cunhado como Itakura.

Sachiko já presumia que Yukiko compartilhava de sua opinião sobre Itakura, mas não esperava desta sempre discreta irmã uma aversão tão clara ao fotógrafo. Ela concordava com Sachiko que Okubatake, com todos os seus defeitos, seria mais aceitável como pretendente à mão de Taeko quando comparado a Itakura. Yukiko prometeu fazer de tudo para convencer a irmã caçula a se casar com o jovem Kei, já que havia uma situação extrema.

29

Desde o retorno de Yukiko, a casa de Ashiya vinha voltando a ser o lar esplendoroso de antigamente, podendo-se sentir ali um clima especial de animação. Mesmo sendo uma pessoa de poucas palavras e extremamente silenciosa, a ponto de não se saber se ela estava presente, Yukiko trazia uma alegria enrustida no fundo de sua personalidade solitária. Além disso, só o fato de as três irmãs se reunirem sob o mesmo teto já trazia uma brisa primaveril para dentro da casa. Se faltasse uma delas, provavelmente perder-se-ia a harmonia. A propósito, a antiga residência dos Stolz, que durante muito tempo havia ficado vaga, finalmente fora alugada, e luzes podiam ser vistas através da porta de vidro da cozinha. Parece que o chefe da família era suíço, trabalhava como consultor de uma empresa em Nagoya e estava sempre ausente. Vivia com sua criada e uma jovem senhora, cujo trajar lhe dava um jeito de ocidental, mas aparentava ser filipina ou chinesa. Como não tinham filhos, o lugar estava longe de ter a alegria da época dos Stolz, permanecendo, na maior parte do tempo, em silêncio total. Mesmo assim, já fazia uma grande diferença ter alguém morando na casa, que tinha ficado abandonada e começava a ter o aspecto de mal-assombrada. Etsuko, que esperava uma criança para ocupar o lugar de Rosemarie, ficou desapontada. Entretanto, já tinha algumas amigas da mesma classe e, à maneira das meninas, formava seu próprio grupo social, convidava e era convidada para chás e festas de aniversário. Taeko continuava atarefada e passava mais tempo fora; deixava de aparecer para jantar a cada três dias. Teinosuke se preocupava intimimamente, presumindo que ela estivesse evitando um pouco Sachiko e Yukiko, que certamente a incomodavam quando estava em casa. Será que desta vez não ocorreria um distanciamento emocional entre Taeko e as duas irmãs mais velhas? Como estaria a relação dela com Yukiko? No entanto, certo dia, chegando em casa à tardinha e não encontrando Sachiko, saiu para procurá-la e, ao abrir o *shoji* do quarto de seis tatames, defronte à sala de banho, deparou com Yukiko sentada no chão, enquanto Taeko lhe cortava as unhas dos pés.

— E Sachiko?

— Foi até os Kuwayama. Deve voltar logo.

Enquanto Taeko respondia, discretamente Yukiko recolheu o pé para dentro da barra e se endireitou. Antes de fechar o *shoji*, Teinosuke viu apenas de relance a imagem de Taeko, vestida de saia e ajoelhada, recolhendo as unhas brilhantes esparramadas no local. Entretanto, essa bela cena das irmãs impressionou-o por muito tempo. Teve a sensação de que lhe ensinavam, uma vez mais, que para elas a diferença de opiniões era apenas uma divergência, mas as desavenças, raras.

Certa noite, no começo do mês de março, Teinosuke adormecia quando foi subitamente despertado pelas lágrimas da esposa em seu rosto e pôde ouvir seu soluçar tênue na escuridão.

— O que houve?

— Esta noite, querido... Esta noite faz um ano — respondeu ela e soluçou ainda mais.

— Esqueça... Não adianta continuar falando nisso.

Com o gosto das lágrimas da esposa em sua boca, Teinosuke pensou em como Sachiko parecia feliz quando fora para a cama e ficou surpreso com esta súbita inundação de lágrimas. A propósito, Yukiko tinha-se encontrado com Nomura, o pretendente apresentado pelo casal Jinba, havia exatamente um ano, data do aborto. Apesar de Teinosuke ter superado o evento por completo, sua esposa ainda acalentava uma profunda tristeza no coração. Contudo, era estranho o modo pelo qual, de súbito, esse sentimento ressurgia de tempos em tempos. Da mesma forma, no ano anterior, quando foram a Arashiyama para a festa das flores, e no outono, ao Teatro Kabuki de Osaka para assistir ao *Leão do espelho*, ele vira a esposa subitamente derramar lágrimas na ponte Togetsu, nos corredores do teatro, e depois se recuperar como se nada tivesse acontecido. Desta vez foi a mesma coisa. Na manhã seguinte, sua expressão não trazia vestígios do choro noturno.

Também fora nesse mês que Katarina, irmã mais nova de Kirilenko, partira no navio de luxo Scharnhorst rumo à Alemanha. Desde que foram convidados à sua casa em Shukugawa, havia dois anos, Teinosuke e a família falavam da necessidade de retribuir o convite, mas acabaram desistindo da idéia. Deixaram também de freqüentar a residência deles, encontrando-se apenas no trem, esporadicamente. Era por intermédio de Taeko que lhes chegavam as notícias sobre a "velhinha", os irmãos e Vronski. Katarina não demonstrava mais o mesmo entusiasmo pela confecção de bonecos, mas não havia abandonado a atividade por completo e, de modo inesperado, aparecia no ateliê de Taeko quando esta já estava se esquecendo dela, mostrava seus trabalhos recentes, pedia comentários e orientações, e nesses dois ou três anos sua técnica tinha progredido consideravelmente. Entretanto, não se sabia ao certo quando ela havia conhecido "um bom moço" e seu relacionamento com ele se tornado mais interessante. Para Taeko, parecia que o entusiasmo de Katarina pela confecção de bonecos diminuíra por causa disso. Rudolf era um jovem funcionário de uma empresa alemã, com filial em Kobe. Taeko tinha sido apresentada ao rapaz nas ruas de Motomachi e, com freqüência, deparava com os dois a passear. Não era exatamente o que se podia chamar de um moço bonito, mas era alto e forte, com aparência simples e vigorosa e rosto tipicamente alemão. Desde que o conhecera, Katarina passara a gostar da Alemanha, até resolver ir para lá. Ela ficaria hospedada na casa da irmã mais velha do rapaz, que vivia em Berlim. Entretanto, seu objetivo final era ir para a Inglaterra, onde vivia a filha pequena de seu casamento anterior. A ida a Berlim, na verdade, era um pretexto, pois estando na Europa seria muito mais econômico viajar de um canto a outro do continente.

— Então, Yudofu também viajará no mesmo navio? — perguntou Sachiko durante o jantar.

"Yudofu", queijo de soja cozida, era o apelido que Taeko colocara em Rudolf por brincadeira, sendo o mais perto que os japoneses conseguiam chegar à pronúncia de "Rudolf", e, a partir de então, até Sachiko e os outros o chamavam assim, mesmo sem tê-lo conhecido.

— Yudofu ficará no Japão. Katarina irá sozinha levando uma carta de apresentação dele, endereçada à irmã.

— Assim mesmo, quando ela for para a Inglaterra e reencontrar-se com a filha, não voltará a Berlim para esperar por ele?

— Bem... Acho que não.

— Então terminará com Yudofu?

— Provavelmente.

— Que simples!

— Talvez seja realmente isso — também se intrometeu Teinosuke. — Para eles, desde o início não era amor, e sim passatempo.

— Talvez isso fosse mais conveniente e eles não tivessem outra opção para morarem sozinhos no Japão — disse Taeko, como se os defendesse.

— A propósito, quando sairá o navio?

— Depois de amanhã, ao meio-dia.

— Você pode dar um jeito de ir depois de amanhã? — perguntou Sachiko ao marido. — Vá despedir-se também, querido. Foi deselegante de nossa parte não lhes ter retribuído aquele convite até hoje.

— Acabamos não retribuindo, não é?

— Por isso mesmo, vá até lá. Etsuko tem aula, mas todas nós pretendemos ir.

— Tia, você também vai? — perguntou Etsuko.

— Eu vou ver o Scharnhorst — Yukiko encolheu os ombros e sorriu.

Nesse dia, Teinosuke foi ao escritório e ficou por lá cerca de uma hora durante a manhã, depois dirigiu-se a Kobe, chegando ao cais em cima da hora, sem tempo para conversar calmamente com Katarina. À despedida, foram apenas a "velhinha", Kirilenko, Vronski, as três irmãs Makioka, inclusive Sachiko, Rudolf (que Taeko apontou discretamente para as irmãs) e outros dois ou três japoneses e estrangeiros desconhecidos. Após a partida do navio, Teinosuke caminhou pelo ancoradouro conversando com o grupo de Kirilenko e, quando se despediu deles na avenida à beira-mar, já não via mais Rudolf nem os outros estrangeiros.

— Não sei quantos anos tem aquela "velhinha", mas ela não envelhece, não é? — disse Teinosuke, observando sua silhueta caminhar em passos ligeiros de cervo; de costas, parecia uma jovem.

— Será que a "velhinha" ainda reencontrará Katarina algum dia? — indagou Sachiko.

— Por mais que esteja forte, já é bem idosa.

— Assim mesmo, não derramou uma lágrima sequer — disse Yukiko.

— É verdade. Fiquei constrangida por nós estarmos chorando.

— É digna de admiração a filha, que vai sozinha para a Europa, onde a guerra está para começar a qualquer momento. Mas a "velhinha" que a deixa ir também é admirável. Afinal, elas sofreram tanto com a revolução que talvez tenham se tornado surpreendentemente inabaláveis.

— Nasceu na Rússia, cresceu em Xangai, veio para o Japão e agora vai da Alemanha para a Inglaterra.

— A "velhinha", que não gosta da Inglaterra, devia estar novamente aborrecida.

— Ela disse: "Eu, Katarina brigar sempre. Katarina partir. Eu não triste. Eu contente."

Taeko imitou a "velhinha" como não fazia havia muito tempo. Todos se lembraram dela e morreram de rir.

30

— Vocês não acharam Katarina mais feminina em comparação à última vez que a vimos? Ainda há pouco, estava pensando se ela era tão bonita. Fiquei até surpreso!

Foi este o comentário de Teinosuke para Sachiko e as cunhadas, enquanto andavam na avenida à beira-mar até em frente a Ikuta. Entraram no Yohei, onde ele havia feito reserva pela manhã, e, sentados lado a lado, Sachiko, Teinosuke, Yukiko e Taeko retomaram a conversa de antes.

— Nem tanto. Deve ser por causa da maquiagem. Hoje, ela estava especialmente arrumada.

— Seu rosto assumiu um ar diferente e ela mudou a maneira de se maquiar depois que se tornou amiga de Yudofu — acrescentou Taeko.

— Ela parecia muito autoconfiante, me disse que eu podia apostar, ela ia arrumar um ricaço lá na Europa e se casaria com ele.

— Então ela vai viajar sem levar muito dinheiro?

— Acho que levará apenas o suficiente para ficar algum tempo. Disse que caso venha a passar dificuldades, trabalhará como enfermeira, profissão que exercia em Xangai.

— Ela cortou mesmo as relações com Yudofu?

— Creio que sim.

— Yudofu também tem o seu lado bom, não acham? Teve o cuidado de deixar uma carta com Katarina pedindo à irmã mais velha que a hospedasse. Vocês viram? No convés, ele ergueu as mãos em direção a ela e acenou duas ou três vezes; em seguida, deu as costas e foi embora antes mesmo de nós...

— De fato. Para os japoneses, isso não seria nada educado.

— Se os japoneses passassem a imitá-lo, acho que virariam tofu azedado, *Sudofu*[16], e não Yudofu.

---

16. Tofu azedado, mas significa também "dar às costas", "passar reto". (N.T.)

Sachiko e as irmãs não entenderam o gracejo de Teinosuke.
— Nossa! O que seria *Sudofu*? Parece coisa de romance francês...
— Não seria de Ferenc Molnár[17]? — perguntou Teinosuke.

O pequeno restaurante tinha capacidade para acomodar provavelmente cerca de dez clientes sentados lado a lado em formato de "L". Além de Teinosuke e suas acompanhantes, havia um senhor que parecia o dono de uma corretora da redondeza e mais dois ou três funcionários; na outra extremidade, três moças que pareciam gueixas acompanhadas por sua líder, e assim o estabelecimento já estava lotado. Entre os clientes e a parede, mal havia passagem para uma pessoa. Mesmo assim, eles não paravam de chegar e, de hora em hora, um deles abria a porta da entrada, olhava o recinto cheio e pedia — às vezes, implorava — que lhe arrumassem um lugar. O dono do restaurante era um tipo grosseiro, que transbordava antipatia, muito freqüente nas casas de *sushi*. Aos clientes habituais que não haviam feito reserva fazia cara de quem dizia: "Basta olhar e verá que é impossível acomodar mais alguém", e os recusava asperamente. Sendo assim, os clientes eventuais só conseguiriam entrar se tivessem muita sorte. Até os costumeiros, que tinham suas reservas feitas por telefone, se chegassem quinze ou vinte minutos atrasados poderiam ser aconselhados a dar uma volta e retornar dali a uma hora, aproximadamente. O dono havia recebido treinamento no ex-Yobei, de Ryogoku, em Tóquio, restaurante muito famoso entre o final do século XIX e início do XX, daí o nome de seu estabelecimento ser Yohei. Seu *sushi*, no entanto, era diferente daqueles servidos no antigo Yobei; embora seu treinamento tivesse sido em Tóquio, o proprietário era natural de Kobe, e seu *sushi* era adaptado ao gosto da região da antiga capital, Kyoto. Por exemplo, usava o vinagre branco, e não o amarelo ao estilo de Tóquio; o molho de soja era do tipo *tamari*, da região de Kyoto e Osaka, nunca utilizado em Tóquio; para comer o *sushi* de camarão, lula e abalone, recomendava usar apenas sal. Aproveitava qualquer tipo de peixe que se pescava no mar interno de Seto. Para ele, qualquer peixe poderia ser usado para o *sushi* — teoria que compartilhava com o dono do extinto Yobei, daí dizer que

---

17. Dramaturgo e romancista húngaro (1878-1952). (N.T.)

ele seguia o estilo desta casa de Tóquio. Suas especialidades começavam com a moréia, o baiacu, a brema, o *tsubasu*, a ostra, o ouriço-do-mar cru, as bordas de linguado, as vísceras da concha *akagai*, a carne de baleia, e iam até os cogumelos *shitake* e *matsutake*, os brotos de bambu e o caqui; evitava usar atum, e em seu restaurante não se servia *sushi* de arenque, de valvas de mexilhões ou de omelete. Fazia uso freqüente de iguarias cozidas ou grelhadas. Camarões e abalones eram sempre preparados ainda vivos, à vista do freguês; dependendo do prato, usava, no lugar da raiz-forte, sálvia verde, brotos de folhas ou salamandra cozida à moda *tsukudani* sobre o bolinho de arroz.

Taeko conhecia o dono de longa data, e talvez tivesse sido uma das primeiras pessoas a descobrir o Yohei. Devido ao seu hábito de comer fora, estava bem informada quanto aos lugares deliciosos da região, desde Motomach até os subúrbios de San'nomiya, em Kobe. Antes mesmo de esse restaurante se mudar para o local em que se encontrava naquele momento — na época em que havia começado a funcionar, num lugar bem menor que o de agora, numa rua estreita, do outro lado da Bolsa de Valores —, ela o descobrira e o apresentara a Teinosuke e a Sachiko. Ela dizia que o dono do estabelecimento lembrava a personagem do desenho baseado no romance policial *Novo rapaz*, que era um menino deficiente, de corpo pequeno e cabeça imensa. Antes de conhecê-lo pessoalmente, Teinosuke e a esposa já o conheciam pelas descrições de Taeko: sua maneira muito mal-educada de recusar fregueses, sua expressão exaltada ao lidar com a faca, seu modo de olhar e de gesticular. Taeko também dera explicações detalhadas de seu jeito de falar, e de fato ao vê-lo, puderam constatar que, ao vivo, ele correspondia totalmente às imitações feitas por ela, o que chegava a ser cômico. O dono fazia os fregueses sentarem-se lado a lado e até anotava os pedidos, mas, em geral, servia-os de acordo com sua conveniência. Se havia algum pedido de pargo, primeiro pegava uma peça, fatiava de acordo com a quantidade de pessoas e servia, indistintamente, a todos os clientes. Depois, fazia o mesmo com o camarão, com o linguado e assim por diante, dando cabo de uma iguaria de cada vez. Cada cliente precisava acabar de comer o primeiro *sushi* antes que o próximo fosse servido, caso contrário, ele ficava contrariado. Se o cliente deixava de comer dois ou três *sushis* que lhe eram servidos, ele chamava-lhe a atenção, dizendo "Olha a sobra". As iguarias variavam conforme o dia, mas o pargo e o camarão eram seu orgulho; nunca deixou que faltassem, e o primeiro a ser servido era o pargo. Os clientes que faziam perguntas descabidas como "Não há atum?" eram indesejados. Quando acontecia algo que o desagradava, tinha por hábito aumentar, assustadoramente, a dosagem de raiz-forte para que o cliente tivesse um acesso de ardência ou de lágrimas, e divertia-se com um sorriso sarcástico.

Sachiko, que apreciava o pargo em especial, tão logo Taeko apresentou-lhe o restaurante, ficou maravilhada com o *sushi* lá servido, e tornou-se uma cliente assídua do local. Yukiko também foi seduzida por ele; e, usando de exageros, poder-se-ia dizer que esse *sushi* havia se tornado um dos muitos atrativos que a trazia de volta àquela região. Quando estava em Tóquio e imaginava o céu de Kyoto e Osaka, obviamente a casa de Ashiya era o que em primeiro lugar lhe vinha à mente, mas, retidos em algum lugar de sua memória, o aspecto desse restaurante, o semblante do proprietário e as peças firmes de pargo de Akashi e de camarão-rosa debatendo-se sob a sua faca vez ou outra retornavam à sua mente. Em termos comparativos, Yukiko era muito mais fã da culinária ocidental e não apreciava tanto o *sushi*; mas, depois de consumir *sashimi* de peixes de carne vermelha durante dois ou três meses enquanto estava em Tóquio, aquele sabor do pargo branco podia ser sentido em sua boca, e a bela cor daquela carne alva no corte das fatias de *sashimi*, com um brilho leve tal qual uma concha azul, chegava a reluzir diante de seus olhos; e, estranhamente, essa recordação confundia-se com as paisagens alegres ao longo da linha Hankyu e as lembranças da irmã mais velha e da sobrinha de Ashiya, como se fossem uma coisa só.

O casal Teinosuke e Sachiko, ciente de que esse *sushi* era um dos prazeres de Yukiko quando ela vinha visitá-los, em geral a levava ao Yohei uma ou duas vezes durante sua estada em Ashiya. Nessas ocasiões, Teinosuke sentava-se entre Sachiko e Yukiko, vez ou outra passando discretamente o seu copo de saquê à esposa e às duas irmãs mais novas.

— Delicioso! Está uma delícia... — saboreava Taeko entre um suspiro e outro.

Yukiko, por sua vez, cerimoniosa com as pessoas ao redor, escondia o copo que lhe era passado. — Cunhado — disse Taeko novamente —, está tudo tão delicioso que deveríamos ter convidado o casal Kirilenko.

— É verdade — concordou Sachiko. — Podíamos tê-los convidado para virem conosco.

— Também pensei nisso. Apenas fiquei receoso com o número de pessoas, e também não sabia se eles apreciariam esse tipo de comida.

— Que bobagem! — disse Taeko. — Os ocidentais comem *sushi* normalmente, não é mesmo, senhor?

— É verdade — confirmou o proprietário, abrindo os dedos grossos, intumescidos pela água, para segurar o camarão que se agitava em cima da tábua de cortar. — Aqui em nosso estabelecimento aparecem alguns ocidentais de vez em quando.

— Querido, até a senhora Stolz degustou o *chirashizushi*, está lembrado?

— Pode ser, mas naquele *chirashi* não tinha peixe cru...

— Mas eles até comem peixe cru... Se bem que há iguarias que eles comem e outras não. Atum, por exemplo, não costumam comer...

— Ah, é? Por que será? — interferiu o dono da corretora.

— Não sei o motivo, mas o atum, o bonito e similares, eles não comem.

— Lembra-se daquele senhor Roots? — perguntou em voz baixa a jovem gueixa à mais velha, revelando seu dialeto de Kobe. — Aquela pessoa só comia os peixes de carne branca, e nunca os de carne vermelha.

— Hum... — concordou a mais velha com a jovem, olhando para ela enquanto usava o palito de dentes que ocultava sob as mãos.

— Os ocidentais devem achar repulsivos os peixes de carne vermelha e não os apreciam muito.

— Tem lógica — disse Teinosuke, repetindo a fala do dono da corretora.

— Para os ocidentais, deve ser repulsivo ver um pedaço de carne crua de peixe vermelho, que nem sabem de que espécie é, em cima de um arroz bem branquinho.

— Escute, Koisan — interveio Sachiko, voltando-se para Taeko, que estava ao lado de Yukiko. — E se déssemos esse *sushi* para a avó de Kirilenko comer, o que será que ela diria?

— Não dá, não dá, aqui não consigo... — respondeu Taeko, controlando-se para não imitar a "velhinha".

— Os senhores vieram de barco hoje? — curioso, o proprietário abriu o camarão, colocou-o sobre o bolinho de arroz e cortou o sushi, dividindo-o em duas partes de um e meio a dois centímetros de largura. Em seguida, pôs um em frente a Taeko e Yukiko, e o outro, em frente a Sachiko e Teinosuke. Se cada um comesse um *sushi* inteiro de camarão, não conseguiriam mais degustar os outros, por isso Teinosuke e suas acompanhantes costumavam dividi-lo em duas pessoas.

— Hum, fomos nos despedir de uma pessoa e aproveitamos para olhar o navio Scharnhorst.

Teinosuke virou o saleiro e espalhou sobre o camarão que ainda se movia um pouco do sal seco e solto misturado ao glutamato de sódio, e abocanhou um dos pedaços repartidos pela incisão da faca.

— O navio alemão é luxuoso, mas não se compara ao americano — disse Sachiko.

— De fato — concordou Taeko.

— É bem diferente daquele outro, o President Coolidge, que era bem mais claro, com muitas partes pintadas de branco. O navio alemão tinha uma cor triste e parecia até um navio de guerra.

— Senhorita, deguste logo, por favor — disse o dono, como de costume, a Yukiko, que continuava olhando para o *sushi*, sem ao menos tocá-lo.

— O que foi, Yukiko?

— Esse camarão... Ainda está se mexendo...

Yukiko, quando vinha a esse restaurante, sofria por ter de comer na mesma velocidade que os demais clientes. Além disso, gostava tanto do pargo quanto do sushi "dançante", motivo de orgulho por parte do proprietário pelo fato de o camarão ainda estar trêmulo, mesmo depois de ter sido fatiado em filé; no entanto, ela achava repugnante comê-lo enquanto ainda estivesse se mexendo, só o fazendo depois de certificar-se de que não se movia mais.

— O valor dele está no movimento, sabia?

— Coma logo, vamos! Ele não vai te assombrar caso o coma.

— Assombração de camarão não me amedronta, mesmo que apareça — interferiu o dono da corretora.

— Se for de camarão, não, mas se for de rã, é de dar medo, não é, Yukiko?

— O quê? Isso já aconteceu?

— Bem, você não ficou sabendo, mas quando pousei em Shibuya, Tatsuo convidou a mim e a Yukiko para irmos a um restaurante de frangos em Dogenzaka. Enquanto assavam as aves, não houve problemas, mas no final, depois de matarem uma rã, assaram-na. Nessa hora, o animal deu um gemido e empalidecemos. Yukiko ficou com o coaxar da rã gravado na memória a noite toda e...

— Ai, pára com isso! — rebateu Yukiko, e voltou a fitar a carne do camarão. Somente após certificar-se de que o *sushi* tinha parado de "dançar", pegou os *hashi*.

31

Num fim de semana de meados de abril, Teinosuke, as três irmãs e Etsuko foram a Kyoto, como de costume. Na volta, Etsuko teve febre. Havia uma semana que a menina dizia-se cansada, não se mostrando muito animada durante todo o passeio. Devido à febre de quarenta graus, o doutor Kushida fora chamado e, dizendo suspeitar de escarlatina, foi embora prometendo voltar no dia seguinte. Segundo o médico, a vermelhidão presente em todo o rosto, à exceção dos lábios — o que lhe dava um aspecto de macaco japonês —, era sem dúvida um sintoma da doença e por isso recomendou-lhe a internação hospitalar. Uma vez que Etsuko odiava hospital, e essa doença, apesar de contagiosa, quase nunca atingia os adultos, além de dificilmente se manifestar em vários membros da mesma família, o médico acabou cedendo e permitiu o tratamento domiciliar, caso fosse possível isolá-la num recinto onde não houvesse circulação de outras pessoas. Teinosuke reclamou, mas Sachiko forçou-o a ceder seu escritório, convenientemente situado num anexo afastado da casa. O recinto já tinha sido usado com esse propósito, quatro ou cinco anos antes, quando Sachiko fora acometida por uma forte gripe. Além de ser um local isolado, tinha dois cômodos, cada qual medindo seis e três tatames, com instalação de gás e energia elétrica, além de torneira e pia para uma cozinha simples construída naquela ocasião. Teinosuke levou sua escrivaninha e parte dos livros para o quarto do casal, guardando os outros objetos de menor necessidade no armário e na despensa. O escritório passou a ser ocupado por Etsuko e pela enfermeira. Todos foram proibidos de entrar ali, mas era preciso que alguém levasse as refeições e outras coisas para a doente. As criadas da cozinha lidavam com louças e talheres, e seria um risco delegar a qualquer uma delas tal tarefa, parecendo, portanto, ser Oharu a pessoa mais indicada para a função. Ela não temia o contágio e estava contente em desempenhar o trabalho, mas após dois ou três dias constatou-se que ela não tomava o devido cuidado com a esterilização e tocava em tudo após o contato com a paciente. Se, de um lado, não tinha medo, de outro, era descuidada. Yukiko fora a primeira a reclamar que a criada espalhava bactérias pela casa. Oharu foi então dispensada da função, e a própria Yukiko passou a fazer o trabalho. Parecendo desenvolta e minuciosa nos cuidados com a doente, e sem qualquer medo desnecessário, Yukiko prestava assistência completa à sobrinha. Não dependia das empregadas para a esterilização, transporte e desinfecção dos utensílios de refeição da doente e da enfermeira. Durante todo o período de febre alta de Etsuko, que durou quase uma semana, revezava-se a cada duas horas com a enfermeira para cuidar da troca da bolsa de gelo, ficando praticamente sem dormir todos esses dias.

Depois de uma semana, já sem febre, Etsuko recuperava-se bem. Mas só estaria de fato boa quando as bolhas em seu corpo secassem e a crosta do local descamasse, sendo substituída por uma nova pele, o que levaria de quarenta a cinqüenta dias. Yukiko tinha programado voltar para Tóquio após sua visita a Kyoto, mas ficou impedida de fazê-lo. Explicou o motivo à irmã mais velha, pediu que ela lhe enviasse algumas roupas de verão e dedicou-se a cuidar da sobrinha. Parecia preferir tal encargo a ter de voltar para Tóquio. Yukiko impedia todas as outras pessoas de irem ao anexo, nem a presença da própria mãe da doente fora solicitada, justo ela que sucumbia facilmente a qualquer doença; e, com o tempo, Sachiko foi ficando entediada. "Não se preocupe com Etsuko, vá ao teatro", chegou a propor-lhe Yukiko. Kikugoro estava de volta a Osaka e apresentaria *O templo Dojo*. Sachiko preferia os papéis femininos desse ator, e dentre eles, este espetáculo era o que mais apreciava. Havia prometido a si mesma que naquela temporada iria vê-lo de qualquer maneira, entretanto veio a doença de Etusko e viu-se impossibilitada de antemão. As palavras de Yukiko foram então ao encontro de seu desejo. Mas uma mãe deixar sua filha doente para ir a um espetáculo de dança pareceria descaso demais. Contentou-se em ouvir uma gravação da apresentação e recomendou a Taeko que fosse assiti-la. Ao que tudo indicava, a caçula foi sozinha.

À medida que melhorava, Etsuko também começou a queixar-se de tédio. Passou então a ouvir o toca-discos todos os dias. Certo dia, os Makioka receberam uma reclamação do vizinho suíço que se mudara para a casa dos Stolz. O suíço parecia um tanto problemático, pois um mês antes viera reclamar dos latidos de Johnny, que não o deixava dormir. As reclamações não vinham diretamente. Eram sempre feitas ao proprietário, senhor Sato, que morava a duas casas dos Makioka. A empregada dos Sato trazia um papel com algumas frases em inglês. No caso dos latidos do cachorro, dizia:

Estimado Senhor Sato,
Lamento incomodá-lo, mas preciso fazer uma queixa referente ao cachorro do meu vizinho. Não consigo dormir porque ele late a noite toda. Peço a gentileza de transmitir-lhe minha reclamação.

Desta vez, dizia:

Estimado Senhor Sato,
Sinto incomodá-lo para fazer uma reclamação referente ao toca-discos da casa vizinha. Ultimamente, o vizinho liga o aparelho todos os dias, noite e dia, causando-me grande transtorno. Agradeceria se pudesse transmitir-lhe minha queixa e lhe chamasse a atenção.

A empregada dos Sato, sem graça, dizia: "O senhor Bosch pede para dizer isso", e com um sorriso envergonhado deixava o recado. Na primeira vez, a família Makioka nem se preocupou, porque Johnny só latia à noite vez ou outra. Mas o escritório de Teinosuke, enfermaria provisória de Etsuko, era a parte da casa mais próxima do vizinho, separada apenas por um cercado de tábuas. O próprio Teinosuke já tinha sofrido com o barulho de Peter e Rosemarie. Por isso, um toca-discos ligado naquele aposento por certo aborreceria o já irritadiço suíço. Aproveito a ocasião para discorrer um pouco mais sobre o senhor Bosch. Como já foi dito anteriormente, ele trabalhava em Nagoya, mas como se podia notar pelas reclamações, às vezes passava alguns dias na casa. No entanto, ninguém dos Makioka o vira. Na época dos Stolz, a família aparecia na varanda ou no jardim; dos novos vizinhos, via-se somente a mulher, esporadicamente. Observava-se a presença do senhor Bosch sentado na varanda, mas depois de algum tempo, nem mesmo isso, porque fixou tábuas da altura de uma pessoa sentada no cercado de ferro. O senhor Bosch devia temer ser visto e, acima de tudo, era uma pessoa esquisita. As empregadas dos Sato diziam que ele era meio doentio, uma pessoa nervosa e que sofria de insônia. Um dia, os Makioka receberam um detetive que dissera desconfiar da nacionalidade do vizinho e pediu para ser informado sobre qualquer comportamento suspeito. Para Sachiko, a suspeita era justa, já que o homem de origens incertas vivia viajando e sua esposa parecia descender de chineses. O detetive dissera ainda que a mulher provavelmente não era sua esposa legítima e sim uma concubina, também de nacionalidade desconhecida. Ela, que mais parecia chinesa, dizia-se nascida na Ásia meridional, contudo, sem especificar o país. Uma vez, Sachiko esteve na casa dela e notou os móveis em estilo chinês, feitos de pau-rosa; desconfiou então que a vizinha estivesse escondendo sua identidade chinesa. De qualquer modo, ela fazia um tipo de mulher fatal, um misto de encanto oriental e porte de uma ocidental, parecida com Anna May Wong, atriz de Hollywood, mestiça de francesa com chinesa. Enfim, um tipo de beldade exótica, bem ao gosto dos europeus. Ociosa quando o marido estava em viagem, pedia que Sachiko a visitasse, enviando recados ou convidando-a pessoalmente quando se encontravam na rua. Depois do alerta do detetive, entretanto, Sachiko evitou maior contato.

— Qual o problema em se ligar o toca-discos enquanto a senhorita Etsuko estiver doente? Será que aquele estrangeiro não sabe conviver com os vizinhos? — enfureceu-se Oharu.

— Calma. O senhor Bosch é uma pessoa excêntrica. Além disso, não convém ficar ouvindo toca-discos desde cedo em tempos como esses — interveio Teinosuke, proibindo que se ligasse o aparelho muito cedo.

Etsuko passou a ocupar o tempo jogando cartas, mas até mesmo essa brincadeira Yukiko passou a proibir-lhe. Pelo fato de a sobrinha estar na fase mais perigosa da doença e favorável ao contágio, as cascas das feridas já começando a cair, ela poderia vir a contaminar as parceiras de carteado, alertava a tia. Uma das companheiras de jogo era a enfermeira "Mitochan", assim chamada por Etsuko por parecer-se com a atriz Mitsuko Mito, de *Ofune*. Ela, contudo, já tivera a doença e tornara-se imune ao contágio. A outra era Oharu, que dizia não ter medo de se contaminar e comia avidamente as sobras de *sashimi* de Etsuko na frente das outras criadas, assustadas diante da doença. De início, Oharu obedeceu à insistente Yukiko, mas como Etsuko a chamava a todo momento por se sentir sozinha, e "Mitochan" tinha-lhe garantido que aquela não era uma doença transmitida tão facilmente, a criada passou a ignorar os alertas e a ficar o dia todo na enfermaria. Teria sido melhor se fosse só jogar cartas. Em cumplicidade com "Mitochan", arrancava a pele que se desprendia dos braços e das pernas de Etsuko e se divertia com isso. "Veja, senhorita, assim sai tudo", e puxava as extremidades do tecido epidérmico que se soltava em longas extensões. Oharu recolhia-o e mostrava às outras criadas, provocando-lhes arrepios. Ao fim de algumas brincadeiras, todas acabaram acostumando-se e já não se assustavam mais.

 No início de maio, quando Etsuko estava bem melhor da escarlatina, Taeko comunicou sua ida a Tóquio. Ficaria inconformada caso não pudesse discutir e resolver o problema do dinheiro diretamente com Tatsuo. Ela havia desistido da viagem à Europa. Não pretendia casar-se de imediato, mas tinha planos e por isso precisava receber o que lhe cabia por direito. Caso o cunhado se negasse a lhe repassar o dinheiro, ela precisaria fazê-lo mudar de idéia. Mas Sachiko podia ficar tranqüila porque ela, Taeko, não causaria incômodos às irmãs e pretendia negociar sozinha e de modo pacífico. Nem era preciso que fosse naquele mês, mas gostaria de aproveitar a estada de Yukiko na casa secundária, assim sobraria espaço para ela dormir na casa da irmã mais velha. Terminou por dizer que a idéia de ir a Tóquio havia sido repentina e, tão logo conseguisse resolver o problema, retornaria, porque não pretendia passar muito tempo num lugar apertado com barulho de crianças. Gostaria até de ir ver algumas peças, mas como acabara de assistir a *O templo Dojo*, nem se importava se não pudesse vê-las naquele mês.

 Sachiko perguntou-lhe quem seria o interlocutor de sua negociação e quais eram os planos a que se referia. Como nos últimos tempos suas duas irmãs vinham se opondo a ela, Taeko teve dificuldade em se mostrar franca, mas confessou, hesitante, que em primeiro lugar negociaria com Tsuruko, e se nada adiantasse, não descartava a possibilidade de enfrentar diretamente o cunhado Tatsuo. Quanto aos planos, Taeko mostrou-se mais relutante em contá-los. Aos poucos, Sachiko a fez revelar seu desejo de montar uma pequena loja de roupas femininas com a ajuda da senhora Tamaki, precisando para isso de capital. Sachiko logo concluiu que a reivindicação sequer seria levada em conta, Tatsuo era contrário a ela ter uma profissão e certamente insistiria na idéia de liberar o dinheiro apenas quando a cunhada se casasse com alguém aceito por ele. Concluiu que se havia alguma chance para Taeko, seria no caso de ela conseguir falar pessoalmente com o cunhado. Ele era uma pessoa muito medrosa e, desde o início do casamento, sofria nas mãos das cunhadas. Emitia opiniões fortes longe de Sachiko e das irmãs mais jovens, mas se enfraquecia quando tinha de enfrentá-las, cedendo com facilidade a qualquer pressão. Se Taeko o intimidasse um pouco, poderia virar o jogo. Esta parecia ser a estratégia da caçula que, na certa, decidira ir a Tóquio agarrada a essa esperança mínima. Tatsuo faria de tudo para fugir, mas Taeko parecia estar disposta a ficar quantos dias fossem necessários para conseguir falar com o cunhado.

  Sachiko começava a se atormentar. Será que Taeko escolhera deliberadamente ir a Tóquio no momento em que ela, Sachiko, e Yukiko estavam impossibilitadas de acompanhá-la na viagem por causa da doença de Etsuko? Apesar da quase promessa de uma negociação pacífica, Taeko não estaria decidida a enfrentar o cunhado, disposta até mesmo a romper com a casa central? Seria por isso que parecia sentir-se incomodada em ter a companhia de Sachiko e Yukiko na viagem? Mesmo sendo impossível que ela viesse a tomar uma atitude radical, quem poderia assegurar que um gesto impulsivo não resultaria em algum mal-entendido? Se isso acontecesse, o cunhado poderia entender que Taeko fora sozinha a Tóquio para provocá-lo com a permissão de Sachiko. Ao deixar de acompanhá-la, Sachiko demonstraria seu desejo de ficar neutra, mas poderia ser interpretada como uma pessoa perversa, que pretendia assistir de camarote à agonia do cunhado. Sachiko o suportaria se tal tormento se restringisse a Tatsuo, mas ficaria difícil se sua irmã Tsuruko pensasse algo como "Sachiko deixou Koisan vir para nos dizer coisas horríveis, em vez de impedi-la", e a irmã mais velha também passasse a odiá-la. Por outro lado, se ela deixasse Etsuko aos cuidados de Yukiko e seguisse com Taeko para Tóquio, frustrando a estratégia da irmã caçula, inevitavelmente se veria envolvida em um conflito familiar em torno de dinheiro, sendo que o mais preocupante era ela não saber de quem tomar partido. Na opinião de Yukiko, era claro que Itakura estava por trás do plano de Taeko de abrir uma loja de roupas, e ela suspeitava até mesmo que a loja era um argumento para se apossarem do dinheiro. Uma vez de posse dele, os planos poderiam ser facilmente alterados. Segundo ela, Koisan podia até parecer segura de si, mas possuía um lado ingênuo e devia estar sendo explorada; em sua opinião, julgava melhor não lhe dar nenhuma quantia enquanto não rompesse relações com Itakura. Tratava-se de seu ponto de vista. Sachiko, contudo, não poderia ignorar o entusiasmo de Taeko, intrometer-se em seu plano e deixar que fracassasse. Não a satisfazia em nada o fato de a irmã ter rejeitado seus conselhos e assumido um compromisso com Itakura, mas considerando louvável sua decisão de ir sozinha em busca de autonomia financeira mesmo tendo pouca idade, não ousaria ficar do lado do cunhado e da irmã mais velha, pois pareceria perseguição a Taeko. Independentemente de quais fossem os planos de Taeko, a intenção de usar o dinheiro para conseguir autonomia lhe parecia autêntica e a irmã tinha capacidade para consegui-la, de modo que Sachiko desejava a liberação de tal quantia, em posse temporária do cunhado. Por outro lado, se acompanhasse Taeko a Tóquio, estaria se envolvendo no conflito; caso fosse persuadida pela irmã mais velha, tenderia, mesmo contra sua vontade, a ficar do lado da casa central. Isso não lhe agradava muito, mas não era corajosa o suficiente para assumir o partido de Taeko e pressionar o casal Tatsuo e Tsuruko.

32

Desde o início, Yukiko opôs-se a Taeko viajar sozinha para Tóquio e chegou até a incentivar Sachiko a ir também. Afinal, não havia motivos para ela deixar de acompanhar Taeko, pois, como já sabiam, a doença de Etsuko estava sob controle. Que Sachiko fosse tranqüila, pois ela cuidaria da casa na sua ausência, não sendo preciso a irmã voltar às pressas, que ficasse por lá o tempo necessário, disse Yukiko. Porém, ao saber que Sachiko a acompanharia, Taeko demonstrou insatisfação. De qualquer modo, Sachiko explicou-lhe que só resolvera acompanhá-la por se preocupar com a opinião da casa central. Não pretendia de modo algum atrapalhá-la, podendo a irmã agir livremente e enfrentar sozinha quem quer que fosse. Tatsuo e Tsuruko provavelmente pediriam sua presença, continuou Sachiko, mas essa não era a sua vontade e esquivar-se-ia ao máximo. Caso não conseguisse mesmo recusar, poderia até participar, mas seria imparcial e justa e evitaria qualquer atitude que pudesse prejudicá-la.

Por fim, enviou uma carta à irmã de Tóquio, informando-lhe, em linhas gerais, a finalidade da ida de Taeko à casa central. Esclareceu que a acompanharia na viagem, mas lhe parecia que esta não desejava interferências e ela mesma também não gostaria de se envolver nessa questão. Por isso, pedia a Tsuruko o favor de conversar diretamente com Taeko.

Sachiko optou por ficar mais uma vez na Hospedaria Hamaya, em Tsukiji, mas Taeko estrategicamente resolveu hospedar-se em Shibuya até que a questão fosse solucionada; não queria dar a impressão de estarem juntas tramando algo. As duas partiram de Osaka no Gaivota e logo ao chegar a Tóquio, à tarde, dirigiram-se a Hamaya. De lá, Sachiko telefonou para a irmã mais velha, explicando-lhe que gostaria de acompanhar Taeko até a casa central, mas encontrava-se muito cansada... Como Koisan não conhecia o caminho, poderia Tsuruko mandar Teruo ou alguém vir buscá-la? Sendo este o problema, ela mesma iria à hospedaria, respondeu a irmã mais velha. Caso elas ainda não tivessem comido, poderiam encontrar-se em algum lugar nas imediações de Ginza para jantarem juntas. Taeko sugeriu o New Grand ou o Lohmeyer, restaurantes sobre os quais ouvira falar. Optaram pelo segundo e Sachiko teve de explicar à irmã mais velha, residente em Tóquio e que não sabia o que fazer depois de descer em Sukiyabashi, como chegar até o local.

Após tomarem banho, as duas rumaram para Ginza. Quando chegaram ao restaurante, Tsuruko surpreendentemente já as aguardava com uma mesa reservada: "Hoje é por minha conta", anunciou. Em tais ocasiões, Sachiko sempre se encarregava de pagar a conta, por ser a que estava em melhor situação financeira, mas naquela noite a irmã mais velha havia decidido ser a anfitriã. Estava especialmente solícita com Taeko, dirigindo a ela várias palavras amáveis, repetindo inúmeras vezes o que já não servia mais como justificativa: que não haviam se esquecido de Koisan, que a casa era pequena, mal havendo espaço para Yukiko, que gostariam de chamá-la logo também, mas por enquanto não tinham condições. Naquela noite de início de verão, cada uma das irmãs bebeu uma caneca de cerveja alemã e, após deixarem o Lohmeyer, vagaram pela avenida Ginza em direção a Shinbashi. Sachiko acompanhou as duas até a frente da estação e se despediu.

Durante dois ou três dias, até que Taeko resolvesse a questão, Sachiko procuraria não ir à casa central. Nesse período em que estaria sozinha, pensou em visitar uma colega dos tempos do colégio feminino, agora casada e vivendo em Tóquio. Na manhã seguinte, porém, no momento em que lia o jornal no seu quarto, recebeu um telefonema de Taeko, perguntando-lhe se poderia comparecer à casa central. Estava precisando de algum conselho? A resposta foi negativa, estava mesmo entediada. Como tinha ficado o assunto? Naquela manhã, conversara por alto com Tsuruko, mas pelo fato de Tatsuo estar ocupado durante a semana inteira, o assunto tinha sido adiado para a semana seguinte; já que não adiantava mesmo ficar por lá, Taeko havia pensado em sair para passear. Sachiko explicou-lhe que estaria ausente até o final do dia, pois prometera visitar uma amiga em Aoyama à tarde, mas estaria livre entre cinco e seis da tarde. Entretanto, acabou retida por lá, ficando para jantar e retornando à hospedaria somente depois das sete da noite, momento exato em que Taeko chegava. Ela havia esperado Teruo voltar da escola e pedira-lhe que a levasse ao santuário Meiji. Os dois já haviam passado na hospedaria por volta das cinco da tarde, mas como Sachiko demorava a chegar e eles começavam a sentir fome, a proprietária propusera-lhes servir uma refeição. Taeko, porém, não deixava de sentir o sabor da cerveja que experimentara no dia anterior e acabou convidando Teruo para ir ao Lohmeyer. Tinha se despedido dele havia pouco no bairro de Owari e parecia decidida a hospedar-se em Hamaya. Sachiko estava interessada nos detalhes, e ela lhe contou como havia sido recebida com grande hospitalidade na casa de Shibuya. Pela manhã, o cunhado agradeceu sua gentileza por ter ido até Tóquio, disse-lhe que se sentisse à vontade, pediu que o perdoasse pela falta de espaço e lhe assegurou que dariam um jeito de acolhê-la, o que seria mais fácil pelo fato de Yukiko estar fora. Infelizmente, ele estava ocupado, mas devia ficar livre em cinco ou seis dias, então a levaria aonde quisesse. Tinha uma hora de almoço, e se ela fosse a Marunouchi naquele mesmo dia, às doze horas, poderia acompanhá-la na refeição. Estranhamente, ele estava tão bem-humorado que chegou a propor-lhe reservar ingressos na bilheteria do edifício Marunouchi para o Teatro Kabuki, a fim de que ela, Tsuruko e Sachiko fossem assistir ao espetáculo, dentro de dois ou três dias. Até então, Taeko nunca tinha recebido tantas gentilezas do cunhado. Depois que ele e as crianças saíram, ela pôde contar detalhadamente os fatos à irmã mais velha, que a ouviu até o fim com interesse e sem mostrar-se aborrecida. Só então Tsuruko se manifestou, dizendo não ter idéia do que Tatsuo poderia dizer e que precisaria consultá-lo. Na verdade, seu marido andava ocupadíssimo, voltando tarde para casa, pois o banco onde trabalhava seria incorporado, explicou ela a Taeko, pedindo-lhe que aguardasse um pouco mais. Provavelmente na semana seguinte conversariam, enquanto isso que tal Koisan aproveitar o tempo livre para passear? Pediria pessoalmente a Teruo que ciceroneasse a tia em Tóquio e o aconselhou a ir para Tsukiji, assim faria companhia a Sachiko que, estando sozinha, poderia se entediar também. Taeko resolveu então seguir a orientação da irmã e aguardar.

No dia anterior à chegada das duas em Tóquio, quando o trem se aproximava das redondezas de Numazu, Taeko observou que a maior parte do Monte Fuji estava coberta pelas nuvens e gracejou, dizendo que aquilo poderia significar mau presságio. Não só se sentia insegura quanto ao seu objetivo, como também estava cautelosa para não se deixar bajular por Tatsuo e Tsuruko. Contudo, enquanto reafirmava sua intenção de resistir às doces palavras deles, dizendo que não os perdoaria caso a enganassem, parecia satisfeita como nunca com os mimos que lhe dispensavam.

Na noite anterior, Sachiko, sozinha no andar superior da Hamaya, sentiu-se tão desamparada quanto um viajante solitário e não conseguiu dormir, receando a melancolia que experimentaria nos cinco ou seis dias restantes. Nessa noite, inesperadamente teve a companhia de Taeko, que se deitou ao seu lado no aposento de dez tatames, como havia muitos anos não fazia. Durante anos, desde os tempos de Senba até quando se tornaram moças na flor da idade, as irmãs dormiam no mesmo quarto, hábito que mantiveram até a noite anterior ao dia do casamento de Sachiko com Teinosuke. Não se recordava de como era nas épocas mais remotas de sua infância, mas, desde seus tempos de colegial, apenas a irmã mais velha dormia em outro quarto; ela e as outras ficavam no quarto de seis tatames do andar superior. Raramente, portanto, ela passava a noite sozinha com Taeko; em geral, Yukiko ficava entre as duas, e como o aposento era pequeno, vez ou outra as três irmãs dormiam num acolchoado para duas. Yukiko não tinha o sono agitado. Geralmente, nas noites quentes, mesmo estando com a roupa de dormir, costumava cobrir-se até o peito e não mexia dessa posição até despertar. Sachiko lembrou-se com saudades daquele tempo e chegou até a visualizar o corpo magro e delgado de Yukiko dormindo comportada entre ela e Taeko.

Na manhã seguinte, como faziam quando eram garotas, tagarelaram inocentemente no leito durante algum tempo após despertarem.

— Koisan, o que faremos hoje?

— O que faremos?

— Não quer ir a algum lugar?

— Todo mundo fala de Tóquio, mas não há nenhum lugar em especial que eu tenha vontade de visitar.

— De fato. Para nós, nada melhor que Osaka e Kyoto. Como foi o Lohmeyer, ontem?

— Os pratos eram outros. Havia *wiener schnitzel*.

— Teruo deve ter ficado contente.

— Estava jantando com ele quando avistou no outro canto do restaurante um amigo da escola, que havia sido levado pelos pais.

— É mesmo?

— Ao ser visto pelo amigo, Teruo ficou vermelho e exclamou: "Que vergonha!" Perguntei-lhe o motivo, e ele respondeu: "Como estou com você, mesmo que eu lhe diga que é a minha tia, ele não vai acreditar."

— Realmente.

— Até mesmo o garçom dirigiu-se a nós como se fôssemos um casal, olhando-nos com suspeita. Quando lhe pedi uma cerveja, espantou-se e perguntou "Como?". Tenho a impressão de que me tomou por uma colegial.

— Koisan, quando você veste roupas ocidentais, fica parecendo mais nova que Teruo. Provavelmente, ele pensou estar diante de uma menina delinqüente.

Um pouco antes do almoço, chegou-lhes um comunicado de Shibuya: Tsuruko tinha em mãos os ingressos para o espetáculo de *kabuki* do dia seguinte. Como naquela tarde não havia mais nada para fazerem, foram tomar chá em Guinza, pegaram um táxi no bairro de Owari e deram uma volta pelo santuário Yasukuni, pelo bairro de Nagata e pela ladeira Miyake, até descerem no Cine Hibiya. Taeko observava os transeuntes enquanto atravessavam um cruzamento em Hibiya.

— Está na moda a estampa de penas em Tóquio, não é mesmo? Só no trajeto entre a padaria alemã até o cinema, contei sete pessoas com ela.

— Você ficou contando, Koisan?

— Veja, mais uma ali, outra lá. — E após algum tempo, pensando não se sabe bem o quê, completou: — Que perigo, um ginasial caminhando com as duas mãos nos bolsos! Não me recordo muito bem onde, mas parece que uma escola ginasial da região de Kyoto ou Osaka proibiu o uso de calça de uniforme com bolsos. Achei que foi muito bem pensado.

Sachiko sabia que desde menina Taeko dizia coisas precoces para sua idade e sentiu que, finalmente, seu modo de falar tornou-se condizente com sua faixa etária.

— É verdade — concordou ela com Taeko.

33

Pouco antes do início de *O gago Matahei*, última parte da peça de *kabuki*, o alto-falante do palco do teatro anunciava, de modo ininterrupto, o nome de várias pessoas: "Fulano, do bairro Honjo Midori", "Beltrano, do bairro Aoyama Minami". Depois de chamarem "Fulano, da cidade de Nishinomiya", "Beltrano, de Shimonoseki", apareceu também "Sicrano, das Filipinas". Sachiko ficou admirada com a quantidade e variedade de nomes, e pensou em quão fantástico era o teatro *kabuki*, reunindo espectadores não só de todo o Japão, como também dos mares do sul! Nesse momento, Taeko chamou a atenção das irmãs:

— Ei, ouçam — e pôs-se a prestar atenção.

— Senhora Makioka, de Ashiya.

De fato, o alto-falante anunciava isso mesmo e repetia pela terceira vez:

— Senhora Makioka, de Ashiya, da província de Hyogo.

— O que será? Poderia ir lá, Koisan, para saber do que se trata?

Atendendo ao pedido de Sachiko, Taeko levantou-se e foi verificar do que se tratava, retornando logo em seguida para pegar a bolsa e o xale deixados no assento.

— Sachiko, pode vir comigo? — e levou a irmã ao corredor.

— O que foi?

— A empregada da Hamaya está lá fora.

Taeko continuou a relatar o que passava. Tinham-lhe informado que havia uma pessoa querendo ver a senhora Makioka, então ela encaminhou-se à entrada principal. Lá encontrou a empregada da Hayama na escadaria que explicou-lhe terem recebido um telefonema da casa de Ashiya (ela também usava o dialeto de Osaka, de modo bem marcante) e tentado ligar várias vezes para o teatro, mas como o telefone só dava sinal de ocupado, sua patroa havia lhe pedido para dar uma corridinha até lá. Ao perguntar-lhe do que tratava o telefonema, respondeu ter sido sua patroa, e não ela, quem o atendera, mas parecia que o assunto era sobre o agravamento do estado de saúde de uma pessoa. Não se tratava da pequena senhorita que estava em repouso devido à escarlatina, isto estava assegurado, e sim de alguém internado em uma clínica de otorrinolaringologia, que ela, Taeko, conhecia muito bem. Foi o que fizeram questão de frisar, para que não houvesse engano na informação. Sua patroa informou-lhes que a senhora Makioka e a senhorita estavam no Teatro Kabuki, mas que transmitiria o recado sem falta; perguntou-lhes se desejavam mais alguma coisa, e eles solicitaram que ao menos Taeko fizesse o possível para voltar no trem noturno ainda naquela noite, e se desse tempo, telefonasse para Ashiya. Este era o assunto.

— Então, seria Itakura?

Durante a viagem de vinda no trem, Sachiko ouviu um pequeno comentário de Taeko sobre a cirurgia que Itakura havia feito no ouvido. Pelo que ela lhe contara, o rapaz tinha o ouvido entupido por causa de uma otite havia quatro ou cinco dias, e fora a uma clínica de otorrinolaringologia chamada Isogai, em Nakayamate, na cidade de Kobe. Dois dias depois, ficou sabendo que precisaria fazer uma papilectomia e, no dia anterior à viagem de Taeko, fora internado e submetido à cirurgia. Felizmente, Itakura estava se recuperando bem e disse-lhe para ir a Tóquio, sem se preocupar com ele. Como ela já havia feito os preparativos e sendo Itakura um rapaz forte, que não se abatia facilmente, viajou despreocupada. No entanto, seu quadro de saúde havia sofrido uma mudança brusca. Pelo que informaram, parecia ter sido Yukiko quem havia telefonado, e Taeko supôs que ela ligara de imediato para Tóquio, não conseguindo ficar indiferente ao comunicado que teria recebido da irmã de Itakura, ou de alguém da clínica. A infecção papilar não costumava ter conseqüências graves, mas quando a cirurgia não era feita a tempo, poderia atingir o cérebro, pondo a vida do paciente em risco. De qualquer maneira, se o estado do rapaz era sério a ponto de Yukiko ligar especialmente para avisá-la, com certeza o quadro era grave.

— O que vai fazer, Koisan?

— Vou passar agora mesmo na Hamaya e depois partir — afirmou Taeko com a calma de sempre, sem alterar a expressão do rosto.

— E eu, o que faço?

— Assista ao espetáculo até o fim, Sachiko. Não deve deixar Tsuruko sozinha.

— O que direi a ela?

— Diga o que quiser.

— Koisan, você já falou a ela sobre Itakura?

— Não — respondeu Taeko já na saída do teatro, enquanto cobria as costas com um xale bege de crochê —, mas não me importo que conte a ela — e foi descendo as escadas.

Quando Sachiko retornou ao seu lugar, a última parte do *Gago Matahei* já havia começado. A irmã estava inteiramente compenetrada no palco e não pronunciou uma única palavra, o que foi bastante conveniente para Sachiko. Depois que a peça terminou, enquanto elas se encaminhavam para a saída em meio à multidão, Tsuruko perguntou pela primeira vez o que havia ocorrido com Taeko.

— Parece que uma amiga veio ao seu encontro instantes atrás e as duas foram embora juntas.

Esta foi a resposta que Sachiko encontrou para disfarçar a situação. Acompanhou a irmã até a avenida Ginza, despediu-se dela no bairro de Owari e retornou à hospedaria. Lá chegando, a proprietária informou-lhe que Taeko tinha acabado de partir. Talvez ela tivesse notado a relação do doente com Koisan, pensou Sachiko, pois a mulher havia se antecipado e providenciado uma passagem no trem-leito daquela noite tão logo percebera o teor de tal telefonema, segundo ela mesma lhe explicara. A senhora contou-lhe também que quando Taeko retornou do Teatro Kabuki, comunicou-lhe sua partida e saiu às pressas. Enquanto ela ali esteve, telefonou para a casa de Sachiko, em Ashiya, mas a proprietária não sabia informar maiores detalhes, apenas o que Taeko lhe dissera, ou seja, pelo telefone a senhorita não conseguira saber ao certo o que havia acontecido com a pessoa, mas havia entendido que ela contraíra uma infecção durante a cirurgia e estava sofrendo muito. Pediu-lhe para avisar Sachiko de sua decisão de ir direto a San'nomiya no trem noturno, e na manhã seguinte seguir para o hospital. E também de uma uma maleta que havia deixado em Shibuya, a qual gostaria que Sachiko levasse quando fosse para casa. Sachiko também não conseguiu ficar de braços cruzados. Pediu uma ligação urgente para Ashiya e falou com Yukiko. No entanto, não conseguia ouvi-la direito. Não porque a ligação estivesse ruim, mas porque sua voz era muito baixa. Ela devia estar se esforçando ao máximo, espremendo mesmo sua garganta. O adjetivo "triste" seria perfeito para descrever a situação. Por ser fina e fraca, sua voz perdia toda a clareza ao telefone e suas conversas eram consideradas irritantes. Ciente do próprio problema, em geral Yukiko pedia a alguém para atender as ligações, mas como desta vez o assunto era Itakura, não pôde pedir a Oharu e muito menos a Teinosuke, e teve ela mesma de atender à chamada de Sachiko. Assim que começaram a falar, a voz de Yukiko foi ficando tão baixa quanto o zumbido de um pernilongo, e Sachiko teve a impressão de que ficaram mais tempo dizendo "alô, alô" do que conversando. Com muito custo, conseguiu compreender que naquele dia, por volta das quatro da tarde, Yukiko recebera uma ligação da irmã de Itakura, contando-lhe sobre a internação do irmão devido à cirurgia e sobre o comunicado recebido do hospital relatando que, apesar de o pós-operatório ter sido normal, desde a noite anterior o estado dele sofrera uma alteração brusca. Ao perguntar-lhe se o cérebro havia sido afetado com essa alteração, a irmã respondeu também ter pensado o mesmo. Mas não, o cérebro não tinha sido atingido, e sim suas pernas. O que tinha acontecido com as pernas de Itakura?, interrogou Yukiko. A irmã não sabia ao certo; entretanto, haviam comentado que ele estava sofrendo muito, sentindo dores que o faziam dar pulos a um simples toque e que gritava sem parar contorcendo-se por inteiro, pedindo que não chamassem Koisan. A irmã de Itakura tinha a impressão de que essa dor não era normal e, provavelmente, o problema dele já não estivesse mais relacionado à otorrinolaringologia. Queria que algum outro médico o examinasse. No entanto, sozinha não podia fazer nada e, por isso, havia telefonado a Yukiko, sem saber o que fazer. Qual era o estado do rapaz desde então? A irmã de Itakura respondeu a Yukiko que quando recebeu a ligação de Taeko, informando sua partida à noite, mandou avisar o irmão e ficou sabendo que ele havia piorado ainda mais e gemia feito louco. Enviou então um telegrama para a casa dos pais, e acreditava que no dia seguinte também estariam lá. Sachiko, por sua vez, contou a Yukiko que Taeko acabara de partir, informou-lhe sua decisão de também voltar no dia seguinte, pois de nada adiantava permanecer ali, e aproveitou a ligação para perguntar como estava Etsuko. Já estava boa até demais e não conseguia ficar quieta no quarto, respondeu Yukiko. A menina tinha vontade de sair e estava difícil segurá-la. As casquinhas que tinha no corpo já haviam se soltado e restavam apenas algumas na planta do pé, concluiu.

Sachiko sentia-se um pouco incomodada, pensando no que diria à irmã mais velha, já que também anteciparia sua volta. Por mais que pensasse, não conseguia achar um bom pretexto para esse caso. Resolveu enfrentar a situação caso a irmã estranhasse as súbitas partidas. No dia seguinte, comunicou-lhe por telefone que, na noite anterior, Taeko havia partido por causa de um assunto urgente a tratar, e ela também decidira partir, de modo que gostaria de se encontrar com a irmã em algum lugar. Tsuruko gostaria que ela fosse até Shibuya? "Não, é melhor que eu vá até aí", sugeriu a irmã mais velha, e pouco tempo depois ela apareceu em Hamaya, trazendo a mala de Taeko. Dentre as quatro irmãs, a mais velha era a mais sossegada e nem chegou a perguntar ao que dizia respeito o assunto urgente de Taeko, fazendo jus à fama que tinha entre as irmãs mais novas de possuir o raciocínio lento. No entanto, era possível se entrever nela uma pontinha de dúvida. A caçula acabara indo embora sem receber a resposta da consulta complicada que fora lhe fazer... Apesar de ter dito a Sachiko que voltaria logo para casa, Tsuruko acabou ficando para almoçar no refeitório da hospedaria.

— Koisan ainda continua encontrando-se com o jovem Kei? — comentou de súbito.

— Bem, parece que de vez em quando.

— Ela não teria alguém além dele?

— De quem ouviu isso?

— Outro dia, uma pessoa que queria desposar Yukiko investigou nossa família. Como essa proposta não foi adiante, nada disse a ela.

Nas palavras da irmã mais velha, a pessoa que servira de intermediária era bem-intencionada e por isso ela, Tsuruko, não quis entrar em detalhes, mas ouviu dela boatos estranhos envolvendo Taeko e um outro rapaz de condição social inferior à do jovem Kei, de quem a caçula estaria bastante íntima nos últimos tempos. Certamente, concluiu a intermediária, tais comentários não deviam ter fundamento, mas de qualquer forma gostaria de alertar a senhora Makioka. Naquele momento, Tsuruko ficou sentida por Yukiko, pois era bem possível que a proposta de matrimônio não tivesse vingado devido a tais boatos. Mas como confiava nela, Sachiko, e também em Taeko, não quis lhes perguntar nada sobre esse assunto, nem mesmo que tipo de pessoa era o rapaz. Para ser franca, continuou Tsuruko, Tatsuo e ela achavam que àquela altura o melhor que poderia acontecer seria a irmã casar-se com Kei. Tão logo o assunto de Yukiko estivesse resolvido, eles gostariam de falar com a família do rapaz. Em relação ao dinheiro solicitado por Taeko, valia o que estava escrito na carta, ou seja, a casa central não tinha a intenção de atender ao pedido dela. Devido à natureza impulsiva da caçula, Tsuruko acreditava que se ela lhe revelasse a decisão da casa central, a caçula brigaria novamente com Tatsuo. Então, já havia algum tempo vinha imaginando um jeito de fazê-la compreender a situação e chegou à conclusão de que o melhor a fazer desta vez seria mandá-la embora sem criar caso, dizendo, por exemplo, que a resposta seria dada depois de pensarem melhor. Dito tudo isso, a irmã mais velha parecia aliviada.

— De fato, é melhor que ela se case com o jovem Kei. Tanto eu quanto Yukiko pensamos assim, e temos recomendado a ela...

Possivelmente, as palavras de Sachiko soaram-lhe como desculpa, e Tsuruko não lhe deu ouvidos. Disse que tinha para dizer durante a refeição e pôs os *hashi* sobre a mesa.

— Estava delicioso, obrigada — e preparou-se para sair. — Então, já vou indo. Talvez não consiga ir hoje à noite à estação para me despedir.

E foi embora, sem ao menos descansar após o almoço.

34

Na manhã seguinte, de volta a casa, Sachiko ouviu de Yukiko o relato a seguir.

Dois dias antes, à tarde, ela recebera o telefonema de alguém que se dizia irmã de Itakura. Yukiko nada sabia sobre a internação do rapaz e nunca havia sido apresentada à irmã dele, por isso pensou se tratar de um mal-entendido, a ligação deveria ser para Taeko. Contudo, atendeu ao telefone quando a criada lhe confirmou que era mesmo com Yukiko que ela desejava falar. Do outro lado da linha, uma voz começou a dizer que lamentava incomodá-la, sabia da estada de Taeko em Tóquio, mas que haviam acontecido várias coisas com seu irmão, e começou a contá-las. A operação no ouvido havia sido feita na véspera da viagem de Taeko. Ele estava bem-disposto quando ela o visitou; porém, naquele mesmo dia à noite, começou a se queixar de uma comichão na perna, e ela o ajudou a se coçar. No dia seguinte, desde cedo, a comichão transformou-se em dor, que parecia aumentar cada vez mais; após três dias, ele continuava a reclamar, sem dar mostras de melhora. Apesar de todo o sofrimento do paciente, o médico não lhe dava atenção, limitando-se a trocar os curativos da cirurgia. Já fazia dois dias que ele estava abandonado e com dor. Segundo a enfermeira, havia ocorrido uma falha na operação. Depois que a dor se agravara, ela passara a dar assistência ao irmão sequer voltando para casa, e havia dias que permanecia trancada no hospital. Precisava falar com alguém, pois se acontecesse algo com o irmão poderia ser considerada culpada, e achou melhor pedir a Taeko que voltasse, por isso estava lhe telefonando (tudo indicava que estivesse ligando de fora do hospital). Com a voz chorosa, continuou se desculpando: "Vou levar uma bronca de meu irmão por estar lhe telefonando..." Sachiko imaginou Yukiko atendendo à ligação, respondendo com monossílabos "Sim", "Verdade?", e deixando a irmã de Itakura falando sozinha. Mas Yukiko sabia, por Taeko, que a jovem era do interior, tinha

21 ou 22 anos e não estava acostumada à vida na cidade, mas como pôde perceber, ela tinha reunido toda a coragem do mundo para lhe telefonar em consideração ao irmão doente. Yukiko respondera prontamente que falaria com Taeko. Esse era o motivo da ligação urgente que fizera a Tóquio.

Taeko, em sua volta da capital, seguiu direto da estação San'nomiya para o hospital, voltou à tarde para um rápido descanso e saiu de novo. A própria Taeko assustara-se com Itakura que, abandonando qualquer orgulho, repetia como um covarde "Que dor! Como dói!" Difícil imaginar isso de um rapaz que parecia capaz de suportar qualquer coisa sem nunca se lamuriar. Quando Taeko entrou na enfermaria e a irmã de Itakura anunciou sua chegada ao ouvido do enfermo, ele apenas dirigiu-lhe o olhar, prosseguindo com os gemidos e lamentos. Parecia sequer possuir disposição para atentar a outras questões, tal como a dor que consumia suas energias, levando-o a passar dias e noites sem dormir e sem comer. Sabia-se que o local afetado era a perna esquerda, da altura do joelho até os dedos do pé, mas, estranhamente, a perna não estava inchada ou infeccionada, o que dificultava a identificação do local exato da dor, e qualquer movimento ou toque provocava uma pontada que o fazia berrar. Yukiko perguntou a Taeko a causa e qual seria a relação entre a cirurgia do ouvido e a dor na perna. A irmã não soube lhe responder. O médico não dava nenhuma explicação e vivia fugindo, sequer vinha à enfermaria depois que Itakura começara a se queixar da dor. A julgar pelo que a enfermeira tinha deixado escapar e pelo que seus olhos de amadora puderam notar, ocorrera uma infecção pós-operatória que afetara a perna.

Os pais e a cunhada de Itakura haviam chegado pela manhã e, tão logo começaram a conversar no corredor, o doutor Isogai percebeu que já não podia mais adiar o problema. Dois médicos de outros hospitais se reuniram alternadamente com ele, mas logo foram embora. Segundo a enfermeira, o primeiro era o mais renomado cirurgião de Kobe e sugerira a amputação a partir da coxa, deixando claro, porém, tratar-se de um caso perdido. O doutor Isogai desesperou-se e chamou o segundo cirurgião, que também não tinha dado esperanças. Taeko, depois de ver o doente e ouvir da irmã do rapaz o relato de como a doença havia progredido, percebeu que não deviam adiar mais, não era o momento de ter receios do que o médico poderia pensar, era preciso procurar outro profissional confiável. As pessoas idosas do interior eram lentas e custavam a chegar a alguma conclusão, limitando-se a conferenciar inutilmente. Taeko sabia que cada segundo perdido comprometia a cura, mas era a primeira vez que se encontrava com os familiares de Itakura e não podia se intrometer em coisas que não lhe diziam respeito. Por outro lado, não suportava a inércia da família, que repetia: "Será preciso mesmo...?", e não tomava qualquer atitude.

Fora isso que acontecera no dia anterior. Neste dia, Taeko voltou por volta das seis da manhã, descansou cerca de duas horas e saiu de novo. Segundo ela, um médico chamado doutor Suzuki viera altas horas da noite e aceitara fazer a amputação, apesar de não ter dado garantias de que salvaria a vida de Itakura. Agora, tudo dependia da família, que não se decidia, em especial a mãe. Se não fosse possível salvar a vida do filho, argumentava, queria que ele, pelo menos, morresse com o corpo intacto, sem a perda de qualquer órgão ou membro. A irmã rebatia: mesmo assim, deveriam fazer de tudo antes de desistir. A opinião dela parecia razoável, mas os velhos pais não conseguiam digeri-la. De qualquer maneira, confessou Taeko, nenhuma medida lhe salvaria a vida e ela mesma já estava conformada.

A enfermeira que assistia Itakura parecia ter algum rancor contra o médico, por isso não era totalmente confiável, mas tinha contado a Taeko que o doutor Isogai era um beberrão e a idade o transformara em alcoólatra. Algumas cirurgias tinham acabado em fracasso por causa do tremor em seus dedos, já tendo ocorrido um ou dois casos semelhantes ao de Itakura. Já o doutor Kushida lhe confirmara a possibilidade de uma infecção pós-operatória, o que comprometeria um dos quatro membros; por mais cuidados que tomassem, os médicos não eram deuses. Mas, no caso de suspeita de infecção e queixa de dor por parte do paciente, um cirurgião deveria ter sido acionado de imediato. No caso do doutor Isogai, era possível relevar a falha na operação, mas o descaso de três dias, durante os quais o paciente havia se queixado de dor, era no mínimo negligência, desonestidade e indelicadeza. Não fossem os familiares do paciente, idosos agricultores ignorantes, o caso poderia ter chegado a graves conseqüências, o que fora muita sorte no caso do doutor Isogai e infortúnio no de Itakura, que havia procurado um médico de má reputação. Mas isso eram águas passadas.

Após ouvir o relato de Yukiko, Sachiko ficou preocupada com outra questão e perguntou-lhe de qual aparelho ela atendera a ligação da irmã de Itakura. Teriam Oharu e as outras criadas escutado algo do telefonema? E Teinosuke, estava ciente do ocorrido? Yukiko respondeu que tinha atendido o telefonema no anexo, onde estavam Etsuko, "Mitochan" e Oharu — as duas estranharam, mas ficaram caladas —, e só Etsuko perguntou-lhe o que tinha acontecido com Itakura e por que Koisan iria voltar, mas ela havia ignorado as perguntas da sobrinha. Com certeza, Oharu havia contado para as outras criadas e nada mais poderia ser feito. Contudo, para evitar que "Mitochan" continuasse ouvindo a conversa, Yukiko procurou usar o aparelho da casa principal. Teinosuke fora notificado, e dele obteve a concordância a respeito das medidas tomadas. Ele também demonstrara certa preocupação ao ouvir o relato de Taeko sobre o estado de Itakura e a orientou a fazer de tudo para que a cirurgia fosse realizada.

— Eu também gostaria de fazer uma visita... — comentou Sachiko.

— Bem... Fale com Teinosuke.

— Antes, preciso dormir um pouco.

Tentou compensar o tempo que tinha ficado sem dormir durante a viagem, mas não conseguiu pregar os olhos e acabou desistindo. Desceu, ordenou que o almoço fosse servido mais cedo, ligou para Teinosuke e pediu-lhe uma opinião sobre sua visita ao paciente. Embora não visse problema no fato de Taeko ser chamada por Itakura e ir ao seu encontro, explicou Sachiko, no caso dela, entretanto, sua visita poderia dar a entender que reconheciam o compromisso entre os dois. Por outro lado, ignorá-lo sabendo de seu estado poderia parecer crueldade, ainda mais se levasse em consideração que fora ele quem havia salvado a vida de sua irmã durante a enchente. Tinha a impressão de que o rapaz não ia se salvar. Apesar da boa saúde, a linha de sua vida lhe pareceu curta.

Teinosuke concordava com a última observação de Sachiko e permitiu-lhe fazer uma rápida visita, mas expôs também seu receio. Será que Okubatake não estaria lá também? Seria melhor evitá-lo. Após essa rápida conversa, chegaram à seguinte conclusão, expressa com estas palavras de Teinosuke: "Pode visitar Itakura, desde que não se encontre com Okubatake; portanto, seja breve e retorne trazendo consigo Koisan." Em seguida, Sachiko ligou para o hospital e perguntou a Taeko se ela não corria o risco de se encontrar com Okubatake. No momento, somente os familiares de Itakura tinham chegado, respondeu ela. Ninguém havia sido avisado, e ainda que seu estado se agravasse, não seria necessário chamar os Okubatake. Ia pedir aos familiares que não os chamassem porque a presença de Kei, em especial, poderia deixar Itakura tenso. Estava mesmo pensando em pedir a Sachiko que lá fosse, porque ainda estavam discutindo a autorização ou não da cirurgia. A irmã dele e ela própria, Koisan, eram a favor, mas os pais ainda estavam indecisos e a conversa não avançava. Foi o que disse Taeko.

 Na hora do almoço, Sachiko consultou Yukiko sobre a possibilidade de dispensar a enfermeira, de forma a evitar que o segredo de Taeko se espalhasse por intermédio dela. Etsuko já parecia recuperada e a enfermeira era agora uma simples companheira de brincadeiras da filha. Yukiko confirmou a observação da irmã e disse que a própria "Mitochan" já havia solicitado sua dispensa. Sachiko pediu então à irmã que tomasse as devidas providências logo após o jantar, e mandou chamar um táxi para levá-la ao hospital.

 O hospital ficava numa ladeira estreita, a cerca de cinqüenta metros da linha do trem na direção da montanha. Nem de longe poderia ser chamado como tal. Era uma clínica num sobrado humilde, com dois ou três cômodos em estilo japonês transformados em enfermaria. A janela do quarto de Itakura dava para o varal da casa vizinha e as roupas nele penduradas tornavam-se um incômodo. As pessoas vestiam quimonos de sarja sem forro; por conta disso, a presença de quatro ou cinco delas, num recinto sem ventilação, deixava o ambiente abafado e com odor de transpiração. O doente estava numa cama de aço, encostada na parede do lado direito, deitado e encolhido, voltado para esta. Desde que entrara, Sachiko ouvia Itakura murmurar contínua e rapidamente "Que dor! Como dói...", lamento que chegava a seus ouvidos enquanto cumprimentava os pais, a cunhada e a irmã dele. Taeko ajoelhou-se próxima ao travesseiro de Itakura e disse baixinho:

— Yone-yan, Sachiko está aqui.

— Que dor! Como dói!...

Era só o que se podia ouvir do doente, que se mantinha na mesma posição, os olhos vidrados na parede. Um tanto amedrontada, Sachiko espiou por trás de Taeko e notou que o rosto de Itakura não estava nem tão abatido nem tão pálido. O rapaz estava coberto com um lençol até a cintura e vestia tão somente uma roupa de dormir feita de gaze. Como a gola estava aberta e as mangas arregaçadas, era possível ver o peito e os braços ainda vigorosos do rapaz. Ele tinha na orelha um curativo em cruz e, na cabeça, uma faixa que ia do topo até o queixo, e outra, da testa à nuca.

— Yone-yan — chamou mais uma vez Taeko —, Sachiko veio visitá-lo.

Era a primeira vez que Sachiko ouvia Taeko chamar Itakura de "Yoneyan". Em casa, referia-se a ele pelo sobrenome "Itakura", assim como faziam Sachiko, Yukiko e Etsuko. Seu nome completo era Yusaku Itakura, embora fosse chamado "Yonekichi" na época em que servira aos Okubatake, daí Taeko chamá-lo de "Yoneyan".

— Senhor Itakura — Sachiko tentou falar-lhe —, sinto pelo que lhe ocorreu. Uma pessoa forte como o senhor estar sentindo tanta dor... — Não completou a frase e levou o lenço ao nariz.

— Veja, é a senhora da casa de Ashiya — também o chamou a irmã de Itakura.

— Deixe-o, não o incomode mais! — Sachiko a deteve e lhe perguntou: — Não é a perna esquerda que dói?

— É isso mesmo. Mas como a cirurgia foi no ouvido direito, é preciso mantê-lo para cima, desse modo, a perna dolorida fica por baixo.

— Que posição desconfortável!

— Por isso sente mais dor.

Na pele áspera da testa juntava-se muito suor, revelando o sacrifício que o rapaz fazia para suportar aquela dor. Volta e meia uma mosca pousava em seu rosto e Taeko tentava repelir o inseto enquanto conversava com Sachiko. De repente, Itakura parou de reclamar da dor e disse:

— Preciso urinar.

— Mãe, ele precisa do urinol. — Ao chamado da irmã, a mãe, que até então se encontrava recostada na parede, correu para socorrê-lo.

— Com licença — abaixou-se para apanhar o urinol, que estava debaixo da cama coberto com jornal, e o colocou sob o cobertor.

— Lá vem mais dor — quando a mãe acabou de proferir essas palavras, Itakura berrou feito um louco.

— Ai! Que dor! Como isso dói!

— Não adianta gritar, agüente firme.

— Está doendo! Não toque na perna, não toque!

— Agüente, se não for assim, não dá para urinar.

Sachiko pôs-se a observar a cena, indagando-se em que lugar haveria a mãe de estar tocando para o robusto Itakura gritar com tamanha voz amedrontada. O doente levou de dois a três minutos para deslocar cerca de trinta centímetros a perna esquerda e deitar-se um pouco de costas. Quando alcançou uma posição confortável, ficou em silêncio e tentou normalizar a respiração. Enquanto urinava, com a boca aberta e os olhos amedrontados como nunca antes se vira nele, observou as pessoas ao seu redor.

— O que tem comido? — perguntou Sachiko à mãe.

— Pois é. Não come nada...

— Está tomando apenas limonada. Por isso, urina tantas vezes.

Sachiko pôde observar a perna esquerda projetada por debaixo das cobertas. Nada aparentava de diferente, talvez as veias estivessem um pouco saltadas, mas poderia ser apenas sua imaginação. O enfermo começou a gritar para voltar à posição anterior e, entre urros de dor, suplicava: "Quero morrer! Me deixe morrer!", "Me mate logo, me mate."

O pai de Itakura era um senhor idoso de poucas palavras e olhar nervoso, humilde, sem opinião própria, mas bondoso. A mãe, por outro lado, parecia uma pessoa de maior firmeza. Seja porque não tivesse dormido, tivesse chorado ou porque portasse alguma doença, trazia os olhos inchados e as pálpebras caídas. Parecia ter sempre os olhos cerrados. Apesar da expressão dura e da aparência senil, era ela quem cuidava do doente e a quem Itakura obedecia sem reclamar. Segundo Taeko, era por causa dessa velha mãe que ainda não haviam se decidido pela cirurgia de amputação. Sachiko notou que dois grupos debatiam o assunto. De um lado, via-se Taeko e a irmã de Itakura, de outro, os pais, e deslocando-se entre os dois grupos feito uma mensageira, vinha a cunhada. A mãe sussurrava ao pai algo que Sachiko não podia discernir, mas ao que ele concordava com a cabeça. Enquanto isso, a irmã de Itakura e Taeko pediam à cunhada que persuadisse a mãe de que deixar o filho morrer sem fazer a cirurgia seria um grande descaso dos pais e dos irmãos. A cunhada parecia, afinal, ter sido convencida pelas duas, e na conversa com o casal argumentou veementemente a favor da cirurgia, mas a mãe era a teimosia em pessoa e insistia para deixarem seu filho inteiro. Ela rebatia os persistentes argumentos da nora, indagando-lhe se depois de uma medida tão cruel haveria garantias de que pudessem salvar a vida do filho. Aí chegou a vez de a cunhada se render ao argumento da sogra e dizer à irmã de Itakura de que era incapaz de persuadir a velha, o casal não aceitava tal lógica. A irmã foi então falar diretamente à mãe e pôs-se, aos prantos, a atacar sua obstinação. Que tipo de mãe era aquela que, dizendo ter dó do filho pelo fato de a cirurgia ser uma crueldade, pensava apenas no sacrifício imediato? Será que a responsabilidade da família não seria justamente fazer de tudo para não haver arrependimento depois, mesmo que ele não se salvasse? Todo esse vaivém lhe parecia repetir-se já havia algum tempo.

— Sachiko — no fim dessa breve negociação, Taeko chamou-a para um local mais afastado do corredor —, como as pessoas do interior podem ser tão inertes? Que absurdo!

— Sim, mas coloque-se no lugar da mãe dele. Pode ser que não seja tão irracional o que ela diz.

— Creio não haver mais nada a fazer e já me conformei, Mas a irmã dele pediu que você intercedesse por ela, Sachiko. A mãe é teimosa com as pessoas da família, mas torna-se dócil e obedece às pessoas importantes.

— E eu lá tenho alguma importância?

No seu íntimo, Sachiko não queria se intrometer no problema alheio, pois se algo acontecesse a seu filho, a senhora idosa poderia culpá-la. Já que Itakura tinha poucas chances de sobreviver, não queria envolver-se.

— Tenha um pouco de paciência. A mãe sabe que no fim das contas terá de fazer o que todos dizem. Só está insistindo porque precisa sentir-se aliviada.

Uma vez cumprida a obrigação de visitar o doente, Sachiko, na verdade, estava mais preocupada em como sair de lá levando Taeko consigo.

Uma enfermeira que vinha atravessando o corredor parou diante de Taeko quando a viu.

— O médico deseja falar com alguém da família.

Taeko levou o recado. Novamente, discutiram quem iria falar com o médico. Por fim, o casal de velhos saiu e voltou depois de quinze minutos. O pai, confuso, suspirou e sentou-se; a mãe chorava e reclamava qualquer coisa ao ouvido do marido. Soube-se depois que o médico, ao perceber a complicação que enfrentaria caso o paciente viesse a morrer em seu hospital, conseguiu, de alguma maneira, convencer os velhos a submeterem o filho à amputação da perna. Disse terem feito o possível durante a operação de ouvido do rapaz e afirmou que a desinfecção tinha ocorrido bem, não havendo qualquer falha. Assim sendo, a dor na perna não tinha nada a ver com a operação do ouvido, tanto isso era verdade que o ouvido estava recuperado. Não seria mais preciso manter o doente internado naquele hospital. Tinham outros pacientes internados e o doutor Suzuki havia concordado em amputar sua perna. A demora da família em decidir pela operação provavelmente fora uma grande perda de tempo, e já poderia ser tarde. Se continuassem a postergar a decisão, o hospital não poderia assumir qualquer responsabilidade. O médico falou como se a indecisão dos pais tivesse sido a causa de tudo, deixando de lado a própria falha para criar um providencial cerco de defesa. O casal de idosos apenas lhe ouviu e retirou-se, autorizando a amputação. A mãe queixava-se de que a culpa era do pai, que fora enganado pelo médico, mas aos olhos de Sachiko, embora a mãe se lamentasse, já estava resignada em submeter Itakura à cirurgia, as palavras do médico só foram a oportunidade que lhe faltava.

O hospital Suzuki ficava na quadra seis de Kamitsutsui, no fim da antiga linha Hankyu. Já estava escurecendo quando iniciaram o transporte do rapaz. O comportamento do doutor Isogai era de total negligência, parecendo querer expulsar o doente dali. Assim que comunicou a transferência, sequer apareceu para despedir-se, e todo o trabalho para levar Itakura foi realizado pelos médicos e enfermeiras do hospital Suzuki. Era impossível saber se o rapaz tomara conhecimento das discussões sobre a cirurgia para amputar sua perna, mas o fato é que parecia um ser monstruoso, repetindo apenas: "Que dor! Como dói!" Para sua própria família, ele já não era nem filho, irmão ou cunhado, mas um ser estranho, cuja vontade nem se davam ao trabalho de consultar ou a quem não tinham qualquer necessidade de convencer de que aquilo pelo qual passava era o seu destino. As pessoas que o acompanhavam estavam mais preocupadas com o grito que ele emitiria ao ser levado da enfermaria para a ambulância. Isso porque o corredor era estreito e a escada em caracol. Qualquer toque na perna poderia causar-lhe grande sofrimento. Todos tinham ouvido seu urro horrível no momento em que mudara de posição para urinar. Em vez de se condoerem com a situação do doente, temiam os urros que ele daria. Ao perceber isso, Sachiko perguntou a uma enfermeira se algo poderia ser feito. O doutor Suzuki a tranqüilizou, ele lhe aplicaria uma anestesia. Foi visível o alívio em todos. O doente foi transportado em repouso, acompanhado do médico, da enfermeira e da mãe.

35

    Enquanto o pai, a cunhada e a irmã de Itakura arrumavam o quarto e pagavam a conta, Sachiko chamou Taeko em um canto e tentou convencê-la a ir embora com ela. Teinosuke recomendara à esposa que fizesse o possível para levar a cunhada com ela. Entretanto, Taeko desejava ficar até o momento em que saísse o resultado da cirurgia. Sachiko, sem outra alternativa, resolveu levar os quatro de táxi até o hospital Suzuki, e com o mesmo carro voltar para Ashiya. Quando o táxi estacionou em frente ao hospital, ela chamou Taeko mais uma vez e disse compreender seu desejo de ajudar, mas talvez Itakura e seus familiares estivessem sentindo-se constrangidos com a presença das irmãs Makioka e, além do mais, parecia que nem o doente nem seus familiares necessitavam dela. Por isso, tão logo Taeko conseguisse escapar, que fosse logo para casa. Isso dependeria da situação, replicou Taeko. Sachiko insistiu um pouco mais, lembrando a irmã que mais do que tudo, ela temia uma onda de rumores sobre um suposto noivado entre ela e o doente. Que, ao agir, tivesse sempre em mente o nome da família Makioka e, sobretudo, as conseqüências para Yukiko. Indiretamente, Sachiko tentava lhe dizer que se viesse de fato a se casar com Itakura, tais rumores seriam inevitáveis; porém, se ele viesse a morrer, o melhor seria que as pessoas nem chegassem a saber que estavam comprometidos. Por certo, Taeko compreendera o que estava implícito em suas palavras.

    A verdade é que Sachiko não conseguia deixar de sentir um profundo alívio diante da inesperada possibilidade de solucionar, de forma conveniente e natural, um problema que a atormentava havia algum tempo: sua irmã vir a tornar-se esposa de um rapaz de sobrenome e origem desconhecidos, que começara a vida como aprendiz. Sentia-se desconfortável consigo mesma, uma pessoa vil ao perceber que o desejo da morte de alguém se escondia em algum lugar do seu coração. Mas era a pura verdade. Entretanto, não seria ela a única a ter tal sentimento, com certeza Yukiko e Teinosuke também o tinham, e o jovem Kei provavelmente daria pulos de alegria ao tomar conhecimento do fato.

— Como você demorou! — comentou Teinosuke, que já havia retornado do escritório e esperava pela esposa na sala de estar. — Disseram-me que você havia saído de casa na hora do almoço; como demorava demais, acabei pedindo que telefonassem para o hospital.

— Queria trazer Koisan comigo e acabei me estendendo, cada vez mais...

— Ela veio com você?

— Não... Deseja ficar até a cirurgia terminar, e achei que era compreensível...

— Farão a cirurgia?

— Farão, sim... Depois que eu cheguei, ficaram discutindo durante muito tempo se deveriam ou não operá-lo, mas por fim decidiram fazê-lo, e acabei levando todos até o hospital Suzuki.

— E então? Ele se salvará?

— Bem... Provavelmente, não.

— Que estranho! Afinal, como está a perna dele?

— Ninguém conseguiu me dizer.

— Disseram o nome da doença?

— O doutor Isogai fugia do assunto toda vez que perguntávamos. Já o doutor Suzuki ficava acanhado perante o doutor Isogai e não nos falava claramente. Acho que era septicemia ou escorbuto.

Sachiko foi ao encontro da enfermeira "Mitochan", que já estava pronta e a aguardava havia algum tempo, agradeceu-lhe pelos serviços prestados naqueles quarenta dias e dispensou-a. Dirigiu-se à mesa de jantar onde estavam seu esposo e Yukiko, mas logo depois, bem no meio da refeição, foi chamada a atender um telefonema do hospital Suzuki. Teinosuke e Yukiko ficaram atentos ao que ela dizia, a ligação parecia ser de Taeko e foi uma conversa demorada. A cirurgia havia terminado e no momento Itakura mantinha-se calmo, porém, como poderia vir a necessitar de transfusão de sangue, todos, exceto o casal de idosos, fizeram exames, o doente e sua irmã sendo do tipo A, Taeko, do tipo O; por ora, o sangue da irmã fora suficiente, mas iriam precisar de mais duas pessoas. Taeko estava em condições de doar, já que era do tipo O, mas os familiares de Itakura não lhe pediram para fazê-lo. O problema, entretanto, era a sugestão da irmã de Itakura de avisar dois ou três antigos colegas do irmão, vendedores da Okubatake Comercial, que chegariam ao hospital em breve. Taeko não queria encontrá-los, e ainda havia a possibilidade de Kei estar entre eles. Então, ela resolvera ir para casa a fim de evitar um possível encontro com os amigos de Itakura desde seus tempos de aprendiz, os quais a irmã tinha sugerido avisar com a intenção de conseguir doadores. Taeko estava exausta e queria que mandassem um táxi para buscá-la e lhe providenciassem seu banho e o jantar logo que chegasse em casa. Assim pareceu-lhes o que Taeko havia dito a Sachiko.

— A propósito... — Teinosuke esperou Sachiko voltar à mesa, e disse baixando ainda mais o tom de voz. — Será que os familiares de Itakura sabem sobre o ocorrido entre Koisan e o jovem Kei?

— Provavelmente, os pais não sabem de nada. Se soubessem, não permitiriam que o filho desposasse Koisan.

— É verdade. Por certo não sabem — disse também Yukiko.

— Ele não deve ter contado aos pais sobre Kei.

— Talvez só a irmã saiba...

— Será que esses vendedores da Okubatake Comercial não freqüentavam a casa de Itakura em Tanaka?

— Será? Nunca ouvi falar que ele tivesse amizades tão antigas.

— Se tinha esses amigos, devemos concluir que o caso entre Koisan e Itakura é bem conhecido das pessoas.

— É verdade. Será que o jovem Kei se referia a eles quando disse saber de tudo porque tinha mandado investigar?

O táxi requisitado por Taeko fora mandado de imediato, mas ela só voltou a casa mais de uma hora depois. Precisou esperar muito tempo no hospital, pois o pneu do táxi havia furado no caminho. Mas este não fora o maior problema, e sim o que acontecera nesse ínterim. Os vendedores chegaram e Kei viera junto, e, como ela temia, acabou tendo a infelicidade de deparar com todos eles (àquela hora o jovem Kei não costumava ficar na loja, mas provavelmente alguém o avisara por telefone). Taeko procurou manter-se distante dele, que por sua vez também se conteve devido à situação. Apenas na hora em que ela saiu, ele aproximou-se e sussurrou-lhe gentilmente para que ficasse mais um pouco, o que podia ter sido uma provocação. Quando os vendedores se ofereceram para se submeter ao exame de sangue, ele fez o mesmo, e acabou fazendo com eles. Ela não sabia qual era sua intenção, mas como às vezes Kei se precipitava, concluiu que ele tomara tal atitude sem pensar. Ela mesma submetera-se ao exame de sangue porque seria inconveniente se não o fizesse, já que a cunhada e a irmã de Itakura também haviam feito, embora os familiares dele lhe dissessem repetidamente que não era necessário.

Os três estavam reunidos à mesa com Taeko, já de banho tomado e vestida com o quimono de dormir, e continuavam a conversa que já se estendia havia algum tempo, quando Sachiko perguntou-lhe:

— Em que lugar a perna foi cortada?

— Por aqui — Taeko demonstrou com a mão, como se estivesse cortando sua própria coxa por cima da roupa para indicar em que altura havia sido o corte; em seguida, fez um gesto como se exorcizasse depressa aquela ação.

— E você ficou observando?

— Vi só um pouquinho.

— Você presenciou a cirurgia, Koisan?

— Fiquei esperando na sala ao lado, mas como a porta era de vidro, podia assisti-la caso quisesse.

— Mesmo que estivesse à vista, como foi capaz de olhar, Koisan?

— Procurava não ver, mas quando senti medo acabei olhando de relance. O coração de Itakura batia de modo assustador, o peito inflava e esvaziava de uma só vez. Será que a anestesia geral faz isso? Se você estivesse lá, Sachiko, nem isso agüentaria ver.

— Pare com essa história.

— Isso não foi nada para mim, mas acabei vendo uma coisa horrível.

— Pare! Vamos parar!

— Vou precisar de um bom tempo até conseguir comer carne bovina novamente.

— Pare, Koisan — repreendeu-a Yukiko.

— A propósito, descobri o nome da doença — dirigiu-se Taeko a Teinosuke.

— Disseram que era gangrena. O doutor Suzuki não nos disse enquanto estávamos na Clínica Isogai, mas depois nos contou em seu hospital.

— Hum. Gangrena é tão dolorida assim? Será que ficou desse jeito por terem mexido no ouvido?

— Bem, não sei se foi isso...

Posteriormente, soube-se que o diretor dessa clínica não gozava de boa reputação entre seus colegas de trabalho, afinal, era mesmo suspeito que ele tivesse se proposto, sem garantia de sucesso, a realizar uma cirurgia que dois conceituados cirurgiões da região haviam recusado por considerarem um caso perdido. Talvez viesse daí a sua fama. Na noite em que chegara ao hospital, Taeko não havia reparado, mas depois notou que o prédio, apesar de espaçoso, parecia vazio, sem nenhum outro paciente internado, e pôde concluir que o hospital também não devia ter boa reputação. Tinha um ar de castelo mal-assombrado, talvez porque o prédio fosse uma antiga residência de estrangeiros que fora reformada e cujo estilo ocidental luxuoso lembrava as construções do final do século XIX, talvez porque o teto alto fazia ecoar os ruídos de passos no corredor. De fato, no instante em que Taeko pisou ali pela primeira vez, sentiu um arrepio diante da atmosfera fria e sombria.

Já no quarto, passado o efeito da anestesia, o doente olhou para Taeko, que se encontrava junto à cabeceira, e deu um grito doloroso: "Oh, estou aleijado!" Estas foram as primeiras palavras de Itakura depois dos gemidos na Clínica Isogai e provavam que o doente, mais que um monstro moribundo, tinha consciência de sua situação e percebia tudo o que se discutia ao seu lado. Taeko ficou tranquila ao ver que ele, pelo menos, não gemia mais de dor e parecia mais aliviado do que antes. Acreditou que se salvaria perdendo apenas uma das pernas e imaginou a cena em que ele, já recuperado, caminhava com o auxílio de muletas. Realmente, o doente conseguiu repousar um pouco durante duas ou três horas, período em que chegaram os vendedores da Okubatake Comercial e Kei. Uma vez que já havia se certificado do estado do doente, estava dada a oportunidade para Taeko se retirar. A irmã de Itakura, única pessoa ciente da confusão entre ela, Kei e o irmão, logo se encarregou de providenciar sua saída. Na porta, Taeko pediu-lhe que avisasse caso houvesse uma piora repentina, não importava a hora que fosse. Também notificou o motorista do táxi que, dependendo da situação, talvez viesse a precisar novamente dos serviços dele naquela noite...

Apesar de dizer que estava cansada, Taeko relatou tudo isso às irmãs e ao cunhado, indo deitar-se somente às quatro da manhã. Foi logo despertada pelo telefonema do hospital e chamada de volta, como previra. De madrugada, Sachiko, meio sonolenta, chegou a ouvir um carro parar em frente ao portão e imaginar que Taeko estava de saída antes de cochilar. Algum tempo depois foi despertada por Oharu abrindo a porta corrediça.

— Senhora... Koisan acabou de telefonar e disse que o senhor Itakura acabou de falecer.

— Que horas são?

— Creio que seis e meia...

Sachiko tentou dormir mais um pouco, mas não conseguiu pegar no sono. Teinosuke também tinha ouvido o telefone, mas Yukiko e Etsuko, que dormiam no anexo da casa, só souberam da notícia por Oharu ao se levantarem, por volta das oito da manhã.

Taeko voltou na hora do almoço e contou que o estado de Itakura havia piorado. A irmã e os vendedores se revezaram na transfusão de sangue, mas tal procedimento acabou não fazendo mais efeito, pois as bactérias contaminaram o tórax e a cabeça do doente que, apesar de ter se libertado da dor aguda na perna, havia chegado ao fim da vida após terrível sofrimento. Taeko jamais tinha visto o fim de alguém que sofrera tanto como ele. Ele permanecera lúcido até o momento derradeiro e despediu-se daqueles que o observavam, pais, irmãos, amigos, um por um. Agradeceu ao jovem Kei e a Taeko pelos favores recebidos em vida e desejou-lhes felicidade, citou o nome de cada um da família Makioka, do patrão, de sua senhora, da senhorita Yukiko, da pequena Etsuko e até mesmo de Oharu, mandando-lhes lembranças. Os vendedores da

Okubatake Comercial voltaram ao trabalho depois de terem passado a noite no hospital, e o jovem Kei acompanhou os familiares, que levaram o corpo de Itakura até Tanaka. Taeko também fora e tinha retornado havia pouco. Kei permaneceu por lá para ajudar os familiares de Itakura, que o chamavam de "patrãozinho". O corpo seria velado naquela noite e no dia seguinte, e dois dias depois fariam o funeral. Mesmo nesses momentos, apesar do rosto abatido devido aos cuidados para com o doente e à falta de repouso, Taeko mantinha a expressão realmente calma e não derramou uma lágrima sequer.

Taeko foi sozinha ao velório na tarde do dia seguinte, e lá permaneceu por cerca de uma hora. Ela queria ficar mais tempo, mas manteve-se alerta diante da presença de Kei, que ali estava havia duas noites e parecia procurar uma brecha para falar com ela. Teinosuke cogitou ir ao funeral com sua família, mas pensando primeiramente no futuro das duas irmãs, resolveu abster-se, pois se encontraria com diversas pessoas no local da cerimônia e, devido ao incidente do jornal, não seria interessante ficar diante dos Okubatake num lugar como aquele. Enviou então Sachiko para prestar condolências, propositadamente fora de horário. Taeko participou da cerimônia fúnebre, mas acabou não indo ao crematório. Ao voltar para casa, contou que havia mais pessoas do que o esperado, rostos que não imaginava encontrar, ela mesma se surpreendera com o vasto círculo social criado por Itakura, sem que percebesse. Nesse dia, Kei mostrava-se precipitado como sempre e posicionava-se junto ao féretro com os vendedores.

As cinzas seriam levadas pelos familiares a um templo de sua cidade natal para serem enterradas, mas os Makioka não foram informados quando a família fechou as portas da Itakura Fotos e partiu, provavelmente evitando manter com eles relações sociais. De forma discreta, a cada sete dias, durante um período de trinta e cinco, Taeko foi sozinha à terra natal do falecido, onde visitava o túmulo em silêncio e de lá retornava sem passar pela casa dos familiares dele. Isso não passou despercebido por Sachiko, mesmo que vagamente.

Desde que "Mitochan" se fora, Yukiko e Etsuko acharam triste repousarem sozinhas no anexo e pediram que Oharu pernoitasse lá, mas isso durou apenas duas noites, pois exatamente no dia anterior ao funeral de Itakura elas transferiram o dormitório de volta à casa principal. O anexo foi esterilizado com formol e voltou a ser o escritório de Teinosuke.

A propósito, no final de maio, em meio a todos esses incidentes, uma carta chegara à casa dos Makioka via Sibéria, que aproveito para registrar aqui. Era uma carta escrita em inglês, destinada a Sachiko e enviada pela senhora Stolz, que voltara de Manila para Hamburgo.

HAMBURGO, 2 DE MAIO DE 1939.

Estimada senhora Makioka,

Sinto imensamente por não ter respondido mais cedo à carta muito cordial de Vossa Senhoria. Entretanto, não dispunha de tempo enquanto estava em Manila e nem durante a viagem. Como minha irmã continua enferma na Alemanha, precisei preparar toda a mudança em seu lugar. Trouxe comigo seus três filhos, tendo que cuidar de cinco crianças durante a viagem, e quase não pude descansar de Gênova até Bremerhaven. Meu esposo veio buscar-nos em Bremerhaven e ficou feliz por termos chegado bem. Ele parecia muito animado, Peter também, e eles nos esperavam na estação de Hamburgo, junto com meus parentes e amigos. Ainda não reencontrei meu velho pai nem minhas outras irmãs. Desejamos montar o quanto antes nossa moradia, mas isso é realmente trabalhoso. Vimos muitas residências e por fim encontramos uma de nosso agrado; agora estamos comprando os móveis da casa e os utensílios de cozinha e creio que em duas semanas tudo estará resolvido. Ainda não recebi a carga maior que saiu do Japão, mas ela deve chegar no máximo em dez dias. Peter e Fritz continuam hospedados na casa de um amigo. Peter está fazendo vários trabalhos na escola e pede que lhes mande lembranças. Em maio, uns amigos nossos voltarão para o Japão. Eles levarão uma lembrança para Etsuko-san; por favor, receba-a como um humilde símbolo de nossa amizade. Quando virão à Alemanha? Eu teria um grande prazer de mostrar Hamburgo a Vossas Senhorias, trata-se de uma metrópole maravilhosa.

Rosemarie escreveu uma carta para Etsuko-san. Etsuko-san, por favor, escreva alguma coisa também. Não se preocupe com os erros de inglês.

Eu também erro muito. Quem mora atualmente na casa que pertence ao senhor Sato? Lembro-me com freqüência daquele lugar amado. Por favor, mande minhas recomendações ao senhor Sato e à família de Vossa Senhoria também. Etsuko-san recebeu os sapatos enviados por Peter de Nova Iorque? Espero que não tenha tido encargos de alfândega por causa disso.
Atenciosamente,
Hilda Stolz

Esse foi o texto da senhora Stolz e, separadamente, havia uma folha com os seguintes dizeres: "Esta é a carta de Rosemarie que eu traduzi do alemão para o inglês."

2 DE MAIO DE 1939, TERÇA-FEIRA.

Querida Etsuko-san,
Eu não lhe escrevi durante muito tempo. Agora eu escrevo para você. Conheço um japonês que mora na casa da senhora Von Pustan, ele é funcionário do Banco Shokin Yokohama. Sua esposa e seus três filhos também estão aqui agora. Eles são os Imai. A viagem de Manila à Alemanha foi muito interessante. Só uma vez nos deparamos com uma tempestade de deserto no canal de Suez. Nossos primos desceram do navio em Gênova, e a mãe deles os levou de trem para a Alemanha. Nós fomos de navio até Bremerhaven. Embaixo da janela do nosso quarto de pensão onde moramos, um pássaro preto está fazendo um ninho. Primeiro botou um ovo e agora precisa chocá-lo. Certo dia, quando eu estava observando, o pai do pássaro trouxe uma mosca no bico. O pai do pássaro tentou dar a mosca para a mãe do pássaro, mas a mãe do pássaro saiu voando. O pai do pássaro é muito inteligente, deixou cair o cadáver da mosca e se foi. A mãe do pássaro logo voltou, comeu a mosca e sentou-se novamente sobre o ovo. Em breve nós teremos uma casa nova. Nosso endereço é:
Rua Overbeck, 14 subsolo, lado esquerdo.
Querida Etsuko-san, por favor, escreva-me logo outra vez.
Lembranças a todos.
Rosemarie
Ontem nós encontramos Peter e ele mandou lembranças.

Livro III

1

Yukiko fora à região de Kyoto e Osaka para a comemoração de 11 de fevereiro[1] e acabou estendendo sua permanência por mais quatro meses; parecia mesmo haver criado raízes em Ashiya e nem ao menos pensava numa data de regresso à casa central.

Logo no início de junho, Tsuruko recebeu uma proposta de casamento para Yukiko. Foi uma surpresa por dois motivos: tratava-se da primeira em dois anos e três meses, desde aquela do senhor Nomura, trazida pela senhora Jinba num mês de março, e também porque normalmente era Sachiko quem as recebia e transmitia a Tóquio. Desde a fracassada mediação de Tatsuo em uma das propostas feitas a Yukiko, a casa central havia deixado o assunto de lado por algum tempo. Entretanto, o cunhado resolvera tomar mais uma vez a iniciativa e providenciar uma nova proposta, comunicando Tsuruko, que, por sua vez, avisara Sachiko.

Sachiko, ao ler a carta da irmã, concluiu que a proposta não lhe parecia tão confiável e interessante a ponto de considerarem-na impreterível. Os membros da família Sugano (grandes agricultores da região de Ogaki), da qual a irmã mais velha de Tatsuo fazia parte, eram conhecidos dos ricos Sawazaki, da província de Nagoya. Tratava-se de uma conceituada família, que na geração anterior tinha chegado a ter um membro efetivo na Câmara dos Nobres. Por arranjo da irmã de Tatsuo, o chefe dessa família desejava marcar um encontro com Yukiko para fins matrimoniais. Dentre os irmãos de Tatsuo, fora a mais velha que tivera maior contato com Sachiko e suas irmãs. Sachiko tinha cerca de vinte anos quando fora a uma pescaria no rio Nagara, realizada com o auxílio

---

1. Data comemorativa do reinado dos imperadores japoneses que vigorou até o final da Segunda Guerra Mundial. Em 1872, o Japão determinou o ano de 660 a.C., data da posse do Imperador Shinmu, como o ano 1, a exemplo das eras cristã e muçulmana. Em 1966, ela foi restituída com o nome de Dia da Construção do Japão. (N.T.)

de um pássaro, o biguá, na companhia de Tatsuo, Tsuruko, Yukiko e Taeko. Na volta, acabaram pernoitando na casa dos Sugano. Três anos depois, o mesmo grupo fora convidado para colher cogumelos. Sachiko lembrava-se de terem saído da cidade de Ogaki e percorrido de carro uma via rural por vinte ou trinta minutos. O portão da casa ficava no fim de uma pequena rua com cerca viva bem densa, na saída de uma estrada que parecia ser a Rodovia Provincial. Embora houvesse ao seu redor apenas cinco ou seis casas de lavradores bem isoladas, o que dava à vila um aspecto melancólico, a residência dos Sugano, da época da Batalha de Sekigahara[2], era uma construção suntuosa, com um templo próprio erigido ao lado da casa principal, separado desta por um jardim interno. Do outro lado, além de uma fonte e de pedras cobertas pelos musgos do jardim, havia um pomar de castanheiras. Sachiko lembrava-se de um certo outono, em que as meninas da casa subiram nos galhos das castanheiras carregadas de frutos, derrubando vários deles para que pudessem colhê-los. As verduras, de um sabor incomparável, eram a atração principal da mesa de refeições, e as bolotas de inhame e raízes de lótus cozidas na sopa de missô eram especialmente deliciosas. A dona dessa casa era a irmã de Tastuo. Já viúva, talvez estivesse com a vida sossegada, e Sachiko tinha ouvido falar, havia algum tempo, que quando a senhora soubera do fato de Yukiko ainda não ter se casado, sentira vontade de ajudá-la, encontrando-lhe um bom partido.

A carta de Tsuruko informava que a nova proposta de casamento havia surgido por intermédio dessa irmã de Tatsuo, mas não trazia muitos detalhes a respeito do chefe da família Sawazaki, o pretendente, nem o motivo de seu interesse em conhecer Yukiko com intenções de desposá-la. Dizia apenas:

A senhora Sugano está interessada em apresentar o senhor Sawazaki a Yukiko, e pediu que a mandássemos para Ogaki. A família Sawazaki é dona de um capital de bilhões de ienes, tão diferente da

---

2. Ocorrida em 15 de setembro de 1600, a batalha marcou a vitória de Ieyasu Tokugawa (1542-1616), líder das tropas do leste que em 1603 fundou o governo de Edo (atual Tóquio), tornando-se supremo xogum por nomeação do Imperador. (N.T.)

atual situação financeira dos Makioka que tamanho desequilíbrio chega a ser até estranho. Ele é viúvo e parece ter solicitado o miai *depois de já ter investigado a nossa família, a personalidade e a aparência de Yukiko. Por isso, não me parece uma proposta tão ruim. Seja como for, não podemos ignorar a gentileza da senhora Sugano, pois deixaremos Tatsuo numa situação constrangedora. Por ora, ela diz que basta lhe enviar Yukiko, depois dará informações mais detalhadas sobre o pretendente. Como não estou a par de tudo, gostaria de lhe pedir para enviá-la à casa dela sem colocar objeções. Yukiko já prolongou demais sua estada com vocês, e estava mesmo na hora de regressar. Ela poderia aproveitar a volta para Tóquio e ir até lá. A senhora Sugano não disse nada sobre quem acompanharia Yukiko. Tatsuo está ocupado, eu poderia até ir, mas se não fosse muito incômodo, seria melhor você acompanhá-la, Sachiko... A ocasião não será nada formal, apenas para que se conheçam, por isso você poderia ir junto, como se estivessem indo a um passeio.*

Tsuruko expôs tudo sem demonstrar qualquer preocupação, mas quanto a Yukiko, será que ela aceitaria ir? Esta foi a primeira coisa em que Sachiko pensou, e quando mostrou secretamente a carta a Teinosuke, o marido concordou com ela. Tudo havia sido muito rápido e incomum, incompatível com as habituais atitudes da irmã mais velha. É verdade que a família Sawazaki, de Nagoya, não lhes era completamente desconhecida, sendo também bastante famosa nos arredores de Osaka. Mesmo assim, caso atendessem ao pedido da irmã e mandassem Yukiko sem ao menos terem investigado o pretendente, não estariam tendo uma atitude leviana? Justamente pelo fato de os ricos Sawazaki pertencerem a um nível social muito superior ao deles, não poderiam entender tudo como inaptidão dos Makioka?

Yukiko, que já tivera várias propostas recusadas, havia pedido às irmãs que fossem muito cuidadosas antes de marcarem um novo *miai*, a fim de evitarem que os desfechos bem conhecidos de Tsuruko se repetissem. Teinosuke, por sua vez, ao voltar do escritório no dia seguinte, comentou o quanto havia de enigmático nessa história. Naquele dia, ele havia averiguado com duas ou três fontes de informação tudo o que lhe fora possível sobre o tal chefe da família Sawazaki. Ele tinha cerca de 44 anos, era formado em administração pela Universidade de Waseda, e, dois ou três anos antes, havia perdido a esposa, originária da alta nobreza, com quem tivera dois ou três filhos. Quem havia exercido o cargo de membro da Câmara dos Nobres tinha sido seu pai, e, por conta das taxas que pagara, sua fortuna havia diminuído um pouco desde então, mas a família estava longe de ter uma situação financeira ruim, sendo considerada uma das mais abastadas das redondezas de Nagoya. Teinosuke obtivera informações gerais, mas nada referente à personalidade ou características físicas do pretendente. Não conseguia entender como um homem extremamente rico, ligado à nobreza, aceitaria desposar, mesmo que em segundas núpcias, a moça de uma família decadente como a dos Makioka; se isso se confirmasse, provavelmente ele tinha algum problema que não lhe permitia arrumar uma parceira à altura de sua condição social. Como a viúva Sugano jamais arranjaria um casamento desse tipo para Yukiko, era possível que tal cavalheiro, dando importância às aparências, tivesse lhe solicitado uma típica moça japonesa, daquelas bastante recatadas, e depois de muita procura, quando finalmente ouvira falar de Yukiko, tivesse tido vontade de conhecê-la. Seu interesse por ela também poderia ter sido decorrente de um outro motivo mais sério, que havia chegado aos seus ouvidos: o fato de sua sobrinha de Ashiya a adorar até mais do que à própria mãe, e de Yukiko costumar cuidar dela no lugar de sua irmã. Isso talvez o tivesse levado a concluir que alguém como ela haveria de cuidar bem de seus filhos do primeiro casamento, não lhe importando nada mais além da boa relação entre eles. Era provável também que ao ouvir comentários sobre a beleza da moça da família Makioka, tivesse ficado curioso em conhecê-la, ainda que por divertimento, não tendo nada a perder. Se a casa central solicitava a Yukiko atender ao apelo sem efetuar as devidas investigações, era por causa de Tatsuo, incapaz de dizer não à irmã mais velha. Caçula da família Taneda, adotado pela família Makioka, ele continuava a ser submisso como sempre aos irmãos. O desejo da viúva Sugano, considerada quase uma mãe ou tia, era praticamente uma ordem.

Com certeza Yukiko há de dar uma resposta negativa, mas gostaria que você intercedesse nesse ponto, Sachiko, para que ela aceite ir. Deixemos as conclusões dessa proposta em segundo plano. Antes, é preciso que você a faça pelo menos ir até lá, caso contrário Tatsuo ficará numa situação constrangedora.

Assim dizia a carta, que trazia como acréscimo uma justificativa:

Essa história pode ser totalmente descabida e sem esperança, mas as afinidades não funcionam dessa maneira. Certamente, não será de todo ruim para o futuro de Yukiko se ela aceitar as boas intenções da família Sugano.

Logo após a carta de Tsuruko, chegou uma outra, desta vez da viúva Sugano:

Ao falar com Tatsuo, soube que Yukiko estava em Ashiya. Por isso, sem fazer rodeios, preferi consultá-los diretamente. Já devem ter tomado ciência do assunto por Tsuruko em linhas gerais, mas pediria que não dessem tanta importância ao que ela lhes contou. Como já faz muito tempo que não nos vemos, gostaria de convidar a todos para visitarem minha casa, inclusive Yukiko, Taeko e também a sua filhinha Etsuko, a qual ainda não conheço. Aqui, no interior, quase nada mudou. Estamos entrando na estação dos vagalumes. Esta região não é particularmente famosa por isso, mas daqui a uma semana as plantações alagadas de arroz da vizinhança e as margens dos pequenos rios ficarão extremamente belas com a visão dos vagalumes cruzando a escuridão. Capturar vagalumes será uma atração nova para vocês, muito diferente da diversão de colher cogumelos e folhas de bordo. A estação dos vagalumes é curta, e o melhor período começa daqui a uma semana; passada essa fase, já não haverá mais tanta graça. O clima também influi muito. É ruim quando se sucedem vários dias de tempo bom, e também quando chove. O melhor dia é o que vem depois da chuva. Assim, o que acha de reservarem o próximo final de semana para essa diversão e chegarem aqui no entardecer de sábado? Yukiko poderia destinar um tempo para conhecer o senhor Sawazaki enquanto todos estiverem aqui. Ainda não tenho idéia de como poderemos acertar o encontro, mas o senhor Sawazaki provavelmente virá à minha casa para conhecê-la. Será um encontro breve, não mais de uma hora, e pode ser que ele também tenha algum imprevisto no dia. Gostaria que viessem, sobretudo, para apanhar vagalumes, sem se preocuparem muito com o encontro.

Esse era o conteúdo da carta; com certeza, uma providência tomada a pedido da casa de Tóquio com o objetivo de incentivá-los a ir para Ogaki. Apesar de Sachiko ter estranhado a proposta e dela não esperar nada, no íntimo o cunhado e a irmã pareciam pensar diferente e talvez até estivessem esperançosos de que essa história, "semelhante a um sonho", viesse a se tornar realidade. Ela, por sua vez, encontrava-se muito desanimada com as propostas de casamento feitas a Yukiko nos últimos tempos, e não tinha coragem de abandonar tal oportunidade de forma arbitrária. Teinosuke suspeitou ser esse um caso semelhante ao de quatro ou cinco anos antes, quando também veio de uma pessoa de nível social muito elevado; interessados, puseram-se a fazer as investigações de forma minuciosa e sofreram uma grande decepção ao descobrirem um escândalo na família. Ele compreendia as boas intenções da viúva Sugano, mas estava indignado. Seu convite parecia-lhe um tanto negligente; afinal, seria um desrespeito faltar com o protocolo e convidar, de repente, as pessoas para irem à sua casa, só porque ela tinha o desejo de promover um *miai*. Apesar de tudo, aquela era a primeira proposta depois de longos dois anos e três meses. Sachiko lembrou-se de que até certo tempo antes havia inúmeros, mas eles subitamente desapareceram. Talvez o erro tivesse sido sonharem alto demais, presos como estavam às antigas formalidades, recusando por conseguinte todos eles. Acreditava também que a má fama de Taeko tivesse contribuído de alguma forma para o desenrolar dos acontecimentos, mas não conseguia deixar de sentir que metade da responsabilidade pelo fracasso cabia a si mesma, acabando por se culpar. Exatamente no momento em que se sentia assim, havia surgido esta nova proposta. Sachiko, que chegara a encarar tudo de maneira negativa, imaginava que haviam perdido a compaixão da sociedade e que ninguém mais lhes traria nenhuma proposta, e temia despertar novas críticas, caso afastasse de imediato esta oportunidade, mesmo vendo nela uma esperança incerta e quase vã. Ainda que não desse certo, só o fato de atenderem a este pedido abriria a possibilidade de surgirem novas propostas. Se o recusassem de imediato, sem ao menos oferecer a oportunidade de um encontro, correriam novamente o risco de ficar, por um bom tempo, sem receber qualquer outra proposta para Yukiko, sobretudo por ser aquele o seu ano de azar. Além do mais, alguma coisa em seu íntimo lhe dizia para não negligenciar esta história "semelhante a um sonho", mesmo tendo feito pouco caso do sonho do cunhado e da irmã anteriormente. Seu marido preferia ter cautela, mas seria mesmo necessário? A tal família Sawazaki podia ser muito rica, mas tratava-se do segundo casamento de um homem com dois ou três filhos e, comparada a ele, será que Yukiko seria tão desqualificada assim para ser encarada com zombaria? Afinal, a família Makioka também era de alta estirpe. Depois desses apontamentos de Sachiko, Teinosuke não foi capaz de retrucar. Rebaixarem-se tanto assim seria injustiça para com o sogro, pensou ele, além de conotar uma falta de compaixão para com Yukiko.

 O casal passou a noite inteira refletindo sobre o assunto e chegou à conclusão de que o melhor seria esperar por Yukiko, tudo dependeria da decisão dela. No dia seguinte, Sachiko resumiu para a irmã o conteúdo das duas cartas e, sem fazer qualquer tipo de pressão, perguntou-lhe a opinião. Ao contrário do que esperava, Yukiko não lhe pareceu descontente. Como sempre, sua resposta não foi clara, mas nas entrelinhas de suas falas, que se limitavam a alguns "Hums" e "Ah, sim", Sachiko conseguiu depreender alguma coisa. Talvez essa altiva irmã no fundo estivesse aflita e já não fosse tão exigente como antes em relação aos *miai*. Como Sachiko preocupara-se em não ferir o orgulho de Yukiko, talvez a irmã não tivesse reparado que aquela proposta viera de um pretendente de nível social mais elevado, que era no fundo ridícula, ou pior, que poderia se tratar de uma zombaria. Nos *miai* anteriores, ao saber que o proponente já fora casado e tinha filhos, costumava levantar uma série de questões (se eram crianças normais, se possuíam algum tipo de deficiência, quantos anos tinham), mas desta vez não dera a menor importância a tais detalhes. Como teria mesmo de voltar para Tóquio algum dia, e todos iriam acompanhá-la até Ogaki, ponderou ela, divertir-se com os vagalumes não seria de todo mau. Yukiko parecia mesmo interessada em casar-se com alguém de posses, gracejou Teinosuke.

Sachiko escreveu então à viúva Sugano informando-lhe, entre outras coisas, que haviam decidido aceitar o amável convite e que Yukiko havia concordado de bom grado em conhecer o interessado. Pedia-lhe também acolhida para quatro pessoas: ela própria, Yukiko, Taeko e Etsuko. Sem querer abusar da gentileza da senhora, Sachiko gostaria de saber se era possível ficarem lá sexta-feira e sábado, em vez de sábado e domingo, pois Etsuko tinha acabado de convalescer de uma doença demorada e faltado seguidamente à escola. Solicitou-lhe também que mantivesse como propósito da visita apenas os vagalumes, cuidando para que a menina não ficasse sabendo do *miai* de Yukiko. Na verdade, antecipariam a viagem em um dia, pois haviam decidido acompanhar Yukiko até a cidade de Gamagori em seu retorno a Tóquio. Programaram então hospedar-se na sexta-feira na casa dos Sugano, para poderem ir até a Hospedaria Tokiwa no sábado. Domingo à tarde, eles se separariam em Gamagori, cada qual seguindo seu caminho a leste ou a oeste, e assim Sachiko poderia chegar em casa no mesmo dia, a fim de que Etsuko pudesse retornar às aulas na segunda-feira.

2

Era verão e Sachiko tivera vontade de usar roupas ocidentais durante a viagem de trem, mas ao pensar no *miai* resolveu agüentar o calor quase insuportável do *obi* duplo. Não sem invejar a roupa de Taeko, simples como a de uma criança, que não diferia muito da de Etsuko. Yukiko também preferia levar o quimono na mala, mas como sua idade não lhe permitia andar tão à vontade e não desejava chamar a atenção dos passageiros do trem, resolveu vesti-lo. Nada havia sido combinado, portanto era possível que lá chegando seu pretendente já estivesse à espera, e achou melhor ir preparada, esmerando-se na hora de se vestir. Teinosuke, que as acompanhou na partida, indo com elas até Osaka pela Ferrovia Nacional Shosen, admirava Yukiko sentada no banco em frente ao seu, do outro lado do corredor.

— Que jovialidade! — comentou ao pé do ouvido de Sachiko, como se estivesse vendo a cunhada pela primeira vez. De fato, ninguém diria que ela estava com 33 anos, sua idade do azar. Tinha a face esguia, olhos e nariz um pouco tristes, mas quando bem maquiado, seu rosto se sobressaía. Vestia um traje do tipo intermediário entre o quimono de uma peça só e o de tecido leve, com mangas de sessenta centímetros de comprimento, confeccionado com uma mistura de fios dourados e *georgette*. Ousados desenhos de *hagi,* cravinas e ondas sem espuma, inseridos entre as estampas simplificadas de grandes cestos, destacavam-se sobre o lilás, elegante e sóbrio. De todas as roupas de Yukiko, essa parecia ser a mais adequada à sua personalidade, e tão logo o assunto da viagem fora decidido, ela telefonou a Tóquio solicitando sua remessa por um trem de passageiros.

— É de uma jovialidade e tanto! — rebateu Sachiko, voltando-se para Teinosuke. — Ninguém é capaz de vestir tão bem uma roupa vistosa como essa na idade de Yukiko.

Yukiko baixou o olhar, parecendo perceber que era alvo de comentários. A única ressalva era aquela sombra azulada no canto dos olhos, ultimamente sempre visível. Sachiko tinha reparado na mancha que reaparecera de leve no rosto da irmã depois de um longo tempo, talvez um ano antes, em agosto, na noite anterior à que Yukiko fora a Yokohama, levando Etsuko para se despedir de Peter. Desde então, a tal mancha tornava-se mais clara ou mais escura, mas não desaparecia. Por certo, quando estava mais clara era imperceptível aos que não sabiam de sua existência, mas aqueles que se incomodavam com ela conseguiam percebê-la, ainda que ligeiramente. Antes, tendia a ficar escura nos dias da menstruação e aparecia vez ou outra; mas nos últimos tempos, além de surgir com freqüência e sem uma regularidade que permitisse previsões sobre sua tonalidade, também parecia não ter mais ligação com o período menstrual. Teinosuke, muito preocupado, chegou a recomendar que experimentassem a injeção, se é que ela surtiria efeito, e Sachiko insistia na consulta a um especialista. No entanto, quando Yukiko fora examinada na Universidade de Hanshin, havia um ano, disseram que a injeção precisava ser aplicada várias vezes ao dia para surtir efeito, o que era desnecessário no caso dela, pois o problema melhoraria com seu casamento. A mancha não chegava a ser vista como um defeito aos que se habituavam a vê-la, e preocupava apenas os familiares. A sociedade não considerava aquilo um problema e tampouco ela própria sentia-se incomodada. Por isso deixaram como estava, mas, por infelicidade, quando Yukiko carregava a maquiagem, ela se sobressaía ainda mais sob o pó-de-arroz, e, vista meio de lado, ficava nítida como o mercúrio dentro do termômetro. Teinosuke havia reparado na mancha já naquela manhã, quando a cunhada se arrumava no quarto de maquiagem, e, dentro do trem, apresentava-se mais nítida do que de costume. Parecia não ter como passar despercebida pelas pessoas, por mais que tentassem disfarçá-la. Sachiko continuava calada, mas supunha o pensamento do marido. O casal, que desde o início não ficara muito entusiasmado com o encontro, procurava não demonstrar o pessimismo, mas conseguiam ler o pensamento um do outro.

 Etsuko já dava mostras de desconfiar que a ida a Ogaki era algo mais que um passeio para pegar vagalumes, e enquanto faziam a baldeação em Osaka, perguntou:

— Mamãe, por que não veio com roupas ocidentais?

— Tem razão. Queria vir, mas achei que seria um desrespeito não estar de quimono.

— Hum — resmungou, ainda insatisfeita com a resposta. — Por que, mamãe?

— Por quê? Ora, porque as pessoas mais idosas do interior são muito exigentes em matéria de etiqueta.

— Tem certeza de que não vai ter alguma coisa hoje?

— Por que a pergunta? Já não dissemos que iremos pegar vagalumes hoje?

— Mas para isso, tanto você, mamãe, quanto a tia Yukiko estão elegantes demais...

— Etsuko, quando se fala em capturar vagalumes — intercedeu Taeko tentando ajudar —, é como nos desenhos, você sabe, princesas vestidas assim, com quimonos de mangas longas acompanhadas por suas criadas — e demonstrava com gestos —, seguram o abanico e perseguem os vagalumes ao redor dos lagos ou sobre as pontes de terra, não é mesmo? A captura aos vagalumes tem de ser feita com quimonos *yuzen*, que expressam leveza e elegância, caso contrário, perde-se o clima.

— E no seu caso, Koisan?

— É que eu não tenho quimonos apropriados para sair que possam ser usados nessas ocasiões. Hoje, Yukiko fará o papel de princesa e eu serei a criada em estilo moderno, entendeu?

Dois ou três dias antes, Taeko havia ido até a cidade de Okayama para fazer o sufrágio para Itakura pelos vinte e um dias de seu falecimento, mas já parecia restabelecida e sem marcas daquele acontecimento infeliz em seu coração. Fazia gracejos ocasionalmente, levando Etsuko e as irmãs às gargalhadas; manejava pequenas latas de doces açucarados e biscoitinhos de arroz, uma a uma, tal qual uma ilusionista, ora comendo às escondidas, ora distribuindo-os às irmãs.

— Veja, tia Yukiko, o monte Mikami!

Como Etsuko raramente ia a leste de Kyoto, ficou encantada com a paisagem do caminho da região de Omi, que percorria pela segunda vez, lembrando-se de que em agosto do ano anterior, quando fora a Tóquio com Yukiko, esta lhe mostrara a longa ponte de Seta, o monte Mikami e as ruínas do castelo do monte Azuchi Sawa. Quando estavam um pouco além da estação do rio Noto, entretanto, ouviu-se um barulho e o trem acabou parando num lugar incomum. Todos os passageiros puseram a cabeça para fora da janela. O trem ficou parado em meio às plantações, bem em cima de uma elevação de terra, onde os trilhos faziam uma curva, e não era possível ver o que ocasionara o incidente. Um ou dois funcionários desceram e examinaram embaixo dos vagões, enquanto todos perguntavam o que havia acontecido. Talvez nem eles soubessem o motivo, ou não quisessem informar, respondendo apenas com evasivas e indo embora. Pensou-se que o caso seria resolvido em cinco ou dez minutos, mas o trem demorava a sair. Um outro parou logo atrás. Dele, também desceram funcionários que examinavam os vagões ou corriam na direção da estação do rio Noto.

— O que terá acontecido, mamãe?
— Pois é!
— Será que o trem atropelou alguém?
— Não parece ter sido isso.
— Bem que o trem poderia começar a andar logo.
— Que trem imprestável, parar num lugar assim!...

Quando o trem parara, instantes antes, a primeira hipótese de Sachiko também fora a de que alguém tivesse sido atropelado, e tivera um sobressalto, mas felizmente não era nenhum sinal de agouro. Podia ser até normal um trem ficar parado por tanto tempo, mais de trinta minutos, numa linha secundária do interior, numa linha privada ou então numa estrada de ferro principal como aquela sem que se soubesse o motivo, mas para ela, com pouca experiência em viagens, tratava-se de um acontecimento estranho. O trem, que gradativamente reduzira a velocidade até parar, sem qualquer acidente visível aos olhos das pessoas, parecia fazer uma brincadeira sem graça, como se quisesse atrapalhar o *miai* daquele dia. Pensou nisso porque invariavelmente nos dias em que combinavam as propostas de casamento de Yukiko, ou nos dias dos *miai*, era comum acontecerem coisas estranhas ou de mau agouro, e já fazia algum tempo que ela vinha apreensiva, torcendo para que nada de ruim acontecesse dessa vez... Entretanto, tinham conseguido tomar o trem normalmente e tudo indicava que o dia terminaria bem, de modo que foi ficando aliviada. Mas agora, ao refletir sobre os últimos acontecimentos, Sachiko foi fechando o semblante, embora tentasse esconder dela mesma seu desalento.

— Não é preciso ter pressa. Enquanto o trem está estacionado, podemos aproveitar para lanchar — comentou Taeko naquele exato momento, em tom de brincadeira. — Parado, assim, dá para comermos estes pratos apetitosos com mais tranqüilidade.

— É uma boa idéia — disse Sachiko, criando ânimo. — Com tamanho calor, se não nos apressarmos, a comida perderá todo o seu sabor.

A essa altura, Taeko já tinha se levantado e descia os cestos e embrulhos de cima da rede do bagageiro.

— Koisan, será que o ovo não estragou?

— Acho que o *club sandwich* é mais suspeito. Vamos abri-lo primeiro.

— Como você come, Koisan. Já faz tempo que não pára de mastigar!

Yukiko falou como se não se importasse nem um pouco com a atenção que as irmãs lhe dispensavam. Finalmente, depois de quinze ou dezesseis minutos, o trem começou a se mover devagar e ruidosamente, rebocado por uma locomotiva que viera em seu socorro.

3

A última vez que as irmãs haviam sido convidadas a irem à casa dos Sugano em Ogaki fora para colher cogumelos, no outono do último ano de solteira de Sachiko, quando ela já estava noiva de Teinosuke. Casaram-se dois ou três meses depois, em 1925, havia quatorze anos; na época ela tinha 23 anos, Yukiko, 19, e Taeko, 15. Naquele tempo, o marido da senhora Sugano ainda estava vivo. Sachiko lembrava-se dela e das irmãs achando graça quando ele, que falava o dialeto local, pronunciava *tai* como *tea* e *hai* como *hia*, e entreolhavam-se num esforço para conter o riso todas as vezes que o velho dizia tais palavras. Certa vez, entretanto, ao ouvirem dele *senzo no oihia*[3], acabaram soltando uma enorme gargalhada, e foram encaradas com reprovação pelo cunhado Tatsuo.

Ele tinha muito orgulho do parentesco com a família Sugano daquela região, cujo nome figurava nas narrativas de guerra sobre a Batalha de Sekigahara, e sempre que havia uma oportunidade levava Tsuruko e as cunhadas a Ogaki. Gostava de exibir-lhes os antigos campos de batalha e o posto de fiscalização Fuwa, localizados nas proximidades. Era pleno verão quando foram visitar o local pela primeira vez, e Sachiko ficou exausta ao ser levada de um lado para outro pelas estradas interioranas, quentes e empoeiradas, num automóvel caindo aos pedaços. Da segunda vez, também foram aos mesmos lugares famosos, e ela ficou aborrecida ao perceber que não havia nada de mais interessante para se conhecer. Provavelmente, isso ocorrera porque Sachiko nunca se interessara pela Batalha de Sekigahara. Sentia-se orgulhosa por ter nascido em Osaka e desde pequena preferia as histórias relativas a Hotaiko[4] e Yodogimi[5].

---

3. Lápide dos ancestrais. (N.T.)
4. Nome respeitoso pelo qual Toyotomi Hideyoshi (1536-1598) é tratado. Sucessor de Oda Nobunaga, construiu o castelo de Osaka, usado como seu quartel-general, e unificou o país em 1590. (N.T.)
5. Nome pelo qual Chacha (1567-1615), amante de Toyotomi Hideyoshi, é chamada. (N.T.)

A segunda visita a Ogaki havia sido realizada por ocasião da inauguração de um novo *zashiki*, num prédio anexo, um local para o lazer do senhor Sugano, onde ele pudesse fazer as sestas, jogar *go* ou hospedar convidados. Esse prédio, denominado Rankatei, tinha um quarto e uma ante-sala, respectivamente, de oito e de seis tatames, e ligava-se à casa principal por um corredor bem longo e com formato de bumerangue. Era uma construção requintada, no estilo das salas de cerimônia do chá, mas muito agradável. Sofisticada, mas não em demasia, conservava aquele ar despojado das casas interioranas. Ao ser conduzida novamente ao Rankatei, notou nele um clima de serenidade ainda maior, talvez pelo amadurecimento da madeira com o passar dos anos.

— Sejam muito bem-vindas.

Enquanto tomavam fôlego, admirando o verde exuberante do jardim, a viúva entrou com a nora e os netos para cumprimentá-las. A nora, casada com o atual chefe da família e funcionário de um banco em Ogaki, encontrava-se pela primeira vez com Sachiko e trazia no colo um bebê ainda em fase de amamentação, talvez recém-nascido. Um outro menino, que tinha em torno de seis anos de idade, entrou logo atrás, agarrado à saia da mãe. A nora chamava-se Tsuneko, o neto mais velho, Sosuke, e a menina, Katsuko, conforme a apresentação da viúva. Durante algum tempo, trocaram saudações, e, naquela ocasião, a jovialidade de Yukiko e das irmãs veio à tona. A viúva comentara que, ao ouvir o barulho do carro estacionando, fora ao portão para recepcioná-las. Talvez porque já estivesse com a visão fraca, quando avistou Taeko desembarcando antes das demais, pensou tratar-se de Etsuko. Quando Yukiko e Sachiko saíram do carro, também as confundiu respectivamente com Taeko e Yukiko. Ficara à espera de Sachiko e estranhou quando apareceu mais uma menina de dentro do carro, mas só foi perceber a confusão na hora em que estava ali diante de todas. Aos poucos, à medida que iam conversando, começou a ligar as pessoas aos nomes. Tsuneko, a nora, concordou com a sogra. Era a primeira vez que as via, mas sempre tinha ouvido falar muito de todas elas, e já sabia distinguir mais ou menos as feições e idade de cada uma, mas quando as vira descendo do carro também ela ficara sem saber quem era quem. Pedia desculpas pela indiscrição, mas soubera que a senhorita Yukiko era um ou dois anos mais velha do que ela. Seria verdade? Tsuneko tinha 31 anos, explicou a viúva, e era perfeitamente natural que sua nora, casada havia alguns anos e com dois filhos, aparentasse mais idade, e, mesmo estando mais arrumada que Yukiko naquele dia, ainda parecia bem mais velha que esta. A senhorita Taeko também aparentava ser muito jovem, continuou ela, quando viera aqui pela primeira vez era um pouco maior do que a menina, e apontou para Etsuko. Já na segunda vez, que devia ter sido em 1925, provavelmente ela tinha 15 ou 16 anos, dizia sem parar de piscar os olhos, como se duvidasse de sua visão. Vendo a senhorita Taeko, agora, não conseguia acreditar que já haviam se passado mais de dez anos. Era muito estranho. Não tinha cabimento confundi-la com Etsuko, mas, realmente, frente a frente, não via diferenças daquela época, Taeko nem parecia ter a idade que dizia ter. Dar-lhe-ia, no máximo, 17 ou 18 anos.

Depois da tigela com macarrão gelado oferecida como lanche das três horas, Sachiko foi chamada pela viúva a um dos cômodos da casa principal para combinarem o *miai*, mas bastou uma conversa de cinco ou dez minutos para Sachiko arrepender-se de ter aceitado o convite. A questão mais importante, com a qual ela já se preocupava desde o início e que a deixou surpresa após a exposição da viúva, foi que a senhora Sugano também não sabia nada sobre o pretendente e nunca tinha se encontrado com o tal chefe da família Sawazaki. Segundo suas palavras, os Sawazaki e os Sugano mantinham relações de fidelidade por serem famílias importantes, e seu falecido marido tivera muita intimidade com os ancestrais da família Sawazaki e seu atual chefe, o pretendente. Após a morte do senhor Sugano, no entanto, sua esposa e seu filho quase não tiveram contato com os Sawazaki, e nada sabiam sobre as gerações anteriores. Jamais o atual chefe desta família havia ido à sua casa; portanto, não o conhecia pessoalmente. Até aquela ocasião, também nunca tinha se correspondido com ele. Mesmo assim, as duas famílias possuíam em comum muitos parentes e conhecidos, que freqüentavam ambas as casas. Tinha ouvido vários comentários de que o senhor Sawazaki perdera a esposa havia três anos e estava à procura de uma nova companheira.

Desde então, houve duas ou três propostas de casamento, mas que não deram certo. Ele já havia passado dos quarenta anos, e, apesar de ainda não ter esquecido a primeira esposa, desejava que a segunda fosse solteira, se possível, e que tivesse em torno de vinte anos. Como ela sempre se preocupara com Yukiko, à medida que ouvia esses comentários, cada vez com mais freqüência, pensou que valeria a pena fazer a proposta, embora Yukiko não se encaixasse no quesito idade. Estava ciente de que devia ter encaminhado o pedido por meio de alguém idôneo, mas, para tanto, precisaria encontrar uma pessoa que estivesse à altura para desempenhar tal papel. Indecisa quanto a quem escolher, preferiu propor logo o *miai*, em vez de deixar os dias se passarem. Mesmo ciente de que este era um procedimento incomum, ela mesma enviara uma carta ao senhor Sawazaki, dizendo-lhe haver tal moça entre seus parentes e perguntando-lhe se não estaria interessado em conhecê-la. Como não recebera logo uma resposta, ela acreditou que ele não havia se interessado. No entanto, ao que tudo indicava, o pretendente tinha começado as investigações com base na carta. Cerca de dois meses depois, recebeu a resposta. Dito isso, a viúva mostrou a carta a Sachiko.

Enquanto o senhor do Rankatei compartilhava conosco deste mundo, sempre recebemos muitos favores dele. Sinto-me em falta com o dever, por ainda não ter tido o prazer de conhecer Vossa Senhoria. Não encontro palavras para agradecer-lhe a imensa delicadeza pela carta enviada há algum tempo. Deveria ter respondido de imediato, mas por causa dos inúmeros afazeres acabei demorando-me além do esperado, motivo pelo qual rogo por seu perdão. Teria muito gosto em encontrar-me com essa pessoa recomendada por Vossa Senhoria e, se puder fazer a gentileza de me avisar com cerca de três dias de antecedência, não terei problemas em reservar um tempo para o encontro, contanto que seja num sábado ou num domingo. Podemos também combinar os detalhes por telefone.

Era uma carta em rolo, bem curta e escrita em estilo respeitoso, com caligrafia e redação dentro dos padrões normais. Uma correspondência comum. No entanto, depois de lê-la, Sachiko ficou atônita por algum tempo. Afinal, em se tratando de duas famílias importantes, tanto os Sawazaki quanto os Sugano deveriam, em casos como esse, dar importância maior do que a habitual às formalidades. Então, o que significava tudo aquilo? A viúva Sugano, principalmente, mostrava-se inconseqüente e inadequada para a sua idade ao apresentar por conta própria, via carta, uma proposta a uma pessoa que nem conhecia, sem ao menos consultar os Makioka. Sachiko desconhecia esse outro lado da viúva. Talvez, devido à idade, ela se sentisse no direito de agir daquela maneira, pois trazia no rosto um ar autoritário de quem fazia tudo de acordo com a sua própria vontade. Sachiko pôde entender por que Tatsuo se sentia tão intimidado perante esta irmã mais velha. Era muito estranho o senhor Sawazaki ter atendido ao pedido da viúva, pensava Sachiko. Talvez tivesse aquiescido apenas para não ser indelicado com a família Sugano.

Enquanto Sachiko esforçava-se para não demonstrar insatisfação, a viúva disse-lhe algo que nem chegava a ser uma justificativa. Explicou-lhe o quanto era impaciente e não gostava de se prender a formalidades... Por isso, seria mais fácil fazer com que Yukiko e o cavalheiro se encontrassem. As outras questões poderiam ficar para depois. Ela não havia investigado o senhor Sawazaki, mas como nunca ouvira falar nada de ruim a respeito de sua natureza, nem de sua família, não acreditava que tivesse algum grande defeito. Quanto aos pontos duvidosos, seria mais fácil perguntar diretamente a ele. Até na questão dos filhos que tivera com a primeira esposa, ela continuava dizendo que eram dois ou três; ou seja, sequer sabia o número exato, tampouco se eram meninos ou meninas. A viúva parecia satisfeita que seus planos estivessem correndo bem até aquele momento. Tão logo recebera a resposta de Sachiko, continuou ela, combinou o encontro por telefone com o senhor Sawazaki. Ele tinha ficado de ir até lá no dia seguinte, por volta das onze horas. Da parte delas, estariam presentes ela própria, a viúva, Yukiko e Sachiko. Não poderia oferecer nada de especial, mas Tsuneko iria preparar o almoço a ser servido para todos. Poderiam então sair para divertir-se com os vagalumes naquela mesma noite e providenciaria para que seu filho mostrasse as ruínas de Sekigahara e outros locais a Taeko e a Etsuko, na manhã do dia seguinte. Se eles saíssem levando um lanche para o almoço e retornassem por volta das duas horas da tarde, já teriam encerrado o *miai*, dizia ela, bastante entusiasmada. Entretanto, por tratar-se de uma questão de afinidades, nada podia garantir neste caso. Mas ela mesma tinha ficado surpresa ao deparar com a aparência tão jovem de Yukiko, pois tinha em mente que aquele era seu ano de azar. As pessoas deviam dar a ela no máximo 24 ou 25 anos; por isso, encaixava-se perfeitamente no critério "idade" levantado pelo senhor Sawazaki.

Sachiko imaginava algum bom pretexto para pedir à viúva Sugano o adiamento do *miai* para uma próxima oportunidade, ficando, daquela vez, apenas nos vagalumes. Atraída pela carta da viúva, trouxera Yukiko consigo apenas porque confiara na senhora, imaginando que ela teria tomado todas as providências para que o assunto chegasse a um consenso antes de marcar o encontro. Do jeito que as coisas estavam, entretanto, parecia que tanto a família Sugano quanto a família Sawazaki não dedicaram a devida consideração a Yukiko. Com certeza, sua irmã não se sentiria bem se tomasse conhecimento da situação, e estava claro que Teinosuke também ficaria ultrajado. Supôs até que o senhor Sawazaki, considerado um homem riquíssimo, estaria fazendo pouco caso de uma pessoa que havia solicitado um *miai* por carta, sem ao menos utilizar um intermediário, não encarando por isso o assunto com seriedade. Se Teinosuke estivesse com ela, poderia ser diferente. Teria condições de solicitar um adiamento do *miai*, justificando que desejavam seguir as convenções: primeiro investigar o homem, depois fazer tudo de acordo com os procedimentos normais por meio de um intermediário. Contudo, intimidada pela situação de estar sozinha com a senhora Sugano, diante de seu entusiasmo, e também levando em conta a situação do cunhado de Tóquio, Sachiko não fora capaz de recusar o arranjo. Sentiu pena de Yukiko, mas acabou decidindo-se por deixar tudo nas mãos da senhora e aguardar os acontecimentos.

— Troque de roupa se estiver com calor, Yukiko. Eu também vou me trocar.

De volta ao *zashiki* anexo, Sachiko sinalizava à irmã que o *miai* não aconteceria naquele dia. Foi logo desatando o nó do *obi* e precisou disfarçar seu inesperado suspiro de decepção, culpando o calor. Ela não contaria nem a Yukiko nem a Taeko sobre as partes desagradáveis da conversa que tivera com a viúva. Só de se lembrar daquilo, já ficava aborrecida. Ao menos naquele dia, tentaria esquecer. Outros ventos haveriam de soprar no dia seguinte. Por ora, preocupar-se-ia apenas com os vagalumes. Em momentos como aquele, Sachiko tinha o hábito de não ficar remoendo seu sofrimento, tentando logo pensar em outra coisa, mas desta vez, ao olhar para Yukiko, que nada sabia, não pôde deixar de sentir o peito apertado. Começou a se trocar para espairecer. Vestiu o quimono de peça única, feito em tecido poroso, e o *obi* simples retirado da mala.

— Não vai mais pegar vagalumes com este quimono, mamãe? — indagou Etsuko, suspeitando de algo.

— Como está molhado de suor, vou deixá-lo aqui para arejar um pouco — e pendurou-o na haste do cabide.

4

Sachiko estava com insônia não só por causa da mudança de ambiente, mas principalmente pelo cansaço. Naquela manhã, tinha acordado mais cedo, viajado metade do dia de trem e de carro em meio ao calor, e à noite correra pelo campo de um lado para o outro com as crianças na escuridão; talvez tivesse percorrido mais de quatro quilômetros. A perseguição aos vagalumes parecia-lhe ter deixado mais saudades pelas lembranças retidas na memória. Sachiko só havia visto algo semelhante numa peça do teatro de bonecos, na cena do *Diário de Asagao*, em que os bonecos Miyuki e Komazawa trocavam sussurros no barco, na cidade de Uji. Depois de ouvir os argumentos de Taeko, Sachiko convenceu-se de que a graça em perseguir os vagalumes estava em ir de um lado para outro com um abanico, fazendo esvoaçar as mangas e as barras do quimono ao vento campestre no entardecer. Mas, na realidade, a situação não era exatamente como havia imaginado.

Elas tinham de andar pelos corredores dos arrozais alagados e no meio do mato. Quimonos simples de musselina estampada, previamente escolhidos, foram-lhes oferecidos, inclusive a Etsuko, com certeza providenciados para aquela noite ou reservados como quimonos pós-banho para as visitantes. Foram alertadas para se trocarem, pois certamente iriam se sujar. Na vida real, a perseguição aos vagalumes não era exatamente como mostravam os desenhos, gracejou Taeko.

Não precisariam disputar a beleza das roupas, pois partiriam quando já estivesse escuro. Mesmo assim, quando saíram de casa, ainda era possível distinguir as feições das pessoas, mas a noite caiu rapidamente ao chegarem perto do rio, onde os vagalumes costumavam aparecer. Era um riacho comum, um pequeno veio d'água que mais parecia um fosso, um pouco maior que aqueles que correm no meio da plantação. A vegetação que crescia nas margens, semelhante à das eulálias, avançava sobre o regato a ponto de não se enxergar a água. Logo que chegaram, só puderam divisar uma pequena passarela de terra a uns cem metros à frente.

Aproximaram-se em silêncio, procurando não apontar a luz da lanterna para os vagalumes; eles costumam fugir diante da voz humana e coisas brilhantes. Mas, mesmo estando à beira do riacho, não conseguiam distinguir nada semelhante a esses insetos. No momento em que se perguntavam aos murmúrios se não iriam aparecer, ouviram uma voz:

— Estão enganadas, olhem quantos. Venham para o lado de cá.

Foram então penetrando na mata, às margens do córrego, e conseguiram entrever, num pequeno espaço de tempo entre o crepúsculo e a escuridão total, vagalumes rumarem de ambos os lados do riacho em direção ao centro, desenhando pequenos arcos semelhantes aos das eulálias. Acompanhando as margens até onde a vista alcançava, podia-se divisar os vagalumes movendo-se no ar ao longe, de um lado para outro. Elas não os haviam avistado até aquele momento, porque o mato estava alto e eles voavam baixo, rente à água. Pouco antes do anoitecer, contudo, quando a escuridão no leito rebaixado do córrego não era total e ainda podiam enxergar o mato sob o vento, avistaram em suas margens longínquas, lá onde o regato seguia seu curso, inúmeros pontos de luz piscando de modo desordenado e traçando linhas intermináveis. As luzes misteriosas dos vagalumes pareciam ainda presentes nos sonhos de Sachiko, mesmo de olhos fechados, ela podia distingui-las nitidamente. Aquele pequeno instante fora, sem dúvida, o momento mais marcante de toda a noite. Só por ter participado dele, já valera a pena ter vindo. O deleite com os vagalumes não era algo tão pitoresco como a festa das cerejeiras em flor. Era, digamos, mais escuro, onírico, possuindo o sabor infantil de um conto de fadas. Quem sabe, esse mundo pudesse ser mais bem expresso em música do que em desenho. Era provável que houvesse alguma composição musical, em coto ou em piano, que transmitisse aquela sensação.

Extasiou-se numa sensação romântica ao pensar que, enquanto estava de olhos fechados em seu leito, uma infinidade de vagalumes flutuava no ar, piscando de um lado para outro na escuridão da noite. Era como se o seu espírito fosse atraído para junto deles e, com o bando, fosse embalado bem rente da superfície da água, ou mais alto... Ao persegui-los, percebera que o curso daquele riacho era longo e reto e continuava ao longe. Ela e a irmãs atravessaram as passarelas de terra, indo de um lado para o outro do regato, tomando cuidado para não cair na água. Temiam as cobras que, segundo diziam, tinham olhos brilhantes como os dos vagalumes.

O menino Sosuke, de seis anos, conhecia bem a região e corria com agilidade surpreendente em meio àquela escuridão total. De tempos em tempos, seu pai, Kosuke, chefe da família Sugano que levara as irmãs Makioka e Etsuko ao passeio, o chamava. Como todos acabavam afastando-se uns dos outros, atraídos pelos inúmeros vagalumes, havia o medo de se perderem na escuridão e por isso ficavam chamando-se o tempo todo. Àquela altura, todos já gritavam sem cerimônia. De repente, quando Sachiko estava sozinha com Yukiko, ouviu Etsuko chamando "Koisan!" do outro lado do regato e, logo em seguida, o som esparso da voz de Taeko, interrompida pelo vento, respondendo a ela. Em se tratando de brincadeiras de criança, Taeko era a mais jovem de espírito e tinha o corpo ágil, de modo que, naquelas horas, sempre acabava fazendo companhia a Etsuko. As vozes vindas do outro lado do córrego, trazidas pelo vento, ainda podiam ser ouvidas por Sachiko:

— Mamãe, onde você está?

— Estou aqui...

— Tia Yukiko?

— Também estou aqui. Eu peguei vinte e quatro vagalumes.

— Cuidado com o rio!

Sachiko viu Kosuke arrancar ervas à beira do caminho e com elas formar um maço em formato de espanador, e tentou imaginar o que ele iria fazer com aquilo. Iria pegar os vagalumes, fazendo-os pousar nele, disse Kosuke. E contou-lhes que existiam pontos famosos para capturá-los nas proximidades de Moriyama, na região de Goshu, e também nas imediações da cidade de Gifu, mas como nesses lugares os vagalumes eram oferecidos às pessoas ilustres como produtos típicos da região, era proibido apanhá-los. Ali onde estavam não era nenhum ponto famoso, e podia-se pegá-los à vontade, ninguém reclamaria. Com certeza, fora

Kosuke quem conseguira o maior número de vagalumes, seguido por Sosuke. Pai e filho desceram corajosamente até bem próximo da água para capturá-los, e o ramalhete de ervas nas mãos de Kosuke transformou-se numa vassoura iluminada por pontinhos de luz. Sachiko e as irmãs estavam apreensivas, pensando até onde precisariam ir para poderem voltar, já que Kosuke demorava a convidá-las a retornar. O vento começava a ficar mais forte, e Sachiko sugeriu que fossem para casa. Partiram por um caminho diferente daquele que tomaram na ida. Mesmo assim, como eles custavam a chegar, ela supôs que haviam se afastado ainda mais, sem perceberem. Nisso, ouviu-o dizer "Chegamos", e só então percebeu que estavam diante do portão dos fundos da casa dos Sugano. Todos carregavam nas mãos os recipientes com os vagalumes, apenas Sachiko e Yukiko os levavam nas mangas, cujas extremidades mantinham fechadas.

Os acontecimentos daquela noite cintilavam em sua mente de modo desordenado como as luzes dos vagalumes. Acreditando ser um sonho, abriu os olhos e deparou com um quadro que parecia ter visto naquela tarde pendurado bem acima de sua cabeça, na parede iluminada por uma pequena luminária. Era um quadro que trazia a caligrafia da palavra *Rankatei*, feita por um tal conde Keido e um sinete em que se lia "Bengala decorada com uma pomba, recebida de presente".[6] No entanto, para Sachiko, que desconhecia o conde Keido, só os três ideogramas *Rankatei* eram legíveis. De repente, surpreendeu-se com algo brilhante movendo-se lateralmente na escuridão da ante-sala. Era um vagalume perdido, à procura de uma saída para fugir da fumaça do incenso repelente de insetos. Os vagalumes acabaram entrando quando grande parte deles foram soltos no jardim, e na hora de dormir foi preciso expulsá-los antes de fechar as portas. Decerto, aquele havia permanecido em algum lugar da casa. O vagalume subiu a uma altura de cerca de um metro e meio, mas, já fraco a ponto de não conseguir voar, atravessou

---

6. O Palácio Imperial costumava ofertar bengalas com esse tipo de decoração às pessoas de grande mérito quando completavam oitenta anos. A pomba simboliza proteção para os idosos, uma vez que é uma ave que não engasga ao comer. (N.T.)

horizontalmente o quarto e pousou sobre o quimono que continuava pendurado no cabide num dos cantos do aposento. Parecia ter caminhado pelas estampas *yuzen* e penetrado na manga, pois uma luz fraca brilhava através das frestas do armário de bambus entrançados. O excesso de fumaça acumulada acabaria afetando a garganta de Sachiko, por isso ela levantou-se e apagou o incenso que estava num recipiente de cerâmica em forma de texugo. Pegou o vagalume, embrulhando-o com cuidado num papel (teria nojo se ele andasse em sua mão), soltou-o por entre as frestas da janela e olhou para fora. Os vagalumes, que algumas horas antes enchiam de brilho a beira do lago entre as plantas, deviam ter voltado para as proximidades do rio. Ela já não conseguia vê-los, e o jardim encontrava-se mergulhado na mais completa escuridão.

Sachiko enfiou-se novamente debaixo das cobertas, mas não conseguia dormir, virando-se de um lado para o outro, aguçando os ouvidos para escutar a respiração das irmãs e de Etsuko, que pareciam dormir tranqüilamente. Acompanhando o *tokonoma* da sala de oito tatames, as quatro dormiam em duplas, Sachiko com Taeko e Yukiko com Etsuko, as cabeças encostadas umas nas outras. Sachiko percebeu que alguém roncava baixinho e pôs-se a prestar atenção. Parecia ser Yukiko. Ficou admirada ao ouvir aquele som fino e leve, pensando em como poderia existir um ronco tão delicado como aquele.

— Sachiko, está acordada? — era Taeko, que Sachiko acreditava estar dormindo.

— Sim... É que eu não estou conseguindo pregar os olhos.

— Eu também não.

— Está acordada há muito tempo?

— Estou... Não consigo dormir onde não estou acostumada.

— Yukiko dorme profundamente. Está roncando, ouça.

— O ronco dela parece o ronronar de um gato.

— Tem razão. Suzu ronca desse jeito.

— Que tranqüilidade, não? Nem parece que o *miai* será amanhã...

Sachiko lembrou-se de que Taeko costumava ter mais dificuldade para dormir do que Yukiko. À primeira vista, parecia o contrário, mas Taeko era mais inquieta por natureza e tinha o sono leve, ao passo que

Yukiko tinha um lado surpreendentemente tranqüilo. Quando estava cansada, dormia pesado no trem ou em qualquer outro lugar.

— O tal homem virá aqui amanhã?

— Sim. Está combinado que chegará por volta das onze horas e almoçará conosco.

— E eu, o que vou fazer?

— Você e Etsuko irão visitar Sekigahara com Kosuke. Nós três, Yukiko, eu e a senhora Sugano, vamos nos encontrar com ele.

— Já disse isso a Yukiko?

— Comentei há pouco.

Como Etsuko não saíra de perto dela o dia todo, Sachiko não tivera tempo de combinar com Yukiko os assuntos do dia seguinte; apenas quando ficaram a sós na beira do rio conseguira sussurrar no ouvido da irmã que o encontro seria no outro dia. Como sempre, Yukiko respondera com o seu usual "Hum", sem fazer menção de perguntar nada, limitando-se a acompanhá-la em silêncio no meio da escuridão. Sachiko não teve como continuar a conversa e acabou calando-se. Como dizia Taeko, ouvindo-a roncar tão sossegada, não parecia mesmo preocupada com o *miai* do dia seguinte.

— Será que depois de tantos *miai*, eles deixaram de incomodá-la?

— Pode ser. Mas isso já é muita falta de entusiasmo! — disse Sachiko.

5

— Mamãe e tia Yukiko já foram várias vezes a Sekigahara e ficaremos esperando por aqui. Como Koisan só foi para lá quando era muito pequena, disse que gostaria de ir novamente, então hoje levarão somente ela e você, Etsuko.

A menina percebeu que havia algo de estranho na fala da mãe, e embora costumasse fazer manha, exigindo a presença da tia, desta vez aceitou quieta a situação e embarcou no carro com Kosuke, Sosuke, Taeko e um velho que carregava o lanche. Pouco tempo depois, quando Sachiko ajudava Yukiko a se vestir na ante-sala de seis tatames do Rankatei, Tsuneko atravessou o corredor para chamá-las. O cavalheiro havia acabado de chegar.

Elas foram encaminhadas a um *zashiki* de doze tatames em estilo antigo, cujas janelas se pareciam com as das salas de cerimônia do chá, e que estava localizado mais ao fundo da casa. Do lado de fora do terraço feito em madeira grossa, de cor preta reluzente, havia um jardim à parte. Mais adiante, podia-se avistar o telhado do templo da casa por entre a folhagem do velho bordo. Densos caniços cresciam ao redor das pedras pretas de Nachi, que iam desde a frente do vaso de romãzeira em flor até a beira do lago. Por algum tempo, Sachiko admirou aquela paisagem, surpresa com a existência daquele *zashiki* e do jardim naquela parte da casa. Recordações antigas vieram-lhe à mente. Começou a perceber que talvez aquele fosse o aposento ao qual ela fora encaminhada quando lá estivera pela primeira vez havia vinte anos. Naquela primeira visita, o anexo ainda não havia sido construído, e Sachiko, suas irmãs e o cunhado dormiram, os cinco, lado a lado, num *zashiki* amplo que lhe parecia ser aquele. Ela tinha se esquecido do resto, mas, estranhamente, lembrava-se dos caniços em frente ao vaso. A intensidade com que proliferavam na frente do terraço, com suas hastes verdes e finas crescendo vigorosas por toda parte, como se fossem linhas desenhadas pela água da chuva, e a impressão que tivera dessa visão um pouco inusitada ainda continuavam vivas em sua memória.

Quando as duas entraram, o visitante trocava cumprimentos com a viúva e, depois que Sachiko e a irmã foram apresentadas, Sawazaki sentou-se no lugar de honra, de costas para o *tokonoma*, Sachiko e Yukiko, contra a porta corrediça lateral, de frente para a claridade do jardim, e a viúva, do lado oposto ao lugar de honra, de frente para Sawazaki. Antes de sentar-se, Sawazaki ajoelhou-se diante do *tokonoma* — decorado com folhas de aspidistra num vaso baixo e estreito, arranjo semelhante a um *ikebana* em estilo Misho[7] —, e parecia olhar cuidadosamente a pintura em rolo ali exposta. Sachiko e Yukiko aproveitaram a oportunidade para observá-lo de costas. A aparência condizia com os seus 44 ou 45 anos de idade, era magro, de porte comum, não tinha ares de quem esbanjava riqueza, mas a julgar pelo traje que vestia — um terno marrom alinhado porém um pouco esgarçado em alguns pontos; uma camisa de seda Fuji meio encardida aparentando já ter sido lavada várias vezes; e meias de seda com listras desbotadas —, simples demais em comparação ao delas, ele parecia dar pouca importância ao encontro daquele dia. Mas, por outro lado, poderia revelar seu lado econômico. Não se sabia se Sawazaki de fato conseguia decifrar o que estava escrito no *kakemono*, poema de rolo, ali pendurado quando comentou:

— Este escrito de Seigan Yanagawa[8] é realmente magnífico! — e ocupou seu lugar.

— Sim — sorriu discretamente a viúva. Parece que esse tipo de elogio surtia efeito nessa senhora idosa, pois, de repente, ela demonstrou satisfação. — Dizem que o avô de meu falecido esposo foi discípulo do mestre Seigan...

A viúva contou ao senhor Sawazaki que a família Sugano possuía caligrafias, leques, biombos e outros itens de Koran, esposa de Seigan, além de algumas caligrafias de Saiko Ema, famosa discípula do poeta e estudioso San'yo Rai; que a família de Saiko, médicos do clã de Ogaki, tinha relações

---

7. Estilo criado na era Bunka (1804-1817) e Bunsei (1818-1829), em Osaka. (N.T.)
8. Poeta japonês que compunha poemas em chinês (1789-1858). (N.T.)

com os Sugano e que, por isso, restaram ali algumas cartas de Ransai, pai de Saiko... Por algum tempo, o diálogo entre eles girou em torno destes temas artísticos e histórico-culturais. Sawazaki discorreu sobre as relações amorosas entre Saiko e San'yo, sobre a época em que este fora passear em Minoo e outros fatos ligados à obra póstuma *Sonhos do rio*, sobre os quais tinha muito a dizer. A viúva, apesar de responder-lhe com poucas palavras, demonstrou não desconhecer por completo tais assuntos.

— Lembro-me bem dos freqüentes comentários sobre Saiko que meu falecido esposo costumava fazer com os visitantes enquanto mostrava-lhes o desenho a nanquim de bambus de sua autoria, obra muito apreciada por ele e que se vangloriava de possuir.

— Pois sim. Realmente o senhor Sugano era uma pessoa de um gosto bastante variado. Tive algumas oportunidades de jogar *go* com ele, que sempre me dizia para visitá-lo no Rankatei. Cheguei a lhe dizer que um dia viria conhecer seu acervo, no entanto...

— Na realidade, hoje gostaria de tê-lo recebido no Rankatei, mas no momento o local está ocupado — interveio a viúva e, voltando-se para Sachiko e a irmã, que até então apenas os ouviam —, está sendo utilizado para hospedar as pessoas da família Makioka.

— Realmente, é magnífico — comentou Sachiko, tomando parte na conversa —, por ser um prédio anexo à casa, é muito tranqüilo, um *zashiki* excelente. Ali, sinto-me melhor do que em qualquer anexo de hospedaria.

— Fico feliz em saber! — sorriu a viúva. — Isso é gentileza de sua parte. Se for de seu agrado, fique quantos dias desejar... Nos últimos anos de vida, meu marido também comprazia-se muito com a tranqüilidade do Rankatei e ficava lá o tempo todo.

— A propósito, qual o significado do "Ranka" de Rankatei? — indagou Sachiko.

— Bem, em vez de dizê-lo, poderíamos pedir ao senhor Sawazaki que nos explicasse... — respondeu a viúva, como se o testasse, o que fez com que ele empalidecesse.

— Bem, eu... — o homem ficou acanhado e com o olhar constrangido, sem conseguir dizer nada de imediato. — Por um acaso não seria a história de um lenhador chamado Oshitsu, na época da dinastia Shin, que ficara olhando crianças jogarem *go* no meio do mato e, nesse ínterim, o cabo de seu machado acabou apodrecendo, ou algo parecido?[9]

— Seria?

Sawazaki ficou ainda mais branco e enrugou a testa, o que fez a viúva desistir de perguntar.

Ela apenas sorriu de um modo que soou estranhamente mal-intencionado e todos se encabularam.

— Então, sirvam-se por favor — Tsuneko sentou-se diante da bandeja de Sawazaki e pegou a botija azul de saquê de porcelana Kutani.

Disseram que a refeição tinha sido preparada por Tsuneko, mas pelo colorido das iguarias servidas na bandeja dava para se ver que fora comprada em um dos restaurantes da região de Ogaki. Na realidade, Sachiko preferia se servir dos cozidos e verduras mais simples feitos na cozinha daquela casa, a comer pratos especiais para festas de sempre, preparados nos restaurantes do interior. No entanto, provou o *sashimi* de pargo. Estava mole demais, causando-lhe uma sensação desagradável ao paladar. Ela, que era especialmente exigente em matéria de pargos, engoliu-o com a ajuda de um gole de saquê e largou os *hashi* por algum tempo. Dentre os pratos servidos, apenas um grelhado de trutas com sal parecia-lhe agradável, e, pelo que pôde depreender dos agradecimentos feitos pela viúva, tratava-se das trutas conservadas em gelo que Sawazaki trouxera de presente e que foram grelhadas ali mesmo, diferentemente da comida pronta entregue pelo restaurante.

— Yukiko, não quer provar a truta?

Desde que fizera aquela pergunta infeliz, que acabara com a conversa instantes antes, Sachiko pensava numa forma de reparar a situação desconcertante criada por ela, mas, sentindo-se pouco à vontade para dirigir-se a Sawazaki, acabou voltando-se para Yukiko.

---

9. Sawazaki reproduz parte da história que deu origem ao adágio: "Esquecer do tempo entretido num divertimento." Enquanto o lenhador da história observava o jogo de *go* das quatro crianças, comia jujubas e acabou perdendo a fome. Quando retornou para junto dos seus, não os encontrou mais; como foi dito, o cabo do machado acabou apodrecendo. (N.T.)

Esta, no entanto, sem qualquer chance de dizer algo desde o início, mantinha-se cabisbaixa.

— Sim... — disse apenas.

— Yukiko aprecia trutas? — indagou a viúva.

— Sim... — respondeu novamente Yukiko, e então Sachiko interveio, respondendo em seu lugar.

— A truta é um dos meus pratos preferidos, mas minha irmã a aprecia ainda mais do que eu.

— Que ótimo! Estava preocupada... A refeição de hoje é bem interiorana e não servimos nada de especial, mas como o senhor Sawazaki nos trouxe as trutas...

— Num lugar tão afastado como este, é muito raro vermos trutas tão frescas assim — intercedeu Tsuneko.

— Ainda mais embaladas com tanto gelo. Devem ter feito muito volume... De onde elas são?

— Do rio Nagara — Sawazaki foi melhorando um pouco o humor. — Fiz o pedido por telefone ontem à noite, solicitando que a encomenda fosse enviada por trem e entregue na estação de Gifu, algumas horas atrás.

— Oh! Quanto trabalho...

— Felizmente, podemos apreciar um produto de época em primeira mão — continuou Sachiko logo após a fala da viúva.

Com isso, a conversa voltou a ficar mais animada e eles passaram a falar sobre os pontos pitorescos e tradicionais da província de Gifu, a Nihon Line, as termas Gero, a cascata da juventude, os vagalumes da noite anterior, mas não conseguiram retomar o entusiasmo inicial. Todos pareciam querer encobrir o mal-estar tentando trazer um assunto qualquer para dar continuidade à conversa. Sachiko, que estava acostumada a bebidas alcoólicas, imaginou que numa hora como aquela se sairia melhor caso pudesse beber um pouco mais de saquê. Mas era natural que Tsuneko não se preocupasse com ela; afinal, naquele amplo recinto de doze tatames, estavam todos sentados bem distantes uns dos outros, e só havia um convidado do sexo masculino. Num dia de verão como aquele, Sachiko não recusaria se lhe oferecessem mais saquê, já que havia esvaziado seu copo quando comera o pargo, mas Tsuneko continuava servindo apenas Sawazaki, certamente julgando que não precisaria oferecer mais às mulheres, uma vez que o copo da viúva e de Yukiko permaneciam cheios de saquê já frio. Sabe-se lá se era por falta de vontade, por cerimônia ou por não apreciar bebidas alcoólicas, mas o fato era que Sawazaki aceitava apenas um de cada três copos que lhe eram oferecidos, não chegando a tomar, no total, mais que dois ou três. Quando lhe diziam para ficar à vontade, ele afirmava já estar, mas continuava sentado formalmente, com as pernas fechadas.

— O senhor costuma ir às regiões de Osaka e Kobe?

— Não vou muito a Kobe, mas a Osaka costumo ir uma ou duas vezes por ano.

Sachiko continuava querendo descobrir porque aquele homem "tão rico" aceitara marcar o *miai* com Yukiko, e olhava para ele tentando encontrar alguma falha. Mas, pelas conversas que mantivera até aquele momento, nada percebera de estranho nele, apenas sua atitude quando lhe fora perguntado algo que ele desconhecia. Aquilo tinha sido engraçado; se não sabia responder, bastava dizê-lo, mas o fato de ter ficado tão mal-humorado talvez fosse o indício de que tivesse sido criado como um "filhinho de papai". Observando-o melhor, notou duas veias saltadas nos dois lados do nariz, um pouco abaixo do meio das sobrancelhas, o que sugeria uma personalidade irascível. Podia até ser impressão sua, mas sentia algo de furtivo naquele homem; tinha um olhar feminino, sorumbático e um pouco temeroso, como se possuísse algum segredo. No entanto, mais do que isso, ele não parecia muito interessado por Yukiko. Sachiko não deixou de reparar que, instantes antes, enquanto ele conversava com a viúva, desviava o olhar procurando alguma coisa na face de sua irmã, e desde então seu olhar frio, sombrio, não se dirigiu mais a ela. A viúva e Tsuneko tentavam encontrar algum assunto que os dois pudessem compartilhar, e, nesse ínterim, Sawazaki dirigiu-lhe duas ou três palavras, apenas por obrigação, e punha-se a falar com outra pessoa. Yukiko, por sua vez, não demonstrava nenhum entusiasmo, não importando qual fosse o assunto, limitando-se a dizer "Ah, sim", mas era evidente que Sawazaki não tinha gostado dela. Sachiko logo supôs que uma das principais causas teria sido o canto do olho esquerdo da irmã. Aquela pequena mancha já a preocupava desde a noite anterior e ela torcera para que estivesse mais clara naquele dia, mas infelizmente estava ainda mais escura. Yukiko, no entanto, não parecia nem um pouco incomodada e logo pela manhã começara a carregar na maquiagem, ao que Sachiko intercedera: "Yukiko, não está muito carregada?", e foi retirando o excesso do pó-de-arroz, sem dizer que o fazia, enquanto a ajudava nos preparativos. Aproximara o *blush* até mais perto do olho, tentara várias outras coisas para disfarçar, mas nada parecia surtir efeito. Por isso, vinha apreensiva desde o momento em que tinha entrado no *zashiki*. Não sabia se a viúva e Tsuneko haviam percebido, pois não demonstraram nada. Por infelicidade, porém, Yukiko sentou-se num local em que seu lado esquerdo ficava inteiramente exposto a Sawazaki, e o reflexo ofuscante do jardim no início de verão batia diretamente em seu rosto. Por não perceber que ali estava o seu ponto fraco, Yukiko não dava indícios de sentir-se mal ou envergonhada, procedendo de maneira bastante natural, o que tinha salvado a situação de alguma forma. No entanto, para Sachiko, a mancha estava bem mais visível do que quando a vira na manhã do dia anterior no trem da linha da Ferrovia Nacional, e não suportava a idéia de deixar a irmã ali exposta por tanto tempo.

— É extremamente indelicado, mas sou obrigado a pensar no horário do trem... — foi o que disse Sawazaki logo após a refeição, levantando-se e despedindo-se sem qualquer hesitação. Nesse momento, Sachiko sentiu-se realmente aliviada.

6

Sachiko recusou o convite da viúva, que insistia para que ficassem mais um dia, já que lá estavam, para irem visitar o asilo de velhos do qual falaram havia pouco. Entretanto, assim que Etsuko voltou com os demais, arrumaram as malas e tomaram o trem das três horas e nove minutos, conforme haviam planejado. Deveriam chegar a Gamagori por volta das cinco e meia. Embora fosse sábado à tarde, o trem da segunda classe estava vazio e elas conseguiram ocupar um lugar com quatro assentos, sentando-se em duplas, frente a frente. Depois de acomodadas, sentiram o cansaço abatê-las e não tiveram disposição sequer para conversar. O céu carregado de nuvens indicava o início da temporada de chuvas, e o interior do trem estava abafado. Sachiko e Yukiko, sonolentas, apoiaram-se no encosto dos assentos. Taeko lia a revista *Shukan Asahi*, e Etsuko, o *Sunday Mainichi*.

— Etsuko, os vagalumes vão escapar — alertou Taeko, colocando o recipiente pendurado à janela no colo da sobrinha. Fora o velhinho da família Sugano quem o havia feito para ela; tratava-se de uma lata sem o fundo, coberta com uma gaze. A menina o trouxera com todo o cuidado até o trem, mas o cordão que segurava a gaze havia se afrouxado e um ou dois vagalumes acabaram escapando pela abertura.

— Vamos ver. Deixe que eu arrumo. — Como a lata era escorregadia e Etsuko não conseguia fixar direito o cordão, Taeko colocou-a em seu colo. O brilho dos vagalumes por trás da gaze podia ser visto quando colocados à sombra, mesmo durante o dia. Taeko olhou pela abertura.

— Olha, Etsuko, dê uma espiada aqui — e pôs outra vez a lata na frente dela. — Não sei o que é, mas parece haver várias coisas que não são vagalumes.

Etsuko espiou.

— São aranhas, Koisan!

— É mesmo!

Enquanto elas conversavam, uma aranha pequena do tamanho de um grão de arroz perseguia os vagalumes.

— Ai, que perigo! — Taeko levantou-se de repente e jogou a lata sobre o banco, levando Etsuko a também se levantar e Sachiko e Yukiko a acordarem.

— O que foi, Koisan?

— Aranha, é uma grande aranha!

Junto às pequenas aranhas, uma bem maior apareceu, e as quatro levantaram-se.

— Koisan, jogue isso em algum lugar.

Taeko apanhou a lata e lançou-a ao chão, e um grilo assustado saltou até o outro canto da passagem.

— Ai, que pena dos vagalumes... — Etsuko olhava para a lata, pesarosa.

— Deixe-me ver se eu consigo tirar as aranhas... — um senhor de cerca de cinqüenta anos que as observava de um assento na diagonal pegou a lata. Ele vestia roupas japonesas e parecia ser daquela região. — Teriam um grampo de cabelo ou algo parecido? — e tomou emprestado um grampo de Sachiko.

Retirou uma a uma as aranhas de dentro da lata, arremessando-as ao chão e pisando-as cuidadosamente com o tamanco. Chumaços de grama saíam com as aranhas, na ponta do grampo. Felizmente, não foram muitos os vagalumes que fugiram.

— Senhorita, há vários vagalumes mortos. O homem recolocou a gaze e experimentou balançar o recipiente. — Que tal levar a lata ao toalete e borrifar nela um pouco d'água?

— Aproveite para lavar bem as mãos, os vagalumes têm veneno.

— Eles fedem, mamãe — disse Etsuko, cheirando as mãos. — Têm cheiro parecido com o de mato.

— Senhorita, não jogue os vagalumes mortos. Se guardá-los, servirão como remédio.

— Remédio para quê? — perguntou Taeko.

— Guardem-nos secos, amassem-nos com grãos de arroz cozido e passem em queimaduras ou machucados.

— Fazem mesmo efeito?

— Nunca experimentei, mas dizem que sim.

O trem acabara de passar na cidade de Ichinomiya, região de Owari. Por nunca terem viajado de trem comum naquela região, entediaram-se com as freqüentes paradas em pequenas estações das quais nunca ouviram falar. O percurso entre Gifu e Nagoya parecia interminável e, em pouco tempo, Sachiko e Yukiko pegaram no sono outra vez.

— Já é Nagoya, mamãe... Dá para ver o castelo, tia Yukiko...

Até chegaram a abrir os olhos, pois além de Etsuko tentando acordá-las, uma multidão havia invadido o trem, mas assim que este deixou Nagoya, as duas voltaram a dormir. Tinha começado a chover perto da cidade de Obu, e elas nem se deram conta, continuaram entregues ao sono mesmo quando Taeko levantou-se para fechar as janelas. Como várias pessoas fizeram o mesmo, o interior do trem ficou abafado e muitos passageiros começaram a cochilar. Quatro assentos à frente delas, um oficial do exército, sentado de costas no outro lado do corredor do trem, começou a cantarolar a *Serenata*, de Schubert.

Ritmo da música que costura discretamente a escuridão a um silêncio sem fim

O oficial cantava sentado, sem fazer qualquer movimento com o corpo; por esse motivo, quando Sachiko e Yukiko despertaram, não sabiam quem cantava naquele recinto fechado, onde apenas aquela voz propagava-se como se tivessem ligado uma vitrola. De onde Sachiko e as irmãs estavam era possível avistar apenas a parte de trás de sua farda e cabeça, mas ele parecia ser um jovem de uns vinte anos meio envergonhado. Elas sabiam da presença do oficial no trem desde que embarcaram na estação de Ogaki, mas como só o viram de costas, seu rosto lhes era uma incógnita. No entanto, devido ao alvoroço causado pelo episódio dos vagalumes que instantes antes chamara a atenção dos passageiros, era provável que o oficial também tivesse reparado nelas. Talvez tivesse começado a cantar para afugentar o tédio e o sono. Parecia ter confiança em sua afinação, mas ao perceber o movimento de pessoas que o ouviam, demonstrou um pouco de tensão. Quando acabou de cantar, ficou ainda mais envergonhado e baixou o olhar, mas novamente começou a cantar, desta vez a canção *Rosas silvestres*.

As crianças viram a rosa no meio do campo, amando a sua cor que desabrocha tão pura. Não se cansam de apreciar a rosa no meio do campo...?

As canções eram do filme alemão *Sinfonia inacabada*[10], e soavam familiares a Sachiko e às irmãs. Elas começaram a acompanhar a música cantando baixinho — tinham esse hábito sempre que ouviam alguém cantá-la —, até que por fim passaram a harmonizar suas vozes com a dele. Mesmo estando de costas, elas puderam perceber que o rapaz havia corado até o pescoço. Sua voz foi ficando cada vez mais alta e trêmula, como se ele tivesse se comovido. A distância de seus assentos era providencial, pois continuaram a cantar sem que um interrompesse o outro, e, quando o coral terminou, o ambiente mergulhou num silêncio insuportável. Depois disso, o oficial calou-se e manteve a cabeça baixa, envergonhado. Levantou-se na estação Okazaki e desceu, quase que fugindo.

— Aquele militar não mostrou o rosto uma única vez — comentou Taeko.

Era a primeira vez que Sachiko e as irmãs viajavam para Gamagori, e só se entusiasmaram em ir porque Teinosuke havia-lhes falado sobre a Hospedaria Tokiwa. Ele ia a Nagoya uma ou duas vezes por mês, e gostaria de levá-las sem falta ao lugar; estava certo de que Etsuko o apreciaria muito. Comentava bastante a respeito, chegando a combinar por duas ou três vezes a viagem com elas, mas sempre se viam obrigados a cancelar. Esta ida a Gamagori, mesmo sem a presença de Teinosuke, havia sido idéia dele. Tinha a intenção de aproveitar uma oportunidade em que fosse a Nagoya para levá-las, mas acabava sempre muito atarefado, sem tempo de acompanhá-las, por isso recomendara que fossem naquela ocasião. Seria uma visita rápida, de sábado à noite até domingo à tarde,

---

10. Refere-se ao filme *Leise flehen meine Lieder*, também conhecido por *Schuberts unvollendete Symphonie* (1832-1933), Áustria/Alemanha, de Willi Frost.

comentou, e por telefone fez as reservas na hospedaria. Sachiko, já mais experiente depois de ter ido a Tóquio sem o marido no ano anterior, ficou alegre feito uma criança ao sentir uma coragem que não possuía antes, e quando chegou a Tokiwa sentiu-se ainda mais agradecida a ele pela programação que ele havia montado para elas. O *miai* de Yukiko lhe deixara uma sensação desagradável, que permaneceria por um bom tempo se por um acaso ela tivesse se separado da irmã lá mesmo, na frente da estação de Ogaki. Sachiko não se incomodava tanto com seu próprio mal-estar, mas não poderia permitir que Yukiko fosse embora sozinha para Tóquio depois de tê-la feito passar por tudo aquilo. Seu marido havia, realmente, pensado em algo maravilhoso. É claro que ela se esforçava para não pensar nos acontecimentos daquele dia na casa dos Sugano, mas sentiu um alívio ao perceber que Yukiko, da mesma forma que Taeko e Etsuko, divertia-se naquela noite. Por sorte, na manhã seguinte a chuva havia cessado e tiveram um bonito domingo de sol. Como Teinosuke havia imaginado, as instalações da hospedaria, as atividades recreativas, a paisagem marítima e tudo o mais alegraram muito Etsuko. Mais do que isso, ela sentiu-se agradecida. Yukiko estava alegre como se não estivesse pensando no encontro do dia anterior, e Sachiko acreditou que a alegria dela já compensara a ida àquele local. Pouco depois das duas da tarde, encaminharam-se à estação de Gamagori e cada qual pegou seu trem em direções opostas, com um intervalo de quinze minutos entre cada. Conseguiram cumprir toda a programação antes de se separarem.

O trem em direção a Osaka partira primeiro, por isso Yukiko despediu-se das irmãs e de Etsuko e esperou um pouco mais até embarcar no trem para Tóquio. Seria cansativo tomar um trem comum para percorrer uma distância tão longa como aquela, mas não quis pedir à hospedaria que lhe providenciasse um bilhete para o expresso, pois teria o trabalho de fazer baldeação em Toyohashi. Decidida a viajar no mesmo trem até Tóquio, abriu uma coletânea de contos de Anatole France que trouxera na mala. Contudo, estava preocupada e a leitura não a entretinha. Resolveu deixar o livro de lado e voltou seu olhar para a janela. Sabia que aquela sensação de peso era conseqüência da agitação de instantes antes, sem considerar o cansaço físico acumulado do dia anterior, e, sobretudo, de seu descontentamento por ter de passar novamente alguns meses em Tóquio. Ela tinha ficado tempo demais em Ashiya, e chegara a pensar que não precisaria mais voltar à casa central, mas o fato é que estava ali, sozinha, num trem comum em uma estação desconhecida, e sentiu o desamparo aumentar. Poucos instantes antes, quando Etsuko havia falado de brincadeira: "Tia Yukiko, deixa a viagem a Tóquio para outro dia e me leva até em casa", ela respondera sem pestanejar que estaria logo de volta, mas sua vontade de voltar a Ashiya e adiar sua partida para Tóquio era tão sincera que pensou seriamente em fazê-lo. A segunda classe estava ainda mais vazia que dois dias antes, e ela ocupou sozinha o assento de quatro lugares. Dobrou as pernas sobre o assento para dois e recostou-se como se fosse dormir, mas tão logo começava a cochilar, abria os olhos e assim ficou por trinta, quarenta minutos. Quando o trem passou pela ilha Benten, ela estava totalmente desperta. Pouco antes, havia reparado num rosto masculino quatro ou cinco assentos à frente do seu, do outro lado do corredor. Na verdade, acabara despertando por sentir-se observada por ele durante todo o tempo que tentara dormir. No momento em que ela baixou as pernas, calçou os tamancos e endireitou a postura, o homem desviou o olhar para a janela, mas ainda parecia interessado. Depois de algum tempo, novamente voltou-se para Yukiko. No início, ela sentiu-se incomodada com aquele olhar atrevido e pensava que motivos o homem teria para observá-la; começou a achar que o conhecia de algum lugar. Ele parecia ter cerca de quarenta anos. Vestia um terno cinza com listras horizontais brancas e tinha a camisa aberta; seu cabelo negro, repartido ao meio e penteado com brilhantina, dava-lhe a impressão de estar diante de um desses cavalheiros do interior: magro, miúdo, com um guarda-chuva entre as pernas e as mãos cruzadas sobre o cabo, no qual havia pouco tempo apoiava o queixo — que no momento estava inclinado para trás —, trazendo um chapéu panamá branco no bagageiro, logo acima de sua cabeça. Quem poderia ser? Não conseguia se lembrar. Tanto o homem quanto ela se entreolhavam, procurando descobrir suas identidades, mas enquanto um observava, o outro desviava o olhar. Ao lembrar-se de que ele havia tomado o trem em Toyohashi, pensou se conhecia alguém da região e, de repente, recordou-se que poderia ser um certo homem chamado Saigusa, com o qual tivera um *miai* havia mais de dez anos, por intermédio do cunhado. Na ocasião, soubera que os Saigusa eram uma família abastada da cidade de Toyohashi, e era evidente tratar-se do mesmo homem. Yukiko não gostara dele por julgar que ele tinha a aparência de um cavalheiro do interior e não parecia inteligente. Apesar da amável providência do cunhado, ela acabou recusando a proposta de casamento. Mesmo depois de dez anos, ele continuava com aquele rosto de cavalheiro provinciano. Não chegava a ser feio, mas era do tipo que aparentava ser mais velho do que realmente era. Comparado àquela época, não parecia ter envelhecido tanto, mas o ar interiorano estava-lhe mais acentuado. Foi justamente por conta dessa característica que ela havia se lembrado de seu rosto entre tantos outros que guardava na memória. No momento em que descobrira quem era o homem, ele também parecia tê-la reconhecido, e virou para o lado, como se não se sentisse à vontade com a situação. Mas ainda não estava convencido e lançava-lhe vários olhares disfarçados, procurando uma brecha para mirá-la enquanto ela não olhava em sua direção. Saigusa havia visitado Yukiko uma ou duas vezes na casa em Uehonmachi, tentando com ardor conquistá-la. Se o tal homem fosse mesmo Saigusa, ela poderia até ter-se esquecido dele, mas ele certamente devia lembrar-se muito bem dela. Se ele ainda estivesse em dúvida, era pouco provável que fosse por ela estar mais velha, e sim porque via nela quase a mesma jovialidade de quando se encontraram pela primeira vez, quem sabe estranhando o fato de ela ainda vestir roupas de moça solteira. Ela desejou que os olhares persistentes do homem fossem pelo segundo e não pelo primeiro motivo. Mesmo assim, não era nada agradável ser observada tão indiscretamente. Ao pensar que estava voltando de mais um *miai* realizado havia dois dias, depois de tantos outros ocorridos desde aquele primeiro, e que Saigusa poderia vir a saber do fato, sentiu o corpo todo se retrair. Por azar, ao contrário de dois dias antes, ela vestia um *yuzen* mais sóbrio e usava uma maquiagem simples. Sabendo que costumava ficar mais abatida que as outras pessoas numa viagem de trem, Yukiko foi tomada pelo desejo de retocar a maquiagem, mas não queria mostrar sua fragilidade, tendo de passar na frente do homem para ir ao toalete ou pegando o estojo de maquiagem na bolsa. Como Saigusa estava em um trem comum, ela julgou que ele não iria até Tóquio, e ficou curiosa para saber em que estação desceria. Quando se aproximaram da estação de Fujieda, o homem levantou-se, pegou o chapéu panamá no bagageiro, colocou-o na cabeça e, sem qualquer cerimônia, deu-lhe uma última olhada antes de finalmente desembarcar.

Mesmo depois que ele se fora, Yukiko continuou a resgatar de sua mente cansada os fatos ligados àquele *miai*. Teria sido em 1927? Ou em 1928? Naquela época, ela tinha acabado de fazer vinte anos. Fora aquele seu primeiro *miai*? Por que ela não gostara daquele homem? O cunhado havia se empenhado muito na ocasião, pois a família Saigusa era uma das poucas abastadas da cidade de Toyohashi, e seu pretendente, o herdeiro dela. Ela não tinha do que reclamar. Era uma proposta boa até demais para a família Makioka na situação em que se encontravam; se recusasse àquela altura das negociações, deixaria Tatsuo numa situação muito delicada. O cunhado tentava convencê-la de todas as maneiras possíveis. Ela, entretanto, mantivera firme seu "não", sob o argumento de que faltava ao rapaz um ar de inteligência. Mas não tinha sido este o único motivo. Além da questão da aparência, disseram-lhe que ele não cursara o colegial porque havia adoecido, mas ela descobrira que, na verdade, o motivo eram suas notas baixas no ginásio, o que a havia deixado ainda mais contrafeita. Mesmo que ela se tornasse a esposa de um senhor abastado, seria triste demais mofar a vida inteira numa cidade pequena como Toyohashi. Neste aspecto, Sachiko solidarizou-se com ela, chegando a demonstrar sua insatisfação de forma extremada. Seria uma pena Yukiko desposar alguém de um lugar tão interiorano. Nem ela nem Sachiko chegaram a dizer, mas no fundo ambas queriam castigar um pouco o cunhado.

Tudo acontecera logo depois do falecimento do pai delas, quando Tatsuo, sempre retraído, de repente começara a se mostrar superior, revoltando-as. Ele trouxe a proposta matrimonial, acreditando que, se impusesse um pouco a sua vontade, Yukiko se dobraria com facilidade. Isso, é claro, desagradou não apenas a ela, mas também a Sachiko e a

Taeko, que formaram uma aliança para deixar o cunhado em apuros. O que mais o irritara fora o fato de ela não ter recusado claramente a proposta, e, por mais que ele perguntasse, ela só lhe responder com evasivas. Por fim, no momento em que a negociação já não podia mais ser interrompida, ela finalmente disse "não". Quando o cunhado a criticou por isso, ela respondeu-lhe que moças jovens não costumavam demonstrar seus sentimentos diante das pessoas, e ele deveria depreender das atitudes dela se tinha ou não intenção de aceitar a proposta. Mas, no fundo, ao saber que um superior do banco no qual Tatsuo trabalhava estava envolvido naquela proposta de casamento, Yukiko adiara de propósito a resposta a fim de deixar o cunhado numa situação embaraçosa. De qualquer forma, ela não tinha mesmo afinidade com Saigusa, cuja infelicidade fora ter-se transformado num instrumento de briga entre Tatsuo e as cunhadas, ao entrar na história da família num momento de desarmonia. Ela nunca mais havia pensado naquele homem, nem ouvido falar dele. Provavelmente, tinha se casado logo depois do ocorrido, tendo então dois ou três filhos; já teria herdado a custódia da família Saigusa, tornando-se chefe de família abastada. Ela pensou em tudo isso e pôs-se a imaginar como seria se tivesse desposado aquele cavalheiro interiorano. Não se tratava de orgulho de perdedora, mas acreditava que de maneira alguma poderia ter sido mais feliz se tivesse se casado com ele. Se a vida daquele homem se restringia a ir e vir num vagaroso trem comum entre uma pequena e outra estação da linha Tokaido[11], que felicidade poderia existir ao seu lado? Por fim, satisfez-se com a idéia de que fizera bem em não ter ido parar num lugar como aquele.

Chegou à casa de Dogenzaka depois das dez horas daquela mesma noite, mas não comentou nem com o cunhado nem com a irmã o encontro com o homem.

---

11. Nome da principal linha ferroviária que atravessa a costa leste do Japão. (N. T.)

7

Sachiko pensava em diversos assuntos no trem de volta a Osaka. Muito mais do que os momentos de prazer — da diversão com os vagalumes dois dias antes aos programas da noite e da manhã, em Gamagori —, era a figura solitária de Yukiko despedindo-se delas na plataforma, seu rosto abatido, sua mancha no canto do olho ainda mais nítida do que dois dias antes, que não se apagava de sua memória. Esta imagem lhe trouxera à mente mais uma vez as impressões que tivera daquele *miai* constrangedor. Embora já tivesse perdido a conta do número de vezes em que estivera presente aos *miai* de Yukiko nos últimos dez anos — talvez até estivesse sendo modesta ao estimá-los em cinco ou seis, incluindo os menos formais —, nunca se sentira tão diminuída como naquele com Sawazaki. Até então, sempre tinha comparecido aos *miai* com a confiança e o orgulho de estar em vantagem em relação ao interessado, que simplesmente esperava obter a permissão dos Makioka — os quais "reprovaram" todos os pretendentes, dando-lhes como resposta um simples "pedido indeferido" —, mas daquela vez encontravam-se mais frágeis desde o início das negociações. Devia ter recusado o convite assim que recebera a carta, mas cedera quando dera ouvidos à viúva Sugano, e por isso viu-se obrigada a ceder novamente, quando ainda havia alguma possibilidade de recusa, podendo ali mesmo encerrar o assunto. Havia passado por aquilo em consideração à viúva e ao cunhado, mas por que sentira tanto receio na hora decisiva à mesa do *miai*? Até então, ela sempre exibira a irmã sem vergonha alguma em qualquer situação; mas, no dia anterior, todas as vezes que Sawazaki olhava para Yukiko, ela, Sachiko, tremia de medo. Começava a achar que elas tinham sido insultadas como nunca haviam sido antes. Além disso, mesmo que a mancha indisfarçável no rosto da irmã fosse algo irrelevante, não havia dúvidas de que era uma marca. Esse pensamento pesava em seu coração, e ela não conseguia afastá-lo. Embora não esperasse muito daquele *miai*, o que aconteceria dali para a frente? Na situação atual, a questão mais urgente seria tratar daquela mácula, mas será que ela desapareceria? Será que Yukiko não perderia oportunidades por causa dela? O caso do dia anterior tinha sido mais grave apenas porque a mancha estava especialmente mais escura, e as condições de luz e a posição dela, as piores possíveis. Sua única certeza era que dali em diante não teriam mais condições de realizar os *miai* em situação de vantagem como outrora. Ao expor a irmã aos olhares de algum interessado, ficariam sempre com receio, como acontecera naquela ocasião.

Taeko estava mergulhada em seus próprios pensamentos, mas não pôde deixar de perceber que o silêncio de Sachiko não era fruto apenas do cansaço.

— Como foi ontem? — perguntou ela, aproveitando a ausência de Etsuko, que tinha ido molhar os vagalumes.

Sachiko estava desolada até mesmo para falar, mas depois de um ou dois minutos, respondeu como se finalmente tivesse ouvido a irmã.

— Ontem, tudo acabou de modo tão sumário...

— Qual será o resultado desta vez?

— Não sei... Na ida, o trem ficou emperrado, lembra-se?

Dito isso, Sachiko calou-se e Taeko não perguntou mais nada. Naquela noite, já em casa, relatou os fatos ao marido, mas acabou não entrando nos detalhes desagradáveis; passar novamente pelas mesmas decepções novamente era ruim demais para ela. Não deveriam eles ter recusado antes, já que era evidente que o seriam antecipadamente, passando por tolos?, indagou Teinosuke, mas perguntou apenas por perguntar, pois nada mais podia ser feito em relação à família Sugano, nem à casa central. Além disso, apesar de tudo ainda restava em Sachiko uma pontinha de esperança.

No entanto, antes mesmo que pudessem refletir melhor, receberam uma carta da viúva Sugano — como se esta estivesse no encalço de Sachiko, que mal acabara de chegar.

13 DE JUNHO

Ilma. Senhora Sachiko Makioka
Prezada senhora,
Gostaria de dirigir a Vossa Senhoria apenas algumas poucas palavras. Agradeço por terem vindo de longe a um lugar tão afastado como este e peço desculpas por não ter podido acolhê-las melhor. Aproveito o ensejo para convidá-las novamente a vir colher cogumelos no outono.
Segue em anexo a carta enviada hoje pelo senhor Sawazaki. Não tenho palavras para me desculpar por tê-las feito se encontrar com ele depois de tanto trabalho e sem um resultado que valesse a pena; o que sei é que assumo a inteira responsabilidade por não ter me empenhado o suficiente. Meu filho havia solicitado informações em Nagoya a alguns conhecidos e, de acordo com elas, o interessado desejava um encontro, pedindo-lhe que as consultasse, de modo que julguei não se tratar de uma proposta que pudesse ser desprezada.
Por favor, queira transmitir minhas recomendações à senhorita Yukiko.
Respeitosamente,
Yasu Sugano

A carta de Sawazaki dizia o seguinte:

12 DE JUNHO

Ilma. Senhora Yasu Sugano
Prezada senhora,
Neste período de chuvas, faço votos de prosperidade e saúde a Vossa Senhoria e ilustríssima família.
Em primeiro lugar, gostaria de agradecer os cuidados recebidos há dois dias e a recepção calorosa.
A respeito da proposta de casamento da família Makioka, gostaria de comunicar o quanto antes, para atender à conveniência de Vossa Senhoria, que depois do encontro, após discutirmos o tema, concluímos que a resposta deveria ser negativa por tratar-se de uma questão de falta de afinidade e, enquanto isso, solicitaria encarecidamente a Vossa Senhoria

que encaminhasse esta resposta à senhorita Makioka. Agradeço mais uma vez a atenção recebida e aproveito o ensejo para apresentar meus cordiais cumprimentos.
Atenciosamente,
Hiroshi Sawazaki

Essas duas cartas bem elaboradas acabaram deixando o casal ainda mais aborrecido, por vários motivos. O primeiro deles é que estavam diante da primeira experiência de "reprovação" da outra parte. Era a primeira vez que aplicavam aos Makioka o carimbo de "perdedores". Mesmo que isso já fosse esperado, ficaram muito incomodados pela forma como Sawazaki e a viúva Sugano lhes escreveram e pelo modo como trataram o assunto. Não adiantava ficar enumerando motivos, isto era certo, mas a carta de Sawazaki realmente lhes causara má impressão no que dizia respeito à apresentação. O texto viera escrito a caneta e ocupando por inteiro uma reles folha pautada de papel (diferente da carta que Sachiko vira no outro dia, na casa da viúva, escrita a pincel num elegante papel em rolo). No que dizia respeito ao conteúdo, "depois do encontro, após discutirmos o tema", ela pôde supor que Sawazaki já tinha ido embora com a decisão tomada, portanto, deveria ter recusado imediatamente, mas fizera cerimônia, adiando a resposta em um dia. Mesmo assim, em se tratando de uma carta endereçada à viúva, não deveria ter sido ele mais elegante, justificando sua recusa de maneira mais satisfatória, e não daquela forma seca? Dizer apenas "falta de afinidade", sem esclarecer os motivos, era muita crueldade depois de tê-las chamado de tão longe. Isso não seria um desrespeito à família Sugano? Além disso, o que significaria o "concluímos que a resposta deveria ser negativa por tratar-se de uma questão de falta de afinidade e, enquanto isso"? Pelo que se podia deduzir das frases "depois do encontro, após discutirmos o tema", os familiares e parentes foram consultados e disseram não haver afinidades, mas isso seria atitude digna de um milionário? Fosse como fosse, o "enquanto isso" era ainda mais desagradável e desprovido de sentido. Qual teria sido a intenção da viúva Sugano ao anexar a carta tal e qual ela recebera? Sachiko não se importaria com o que Sawazaki tinha escrito, desde que não tomasse conhecimento. Que necessidade havia de levar a carta ao seu conhecimento, se não estava endereçada aos Makioka? A viúva não teria percebido nada de estranho nessa carta? Na posição em que a senhora Sugano se encontrava, deveria ter pensado numa maneira de transmitir a recusa sem ferir o orgulho dos Makioka, omitindo esse tipo de coisa. Que palavras mais consoladoras! Depois de ter dito convenientemente que o filho havia solicitado informações em Nagoya a alguns conhecidos e, de acordo com elas, o interessado desejava um encontro, pedindo-lhe que as consultasse, julgara não se tratar de uma proposta que pudesse ser desprezada.

Em suma, a viúva Sugano podia até ser uma senhora bastante renomada, de família influente do interior, mas era incapaz de entender as sutilezas dos sentimentos das pessoas da cidade. Era dona de um espírito áspero, e fora um erro confiar as negociações de casamento a uma pessoa como ela. Para Teinosuke e Sachiko, não era a viúva que estava em julgamento, já que ela tinha o aval de Tatsuo, mas o próprio cunhado, uma vez que só aceitaram levar o assunto adiante porque confiaram nele. Ele deveria ter examinado os procedimentos da irmã e, antes de interferir no assunto, tinha a obrigação de ter averiguado um pouco mais a respeito de Sawazaki, a fim de dimensionar as reais possibilidades de sucesso. Pela carta de Tsuruko, ignorar a gentileza da família Sugano seria dificultar a situação de seu marido, e deviam ao menos conhecer o homem, o casamento ocorrendo ou não. Se Tatsuo chegara a sugerir isso, deveria ter levado Yukiko em consideração e ter feito a gentileza de verificar com a viúva se as investigações tinham sido realizadas de maneira correta. Passar à frente apenas o que lhe fora transmitido havia sido descaso demais. Afinal, este incidente só servira para causar mal-estar a Teinosuke, a Sachiko e a Yukiko, e parecia que todos só se submeteram para manter a reputação do cunhado. Secretamente, Teinosuke preocupava-se menos com os efeitos nele próprio e em Sachiko do que com os prejuízos na relação entre o cunhado e Yukiko. Mesmo assim, já havia sido uma sorte aquelas duas cartas não terem sido endereçadas à casa central, e sim a Sachiko. Esta, entendendo a preocupação do marido, só veio a escrever uma carta para a irmã mais velha duas semanas após o ocorrido, comentando de maneira bem discreta, no canto do papel, que havia recebido uma carta da senhora Sugano informando-lhe que aquela proposta não havia dado certo. Pedia à irmã que delicadamente comunicasse Yukiko, mas se porventura viesse a sentir dificuldades, não precisava fazer nenhum comentário.

8

No começo de julho — mais de duas semanas após o *miai* —, Teinosuke teve de passar dois ou três dias em Tóquio a trabalho. Preocupado com Yukiko, tirou uma folga de meio dia e visitou-a em Shibuya. Ao retornar para casa, comentou o episódio com Sachiko. Não se encontrara com Tatsuo, mas tanto Tsuruko quanto Yukiko estavam bastante animadas. Enquanto Yukiko fora à cozinha preparar um sorvete, ele pôde conversar um pouco com Tsuruko e o tema do *miai* nem veio à baila. Na realidade, ele ficou pensando se a viúva Sugano não teria comunicado à casa central o verdadeiro motivo pelo qual o cavalheiro não se interessara por Yukiko. Podia ser que a viúva não lhes tivesse dito nada, ou que omitiam o que sabiam. Não tinha certeza, mas pareceu-lhe que Tsuruko não queria falar sobre o assunto. Em vez disso, ela estava mais preocupada com a ida dela e de sua família a Osaka, dali a dois meses, para a realização do ofício religioso pelo vigésimo terceiro ano de falecimento da mãe delas. Yukiko estava bem e não parecia tão abalada como pensava que a encontraria, talvez por saber que poderia voltar à região de Kyoto e Osaka em breve.

Teinosuke contou também a Sachiko que Tsuruko havia decidido realizar o ofício religioso no templo Zenkei. Transferira a data de 25 de setembro, dia de falecimento da mãe, para o dia 24, por ser um domingo. Ela e Tatsuo poderiam ir então a Osaka no sábado, dia 23. Como daria muito trabalho viajar com as seis crianças, seria preciso escolher quem levar. Teruo, o mais velho, certamente teria de ir, mas deixaria as três menores, em idade escolar. Já Masao e Umeko precisariam ser levados com ela. Não sabia a quem recorreria para tomar conta da casa na ausência deles. Seria muito bom se Yukiko concordasse em permanecer em Tóquio, contudo não poderia impedir a irmã de participar do ofício religioso da mãe; por outro lado, não tinha a quem pedir tal favor. Não havia outro jeito senão deixar Ohisa cuidando de tudo. Seriam apenas dois ou três dias, e daria tudo certo. O problema seria a hospedagem. Onde ficariam, estando em seis pessoas? Certamente causariam incômodo todos juntos em uma única casa. Eles poderiam repartir-se em duas casas, e ela ficaria na de Ashiya. Tsuruko mostrava-se, deste modo, muito mais apreensiva com as coisas que iriam acontecer dali a dois meses.

Sachiko também estava preocupada com o vigésimo terceiro aniversário de falecimento da mãe e havia pensado em consultar a irmã mais velha por carta. No décimo terceiro ano de falecimento do pai, ocorrido em dezembro de 1937, Tatsuo não viera a Osaka, e a casa central realizou uma cerimônia mais simples, num templo que seguia os preceitos da religião Jodo, a mesma do templo Zenkei. Tinha sido naquele ano que a casa central transferira-se para Tóquio, e Tatsuo estava em plena atividade profissional. Como seria um grande transtorno viajarem com a família toda, a casa central enviara uma carta de cumprimentos avisando que tomariam a liberdade de realizar o ofício religioso do falecido pai em Tóquio, e se alguém pudesse participar aproveitando uma casual ida para a capital, a família se sentiria muito agradecida, mas não era necessário irem especialmente para o sufrágio. Solicitaram então que cada um fosse ao templo Zenkei mais próximo da data do ofício para elevar suas preces, e distribuíram uma bandeja de arte Shunkei[12] a todos os parentes como lembrança da data. Podia ser que este tivesse sido o motivo principal daquela cerimônia mais simples, mas Sachiko era da opinião de que, no íntimo, Tatsuo temera os gastos supérfluos; caso o ofício religioso do pai tivesse sido realizado em Osaka, a cerimônia teria sido mais solene. Afinal, o pai sempre tivera muitos amigos no meio artístico, e até o terceiro ano de seu falecimento havia entre os convidados muitos artistas e até mesmo gueixas. Nesta última ocasião, oferecera-se um banquete com pratos da culinária vegetariana no restaurante Harihan, da ponte Shinsai. Contaram também com uma apresentação dos monólogos humorísticos *rakugo*, realizada com suntuosidade por

---

12. Técnica de pintura em laca iniciada por um artesão da antiga província de Izumi, de nome e sobrenome desconhecidos, que viveu provavelmente entre 1394 e 1428. Consiste na aplicação de laca sobre a madeira que recebeu uma base de tinta amarela ou vermelha, criando um efeito transparente. (N.T.)

um artista chamado Danji Haru, como nos velhos tempos de glória da família Makioka. Tatsuo aborrecera-se com tantas despesas, e no ofício do sétimo ano de falecimento, em 1931, tentaram restringir os convites. Como muitas pessoas ainda se lembravam da data e acabaram sabendo da realização do evento, mais uma vez não puderam fazer uma cerimônia simples. No início, haviam planejado não reservar o restaurante e encerrar a cerimônia oferecendo apenas uma refeição no templo, mas depois acabaram tendo de levar os convidados para o Harihan. Muitos se exaltavam, dizendo à família que era bom gastar um pouco de dinheiro com o falecido, uma pessoa tão extravagante, e que esbanjar nos ofícios religiosos era uma forma de corresponder ao seu desejo, uma espécie de piedade filial. No entanto, para tudo existe o chamado senso de adequação, e a posição social da família Makioka daquele momento era bem diferente da dos velhos tempos, de modo que a cerimônia deveria ser mais singela. Tatsuo chegou a dizer que o sogro também devia estar vendo de lá, do outro mundo, que seu bolso estava vazio. Por esses e tantos outros motivos, ele parecia querer evitar que o ofício do décimo terceiro ano de falecimento de seu sogro fosse realizado em Osaka. Os parentes mais velhos criticaram a atitude de Tatsuo. Não lhe custaria tanto sair de Tóquio para a cerimônia. A casa central acabou ganhando fama de sovina, pois mesmo que fosse preciso gastar muito, aquela era uma ocasião especial. Tsuruko ficava sem graça no meio do fogo cerrado, mas a desculpa de Tatsuo era que no décimo sétimo ano de falecimento iriam a Osaka para compensar a cerimônia anterior. Diante desse incidente pregresso, Sachiko imaginava como seria realizado o ofício religioso da mãe no presente ano. Tinha a impressão de que eles não seriam capazes de conter a insatisfação dos parentes se mais uma vez a casa central resolvesse fazer tudo em Tóquio.

Tatsuo não chegara a conhecer a sogra, por isso, não nutria qualquer sentimento particular por ela, ao contrário de Sachiko, que tinha adoração especial pela mãe, diferentemente do que sentia pelo pai. Não se podia dizer que a vida dele tinha sido curta; ele falecera de derrame cerebral com 54 anos, em dezembro de 1925. Já a mãe havia morrido jovem, aos 37, em 1917. Pensando nisso, Sachiko se deu conta de que estava exatamente com a mesma idade da mãe quando esta falecera, e sua irmã mais velha, dois anos a mais. A figura materna que permanecera em sua memória era de uma candura e beleza superiores à de Tsuruko e à dela mesma. As circunstâncias da doença e morte da mãe contribuíam em muito para que ela tivesse tais lembranças. Aos olhos de Sachiko, então uma menina com 15 anos de idade, a mãe poderia parecer ainda mais viçosa e agradável do que era de fato. É comum os portadores de doenças pulmonares, em um estágio mais avançado da moléstia, emagrecerem e apresentarem uma aparência mórbida, mas sua mãe, mesmo doente, não perdera o encanto até os últimos momentos de vida. Seu rosto tornara-se apenas branco, quase transparente, e não escurecera, como é comum acontecer. Apesar de estarem magros sobremaneira, suas mãos e pés mantiveram o viço até o fim.

A mãe adoecera logo após ter dado à luz Taeko. Primeiro, fora enviada ao templo Hama, depois à cidade litorânea de Suma para repousar e, por fim, quando souberam que o mar lhe fazia mal, levaram-na para Minoo, numa pequena casa alugada. Naqueles últimos anos de vida da mãe, Sachiko só tinha permissão de visitá-la uma ou duas vezes ao mês, e além de tudo, apenas por um breve espaço de tempo. Em casa, longe da mãe, as lembranças maternas e o barulho triste das ondas e pinheiros da praia iam e vinham em sua mente até amalgamarem-se numa imagem única, que permanecera gravada em sua memória. A partir de então, passou a idealizar a mãe, e esta figura idealizada acabou sendo alvo de sua adoração.

Logo depois de sua transferência para a região de Minoo, souberam que ela já não teria muito tempo de vida, então lhe foram permitidas visitas mais freqüentes do que antes. No dia de seu falecimento, receberam um telefonema pela manhã informando-lhes o agravamento de seu estado, e ela deu o último suspiro logo após a chegada de Sachiko e dos outros. Fora no outono, num período chuvoso que se prolongava fazia alguns dias. A chuva batia sem parar na janela do quarto, embaçando as vidraças. Do lado externo, havia um pequeno jardim por onde era possível descer até a beira de um córrego. As flores dos *hagi* que estendiam seus galhos na direção do barranco já começavam a cair sob o impacto dos pingos de chuva. Naquela manhã, o nível de água do córrego havia subido e as pessoas da vila estavam alvoroçadas, com medo de um "*tsunami* de montanha". Muito mais que o som da chuva, o barulho da correnteza invadia os ouvidos de modo preocupante e quando, vez ou outra, as pedras do fundo do córrego golpeavam umas às outras, um pequeno tremor de terra balançava a casa. Sachiko e as demais pessoas estavam atemorizadas ao lado do leito materno, pensando no que fariam se a água começasse a subir, mas ao deparar com o rosto sereno da mãe, que não demonstrava qualquer perturbação e definhava como o orvalho que esvai, Sachiko esquecera-se do medo e fora tomada por uma espécie de tranqüilidade como se sua alma tivesse sido lavada e purificada. Aquilo sem dúvida era tristeza, mas uma tristeza acompanhada de uma sensação agradável, musical, alheia ao desamparo que se sente quando algo belo deixa o mundo terreno. Todos estavam cientes de que a mãe não passaria do outono. Se morta o seu rosto não fosse tão belo, a tristeza que havia experimentado naquele momento teria sido ainda mais insuportável e, com certeza, deixaria lembranças mais obscuras em seu coração.

O pai, por ser um homem extravagante desde muito jovem, era uma pessoa fraca de saúde. Casara-se aos 29 anos, um pouco tarde para a época, e a esposa era nove anos mais jovem que ele. De acordo com os parentes mais idosos, o casal se dava muito bem, a ponto de ele ter-se afastado das zonas de prazeres por um bom tempo. Tinha um temperamento alegre e exagerado e costumava fazer tudo com pressa. Já a mãe era natural de um bairro de Kyoto e encaixava-se perfeitamente na concepção de "beldade" daquela região, tanto nas feições quanto no comportamento. Suas naturezas opostas davam uma boa combinação e, aos olhos de terceiros, os dois formavam um casal invejável. Mas Sachiko não tinha lembranças desse passado remoto. O pai do qual ela se lembrava estava sempre saindo de casa para se divertir, e a mãe, esposa do tipo metropolitano que não se lamuriava nunca, satisfazia-se aparentemente com o marido que tinha. Depois que o tratamento da mãe tivera início, as diversões paternas se tornaram ainda mais desenfreadas, e o pai passou a ser visto como um "ricaço galhofeiro". Sachiko lembrava-se dele indo divertir-se com mais freqüência em Kyoto do que em Osaka, e dela sendo levada por ele à zona de prazeres de Gion, onde chegara a conhecer algumas de suas gueixas mais íntimas. Daí pôde concluir que seu pai gostava mais de mulheres do tipo "beldade de Kyoto". A propósito, ela mesma, Sachiko, devotava a Yukiko um amor mais profundo do que a Taeko. E isso por vários motivos, mas principalmente por ser aquela irmã a que mais lhe lembrava a mãe. Já registrei terem Sachiko e Taeko saído ao pai, enquanto Tsuruko e Yukiko à mãe, mas Tsuruko era mais alta e tinha um porte maior, o rosto típico de uma mulher de Kyoto, embora não possuísse a delicadeza e a suavidade da mãe, uma mulher do início do século XX. Ou seja, sua estatura não chegava a um metro e meio, tinha pés e mãos delicados, corpo delgado e os dedos finos e elegantes, semelhantes a um artesanato de grande requinte, e era ainda mais baixa que Taeko, a menor de suas filhas. Yukiko, um pouco mais alta que a caçula, também era maior que a mãe, mas mesmo assim possuía características que lembravam bem mais as da figura materna que qualquer uma das irmãs. Algo semelhante à fragrância da mãe podia ser sentido, ainda que de leve, em torno de Yukiko.

Sachiko soube do ofício religioso apenas indiretamente, por meio de Teinosuke. Nenhuma carta lhe fora enviada durante os meses de julho e agosto, nem pela irmã mais velha nem por Yukiko, até que em meados de setembro chegou um convite oficial da casa central. Ela estranhou um pouco a realização do ofício do décimo sétimo ano de falecimento do pai junto com o vigésimo terceiro ano de falecimento da mãe, antecipando a data em dois anos — o que também era novidade para Teinosuke. Quando ele se encontrara com Tsuruko, ela havia comentado apenas sobre o ofício religioso da mãe, mas nada mencionara sobre o do pai. Era possível que, naquela ocasião, a irmã mais velha ainda não tivesse tal intento, mas com certeza o cunhado, sim. Por um lado, era comum realizarem-se as cerimônias religiosas para os pais, antecipando a data de um deles, de modo que não havia tanto motivo para censura. Mas o problema era que o cunhado já havia sido criticado anteriormente por ter simplificado o último sufrágio para o pai adotivo, e ele próprio havia afirmado de antemão que compensaria a falta no ofício seguinte, no caso este, o do décimo sétimo ano. No entanto, aquilo tinha sido em outra época, e devido à crise nacional tal decisão era perfeitamente compreensível. Mas se era essa a intenção, poderiam ter consultado os parentes mais exigentes e obtido seu consentimento. Tomar as decisões tão repentinamente e avisar às vésperas era muita falta de delicadeza.

O conteúdo do convite era bem simples:

> CONVITE
>
> Convidamos para o ofício religioso do décimo sétimo ano de falecimento de nosso pai e do vigésimo terceiro ano de falecimento de nossa mãe a realizarem-se no próximo dia vinte e quatro de setembro, domingo, às dez horas da manhã, no templo Zenkei, bairro de Shitadera.

Somente alguns dias depois da chegada do convite, Sachiko recebera um telefonema de Tsuruko, informando-lhe os detalhes. Quando Teinosuke estivera em Tóquio, explicou ela, não tinham tais planos ainda, mas Tatsuo vinha dizendo, havia muito, que aqueles tempos nos quais viviam clamavam pela mobilização geral do espírito nacionalista do povo japonês; portanto, não estavam em época de desperdiçar dinheiro com ofícios religiosos. Por tal razão, ele sugerira que o ofício do sogro também fosse realizado naquele ano. Mesmo assim, até bem pouco tempo antes, não tinham mesmo a intenção de fazê-lo, e começaram a elaborar o convite apenas para o ofício religioso da mãe. Entretanto, desde o início da guerra na Europa, Tatsuo havia mudado de idéia. Ele dizia que talvez o Japão viesse a enfrentar tempos ruins, já que a situação com a China[13] ainda não se resolvera mesmo depois de três anos de trégua. Se existia a possibilidade de o Japão envolver-se num conflito mundial, deveriam ser ainda mais comedidos dali por diante. Por isso, decidiram-se pela realização de uma cerimônia conjunta para o pai e a mãe. Como não convidariam muitas pessoas, resolveram

---

13. O autor se refere à guerra do Japão com a China iniciada em 7 de julho de 1937, quando tropas japonesas entraram em atrito com as chinesas em Lu-kou-ch'iao, ou ponte Marco Polo. O Japão atacou a capital chinesa, Nanjing, e as regiões margeadas pela estrada de ferro. A fim de enfrentar os ataques, a cidade-sede do Partido, Ch'ung-ch'ing, assume o poder, tornando-se a capital do país. A guerra se prolonga e, em 8 de dezembro de 1941, acaba desenvolvendo-se para a Guerra do Pacífico, com a entrada do Japão na Segunda Guerra Mundial. (N.T.)

escrever os convites um por um para não ser preciso imprimi-los. Devido à alteração repentina, porém, acabaram solicitando aos funcionários mais jovens do banco que os ajudassem a reescrevê-los às pressas. Não tiveram tempo de consultar nenhum parente, mas não acreditavam que alguém se oporia como acontecera antes — e ela, Tsuruko, estava de pleno acordo com Tatsuo. Seguiu falando muitas outras coisas. Após pedir desculpas e dar vários esclarecimentos, disse terem decidido que ela e Yukiko partiriam levando Masao e Umeko no Andorinha do dia 22 e gostariam de se hospedar na casa de Sachiko. Tatsuo e Teruo partiriam no sábado à noite para chegarem no domingo de manhã, e voltariam no trem noturno do mesmo dia; assim, não seria preciso incomodar ninguém. Como já fazia dois anos que não ia a Osaka, e Ohisa tomaria conta da casa para ela, de certa forma estaria tranqüila. Não sabia quando poderia ir para lá novamente, por isso gostaria de permanecer em Osaka quatro ou cinco dias, mas precisava voltar o mais tardar no dia 26. Sachiko quis saber, então, como fariam com o almoço do dia do ofício, ao que Tsuruko respondeu ser exatamente a respeito disso que gostaria de lhe falar: pediriam emprestado o *zashiki* do templo e solicitariam o serviço do restaurante Yaotan, em Kozu. Já tinha dado instruções a Shokichi para providenciar tudo, e acreditava que não haveria problemas; em todo caso, gostaria que Sachiko reforçasse o pedido no templo e também no Yaotan. Seriam mais ou menos trinta e quatro ou trinta e cinco pessoas, mas o pedido havia sido feito para quarenta. Já estava combinado também que seriam servidos um ou dois copos de saquê por pessoa. Tsuruko pediria ajuda à senhora do templo Zenkei e às filhas dela para o aquecimento do saquê, mas o serviço no *zashiki* teria que ficar por conta das irmãs Makioka e seria bom que Sachiko estivesse ciente disso. Tsuruko, que quase nunca telefonava — mas quando o fazia, acabava prolongando a conversa, indo de um assunto a outro —, disse ainda que solicitaria também a ajuda de Yukiko e Taeko. Duas pessoas a mais seriam de grande serventia, mas seria embaraçoso quando as pessoas as vissem ainda solteiras, sem o futuro definido. E começou a consultá-la até mesmo sobre o que ofereceriam aos parentes como lembrança do aniversário de falecimento dos pais.

— Então, até depois de amanhã... — encerrou Sachiko a conversa.

9

A confidência de Tsuruko ao telefone — de que era muito difícil para ela, sendo a irmã mais velha, expor Yukiko e Taeko diante das pessoas sem que ainda estivessem comprometidas — não era um sentimento apenas dela, pensou Sachiko, mas também algo que incomodava muito ao cunhado. Se quisesse fazer mau juízo do casal, poderia afirmar que os dois almejavam ter ao menos Yukiko já com a vida decidida até a data do ofício de falecimento da mãe naquele ano. A irmã, que aos 33 anos ainda era chamada de "senhorita" — quando até as primas mais novas haviam se casado, algumas já com filhos —, ainda não havia arrumado um bom partido. No sétimo ano de falecimento do pai, em 1931, quando ela tinha 25 anos, as pessoas já comentavam, admiradas com sua jovialidade: "Não muda nem um pouco mesmo." Tais elogios feriam o casal, e os dois precisariam passar pela mesma situação outra vez. Verdade fosse dita, Yukiko parecia tão jovem quanto antes, e não se mostrava nem um pouco diminuída diante do fato de ter sido ultrapassada pelas moças da família que se casaram antes dela. Justamente por isso, as pessoas tinham grande ternura por esta irmã, responsabilizando a casa central. Era uma injustiça uma "moça" sem qualquer defeito grave continuar sozinha; seus pais deviam revirar-se no túmulo diante da situação. Sachiko também se sentia responsável, e podia entender o que sentiam o cunhado e a irmã mais velha. Mas, na realidade, ela tinha outra preocupação além de Yukiko: incomodava-se com o fato de Tsuruko vir à sua casa depois de tanto tempo. Isso porque nos últimos tempos havia novidades na vida de Taeko.

Logo após a morte de Itakura, a irmã caçula parecia ter esgotado suas energias e perdido o interesse por tudo, mas não por muito tempo. Uma ou duas semanas depois, já parecia ter-se recuperado. Para Taeko, aquele amor ao qual se dedicara enfrentando pressões de todos os lados encerrara-se de súbito, e por algum tempo ela parecia viver sem rumo, mas como não costumava ficar se queixando, tinha recobrado o ânimo e retomado as aulas na escola de corte e costura. Não era possível saber o que se passava em seu íntimo, mas pelo menos aparentemente tinha voltado a ser a mesma Taeko ativa de antes. Sachiko surpreendera-se com isso. Pensava que dessa vez a irmã fosse ficar bastante abalada, comentara ela a Teinosuke, mas de maneira admirável ela não havia demonstrado fraqueza. Não era à toa que assim fosse, a irmã sabia fazer tantas coisas e possuía toda uma sorte de qualidades, as quais ela, Sachiko, jamais teria para poder equiparar-se.

Em meados de julho, Sachiko levou a senhora Kuwayama ao restaurante Yohei, em Kobe. Lá ficou sabendo que Taeko tinha acabado de telefonar, fazendo uma reserva para duas pessoas naquele mesmo dia, às seis da tarde. Como a irmã havia saído de casa logo cedo, Sachiko não sabia de onde ela havia feito a ligação e nem quem poderia ser o acompanhante, mas soubera por um jovem empregado do lugar que Taeko tinha ido ao restaurante por duas vezes com um rapaz. Sachiko surpreendeu-se, embora não houvesse nenhum motivo especial para isso, e teve vontade de indagá-lo sobre o acompanhante, porém evitou fazê-lo por estar diante da senhora Kuwayama. "Ah, sim", foi seu único comentário, aparentemente sem dar grande importância ao fato. Mas, para dizer a verdade, ela tinha certo receio de saber quem era o rapaz. Depois de despedir-se da senhora Kuwayama após o almoço, assistiu ao filme francês *Saudades de minha terra*, que já havia visto anteriormente, em exibição no bairro de Shinkaichi. Quando deixou o cinema, chegou a pensar em dar uma volta pelos arredores do Yohei com o intuito de deparar com Taeko e o rapaz, mas tratou logo de tirar essa idéia da cabeça, e seguiu direto para casa.

Passado um mês, em meados de agosto, Kikugoro estava de volta a Kobe para uma nova temporada no Teatro Shochiku, onde Teinosuke, Sachiko, Etsuko e Oharu foram vê-lo. (Nos últimos tempos, Taeko raramente aceitava os convites de Sachiko para acompanhá-los ao cinema ou ao teatro. Bem que gostaria de ir, justificava ela, mas não naquele dia, e sempre arrumava uma maneira de programar suas atividades separadamente.) Desembarcaram do táxi no bairro de Shinkaichi, no cruzamento da rua do Trem com a avenida Tamon, quadra 8, e esperaram na calçada para atravessar a rua em direção ao edifício Shurakkan. Teinosuke e Etsuko conseguiram atravessar antes, mas Sachiko e Oharu foram obrigadas a parar diante do sinal vermelho. Um carro passou, vindo dos lados do bairro de Nankomae, e dentro dele estavam Okubatake e Taeko — em plena luz de um dia de verão, não restavam dúvidas, eram eles mesmos. Os dois conversavam e pareciam não ter reparado nelas.

— Oharu, não comente nada disso com seu senhor e nem com Etsuko, entendeu? — alertou Sachiko de imediato.

Oharu acedeu assustada ao notar a súbita mudança nas feições da senhora, e continuou andando com o olhar voltado para o chão. A fim de ganhar tempo para se recompor, Sachiko atrasava os passos deliberadamente, mantendo distância de Teinosuke e Etsuko, que iam cerca de uma quadra à frente delas. Em momentos críticos como aquele, as pontas de seus dedos costumavam gelar e ela, sem perceber, já estava segurando as mãos de Oharu. Ficar calada, entretanto, a fazia sentir-se ainda mais sufocada.

— Oharu, você não sabe nada sobre Koisan? Ultimamente ela não tem parado em casa...

— Não, senhora.

— Veja bem, se souber de alguma coisa, gostaria que me contasse... Aquele rapaz não tem telefonado, tem?

— Quanto aos telefonemas, senhora, nada sei... — E disfarçou, até que, por fim, acrescentou: — Na realidade, encontrei-o duas ou três vezes em Nishinomiya dia desses.

— Aquele rapaz que vimos agora?

— Sim... Koisan também...

Sachiko nada mais perguntou naquele momento, mas depois do primeiro ato de *Vila Nozaki* foi ao toalete com Oharu e indagou-lhe sobre o resto da história. No mês anterior, contou a jovem empregada, no período de duas semanas em que havia tirado uma folga para fazer companhia ao pai, recém-submetido a uma cirurgia de hemorróidas em Nishinomiya, ela era obrigada a fazer o percurso entre Amagasaki, onde ele morava, e o hospital, pelo menos uma vez ao dia para levar-lhe comida e outras coisas. Como o hospital localizava-se próximo ao santuário Ebisu, tomava um ônibus na Rodovia Nacional, entre Futaba e Amagasaki, e neste percurso encontrara-se com Okubatake por três vezes. Na primeira, ele vinha descendo do veículo em que ela se preparava para subir; na segunda, esperavam juntos no ponto. Acontecia que ele sempre tomava o ônibus em sentido contrário ao dela, ou seja, aquele com destino a Kobe, e nunca à cidade de Noda. Ela atravessava a Rodovia Nacional no sentido sul-norte e aguardava no ponto do lado da montanha, enquanto Okubatake vinha pelo *manbo* que saía da montanha, atravessava a rodovia no sentido norte-sul, oposto ao dela, e esperava no ponto do lado da praia. (Oharu usava a palavra *manbo*, um termo antigo caído em desuso e que só algumas pessoas da região de Kyoto e Osaka entendiam. Indica um túnel curto, o equivalente ao termo *girder* hoje empregado. Parece proceder do holandês *manpu* e algumas pessoas assim o pronunciam, mas, geralmente na região de Kyoto e Osaka, o termo é alterado foneticamente, conforme a pronúncia de Oharu. No dique leste-oeste da antiga Ferrovia Nacional, ao norte de Nishinomiya, tinha sido aberto um pequeno túnel, largo o bastante apenas para uma única pessoa, que dava para o ponto de ônibus da Rodovia Nacional Hanshin.) Oharu hesitara quando o encontrou pela primeira vez; tinha ficado em dúvida se deveria cumprimentá-lo ou não, mas como ele tirara o chapéu acenando-lhe com um sorriso, retribuiu-lhe com uma leve reverência, disse ela. Da segunda vez, os dois aguardavam seus respectivos ônibus, que demoravam a chegar, até que depois de muita espera Okubatake, sabe-se lá pensando em quê, atravessara a linha de trem e aproximara-se dela. Comentou o fato de sempre se encontrarem naquele ponto e perguntou-lhe o que fazia por aqueles lados. Ela explicou-lhe os motivos, e Okubatake sorriu. Tendo compreendido a presença de Oharu naquele lugar, convidou-a a visitá-lo qualquer dia. Contou-lhe que morava logo ali, bastava atravessar o *girder*, disse apontando para a entrada do *manbo*. Perguntou ainda se ela sabia onde ficava o bairro de Ipponmatsu — ele morava ali perto e era muito fácil de achar —, e reiterou o convite. Ele parecia querer falar mais, mas foi interrompido pela chegada do ônibus de Oharu com destino a Noda; ela despediu-se e pegou sua condução. (Oharu tinha o hábito de imitar a fala das pessoas o tempo todo em que narrava os fatos, representando-as em minúcias). Ela havia então cruzado com o senhor Okubatake apenas três vezes, como dissera, sempre por volta de cinco horas da tarde, e em todas elas ele estava sozinho. Apenas em uma ocasião, encontrara-se com Koisan no mesmo ponto de ônibus e no mesmo horário. Oharu aguardava de pé a condução no ponto, quando Taeko aparecera por trás e batera em suas costas, chamando-a. Sem pensar, acabou perguntando-lhe aonde tinha ido, apressando-se em ficar calada, pois percebera que se ela tinha surgido de repente por trás dela, só podia ter vindo do *manbo*. Taeko perguntou-lhe quando voltaria ao trabalho e como estava seu pai; por fim, sorridente, comentou que ficara sabendo de seu encontro com Kei. Enquanto Oharu permanecia sem resposta por ter sido pega de surpresa, Taeko lhe pediu para voltar logo, atravessou a rua e tomou o ônibus com destino a Kobe, mas Oharu não sabia dizer se ela tinha ido direto para casa ou mesmo a Kobe.

 A conversa no corredor do teatro tinha se resumido a isso, mas Sachiko ficara com a impressão de que Oharu sabia de algo mais. Numa manhã, dois dias depois, esperou pela saída de Taeko, mandou Etsuko sair em companhia de Oteru — era o dia de sua aula de piano — e chamou Oharu na sala de estar, indagando-lhe o resto da história. Embora a moça afirmasse não saber de mais nada, acabou contando um outro tanto que sabia. Oharu achava que Okubatake morava pelos lados de Osaka e ficou surpresa quando ele lhe disse possuir uma casa perto do bairro de Ipponmatsu, em Nishinomiya. Certo dia, ela atravessou o túnel e foi até lá verificar. De fato, ali estava a residência. Na frente havia uma cerca viva baixa; de telhas vermelhas e paredes brancas, era uma casa assobradada mas pequena, no estilo *bunka jutaku*[14]. Trazia uma tabuleta com a inscrição *Okubatake* e, pela aparência nova de sua madeira, pôde perceber que o senhor havia se mudado para lá havia pouco tempo. Ela tinha ido até o local após as seis e meia da tarde e já estava bem escuro. A janela do andar superior estava escancarada e atrás da cortina de

---

14. Casa popular em estilo moderno de construção simples e prática, mais corrente na região de Osaka-Kobe, de influência ocidental. (N.T.)

renda branca entrevia-se o interior iluminado. Podia-se ouvir uma vitrola tocando. Por isso, ficou ali, parada, sondando a situação. Realmente o senhor Okubatake estava ali com uma pessoa — conseguia distinguir a voz de uma mulher, mas devido ao som da música, não podia ouvir direito (dito isso, Oharu comentou que o disco era aquele em que Danielle Darrieux cantava temas do filme *Retour à l'aube*. Esta fora a única vez que ela tinha ido à casa. Havia até pensado em ir uma vez mais para investigar melhor, se tivesse tempo, mas depois de dois ou três dias seu pai recebera alta hospitalar, ela acabara retornando a Ashiya e não tivera mais oportunidade de ir até lá. Também tinha ficado em dúvida se deveria ou não contar o fato a Sachiko. Tanto o rapaz quanto Taeko, apesar de terem conversado com ela, não fizeram nenhuma menção para que mantivesse segredo sobre tê-los encontrado no ponto de ônibus. Por isso, Oharu imaginara que a senhora já estivesse sabendo. Sendo assim, não seria estranho permanecer calada. Como pensava que o melhor era não ficar fazendo comentários desnecessários, nada dissera. Mas nos últimos tempos Koisan não estaria indo com muita freqüência àquela casa?, indagou Oharu a Sachiko. Se fosse o caso, ela poderia ir até lá investigar melhor, procurando ouvir os boatos da vizinhança.

Sachiko surpeendera-se naquele dia, havia sido muito inesperado ver os dois dentro do carro, mas, depois de refletir com mais calma, percebera que não havia motivo para alarde, afinal, desde o incidente com Itakura, embora Taeko estivesse decepcionada com Okubatake, não havia cortado relações com ele. Ainda mais agora que Itakura não estava mais presente, era muito natural que a irmã e o jovem Kei andassem juntos vez ou outra. Apenas uma coisa intrigava Sachiko. Cerca de dez dias após a morte de Itakura, tinha lido no jornal a notícia de falecimento da mãe de Okubatake e comentado o fato com Taeko, procurando observar sua expressão, mas a irmã apenas assentira sem qualquer interesse. Insistira perguntando se a senhora estava doente havia muito tempo, mas ela dissera não saber. Indagara ainda se ela e o jovem Kei não estariam se encontrando ultimamente, mas ela apenas resmungara em resposta. Desde então, Sachiko nunca mais fizera comentários sobre Okubatake, imaginando ser desagradável demais para Taeko ouvir falar seu nome. Além disso, como

Sachiko receava que ela, cedo ou tarde, pudesse arrumar "um segundo Itakura", o melhor seria a irmã reatar com Okubatake em vez de escolher alguém que não lhes agradasse. Era o mais natural, o mais distinto perante a sociedade, o mais desejável em todos os sentidos. Claro estava que não deveria se precipitar, acreditando que os dois haviam reatado apenas pelo comentário que Oharu fizera, mas o que mais poderia ser? Taeko sabia que tanto a casa central quanto ela própria, Sachiko, reconheciam seu amor por Okubatake; então, caso suas suspeitas se confirmassem, ela não teria motivo algum para esconder o fato deles. Por outro lado, como ela havia se cansado de Okubatake durante certo tempo, devia ser-lhe difícil confessar que havia reatado com ele, quem sabe desejando que ela e Teinosuke ficassem sabendo do caso por Oharu. Sachiko tentava assim adivinhar os fatos, até que, dias depois, sondou a irmã caçula quando ficaram a sós na sala de jantar.

— Koisan, outro dia, quando fomos ver Kikugoro, você passou de carro em Shinkaichi, não é verdade?

— É — concordou Taeko.

— Ouvi dizer que também foi ao Yohei.

— Sim.

— Por que Okubatake mantém uma casa em Nishinomiya?

— Foi expulso pelo irmão mais velho e não pôde mais ficar na de Osaka.

— Por quê?

— Ele não me explicou direito.

— Quando foi mesmo que a mãe dele faleceu?

— Bem, pode ser que isso tenha alguma relação... — aos poucos Taeko acabou falando que ele alugava aquela casa por quarenta e cinco ienes e lá morava com uma velha senhora que fora sua ama-de-leite no passado.

— Quando foi que você reatou com ele?

— Quando o reencontrei, no quadragésimo nono dia de falecimento de Itakura.

Taeko continuara a visitar o túmulo de Itakura a cada sete dias, e no início do mês anterior, na manhã do quadragésimo nono dia, ela partira para Okayama, orara diante do túmulo e, quando fora à estação com a intenção de tomar o trem de volta, deparou com Okubatake, que aguardava por ela na entrada. Disse-lhe saber que ela estaria ali para orar, por isso a esperava. Sem outra alternativa, viajaram juntos de Okayama até San'nomiya, e o relacionamento deles, que se interrompera desde a morte de Itakura, acabou se restabelecendo, mas isso não significava que ela havia reconsiderado suas opiniões sobre Kei. De todo modo, ele havia lhe confiado que, depois de perder a mãe, tinha compreendido pela primeira vez o que era o mundo, abrira os olhos por ter sido expulso de casa, além de outras coisas que o tornaram melhor aos olhos dela. Mas não acreditava em tudo o que ele dizia. Entretanto, não conseguira ficar alheia à figura de Kei abandonado, sozinho na vida, sem ter a atenção de ninguém, e estava sendo solidária. Não era amor o que sentia por ele, mas compaixão, explicou Taeko.

10

Sachiko resolvera não tocar mais no assunto. Taeko parecia evitar voltar a ele e mostrava-se aborrecida ao ser interrogada. Mas só o fato de já ter conhecimento da situação fora-lhe suficiente para o esclarecimento de uma série de comportamentos da irmã que vinham lhe chamando a atenção: o aumento repentino das vezes que Taeko voltava tarde para casa, a falta de informações sobre onde estivera e por quanto tempo, além de suas constantes ausências, que davam a todos a sensação de que ela não fazia mais parte da família. Vinha deixando de tomar banho ao voltar para casa, mas pela cor e brilho de seu rosto, podia-se notar que certamente ela já o havia feito em outro lugar.

Taeko sempre fora vaidosa, do tipo que não media gastos com suas coisas, mas enquanto estivera com Itakura, passara a sentir a necessidade de economizar e tornou-se sovina. Até mesmo para fazer um permanente no cabelo procurava um cabeleireiro mais barato. No entanto, nos últimos tempos, vinha se tornando visivelmente mais extravagante e luxuosa, tanto na forma de se maquiar e se vestir como nos objetos que adquiria. Sachiko havia percebido que o relógio de pulso, os anéis, a bolsa, o estojo, o isqueiro e os outros objetos pessoais da irmã tinham sido renovados naqueles dois últimos meses. A máquina fotográfica Leica, que pertencera a Itakura e fora enviada a Taeko pela família de Okayama como lembrança após o trigésimo quinto dia de seu falecimento, e que ela havia passado a carregar sempre consigo — aquela máquina que ele adorava; que certa vez fora atirada ao chão por Okubatake no salão do oitavo andar do edifício Mitsukoshi, em Osaka; aquela máquina que tanta história tinha e que o falecido, depois de tê-la mandado consertar, utilizara até o fim —, recentemente havia sido substituída por uma Leica cromática. Sachiko acreditara de início que, com a morte do namorado, a visão de mundo de Taeko tinha mudado de súbito, e ela havia abandonado seu estilo econômico, gastando desenfreadamente. Mas não era apenas isso. Ela também deixara de lado a confecção de bonecos e parecia não ligar mais para o trabalho já havia algum tempo. Não se sabia quando, mas ela tinha transferido seu ateliê em Shukugawa a uma discípula e passara a faltar às aulas de corte e costura com freqüência. Sachiko chegara a pensar em manter tudo isso em segredo e continuar observando o desenrolar dos acontecimentos, mas se Taeko já havia começado um relacionamento tão patente com Okubatake e os dois andavam juntos, à vontade, Teinosuke ficaria sabendo a qualquer momento e certamente teria algo a dizer, uma vez que não gostava nem um pouco do rapaz. Por conta disso, acabou revelando tudo ao marido. Como Sachiko supôs, Teinosuke ouviu o relato com um certo pesar e após dois ou três dias, quando ela entrou em seu escritório, ele convidou-a a se sentar um pouco. Teinosuke ficara sabendo o motivo pelo qual o jovem Kei tinha sido expulso de casa. Na conversa que tiveram, contou ele, havia achado muito estranho o fato de o rapaz ter sido colocado para fora de casa e resolvera investigar um pouco. Soubera que o jovem Kei, numa armação com os funcionários da Okubatake Comercial, tinha retirado várias mercadorias da loja, e não havia sido aquela a única vez. Parecia que isso já havia acontecido antes, mas nas outras ocasiões a mãe pedira ao filho mais velho que perdoasse Kei. Como desta última vez já não havia mais a mãe e tal hábito vinha se tornando freqüente, o irmão de Okubatake enfureceu-se de tal modo que ameaçou denunciá-lo. Algumas pessoas o acalmaram, dizendo que esperasse pelo menos os trinta e cinco dias de falecimento da mãe para então bani-lo da família.

Teinosuke não sabia se Taeko tinha conhecimento de tudo que havia acontecido, mas, diante dos fatos, não deveriam tanto a esposa quanto a casa central rever os planos de união entre ela e Kei?, indagava ele. Certamente Tatsuo, conservador como era, mudaria de opinião assim que soubesse de tudo. Até então, todos pareciam ter relevado a relação entre eles, estando, no íntimo, até contentes por acreditarem que o casamento dos dois seria a solução para todos os problemas. No entanto, se a partir de agora mudassem de idéia, o mais sensato seria proibi-los de se encontrarem. Ainda que Sachiko, Tsuruko e até Yukiko preferissem Okubatake a um desconhecido como pretendente de Taeko, Tatsuo não iria concordar. Ele só consentiria na união dos dois caso o jovem Kei fosse aceito de volta pela sua família, os noivos recebessem a aprovação dos Okubatake e realizassem o casamento de forma oficial. De qualquer modo, permitir um relacionamento nessas condições não seria bom para ninguém. Mesmo porque, até pouco tempo antes, havia a vigilância da mãe de Kei e de seu irmão mais velho. Agora ele estava fora de casa, morando sozinho e com liberdade para fazer o que quisesse. Provavelmente, recebera um montante de dinheiro como compensação por ter sido expulso. Não estaria ele sossegado com isso, gastando de modo desenfreado, sequer pensando no futuro? E Koisan, estaria ela também se valendo um pouco dessa situação? Se o que ela sentia por Kei não era amor, mas compaixão — longe de Teinosuke imaginar algo leviano, mas, dependendo do ponto de vista, talvez o sentimento de Taeko não fosse simplesmente solidariedade —, com o passar do tempo ela poderia até acabar se envolvendo com ele e indo morar em sua casa. O que iriam fazer se isso acontecesse? Ou, pensando em uma outra possibilidade menos extrema, se Koisan passasse a freqüentar diariamente a residência dele em Nishinomiya, o que o irmão mais velho de Kei pensaria dos Makioka? Inevitavelmente, faria mau juízo de Taeko e até ele e Sachiko ficariam malvistos, uma vez que eram seus responsáveis. Ele sempre permanecera como simples observador das atitudes da cunhada e não pretendia tomar a frente para interferir em nada, alertou Teinosuke, mas se ela não acabasse com esse relacionamento, desejava que Sachiko obtivesse a permissão de Tatsuo e de Tsuruko, ou pelo menos que a casa central estivesse ciente de tudo. Caso contrário, não teriam como se desculpar perante eles. Teinosuke também estava preocupado porque, depois que começara a praticar golfe, encontrava-se com certa freqüência com o irmão mais velho de Kei no clube de Ibaraki, e, caso a situação chegasse aos seus ouvidos, seria algo bastante constrangedor para ambos.

— Mas, querido, será que a casa central consentirá neste relacionamento sem interferir?

— Bem, acho isso impossível.

— O que devemos fazer, então?

— Acho que teremos de pedir a Koisan para romper com Kei.

— Seria ótimo se ela fizesse isso, mas e se ela continuar a se encontrar com ele às escondidas?

— Se ela fosse minha irmã ou filha e não me obedecesse, eu a mandaria embora...

— Se fizéssemos isso, aí sim ela acabaria fugindo para a casa de Kei — e os olhos de Sachiko logo encheram-se de lágrimas.

De fato, se a abandonassem e impedissem sua entrada na casa de Ashiya, poderiam ficar bem perante a sociedade e a família Okubatake, mas não estariam abrindo as portas para o que Teinosuke menos desejava? Segundo ele, Taeko era uma mulher de 29 anos, capaz de se sustentar sozinha, por isso não seria certo controlarem sua vida. Deviam então deixar as coisas como estavam e observar o desenrolar dos fatos. Se a cunhada acabasse indo morar com Kei, não haveria o que fazer. Enfim, as preocupações eram intermináveis. Sachiko, no entanto, tinha pena de Taeko só de pensar que ela poderia ficar marcada com uma "expulsão". A essa altura, poderia ela abandonar Koisan por conta de um motivo como aquele? Aquela irmã a quem até então sempre protegera da casa central? Teinosuke não a estaria julgando muito mal? Apesar de tudo, a irmã tinha mesmo um lado de moça mimada, e, no íntimo, uma índole fraca. Sachiko sempre achara que a morte precoce da mãe fora mais problemática para Taeko, e mesmo com muita dificuldade viera cuidando dela no papel de substituta materna. Portanto, não seria capaz de expulsá-la de casa justamente quando realizariam o ofício de falecimento da mãe.

— Não confunda as coisas. Não estou dizendo que é preciso fazer isso — disse Teinosuke com certo receio ao notar as lágrimas no fundo dos olhos da esposa. — O que falei há pouco foi que faria isso se Koisan fosse minha irmã de verdade, entendeu?

— Querido, pode deixar este assunto por minha conta. Quando Yukiko vier, falarei com ela, somente com ela, e pedirei que guarde segredo.

Sachiko decidiu revelar o caso a Tsuruko somente depois de verificar melhor a situação, e nada lhe dizer até que conseguissem realizar o ofício religioso do dia 24 sem quaisquer problemas. Quando a família de Tsuruko chegou a Ashiya na noite do dia 22, Sachiko revelou o fato apenas a Yukiko, conforme previsto, perguntando-lhe sua opinião. Se eles haviam reatado, o que poderia ser melhor?, indagou a irmã. Segundo Yukiko, não havia necessidade de se preocuparem com a expulsão do rapaz, certamente não era algo tão sério assim. Ainda que tivesse furtado mercadorias da loja, elas também pertenciam a ele, não? Tê-las pego era bem diferente de ter enganado alguém de fora. Em se tratando do jovem Kei, era provável que ele tivesse feito isso mesmo. A expulsão devia ser uma punição temporária e, em breve, ele seria perdoado. Por isso, era melhor que os dois não ficassem se expondo em lugares públicos. Mas se eles optassem por um relacionamento mais reservado, conhecido apenas pelas pessoas mais íntimas, por que não relevar? Em suma, Yukiko apenas julgava mais adequado não revelar nada à irmã mais velha; caso Tsuruko soubesse, com certeza contaria tudo ao marido.

Embora pudesse parecer provocação ao procedimento da casa central, Sachiko tivera a idéia de realizar uma recepção bem simples apenas para as irmãs. Em primeiro lugar, porque estava de certo modo insatisfeita com a maneira pela qual o ofício religioso seria realizado daquela vez, pretendendo incrementá-lo de alguma forma. Em segundo, porque queria recepcionar muito bem a irmã mais velha, que não vinha à sua casa havia muito tempo. Assim, escolhera o *zashiki* do restaurante Harihan (que tinha forte ligação com seus pais) para irem à tarde, dois dias após o ofício. Até mesmo Teinosuke fora deixado de lado. Desta vez seriam apenas as irmãs, tia Tominaga e sua filha Someko. Para a exibição artística, fora solicitada a participação de Kengyo Kikuoka e sua filha Tokuko. Taeko dançaria *Incensório portátil* sob o acompanhamento musical de Tokuko, e *Lua minguante* acompanhada pelo shamisen de Kengyo e o coto de Sachiko. Por duas semanas, Sachiko praticara coto em casa e Taeko ensaiara dança na casa da mestra Ine Saku, em Osaka. Tsuruko chegara no dia 22 e, no dia seguinte, saiu cedo para fazer compras e cumprimentar parentes e conhecidos, levando consigo apenas Umeko e retornando depois do jantar. No dia 24, data marcada para o ofício, saíram todos juntos às oito horas da manhã: Tsuruko, Masao, Umeko,

Sachiko, Teinosuke, Etsuko, Yukiko e Taeko, num total de oito pessoas, sem contar Oharu, que os acompanhava. As mulheres estavam todas de quimono com o brasão da família. Tsuruko vestia um quimono preto forrado, Sachiko e as demais irmãs estavam trajando, cada qual, um quimono *chirimen* em vários tons de lilás. Já Oharu usava um *tsumugi*, em lilás envelhecido. No meio do caminho, depararam com o irmão mais velho dos Kirilenko, cujos pêlos das pernas estavam expostos por conta da bermuda que vestia. Ele havia tomado o trem algumas estações antes dos Makioka, em Shukugawa, e, admirado com o colorido do grupo no interior do vagão, aproximara-se de Teinosuke.

— Aonde vão, assim todos juntos?

— Hoje é o aniversário de falecimento de minha sogra e vamos todos orar por ela no templo.

— É mesmo? Quando foi que ela faleceu?

— Já faz vinte e três anos — disse Taeko.

— Tem recebido notícias de sua irmã? — perguntou Sachiko.

— É mesmo, quase ia me esquecendo. Na carta que recebi no outro dia, ela me dizia para mandar-lhes recomendações. Katarina está na Inglaterra agora.

— Quer dizer que já não está mais em Berlim?

— Lá ela ficou só um pouco. Logo foi para a Inglaterra e conseguiu encontrar a filha.

— Que bom para ela. O que tem feito na Inglaterra?

— Empregou-se numa companhia de seguros em Londres. Trabalha como secretária do presidente.

— Então, a filha está morando com ela? — perguntou Teinosuke.

— Não. Ainda não. No momento ela entrou com uma ação judicial para recuperar a filha.

— É mesmo? Que complicação!

— Mande recomendações nossas quando escrever a ela.

— Por causa do início da guerra, a correspondência deverá demorar bastante a chegar...

— Sua mãe deve estar preocupada, não? — perguntou Taeko. — Londres pode sofrer um ataque aéreo a qualquer momento.

— Minha irmã é muito corajosa, não há com o que se preocupar — falou Kirilenko no dialeto de Osaka.

O banquete servido após o ofício religioso fora bastante modesto para os que se lembravam da suntuosidade daquele realizado no Harihan. Mas estava longe de ser deprimente, uma vez que usaram os três cômodos da sala de estar, formando um salão só, onde cerca de quarenta pessoas sentaram-se em frente às bandejas. Além dos parentes, estiveram presentes Tsukada, o marceneiro, e Shokichi, este representando On'yan. Podiam-se ver também pessoas que costumavam freqüentar a casa, e duas ou três que serviram a família na época de Senba. O saquê deveria ter sido servido apenas por Tsuruko e as demais irmãs, mas elas foram auxiliadas pelas primas, Oharu e a esposa de Shokichi, e acabaram não tendo muito trabalho. Sachiko pôs-se a admirar um pé de *hagi* com flores brancas e vermelhas que crescia alto no jardim, fazendo-a recordar a paisagem da casa de Minoo, no dia em que a mãe falecera. Os homens falavam sobre a guerra na Europa. As mulheres, como sempre, elogiavam a jovialidade da "senhorita Yukiko" e de "Koisan", mas com sutileza, para não soar como cobrança a Tatsuo. Tomatsuri, um dos antigos funcionários da loja, já se encontrava um pouco embriagado.

— Parece que a senhorita Yukiko ainda está sozinha, não é mesmo? — gritou ele do fundo da sala. — Afinal, qual é o motivo? — continuou a falar sem qualquer cerimônia, deixando todos os presentes um tanto constrangidos.

— Nós somos mesmo do tipo que se casa tarde, sabiam? — argumentou Taeko com uma serenidade intencional. — É preciso procurar a pessoa adequada com calma.

— Mas não estariam mantendo uma calma exagerada?

— Que tolice! Já não ouviu dizer que nunca é tarde demais?

As mulheres deixaram escapar um riso contido por toda a sala. Yukiko também calou-se, ouvindo tudo com um sorriso, e Tatsuo fingiu não escutar.

— Tomatsuri! Ei, Tomatsuri! — Tsukada, que havia tirado o agasalho de seu uniforme e estava só de camisa, chamava-o do outro lado.

— Ouvi dizer que recentemente você lucrou muito com as ações — comentou ele, fazendo brilhar seus dentes de ouro no rosto queimado pelo sol.

— Lucrei nada! Agora é que vou começar a ganhar bastante.

— Por quê? Tem alguma boa idéia?

— Ainda este mês pretendo ir para o norte da China. Minha irmã mais nova trabalhava numa casa de danças em Tientsin, acabou ganhando a confiança dos militares e se tornou uma espiã.

— O quê?!

— Agora ela casou-se com um estudante chinês e encontra-se numa situação financeira muito boa; de tempos em tempos, envia de mil a dois mil ienes para casa.

— Bem que eu queria ter uma irmã como a sua.

— Pois então. Ela diz que não há por que eu ficar no Japão. Em Tientsin há muito trabalho e ela tem me convidado a ir para lá.

— Leve-me com você, então. Se as condições são boas mesmo, posso largar o serviço de marceneiro a qualquer hora.

— Penso em fazer qualquer coisa desde que seja bem lucrativo. Nem o patrão da Casa Oyama será páreo para mim.

— É isso mesmo, é preciso ter coragem. Oharu, traga essa botija de saquê para cá — e Tsukada começou a beber enquanto ela lhe servia.

Esse marceneiro tinha caído de amores por Oharu justamente quando ela lhe servia uma pequena dose de saquê num determinado dia, na casa de Ashiya. O que pensava ela de casar-se com ele? Sempre que podia tentava convencê-la... Caso aceitasse o pedido, mandaria sua mulher embora imediatamente. Não, ele não estava brincando, que ela o levasse a sério. Como Oharu lhe dava atenção e achava graça naquilo rindo sem parar, volta e meia ele relançava o assunto. No entanto, naquele dia, Oharu fora forçada a servir-lhe inúmeras doses de saquê e resolveu dar um basta.

— Vou buscar outro mais quente — e fugiu para a cozinha.

Ouvindo-o chamá-la, e percebendo que ele vinha em seu encalço, Oharu ignorou-o, desceu para a sala de terra batida da entrada da cozinha e escondeu-se atrás de um arbusto, no jardim dos fundos. Tirou o pó-de-arroz de dentro do *obi* negro e retocou a maquiagem do rosto já corado pela bebida. Olhou ao redor e, ao certificar-se de que não havia ninguém, abriu o estojo de cigarro dourado que ganhara em segredo do gerente da loja de miudezas que freqüentava, e tirou dele um Hikari. Fumou o cigarro às pressas, apagou-o pela metade, devolveu o toco ao estojo e voltou ao cômodo do templo.

11

Tsuruko disse que realmente precisava ir embora no dia 26. Não chegou nem mesmo a passar em Ashiya depois de encerrada a cerimônia no Harihan, à tarde. Ficou cerca de uma hora deliciando-se com a brisa da ponte Shinsai, e por fim seguiu para a estação de Umeda, acompanhada de Sachiko e das outras irmãs.

— Com certeza, Tsuruko, você não voltará aqui tão cedo, não é mesmo?

— Em vez de eu vir para cá, vá você a Tóquio, Sachiko — respondeu a irmã mais velha, colocando a cabeça para fora da janela do vagão de terceira classe. Ela dizia que com as crianças não conseguiria dormir mesmo que pegassem o vagão-dormitório, e como também não havia grandes diferenças entre a segunda e a terceira classe, preferira economizar na passagem de trem. — Este mês Kikugoro não se apresentou, mas o fará no mês que vem.

— No mês passado, pude vê-lo quando fui ao Shochiku, em Kobe, mas não foi como das outras vezes que o vi em Tóquio ou Osaka. Ele exibiu *Yasuna*, mas o *Enju dayu* nem foi apresentado.

— No próximo mês, Kikugoro vai usar uma ave verdadeira no palco para encenar a peça sobre a criação de biguás no rio Nagara.

— Então será uma peça nova. O que mais quero ver é a dança.

— Por falar nisso, a dança de Koisan foi muito elogiada pela tia Tominaga. Ela não imaginava que nossa irmã dançasse tão bem.

— Tia Yukiko, não vai subir no trem? — perguntou Masao, com seu sotaque de Tóquio.

— ...

Yukiko estava atrás de Sachiko, sorridente em meio às pessoas que se despediam, e parecia ter dito algo, mas ninguém conseguiu ouvi-la devido ao sinal de partida do trem. Ela viera com a irmã mais velha, mas como parecia decidida a ficar ali desde o início, Tsuruko não lhe exigiu que voltasse com ela. Yukiko, por sua vez, também não apresentou nenhum pretexto para ficar, dando a entender que tudo fora definido naturalmente.

Sachiko seguiu o conselho de Yukiko e nada revelou à irmã mais velha sobre Taeko. Esta, por sua vez, parecia ter interpretado tudo da maneira que mais lhe convinha. Como Sachiko nunca mais tinha mencionado o assunto, ela não se preocupava mais em esconder suas idas a Nishinomiya. Não seria tão problemático se ela lá fosse apenas durante o dia, mas quando ela passou a não se sentar com a família à mesa do jantar durante noites seguidas, até Teinosuke começou a mostrar-se incomodado e aborrecido, e Sachiko acabou tendo de contornar a situação. Quando Taeko não aparecia, ela, seu marido e Yukiko procuravam não mencionar seu nome e a situação tornava-se ainda mais constrangedora porque cada um sabia o que os outros estavam pensando. Também precisavam tomar cuidado com a influência que isso exerceria sobre Etsuko. Sachiko e Yukiko diziam a ela que Taeko voltava tarde porque estava atarefada com a confecção de bonecos, mas era evidente que a menina não acreditava, até que decidira também, por si mesma, não falar mais nada sobre Taeko à mesa do jantar. Sachiko chamara a atenção da irmã por diversas vezes: Koisan deveria pelo menos ter cuidado com Teinosuke e Etsuko. Taeko apenas assentia e por dois ou três dias chegava mais cedo, mas depois de um certo tempo tudo voltava a ser como antes.

— Querida, aquele dia você chegou a comentar com Tsuruko sobre Koisan? — indagou Teinosuke, como se não suportasse mais a situação.

— Pensei em falar, mas acabamos não tendo oportunidade.

— Mas por quê? — seu tom era repressivo, longe do habitual.

— É que consultando Yukiko, ela me aconselhou que o melhor seria não contar nada a ela...

— Por que Yukiko lhe disse isso?

— Ela é solidária ao jovem Kei, pensou que poderíamos relevar.

— Solidariedade também tem hora. Não temos idéia do quanto isso acabará prejudicando o casamento dela própria.

Teinosuke fechou o semblante, parecendo bastante desgostoso, e depois calou-se. Sachiko ficou sem entender ao certo o que o marido pensava. No entanto, em meados de outubro, ele fora a Tóquio por dois ou três dias.

— Querido, você foi até Shibuya? — perguntou-lhe Sachiko na volta.

— Sim, e deixei Tsuruko avisada sobre aquele assunto — respondeu o marido. Segundo ele, a cunhada respondera apenas que pensaria melhor sobre o caso, não emitindo qualquer opinião na oportunidade. Desde então, Sachiko se absteve de comentários sobre o caso, até que no final do mês recebeu uma carta inesperada da irmã mais velha.

25 DE OUTUBRO

Prezada Sachiko,

Agradeço os cuidados dispensados a todos nós no mês passado. Fiquei muito feliz em participar da excelente apresentação no Hariban, e, depois de muito tempo, poder reviver as coisas boas da terra natal. Ao retornar, passei dias atarefados e nem pude lhe mandar uma carta de agradecimento. Hoje, novamente escrevo-lhe sobre um assunto desagradável, mas como é preciso que você fique ciente, acabei sem muita alternativa pegando no pincel. Trata-se de Koisan, é claro. Surpreendi-me muito dias atrás, quando Teinosuke me contou vários fatos de modo detalhado. Disse-me que relataria tudo do início ao fim, desde o caso do rapaz que se chamava Itakura até a recente expulsão do jovem Kei. À medida que o ouvia, mais surpresa ficava. Até então já tinha ouvido muitos boatos desagradáveis sobre Koisan, mas jamais imaginara que fosse algo tão amoral. Acreditava que você, estando próxima a ela, não a deixaria fazer coisas erradas, mas enganei-me em meu julgamento. Preocupei-me muito que Koisan não se transformasse numa desajustada, mas todas as vezes que tentávamos interceder, você, Sachiko, sempre a protegia, não é mesmo? Tenho vergonha de ter uma irmã como ela. Para a família Makioka não há desonra maior do que essa. Ouvindo Teinosuke falar, soube que até Yukiko está do lado de Koisan, chegando a dizer que não precisavam nos avisar de nada. O que pretendem Yukiko e Koisan ao ignorar Tatsuo, não retornando nunca para a casa central e tomando uma atitude como esta? Não sei o motivo, mas tenho a impressão de que isso foi feito de caso pensado por vocês três para prejudicar Tatsuo. Sei muito bem que tudo isso também se deve à falta de competência de nossa parte, mas...

Acabei escrevendo demais, tão surpresa estava, mas eu também precisava falar o que penso. Perdoe-me se a magoei.

Bem, quanto ao que fazer com Koisan, sinceramente, nós pensávamos que a melhor alternativa seria fazê-la casar-se com o jovem Kei, mas, ao saber da situação, mudamos de idéia. Mesmo que venhamos a ceder e tenhamos de reconsiderar caso Kei venha a ser perdoado e aceito de volta à família, por ora é preciso impedir a todo custo que Koisan freqüente a casa dele enquanto ele continuar afastado. Se Koisan tiver mesmo a intenção de se casar com o rapaz no futuro, mais do que nunca ela precisa interromper este relacionamento, caso contrário irá prejudicar a aprovação da família Okubatake. A opinião de Tatsuo é a de que mesmo Koisan nos assegurando que irá cortar relações com Okubatake, ele não será capaz de acreditar nela e, por isso, meu marido deseja a permanência dela em Tóquio por uns tempos. Como você sabe, nossa casa é pequena e nossa vida também é de um nível bastante diferente da sua e sentimos muita pena de Koisan por isso, mas não é o momento de se pensar em detalhes desse tipo. Peço que você, Sachiko, explique a situação a ela e mande-a para cá sem falta. Tatsuo acredita que erramos ao agirmos com complacência, não a chamando pelo fato de a casa ser pequena, mas mesmo que todos tenham de suportar o aperto, queremos também a volta de Yukiko.

Sachiko, por favor, peço-lhe que, ao menos desta vez, não seja flexível com Koisan. Se ela insistir em não querer retornar para Tóquio, não a deixe ficar em sua casa. Esta é a opinião de Tatsuo, com a qual estou de acordo. Ele disse também que desta vez espera de você uma atitude firme, ficando do nosso lado, pois essa é uma decisão que tomamos depois de muito refletir. Por isso, não deve hesitar. É preciso que se defina ainda este mês e comunique-nos se vai mandá-la de volta a Tóquio ou decretar cortada a relação de Koisan com a família Makioka. Nem preciso dizer que a pior alternativa é esta. Por isso, por favor, peço a você e a Yukiko que convençam Koisan, de modo que tudo se resolva de forma harmoniosa. Aguardo uma resposta.

Tsuruko

— Veja, Yukiko, Tsuruko escreveu isto, leia — Sachiko mostrou-lhe a carta, com os olhos marejados. — É uma carta dura demais, coisa rara em se tratando dela. Parece que nossa irmã também está desapontada com você.

— Não foi Tatsuo que a mandou escrevê-la?

— Mesmo assim, como ela deixou que exigisse isso dela?

— Ela diz que ignoramos Tatsuo por não retornarmos à casa central. Mas isso fora antes. Depois que eles mudaram-se para Tóquio, ele não se preocupou mais em nos acolher em sua casa.

— Pois é, Tatsuo só faltou falar que você, Yukiko, poderia ficar em Tóquio, mas se Koisan pensasse o mesmo, seria um problema!

— Para começar, seria possível nos acolherem naquela casa tão pequena?

— Pelo que se pode deduzir da carta, parece que fui eu a responsável por Koisan ter se tornado uma desajustada. Sempre achei que ela não era o tipo de pessoa que obedeceria à casa central, e imaginei que se eu intermediasse a relação dela com eles e a vigiasse, ela não sairia tanto da linha. Tatsuo diz isso, mas se eu não tivesse tomado as rédeas, Koisan poderia ter tomado rumos piores e ter-se tornado uma desajustada de verdade. Eu, da minha parte, pensei no bem da casa central e também no de Koisan, e creio ter-me esforçado para não ferir nenhuma das partes.

— Será que Tsuruko pensa mesmo assim, de forma tão simples, ou seja, se Koisan tem agido de modo inconveniente bastaria expulsá-la para tudo se resolver?

— Mas o que podemos fazer? Ela jamais irá para Tóquio.

— Nem é preciso perguntar isso a ela.

— O que faremos, então?

— Que acha de deixarmos as coisas um pouco mais como estão?

— Desta vez não vai dar, Yukiko. Teinosuke também parece estar de acordo com a casa central.

Sachiko decidiu então tentar conversar com Taeko, pelo menos para ouvir o que ela tinha a dizer, e pediu a Yukiko para estar presente. Na manhã seguinte, trancaram-se as três no quarto de Taeko e conversaram a sós.

— Escute, Koisan, não precisa ser por muito tempo, mas você poderia permanecer em Tóquio por enquanto?

Taeko, ao ouvir esse pedido, logo meneou a cabeça como se fosse uma criança.

— Se for para morar na casa central, prefiro morrer — respondeu ela.

— O que devo dizer, então?

— Quero que diga que não sabe.

— Mas desta vez até Teinosuke está do lado deles, não podemos deixar nada indefinido.

— Então vou alugar um apartamento e morar sozinha por algum tempo.

— Koisan, você não pode ficar na casa de Kei?

— Somos amigos, mas não quero morar com ele.

— Por quê?

Taeko calou-se diante da pergunta, argumentando em seguida que não desejava ser mal interpretada. Parecia ter apenas pena de Kei, e não queria que ninguém pensasse que o amava. Para Sachiko e os demais, isso soava teimosia. Mas, neste caso, mesmo que sua única intenção fosse manter as aparências, a decisão de morar sozinha seria a mais acertada, embora significasse sua saída de casa.

— Você vai mesmo morar sozinha num apartamento, não é, Koisan? — perguntou Sachiko aliviada. — Fico triste, mas acredito que por ora não haja outro jeito.

— Se for morar num apartamento, irei de vez em quando lhe fazer companhia — completou Yukiko.

— Realmente, Koisan, não há motivos para que isto se torne um problema. Não vamos dizer que você tenha saído de casa, mas que por comodidade irá morar num apartamento. Se quiser, venha para casa durante o dia, tomando cuidado apenas para não ser vista por Teinosuke e Etsuko. Enviarei sempre Oharu para vê-la.

Os olhos de Sachiko e Yukiko enchiam-se de lágrimas, mas Taeko continuava serena e inexpressiva.

— O que faço com minhas coisas? — indagou ela.

— Aquelas mais visíveis como o guarda-roupa e baús precisarão ser levadas, mas você poderá deixar os objetos de valor. Em que apartamento vai ficar?

— Ainda não pensei.

— Que tal o apartamento de Shukugawa?

— Prefiro outro lugar. Sairei para procurar agora mesmo e vejo se defino ainda hoje.

Assim que as duas irmãs mais velhas se retiraram, Taeko sentou-se à janela e pôs-se a olhar o azul celestial do fim de outono, mas logo um fio de lágrima correu pela sua face.

12

Taeko mudou-se para um apartamento no edifício solar Koroku, localizado ao norte do ponto de ônibus de vila Motoyama, na Rodovia Nacional. Segundo Oharu, o prédio era novo e recém-inaugurado, mas era o único no meio da plantação, não dispondo ainda de todas as instalações e sem atrativos. Cerca de três dias depois, Sachiko pensou em convidar Taeko para um almoço. Foi até Kobe com Yukiko e de lá telefonou para seu apartamento, mas não a encontrou. Consultando Oharu, soube que só encontraria a irmã em casa de manhã bem cedo. Mesmo assim, Yukiko aguardou-a na esperança de que ela aparecesse, mas a irmã não deu o ar da graça, tampouco telefonou.

Não se sabia se Teinosuke acreditara que a esposa e Yukiko tivessem efetivamente "cortado os laços" com Taeko, ou se ele resignara-se ao perceber que seria inevitável certa comunicação delas em segredo. De uma forma ou de outra, parecia satisfeito por ter colocado a cunhada para fora de casa. Etsuko, mesmo tendo lá suas suspeitas, acabou aceitando a explicação de que Taeko alugara um ateliê e nele passaria a morar. Sachiko e Yukiko procuravam se convencer de que nos últimos tempos viam Taeko tão pouco que a situação de agora não era de todo diferente daquela de então. Se experimentavam uma sensação de vazio, como a de um rombo no seio da família, esta já era antiga e não fora causada por este incidente em especial. O que as deixava tristes era a percepção de que Taeko tornara-se uma pessoa fadada a viver nas sombras.

Para afugentar a tristeza, as duas irmãs saíam juntas praticamente a cada dois dias. Iam ao cinema em Kobe, e assistiam tanto a filmes antigos quanto novos. Às vezes, chegavam a assistir a duas fitas num mesmo dia. Somente no último mês, haviam visto *Ali Baba*, *Das Mädchen Irene*, *Hélène*, *Burgtheater*, *Boys Town*, *Suez* e muitos outros. Permaneciam sempre atentas em suas andanças pela cidade na esperança de depararem com Taeko. Mas isso nunca aconteceu. Havia muito tempo que não tinham notícias dela, por isso certa manhã bem cedo mandaram Oharu ir até seu apartamento para averiguar. Segundo a criada, quando lá chegara encontrara Koisan ainda na cama, mas passando bem. Oharu comentou sobre a preocupação de Sachiko e Yukiko com ela e pediu-lhe que fosse até Ashiya. Taeko respondeu sorridente que iria até lá qualquer dia daqueles, e que não havia motivos para preocupações.

Em meados de dezembro, Sachiko e Yukiko foram assistir ao tão esperado filme francês *Prison sans barreaux*, que tinha acabado de entrar em cartaz, mas desde aquele dia não puderam mais sair de casa, pois Sachiko acabara se resfriando.

Na manhã do dia 23, um dia antes do início das férias escolares de Etsuko, Taeko apareceu em Ashiya depois de quase dois meses de ausência. Guardou o quimono de ano-novo na mala, e depois de conversar por cerca de uma hora com as irmãs, foi embora dizendo que voltaria para os cumprimentos de início de ano, após a retirada dos enfeites do pinheiro de ano-novo. Chegou pela manhã do dia 15 de janeiro, comeu papa de arroz com feijão *azuki* e demorou-se um pouco mais, deixando a casa apenas à tarde. Desde o final do ano, Sachiko, temendo o frio, passava os dias trancada em casa. Yukiko, embora gostasse muito de ir ao cinema, relutava em sair sozinha. Naquele último ano, aliás, vinha-se tornando cada vez mais retraída, e até para fazer compras queria a companhia de alguém. Para que Yukiko mantivesse alguma atividade, Sachiko passou a freqüentar com ela a casa dos mestres de caligrafia e da cerimônia do chá. Entretanto, ao perceber o crescente retraimento da irmã e sua recusa em sair de casa, resolveu forçá-la a ir aos cursos sem ela, pelo menos uma a cada três vezes. Fez também com que ela fosse, dia sim, dia não, tomar as injeções para remover aquela mancha — algo que ela pensara em fazer desde o ano anterior. Seguindo a orientação do Departamento de Dermatologia do Hospital de Osaka, a injeção de hormônios femininos e de vitamina C seria aplicada no consultório do doutor Kushida. Cumprir essa programação e repassar as lições de piano de Etsuko duas vezes por semana, depois que a sobrinha voltava das aulas, configuravam as tarefas mais recentes de Yukiko.

Sachiko, por sua vez, quando ficava sozinha, costumava passar o tempo sentada junto ao piano, encaminhar-se ao andar superior onde treinava caligrafia a pincel no cômodo de oito tatames, ou ensinar Oharu a tocar coto. A jovem começara as aulas no outono, havia dois anos, e Sachiko escolhera para ensinar a ela, quando estivesse disposta, algumas músicas que as meninas praticam quando têm sete ou oito anos, tais como *Flor da estação* ou aquela que começa com o verso "Na festa das meninas, tiramos a princesa guardada na caixa". Depois disso, partiram para *Cabelos negros* e *Viva!*. Oharu, que não quis estudar na escola feminina e tinha preferido trabalhar como criada em casa de família, parecia apreciar as artes, apressando-se em terminar as tarefas domésticas tão logo era avisada que naquele dia poderia praticar o instrumento. Também havia aprendido as coreografias de *Neve* e de *Cabelos negros* com Taeko, que lhe ensinara os passos. Estudava agora *A voz do grou,* mas não conseguia assimilar a parte que dizia: "(...) É mentira, "tan-tan", ou é verdade (...)", e acabava tocando no coto o trecho "É mentira" que cabia ao canto. Por conta disso, durante dois ou três dias seguidos viu-se obrigada a praticar apenas esta parte da música. Resultado, Etsuko acabou aprendendo o trecho e reproduzindo o som com a boca.

— Oharu, estou me vingando — dizia a menina, que ficava brava com a jovem quando, em suas aulas de piano, esta cantarolava antes a parte da música que ela, Etsuko, tinha dificuldades para tocar.

Taeko apareceu mais uma vez no final daquele mês. Era quase meio-dia, e Sachiko estava sozinha na sala de estar ouvindo rádio quando ela entrou.

— Onde está Yukiko? — Taeko sentou-se, puxando a cadeira para perto do fogo.

— Acabou de sair para o consultório do doutor Kushida.

— Foi tomar a tal injeção?

— Sim — Sachiko ouvia a programação de culinária da estação, quando de repente passaram a tocar música popular. — Koisan, desligue o rádio para mim, por favor.

— Espie só — sinalizou Taeko com o olhar na direção de Suzu, que estava nos pés da irmã.

Suzu havia se aproximado do fogo já fazia algum tempo e estava toda encolhida, de olhos fechados, cochilando aparentemente de modo muito confortável. Depois de ter sido alertada por Taeko, Sachiko percebeu que todas as vezes que o tambor *tsuzumi* soava durante a música, a orelha de Suzu espichava. Só sua orelha movia-se respondendo ao ecoar do tambor. Mas a gata não parecia ter consciência do que se passava.

— O que está acontecendo com esta orelha?

— Que esquisito...

As duas acompanhavam curiosas os movimentos da orelha da gata ao som do tambor. Terminada a música, Taeko levantou-se para desligar o rádio.

— As injeções têm surtido algum efeito?

— Não sei bem. É preciso ter persistência nessas coisas...

— Quantas aplicações ela precisará tomar?

— Não nos disseram quantas vezes será preciso para se alcançar o efeito desejado. Só recomendaram que ela continue a tomá-las pacientemente.

— Será que ela irá melhorar só depois do casamento?

— O doutor Kushida não afirmou isso.

— Minha opinião é de que a mancha não desaparecerá por completo apenas com as injeções. A propósito, Katarina se casou.

— Recebeu uma carta dela?

— Ontem, encontrei-me com Kirilenko em Motomachi. Ele veio correndo até mim e me contou que havia recebido uma carta dois ou três dias atrás, comunicando seu casamento.

— Com quem?

— Lembra-se do presidente daquela companhia de seguros em que ela trabalhava como secretária? Casou-se com ele.

— Acabou mesmo fisgando-o, então.

— Na carta endereçada aos Kirilenko estava anexada uma foto da casa do presidente, onde moram atualmente. Seu marido se propôs a cuidar da sogra e do cunhado, convidando-os a irem o mais rápido possível para a Inglaterra. Ficaram de enviar o dinheiro para as passagens quando eles desejassem. Segundo me disse, pela foto, a casa, de tão magnífica, lembra um castelo.

— Fisgou um peixe grande mesmo. Ele deve ser um velhinho bem acabado...

— Pasme! Tem 35 anos e é o seu primeiro casamento.

— Verdade?

— Lembra-se do que ela nos dizia, que esperássemos para ver, pois assim que fosse para a Europa casaria com um homem rico? Bem, de fato, atingiu seu objetivo.

— Quando foi mesmo que ela partiu do Japão? Já faz um ano?

— Foi no final de março do ano passado.

— Então, não se passaram dez meses ainda?!

— Na Inglaterra, ela está apenas há seis meses.

— Conseguir um bom partido como este em seis meses é muita sorte. As mulheres bonitas levam mesmo vantagem!

— Ela é bonita, mas há tantas mulheres iguais a Katarina, não é mesmo? Será que na Inglaterra não existem mulheres bonitas?

— Kirilenko e a "velhinha" irão para lá?

— Parece que não. A "velhinha" receia envergonhar a filha. Continuando em nosso país, ninguém saberá quão humildes eles são.

— Quer dizer então que os ocidentais também têm esse tipo de sentimento?

— Já ia me esquecendo. Lembra-se da questão com a filha do primeiro casamento? Ela conseguiu resolver o assunto e ganhou a guarda da menina...

Taeko parecia não ter nada sério a relatar, apenas tinha passado por lá para contar as novidades de Katarina. Foi convidada a ficar para o almoço — Yukiko logo estaria de volta —, mas foi embora depois de meia hora, dando a entender que já havia combinado de se encontrar em algum lugar com Okubatake, e prometendo voltar outro dia. Depois que a irmã se fora, Sachiko voltou a ficar pensativa diante do fogo. De fato, havia motivos de sobra para que Taeko fosse até lá avisar sobre o casamento de Katarina. Na cabeça de Sachiko, um jovem e rico presidente apaixonar-se pela secretária recém-contratada e chegar a desposá-la era história de cinema e não acontecia na vida real. Mas aquilo não era mesmo possível? Como dizia Taeko, se até uma mulher como Katarina, nem tão bonita assim nem com tantas habilidades, tirara a sorte grande... Certamente isso era bem mais comum de acontecer no Ocidente. Pela lógica dos japoneses, era inconcebível o presidente de uma companhia de seguros, solteiro, com 35 anos e morando numa mansão, casar-se com uma mulher recém-chegada ao país, sem parentes, contratada havia menos de seis meses, e sem nada conhecer sobre sua família ou origem, por mais bonita que ela pudesse ser. Ouvira dizer que os ingleses eram conservadores, mas será que tinham idéias mais abertas a respeito do casamento? Quando Katarina afirmara que se casaria com um homem rico, ela simplesmente ouvira sem lhe dar muita importância, imaginando ser um sonho de uma moça ingênua. Mas ela falava mesmo sério. Teria ela partido do Japão confiante em que conseguiria realizar sua aspiração contando apenas com sua beleza?

Talvez estivesse errada em comparar uma moça russa, branca e destemida com uma de família tradicional de Osaka, mas diante de mulheres como Katarina, podia perceber o quanto ela e as irmãs eram covardes. Até mesmo Taeko, vista pelas irmãs como "arrojada", que não pensava nas conseqüências de seus atos, em momentos cruciais mostrava-se um pouco temerosa em relação à sociedade, e até então não tinha conseguido ficar com a pessoa amada. Já Katarina, mais nova que ela, abandonara a mãe e o irmão e percorrera o mundo em busca de sua própria sorte. Não era exatamente inveja o que sentia de Katarina, ela preferia mulheres como Yukiko. Mas era muito desolador que a irmã ainda não tivesse arrumado um marido adequado, mesmo contando com as duas irmãs mais velhas e os cunhados para ajudá-la. Não desejava, contudo, ver uma pessoa pacata como Yukiko imitar alguém como Katarina, e mesmo que lhe dissesse para fazê-lo, sabia o quanto isso seria impossível. Aí residia o valor de Yukiko. Mas sendo responsáveis por esta irmã, tanto a casa central quanto ela própria e o marido encontravam-se numa situação vergonhosa em relação àquela moça russa. Nada poderiam dizer caso Katarina gracejasse deles dizendo: "Vejam só, o que adianta vocês todos cuidarem dela?" Sachiko lembrou-se do que a irmã mais velha segredara em seu ouvido quando despediam-se em frente à estação de Osaka no ano anterior, em meio a um suspiro: "Sinto agora que não importa mais quem seja, desde que queira casar com Yukiko. Mesmo que o casamento não aconteça, gostaria de lhe arrumar uma proposta."

Logo em seguida, ouviu a campainha da porta da frente tocar e sentiu a presença de Yukiko entrando na sala de estar. Manteve o rosto voltado para a labareda, procurando aquecê-lo no fogo, e discretamente enxugou as lágrimas que escorriam pelos cantos dos olhos.

13

 Duas ou três semanas depois, Sachiko foi ao salão de beleza de Itani, do qual ela e Yukiko eram ainda assíduas freqüentadoras. A dona do salão, sempre atenta a Yukiko, perguntou a Sachiko se por acaso ela conhecia a senhora Nifu, de Osaka. Quando a senhora Itani a conhecera? Recentemente, respondeu ela, numa festa de despedida de alguém que partira para a guerra. Quando Itani soube que a senhora Nifu conhecia Sachiko, aproximou-se dela e conversaram um pouco a seu respeito. Nifu contou-lhe que era muito amiga de Sachiko, mas não se viam havia muito tempo. A última vez tinha sido durante uma visita a Ashiya, junto com mais duas ou três pessoas, quando encontraram-na de cama, com icterícia. Isso já fazia mais de três ou quatro anos. Sachiko lembrou-se da ocasião. Estavam presentes também a senhora Shimozuma e uma outra de Tóquio, cujo nome já não se recordava, muito moderna e excêntrica e que acabara de voltar dos Estados Unidos. Ela usava expressões estranhas, como "Então, é assim", no final das frases. Apesar de enferma, Sachiko os recebera, mas não pudera lhes dar muita atenção, fazendo com que se retirassem logo, algo que não era de seu feitio. Depois disso, a senhora Nifu não voltou mais a visitá-la. Sachiko comentou com Itani que realmente, naquela ocasião, cometera uma grosseria muito grande com a senhora Nifu, a qual devia fazer mau juízo dela. Não era este o caso, rebateu Itani, o assunto sobre o qual conversaram naquele dia era outro; a senhora estava mais interessada na situação de Yukiko, se ela já havia se casado ou não, pois gostaria de apresentá-la a uma ótima pessoa, que lhe viera à mente no exato momento em que ouvira falar o nome da senhorita Makioka. Itani continuou a dar informações. Havia acabado de conhecer a senhora Nifu, e não tinha a menor idéia de como era esta pessoa considerada por ela excelente, mas acreditava poder confiar nela, uma vez que se dizia muito amiga de Sachiko. A senhora Nifu solicitou-lhe então seu empenho para apresentar a proposta de casamento a Yukiko. Tratava-se de um médico viúvo com uma filha única de 13 ou 14 anos. Ele não atuava mais na área, mas ocupava um cargo importante numa empresa de fármacos no bairro de Dosho. Era tudo o que sabia. Não lhe parecendo ser um partido ruim, ofereceu à senhora os seus préstimos, dizendo que se pudesse ser útil em alguma coisa, teria grande prazer em ajudar. Por sua vez, Itani sugeriu-lhe que intercedesse junto ao tal cavalheiro, pois a família Makioka com certeza não faria tantas exigências como no passado. Quanto antes a proposta fosse levada adiante, melhor, e tinha encaminhado o assunto ali mesmo. Nifu estava receosa e queria verificar a intenção do médico. Itani deu-lhe razão, mas propôs que seria bom já deixarem os planos estruturados, pelo menos em linhas gerais. Nifu concordara, acreditava que o homem não faria objeções, e mesmo que as fizesse daria um jeito de revertê-las. Assegurou-lhe que poderia deixá-lo por conta dela e pediu a Itani que se encarregasse da parte relativa aos Makioka. Planejaram um almoço num restaurante bem simples em Osaka dali a dois ou três dias, e se houvesse algum inconveniente remarcariam por telefone. Itani aceitou o caso, assegurando-lhe que os Makioka haveriam de ficar muito contentes. Aguardava um contato dela nos próximos dias. Assim que recebesse o telefonema da senhora Nifu, iria à casa de Sachiko formalizar a proposta.

Sachiko ouvira tudo o que Itani tinha a dizer e foi para casa. Como as senhoras Nifu e Itani eram pessoas capacitadas e bastante ansiosas, o assunto não se perderia de vista. De fato, três dias depois, por volta das dez horas da manhã, Sachiko atendeu a uma chamada de Itani. Ela acabara de receber um telefonema da senhora Nifu a respeito daquele assunto, e sua proposta era levar Yukiko a um restaurante japonês chamado Kitcho, em Shimanouchi, naquele mesmo dia, às seis da tarde. Seria algo simples, sem compromisso, podiam entender como um simples convite para um jantar. Na opinião da senhora Nifu, Yukiko deveria ir. Caso alguém quisesse acompanhá-la, sugeria que fosse Teinosuke, e não Sachiko. O cavalheiro poderia ficar menos impressionado com Yukiko se alguém mais interessante estivesse presente. Itani concordava com ela, e pediu-lhe que seguisse tal sugestão. Dizia-se ciente da grande falta de respeito em combinar tudo por telefone, mas como já tinha deixado Sachiko mais ou menos a par dos fatos naquele dia, e tendo ela recebido o comunicado de última hora, precisava de uma resposta o mais breve possível. Sachiko pediu-lhe uma ou duas horas e desligou o telefone para falar com Yukiko. Gostaria de saber o que pensava a irmã a esse respeito. Sem dúvida, receber um comunicado para um *miai* no mesmo dia era demais, disse Sachiko à irmã. Ela mesma não gostava dessas coisas de última hora, mas deveriam ser gratas à gentileza da senhora Itani, sempre preocupada com a senhorita Makioka. Além do mais, a senhora Nifu era uma velha amiga e as conhecia muito bem, de modo que Sachiko achava improvável ela apresentar alguém que não estivesse à altura da irmã.

Yukiko retrucou, explicando sua insegurança diante de tão poucas informações. Que fosse pelo telefone mesmo, mas ela gostaria que a irmã falasse diretamente com a senhora Nifu e sondasse um pouco mais. De imediato, Sachiko ligou para a amiga. O cavalheiro chamava-se Fukusaburo Hashidera, natural da província de Shizuoka, tinha dois irmãos mais velhos, ambos médicos como ele. Fora bolsista na Alemanha e morava de aluguel numa casa no bairro de Karasugatsuji, no distrito do templo Tenno, em Osaka. Vivia com a filha e uma senhora idosa que cuidava da casa. A menina freqüentava a Escola Feminina Yuhigaoka, e era muito bonita de rosto, como a falecida mãe, de quem também herdara a graça e a elegância. Pela formação que tinham, os irmãos dele pareciam ser pessoas importantes. A família era renomada em sua terra de origem, e provavelmente ele tinha herdado parte dos bens. Sua renda também parecia ser boa, pois ocupava um alto cargo na Toa Farmacêutica, levando uma vida abastada. Tinha boa aparência, do tipo que marcava presença, e poder-se-ia considerá-lo um homem bonito. Obtivera esses e outros dados, as condições pareciam até boas, mas não conseguira respostas claras quanto à idade dele e da filha, e nem se tinha outros filhos. A senhora Nifu supunha que ele teria cerca de 45 anos e sabia que a filha cursava a segunda série da escola feminina. Não soube dizer nada de concreto sobre os pais dele, se ainda estavam vivos ou não. Entrando mais a fundo na conversa, ela contou que a falecida esposa havia se tornado sua amiga porque compartilhavam um mesmo *hobby*, conheceram-se num curso de batique. Como não freqüentava a casa dela, supunha ter visto o senhor Hashidera uma única vez enquanto ela ainda era viva, e depois apenas no funeral e na cerimônia de um ano de seu falecimento. Na ocasião em que tinha ido tratar do assunto de Yukiko, talvez tivesse sido a quarta vez que o vira pessoalmente. Quando ela lhe dissera que já era hora de parar de lamentar-se pela falecida esposa e lhe sugerira conhecer uma moça muito boa que gostaria de lhe apresentar, ele resolvera deixar tudo em suas mãos. Por isso, a senhora Nifu pedia também à família Makioka que aceitasse o convite para o jantar.

A amiga era capaz de utilizar tanto o dialeto de Osaka como o de Tóquio de acordo com o interlocutor, mas nos últimos tempos parecia usar apenas o de Tóquio. No encontro anterior já havia sido assim e neste dia o despejara, falando mais rápido que o habitual. Sachiko, influenciada pelo seu modo de falar, arriscou algumas palavras em dialeto. A amiga estava sendo indelicada, pois não havia sido ela mesma quem tinha sugerido a Sachiko não comparecer ao jantar? Não, retrucou Nifu, havia sido a senhora Itani quem começara com essa história. Claro estava que ela acabara concordando, mas a idéia tinha sido da outra. Se fosse ficar brava com alguém, que fosse com a senhora Itani.

— Já estava me esquecendo de comentar, mas, outro dia, ao me encontrar com a senhora Jinba, ela me falou de vocês. Contou que, algum tempo atrás, havia apresentado uma pessoa à sua família, é verdade?

— A senhora Jinba disse mais alguma coisa? — Sachiko estava surpresa.

— Bem — a senhora Nifu estava hesitante —, disse que apresentou uma pessoa, mas a proposta fora recusada.

— A senhora Jinba deve estar aborrecida, então.

— Pode ser, mas o que fazer se os dois não tinham afinidades? Se ficarmos irritados ao recebermos um "não", será impossível arrumar casamentos. Água derramada não retorna à bandeja. Se Yukiko não se interessar por ele depois de conhecê-lo, poderá recusar sem qualquer receio. Não deveriam complicar as coisas. Vocês podiam ir sem compromisso, certo?

Olha, diga ao menos a Yukiko para ir conhecê-lo. Se recusarem a proposta antes mesmo de conhecerem o cavalheiro, aí sim ficarei brava!

E a senhora Nifu insistiu dizendo que já havia reservado o *zashiki* e que ela e o senhor Hashidera estariam no local combinado na hora marcada. Nem precisariam lhe dar uma resposta por telefone, ela os estaria aguardando, certa de que compareceriam ao jantar.

Sachiko pensava que um convite para o mesmo dia era um descaso, mas além desse detalhe não via nenhum empecilho para Yukiko não comparecer ao jantar. Certamente, a irmã não gostaria de ir sozinha. Teinosuke já a havia acompanhado em outras ocasiões, e se ele aceitasse acompanhá-la de novo estaria tudo resolvido. O problema é que eles não queriam demonstrar uma ansiedade vulgar. Yukiko gostaria de aceitar o convite, mas não para aquela noite, adiá-lo por mais dois ou três dias, em suma, fazer um pouco de pose. Por outro lado, diante do empenho das senhoras, não gostaria de recusar o pedido, correndo o risco de ofendê-las. Sentia-se frágil diante daquilo que acabara de saber pelo telefone — o fato de a senhora Jinba estar brava —, o que lhe causara um choque. Quando recusaram a proposta do sujeito chamado Nomura, na primavera de dois anos antes, acreditava ter dado a resposta de maneira cautelosa, responsabilizando a casa central pela decisão, mas parecia que a recusa havia causado muitas mágoas para a senhora Jinba, o que talvez fosse natural. Sachiko já suspeitava do ressentimento dela e sentia-se culpada, mas ficou chocada quando sua suspeita fora confirmada. Mesmo assim, por que de repente a senhora Nifu trouxera esse assunto à tona? Ela normalmente falava demais, mas fazer um comentário sobre uma pessoa que não tinha nada a ver com o caso, sem mais nem menos, fazendo-a ouvir o que não precisava, não parecia apenas uma fofoca costumeira, mas algo que continha um sentido coercitivo.

— O que vai fazer, Yukiko?

— ...

— Por que não experimenta ir?

— E você, Sachiko?

— Queria acompanhá-la, mas como falaram tudo aquilo prefiro não ir. Se você for sozinha com a senhora Itani, será muito ruim?

— Só nós duas, é um pouco...

— Então, vamos pedir a Teinosuke que a acompanhe — sugeriu Sachiko, observando a reação de Yukiko. — Se não tiver nenhum compromisso, tenho certeza de que irá. Vamos telefonar para ele e perguntar?

— Hum.

Sachiko interpretou o murmúrio da irmã como sinal de concordância e solicitou uma ligação urgente para o escritório de Osaka.

14

Teinosuke não vira nenhum problema no fato de Itani e Yukiko irem ao seu escritório às cinco e meia da tarde. Ele apenas havia insistido para que Yukiko não se atrasasse, e, se possível, chegasse vinte ou trinta minutos antes da senhora Itani, sempre pontual. Passadas as cinco e quinze da tarde e nem sinal da cunhada, ele começou a se apavorar. Embora estivesse habituado aos atrasos da esposa e de Yukiko, aquela situação lhe era insuportável. Não lhe agradava a idéia de fazer a apressada senhora Itani esperar. Àquela altura, Yukiko certamente já havia saído de casa. Em todo caso, pediu uma ligação para Ashiya por precaução. Mas antes mesmo que ela fosse completada, a porta do escritório se abriu e Itani entrou seguida de Yukiko, que vinha logo atrás.

— Ah, chegaram juntas! Que bom, acabava de pedir uma ligação...

— Na realidade, fui à sua casa convidar a senhorita para vir comigo — explicou Itani. — Como não dispomos de muito tempo, que tal sairmos imediatamente? Pedi ao motorista que nos aguardasse...

Teinosuke soubera do *miai* daquele dia por meio de um telefonema de Sachiko. Conhecia a senhora Nifu apenas de nome, e tinha a impressão de nunca tê-la encontrado pessoalmente. Por conta disso, seguia sem entender direito a situação, parecendo-lhe estar sendo levado para um lugar longínquo e nebuloso. No carro, a caminho do restaurante, perguntou quem era o pretendente e que ligação tinha com Itani, mas ela também não sabia dos detalhes e pediu-lhe para informar-se com a senhora Nifu. E qual a relação dela com tal senhora? Elas haviam acabado de se conhecer e aquele seria o segundo encontro. Teinosuke sentia que estava entrando numa cilada. No *zashiki* do restaurante, a senhora Nifu os aguardava em companhia de Hashidera.

— Boa tarde. Esperaram muito? — cumprimentou-os Itani, demonstrando bastante intimidade para um segundo encontro.

— Não. Nós também acabamos de chegar — respondeu a senhora Nifu, correspondendo-lhe a gentileza. — Mas é admirável sua pontualidade, são exatamente seis horas.

— Costumo ser muito pontual. Hoje, até passei antes na casa da senhorita para buscá-la, estava preocupada com ela.

— Conseguiram encontrar o restaurante com facilidade?

— Sim, o senhor Makioka já o conhecia.

— Como vai? Há quanto tempo! Acredito que só tive o prazer de vê-la uma vez — cumprimentou-a Teinosuke, lembrando-se de que fora apresentado àquela senhora havia algum tempo, na sala de visitas de sua casa.

— Desde aquele dia, não nos encontramos mais, porém agradeço a atenção que sempre dispensa à minha esposa.

— Não há motivos para agradecer. Há muito tempo que não me encontro com sua senhora. Já não me lembro bem. Acho que a última vez que a vi foi quando ela estava acamada, com icterícia.

— Ah, sim, foi naquela ocasião. Desde então, já se passaram três ou quatro anos.

— É verdade. Naquele dia, fomos à sua casa em três pessoas. Fizemos com que ela se levantasse, quando precisava ficar em repouso. O senhor deve ter pensado que éramos uma gangue de mulheres.

— É mesmo, sou forçado a concordar quanto à expressão "gangue de mulheres" — interveio Hashidera, cansado de aguardar as apresentações. Sentado em posição formal para fazer as reverências habituais, vestia um terno marrom e, sorrindo, olhava de soslaio para a senhora.
— Bem, deixe apresentar-me. Sou Hashidera. Muito prazer... — cumprimentando Teinosuke em primeiro lugar. — Esta senhora é realmente "ardilosa". Veio dizendo que eu deveria acompanhá-la de qualquer maneira, e hoje estou aqui trazido à força, sem saber direito por quê...

— Como assim, senhor Hashidera? Nem parece um homem! Uma vez que veio até aqui, não deveria dizer tais coisas!

— Realmente — acrescentou Itani. — Não nos venha com desculpas. É importante que os homens saibam desistir quando não têm outra alternativa. Isso é muita falta de delicadeza conosco!

— Perdão! — Hashidera abaixou a cabeça várias vezes. — O jeito é deixar que me maltratem hoje.

— O que está dizendo? Em vez de maltratá-lo, estamos pensando no seu bem. Não é saudável passar a vida olhando para a fotografia da falecida esposa, como tem feito, senhor Hashidera. É preciso sair de vez em quando e olhar à sua volta. Só assim saberá que no mundo existem mulheres bonitas, que não ficam atrás da sua.

Teinosuke ficou apreensivo com a reação de Yukiko, mas ela parecia já ter se acostumado àquele clima e os ouvia, sorridente.

— Bem, sem reclamações, então. Vamos nos sentar, por favor. Senhor Hashidera, seu lugar é ali. Este é o meu.

— Como há duas mulheres "ardilosas" por aqui, é melhor obedecer, senão se arrependerá — disse Hashidera.

Era bem provável que Hashidera também tivesse sido arrastado para lá, como Teinosuke e Yukiko. Ele mesmo não parecia decidido a se casar tão depressa novamente. Devia ter sido pego de surpresa pela senhora Nifu, com a qual não teria muita intimidade. Certamente, não teve muito tempo para refletir e estaria sendo obrigado a permanecer ali, pois não parava de repetir: "Que faço?" "Estou surpreso!" Tinha um jeito amável de demonstrar o incômodo sem causar desagrado. Enquanto conversavam, Teinosuke notou que aquele homem era bastante sociável e amistoso. Observando o cartão de visita que ele lhe oferecera, pôde notar o título de Doutor em medicina e o cargo de diretor superintendente na Toa Farmacêutica. Ele explicara não exercer a medicina naquele momento, sendo gerente de uma companhia farmacêutica. Era um empresário com habilidade para lidar com as pessoas, muito educado e sem qualquer traço que denunciasse ser ele um médico. Teinosuke ouvira dizer que ele tinha em torno de 45 anos. Sua pele era branca e de uma firmeza juvenil no rosto, no pulso e mesmo na ponta dos dedos. Um homem bem apessoado, rosto farto, olhos e nariz bem feitos; por ser corpulento, não demonstrava fragilidade e sua imponência acentuava-lhe a dignidade dos anos. Entre todos os pretendentes até então, este talvez fosse o de melhor aparência. Era resistente para a bebida, embora não tanto quanto Teinosuke, mas não recusava quando lhe ofereciam outra dose de saquê. Contrariamente ao esperado em encontros nos quais as pessoas não se conhecem bem, a conversa fluía de forma agradável, quem sabe devido à ousadia das duas mulheres, quem sabe devido ao fato de o cavalheiro estar completamente à vontade.

— Desculpem-me, mas quase nunca venho a este restaurante. Estão nos servindo muitos pratos hoje, não é mesmo? — comentou Teinosuke já um pouco embriagado, com o rosto brilhante e corado. — Está cada vez mais difícil encontrar variedades de saquê e comida. Essa fartura de iguarias é normal?

— Creio que não — disse Hashidera. — O serviço especial desta noite é por conta do esposo da senhora Nifu.

— Não é bem assim, mas como meu marido presta favores a este restaurante, podemos abusar um pouco. Além disso, o escolhi porque achei seu nome, "Sorte infinita", *kitcho*, bastante auspicioso.

— A senhora pronunciou *kitcho*, mas a pronúncia para esta composição de ideogramas não seria *kikkyo*? — questionou Teinosuke. — Talvez não seja do conhecimento das pessoas da região de Tóquio, mas a senhora Itani com certeza já ouviu falar daquilo que é chamado *kikkyo* em Osaka.

— Bem, desconheço...

— *Kikkyo*? — interveio Hashidera, com ar de dúvida. — Eu também ignoro...

— Eu conheço — disse a senhora Nifu. — *Kikkyo*, deixe-me ver... É aquele objeto vendido nas cidades de Nishinomiya e Imanomiya, durante a Festa da Divindade Ebisu, por exemplo. Trata-se daquelas hastes de bambu amarradas a uma moeda, a um caderno da sorte ou a um cofrinho. Não diz respeito a isso?

— Sim.

— Ah, aquilo que se parece com uma bola de casulo do bicho-da-seda?

— Isso mesmo. Artigos da Festa da Divindade Ebisu... — respondeu a senhora Nifu, e começou a recitar baixinho os versos da canção *Festa de Ebisu* de modo ritmado. — *Bolsa de kaze, vasilha de coleta, sacola de palha de dinheiro, moedas, caixa de ouro, chapéu tatee...*

— enquanto contava tais artigos nos dedos. — Estas e outras coisas mais são penduradas nos bambus, sabiam? A isso dão o nome de *kitcho*, mas, com a alteração fonética de Osaka, pronuncia-se *kikkyo*, não é mesmo, senhor Makioka?

— Exatamente. Que surpresa a senhora saber o que é *kikkyo*!

— As aparências enganam, não é verdade? Pode não parecer, mas sou natural de Osaka.

— A senhora?!

— Meu conhecimento se restringe a coisas desse nível. Mas, será que ainda há quem conserve esta pronúncia antiga? As pessoas deste restaurante também parecem falar *kitcho*.

— Faço então outra pergunta. O que significa "bolsa de *haze*" dos versos da *Festa de Ebisu*?

— Bolsa de *haze*? Não seria "bolsa de *kaze*"? "*Bolsa de* kaze, *vasilha de coleta, sacola de palha de dinheiro.*"

— Não. O correto é "bolsa de *haze*".

— E existe essa tal de "bolsa de *haze*"?

— Não seria uma bolsa que contém *haze*? — interpelou Hashidera. — Uma bolsa que contém aquela espécie de doce frito, oco e estufado, feito com o arroz próprio para se preparar o *mochi*[15]. Acredito que o doce é assim chamado porque *haze* significa "romper", e sua casca de fato rompe-se na hora em que é frito. Na região de Tóquio, costuma-se recheá-lo com feijão açucarado no Dia das Meninas, comemorado em 3 de março.

— Nisso, o senhor Hashidera é o mais entendido de todos nós.

Por algum tempo, a conversa girou em torno da comparação entre costumes e palavras das regiões de Tóquio e de Kyoto e Osaka. A senhora Nifu, que nascera em Osaka, crescera em Tóquio e retornara à sua região natal, se autoproclamava uma pessoa das duas terras. E com razão. De todos, era quem mais entendia de tais assuntos e demonstrava grande capacidade para mudar de dialeto de acordo com seu interlocutor,

---

15. Bolinho de arroz cozido e sovado. O tipo de arroz utilizado é próprio para essa e outras variedades culinárias, diferindo do utilizado nas refeições diárias. (N.T.)

o de Osaka para Teinosuke, o de Tóquio para Itani. Esta última, por sua vez, contou sua experiência de um ano nos Estados Unidos, onde fora pesquisar técnicas de beleza. Hashidera falou de sua visita à fábrica de medicamentos da Bayer na Alemanha, comentou sobre sua estrutura grandiosa e sobre o cinema do tamanho do Teatro Shochiku (situado no fosso Dodon, em Osaka) no interior do pátio da empresa. A certa altura, porém, Itani deu um jeito de retomar o rumo da conversa, indagando a Hashidera sobre sua filha e família em Shizuoka. Tentava criar um clima para uma conversa entre Yukiko e o cavalheiro. Mais uma vez a questão do casamento vinha à tona.

— A senhorita sua filha comentou alguma coisa?

— Não cheguei a perguntar a opinião dela, mas muito mais que seu sentimento, é o meu que ainda não está definido.

— Então, defina-se logo, vamos! Afinal, vai mesmo ter de desposar alguém mais dia, menos dia...

— Bem, isso é verdade. Mas não sei direito... Como dizer? Não sei se preciso formar um novo lar.

— Mas qual o motivo?

— Não há um motivo especial. Apenas tenho receio ainda. Mas se pessoas como as senhoras continuarem insistindo para que eu me case, no final, pode ser que eu acabe aceitando a idéia.

— Então, vai deixar por nossa conta?

— Assim as senhoras me deixam sem graça...

— É bem escorregadio, senhor Hashidera. É melhor que forme uma nova família o quanto antes. Sua falecida esposa também ficaria feliz com isso.

— Não sou tão apegado assim a ela.

— Senhora Nifu, pessoas como ele precisam que alguém prepare tudo, desde a entrada até a sobremesa, para que ele apenas se sirva. Não precisa se preocupar, nós tomaremos a iniciativa, não é mesmo?

— Melhor assim. Depois de tudo pronto, não vamos deixar que ele hesite.

Teinosuke e Yukiko não tiveram outra alternativa senão rirem da cena de Hashidera sendo encurralado pela "gangue de mulheres". Não parecia haver ali um clima de *miai*. Tal como disseram, era um jantar "descontraído", mas mesmo assim, arrastar um homem indeciso contra sua vontade, prensando-o na parede diante deles, era algo que só uma "gangue de mulheres" seria capaz de fazer. Teinosuke achou aquilo tudo realmente esquisito, mas estranhou ainda mais que Yukiko tivesse adquirido a coragem de enfrentar a situação sorrindo, como se não se incomodasse nem um pouco com o que estava acontecendo. Naturalmente, era melhor que ela continuasse sorridente e serena, em vez de demonstrar mau humor. Estava tudo sob controle, mas se ali estivesse a Yukiko de antes, ela não permaneceria no local; se não corasse, faria cara de choro ou se retiraria. Ela não perdia a pureza de uma menina principiante, por mais idade que ganhasse, mas à medida que adquiria experiência com os *miai*, parecia ir ficando menos envergonhada e mais corajosa. Isso era mais do que natural, afinal, ela já contava com 34 anos. Mas Teinosuke, levado pela sua aparência jovem e sua roupa de mocinha, não havia reparado na mudança que se processara na cunhada.

No entanto, quais seriam as intenções de Hashidera? Mesmo que ele tivesse sido atraído pela senhora Nifu, que lhe propusera apresentar uma moça como Yukiko, e tivesse resolvido conhecê-la apenas porque nada tinha a perder, não estaria ele muito mais "motivado" do que admitia estar? Fazia questão de se mostrar em apuros, seria por orgulho? No fundo, talvez tivesse a intenção de desposar Yukiko caso ela se encaixasse em seu perfil de esposa. Era inconcebível que ele tivesse ido apenas para ir. Como dizia a senhora Nifu, Hashidera era "escorregadio", livre e solto demais para se conseguir deduzir-lhe a impressão que tivera de Yukiko naquela noite. Exceto ela, os quatro conversavam abertamente. Yukiko parecia ter perdido a ação no meio da "gangue de mulheres" e continuou alheia ao grupo, mesmo nos momentos em que lhe era dada a oportunidade de conversar com Hashidera. Como de hábito, ela não tomava a iniciativa. Ele, por sua vez, atordoado com a "gangue" feminina, limitou-se a demonstrar gentileza, tendo dirigido a palavra a Yukiko apenas por duas ou três vezes. Como Teinosuke não conseguia depreender os sentimentos do cavalheiro, procurou manter-se neutro na hora da despedida, sem saber ao certo se voltariam a se encontrar ou não. Mas na volta, enquanto estavam no trem da linha Hankyu, Itani disse-lhe reiteradas vezes que ela e a senhora Nifu fariam esse casamento sair, custasse o que custasse. Se o senhor Hashidera aceitara tudo até então, não haveria mais o que recusar. E ela acreditava que, no íntimo, ele estava interessado em Yukiko.

15

    Naquela noite, Teinosuke revelou a Sachiko as impressões que tivera de Hashidera. Aparentemente, ele era uma pessoa exemplar, bastante agradável, mas ainda ponderava sobre a possibilidade de se casar pela segunda vez. Ou seja, o assunto não estava tão amadurecido como diziam as senhoras Nifu e Itani. Restava-lhes então esperar um pouco mais, pois, se acreditassem cegamente no que diziam as duas mulheres, correriam o risco de passar por idiotas. O casal andava cauteloso desde o *miai* anterior. No entardecer do dia seguinte, Itani apareceu dizendo ter recebido pela manhã um telefonema da senhora Nifu, e ter ido até ali justamente para tratar do assunto. O que acharam dele? E a senhorita Yukiko?, Itani foi logo perguntando. Sachiko, seguindo os conselhos do marido, respondeu-lhe apenas que Hashidera parecia ser uma boa pessoa, mas enquanto não se decidisse... Não precisavam ter receio quanto a isso, interrompeu Itani, e deu a Sachiko os seguintes argumentos. No telefonema à senhora Nifu, ele comentara ter achado a senhorita Makioka muito tímida e retraída, o que o deixara em dúvida, pois preferia pessoas mais alegres e expansivas. Mas, ela mesma, Itani, encarregara-se de explicar tudo. Num primeiro contato com a senhorita Yukiko, qualquer um acreditava que ela assim o fosse, mas esta primeira impressão não correspondia à realidade. Por isso, tinha tratado logo de pedir à senhora Nifu para transmitir ao senhor Hashidera as seguintes palavras: "Para ser sincera, Yukiko poderia ser tímida, mas retraída, nunca." Por ser delicada, poderia causar tal impressão, mas à medida que ele a conhecesse melhor, teria uma surpresa — dizer isso podia ser até falta de respeito para com a moça, mas tanto nos gostos como em tudo o mais, julgava-a bem avançada e moderna, muito mais alegre do que podia parecer. Por isso, acreditava ser Yukiko uma pessoa expansiva, bem ao estilo idealizado por ele. Bastaria conhecê-la melhor para que suas dúvidas se dissipassem. Em matéria de música, apreciava o piano; na culinária, a comida ocidental; em termos de cinema, os filmes ocidentais. Quanto aos idiomas, sabia falar inglês e francês, o que já seria suficiente para se observar o dinamismo da senhorita. Em termos de vestuário, preferia o quimono, mas só pelo fato de lhe cair bem um *yuzen* de manga longa, vistoso como o daquele dia, era possível observar sua natureza exuberante. Tudo isso poderia ser conferido imediatamente no convívio com ela. Itani explicou a Sachiko que gastara muitas ligações com a senhora Nifu para convencer-lhe de que entre as moças de boa família não encontraria nenhuma que num primeiro encontro conversasse com desinibição. Apesar de todos esses argumentos, porém, a senhorita Yukiko poderia ficar em desvantagem e ser mal interpretada caso permanecesse em seu habitual retraimento, alertou Itani. O melhor seria ela criar coragem e conversar mais. Em breve, iria trazê-lo novamente. Antes de se retirar, pediu a Sachiko que ajudasse a irmã a causar uma impressão mais alegre na próxima oportunidade.

Sachiko estava aliviada, pelo menos daquela vez a mancha no canto do olho de Yukiko, que tanto a incomodava, não tinha ficado evidente. Ouvira a conversa de Itani um tanto incrédula, imaginando se realmente tudo o que ela dizia tinha fundamento. No dia seguinte, por volta das três da tarde, recebeu um telefonema. Era Itani avisando que estava a caminho de Osaka, em companhia da senhora Nifu e do senhor Hashidera, chegando dali a uma hora. Viriam até Ashiya?, perguntou-lhe Sachiko afobada. Era esta a intenção, já que não havia outro local apropriado para se encontrarem, e o cavalheiro tinha manifestado o desejo de conhecer a casa dos Makioka. De todo modo, ele não dispunha de muito tempo, e a visita duraria vinte ou trinta minutos no máximo. Sachiko tinha dúvidas. Seria mesmo apropriado irem até lá?... Antes que ela pudesse completar a frase, Itani intercedeu, atropelando suas palavras. Tratava-se de uma visita imprevista, curta, portanto não havia com o que se preocupar. O senhor Hashidera estava entusiasmado, correndo-se o risco de ele se desinteressar caso os planos sofressem alguma alteração. Diante disso, ela aguardava a permissão de Sachiko.

Sachiko tinha de consultar Yukiko. O que fariam?, perguntou à irmã. Que tal se mandassem Etsuko ir a Kobe com Oharu?... Não, não era preciso nada disso, discordou Yukiko, as duas já deviam ter percebido o que se passava. Ela falava de modo bastante descontraído, e Sachiko acabou aceitando recebê-los. Depois de comunicar a decisão a Itani, ligou imediatamente para o escritório do marido e pediu-lhe que fizesse o possível para estar em casa no horário previsto.

Teinosuke voltou para Ashiya antes de as visitas chegarem e comentou também ter recebido um telefonema de Itani, solicitando que recebessem o senhor Hashidera, ansioso por um ambiente familiar. O mais surpreendente para ele, entretanto, tinha sido Yukiko ter aceitado realizar o encontro em casa. Acima de tudo, Teinosuke estava contente com a mudança de atitude da cunhada.

Os três chegaram pouco depois e logo estavam acomodados na sala de estar. Itani chamou Sachiko no corredor. Estaria Koisan em casa?, perguntou. Sachiko, num sobressalto, respondeu que infelizmente sua irmã não se encontrava naquele momento. A senhora solicitou então a presença de Etsuko na sala. Queria muito ter trazido a filha do senhor Hashidera, explicou, mas não fora possível porque combinaram tudo em cima da hora. Prometeu trazê-la numa próxima ocasião. Itani acreditava que ela viria a ser uma boa amiga para Etsuko, e a amizade das duas seria muito positiva. Deixaria o senhor Hashidera mais entusiasmado e daria tudo certo.

Era uma sorte Yukiko ter se interessado em receber Hashidera, e com Etsuko presente poderiam contar com a opinião dela também, concordou Teinosuke. Hashidera por sua vez, recepcionado por Teinosuke, Sachiko, Yukiko e Etsuko, continuava a dizer que fora ali levado pelas duas mulheres e desculpava-se sem parar. Realmente não conseguia enfrentá-las, embora julgasse muita falta de educação ter ido à casa deles de repente, sem avisar, mas acabara sendo carregado pela "gangue de mulheres". Não era sua intenção ter ido... E falava coisas como estas, impossíveis de se interpretar. Um simples assalariado como ele, continuou falando, desposar uma moça de uma família como aquela era um absurdo, já que os dois pertenciam a classes sociais diferentes.

Yukiko não se portava de modo tão retraído quanto antes, mas como uma tímida inata não muda de repente, apesar da advertência de

Itani, ela não demonstrava fazer qualquer esforço para seguir seu conselho, continuando com suas respostas raras e desanimadas. Diante da situação, Teinosuke pediu-lhe para trazer o álbum de fotos tiradas em Kyoto no ano anterior, durante o evento de contemplação das cerejeiras em flor, mas Sachiko acabou desempenhando o papel principal na explicação das fotos. Yukiko e Etsuko somente vez ou outra complementavam algo. Sachiko sentia a falta de Taeko. Nessas horas, sua presença faria muita diferença, certamente a irmã animaria o ambiente com seus gracejos — no íntimo, ela tinha certeza de que este pensamento era compartilhado pelos outros três membros da família. Quando os vinte minutos previstos acabaram transformando-se em uma hora, Hashidera olhou o relógio e fez menção de ir embora. As senhoras Nifu e Itani também se levantaram, e Sachiko as reteve. Não gostariam de demorar-se um pouco mais? Ela sabia que Itani era uma pessoa ocupada, e então voltou-se para a senhora Nifu. Havia tanto tempo que não se viam... Quem sabe ela poderia ficar? Não faria nada em especial, porém... A amiga resolveu aceitar, mas será que Sachiko lhe serviria um jantar? Claro que sim, mas seria apenas arroz embebido em chá verde... Ótimo, respondeu a senhora Nifu, e ficou para o jantar.

Sachiko pediu a Yukiko e Etsuko que não estivessem presentes à mesa do jantar para terem a chance de conversar mais à vontade. Sachiko parecia bem impressionada com Hashidera, que foi elogiado pelo casal. Embora ela e o marido não soubessem a opinião de Yukiko, pois ainda não lhe haviam perguntado, com certeza o candidato não a desagradava. Depois de ouvirem da senhora Nifu as informações por ela colhidas posteriormente sobre os rendimentos, a família e a natureza do cavalheiro, tiveram mais vontade ainda de obter sucesso nessa proposta, mas estavam inseguros. Não julgavam Hashidera muito entusiasmado. Segundo a senhora Nifu, ele mostrava-se meio encabulado porque ela e a senhora Itani faziam alvoroço demais, mas no íntimo ele parecia bastante interessado. Usando de franqueza, ela revelou que Hashidera se casara por amor e ainda tinha um pouco de receio perante a memória da falecida, existindo também a questão da filha, que lhe trazia a lembrança da esposa. Mesmo decidindo casar-se novamente, ele preferia que o assunto se encaminhasse como se tivesse sido levado a tomar tal decisão incentivado por terceiros. Na realidade, sozinho ele não teria mesmo coragem de assumir um novo compromisso, e esperava que elas lhe dessem um empurrão. Se ele não tivesse qualquer interesse, não teria deixado se levar por duas vezes. Naquele dia, por exemplo, tinha dito ser um completo disparate ir à casa de uma moça que acabara de conhecer, mas mesmo assim acabou indo, o que era uma prova de seu interesse por Yukiko. Começavam a dar razão à senhora Nifu. Ela acreditava que a maior preocupação do senhor Hashidera era a filha. Se a menina simpatizasse com a moça, ele não hesitaria. Por isso, da próxima vez, pretendia promover o encontro entre a filha dele e Yukiko. Seria bom se Etsuko também estivesse presente e fizesse amizade com ela. Dito isso, retirou-se. Mais tarde, Sachiko comentou com Teinosuke que, das várias propostas que tiveram, aquela era sem dúvida a melhor. Todas as condições que almejavam estavam preenchidas, fosse quanto à posição social do pretendente, à sua origem, ao seu nível de vida e tudo o mais, não havia nada em excesso ou em falta, estava tudo no ponto. Caso deixassem escapar aquela oportunidade, Sachiko acreditava que nunca mais teriam uma proposta igual. Como dizia a senhora Nifu, se Hashidera estava assumindo uma atitude passiva, esperando que a iniciativa partisse deles, o que pensava seu marido de darem um empurrãozinho? Ela aguardava uma boa idéia de Teinosuke, e embora ele concordasse com a esposa, também não sabia o que fazer. Tudo ficava mais difícil sendo Yukiko, a peça principal, retraída daquele jeito, ponderou ele. Se naquela noite ela tivesse cooperado um pouco mais... De todo modo, pensaria em algo. Naquela hora não lhe vinha nenhuma idéia original.

 No dia seguinte, em seu escritório, Teinosuke procurava alguma desculpa para aproximar-se de Hashidera quando se deu conta de que o bairro Dosho não ficava muito distante dali; poderia visitar a empresa dele, desde que arrumasse algum bom pretexto. Lembrou-se então de que a questão dos medicamentos fora um dos temas da noite anterior. Sachiko havia comentado que nunca deixava faltar vitamina B e sulfamina de fabricação alemã, mas, com a guerra, tinha ficado sem provisão de pílulas de Prontsil e de remédio injetável, ao que Hashidera recomendou experimentar as cápsulas de sulfamina conhecidas pelo nome de Bremil, fabricadas pela sua empresa. Informou que tal medicamento não tinha contra-indicações como os demais produtos nacionais, e os efeitos eram os mesmos que os do Prontsil. Sua empresa também tinha vitamina B, de fabricação própria, a qual eles não deviam deixar de experimentar, e ofereceu-se para despachar um pacote ainda naquele dia. Teinosuke, entretanto, dispensou-o do trabalho, prometendo visitar sua empresa para adquiri-los, uma vez que costumava ir todo dia a Osaka. Hashidera prontificou-se a recebê-lo a qualquer hora, e pediu apenas que lhe telefonasse avisando. Mesmo que no dia anterior tivessem conversado sobre o assunto sem qualquer pretensão, Teinosuke não via nenhum inconveniente em ir até o seu local de trabalho, alegando o pedido da esposa de buscar imediatamente os remédios sobre os quais falaram. Saiu mais cedo do escritório e foi caminhando pela via Sakai. A empresa ficava no lado norte da avenida do bairro Dosho, indo uma quadra adiante, a oeste da via Sakai. Era um prédio de concreto e ferro em estilo moderno, no meio de um grande número de lojas construídas em madeira e rebocadas com barro, o que logo lhe chamou a atenção. Hashidera, vindo dos fundos, nem precisou perguntar o que Teinosuke viera fazer. Assim que terminou os cumprimentos, chamou um aprendiz e instruiu-o para que trouxesse tantas caixas dos tais remédios e as embrulhasse para serem levadas. Desculpou-se por não dispor de uma sala apropriada para receber visitantes, e convidou Teinosuke a irem para outro lugar, perto dali. Recolheu-se por um momento para dar ordens a dois ou três funcionários, reaparecendo em seguida sem paletó nem chapéu. Teinosuke esperara por cerca de cinco minutos na frente do empreendimento, e, pelo modo de Hashidera falar com os funcionários e a atitude destes para com ele, pareceu-lhe estar diante da pessoa mais poderosa da firma, e não apenas de um diretor de alto escalão. "Disponha sempre que precisar", foram estas as palavras dele enquanto entregava o pacote a Teinosuke. Este, incomodado por Hashidera não querer receber o pagamento, resolveu ir embora, alegando que o cavalheiro devia estar muito atarefado. De maneira alguma, rebateu ele, e pediu-lhe para acompanhá-lo pelas redondezas. Teinosuke acabou aceitando, por acreditar que Hashidera tivesse algo para conversar, não devendo, portanto, perder uma oportunidade como aquela. Supôs que seria conduzido a alguma cafeteria nas proximidades, mas entraram numa viela de casas e subiram uma escada que dava acesso a um pequeno restaurante no andar superior, cuja construção era semelhante à de uma loja. Considerava-se bom conhecedor da cidade de Osaka, mas era a primeira vez que tomava conhecimento de vielas e restaurantes em tais lugares. Dos quatro lados do *zashiki* de uma única sala, podia-se avistar os telhados das residências amontoadas, e alguns edifícios aqui e ali. Tinha-se a impressão de estar bem no centro de Senba. Por certo, aquele era um lugar onde os comerciantes de Dosho, principalmente os proprietários e gerentes das farmácias, convidavam seus clientes para uma refeição simples e uma conversa de negócios. Aquele não era o local adequado para se levar um convidado, desculpava-se Hashidera, mas ainda tinha trabalho a fazer ali por perto antes de voltar para a empresa. Teinosuke nem imaginava que seria convidado para jantar, e ficou ainda mais envergonhado quando ouviu essas palavras.

  A comida não era especialmente saborosa, mas foram servidos cinco pratos diferentes, bem preparados, e dois ou três copos de saquê. Haviam chegado bem cedo, e Teinosuke, julgando que Hashidera estivesse muito ocupado, procurou encerrar logo a refeição. Quando terminaram de se servir, o sol ainda se punha no céu quase primaveril. Teriam ficado sentados ali por menos de duas horas. Hashidera não tinha nenhum assunto em especial para tratar, como esperava Teinosuke em seu íntimo. Parecia ter feito o convite por mera formalidade, e acabaram conversando apenas sobre coisas comuns. Respondendo à pergunta de Teinosuke, ele pôs-se a contar que originariamente sua especialidade era medicina interna e havia ido à Alemanha para pesquisar o uso da endoscopia, mas, após retornar ao Japão, acabou travando conhecimentos com a empresa na qual trabalhava naquele momento e, devido às circunstâncias, largara a profissão de médico para mudar para o ramo farmacêutico. A empresa tinha um presidente, mas como ele quase nunca estava presente, era Hashidera quem praticamente tinha de fazer todo o trabalho. Parecia divertir-se ao comentar alguns casos de quando ia vender um novo medicamento no interior; os clientes, recebendo-no sem saber que ele era médico, acabavam ficando constrangidos à medida que ele dava explicações sobre o remédio. Nem tocou nas questões relativas à família Makioka, tampouco falou de Yukiko, embora Teinosuke tentasse levantar tais assuntos. Constrangido por não encontrar uma boa oportunidade para trazê-los à tona, acabou recompondo-se. Entre uma conversa e outra, quando as frutas da sobremesa foram servidas, Teinosuke conseguiu comentar apenas o fato de a cunhada parecer tímida, mas que na verdade não o era, tomando o devido cuidado para que suas palavras não soassem como uma justificativa.

16

No dia seguinte, a senhora Nifu ligou para Sachiko, pois soubera que Teinosuke visitara Hashidera na noite anterior. Ela estava muito satisfeita que tivessem iniciado com ele um relacionamento direto, e desejava que continuassem a se aproximar nesse ritmo. Segundo ela, até então, o erro dos Makioka tinha sido o de deixar tudo nas mãos de terceiros — o que lhes rendera a fama de altaneiros. Ela e a senhora Itani tinham intermediado a proposta até aquele momento, mas dali em diante tudo dependeria da vontade e do esforço deles mesmos. Elas já tinham cumprido seu papel, por isso deixariam de fazer as intermediações por algum tempo. Não havia o que recear. Tudo correria bem. Ressaltou que se empenhassem e disse que ficaria aguardando o resultado favorável o quanto antes. Chegou até mesmo a cumprimentá-los com um "parabéns", mas do ponto de vista de Sachiko e Teinosuke o assunto ainda não avançara a ponto de merecer uma comemoração.

Pouco tempo depois, o doutor Kushida passou na casa dos Makioka. Ele estivera atendendo um paciente ali perto e já tinha as informações solicitadas. Sachiko havia se lembrado que, apesar de não ter se formado no mesmo ano de Hashidera, o doutor Kushida também tinha estudado na Universidade de Osaka, e pediu ao médico que averiguasse algumas informações sobre o pretendente. O doutor Kushida, sempre muito atarefado, entrou na sala de estar pedindo licença para permanecer de paletó. Sem ao menos se sentar, falou apenas o essencial e entregou a Sachiko uma folha de papel tirada do bolso, comentando que o restante estava escrito ali mesmo e retirou-se. O conteúdo do relatório era bem detalhado. Como havia dito o doutor Kushida, tivera sorte de encontrar entre os colegas uma pessoa que conhecia bem Hashidera e que lhe falara sobre a terra onde nascera e também sobre a filha, que era bastante dócil e tinha boa fama na escola feminina, o que comprovava as informações que Teinosuke havia recolhido até então. Antes de ir embora, o próprio doutor Kushida chegou a mencionar que o homem possuía muitas recomendações.

Desta vez, a sorte parecia estar do lado de Yukiko, comentou Teinosuke com a esposa, e precisavam dar um jeito de fazer com que tal proposta desse certo. Mesmo sabendo ser uma atitude pouco sensata, resolveu escrever a Hashidera uma carta bastante respeitosa, de cerca de um metro e meio num papel em rolo.

Tenho plena consciência de que é uma extrema falta de respeito dirigir-me por carta a Vossa Senhoria, mas gostaria que levasse em consideração o que tenho a dizer sobre minha cunhada. Outro dia, quando nos encontramos, quase falei a respeito, mas acabei calando-me. Por isso, escrevo esta sem pensar em questões de cortesia. Acredito que tenha dúvidas sobre o motivo pelo qual minha cunhada continua solteira, apesar da idade. Por exemplo, se ela não teria algum problema de saúde, ou algum outro que estaríamos ocultando. Com franqueza, nada disso tem fundamento. Minha cunhada não pôde se casar até hoje porque nós, seus familiares, mesmo não pertencendo a uma família tão importante, prendemo-nos às formalidades e às tradições e recusamos uma a uma todas as boas propostas. Creio que a senhora Nifu ou a senhora Itani tenham-lhe dito ser este o motivo de Yukiko continuar solteira, e realmente é o único que existe. É de fato lamentável, mas por causa dessa nossa atitude, compramos a indignação da sociedade e ninguém mais quis intermediar uma proposta de casamento para ela. Essa é a situação despida de qualquer falsidade e, caso Vossa Senhoria queira investigar a respeito para que se dissipem todas as dúvidas, fique totalmente à vontade. A responsabilidade de ter causado a infelicidade de Yukiko pertence apenas às pessoas que a cercam. Ela mesma não tem culpa alguma, tampouco defeitos. Tecer elogios a um membro da própria família parece protecionismo, mas posso afirmar ser ela uma mulher merecedora de nota máxima em tudo: é inteligente, culta, de boa índole e talentosa. O que mais me causa admiração nela é o carinho especial com que trata as crianças. Minha filha, que neste ano completa onze anos de idade, dedica a ela mais apego do que à própria mãe, e, considerando a maneira pela qual ela auxilia minha filha nas tarefas escolares e nos exercícios de piano, cuidando dela com tanto amor, até mesmo quando está doente, penso ser muito natural que ela seja mais apegada a esta tia do que à mãe. Por favor, peço-lhe que investigue também a veracidade desses fatos. Quanto ao seu receio em relação à timidez dela, como lhe disse há alguns dias, posso assegurar que ela não é tímida como aparenta ser, de modo que sua preocupação é totalmente desnecessária. Se me permite dizer, acredito que ela jamais o decepcionará como esposa. Pelo menos no que diz respeito à felicidade de sua filha, tenho certeza de que ela está inteiramente capacitada. Fico temeroso de que estas minhas palavras, em defesa de uma pessoa da família, acabem por surtir efeito contrário, dando-lhe uma impressão ainda mais desagradável. Em suma, faço tudo isso no desejo de que a despose. Reitero novamente os meus pedidos de desculpas por enviar uma carta fora dos padrões como esta.

Teinosuke confiava em sua redação desde a época de estudante, e não teve grandes dificuldades para escrever um texto detalhado com tamanha polidez. Mas como havia o receio de a carta vir a provocar o efeito contrário do desejado caso se excedesse, teve muito trabalho para escrevê-la com moderação, sem se mostrar insistente ou cerimonioso demais. Reescreveu-a três vezes. Na primeira versão, pensou ter imprimido vigor demasiado, na segunda, ao contrário, ter afrouxado os argumentos, até que, por fim, encontrou o tom certo. No entanto, arrependeu-se tão logo acabou de postá-la, e começou a achar que não deveria tê-lo feito. Se o homem não tivesse a intenção de se casar, não seria aquela carta que o faria mudar de idéia, e se ele a tivesse, talvez até ficasse incomodado por tê-la recebido. Talvez o mais sensato tivesse sido deixar tudo fluir com naturalidade.

Teinosuke não estava propriamente à espera de uma resposta, mas depois de dois ou três dias sem notícias, começou a ficar impaciente. No domingo seguinte, comunicou a Sachiko que sairia para uma caminhada, mas na verdade tinha outros propósitos. Dirigiu-se à cidade de Umeda pela linha Hankyu e tomou um táxi, pedindo ao motorista que o levasse até Torigatsuji. Antes de sair, decorou o endereço de Hashidera, pretendendo ir somente até as proximidades de sua residência. Queria apenas passar em frente dela, ver como era sem qualquer intenção, sem nem mesmo pensar em lhe fazer uma visita. Depois de desembarcar do táxi nas vizinhanças, seguiu lendo as placas das casas, uma a uma. Era um dia típico de primavera, o primeiro do ano. Seus passos conduziam-no de modo entusiasmado e ele pressentia condições favoráveis, um futuro radiante. A casa de Hashidera parecia relativamente nova, e tinha um aspecto alegre, iluminado, com a face voltada para o sul. Ouvira dizer que era alugada, mas não se mostrava tão pequena. Lembrava um pouco as casas nas quais os homens costumavam instalar suas amantes. Ficava ao lado de mais dois ou três sobrados, e sua construção era simples, margeada por uma cerca de madeira através da qual era possível se avistar um pinheiro. Uma casa ampla até demais para um homem de meia-idade morar com a filha. Teinosuke ficou ali parado por algum tempo, admirando a sacada do andar superior, cujo *shoji* de vidro encontrava-se entreaberto, nele refletindo os raios do sol matinal por entre as folhas do pinheiro. Quando se viu ali, vindo de tão longe só para olhar, mudou de idéia. Foi avançando portão adentro e apertou a campainha do vestíbulo.

Uma senhora de cerca de cinqüenta anos saiu para atendê-lo. Teinosuke já se encontrava no meio da escada, por ela conduzido ao andar superior, quando alguém lá debaixo o cumprimentou. Ele voltou o olhar e deparou com Hashidera, postado ao pé da escada, vestindo um elegante roupão de tecido *hattan* por cima do quimono de dormir.

— Desculpe-me, virei logo em seguida. Espere um pouco, por favor. Acabei dormindo demais hoje...

— Fique à vontade, não tenha pressa. Eu é que lhe peço desculpas por ter vindo assim sem avisar...

Hashidera fez um leve cumprimento com a cabeça e desapareceu nos aposentos dos fundos do andar inferior. Teinosuke sentiu-se aliviado. Andava preocupado com a reação que o homem poderia ter tido ao receber sua carta dias antes, e não sossegaria enquanto não verificasse seu semblante pessoalmente. Mas, pela maneira como o recebera, teve ao menos a certeza de que ele não tinha ficado ofendido. Enquanto o esperava ali sozinho, observava com calma o aposento. Aquele era o *zashiki* da frente, no segundo andar, e devia funcionar como a sala de visitas da casa. Era um cômodo de oito tatames, onde havia o *tokonoma* e a prateleira do tipo *chigaidana* — em dois níveis e ligeiramente deslocada. Não havia flores decorando o recinto, mas havia uma pintura em rolo — que não era de mau gosto —, um porta-objetos, um quadro de Rankan, um biombo de duas folhas, uma mesa de marmeleiro, aparatos de fumante sobre a mesa, tudo disposto de modo ordenado. A porta corrediça e o tatame encontravam-se bastante limpos. Nada tinha aquele aspecto descuidado típico das casas de viúvos, possivelmente devido ao bom gosto do dono, mas também à natureza de sua falecida esposa. Quando ainda estava diante do portão da casa, havia olhado para a sala, ao alto, imaginando quão agradável e luminosa deveria ser, mas agora que a via de perto, seu ambiente pareceu-lhe mais acolhedor ainda do que calculara. A porta corrediça, de fundo branco com emblemas brilhantes de palóvnia, refletia a claridade vinda de fora. No interior do aposento não havia um único lugar escuro, o recinto era extremamente arejado e a fumaça do cigarro que Teinosuke soltava concentrava-se num único ponto, formando um círculo bem nítido. Ao entregar seu cartão de visita à senhora que o atendera, Teinosuke pensara ter sido ousado demais, mas naquele momento percebeu que fizera bem em visitar Hashidera, podendo tornar-se um freqüentador daquela casa. Acreditava ter sido bem-sucedido em sua iniciativa, mesmo que fosse pelo simples fato de ter visto a reação dele.

— Desculpe-me pela demora — disse Hashidera, ao subir depois de dez minutos vestido com um terno azul-marinho bem passado.

Convidou-o a irem para o terraço, um lugar mais quente, e ofereceu-lhe para sentar uma cadeira de galhos de glicínias, da qual ele podia avistar a rua. Como Teinosuke não queria ser mal interpretado, dando a impressão de estar ali somente para obter a resposta da carta, pensou em se retirar assim que o visse. Mas o dono da casa, como sempre, o atendeu com cortesia, e o calor do sol que penetrava pela porta de vidro, banhando-o, levou-o a se deixar ficar. E os dois acabaram conversando por cerca de uma hora. Como da outra vez, o assunto girou em torno de fatos corriqueiros, e quando Teinosuke pediu desculpas pela carta que julgava inconveniente, Hashidera disse não haver o que desculpar, agradecendo-lhe o envio de uma missiva tão atenciosa, voltando logo em seguida aos assuntos de antes. Quando Teinosuke finalmente resolveu levantar-se, o anfitrião pediu-lhe que ficasse mais um pouco. Naquele dia levaria a filha até o Cine Asahi, e, caso o senhor Makioka não tivesse nenhum compromisso, poderiam ir juntos. Teinosuke acabou aceitando, era perto dali, e além do mais desejava conhecer a filha do viúvo.

Como àquela hora já seria difícil conseguir um táxi na rua, Hashidera chamou um Packard de uma garagem conhecida e, ao chegarem na esquina do edifício Asahi, no bairro de Nakanoshima, ofereceu-se para levar Teinosuke até a estação Hankyu. Entretanto, se não fosse atrapalhá-lo, o que o senhor Makioka achava de seguir com eles? Teinosuke logo supôs que o cavalheiro pretendia convidá-lo para ir ao Alaska, pois estava na hora da refeição. Apesar de se sentir constrangido diante do segundo convite, não gostaria de perder a oportunidade de conhecer melhor a filha de Hashidera. Seria muito bom que o relacionamento entre eles fosse se aprofundando cada vez mais em ocasiões como aquela, e decidiu acompanhá-los. Mais uma vez, os dois conversaram alegremente por mais de uma hora ao redor da mesa, na qual foram servidos pratos ocidentais.

Como a filha estava presente, desta vez falaram sobre cinema, teatro *kabuki*, atores e atrizes americanos e japoneses, sobre a escola feminina, entre muitos outros assuntos sem importância. A filha de Hashidera tinha 14 anos, três a mais que Etsuko, e, comparada a esta, falava de modo mais comedido, parecendo mais adulta — talvez essa impressão se devesse às suas feições. Vestida com uniforme escolar, a menina trazia o rosto limpo, sem pó-de-arroz, mas cujo contorno já não era o de uma criança. Sua face era alongada, com a linha do nariz definida, de um tipo adulto, firme. Ela não se parecia nem um pouco com Hashidera, certamente assemelhar-se-ia à mãe, que devia ter sido uma mulher muito bonita, deduziu Teinosuke. E pôde entender por que a garota trazia a Hashidera as lembranças de sua amada esposa.

Teinosuke ofereceu-se para pagar a conta, mas Hashidera retrucou que de modo algum aceitaria, era ele quem o havia convidado, não permitindo que o fizesse. Só lhe restou então agradecer a magnífica refeição daquele dia e convidá-los para uma próxima ocasião; fazia questão de apresentar a Hashidera e sua filha um lugar em Kobe no domingo seguinte. Separaram-se no elevador do quinto andar com o compromisso acertado para dali a uma semana, e este fora o melhor presente que Teinosuke podia ter ganho.

17

Sachiko riu do marido ao ouvir o que ele havia feito, admirando-se com sua coragem. No passado, ela não ficaria contente como agora, e sim zangada com sua falta de limites, por mais que tal atitude tivesse sido necessária. Certamente ele também não teria sido tão ousado outrora e devia estar surpreso consigo mesmo pela mudança de atitude na procura de um noivo para Yukiko. Resolveram então deixar de lado a condução dos fatos e aguardar o domingo seguinte. Nesse meio tempo, receberam um telefonema da senhora Nifu. Ela soubera que Teinosuke tinha conhecido a filha do senhor Hashidera, e ficara muito feliz, com muitas expectativas quanto ao matrimônio. Também tinha tomado conhecimento de que os Makioka convidaram pai e filha para o domingo seguinte e contava que os recebessem muito bem. Gostaria, acima de tudo, que Yukiko se empenhasse em desfazer aquela imagem "negativa" inicial, era o que mais importava. Pelo que se podia perceber, Hashidera sempre relatava à senhora Nifu os andamentos do assunto, o que demonstrava não estar de todo alheio à questão.

No domingo combinado, pai e filha chegaram a Ashiya às dez horas da manhã, passaram uma ou duas horas na casa, após o que tomaram todos um táxi para seis — os quatro da família Makioka, o senhor Hashidera e a filha —, com destino ao restaurante Kikumizu, no bairro de Hanaguma, em Kobe. As opções para o almoço eram comida chinesa, a comida ocidental do Oriental Grill ou o restaurante à moda de Nagasaki, que servia as refeições em travessas. Decidiram que, numa visita a Kobe, a grande novidade seria mesmo o Kikumizu. Almoçaram tarde, por volta das duas horas, terminando perto das quatro. Na volta, fizeram um passeio de Motomachi até San'nomiya, e descansaram no café Juccheim. Depois de embarcarem pai e filha na linha Hankyu, os quatro foram ao Cine Hankyu para assistirem ao filme americano *Only Angels Have Wings*. Aquele encontro serviria apenas para todos se conhecerem, e não se esperava que já se alcançasse naquele dia um profundo entrosamento entre as duas famílias.

Na tarde do dia seguinte, Yukiko, sozinha no quarto do andar superior, praticava caligrafia a pincel quando Oharu apareceu.

— Um telefonema, senhorita Yukiko.

— Para quem?

— Ele solicita que a senhorita atenda.

— Quem quer falar?

— É o senhor Hashidera.

Yukiko atrapalhou-se. Largou o pincel e se levantou, mas não fazia menção de ir atender ao telefone, foi enrubescendo e permaneceu hesitante no alto da escada.

— Onde está Sachiko?

— Saiu um instante...

— Aonde foi?

— Não sei bem. Talvez tenha ido até o correio. Acabou de sair ainda há pouco. Quer que eu vá chamá-la?

— Depressa! Chame-a, rápido!

— Sim.

Oharu saiu em disparada. Para exercitar-se um pouco, Sachiko costumava levar a correspondência e depois caminhar até o dique. Oharu logo a encontrou na primeira esquina.

— Senhora! A senhorita Yukiko está chamando! — Oharu estava ofegante.

— O que foi?

— É uma ligação do senhor Hashidera.

— Do senhor Hashidera? — Sachiko surpreendeu-se. — Para mim?

— Não, senhora, o telefonema é para a senhorita Yukiko, mas ela pediu que a chamasse.

— Yukiko não atendeu?

— Não sei. Quando saí estava hesitante...

— Por que ela mesma não atende? Esta Yukiko é mesmo esquisita!

Sachiko sentiu que a situação havia se complicado. A aversão de Yukiko ao telefone já era famosa em toda a família, por isso era raro alguém ligar para ela. Quando isso ocorria, geralmente ela pedia a alguém que atendesse em seu lugar, só falando ao telefone em casos extremos. Até então, a questão vinha sendo solucionada, mas naquele dia a situação era diferente. Sachiko não sabia do que se tratava, mas se Hashidera havia telefonado especialmente para falar com Yukiko, não havia motivo para ela não lhe atender. Se Sachiko atendesse em seu lugar, seria ainda mais estranho, afinal ela não era uma garota de 17 ou 18 anos. Ter vergonha ou não gostar de falar ao telefone era algo que só suas irmãs entendiam por conhecerem sua natureza, mas isso não se justificava perante a sociedade. Seria uma felicidade se Hashidera não interpretasse isso como uma ofensa. Será que Yukiko teria atendido, mesmo contrariada? E se ela o tivesse feito de má vontade depois de deixá-lo esperando, e falado com aquela voz nada entusiasmada de sempre? Uma vez que ficava sempre mais apagada quando atendia ao telefone, seria o mesmo que pôr tudo a perder e era até preferível que ela nem o fizesse. Será que acabara não atendendo por teimosia e estaria esperando a ajuda de Sachiko? Mesmo que fosse correndo, com certeza a ligação já teria caído quando chegasse e, caso isso não tivesse ocorrido, ela poderia até mesmo atender no lugar de Yukiko, mas o que diria para se desculpar? De qualquer maneira, aquela era uma ocasião em que Yukiko precisaria atender ela mesma; mais ainda, atender prontamente. Sachiko teve receio, achava que aquilo parecia ser um aviso. Ela até chegou a supor que um pequeno incidente como esse tornaria vão todo o esforço feito até aquele momento. Hashidera, entretanto, era daquele jeito, amável e habilidoso no trato com as pessoas, pensava ela, e não desfaria o compromisso logo no primeiro acontecimento desagradável. Se ela estivesse em casa, teria forçado Yukiko a atender a ligação imediatamente, mas o telefone havia tocado no exato momento em que ela se ausentara por cinco ou seis minutos. E assim lamentava-se da falta de sorte.

Ao chegar em casa com passos apressados, Sachiko foi direto à cozinha, onde ficava o aparelho telefônico, mas o fone já estava no gancho e Yukiko não estava mais ali.

— Onde está Yukiko? — perguntou a Oaki, que manuseava uma massa de farinha de trigo, preparando o lanche das três horas.

— Já saiu daqui... Não está no andar de cima?
— Yukiko atendeu ao telefone?
— Sim, senhora, atendeu.
— Atendeu logo?
— Não, bem... Ficou esperando pela senhora, mas como demorou a voltar...
— Ficou conversando por longo tempo?
— Só por uns instantes... Acho que um minuto, mais ou menos.
— Quando foi que desligou?
— Agora há pouco.

Quando Sachiko chegou ao andar superior, encontrou Yukiko encostada à mesa de caligrafia, olhando para baixo, como se observasse a apostila que tinha nas mãos.

— O que o senhor Hashidera queria ao telefone?
— Convidou-me para sair. Disse que estaria me aguardando em Umeda, na linha Hankyu, às quatro e meia de hoje.
— Para caminharem juntos, talvez?
— Ele queria dar um passeio pelos arredores da ponte Shinsai e jantar em algum lugar, e convidou-me para acompanhá-lo.
— E o que você respondeu, Yukiko?
— ...
— Disse que iria?
— Não — respondeu, engolindo as palavras.
— Por quê?
— ...
— Poderia ter ido com ele!

Como irmã mais velha, Sachiko sabia perfeitamente que Yukiko não sairia para passear pela cidade com um pretendente enquanto o assunto ainda não estivesse resolvido, muito menos em se tratando de uma pessoa com a qual havia se encontrado apenas duas ou três vezes. Mesmo sendo uma atitude bastante previsível em se tratando de Yukiko, Sachiko não conseguia conter sua raiva. Ela poderia não querer passear ou jantar com um homem que mal conhecia, isso Sachiko poderia até entender, mas, ao agir dessa maneira, estava sendo ingrata com Teinosuke. Se levasse um pouco mais em consideração que tanto Teinosuke como ela enfrentavam situações difíceis, desdobrando-se para que a questão avançasse sem problemas, ela, como parte interessada, poderia esforçar-se um pouco mais. Hashidera com certeza tinha precisado encher-se de muita coragem para telefonar, e a decepção deveria ter sido enorme ao ser dispensado daquela maneira, sem um motivo muito especial.

— Quer dizer então que você recusou o convite?

— Disse apenas que seria inconveniente...

Se fosse inevitável que recusasse, Yukiko poderia ter usado uma desculpa melhor, mais bem argumentada, mas ela era mesmo assim, sem talento para esse tipo de coisa. Ao pensar nas respostas secas, de frases feitas, da irmã, Sachiko chorou de raiva. Parada diante dela, quanto mais a olhava, mais brava ficava, até que resolveu descer as escadas e encaminhar-se ao jardim pelo terraço.

Pensou em fazer Yukiko telefonar de volta para Hashidera desculpando-se pela indelicadeza e convencê-la a ir encontrá-lo em Osaka ao entardecer. Essa seria a melhor forma de reparar o erro, mas por mais que tentasse persuadir Yukiko nesse sentido, claro estava que ela não concordaria. Se a forçasse, ambos poderiam ficar ainda mais descontentes e até brigar. Mesmo que ela telefonasse a ele no lugar de Yukiko, explicando que a irmã realmente não poderia ir porque aquele era um dia inconveniente, será que Hashidera ficaria convencido? O que ela lhe responderia caso ele perguntasse se o encontro então poderia ser no dia seguinte? Yukiko não se negava a ir apenas naquele dia. A verdade era que ela só aceitaria ir depois que eles se conhecessem melhor. Sendo assim, era melhor deixar as coisas como estavam. No dia seguinte visitaria a senhora Nifu para explicar com mais detalhes a natureza de Yukiko e deixar claro que ela não estava menosprezando Hashidera, tampouco dispensando uma caminhada em sua companhia. Dir-lhe-ia que pelo fato de a irmã ter sido sempre comportada demais, acabava recuando sem saber o que fazer diante de tais situações, esta atitude sendo justamente a manifestação de seu lado puro, e assim por diante... Pediria à amiga que transmitisse estas palavras a Hashidera, ele haveria de compreender.

Enquanto Sachiko andava pelo jardim mergulhada nesses pensamentos, ouviu tocar o telefone na cozinha. Logo Oharu apareceu no terraço.

— Telefone para a senhora! — gritou em direção ao jardim. — É da parte da senhora Nifu.

Assustada, Sachiko correu até o aparelho da cozinha, mas, pensando melhor, pediu que transferissem a ligação para o escritório.

— Ah, Sachiko, o senhor Hashidera me ligou ainda há pouco e parecia furioso.

No tom de voz da senhora Nifu havia algo de muito sério. Como estava exaltada e falava em dialeto de Tóquio, o ritmo de suas palavras era ainda mais rápido. Não sabia direito o que acontecera, mas o senhor Hashidera estava muito zangado, dizendo que não gostava de moças indecisas e presas às tradições como Yukiko. Estava indignado porque haviam mencionado que ela era alegre e animada, mas não fora o que lhe pareceu. Queria recusar o compromisso e pediu a ela que lhes comunicasse esta decisão imediatamente. Nifu não entendia por que estava tão bravo assim, e então ele lhe explicara que tinha convidado Yukiko para sair, pensando em dar um passeio a pé em sua companhia naquele dia, ao entardecer. A criada que havia atendido ao seu telefonema dissera que a senhorita estava em casa e fora chamá-la, mas demorou muito a voltar — ele não sabia por quê — e Yukiko também custara a atender ao telefone. Depois de fazê-lo esperar um longo tempo, ela atendeu, mas quando ele lhe perguntara se ela poderia acompanhá-lo no passeio, Yukiko só repetia "Bem, não sei", e não se definia nem pelo sim nem pelo não. Ele insistiu na pergunta, e ela então respondera com uma voz quase inaudível (que ele julgou um pouco inconveniente), e não disse mais nada. Ele ficou com raiva e desligou o telefone. O senhor Hashidera estava muito nervoso e queixou-se com ela. Afinal, o que aquela moça pensava dos outros? Ficar fazendo as pessoas de bobas!, esbravejou ele. A senhora Nifu contou tudo num só fôlego.

— Infelizmente, considerem a proposta desfeita.

— Mas que coisa! Que situação! Deixei-a realmente numa posição complicada. Se eu estivesse em casa, não permitiria que ela fosse tão indelicada, mas como tudo aconteceu enquanto estava fora, no portão...

— Não importa que você não estivesse em casa, Yukiko estava.

— Sim, eu sei, mas peço-lhe mil desculpas. Agora já não há mais conserto...

— Realmente, não há.

Sachiko, envergonhada ao extremo, apenas ouvia, dando respostas que não serviam para nada.

— Então, Sachiko, peço-lhe desculpas por falar tudo isso ao telefone, mas creio que de nada adiantaria nos encontrarmos pessoalmente, por isso não irei até sua casa. Não me leve a mal — disse a senhora Nifu, dando a impressão de que gostaria de encerrar logo aquela conversa.

— Realmente, nem sei o que dizer... Qualquer dia desses irei até sua casa para me fazer perdoar. Tem toda razão de estar zangada — desculpou-se Sachiko, sem muita noção do que dizia.

— Deixe disso, Sachiko, não precisa ficar se culpando assim. Se vier para se desculpar, eu é que não terei o que dizer — argumentou a senhora Nifu, como se não quisesse ouvir mais nada. — Adeus — e desligou o telefone aproveitando-se da hesitação da outra...

Ao colocar o fone no gancho, Sachiko encostou-se como estava à mesa do marido, onde ficava o aparelho, e permaneceu sentada por algum tempo, apoiando os cotovelos sobre a mesa para segurar o queixo. Teinosuke retornaria logo mais, e ela seria obrigada a lhe contar tudo... Poderia deixar para o dia seguinte, quando estivesse mais calma. Podia até imaginar quão grande seria a decepção do marido e, mais do que isso, preocupava-se com a possibilidade de ele ficar farto da cunhada depois disso tudo. Desde sempre Teinosuke tendia a gostar menos de Taeko e a ser mais solidário com Yukiko. Será que agora as duas irmãs mais novas seriam por ele desprezadas? Quanto a Taeko, não haveria problemas, pois tinha em quem se apoiar, mas o que aconteceria com Yukiko se fosse abandonada por Teinosuke? Até então, sempre que tinha alguma insatisfação com Taeko, abria-se com Yukiko e vice-versa. Normalmente, não sentia tanto, mas numa hora como aquela o fato de Taeko não morar mais naquela casa tornava-se ainda mais triste e inconveniente.

— Mamãe — Etsuko abriu a porta corrediça do escritório e ficou postada perto da soleira, olhando com receio para a mãe. Ela tinha acabado de voltar da escola e, vendo que a casa estava muito quieta, com certeza percebera que algo havia acontecido.

— Mamãe, o que está fazendo aqui? — perguntou enquanto entrava. Passou por trás da mãe e a encarou: — Ei, o que está fazendo, mamãe? Mamãe?

— Onde está tia Yukiko?

— Está lendo no segundo andar. O que aconteceu, mamãe?

— Não foi nada... Vá fazer companhia a ela.

— Venha também, mamãe — disse Etsuko, pegando em sua mão.

— Está bem, vamos então — respondeu Sachiko, mudando de idéia. Ao voltar para a casa principal, mandou Etsuko subir, foi para a sala de estar, sentou-se em frente ao piano e abriu a tampa do teclado.

Teinosuke chegou em casa cerca de uma hora depois. Ela ficara tocando piano todo aquele tempo, mas assim que ouviu a campainha da porta da frente tocar, saiu para receber o marido e foi em seu encalço. Ele se dirigia ao escritório levando uma valise de documentos.

— Querido, você se esforçou tanto, mas aconteceu algo muito desagradável.

Sachiko, que até instantes antes continuava em dúvida se devia contar tudo a ele ou esperar para fazê-lo no dia seguinte, não se conteve ao ver o marido. Apesar de empalidecer ao ouvir as palavras da esposa, Teinosuke deu apenas um suspiro e, sem tornar evidente sua decepção, ouviu-a com calma até o fim. Diante da compostura do marido, Sachiko ficou novamente indignada. Que tipo de pessoa era Yukiko, deixando os outros tão preocupados! E acabou por criticar severamente a irmã diante do marido, mesmo sem querer fazê-lo. Na verdade, de nada adiantava falar tudo aquilo naquela hora, mas o senhor Hashidera tinha mesmo a intenção de se casar. Dizia que ainda não havia se decidido, mas no íntimo estava interessado em Yukiko. A prova era o convite daquele dia. Quando pensava nisso, ficava ainda mais aborrecida pelo incidente do telefonema e sentia vontade de chorar. Mas de nada adiantava. A chance estava perdida. Por que justamente naquela hora ela não estava em casa? Se estivesse, poderia ao menos ter feito com que a irmã respondesse de forma delicada, ainda que não conseguisse fazê-la aceitar o convite. Quem sabe a proposta ainda estivesse valendo... Em breve poderiam até vir a firmar o compromisso de noivado. Não era um sonho impossível, de jeito algum. Se tudo tivesse corrido normalmente, as chances seriam de oitenta a noventa por cento. Esse telefonema tinha que vir bem na hora em que ela deixara a casa por apenas cinco ou seis minutos. O destino do ser humano define-se de fato por uma insignificância do acaso. Sachiko tentava resignar-se, mas não conseguia. Não se conformava porque tinha a impressão de que a falha tinha sido sua, estar ausente naquele instante exato... Começava a pensar que era realmente muita falta de sorte de Yukiko o telefonema ter vindo naqueles cinco ou seis minutos, como se aquele intervalo de tempo tivesse sido escolhido a dedo.

— Pensando assim, fico com raiva, mas tenho tanta pena de Yukiko...

— É um infortúnio causado pela própria natureza dela. Será que o resultado não teria sido igual, mesmo que você estivesse com ela na hora do telefonema?

Teinosuke assim falava por se sentir na obrigação de consolar a esposa. Mesmo que ela estivesse junto de Yukiko, esta não teria conseguido dar uma boa resposta. Não aceitando de bom grado o convite para passear com Hashidera, também de nada adiantaria. De um jeito ou de outro seria inevitável que ele ficasse insatisfeito. Sendo assim, o que acontecera se devia à natureza de Yukiko. Não faria diferença Sachiko estar perto ou não. Mesmo que ela conseguisse ajeitar a situação evitando o pior, sempre haveria a possibilidade de coisas semelhantes acontecerem dali em diante e, no final, tal arranjo acabaria não dando certo. Enquanto Yukiko não mudasse, estaria predestinada a tais acontecimentos.

— Se for como você diz, Yukiko acabará não conseguindo se casar.

— Não é isso. O que eu quero dizer é que mesmo uma moça retraída como ela, que não consegue nem falar ao telefone, tem suas qualidades. Creio que deva haver algum homem que não encare isso como algo antiquado, sinal de indecisão ou de submissão aos costumes antigos, e reconheça a feminilidade, a delicadeza que existe na sua personalidade. Um homem que não a entenda não será digno de ser seu esposo.

Quanto mais confortada era pelo marido, mais Sachiko sentia-se em falta com ele. Fez um esforço para pensar em Yukiko e conseguir conter sua ira. Quando voltou à casa principal e entrou na sala de estar, encontrou-a sentada no sofá, acariciando Suzu em seu colo, como se nada tivesse acontecido. Diante da cena, acabou irritando-se novamente. Tentava conter-se, mas o sangue subiu-lhe ao rosto e ela corou.

— Yukiko — chamou-a —, agora há pouco a senhora Nifu me comunicou pelo telefone que o senhor Hashidera está muito zangado e a proposta de casamento, desfeita — disse Sachiko, como se lhe jogasse isso na cara.

— Hum — resmungou Yukiko, desinteressada como de costume. Quem sabe para esconder um pouco sua vergonha, mexia ainda mais no queixo da gata já toda dengosa para alegrá-la.

"Não é somente o senhor Hashidera que está zangado. A senhora Nifu, Teinosuke e eu também estamos muito bravos!". Quis dizer a Yukiko, mas engoliu em seco. No entanto, será que a irmã estaria encarando a conduta daquele dia como uma falha? Sendo assim, poderia ao menos ter-se desculpado diante de Teinosuke. Ao pensar que ela era do tipo de pessoa que não se desculpava, mesmo percebendo que deveria fazê-lo, Sachiko voltou a sentir raiva.

18

Maiores detalhes sobre a irritação de Hashidera foram relatados por Itani em visita a Sachiko no dia seguinte.

Ela ficara sabendo que o senhor Hashidera tinha telefonado para a senhora Nifu no dia anterior. Ela mesma havia recebido uma ligação dele e pôde perceber que a coisa era grave, pois aquele senhor, sempre tão cavalheiro e tão calmo, estava extremamente zangado, reclamando da falta de educação de Yukiko, inclusive para com ela... Por essa razão, Itani fora correndo até Osaka encontrar-se com o senhor Hashidera e a senhora Nifu. Na verdade, após ouvir o que ele tinha a dizer, percebera que não era sem razão que estava zangado. O incidente do dia anterior não havia sido o primeiro. O problema já tinha aparecido dois dias antes, quando ele e a filha almoçaram no Kikumizu em Kobe, a convite da família Makioka, disse ela. Naquele dia, na volta do passeio a Motomachi, por acaso ele acabou ficando sozinho com a senhorita Yukiko no momento em que acontecia um desfile dos soldados que iriam para a guerra ou algo semelhante. Somente os dois foram impedidos de avançar por uma longa fileira de pessoas, e acabaram se afastando dos demais. Naquele momento, o senhor Hashidera deparou com a vitrine de uma loja de miudezas e convidou Yukiko a acompanhá-lo até ali, pois gostaria de comprar alguns pares de meias, ao que ela respondeu apenas "Ah", e permaneceu sem ação. Ficou olhando várias vezes para trás, com uma expressão de quem estava em apuros, como se procurasse a ajuda da senhora e dos demais que estavam cerca de meia quadra antes, e ali continuou parada. O senhor Hashidera irritou-se, entrou na loja e fez a compra sozinho. Isso aconteceu num intervalo de quinze ou vinte minutos, e os demais não tomaram conhecimento, mas ele sentiu-se muito incomodado. Mesmo assim, supôs naquele momento que tal atitude da senhorita se devia à natureza dela, não sendo portanto um indício de antipatia por ele. Ao interpretar o fato de modo positivo, recobrou o humor. Apesar disso, ficou um pouco preocupado com aquilo e resolveu fazer um teste para certificar-se de que ela não o rejeitava. Como no dia anterior o tempo estava bom e o trabalho na empresa estava mais tranqüilo, tivera aquela idéia e resolveu telefonar para a senhorita imediatamente. O resultado já é conhecido, e o senhor Hashidera sentira-se humilhado. Dois dias antes, ele havia entendido a reação de Yukiko como sinal de encabulamento, mas por não ter sido uma única vez, e sim duas que ele recebera tal tratamento, só pôde interpretar o fato como manifestação de desprezo por parte dela. Dizia que aquela maneira de ela recusar era uma declaração evidente do que sentia por ele, só faltando Yukiko perguntar-lhe se ainda não entendera que não gostava dele. Caso contrário, haveria alguma outra maneira mais inteligente de lhe responder. Pelo que ele pôde deduzir, a senhorita Yukiko estava tentando destruir o que as pessoas ao seu redor se esforçavam tanto para que desse certo. Entendia perfeitamente a boa vontade da senhora Nifu, do senhor Makioka e de sua esposa, mas por mais que quisesse agradar ou satisfazer a todos, havia muito pouco a ser feito por ele. Não considerava ser ele quem recusava a proposta, e sim que fora recusado antes. No dia anterior, quando Itani os encontrara, a senhora Nifu estava mais zangada que o próprio senhor Hashidera. Ela julgava que a atitude de Yukiko em relação aos homens não era boa. Agindo daquela maneira, era natural que pensassem que ela era tímida. A senhora Nifu havia dito que já advertira os Makioka, sugerindo-lhes que incentivasse Yukiko a se mostrar mais alegre e descontraída, mas ela parecia não dar a menor atenção, dizia a senhora Itani. A senhora Nifu não a recriminava, mas o que não conseguia entender era o fato de Sachiko permitir tal atitude por parte de Yukiko. Nem as princesinhas e os principezinhos das famílias nobres de então agiam daquela maneira. Chegara a questionar quem Sachiko pensava que sua irmã era. Sachiko começava a suspeitar que Itani estava depositando seu próprio ressentimento nas palavras da senhora Nifu, e ficou sem resposta diante da severidade das acusações. Havia algo de masculino no temperamento de Itani; uma vez que dissera tudo o que tinha a dizer, parecia aliviada, e de coração aberto tratou logo de passar a assuntos mais amenos. Reparou então no abatimento de Sachiko. Que ela não ficasse triste com o ocorrido, confortou-a Itani; não sabia quanto à senhora Nifu, mas ela pretendia continuar auxiliando na procura de um bom partido para a senhorita Yukiko. E, no decorrer da conversa, a mancha no canto do olho acabou vindo à tona. Itani comentou que mesmo tendo-se encontrado cerca de três vezes com a senhorita Yukiko, o senhor Hashidera parecia não haver reparado nesse detalhe. Soube por sua filha, que com ele comentara a respeito quando chegaram em casa, mas ele mesmo nem havia notado. Ou seja, não precisariam se preocupar com a mancha, pois haveria casos em que ela não fazia qualquer diferença.

Sachiko acabou não contando a Teinosuke sobre a irritação de Hashidera em Motomachi. De nada adiantaria comentar aquele primeiro incidente, e ela tinha medo de que, se o fizesse, o ressentimento do marido por Yukiko piorasse. Teinosuke, por sua vez, escreveu uma carta a Hashidera sem dizer nada à esposa.

Depois do fato consumado, nada mais há que dizer e parece que só me resta lamentar. Contudo, não consigo me dar por satisfeito se não der a Vossa Senhoria alguns esclarecimentos. Vossa Senhoria já pode estar imaginando que eu e minha esposa levamos adiante essa proposta de casamento sem ao menos nos certificarmos dos sentimentos de nossa irmã mais nova. O fato, porém, é que acredito que ela não o despreza, ao contrário. Vossa Senhoria deve, então, estar me perguntando como eu explicaria aquela sua atitude vaga e desprovida de iniciativa em relação a Vossa Senhoria, e também aquela resposta ao telefone. Aquilo nada mais foi que temor e vergonha em relação ao sexo oposto, que ela sempre possuiu, e não prova de seu desprezo. Qualquer pessoa pensaria ser isso uma tolice em se tratando de uma mulher que já passou dos trinta, mas para os familiares que a conhecem bem não foi nada estranho. É muito comum ela se comportar daquela maneira em situações semelhantes, e posso afirmar que, em comparação a algum tempo atrás, ela já não estranha tanto as pessoas. Dizer tais coisas não convence ninguém, e sei muito bem que não serve de maneira alguma como justificativa, por isso nem encontro palavras para me desculpar pelo incidente do telefone dias atrás. Afirmei, anteriormente, que ela não era tímida, muito pelo contrário, que guardava uma alegria e descontração em seu íntimo, e ainda acredito nisso. No entanto, uma mulher dessa idade ser incapaz de fazer os devidos cumprimentos de modo satisfatório é algo extremamente injustificável, e Vossa Senhoria está coberto de razão por zangar-se, sendo inevitável que isso seja suficiente para interpretar que ela não lhe serve como esposa. Infelizmente, tenho mesmo de reconhecer ter sido ela reprovada e que não tenho o menor direito de pedir a Vossa Senhoria que reconsidere. Em suma, a culpa de ela ter sido educada dessa maneira ultrapassada está na família, pois ela perdeu a mãe muito cedo e também o pai, e em nós também recai parte da responsabilidade. Sem querer, acabamos valorizando e protegendo demais nossa irmã, mas não me recordo, em momento algum, de ter mentido a Vossa Senhoria com a intenção de levar esse relacionamento a dar certo de qualquer maneira, e peço que reconheça isso. Confesso torcer para que Vossa Senhoria encontre o quanto antes uma boa esposa e que Yukiko também consiga um bom pretendente, chegando logo o dia em que ambos esqueçam esse incidente desagradável. Quando isso acontecer, peço que reatemos nossas relações. Fui muito feliz ao me aproximar de uma pessoa como Vossa Senhoria e considero uma perda inestimável não podermos mais continuar amigos por causa de um fato insignificante como esse.

Enviada a carta, Teinosuke recebeu de imediato a seguinte resposta de Hashidera, extremamente respeitosa:

Estou envergonhado ao receber uma carta tão amável. Vossa Senhoria diz que sua irmã é uma pessoa conservadora, mas isso é usar de modéstia. É uma preciosidade que ela mantenha essa pureza de menina, sem se acostumar aos ares da modernidade, por mais idade que alcance. No entanto, alguém que se case com uma mulher como ela precisa ter muita consideração por sua pureza e tem o dever de protegê-la com muito cuidado para que preserve tal preciosidade. Um bárbaro de origem interiorana como eu não tem, de maneira alguma, a dignidade necessária. Por pensar dessa maneira e por acreditar que nenhum de nós seria feliz é que acabei por recuar. Não tive jamais a intenção de fazer críticas desrespeitosas em relação à sua irmã. Quero ainda registrar que fiquei muito comovido com a atitude amável a mim dispensada por sua família durante todo esse tempo. A atmosfera harmoniosa e animada de seu lar é de fazer inveja a qualquer pessoa e creio ter sido por isso que se criou uma jóia como a sua irmã.

Da mesma forma que o fizera Teinosuke, a carta de Hashidera fora escrita em papel em rolo e a pincel, e apesar de não ter um estilo formal, demonstrava consideração e desprendimento.

Naquele dia da visita a Kobe, Sachiko havia entrado em uma loja de roupas com a filha de Hashidera e encomendado uma blusa para a garota, bordada com as iniciais do nome dela. O trabalho ficara pronto alguns dias depois de o compromisso ter sido desfeito, e por julgar que seria deselegante deixar de enviar o presente, pediu a Itani que o fizesse chegar às mãos da menina. Cerca de quinze dias depois, Sachiko recebera de Itani, em seu salão de beleza, uma caixa embrulhada em papel manilha, que lhe fora enviada pelo senhor Hashidera. Ao abri-la em casa, encontrou uma peça de roupa em algodão confeccionada pela loja Eriman, de Kyoto. A estampa combinava perfeitamente com Sachiko, e talvez tivesse sido escolhida pela senhora Nifu a pedido dele. Sachiko e seus familiares entenderam aquilo como uma retribuição à blusa enviada, e perceberam que Hashidera também era impecável nas questões de etiqueta.

O que sentiria Yukiko? Não parecia estar decepcionada, tampouco sentir haver feito algum mal a Teinosuke ou a Sachiko. Sabia da gentileza do casal, mas não lhe sendo possível fazer mais do que permitia sua natureza, não lamentava a proposta arruinada. Talvez estivesse um pouco triste, mas tentava manter a pose e agir como se não estivesse desapontada e nem tivesse feito mal algum a eles. Sachiko perdeu a oportunidade de deixar sua insatisfação explodir abertamente diante de Yukiko, e aos poucos as duas irmãs foram retomando o antigo relacionamento. Mas, no íntimo, algo ainda a incomodava, e estava à espera de uma visita de Taeko para lhe relatar tudo o que acontecera. Por infelicidade, já fazia cerca de vinte dias desde sua última visita, quando, depois de uma passada rápida pela manhã, tinha ido embora muito decepcionada ao saber que também daquela vez as coisas não tinham dado certo. Fora exatamente numa terça-feira do início do mês de março, no dia seguinte ao "fatídico telefonema". Na verdade, todas as vezes que as senhoras Nifu e Itani perguntavam-lhe sobre Taeko, Sachiko imaginava que elas tinham conhecimento da situação e tentavam sondá-la, precavendo-se com respostas evasivas. Queria a todo custo evitar a descoberta de que Taeko agora morava sozinha, mas se a relação da irmã com Okubatake viesse à tona, precisaria estar preparada para afirmar que cortara os laços com ela. Agora que seus esforços para ajudar Yukiko tinham ido por água abaixo, sentiu uma vontade súbita de ver Taeko. E se telefonassem para ela? Como estaria ela?, indagou Sachiko certa manhã à irmã. Justo nesse dia, Oharu tinha ido levar Etsuko à escola e demorou a voltar. Chegou depois de três horas e, antes de entrar no refeitório onde estavam Sachiko e Yukiko, deu uma espiada para se certificar de que estavam sozinhas.

— Koisan está doente.
— O quê? O que ela tem?
— Parece ser catarro intestinal ou disenteria.
— Houve algum telefonema?
— Sim, senhora.
— Você foi até lá?
— Bem, sim...
— Koisan está de cama no apartamento? — perguntou Yukiko.
— Não, senhora — respondeu Oharu cabisbaixa.

Segue a história. Naquele dia de manhã cedo, Oharu tinha sido acordada com um telefonema para ela. Quando atendeu a ligação, ouviu a voz de Okubatake dizendo que Taeko estava em sua casa havia dois dias e adoecera de repente. Eram por volta de dez horas da noite quando ela começou a apresentar febre de quase quarenta graus, sentindo inclusive calafrios. Diante do quadro, ele não permitira que Taeko voltasse ao apartamento dela para dormir, e acomodou-a em sua casa. Entretanto, ela piorou, e no dia seguinte o senhor chamou um médico da vizinhança para examiná-la. No início, ele não soube dizer muito bem do que se tratava, imaginando ser gripe ou tifo. Na noite anterior, porém, ela começou a ter forte diarréia e a sentir cólicas abdominais, e as suspeitas recaíram sobre catarro intestinal ou disenteria. Se fosse diagnosticada a disenteria, teria de ser transferida para um hospital, mas no momento ela poderia ficar na casa dele, já que seu estado inspirava cuidados. Então, agora ela estava lá hospedada e sendo por ele amparada até que tivesse condições de voltar para o apartamento sozinha. O senhor tinha lhe pedido que mantivesse a história entre eles, explicou Oharu. Okubatake dissera ainda que Taeko estava sofrendo, mas no momento não tinha com o que se preocupar, pois não havia problema em mantê-la sob seus cuidados. Avisaria se houvesse alguma mudança súbita, mas acreditava que isso não aconteceria.

Diante da situação, Oharu achou melhor ir verificar com seus próprios olhos e foi até Nishinomiya, depois de deixar Etsuko na escola. Lá chegando, encontrou Taeko bem pior do que havia imaginado quando recebera o telefonema. Ficou sabendo que ela já tinha evacuado vinte ou trinta vezes, e como a diarréia era muito intensa, ela levantara-se e, apoiada a uma cadeira, ficava sentada o tempo todo no vaso sanitário. O médico advertira que não era bom ela ficar naquela posição. Era preciso ficar deitada em repouso e usar a comadre. Por isso, depois que Oharu chegara, ela e o senhor Okubatake tentaram forçá-la a se deitar, o que conseguiram a muito custo. Enquanto ela, Oharu, havia permanecido ali, Taeko tinha apresentado o sintoma várias vezes, com violentos espasmos e pouca evacuação, o que fazia aumentar ainda mais as dores. A febre continuava alta e, quando fora medida algum tempo antes, era de trinta e nove graus. Ainda não se sabia se era catarro intestinal ou disenteria, mas já havia sido solicitado um exame bacteriológico no Hospital Universitário de Osaka. Disseram que em dois dias teriam uma melhor definição em face do quadro que viria a apresentar. Oharu havia perguntado a Taeko se não seria melhor pedir ao doutor Kushida que fosse examiná-la, mas esta lhe respondera negativamente, não queria que o médico soubesse que estava acamada naquela casa. Por isso, era melhor não chamá-lo. Também não queria preocupar Sachiko e pedira-lhe que nada dissesse à irmã. A empregada nada respondeu a Taeko antes de sair, dizendo apenas que voltaria mais tarde naquele dia.

— Não há uma enfermeira com ela?

— Não. Disseram que se a coisa se prolongasse, teriam que solicitar uma...

— Quem está cuidando dela, então?

— O jovem patrão está se esforçando — era a primeira vez que Oharu chamava Okubatake dessa maneira —, mas a assepsia do vaso sanitário e de suas partes íntimas fui eu quem fiz.

— E quem estaria fazendo isso na sua ausência?

— Não sei... Deve ser a velha. Parece que foi a ama-de-leite do jovem patrão, uma pessoa muito boa.

— Essa velha ama não é quem cuida da cozinha?

— Sim, senhora.

— Se for mesmo disenteria, é perigoso deixar que ela cuide também da assepsia.

— O que fazer? Acho que vou até lá — interveio Yukiko.

— Vamos esperar um pouco mais para ver se ela melhora — ponderou Sachiko.

Se a disenteria fosse confirmada, seria preciso tomar alguma providência, mas poderia ser um catarro intestinal e melhorar em dois ou três dias, portanto não havia ainda motivos para afobação. No momento, não havia outra alternativa senão enviar Oharu para cuidar dela. Poderiam dizer a Teinosuke e a Etsuko que a jovem empregada tivera um compromisso de última hora na casa de seus pais, em Amagasaki, e precisou tirar uma folga de dois ou três dias. Esta era a sugestão de Sachiko.

— Qual o nome do médico que a examinou?

— Não sei quem é. Ainda não o vi. É um médico desconhecido da vizinhança, e parece ser a primeira vez que o consultam.

— Seria melhor pedir ao doutor Kushida que a examinasse — disse Yukiko.

— Realmente — concordou Sachiko —, mas se ela estivesse no apartamento... Estando na casa de Kei, é melhor não chamá-lo.

Sachiko sabia muito bem que Taeko, apesar de tudo, tinha o seu lado frágil e, mesmo querendo mostrar-se forte ao pedir que nada lhe fosse dito, ela suspeitava que havia na irmã caçula o desejo de que Oharu desobedecesse suas ordens. Nesses momentos, Koisan deveria pensar como seria bom se tivesse um lar, e era possível que sentisse muito a sua falta e a de Yukiko.

19

Oharu fez os preparativos para a partida e, assim que terminou de almoçar, despediu-se, pedindo licença para folgar por dois ou três dias. Quando estava de saída, foi chamada à sala de estar e alertada em minúcias para que não se deixasse levar pelos maus hábitos de sempre. Não negligenciasse a assepsia todas as vezes que tocasse na doente, jogasse lisofórmio no vaso quando ela evacuasse e tomasse outros cuidados. Também foi instruída, entre outras coisas, para que as informasse com freqüência sobre o estado da enferma. Como na casa de Okubatake não havia telefone, e seria inconveniente telefonar quando Teinosuke e Etsuko estivessem em casa, que Oharu ligasse no período da manhã, pelo menos uma vez por dia. Mesmo sendo mais prático fazer a ligação de alguma loja próxima, que o fizesse de um telefone público.

Como Oharu saíra à tarde, naquele dia não receberiam mais notícias de Taeko, e esperavam ansiosas pela chegada da manhã seguinte. O primeiro telefonema viera apenas depois das dez horas da manhã. Sachiko atendeu no escritório do marido, mas teve dificuldade para entender mesmo algumas poucas coisas, pois a ligação estava ruim, caindo várias vezes. No final das contas, soube que o estado da paciente não tinha sofrido grandes alterações. A diarréia havia se intensificado, cerca de dez vezes a cada hora, e a febre não dava sinais de baixar. O diagnóstico de disenteria fora confirmado? Ainda não sabiam. E o resultado do exame de fezes? Disseram que ainda não haviam recebido a resposta do Hospital Universitário de Osaka. E as fezes, havia nelas algum traço de sangue? Parecia haver um pouco. Além do sangue, ela estava expelindo algo branco e meio pegajoso como muco nasal. De onde Oharu telefonava? De um telefone público, mas como não havia nenhum por perto, era algo bastante trabalhoso. Além do mais, na sua frente havia duas ou três pessoas esperando para ligar, por isso tinha demorado a chamar. Pensava em telefonar mais tarde, caso conseguisse. Senão, o faria no dia seguinte bem cedo. Dito isso, Oharu desligou.

— Se está expelindo sangue, não é provável que seja disenteria? — indagou Yukiko, que ouvia ao lado.

— Realmente... É bem provável.

— Será que no caso de catarro intestinal as pessoas também expelem sangue?

— Creio que não.

— Se ela tem dez evacuações a cada hora, deve ser mesmo disenteria.

— Será que o médico é confiável?

Sachiko preparou seu coração para a confirmação do diagnóstico de disenteria, e começou a pensar o que faria nesse caso, mas o segundo telefonema, tão esperado, acabou não vindo. Na manhã seguinte, continuaram sem notícias mesmo depois das onze horas. Sachiko já estava impaciente, comentando com Yukiko o que poderia ter acontecido, quando inesperadamente depois do almoço Oharu apareceu na porta da cozinha.

— Como ela está? — assim que notaram a expressão tensa de Oharu, levaram-na em silêncio para a sala de estar.

— Parece mesmo ser disenteria.

Na realidade, o resultado do exame de fezes ainda não havia saído, mas o médico que fora ver Taeko, na noite anterior e naquela manhã, dissera suspeitar mesmo de disenteria, sendo preciso tomar as devidas precauções. Como o Hospital Kimura, situado na Rodovia Nacional, tinha um setor de isolamento, providenciaria para que a internassem lá. Tudo estava sendo decidido dessa forma, mas o verdureiro que acabava de chegar à porta da cozinha para fazer as entregas de costume confidenciara a Oharu que era melhor evitar aquele hospital. Indagando na vizinhança, ela constatou que realmente não tinha boa fama. Diziam que o diretor não ouvia bem, não conseguia realizar os exames com exatidão e costumava fazer diagnósticos errados. Era formado pela Universidade de Osaka, mas não tivera bom aproveitamento durante o curso, e até mesmo sua tese de doutoramento parecia ter sido escrita por um colega, que também trabalhava ali por perto e costumava dizer que a tinha redigido para ele. Quando Oharu transmitiu tais informações a Okubatake, ele também se sentira inseguro. Procurou outros hospitais, mas não havia nenhuma alternativa nas proximidades com setor de isolamento. Sugeriu então que fizessem de conta que se tratava de catarro intestinal e a tratassem em casa, mas o médico não concordou, era uma conduta desaconselhável em se tratando de uma doença contagiosa. Nem todo paciente com disenteria chegava a ser internado, insistia Okubatake, muitos podiam ser tratados em casa, e decidiu por este caminho, dizendo a Oharu que daria um jeito de convencer o médico. Entretanto, consultou-a, não seria melhor também pedir a opinião de Sachiko? Foi por isso que ela viera correndo de volta, achava que não seria adequado fazer esta pergunta por telefone. Como era o médico que fizera a consulta? Oharu esclareceu a Sachiko que ele também era formado pela Universidade de Osaka, chamava-se Saito e parecia ser dois ou três anos mais novo que o doutor Kushida. Trabalhava na cidade desde a época de seu pai, o velho doutor, que ainda estava vivo.

Pai e filho não tinham má fama; entretanto, pelo que Oharu pôde observar, este médico não era tão dinâmico quanto o doutor Kushida. Apesar de fazer o exame com cuidado extremo, não dizia nada com muita clareza. O diagnóstico tinha sido demorado por causa disso, mas também porque a febre estava alta demais, o que não era característico num quadro de disenteria. As evacuações de Taeko não começaram tão logo ela adoecera, dois dias antes, mas apenas no dia seguinte, à noite. Assim, a suspeita era de que fosse tifo, e como as providências demoraram a serem tomadas, a doença se agravara.

— Onde será que ela pegou? Teria comido alguma coisa que lhe fizera mal?

— Parece ter comido *sushi* de cavala.

— Onde?

— No final da tarde em que adoeceu, ela tinha ido passear com o patrãozinho em Kobe e foram a um restaurante chamado Kisuke.

— Nunca ouvi falar desse restaurante. E você, Yukiko?

— Também não.

— Parece que fica na zona de prazeres de Fukuhara... Eles souberam que o *sushi* daquele restaurante era delicioso e, ao voltarem de Shinkaichi, onde haviam ido ao cinema, resolveram passar por lá.

— O jovem Kei não sentiu nada?

— Não. O patrãozinho não gosta de cavala e disse não ter provado. Apenas Koisan, que disse ter certeza que era aquele peixe que lhe fizera mal... Mas parece que ela não comeu tanto assim, e comentou que não estava passado, era novo, bem fresquinho...

— A cavala é perigosa, pode fazer mal mesmo quando está fresca.

— Dizem que a parte escura do peixe, a que tem coágulos de sangue, é a mais perigosa. Parece que ela comeu duas ou três fatias.

— Eu e Yukiko nunca comemos cavala. Só Koisan.

— Afinal, Koisan come muito fora de casa.

— Isso é verdade. Há muito tempo não jantava mais em casa. Veja o que acontece com quem come sempre em restaurante.

Como o jovem Kei estaria se comportando depois que ela adoecera? Podia ser que por fora demonstrasse dedicação, mas no fundo sentia-se incomodado por ter de tomar conta de uma pessoa com doença contagiosa. No início, pensava tratar-se de um catarro intestinal, mas agora que sabia ser algo de que não podia dar conta sozinho, não estaria querendo que cuidassem dela em Ashiya? Sachiko e a irmã lembraram-se do incidente das águas dois anos antes e ficaram preocupadas, mas, de acordo com Oharu, ele parecia não estar incomodado. Naquela ocasião, ele não queria nem mesmo molhar a barra da calça por ser muito vaidoso, mas não parecia temer doenças contagiosas. Era possível que tal atitude tivesse sido um dos motivos de Taeko ter-se cansado dele. Assim sendo, agora procurava esforçar-se para demonstrar seus verdadeiros sentimentos. No entanto, mantê-la em sua casa para tratar de sua doença não parecia ser um simples arranjo oportuno. Oharu contou que ele parecia ser atencioso até nos pequenos detalhes e sempre chamava a atenção dela e da enfermeira numa coisa ou outra, ajudando ainda a trocar a bolsa de gelo e a fazer a assepsia do vaso.

— Vou até lá com Oharu. Creio não haver nenhum inconveniente para mim, certo? — disse Yukiko.

As pessoas não costumavam morrer de disenteria. Se o jovem Kei oferecera-se para cuidar de Koisan e não havia nenhum lugar adequado para alojar a enferma, não parecia haver nada de errado em mantê-la sob repouso na casa dele, mas não poderia deixar tudo por sua conta e muito menos abandoná-los nessa situação. Não sabia o que a casa central ou Teinosuke diriam, mas Yukiko acreditava não haver problemas caso decidisse ir por conta própria. Se o doutor Kushida estivesse tratando dela, não seria tão preocupante, mas sentia-se insegura com o fato de tanto o médico quanto a enfermeira serem desconhecidos. A partir daquele dia, Yukiko começaria a pernoitar por lá, no lugar de Oharu, que seria a informante. Pelo telefone não era possível depreender a realidade da situação e a preocupação ficava até maior. Devia faltar muita coisa na casa do jovem Kei, um rapaz solteiro, e podia ser que houvesse a necessidade de Oharu ir e vir várias vezes ao dia. Dito isso, Yukiko foi preparar-se para a partida. Depois de um lanche rápido de arroz embebido em chá, saiu sem pedir permissão à irmã, talvez para não deixá-la em apuros. Como Sachiko pensava o mesmo, não tentou detê-la.

Logo que Etsuko chegou em casa, perguntou por Yukiko. Sem pensar, Sachiko respondeu-lhe que a tia havia ido tomar injeção e aproveitaria para fazer compras em Kobe. Não podia contar a mesma história para o marido e, quando ele retornou ao anoitecer, acabou abrindo-se por inteiro, relatando os acontecimentos de dois ou três dias antes, até mesmo o fato de Yukiko ter saído sem autorização. O marido ouviu-a em silêncio, demonstrando amargura, mas nada mencionou. Não havia outro jeito senão ignorar tudo o que escutara e consentir calado. Na hora do jantar, Etsuko perguntou novamente pela tia. Sachiko disse apenas que ela havia ido cuidar de Taeko, que estava doente. Onde Koisan estava e o que ela tinha? A menina queria saber mais, formulando pergunta atrás de pergunta. Em tom de repreensão, Sachiko explicou-lhe que a tia estava de cama em seu apartamento e Yukiko fora ajudá-la porque era ruim ela ficar sozinha. Não era nenhuma doença grave, e sendo Etsuko uma criança, não precisava se preocupar. A menina calou-se, mas não se sabia ao certo se ela tinha acreditado em tudo o que a mãe dissera. Quando Teinosuke e Sachiko lhe dirigiam a palavra, levantando outros assuntos para disfarçar, ela respondia sem interesse, e de tempos em tempos os observava, erguendo levemente os olhos ao manusear os *hashi*. Desde o final do ano anterior, haviam-lhe dito que Taeko estava ocupada com o trabalho, mas parecia ter tido conhecimento da história por alto, por meio de Oharu. Talvez fosse melhor mesmo a filha saber alguma coisa do que havia acontecido. Depois de três dias, Etsuko começou a preocupar-se com aquele vai-e-vem constante de Oharu, com sua tia Yukiko que não retornava, e sempre que podia corria atrás da jovem empregada para saber das novidades. Por fim, interpelou a mãe.

— Por que não pode trazer Koisan para casa? Traga-a logo!

Sachiko ficou pasma com a cena de Etsuko repreendendo-a, sem mais nem menos. Mas logo depois tratou de acalmá-la.

— Etsuko, mamãe e tia Yukiko estamos cuidando de Koisan, e você não precisa se preocupar.

— Deixá-la doente num lugar como aquele, coitada da Koisan! Ela vai acabar morrendo! — gritou a menina num ímpeto.

Na realidade, a situação não era mesmo muito boa e tendia a piorar. Como Yukiko acompanhava tudo de perto, não havia perigo de que lhe faltassem cuidados, mas a notícia trazida por Oharu era de que Taeko enfraquecia um pouco mais a cada dia. Na semana seguinte, saiu o resultado do exame de fezes, ela estava com um bacilo denominado Shiga[16], o pior de todos entre os causadores de disenteria. Além disso, não se sabia o motivo, mas a febre ainda oscilava muito num mesmo dia. Quando estava alta, chegava aos trinta e nove ou quarenta graus, acompanhada por calafrios e delírios. Em parte, o aumento da temperatura era devido ao remédio para a diarréia e as cólicas abdominais. Se lhe colocavam o supositório, a febre baixava, mas também a cólica aumentava, e ela só expelia líquido. A doente estava visivelmente mais abatida nos últimos dias e o médico dizia que seu coração havia também enfraquecido, de modo que Yukiko não se continha de preocupação. Ficaria boa apenas com aqueles cuidados? Não parecia se tratar simplesmente de disenteria. Será que ela não contraíra alguma outra doença? E solicitava ao médico que lhe desse soro, ou aplicasse uma injeção de

---

16. Bacilo que causa a disenteria, descoberto em 1898 pelo bacteriologista japonês Shiga Kiyoshi (1870-1957). (N.E.)

vitamina de cânfora, mas ele informava que tais procedimentos ainda não eram necessários. Se o médico fosse o doutor Kushida, certamente aplicaria várias injeções numa hora como aquela, lamentava-se Yukiko. Soubera pela enfermeira que o pai do doutor Saito era contra as injeções, e o filho, influenciado por ele, só as aplicava em casos extremos. Oharu relatou que àquela altura Yukiko já não se importava mais com a sociedade ou seja lá com quem fosse. O melhor seria chamar logo o doutor Kushida e Sachiko ir até lá ver como tudo estava. Este era o desejo da senhorita Yukiko. Oharu mencionou ainda que naqueles cinco ou seis dias Taeko emagrecera tanto que nem parecia a mesma. Caso a senhora Sachiko a visse, certamente se assustaria.

Sachiko tinha medo de doenças transmissíveis e receava também pelo marido, mas não poderia mais ficar de braços cruzados. Sem dizer nada a ele, resolveu ir até a casa do jovem Kei pela manhã, conduzida por Oharu. Quando estava de saída, lembrou-se de ligar para o doutor Kushida e explicou-lhe que Taeko adoecera na casa de um conhecido em Nishinomiya e acabou acomodando-se lá por diversos motivos. Informou-lhe que quem cuidava dela era um médico da vizinhança de nome Saito e relatou de modo resumido a quantas andava a doença, no final solicitando sua opinião. Em tais situações, disse o doutor, era preciso aplicar soro e injeções de cânfora repetidamente, e se a paciente fosse deixada como estava, enfraqueceria cada vez mais. Esta informação deveria ser transmitida ao médico o quanto antes, depois poderia ser tarde demais, e Sachiko deveria também pedir-lhe a aplicação imediata de tais medicamentos. Dependendo da situação, Sachiko gostaria que o doutor fosse vê-la. O doutor Kushida conhecia o doutor Saito, e se obtivessem sua permissão ele examinaria a paciente quando quisessem, disse ele, atencioso como sempre.

Depois de desligar o telefone, Sachiko embarcou no táxi que a aguardava no portão e mandou o motorista seguir para o leste, pela Rodovia Nacional. Depois de atravessarem a ponte Narihira, avançaram mais algumas quadras e avistaram uma cerejeira, já com os galhos floridos, numa casa ao lado da montanha.

— Que linda! — exclamou Oharu.

— Realmente. A cerejeira daquela casa sempre floresce antes de todas as outras — comentou Sachiko, observando a rua pavimentada cujo concreto recebia o sol como se este ardesse em labaredas.

Devido à correria envolvendo Taeko, Sachiko não havia se dado conta de que já estavam em abril. Mais dez dias e a época seria propícia para a apreciação das cerejeiras em flor. Será que conseguiria ir a Kyoto com todas as irmãs novamente naquele ano? Seria uma grande felicidade, mas, ainda que Koisan melhorasse logo, não poderia sair tão cedo. Talvez não conseguisse ir a Saga, a Arashiyama e ao santuário Heian, mas será que tudo se resolveria até as cerejeiras de Omuro florescerem? Pensando bem, no ano anterior Etsuko tivera escarlatina naquele mesmo mês. A doença chegara logo após terem ido ver as cerejeiras, não interferindo na viagem a Kyoto. Contudo, ela acabou não conseguindo assistir à apresentação do *Templo Dojo*, de Kikugoro. Naquele ano, Kikugoro estaria em Osaka no mesmo mês do anterior. Faria a apresentação da *Menina das glicínias* e Sachiko queria vê-la sem falta, mas será que perderia novamente essa oportunidade? Ela pensava nessas coisas, enquanto o táxi corria sobre o dique de Shukugawa e o monte Kabuto se descortinava coberto pela névoa, bem alto, no céu.

20

Taeko estava no quarto do andar superior. Tão logo ouviram o táxi chegar, Okubatake e Yukiko desceram as escadas e depararam com Sachiko no vestíbulo de terra.

— Por favor... — Okubatake dirigiu-lhe o olhar. — Vamos deixar os cumprimentos para depois. Indo direto ao assunto, quero consultá-la quanto ao que fazer — e conduziu-a à sala dos fundos, no andar térreo.

O doutor Saito havia acabado de examinar Taeko e saíra com a expressão preocupada. Na saída, dissera a Okubatake que o estado da enferma não era nada bom, seu coração parecia ter enfraquecido bastante. Ela ainda não apresentava indícios claros, podiam ser apenas suposições da parte dele, mas ao examiná-la percebeu que tinha o fígado um pouco inchado, o que poderia indicar um abscesso hepático. Tal quadro costumava produzir pus no fígado e grande oscilação de febre, como ocorria com ela. A paciente tinha calafrios e tremia muito, o que era natural, não só por causa da disenteria, mas também por conta da outra doença. Entretanto, não era capaz de fazer o diagnóstico sozinho e acreditava que seria melhor pedir a visita de um especialista do Hospital Universitário de Osaka. Perguntou a opinião de Okubatake e forneceu-lhe informações mais detalhadas sobre tal quadro. Nessa doença, as bactérias provenientes de outras lesões, ocasionalmente da disenteria, atacavam o fígado. Se a ferida purulenta fosse uma só, seria de fácil tratamento, mas existiam casos em que podia ser múltipla, surgindo várias lesões no interior do fígado, e tudo ficaria bastante complicado. Se houvesse um rompimento no local em que o pus aderisse ao intestino, não seria nada grave, mas se isso acontecesse na parte ligada à pleura, às vias respiratórias ou ao peritônio, provavelmente seria difícil salvar a paciente. Assim falando, o doutor Saito evitava declarar qual era a situação, mas dava a entender que já não havia dúvidas quanto a esse diagnóstico.

— Bom, seja como for, antes de falarmos mais, gostaria de ver Koisan.

Depois de ouvir Okubatake e Yukiko, Sachiko pediu licença para ir ao andar superior. O quarto da doente era voltado para o sul. Do lado externo, havia algo semelhante a um balcão, com uma porta na entrada. Era forrado com seis tatames, mas não tinha *tokonoma*. As paredes eram brancas até o teto, e, com exceção de uma delas, onde estava um armário embutido, a impressão que se tinha era a de uma sala em estilo ocidental. Como decoração, havia uma prateleira triangular num dos cantos, um castiçal que mais parecia uma antigüidade ocidental, meio sujo de cera de vela derretida, e alguns outros objetos que pareciam ter sido adquiridos em alguma feira ordinária. Havia um boneco francês já desbotado, provavelmente uma criação antiga de Taeko, e, em uma das paredes, apenas um pequeno quadro emoldurado em vidro do pintor Narashige Koide, natural de Osaka. Originariamente, era um quarto muito sem graça, mas devido ao acolchoado de penas bem chamativo, confeccionado em crepe xadrez branco e vermelho escuro, no estilo *ichimatsu*, à porta de vidro para o balcão, bem como à luz do sol iluminando em cheio o leito, descortinava-se uma atmosfera alegre como a de flores desabrochando. Taeko estava deitada de perfil, com o lado do coração voltado para cima, e a febre havia baixado um pouco. Quando Sachiko apareceu, ela já parecia esperá-la, pois seus olhos estavam fixos na entrada do quarto. Como Sachiko já sabia do estado da irmã por meio de Oharu, temia ter um choque no momento em que seus olhos se encontrassem. Mas, por sorte, talvez por ter ido emocionalmente preparada, encontrou-a muito abatida, porém com um aspecto melhor do que imaginara. O rosto redondo de Taeko afinou-se, a pele estava mais escura do que já era, e os olhos pareciam maiores.

Algo mais chamou a atenção de Sachiko: a aparência de impureza estranhamente percebida no corpo da irmã, e que não era a sujeira comum, encardida, causada pela simples falta de banho. Geralmente, os efeitos de sua conduta desregrada se ocultavam sob a maquiagem, mas ali, devido à fragilidade física, uma sombra de obscenidade dominava-lhe o rosto, o pescoço e os pulsos. Nada, porém, era tão evidente quanto sua magreza, proveniente não apenas do sofrimento gerado pela doença, mas da exaustão de uma vida descomedida ao longo de anos. A figura de Taeko, com os braços largados sobre o leito, que agora Sachiko presenciava diante de si, lhe fazia lembrar a de uma doente que vivia na rua. Quando uma mulher da idade dela adoecia e ficava acamada por muito tempo, era natural que encolhesse com certa graça, como uma menina de 13 ou 14 anos, cuja imagem lembrava por vezes um ser puro e divino. Mas Taeko não dava tal impressão. Havia perdido a jovialidade de sempre e, pior ainda, aparentava ser mais velha. Também era estranho ter perdido totalmente aquele aspecto de moça moderna, parecendo-se com uma senhora de uma casa de chá ou de um restaurante; mais que isso, de uma casa de chá meio suspeita e pouco sofisticada. Já havia algum tempo ela vinha apresentando uma falta de requinte bem maior que as irmãs, porém ainda conservava aquele ar de moça de família. No entanto, a pele caída e suja de seu rosto de feições escuras apresentava aquela coloração de alguém com uma doença venérea ou algo parecido, lembrando a de uma mulher decadente. Sua figura contrastava com a exuberância do acolchoado de penas que a cobria, destacando ainda mais sua completa falta de saúde. A propósito, Yukiko parecia ter sido a única a perceber já fazia algum tempo essa "falta de saúde" de Taeko, tomando alguns cuidados com discrição. Ela, por exemplo, jamais entrava no banho de imersão depois da irmã caçula e nunca pedia suas roupas emprestadas, ao passo que vestia sem qualquer receio as roupas que haviam tocado a pele de Sachiko, usando até mesmo suas roupas de baixo. Não se sabe se Taeko havia reparado em tal atitude ou não, mas Sachiko sim, e percebera também que a mudança de comportamento de Yukiko havia começado logo depois de ela saber da infecção de Okubatake, uma blenorragia crônica. Para dizer tudo com clareza, Sachiko não acreditava integralmente no "relacionamento puro", sem relações sexuais, que Taeko dizia manter com Itakura e Okubatake, mas sempre evitara saber a verdade. Yukiko, mesmo em silêncio, mantinha distanciamento físico e demonstrava até mesmo certa repugnância em relação a Taeko havia muito tempo.

— Koisan, como está? Disseram-me que você emagreceu bastante, mas estou vendo que não foi tanto assim — disse Sachiko, tentando falar-lhe com o tom costumeiro. — Quantas vezes evacuou hoje?

— Três vezes desde a manhã — respondeu Taeko, com aquele ar indiferente de sempre, em voz baixa, mas nítida. — São somente cólicas e não sai nada.

— Essa é a característica dessa doença. *Tenesmus*, cólicas intestinais sem evacuação, não é assim que se fala em linguagem médica?

— Ah! — Taeko permaneceu em silêncio por um momento. — Cansei do *sushi* de cavala! — e só então deu um pequeno sorriso.

— É verdade. O melhor é nunca mais comer cavala daqui por diante — rebateu Sachiko, e depois ficou séria. — Koisan, não precisa ficar preocupada, mas o doutor Saito manifestou algumas dúvidas e quer que consultemos outro médico. Pensei no doutor Kushida.

Sachiko começou a falar de repente sobre o assunto por acreditar que seria melhor expor os fatos de forma direta do que irritar os nervos da doente, ainda sem consciência da gravidade de seu estado. Se os três começassem a confabular às escondidas ou chamassem algum médico famoso da Universidade de Osaka, conforme o doutor Saito havia sugerido, poderiam deixar Taeko preocupada. Consultariam então o doutor Kushida em primeiro lugar e, caso ele não solucionasse a questão, ainda não seria tarde para se solicitar qualquer especialista. Enquanto Sachiko falava, Taeko a ouvia com o olhar lasso e perdido voltado para o chão.

— Então, Koisan, pode ser assim? — perguntou Sachiko.

— Eu não queria que o doutor Kushida viesse até aqui... — respondeu com firmeza, sabe-se lá pensando no quê, e logo seus olhos encheram-se de lágrimas. — Tenho vergonha de que ele saiba que estou num lugar como este...

A enfermeira retirou-se estrategicamente. Sachiko, Yukiko e Okubatake observavam admirados as lágrimas que ela derramava.

— Bem, deixem-me conversar a sós com Koisan a esse respeito — interveio Okubatake, lançando um olhar de apelo a Sachiko, sem conseguir esconder seu descontrole. Postado de um dos lados do leito de Taeko, vestia um roupão de seda cinza azulado sobre um pijama de flanela e trazia o rosto inchado, como se não tivesse dormido o suficiente.

— Está bem, Koisan. Se não quer, não o faremos. Não se preocupe mais com isso... — confortava-a Sachiko carinhosamente, o mais importante naquele momento era não deixar a enferma exaltada. Mesmo assim, continuava preocupada com a situação inesperada. Por que Koisan, de repente, dizia aquilo? Okubatake parecia saber de algo, mas ela nem imaginava o que poderia ser.

A hora do almoço já se aproximava, e Sachiko havia saído de casa sem comunicar o marido. Por isso, ao ver que a irmã recuperara a calma, resolveu retirar-se, depois de ter permanecido nos aposentos da enferma por cerca de uma hora. Decidiu tomar o trem ou o ônibus na via Satsuba e foi andando pelo atalho onde se localizava o tal *manbo*. Yukiko acompanhou-a até o meio do caminho, bem como Oharu, que a pedido desta mantinha alguns passos de distância atrás das duas. As irmãs caminhavam lado a lado.

— Sabe, na noite passada, aconteceu algo tão estranho... — começou Yukiko a falar.

Havia sido no meio da noite, por volta das duas horas, e ela dormia com a enfermeira no quarto em frente ao da doente. (Normalmente, ela e a enfermeira revezavam-se para dormir no quarto da enferma, mas naquela noite Taeko parecia um pouco melhor, indo dormir mais tranqüila por volta da meia-noite, e Okubatake lhes disse que ficaria com ela, elas poderiam descansar. As duas seguiram então para o quarto em frente, enquanto Kei parecia ter-se acomodado no chão, ao lado do leito da doente.) De repente, escutaram uma voz: "Uum, uum". Seria Koisan começando a ter dores de novo? Estaria a irmã sonhando ou delirando? Kei deveria estar com ela, pensou. Mas acabou levantando-se às pressas e abriu a porta até a metade quando ouviu: "Koisan, Koisan". Era Kei chamando por Taeko, tentando acordá-la, e, logo depois, a voz dela: "Yoneyan". Ela gritara apenas uma vez, depois disso parecia ter despertado do sonho, mas dissera mesmo "Yoneyan". Como Taeko parecia ter voltado ao normal, Yukiko fechou a porta sem fazer barulho e voltou para o leito. O quarto da irmã parecia ter silenciado logo em seguida. Tranqüilizou-se e cochilou por duas ou três horas devido ao cansaço acumulado por vários dias. Já passavam das quatro horas da madrugada quando as cólicas e a diarréia recomeçaram, e Kei veio acordá-la. Taeko estava gemendo de dor e ele não estava dando conta de cuidar dela sozinho. Permanecera acordada desde aquela hora, e, ao refletir pela manhã, chegou à conclusão de que o "Yoneyan" chamado por Taeko era Itakura. Certamente ela devia ter tido um pesadelo com o falecido. Por falar nisso, era maio e já se aproximava a data do primeiro aniversário da morte dele. Taeko, incomodada porque a sua morte não tinha sido tranqüila, continuava indo todo mês até o interior, em Okayama, para visitar seu túmulo. Era possível que este fosse o motivo do pesadelo. Podia ser que estivesse afetada psicologicamente, pois ela fora acometida de uma doença grave exatamente na época em que se aproximava o primeiro ano de falecimento de Itakura, e, ainda por cima, porque se encontrava acamada na casa de Kei, seu maior rival no amor. Taeko era uma espécie de caixinha de surpresas, nunca se sabia ao certo o que tinha em mente, mas com certeza ela pensava nisso já havia algum tempo e devia ter sonhado com algo relacionado a Itakura. Tudo não passava de imaginação de sua parte e não sabia se estava correta. Afinal, o sofrimento físico da irmã desde aquela manhã era tão grande que nem sobrara lugar para o psicológico. Mesmo depois que a dor amenizara, parecia decepcionada como se tivesse perdido as forças. Kei, por sua vez, preocupava-se muito mais que ela em manter as aparências, não deixando os sentimentos transparecerem nem no semblante nem em suas atitudes. Se até mesmo ela, Yukiko, tinha notado, também não estaria ele intrigado? Poderia ser suposição dela, mas depois que Koisan tivera pesadelos com o espírito do falecido Itakura na noite anterior, era provável que se sentisse incomodada em continuar na casa de Kei. Não poderia ela pensar que enquanto estivesse ali a doença não seria curada, podendo se agravar ou se complicar até a morte? Se fosse isso, o que Koisan tinha dito não significaria uma recusa em relação ao doutor Kushida, mas a manifestação de seu desejo de não permanecer naquela casa e, se possível, de ser removida para algum outro lugar.

— Realmente, pode ser que seja isso mesmo.

— Vou perguntar melhor a Koisan, mas como Kei fica ao lado dela o tempo todo...

— Acabei de ter uma idéia. Se tivermos de transferir Koisan para algum outro lugar, o que acha do Hospital Kanbara? Lá, eles devem aceitá-la, se explicarmos a situação...

— Hum... Mas será que o Kanbara cuida de disenteria?

— Se eles emprestarem um quarto, pediremos ao doutor Kushida que cuide dela.

O Kanbara era um hospital cirúrgico no bairro de Mikage, na região de Kobe e Osaka. O doutor Kanbara, seu diretor, freqüentava a loja em Senba e a casa dos Makioka em Uehonmachi desde quando era estudante da Universidade de Osaka, sendo muito amigo das irmãs Makioka. Tudo havia começado quando o falecido pai delas, ao ouvir que Kanbara, já famoso pelo seu talento, não tinha condições de pagar os estudos, acabou estendendo-lhe a mão por intermédio de outra pessoa. Quando Kanbara viajou para a Alemanha com uma bolsa de estudos e depois abrira o atual hospital, parte das despesas foi assumida pelos Makioka. Kanbara formou-se médico cirurgião e dermatologista renomado. Sua credibilidade em matéria de cirurgia era grande e logo o hospital alcançara grande sucesso. Em poucos anos, ele havia devolvido de uma só vez toda a quantia que recebera como ajuda e, posteriormente, sempre que os Makioka ou os funcionários da loja o consultavam, dava descontos maiores do que o normal e nunca quis receber nada além daquilo. Nem é preciso dizer que aquela era sua retribuição pelo que havia recebido durante o sofrido período de estudante. Sendo natural da cidade de Kisarazu, em Kamozusa, ele era dotado de uma natureza bem típica desta região, era cheio de entusiasmo, do tipo paternalista e fraterno. Se explicassem a situação a Kanbara e lhe pedissem para internar Taeko por tais motivos, dado seu temperamento, era certo que não se recusaria a atendê-las. Por se tratar de um hospital cirúrgico, o tratamento ficaria por conta do doutor Kushida, a quem pediriam que fosse clinicar no hospital. Felizmente, o doutor Kanbara e o doutor Kushida tinham sido colegas de faculdade e permaneciam amigos.

Yukiko acompanhou Sachiko até a saída do lado sul do *manbo*, e esta lhe garantiu que consultaria o doutor Kanbara e o doutor Kushida.

Dado que Taeko havia piorado daquela maneira, e o próprio doutor Saito dizia ser preciso precaver-se de qualquer eventualidade, não poderiam deixá-la mais na casa de Kei, mesmo que tivessem de ir contra a vontade da doente. Ainda assim, não poderiam ficar tranqüilas e Yukiko deveria pedir ao doutor Saito, se preciso fosse, que ordenasse a aplicação do soro e da injeção de cânfora na enferma. Se ela não conseguisse ser atendida, deveria pedir a Kei que reiterasse o pedido. Findas as recomendações, as irmãs se separaram. Logo que chegou em casa, Sachiko mandou chamar o doutor Kanbara; por sorte ele aceitou ajudá-las de imediato. Deixaria preparada uma sala especial, e poderiam levar a doente quando julgassem conveniente. Já o doutor Kushida não conseguiu encontrá-lo, ele estava muito ocupado como sempre. Após procurá-lo de casa em casa nas visitas a seus pacientes, conseguiu finalmente contatá-lo depois das seis da tarde, recebendo dele uma confirmação de que aceitaria o caso. Ela desejava fazer a transferência da irmã o mais rápido possível, mas antes precisaria tomar outras providências. Teria também de relatar a Teinosuke o que estava acontecendo — mesmo que ele já tivesse percebido —, pois seria ele a arcar com as despesas. E decidiu fazer a remoção de Taeko na manhã do dia seguinte. Só conseguiu avisar a irmã em Nishinomiya após as sete horas. Oharu retornou por volta da meia-noite e transmitiu o recado de Yukiko, contando que depois da saída de Sachiko muitas outras coisas aconteceram. Taeko dissera sentir frio, começara a ter calafrios e sua temperatura passara dos quarenta graus, embora ficando em torno de trinta e oito graus à noite. A aplicação de soro foi pedida à exaustão por Okubatake ao doutor Saito, até que obteve dele uma resposta afirmativa. No entanto, quem acabou indo aplicá-la não fora o jovem médico de sempre, e sim o mais velho. Depois de examiná-la e refletir, disse que tal procedimento ainda não era necessário e levou a enfermeira a interromper o preparo da injeção já iniciado, guardando rapidamente a seringa na mala. Ao presenciar isso, a senhorita Yukiko convencera-se por completo de que era mesmo preciso trocar de médico. Esperou Koisan recobrar a calma e reforçou a sugestão de ser examinada pelo doutor Kushida, perguntando-lhe a opinião. Como supunha, ela não expôs seus motivos, mas não queria continuar naquela casa. Poderia ir para um hospital ou para o quarto de seu apartamento no solar Koroku, tanto fazia, só desejava ir para outro lugar. Então o doutor Kushida poderia examiná-la, não queria que ele a visse ali. Kei tinha ficado o tempo todo ao lado dela suspirando, e Koisan sentia incômodo ao falar, mas ao que tudo indicava era isso mesmo. Ele irritara-se profundamente com as palavras dela, dizendo-lhe para não falar daquele modo, para continuar ali, pois não havia com o que se preocupar, tentando fazê-la mudar de idéia, mas ela não lhe dava ouvidos e continuava se dirigindo apenas a Yukiko. Nervoso, ele acabou erguendo a voz, indagando se ela não gostava mais de sua casa. Certamente o que Taeko tinha dito na noite anterior enquanto delirava teria sido motivo de desentendimento entre eles, pensou Yukiko. Ela não tocou no assunto e tentava simplesmente acalmar o jovem Kei, indignado com a doente. Eram-lhe imensamente gratas pela gentileza, mas não podiam permitir que ele tomasse conta de Taeko por tanto tempo, além do mais Sachiko também já havia se oferecido para tomar providências. Aproveitou, também, para contar tudo a ele e comunicar que os preparativos para interná-la no Hospital Kanbara já estavam prontos.

21

Ainda houve alguma discussão na manhã seguinte, quando Taeko foi levada ao hospital na ambulância que viera buscá-la às oito horas. Okubatake fazia questão de acompanhá-la, insistindo ser sua obrigação levá-la pessoalmente, já que havia cuidado dela até aquele momento. Sachiko e Yukiko, por sua vez, revezavam-se na tentativa de convencê-lo a ficar. Não recriminavam seu desejo de assumir a responsabilidade por Taeko até o fim, mas desejavam que a deixasse por conta delas, suas irmãs. Ele teria permissão de ver a doente, mas pediam-lhe que mantivesse distância por algum tempo; apesar de tudo, a relação deles não tinha sido aceita perante a sociedade, e a própria Taeko parecia preocupada com sua reputação. Manteriam-no a par de qualquer mudança repentina e ele poderia telefonar sempre que quisesse, se fosse o caso, para saber do estado dela. Era o que diziam as duas a Kei, faltando só implorar-lhe para ficar nos bastidores. Tiveram muito trabalho para fazê-lo concordar em apenas ligar para Ashiya, de preferência no período da manhã, e chamar por Sachiko ou Oharu, evitando ao máximo telefonar para o hospital diretamente. Sachiko também explicou a situação ao doutor Saito e agradeceu-lhe por todo o seu trabalho durante aquele período. O médico compreendeu de imediato e prontificou-se a acompanhá-las até o Hospital Kanbara, cumprindo com seu dever de entregar a doente aos cuidados do doutor Kushida, que estaria à espera deles no local.

Yukiko acompanhou Taeko na ambulância com o doutor Saito, e Sachiko e Oharu ficaram para arrumar a casa. Limparam o aposento usado pela doente e, depois de agradecerem devidamente à enfermeira e à velha ama pelo trabalho e incômodo causados, chamaram um táxi de Shukugawa. Uma hora mais tarde, percorriam o mesmo trajeto do carro que levara Taeko. Sachiko já havia experimentado aquela sensação inexprimivelmente desagradável de quando alguém da família é internado, aquela sensação nefasta de que a pessoa não irá mais voltar, e temia senti-la novamente. Quando entrou na Rodovia Nacional, apesar de ter-se passado apenas um dia, notou a luz primaveril bem mais forte que no dia anterior, a névoa ainda mais densa nas montanhas de Rokko e, em vários pontos, o colorido das magnólias brancas mesclado ao amarelo vivo do *rengyo*[17] exibido nas casas. Uma paisagem que deixaria seu coração enlevado em uma situação normal, mas naquele momento não tivera como evitar que uma sensação de pesar a invadisse. Nos dois dias anteriores, ela tinha descoberto que o estado de Taeko havia-se agravado ao extremo, contudo procurava não dar muito crédito às palavras do doutor Saito. Achava improvável que o pior pudesse vir a acontecer, tudo não passaria de exagero do médico. De início, não estava tão preocupada com o caso, mas, ao ver o estado da irmã naquela manhã, começara a mudar de opinião. Em primeiro lugar, chamaram-lhe a atenção os olhos inertes de Taeko. Esta, normalmente uma pessoa expressiva, trazia uma feição apática, como se todas as sensações tivessem dela se esvaído. Os olhos estavam estranhos, abertos e estatelados. Aquela expressão era a de alguém próximo da morte, pensava Sachiko, e teve até receio de fixar seu olhar nela. No primeiro encontro, Taeko ainda tinha tido disposição para chorar e dizer tudo o que dissera, mas naquele dia, enquanto Okubatake discutia no corredor com Sachiko e Yukiko se iria ou não acompanhá-las até o hospital, ela continuava com o olhar perdido e parado, como se não tivesse nada a ver com aquela discussão.

O diretor Kanbara havia dito ao telefone que providenciaria um quarto especial para Taeko, e de fato o aposento em que ela fora acomodada era um *zashiki* autenticamente japonês, de alto padrão, localizado num prédio à parte e ligado ao hospital por um corredor. Inicialmente, ele tinha sido construído para ser a moradia do próprio médico, que se mudara dali havia um ano para uma residência a cerca de dez quadras

---

17. *Forsythia suspensa*, planta de origem chinesa que atinge cerca de dois metros de altura. Possui galhos longos e pendentes nas extremidades e belas flores cilíndricas com pétalas em amarelo vivo, que desabrocham no início da primavera, antes das folhas em formato oval. (N.T.)

do local, em Kan'nonbayashi, na vila Sumiyoshi, adquirida por ele de um empresário. Como no momento o *zashiki* era utilizado apenas para descanso, fora transformado em quarto para Taeko, fornecendo o isolamento necessário para atender ao seu caso. Os aposentos de oito e de quatro tatames e meio com varanda, antes usados como sala de estar, poderiam acomodar a enferma, e os acompanhantes teriam a cozinha e a sala de banho inteiramente à disposição deles. Sachiko havia pedido à Associação de Enfermeiras os serviços de "Mitochan", que tinha contratado no ano anterior, quando Etsuko tivera escarlatina. A enfermeira já tinha chegado, mas o requisitado doutor Kushida, a quem havia pedido para não se atrasar, demorava a aparecer. Sachiko lá estava, e ele não. E ela foi obrigada a ligar para vários lugares à procura do médico, solicitando ainda por duas ou três vezes a presença dele o quanto antes. Enquanto isso, o doutor Saito limitava-se a olhar o relógio vez ou outra, aguardando pacientemente a chegada do colega. Quando, por fim, o médico apareceu, passou-lhe a incumbência do caso e pôde ir embora. O que os dois conversaram, uma mistura de japonês com termos alemães, não pôde ser muito bem compreendido pelos presentes. Contrariando o diagnóstico do doutor Saito, o doutor Kushida não acreditava que o fígado estivesse inchado e descartava a possibilidade de um abscesso hepático. A oscilação da febre e os calafrios podiam acontecer num caso de disenteria maligna e não chegava a ser algo anormal. Podia-se pensar que, de um modo geral, a doença transcorria dentro da normalidade. No entanto, como a doente estava fraca ao extremo, aplicar-lhe-ia soro e vitamina de cânfora imediatamente, e "Mitochan" lhe daria Prontsil, mais tarde. Em seguida, de forma bastante serena afirmou não haver motivos para preocupação e prometeu voltar no dia seguinte. Enquanto acompanhava o doutor até o vestíbulo, Sachiko, ainda insatisfeita e com os olhos cheios de lágrimas, questionou se realmente tudo estava indo tão bem como ele havia mencionado. O médico mostrava-se bastante confiante, e tranqüilizou-a quanto aos riscos a que Taeko estaria sujeita. Não seria mais apropriado consultar um especialista da Universidade de Osaka, por exemplo?, insistia ela. A senhora seria avisada caso isso fosse preciso. Apesar da sugestão de Saito, ele, Kushida, julgava tal procedimento totalmente desnecessário. Por enquanto, poderiam deixar Taeko sob os seus cuidados, sem quaisquer problemas. Sachiko continuava preocupada. Aos olhos de uma leiga como ela, a irmã havia piorado do dia para a noite. Parecia melhor no dia anterior do que naquele da internação. Sua face não estaria transfigurada como a de alguém à beira da morte?, questionava ela. O doutor Kushida sequer considerava tal possibilidade, afinal, qualquer pessoa debilitada como Taeko adquiria provisoriamente tal aparência. E retirou-se sem mostrar-se perturbado com a questão.

  Sachiko também resolveu ir embora. Depois de cumprimentar o doutor Kanbara em seu gabinete, retornou a Ashiya. Na sala de sua casa, sentada à toa na poltrona em estilo ocidental, sem a presença do marido, de Etsuko, Yukiko e Oharu, que estavam fora, sentiu tudo estranhamente quieto, e de novo começou a temer uma desgraça. Sem dúvida, Sachiko gostaria de acreditar nas palavras do doutor Kushida, que desde sempre havia cuidado da saúde das irmãs e nunca tinha errado os diagnósticos, e confiar mais na opinião dele do que na do doutor Saito. No entanto, ao vislumbrar o rosto de Taeko naquela manhã, não pôde evitar um pressentimento que só alguém próximo, do mesmo sangue, poderia ter. Por conta de tal presságio, julgou melhor inteirar ao menos a irmã mais velha da situação, e era para redigir esta complicada carta que retornara a Ashiya. Teria de contar tudo, desde quando expulsara Taeko de casa, até sua internação logo em seguida da notícia de sua enfermidade. Se tivesse de fazê-lo acrescentando detalhes aos fatos, levaria facilmente duas ou três horas, e não estava animada para sentar-se diante da escrivaninha. Só depois do almoço resolvera a muito custo levantar-se e trancar-se no quarto do andar superior. Dentre as irmãs, ela era a que tinha a caligrafia mais exemplar, e sua especialidade eram os fonogramas. Tinha talento para redigir e não era do tipo que detestava escrever cartas. Diferente de Tsuruko, ela não fazia rascunhos e escrevia letras grandes diretamente no papel em rolo com vigorosas pinceladas. Mas naquele dia não conseguia deslizar o pincel como de costume e tivera de reescrever duas ou três vezes até conseguir, finalmente, concluir o texto que segue.

ASHIYA, 4 DE ABRIL.

Prezada irmã,

Enquanto ficamos esse longo período sem nos corresponder, entramos nesta estação agradável, que é a primavera. A névoa passou a cobrir as montanhas Rokko todos os dias. Esse é o período mais belo da região de Osaka e Kobe, e nesta época do ano não consigo ficar parada dentro de casa. Faz muito tempo que não lhe escrevo, e espero que todos se encontrem bem de saúde. Em geral, nós também passamos bem.

Novamente escrevo-lhe para tratar de um assunto desagradável, e o pincel emperra. Indo direto ao assunto, Koisan contraiu uma disenteria maligna e, no momento, seu estado é grave, de modo que gostaria de deixá-la de sobreaviso.

A respeito dela, justamente, gostaria de dizer-lhe, conforme relatado por carta naquela época, que infelizmente tivemos mesmo de pedir-lhe que deixasse nossa casa e não a freqüentasse mais em hipótese alguma dali em diante. No entanto, ela não fora morar com Kei, como havíamos suposto, e passou a ter uma vida independente de solteira num apartamento do solar Koroku, na vila Motoyama, como também já havia lhe informado na ocasião. Desde então, apesar de preocupada, nunca fui visitá-la. Ela, por sua vez, também não nos mandava notícias. Apenas Oharu parecia vê-la em segredo de vez em quando, e nos contava que Koisan ainda morava no mesmo apartamento e mantinha o relacionamento com Kei, mas tudo indicava que não dormia na casa dele. Sendo assim, fui ficando tranqüila. Entretanto, no final do mês passado, Kei ligou para Oharu repentinamente avisando que Koisan estava doente. Por azar, ela adoeceu quando fora passear na casa dele e, não estando em condições de ser removida, teve de ficar se recuperando lá mesmo. Continuei agindo como se nada soubesse. Entretanto, depois de um certo tempo, ficara evidente que se tratava de um caso de disenteria. Como já havíamos cortado relações, hesitei em acolhê-la, afinal ela já estava na casa de Kei. Oharu ficou bastante preocupada e dizia que a disenteria era maligna. O médico da vizinhança que a estava atendendo não era confiável, e o tratamento não parecia eficaz. A febre estava alta e o sofrimento causado pela diarréia era intenso. Ela enfraqueceu muito, encontrando-se extremamente magra.

Mesmo sabendo disso, deixei as coisas como estavam, e Yukiko acabou indo cuidar dela sem minha permissão. Não podendo mais me manter indiferente, fui fazer-lhe uma visita e tomei um susto. Pelo que o médico dizia, ela também poderia estar com abscesso no fígado e, se assim o fosse, haveria risco de morte. O doutor sugeriu chamarmos um especialista para confirmar o diagnóstico. Quando Koisan me viu, chorou copiosamente e pediu-me que a transferisse de lá, pois não gostaria de convalescer naquele lugar. Num tom de apelo, parecia dizer que não queria morrer na casa de Kei. Tal desespero talvez se devesse, segundo as suposições de Yukiko, à aproximação do primeiro ano de falecimento daquele fotógrafo chamado Itakura. Ela estaria com medo de alguma maldição do rapaz, parece que outro dia delirava durante um pesadelo que tivera com ele. Ou, ainda, que estaria preocupada, pensando num possível transtorno que causaria a todos nós caso viesse a falecer na casa de Kei. Seja como for, Koisan, que sempre se mostrou resistente, encontra-se muito frágil, e isso indica como as coisas não estão bem. Desde ontem suas feições também demonstravam, digamos assim, sinais de morte; os olhos estavam parados e os músculos da face, inertes, dando medo só de olhar. Por isso, julgando que deveria acatar os desejos da enferma, decidi acolhê-la às pressas e removi-a para o Hospital Kanbara numa ambulância, proibindo terminantemente Kei de visitá-la. Não conseguimos vaga nos hospitais com instalações apropriadas para isolamento, e acabei solicitando ao doutor Kanbara que a internasse sigilosamente em seu hospital. O médico que está cuidando dela é o doutor Kushida, que você também conhece.

Bem, a situação é mais ou menos essa, e as providências que precisei tomar foram inevitáveis. Por isso, não sei quanto a Tatsuo, mas quis deixar pelo menos você inteirada dos fatos. Teinosuke parece pensar que não há outra alternativa para o caso e, no íntimo, também está preocupado, mas ainda não tomou a iniciativa de ir ele mesmo fazer uma visita a Taeko. Acredito que a possibilidade seja muito remota, mas caso Koisan venha a falecer, enviarei um telegrama. Fique ciente de que isso não é impossível. Muito embora o doutor Kushida seja da opinião de que não se trata de um abscesso no fígado, isso não significa que ela não corra perigo. Para ele, seu quadro clínico é normal dentro das circunstâncias, e posso estar dizendo coisas absurdas, mas infelizmente tendo a pensar que, desta vez, o diagnóstico do doutor Kushida esteja errado. Pelo estado de Koisan e por suas feições, não consigo deixar de ter maus pressentimentos e oro para estar enganada.

Bem, falei de muitas coisas de modo atropelado, mas deixo-a informada sobre os fatos. Daqui a pouco irei novamente ao hospital. Não tenho tido cabeça para mais nada no corre-corre dos últimos dias, e vejo que nessas horas Yukiko é muito mais eficiente; ela vem assistindo Koisan há vários dias, praticamente sem dormir.

Até a próxima carta.
Sachiko

Embora ela tivesse tomado o cuidado de não assustar a irmã, que era simplória e cordial, havia exagerado um pouco ao falar do estado da doença de Taeko, no desejo de fomentar a compaixão dela pela caçula. Fosse como fosse, havia escrito fielmente seus sentimentos mais puros. Tão logo terminou a carta, apressou-se em voltar ao hospital antes de Etsuko chegar em casa.

22

Dois ou três dias após a transferência de Taeko para o hospital, o estado de Taeko havia melhorado visivelmente. Por mais estranho que pudesse parecer, o estigma desagradável da morte que se via estampado em seu rosto tinha sido um fenômeno daquele único dia. Após sua internação, aquela sombra nefasta havia desaparecido por completo. Sachiko sentia-se como se tivesse despertado de um pesadelo. Ficara uma vez mais admirada com o diagnóstico do doutor Kushida, e lembrava-se da firmeza de suas palavras tranqüilizadoras sobre o estado de Taeko. Ao imaginar a apreensão de Tsuruko, desencadeada pela carta que lhe enviara, decidiu comunicar-lhe imediatamente as últimas notícias. A boa nova certamente havia alegrado Tsuruko, pois ao contrário da costumeira demora nas respostas, uma carta expressa chegou de Tóquio dois dias depois.

6 DE ABRIL

Prezada irmã,

Li sua inesperada carta outro dia e nem soube o que fazer. Fiquei completamente atordoada com aquela questão e acabei não conseguindo escrever-lhe, mas sua última carta trouxe-me verdadeiro alívio. Koisan deve estar feliz, é claro, e isso também é motivo de alegria incomparável para nós.

Confesso ter achado que nossa irmã não se salvaria desta vez. Bem, ela sempre deu trabalho a todos e fazia o que bem entendia, por isso, era como se recebesse um castigo. Pode parecer crueldade minha pensar no caráter inevitável de sua morte, mas imaginava a quem caberia o papel de acolhê-la e onde seria feito o funeral. Tatsuo, com certeza, se recusaria a fazê-lo, e a responsabilidade também não seria de vocês, Sachiko. No entanto, não poderíamos permitir que o funeral saísse do Hospital Kanbara. Só de imaginar tais coisas, meu coração doía e eu pensava até que ponto Koisan era capaz de nos dar trabalho.

Com sua melhora, nós também estamos aliviados. Isso, sem dúvida, se deve ao seu empenho irrestrito e ao de Yukiko, mas será que Koisan tem consciência da dedicação de vocês? Se tiver, seria bom que não procurasse mais Kei e reconstruísse sua vida. Será que ela pretende fazer isso?

Sei que o doutor Kanbara e o doutor Kushida ofereceram seus préstimos, mas gostaria que entendesse a minha posição de irmã mais velha em não poder agradecer-lhes publicamente.

Atenciosamente,

Tsuruko

Sachiko levou a carta imediatamente ao hospital para mostrá-la a Yukiko.

— Veja a carta que chegou — tirou-a da bolsa no momento em que a irmã a acompanhava até a saída. — Leia aqui mesmo — e a fez ler ali, em pé, à entrada do vestíbulo.

— É bem próprio de Tsuruko — comentou Yukiko, e entrou.

Sachiko não entendeu muito bem o significado das palavras da irmã, mas o fato é que ela mesma não tivera uma boa impressão da carta. Tsuruko revelava, de modo impensado, que já não nutria quase nenhum amor por Taeko, sendo sua única preocupação proteger a família dos danos que a caçula causaria. Ela não deixava de ter razão, mas dito de tal maneira demonstrava falta de sensibilidade para com a irmã. De fato, aquela doença poderia ter sido mesmo uma espécie de castigo, mas por ser alguém que sempre tinha procurado viver com intensidade, Koisan já havia recebido castigos suficientes até então: quando se salvara por um triz naquela enchente, quando perdera seu amor — por quem havia abandonado posição e honra —, bem como quando superava os mais diversos sofrimentos jamais imaginados pelas irmãs, cujas vidas eram tranqüilas e seguras. Sachiko duvidava que ela própria ou Yukiko seriam capazes de suportar tamanhos revezes, e admirava a vida aventureira da irmã caçula. Apesar da seriedade do assunto, não conseguia deixar de achar graça ao imaginar a hesitação de Tsuruko diante da primeira carta e seu semblante aliviado com a chegada da segunda.

Okubatake telefonou para Ashiya no dia seguinte à internação de Taeko. Sachiko atendeu e contou-lhe em detalhes a rápida melhora da doente desde aquela manhã, o diagnóstico do doutor Kushida, a luz no fim do túnel que começavam a ver. Ele não tinha dado sinal de vida por três dias até aparecer no hospital ao entardecer do quarto dia, quando Sachiko já tinha ido embora. Yukiko e "Mitochan" estavam à cabeceira de Taeko, enquanto Oharu preparava a papa de arroz no fogão elétrico da sala contígua, quando o velhinho responsável pelo aposento japonês anunciou a chegada de alguém que parecia ser da família. O sujeito não havia se identificado, mas tudo indicava ser o senhor Makioka. Yukiko foi tomada de surpresa e perguntava a Oharu se seria Teinosuke. Custava a crer que fosse o cunhado.

De repente, ouviram um ruído de sapatos no jardim, e da cerca viva de *hagi* surgiu uma figura num berrante terno lilás, óculos escuros de aro dourado (Okubatake não possuía deficiência de visão, mas tinha o hábito de usar óculos escuros para compor a aparência) e uma bengala de freixo. O recinto japonês tinha uma entrada à parte, mas as pessoas que vinham pela primeira vez não a conheciam, sendo em geral encaminhadas pela entrada do hospital. Não se sabe como Okubatake havia descoberto aquela entrada, mas o fato era que viera visitar Taeko. Enquanto o velhinho tinha ido anunciar sua chegada, ele dera a volta pelo lado do jardim, sem pedir permissão. (Souberam mais tarde que Okubatake pegara o velhinho de surpresa, perguntando-lhe se o quarto de Taeko Makioka era por ali e esquivando-se por duas vezes das perguntas do velho quanto à sua identidade, dizendo que bastaria avisá-las que ele estava ali e elas já saberiam de quem se tratava. Como teria ele descoberto que o quarto de Taeko ficava no anexo, e cujo acesso seria pelo vestíbulo via jardim? De início, suspeitaram de Oharu, mas em seguida desconfiaram que ele não perguntara a ninguém, ele próprio teria investigado com persistência. Desde o incidente com Itakura ele vinha seguindo os passos de Taeko, e depois da internação ficava à espreita pelas redondezas do hospital.) O jardim estendia-se para o sul, no lado leste, acompanhando a curva das varandas ao redor. Ele aproximou-se da varanda do aposento de oito tatames, que ficava mais ao fundo, passando rente aos arbustos de buquês-de-noiva. Posicionou-se num lugar em que poderia ver o rosto da doente e abriu o *shoji* de vidro pelo lado de fora. Como estava nas redondezas para tratar de alguns assuntos, havia aproveitado a ocasião para dar uma passada ali. Dito isso, tirou os óculos escuros e sorriu. Yukiko tomava chá preto enquanto lia o jornal. Ao notar "Mitochan" assustada com a invasão do estranho, tratou-o normalmente como se nada estivesse acontecendo, e saiu à varanda para cumprimentá-lo. Enquanto ele hesitava sobre a pedra onde se deixavam os calçados, Yukiko apressou-se em trazer-lhe uma almofada para acomodá-lo ali mesmo, a fim de evitar que adentrasse no *zashiki*. Desviando-se da conversa que Okubatake tentava iniciar, encaminhou-se para a sala contígua, tirou do fogão a panela de barro na qual Oharu preparava a papa de arroz, colocou em seu lugar a chaleira de prata, esperou que a água fervesse e preparou-lhe um chá. Ia fazer Oharu servi-lo, mas percebendo que seria inconveniente se ele retivesse a tão amável criada para conversar, dispensou-a. Cuidaria sozinha do resto. Serviu-lhe ela mesma o chá e novamente recolheu-se na sala contígua.

  O tempo estava agradável naquele dia, e o céu exibia algumas nuvens em formato de flores. A doente estava voltada para o lado do jardim e como o *shoji* do *zashiki* estava aberto, ela pôde acompanhar toda a movimentação de Okubatake, desde quando ele aparecera até quando se sentara na varanda. Ela observava o visitante com os olhos apáticos e serenos de sempre. Okubatake parecia encabulado com o desprezo de Yukiko, e acendeu um cigarro. As cinzas foram-se acumulando e ele hesitava em jogá-las no chão. Perscrutou o interior do *zashiki* e, sem dirigir-se a ninguém em especial, pediu um cinzeiro. "Mitochan", atenciosa, ofereceu-lhe um pires de xícara de chá como substituto.

  — Koisan, você parece muito bem — Okubatake apoiou uma das pernas na beirada da varanda, esticou-a por completo e segurou a borda do *shoji* de vidro com a sola do pé, deixando bem à mostra o sapato da moda na direção de Taeko. — Agora que tudo passou, posso lhe dizer: sabia que foi por pouco?

  — É claro que sabia — respondeu Taeko, com a voz bastante firme. — Fui até a entrada do inferno e voltei.

— Quando estará livre do repouso? Perderá as cerejeiras deste ano.

— Em vez das cerejeiras, queria mesmo era ver Kikugoro.

— Se está com tal disposição, já deve estar bem — comentou Okubatake, e voltou-se para "Mitochan". — O que acha? Será que ela conseguirá sair ainda este mês?

— Não sei... — respondeu "Mitochan", e depois não lhe deu mais atenção.

— Ontem à noite, estive com Kikugoro no pavilhão Sakaguchi.

— Quem chamou Kikugoro?

— Shibamoto.

— Já ouvi dizer o quanto ele bajula o mestre de Sexta Geração.

— Já faz algum tempo que ele havia me convidado para jantar com o mestre, mas demorou a vir.

Okubatake, que era afobado e dispersivo de nascença, não conseguindo concentrar-se em uma única coisa, assistia quando muito a um filme no cinema. Dificilmente ia ao teatro, para ele tedioso, mas gostava de conhecer os artistas. Quando tinha as finanças em ordem, sempre os convidava a ir aos bares e restaurantes. Bastante amigo das atrizes Yaeko Mizutani e Shizue Natsukawa e do ator Shotaro Hanayagi[18], por exemplo, sempre fazia questão de visitá-los em seus camarins quando vinham a Osaka, mesmo sem tê-los propriamente visto no palco. O mesmo acontecia no caso do mestre de Sexta Geração: pedir a alguém que o apresentasse, não pelo apreço à sua arte, mas pelo simples prazer de conhecer um artista famoso.

Okubatake animava-se diante das inúmeras perguntas de Taeko, e continuou falando sobre o que sucedera no *zashiki* do pavilhão Sakaguchi na noite anterior, inclusive imitando o modo de falar e gracejar do mestre. Com certeza, viera ansioso para contar tudo aquilo à doente. Oharu, que se recolhera com Yukiko na sala contígua, gostava muito de ouvir essas histórias. Mesmo depois de Yukiko ter-lhe dito por duas vezes para seguir logo para Ashiya, a jovem lá permanecia de ouvidos atentos. Só levantou-se para ir embora quando Yukiko alertou-lhe que já ia dar cinco horas. Em

---

18. Atores do teatro moderno japonês, surgido no final do século XIX. (N.T.)

geral, ela vinha ao hospital à tarde, fazia os preparativos da refeição, lavava a roupa e voltava para Ashiya antes do jantar. Até quando o senhor Okubatake ficaria conversando? O patrãozinho não devia ter ido ao hospital. Se a senhora soubesse ficaria muito surpresa. E se ele nada percebesse e não fosse embora, o que faria a senhorita Yukiko? É claro que não lhe falaria da inconveniência de tal atitude, tampouco pediria que se retirasse. Eram esses os pensamentos de Oharu enquanto caminhava até o ponto de ônibus de Yanaginokawa, da Nova Rodovia Nacional, onde pegaria o trem. Por sorte, bem na hora em que chegara ao ponto, avistou o motorista já conhecido bairro de Ashiyagawa, que passava com o táxi vazio, vindo de Kobe. Ela gritou do outro lado da rua se poderia levá-la, caso estivesse voltando. Ele parou o carro e deu toda uma volta para deixá-la na esquina da casa de Ashiya. Oharu subiu esbaforida pela porta da cozinha e perguntou a Oaki, que preparava uma omelete, onde a senhora estava e se o senhor Teinosuke ainda não havia voltado. Tinha acontecido algo terrível! O patrãozinho fora ao hospital, dizia dramaticamente, como se se tratasse de um acontecimento grave, enquanto atravessava o corredor em direção à sala ocidental. Por sorte, Sachiko estava sozinha, deitada no sofá. Oharu entrou e começou a falar, tentando se controlar, sobre a presença de Okubatake no hospital.

— O quê? — espantou-se Sachiko, levantando-se com o rosto transfigurado, como se tivesse se assustado mais com a voz de Oharu do que com o fato em si. — Quando foi que ele chegou?

— Ainda há pouco, logo depois que a senhora se retirou.

— Continua lá?

— Bem, estava até o momento em que saí.

— Tinha algum assunto em especial?

— Disse que tinha ido fazer uma visita porque estava nas redondezas. Nem esperou que o anunciassem e foi logo entrando de modo inesperado pelo jardim. A senhorita Yukiko fugiu para a sala contígua, e ele ficou conversando com Koisan.

— Koisan não se zangou?

— Não. Parecia conversar animada...

Por precaução, Sachiko resolveu deixar Oharu ali na sala, foi sozinha para o escritório do marido e chamou Yukiko ao telefone. (Yukiko pediu a "Mitochan" que atendesse a ligação, mas Sachiko desculpou-se dizendo que o assunto era mesmo com Yukiko, e a irmã acabou atendendo contrariada.) Kei ainda estava lá, respondeu ela à pergunta de Sachiko sobre o visitante. No início, ficara sentado na varanda, mas, com a friagem do cair da tarde, entrou e fechou o *shoji* de vidro mesmo sem ser convidado, e continuou a conversar com Koisan ao lado de sua cabeceira. Esta, por sua vez, não se mostrava incomodada. Yukiko permanecera na sala contígua, mas como não poderia ficar o tempo todo ali, encaminhou-se para o *zashiki* e ficou de lado, observando os dois conversarem. Estava tentando fazer com que Kei fosse embora e para isso já havia lhe servido outra xícara de chá, deixado a luz apagada e usado outros meios de persuasão, mas ele nem se incomodara e continuava lá, conversando. Ele tinha mesmo esse lado atrevido, comentou Sachiko. A menos que protestassem, advertiu ela, ele passaria a visitar a doente com freqüência dali para a frente. Em seguida, Sachiko ofereceu-se para ir até o hospital caso ele se demorasse. A irmã não precisaria se dar esse trabalho, acreditava Yukiko, já estava na hora do jantar, e Okubatake, percebendo que ela telefonara, haveria de ir logo embora. Ela ficou então encarregada de pedir ao rapaz que se retirasse, e Sachiko desligou o telefone. De qualquer modo, já estava quase na hora de seu marido chegar, e Etsuko também perguntaria o que a mãe faria caso saísse àquela hora. Sachiko sabia que Yukiko acabaria não dizendo nada, e passou o tempo todo apreensiva com o que teria sucedido depois que desligara o telefone. Só conseguiria uma brecha para ligar bem mais tarde. Logo após seu marido se recolher, subia ela ao dormitório quando Oharu aproximou-se discretamente.

— Fiquei sabendo que ele foi embora depois de quase uma hora — cochichou a criada em seu ouvido.

— Você telefonou para lá?

— Sim, de um telefone público agora há pouco.

23

No dia seguinte, Sachiko soube no hospital que mesmo após a conversa das duas ao telefone, Okubatake não dava indícios de ir embora. Yukiko então retirou-se outra vez para a sala contígua e não apareceu mais. Começou a escurecer, e ela se viu obrigada a acender as luzes. Como já passava também do horário do jantar da doente, pediu a "Mitochan" que servisse a papa de arroz a Taeko. Okubatake continuou indiferente à situação. Koisan tinha apetite? Quando começara a comer papa de arroz?, perguntava ele, chegando até mesmo a mencionar que também estava com fome, e se havia possibilidade de ordenar algo para ele comer. Havia algum restaurante bom nas redondezas? Diante disso, até "Mitochan" acabou fugindo para a sala ao lado, deixando os dois a sós. Okubatake parecia ter ficado realmente com fome. Pediu licença para se retirar, dirigindo a voz a alguém da sala contígua. Desculpou-se por ter-se demorado e desceu ao jardim pela varanda.

Em resposta ao cumprimento feito por ele, Yukiko apenas colocou o rosto para fora da porta corrediça para cumprimentá-lo dali mesmo e, propositadamente, não saiu para acompanhá-lo. Contou indignada a Sachiko — evitando fazê-lo na presença da doente — que ele tinha permanecido lá por mais de duas horas, das quatro até por volta das seis, e que Koisan podia muito bem ter pedido a ele que se retirasse. A enfermeira devia ter ficado muito chocada com o rapaz entrando de repente pelo jardim e falando com aquela pompa toda. (Yukiko dizia que, já havia algum tempo, as atitudes de Kei vinham se tornando muito diferentes na presença e na ausência de Sachiko, e no dia anterior ele estava especialmente prepotente.) Koisan devia imaginar o quanto elas estavam aflitas, tinha liberdade de pedir-lhe que fosse embora e o natural seria que o tivesse feito.

Se ele agira daquela forma, poderia voltar ao hospital novamente dentro de dois ou três dias, e Sachiko calculou ser necessário ir até a casa dele pedir-lhe que nunca mais aparecesse no hospital. A ocasião era ideal, pois tinha mesmo de passar por lá. Os honorários do final do mês do doutor Saito com certeza haviam sido pagos por Okubatake, e ele também devia ter arcado com as despesas dos remédios e refeições de Taeko e dos acompanhantes. Revendo os detalhes, havia ainda as corridas de táxi do médico, a gorjeta para o motorista e as despesas com o gelo. Ele devia ter gastado uma soma considerável e, na realidade, desde a transferência de Taeko para o hospital, ela ainda não havia feito os acertos. No entanto, era provável que Okubatake não aceitasse um pagamento em dinheiro. Mesmo assim, pediria a ele que recebesse pelo menos o que gastara com o doutor Saito; o restante, ela devolveria em presentes. Quanto e o que poderia levar? Sachiko não tinha a menor idéia, e pediu a opinião de Taeko. Esta a tranqüilizara, dizendo que acertaria tudo mais tarde com ele. Justificava o adiamento desse acerto — fosse das despesas acumuladas enquanto estivera de cama na casa de Okubatake, fosse as geradas após sua internação — por conta da impossibilidade de ir ao banco retirar o dinheiro. Estava apenas deixando que Sachiko e Kei arcassem com os gastos por um tempo. Quando melhorasse por completo colocaria tudo em dia, que a irmã não se preocupasse, dizia ela.

    Sachiko queria saber também a opinião de Yukiko, e indagou-lhe à parte. Esta revelou seus receios. Fazia mais ou menos seis meses que a irmã tinha passado a viver sozinha no apartamento e já devia estar com pouco dinheiro. Taeko podia ter feito uso de belas palavras, mas certamente não tinha a intenção de devolver nada. Não via problema se fosse uma questão a ser resolvida somente entre os dois, mas como elas também estavam envolvidas, acreditava ser mais prudente tomarem providências, pagando-lhe logo, fosse em dinheiro ou presentes. Sachiko podia imaginar ser Okubatake ainda uma pessoa rica, alertava Yukiko, mas durante todo o tempo em que ela esteve hospedada na casa dele, pudera perceber o quanto levava uma vida comedida. A título de ilustração, citou os acompanhamentos das refeições, simples a ponto de deixá-la surpresa. Na mesa do jantar havia, além de uma sopa, só mais um prato de verduras cozidas e era o que todos — Kei, a enfermeira e ela — comiam. Oharu, percebendo a situação, vez ou outra levava empanados, pasta de peixe e enlatados de cozidos japoneses do mercado de Nishinomiya, e nessas ocasiões Kei também as acompanhava nas refeições. Enquanto lá estivera, Yukiko fazia o possível para pagar o doutor Saito e o motorista, e no final Kei acabou deixando que ela o fizesse sempre, fingindo nada perceber. Por ser homem, ele devia ser desligado em matéria de detalhes, mas elas deveriam ser bastante cautelosas com a velha ama. Ela gostava de Kei e era-lhe fiel. Amável, aparentemente fora muito gentil também com Taeko. A cozinha ficava toda por conta dela, e Yukiko percebera o quanto ela cuidava para não desperdiçar um centavo sequer. À primeira vista, aparentava ser bastante carinhosa, mas no fundo não tinha estima pela família delas e tampouco por Taeko. A velha ama nada tinha feito para tornar aquela impressão evidente, mas sua intuição dizia-lhe estar certa em seu julgamento. Recomendou a Sachiko levantar mais detalhes com Oharu, certamente ela devia ter mais informações, pois ela e a velha ama sempre conversavam. Principalmente por causa dela, não poderiam ficar devendo nada em absoluto a Kei.

 Sachiko também tinha seus receios. Depois do que ouvira da irmã, tão logo chegou em casa chamou Oharu para uma conversa. Perguntou-lhe com que olhos a velha ama as via, se ela lhe dissera alguma coisa e que lhe contasse tudo que sabia.

 Oharu levou um susto e pensou com seriedade. Poderia mesmo falar?, certificou-se antes, para só então revelar o que já vinha pensando em contar a Sachiko tão logo tivesse uma oportunidade. Acabara ficando muito amiga da velha ama depois que começara a freqüentar a casa de Okubatake, no final do mês anterior. Contudo, enquanto Taeko tinha permanecido na casa, eram tantos os afazeres que as duas acabaram não conseguindo conversar com calma. Na manhã do dia seguinte à internação de Taeko, ela fora até a casa buscar alguns objetos que lá ficaram, o senhor havia saído e a velha ama convidou-a para um chá. Naquela ocasião, ela não se cansou de elogiar Sachiko e Yukiko. Koisan devia ser muito feliz por ter irmãs como elas!, dizia. Caso oposto ao de seu patrãozinho, que podia até ter seu lado ruim, mas fora abandonado pelos irmãos depois do falecimento da mãe e, desde então, as pessoas da sociedade também deixaram de tê-lo em consideração. A velha ama sentia muita pena dele. Koisan era a única pessoa que ele tinha no momento, comentava ela, e expressou o desejo de que Taeko viesse a se tornar esposa dele. A velha ama estava em prantos, e pedia a Oharu que os ajudasse a ficar juntos. Depois, meio encabulada, assegurou que seu patrãozinho, nos últimos dez anos, fizera todos os sacrifícios que pudera por Taeko. Chegou a insinuar que ele fora expulso de casa pelos irmãos mais velhos e também impedido de freqüentar a casa da família por causa da jovem. O que mais surpreendera Oharu, entre todas as coisas ditas pela velha ama, fora que nos últimos anos, principalmente desde o outono no ano anterior, Taeko vivia praticamente à custa de Okubatake. Depois que tinha passado a viver no apartamento do solar Koroku, praticamente todos os dias bem cedo, ou seja, antes mesmo de tomar a refeição matinal, Koisan ia à casa dele e fazia ali as três refeições, indo embora tarde, apenas para dormir no apartamento. Ou seja, apesar de parecer que preparava suas próprias refeições, na realidade comia de favor na casa de Okubatake, levava toda a roupa para a velha ama lavar ou mandava para a lavanderia ali perto. Não sabia ao certo quem arcava com as despesas das várias diversões, mas os cem ou duzentos ienes que normalmente o patrãozinho trazia na carteira desapareciam numa única noite quando ele voltava do passeio com ela, suspeitava a velha ama. Por isso, supunha que ele costumava pagar as contas. Segundo ela, se Taeko arcava com alguma despesa, pagando com suas próprias economias, devia ser apenas o aluguel do solar Koroku. Notando que Oharu não estava convencida do que dizia, a velha explicou-lhe que havia uma diferença enorme entre as despesas mensais antes e depois que Taeko passara a freqüentar a casa, mostrando-lhe pedidos e recibos de diversos tipos, de mais de um ano, guardados na sala dos fundos. De fato, a começar pela conta de gás, de luz e de táxi, até as despesas com a quitanda e a peixaria, os valores haviam subido de modo surpreendente depois de novembro do ano anterior, e dava para imaginar o quanto Koisan aprontara naquela casa! E não era só aquilo. Os registros de compras nas lojas de departamentos, de cosméticos, de roupas e outros artigos eram, na grande maioria, despesas de Taeko. Oharu lembrava-se de ter encontrado por acaso uma conta de dezembro do ano anterior referente a um sobretudo de pele de camelo, que Taeko mandara confeccionar numa loja de roupas femininas da avenida Toa, em Kobe, e também um vestido de noite, confeccionado na mesma loja. O casaco de pele de camelo era espesso, mas extremamente leve, com a frente e as costas em cores diferentes. A frente era marrom e as costas, de um vermelho bem alegre. Na ocasião, Taeko tinha dito que o sobretudo custara trezentos e cinqüenta ienes, mas, já não tendo como pagá-lo, resolvera vender três quimonos extravagantes que não usava mais, gabando-se diante das irmãs e da criada. Naquela época, Oharu, chegara a ficar preocupada, pensando se Taeko poderia se dar a esse luxo, já que havia sido expulsa de casa e passara a sustentar-se sozinha. Mas uma vez que tinha sido o jovem patrão quem o encomendara para ela, tudo então se encaixava, explicava a empregada, sem parar de falar.

A velha ama dizia revelar tudo a Oharu não por querer mal a Taeko, mas para mostrar o quanto Okubatake estava empenhado em fazer as vontades dela. Parecia estar falando coisas indignas, continuava ela, e seu patrãozinho podia até ser um rapaz mimado, mas sendo apenas o terceiro filho, não gozava do privilégio de poder usar livremente o dinheiro. Enquanto sua mãe ainda era viva, ela sempre dera um jeito, mas agora a fonte havia se esgotado. Sua única fortuna era a pequena soma recebida do chefe da casa (o irmão mais velho), quando fora expulso no ano anterior. Continuava a usar com parcimônia essa quantia, mas como fazia de tudo para alegrar Taeko e gastava o dinheiro sem qualquer controle, supunha que tal soma não iria durar muito tempo. O patrãozinho acreditava que quando isso viesse a acontecer, ele conseguiria dar um jeito, mas se não mudasse e mostrasse que se tornara um homem de verdade, não teria a compaixão dos parentes. Esta era a preocupação da velha ama, que sempre o aconselhava a não ficar o dia todo à toa, como fazia na ocasião, e a procurar logo um emprego, nem que fosse com um salário de cem ienes. Mas ele tinha a cabeça totalmente tomada por Taeko e parecia incapaz de prestar atenção em outra coisa. Por isso, a velha julgava que não haveria outro jeito; eles deveriam se casar para o patrãozinho entrar no rumo certo. Esta sua preocupação já durava mais de dez anos, desde aquele incidente do jornal. Naquela época, a mãe dele e o patrão não admitiram o namoro deles, e a velha ama também tinha sido uma das pessoas que discordaram dessa união, mas agora ela pensava que teria sido melhor se a tivessem permitido, pois assim seu patrãozinho não teria se desviado e hoje viveria feliz com a família, trabalhando com seriedade. Logo em seguida revelou que não sabia por que, mas seu patrão interpretava Taeko muito mal, mesmo tendo passado tanto tempo ele não ficaria feliz se o filho viesse a se casar com ela. Como este tinha sido expulso de casa, eles deveriam aproveitar para casarem-se logo, pois ninguém conseguiria opor-se a vida inteira, e novos caminhos poderiam se abrir. Naquele momento, porém, o maior empecilho não seria a família do patrãozinho, e sim a própria Koisan, pois, segundo observava, ela estava completamente mudada e não parecia mais ter vontade de se casar com ele.

A velha ama explicava repetidas vezes a Oharu que, embora parecesse criticar Taeko ao dizer tudo aquilo, não era esta sua intenção. Queria também saber como a família Makioka via seu jovem patrão, o tomavam por um rapazinho mimado que não compreendia nada da vida. Era óbvio que, se ficassem procurando, encontrariam nele diversas falhas, mas pelo menos no que dizia respeito a Koisan, garantia que ele mantinha o mesmo sentimento puro de outrora. Como ele descobrira cedo os prazeres dos bares, aos 17 ou 18 anos, parecia não ser bem-comportado e ter-se corrompido quando ficara por certo tempo afastado dela, mas só tinha agido de tal modo devido à revolta de não poder estar junto da pessoa amada. Queria ver seu sentimento compreendido. Koisan, no entanto, era muito mais inteligente que ele, mais responsável e possuía habilidades que as mulheres não costumavam ter. Por isso, podia ser que ela estivesse insatisfeita com uma pessoa sem futuro como ele, e não era sem motivos. Mas se ela considerasse a relação que eles mantinham havia mais de dez anos, não deveria abandoná-lo com tanta facilidade, e a velha ama gostaria que Taeko levasse em conta a fidelidade dos sentimentos do rapaz. Se ela não tinha mesmo intenção de permanecer com seu jovem patrão, devia ter rompido com ele quando se envolvera com Yonekichi, pois assim ele teria se resignado. No entanto, mesmo naquela época, não ficara definido se ela se casaria com

Yonekichi, e também não se sabia se ela ainda amava Okubatake. Ou seja, ela agia de modo ambíguo, e o patrãozinho acabou se deixando envolver. Mesmo depois da morte de Yonekichi, eles seguiram com essa indefinição, não se separaram, mas também não pensaram em morar juntos. Dessa forma, como evitar os comentários de que ela só pretendia se aproveitar da situação financeira do patrãozinho?

Oharu não ficara muito satisfeita com o que falava a velha ama e contra-argumentou. Na época do caso com Itakura, disse ela, a família Makioka tinha conhecimento de que Koisan queria a todo custo casar-se com ele, mas as coisas não deram certo porque o patrãozinho colocava empecilhos. Além disso, Koisan também esperava que o casamento de Yukiko se definisse para poder casar-se com Itakura. A velha ama afirmava que o assunto relativo a Yukiko podia ser mesmo verdade, mas estranhava quando dizia que o jovem patrão havia se colocado no caminho dos dois. Naquela época, Koisan encontrava-se com ele às escondidas de Yonekichi, e com este às escondidas daquele. Além do mais, a velha ama dizia saber muito bem que era ela quem sempre telefonava para seu patrãozinho. Em suma, era como se Taeko estivesse manipulando habilmente os dois rapazes. Podia ser que no fundo gostasse de Yonekichi, mas sabia-se lá por qual motivo, continuava a manter um relacionamento o mais duradouro possível com o senhor Okubatake. A velha ama só faltara afirmar que, desde aquela época, Taeko já "segurava" o patrãozinho por interesse. Oharu lembrou-lhe, como ela bem o sabia, que naquela época ela ainda confeccionava os bonecos e com os rendimentos obtidos conseguia se sustentar e também guardar algumas economias. Para que então ela precisaria do dinheiro do patrãozinho? Bem, Koisan devia ter dito que era assim, tornou a velha ama, e tanto Oharu como Sachiko e Yukiko podiam ter acreditado, mas se pensassem bem, entenderiam que por mais que ela fosse capaz, o rendimento proveniente do trabalho de uma mulher, ainda mais de um serviço feito nas horas vagas, uma espécie de passatempo, seria mesmo insuficiente para fazer alguma economia e esbanjar tanto com roupa, casa e comida. Soubera que Taeko possuía um magnífico local de trabalho, recebia até alunos estrangeiros e fazia propagandas grandiosas, solicitando a Yonekichi que tirasse fotos de suas obras. Não era de se estranhar, então, que as pessoas de sua casa acreditassem em sua capacidade e a protegessem. Mas os rendimentos dela certamente não eram tão elevados assim. Como não tinha visto sua caderneta de poupança, ela nada podia dizer, mas devia possuir uma quantia irrisória. Se não fosse esse o caso, significaria que teria espremido o patrãozinho para fazer suas economias. Este era o argumento da velha ama. Ela chegara inclusive a insinuar que Yonekichi a teria forçado a fazer tais coisas, já que as despesas dele ficariam bem menores se Taeko continuasse a receber a ajuda de Okubatake. No íntimo, ele tinha conhecimento de que ela se encontrava com o outro, e talvez fizesse de conta que não sabia.

Tudo o que Oharu ouvira era inesperado demais e ela tentou até defender Taeko, mas a velha ama possuía argumentos sólidos e rebatia com provas que não tinham mais fim. Oharu não teve coragem de revelá-las na íntegra a Sachiko, limitando-se a dizer serem tão horríveis que nem conseguia contar. Registrando apenas uma ou duas das provas que ela revelara, a velha ama sabia quantas jóias Taeko possuía e com que pedras eram feitas. (Depois do início do incidente com a China referente à estrada de ferro de Manchúria, quando as pessoas passaram a evitar o uso de jóias, guardava aquelas pedras preciosas no porta-jóias e dava-lhes maior valor do que à própria vida; não as tinha levado para o apartamento, deixando-as sob a guarda de Sachiko.) Todas elas pertenciam à Okubatake Comercial, e foram tiradas da loja por Kei uma a uma para presentear Taeko. A velha ama dizia ter presenciado todas as vezes que a mãe viera em socorro do filho para protegê-lo quando o furto era descoberto. Algumas vezes ele a presenteava com as pedras mesmo, outras com o dinheiro delas convertido, e, noutras vezes, as jóias que Koisan recebia eram vendidas às escondidas em algum lugar e voltavam para a Okubatake Comercial. Claro estava que nem todos os artigos que Okubatake subtraía da loja eram entregues a Taeko, ele também transformava parte em dinheiro para as suas próprias despesas, mas segundo as palavras da velha ama, era quase certo que grande parte fora parar nas mãos de Koisan. Além de aceitar tais jóias sabendo dos sentimentos dele, parecia haver vezes em que ela chegara a pedir-lhe determinado anel do qual havia gostado (além de anéis, foram relógios, broches, estojos, colares, etc.). De qualquer maneira, como se tratava de uma velha ama que havia servido a casa da família Okubatake durante dezenas de anos e criara o patrãozinho desde bebê, ela sabia tudo em minúcias, e se começasse a dar exemplos não haveria mais fim. No entanto, como a velha ama dizia, não tinha raiva e nem ódio de Koisan, queria apenas provar o quanto seu patrãozinho era dedicado a ela. Falara tudo aquilo julgando que os Makioka desconheciam os fatos e sempre fizeram mau juízo do rapaz — provavelmente tendo sido este o motivo pelo qual se opunham ao casamento dos dois. Se os Makioka refletissem sobre a causa da expulsão dele, seriam incapazes de impedir o casamento dos dois. Não afirmava que Taeko era boa ou má. Se ela era a moça por quem o patrãozinho estava tão apaixonado, então era uma pessoa muito importante para a velha ama também. Por isso, desejava que todos a convencessem a reconsiderar suas atitudes e se unir a ele. Ouvira dizer que existia agora outra pessoa de quem ela estaria gostando, e parecia ser este o motivo pelo qual tinha deixado o patrãozinho de lado. Caso fosse verdade, seria possível que ela estivesse querendo acabar o namoro porque o bolso dele começava a ficar vazio.

Oharu estava perplexa. A conversa tinha tomado um rumo inesperado. Koisan estaria novamente gostando de outra pessoa? De quem ouvira a informação?, perguntou assustada; aquilo era novidade para ela. A velha ama não soube lhe responder, mas contou que nos últimos tempos Okubatake e Taeko brigavam muito e numa dessas brigas ela tinha ouvido muito bem ele mencionar o nome de um tal Miyoshi para provocá-la. Parecia ser alguém de Kobe, mas não sabia onde morava e nem o que fazia. O patrãozinho costumava referir-se a ele como *baruten*, "aquele sujeito que é *baruten*", e ela indagava o que seria. Oharu deduziu que tal homem deveria ser algum *barman* que trabalhava em Kobe, mas como a velha nada sabia além daquilo, acabara não lhe perguntando mais nada.

A única coisa que tinha ficado evidente na conversa fora que Taeko era uma beberrona. Na frente de Sachiko e dos familiares, ela bebia no máximo uma ou duas doses de saquê, mas pelo que dizia a velha ama, quando a jovem estava com o patrãozinho na casa em Nishinomiya costumava tomar de sete a oito doses de saquê, e se fosse uísque, bebia tranqüilamente um terço daquelas garrafas quadradas. Era bastante forte para a bebida e quase nunca fazia cenas quando estava embriagada. Os dois deviam beber em algum outro lugar também, pois de vez em quando ela voltava carregada pelo senhor, totalmente embriagada, coisa que nos últimos tempos vinha se tornando cada vez mais freqüente.

24

Nem é preciso dizer que Sachiko necessitou de uma enorme paciência para conseguir ouvir até o fim a história contada por Oharu. No meio do relato, sentiu seu rosto enrubescer várias vezes diante de tamanhas surpresas. Teve vontade de tapar os ouvidos e até de impedir a criada de prosseguir com um gesto de mão: "Oharu! Basta!" Parecia haver ainda muitas coisas a serem ditas caso continuasse a ouvi-la.

— Já chega, retire-se — ordenou, aproveitando uma brecha. E ficou ali, debruçada sobre a mesa, esperando o choque passar.

Então era isso mesmo... O que temia era mesmo verdade?! Kei podia parecer um jovem íntegro aos olhos da velha ama, que, como qualquer pessoa, tendia a bajular quem lhe fosse querido. Entretanto, ele nunca dedicara seu amor apenas a Koisan. Provavelmente, seu marido e a própria irmã caçula estavam certos quando se referiam a ele como um rapaz leviano e depravado. Mesmo assim, não seria possível afirmar que as palavras da velha ama sobre sua irmã, descrevendo-a como uma *vamp*, fossem de todo falsas. Assim como a velha protegia Kei, também eles protegiam Koisan em diversos aspectos. Sachiko tinha uma suspeita desagradável cada vez que via aquelas jóias novas fulgurando no dedo da irmã, mas tal desconfiança desaparecia logo, no momento em que percebia a felicidade de Koisan vangloriando-se de ter comprado o artigo com o dinheiro de seu trabalho. Sobretudo porque na época ela trabalhava com as confecções em seu próprio ateliê, e Sachiko tinha presenciado suas criações serem vendidas a preços elevados. Nas exposições individuais, também a havia ajudado no caixa e na contabilidade, convencendo-se do que a irmã lhe dizia. Mais tarde, depois que ela foi deixando a confecção de bonecos para trocá-la pela de roupas, naturalmente a fonte de seus rendimentos acabou se esgotando. Koisan, porém, afirmara que havia poupado algum dinheiro com a intenção de custear sua viagem ao exterior e de abrir uma oficina de corte e costura, não passando necessidade, portanto. Apesar disso, Sachiko preocupava-se com as economias da irmã, e procurava fazer com que ela ganhasse um dinheiro extra, encomendando-lhe roupas para Etsuko e pegando encomendas de costura da vizinhança, o que lhe parecia suficiente pelo menos para as despesas com alimentação. Por conseguinte, levando tudo isso em consideração, Sachiko acabava dissipando de seu coração as ocasionais suspeitas relativas à vida íntima de Taeko. Ela acreditava nas palavras da irmã, de que seria uma mulher de todo independente e autônoma, que não precisava da ajuda de pais ou irmãos, nem mesmo de terceiros. Mas será que isso não passava de protecionismo de sua parte? Afinal, o que Taeko costumava dizer de Okubatake o tempo todo? Que era um incompetente nas finanças, e no futuro teria de sustentá-lo em vez de ficar sob os cuidados dele. Chegava a afirmar que não dependeria de um centavo de Kei e faria o possível para ele não tocar em seu próprio dinheiro. Aquele discurso magnífico teria sido apenas uma maneira de ludibriar a sociedade e as irmãs?

Talvez as críticas não devessem ser dirigidas a Taeko, e sim a elas, suas irmãs, que se deixaram enganar. Ainda que fosse exagero, elas não sabiam como era a vida, sendo condescendentes e passivas. Sachiko pôde então dar razão à velha ama, seria mesmo impossível uma mocinha de família manter uma vida luxuosa com um trabalho feito nas horas vagas. Tempos antes, ela até havia levantado essa suspeita, mas nunca quis correr atrás da verdade. Nesse ponto, era inevitável que todos vissem Taeko como uma pessoa cínica e alguém de sorte. Queria somente evitar a conclusão de que sua irmã, sangue de seu sangue, era uma desajustada. Aí estava a origem de todo o erro. Ao pensar que a sociedade, e antes dela, a casa central da família Okubatake e até mesmo a velha ama deviam estar julgando Sachiko e seus familiares de tal maneira, enrubesceu outra vez de vergonha. Apesar da sensação de desagrado, agora podia entender por que a mãe e o irmão de Okubatake eram totalmente contra o casamento de Kei com Taeko. Aos olhos deles, não só ela como todos os familiares que estariam por trás dela eram vistos como aproveitadores e insanos. Com certeza, deveria ser-lhes impossível compreender uma família que permitia tais coisas. Ao seguir essa linha de raciocínio, viu-se obrigada a reconhecer que no final das contas Tatsuo estava certo ao providenciar o rompimento da família com Taeko. Lembrou-se ainda de que Teinosuke também não quis ter qualquer envolvimento com os assuntos ligados à cunhada. Quando Sachiko perguntou-lhe o motivo, ele respondera que a natureza de Taeko era complexa demais e não conseguia alcançar seus pensamentos. Com certeza, seu marido já sabia de seu lado negro, e possivelmente utilizava-se daquelas palavras indiretas para sugerir algo mais a Sachiko. De todo modo, ele poderia tê-la alertado de maneira mais clara.

Sachiko desistiu de ir a Nishinomiya naquele dia. Queixando-se de dor de cabeça, tomou um comprimido de Pyramidon e trancou-se no quarto, abatida. Evitou encontrar-se com o marido e Etsuko durante o resto do dia. Na manhã seguinte, depois de Teinosuke sair para o trabalho, subiu para o quarto e deitou-se novamente. Desde que a irmã havia sido internada, ela procurava ir quase todos os dias ao hospital e pensou em visitá-la à tarde, mas de alguma forma Taeko tinha-se tornado de repente algo à parte, um ser distante e um tanto abjeto. Sentiu certo receio de ir ao seu encontro. Por volta das duas horas da tarde, Oharu entrou em seu quarto. A senhora pretendia ir ao hospital? A senhorita Yukiko acabara de telefonar pedindo o romance *Rebecca*, e caso o encontrasse era para levar até lá, disse a criada. Não, ela não iria ao hospital naquele dia, respondeu Sachiko sem se levantar, e ordenou a Oharu pegar o livro na estante da sala de seis tatames e o levar ela mesma. De repente, chamou Oharu de volta. Queria que Yukiko voltasse para casa e descansasse um pouco, já que Taeko não estava mais dando tanto trabalho.

Yukiko estava fora de casa havia mais de dez dias. Depois de ter cuidado de Taeko na casa de Okubatake no final do mês anterior, seguira direto para o hospital a fim de fazer-lhe companhia. Tão logo ouviu as palavras da irmã transmitidas por Oharu, decidiu voltar para Ashiya, e naquela noite compartilhou a mesa de jantar com a família. Sachiko saiu da cama no final da tarde e dirigiu-se ao refeitório, procurando agir como se nada tivesse acontecido. Para recompensar o trabalho de Yukiko, Teinosuke pegou em sua adega — onde as bebidas começavam a escassear — uma garrafa de Borgonha branco, uma raridade na época, e dela tirou o pó acumulado.

— Yukiko, Koisan já está melhor? — perguntou Teinosuke enquanto puxava a rolha, produzindo um som agradável.

— Seu estado já não é preocupante. Mas como ficou muito debilitada, deverá levar algum tempo até que volte a ser como era antes...

— Está tão magra assim?

— Está. Seu rosto antes redondo está fino e tem os ossos salientes.

— Eu queria visitá-la — disse Etsuko. — Não posso ir, papai?

— Bem... — resmungou Teinosuke, e enrugou a testa, mas logo abriu um sorriso. — Pode, mas como se trata de uma doença contagiosa, terá de esperar até que o médico permita sua visita.

Naquele dia, Teinosuke parecia excepcionalmente bem-humorado, pois fazia comentários sobre Taeko na frente de Etsuko, mostrando-se favorável à visita da menina à tia. Como se tratava de algo totalmente inesperado, Sachiko e Yukiko chegaram a cogitar a hipótese de ele ter reconsiderado suas atitudes em relação a Taeko.

— Por falar em médico, ela está sob os cuidados do doutor Kushida? — perguntou ele a Yukiko.

— Sim... Mas ultimamente ele quase não tem aparecido. Segundo ele, ela já está bem. Quando o doutor percebe que o doente já está um pouco melhor, sempre se comporta dessa maneira. Afinal, ele é um médico muito ocupado.

— Bem, então você também já não precisa mais ficar por lá, não é mesmo, Yukiko?

— É, creio que não — intercedeu Sachiko. — "Mitochan" está lá, e Oharu tem ido ajudar todos os dias.

— Quando iremos ver Kikugoro, papai? — perguntou Etsuko.

— Pode ser qualquer dia desses. Estava esperando a tia Yukiko voltar.

— Então vamos no próximo sábado?

— Antes veremos as cerejeiras. Kikugoro ficará o mês inteiro.

— Então, vamos ver as cerejeiras sem falta no sábado, certo, papai?

— Certo. Se não formos neste sábado não conseguiremos mais ver as flores.

— Mamãe, tia Yukiko, está combinado então?

— Combinado.

Seria muito triste ir sem Taeko naquele ano. Caso Teinosuke permitisse, poderiam esperar até o final do mês e, de acordo com a recuperação da irmã enferma, irem todos juntos a Omuro, pensou Sachiko, mas não teve coragem de fazer tal proposta.

— Ei, mamãe! O que está pensando? Não quer ir ver as cerejeiras?

— Não adianta ficarmos esperando, Koisan estará mesmo impossibilitada — interveio Teinosuke, como se pudesse ler os pensamentos da esposa.

— Se pelo menos desse tempo de ela ver as cerejeiras tardias, poderíamos ir todos juntos mais uma vez quando chegasse a época, o que acham?

— No final do mês, com certeza Koisan só estará conseguindo andar dentro do quarto — ponderou Yukiko.

Ela logo notou que contrariamente ao entusiasmo de Teinosuke e Etsuko, a irmã estava apática. — Afinal, você foi à casa do jovem Kei? — perguntou a Sachiko quando o cunhado e Etsuko saíram na manhã seguinte.

— Não, e desejo contar-lhe algo a esse respeito — subiu com a irmã ao quarto de oito tatames, fechou a porta corrediça e relatou tudo o que ouvira de Oharu no dia anterior. — Então, o que pensa sobre tudo isso, Yukiko? Será verdade o que diz a velha ama?

— O que você acha, Sachiko?

— Que pode ser mesmo verdade, e você?

— Também.

— Foi tudo culpa minha. Eu confiei demais em Koisan...

— Não diga isso. Confiar é o normal, não lhe parece? — os olhos de Yukiko estavam marejados diante de Sachiko, que se pôs a chorar. — Você não é culpada, Sachiko.

— Como vou conseguir me desculpar diante de Tatsuo e Tsuruko?

— Contou a Teinosuke?

— Não. Como conseguiria falar-lhe sobre algo tão vergonhoso?

— Teinosuke não lhe pareceu mais tolerante com Koisan?

— Se nos basearmos pela atitude de ontem, sim.

— Ele com certeza já supunha as coisas que Koisan andava fazendo mesmo sem ninguém lhe dizer nada. Percebeu também que caso nós a abandonássemos, teríamos de passar por vergonhas ainda maiores.

— Já que Teinosuke reconsiderou, Koisan também poderia se regenerar.

— É que ela tem essa tendência desde criança...

— Não seria melhor falar logo?

— Koisan é mesmo um problema! Quantas vezes já falamos com ela?

— De fato, como diz a velha ama, o melhor seria uni-la a Kei, tanto para o bem dele como para o dela.

— Penso que não há outra forma de salvar os dois.

— Será que Koisan odeia tanto assim o jovem Kei?

As duas pensavam em Miyoshi, aquele *barman* por elas considerado uma pessoa desagradável. Ficavam incomodadas até em pronunciar o nome do rapaz, e faziam o possível para ignorar sua existência.

— Não sei se ela o odeia ou não. Primeiro, recusara-se a ficar na casa dele, mas anteontem conversaram longamente, sendo que ela não fez nenhuma menção de mandá-lo embora.

— É possível que para nós ela esteja demonstrando seu completo desafeto por Kei, quando na verdade a situação não é bem assim.

— Isso seria bom... Mas será que ela não se sente em débito com ele? Neste caso, ela não poderia mandá-lo embora, mesmo que o quisesse.

Naquele dia, Yukiko fora novamente ao hospital, mas voltou logo trazendo consigo o romance *Rebecca*. Durante dois ou três dias, apenas descansou lendo o tal livro ou indo ao cinema em Kobe. No sábado, conforme propusera Teinosuke, cumpriu o auspicioso programa de ir apreciar as cerejeiras, acompanhada da irmã, do cunhado e da sobrinha, e pernoitar uma noite em Kyoto. Naquele ano, o evento estava ainda mais agradável. Devido à conjuntura nacional, havia uma quantidade menor de visitantes que se confraternizavam com comes e bebes sob as árvores, e puderam como nunca apreciar a beleza das cerejeiras de galhos pendentes do santuário Jingu. As pessoas mantinham-se serenas, vestiam-se com roupas mais discretas e caminhavam sob as árvores em passos silenciosos. A calmaria daquela paisagem criava uma atmosfera requintada para a apreciação das flores.

Dois ou três dias após a visita a Kyoto, Sachiko enviou Oharu até a casa de Okubatake, em Nishinomiya, a fim de fazer os acertos de pagamento, pelo menos a partir da doença de Taeko.

25

Dias mais tarde, Okubatake foi novamente ao hospital. "Mitochan" e Oharu estavam sozinhas com a doente e telefonaram a Ashiya perguntando como proceder. Sachiko ordenou-lhes que fizessem como no outro dia, não recusassem sua visita e tratassem-no bem. No final da tarde, Oharu ligou mais uma vez. Ele tinha acabado de ir embora e havia permanecido ali por cerca de três horas conversando. Dois dias depois, reapareceu no mesmo horário. Já passava das seis da tarde, e ele não ia embora. Oharu então resolvera por si mesma pedir comida pronta no restaurante Hishitomi, da Rodovia Nacional, chegando a oferecer-lhe até mesmo uma garrafa de saquê. Okubatake ficou muito contente e seguiu conversando até as nove horas. Quando por fim retirou-se, Taeko, meio contrariada, repreendeu Oharu. Não era preciso fazer nada daquilo, pois bastava dar a Kei um sorriso que ele logo se sentia à vontade demais. Oharu, no entanto, ficou sem saber por que lhe fora chamada a atenção, se até aquela hora a própria Taeko o tinha tratado tão bem.

Como Taeko havia previsto, Okubatake, contente com a recepção inesperada que tivera, foi visitá-la mais uma vez dois dias depois, degustou novamente a comida do Hishitomi e não fazia menção de ir embora, mesmo após as dez horas da noite. Por fim, acabou dizendo que pernoitaria ali. Por via das dúvidas, pediram permissão a Sachiko pelo telefone. Apesar do aperto, fizeram-no deitar-se no acolchoado usado por Yukiko, ao lado de "Mitochan" e da doente. Oharu também deveria ficar naquela noite em especial, e acabou dormindo na sala contígua, juntando almofadas e cobertas. Como tinha sido repreendida na vez anterior, na manhã seguinte ela informou que infelizmente os pães haviam acabado e serviu a Okubatake apenas chá preto e frutas. Ele se foi após comer com tranqüilidade.

Dias mais tarde, Taeko recebeu alta e voltou ao solar Koroku. No entanto, como ainda precisaria repousar por algum tempo, passou a receber a visita diária de Oharu, que lhe preparava as refeições e cuidava de outros afazeres. Nesse período, todos os tipos de flores de cerejeira, até as *yae*, que floresciam mais tarde, acabaram caindo, e Kikugoro também encerrou sua temporada em Osaka. Taeko só começou efetivamente a sair de casa no final de maio e, felizmente, as atitudes de Teinosuke passaram a ser mais cordatas. Apesar de não mencionar o termo "perdão", Teinosuke demonstrou que não faria objeções caso ela voltasse a freqüentar sua casa. Assim, durante todo o mês de junho, ela ia ao menos uma vez por dia a Ashiya e fazia uma boa refeição para se recuperar mais rapidamente.

Nesse meio tempo, a guerra intensificou-se na Europa. Em maio, as tropas alemãs invadiram a Holanda, a Bélgica, Luxemburgo e localidades francesas, provocando a tragédia de Dunkerque. Em junho, a França rendeu-se e firmou o armistício de Compiègne. Como estaria a família Stolz? As previsões da senhora Stolz, de que se Hitler estivesse na liderança tudo acabaria bem e sem guerras, falharam totalmente. Como estariam se sentindo diante daquele mundo conturbado? Peter, o filho mais velho, já estaria na idade de ter-se alistado na Juventude Hitlerista, e o pai, o senhor Stolz, também poderia ter sido convocado. Mas quem sabe todos eles, da senhora até Rosemarie, estivessem tão extasiados com as vitórias de sua terra natal que se recusavam a deixar um problema temporário de família atrapalhá-los? Assim comentavam Sachiko e seus familiares. Katarina, que morava num subúrbio de Londres, também fora alvo de comentários diante dos indícios de que a Inglaterra, afastada do continente europeu, tornar-se-ia alvo de um grande ataque aéreo alemão. Realmente, não existia algo tão difícil de se prever quanto o destino do ser humano. Aquela destemida jovem russa que, até outro dia, vivia numa pequena morada semelhante a uma casa de bonecas, fora para a Inglaterra, tornara-se a esposa de um grande empresário e mudara-se para uma residência que mais parecia um castelo, levando uma vida de fazer inveja. Entretanto, tamanha transformação tinha sido momentânea, e agora todo o povo inglês estava sob a ameaça de uma tragédia inédita. O ataque aéreo alemão seria especialmente mais intenso nos arredores de Londres, e a magnífica mansão de Katarina poderia virar cinzas de uma hora para outra. Se a situação se limitasse aos ataques aéreos, a tragédia não tomaria proporções maiores. Contudo, também havia a possibilidade de eles virem a sofrer com a falta de roupas e comida. Provavelmente, os ingleses nem tivessem mais a sensação de estarem vivos, só pensando num ataque iminente. Será que Katarina não estaria com saudades do longínquo céu do Japão? Não estaria ela arrependida, pensando na mãe e no irmão vivendo naquela casa pobre em Shukugawa, preferindo agora estar entre eles?

— Koisan, que tal mandarmos uma carta para Katarina?

— Da próxima vez que me encontrar com Kirilenko, pedirei o endereço dela.

— Queria também enviar uma carta para os Stolz, mas será que encontro alguém para fazer a tradução do japonês para o alemão?

— Por que não pede novamente à senhora Hening?

Pouco tempo depois dessa conversa, Sachiko escreveu uma longa carta para a senhora Stolz, coisa que não fazia havia um ano e meio. Nela, contou que não se cansavam de elogiar as vitórias da Alemanha, e como amigos de uma nação aliada comentavam e oravam pela segurança dela e de seus familiares todas as vezes que liam algum artigo sobre a guerra na Europa. Todos da família Makioka estavam bem, mas como o Japão ainda continuava em conflito com a China, ela temia um envolvimento efetivo de seu país na guerra, e surpreendia-se com o mundo que mudava em tão pouco tempo. Quando recordava aqueles dias tranqüilos, em que as famílias freqüentavam a casa uma da outra, ela era tomada pela saudade daqueles velhos tempos, pensando quando haveria de chegar novamente uma época como a de outrora. Por eles terem passado pela experiência desagradável da grande enchente, poderiam ter ficado com uma má impressão do Japão, mas por tratar-se de uma calamidade que raramente ocorria, ela esperava que os Stolz não ficassem presos àquela lembrança e retornassem ao Japão quando a paz voltasse a reinar. Sachiko também tinha vontade de ir um dia à Europa, e quem sabe visitar a amiga em Hamburgo. Também pretendia fazer com que a filha apurasse suas habilidades no piano, e no futuro pudesse enviá-la para estudar música na Alemanha. Em uma folha à parte, avisou que enviaria um corte de seda e um leque para Rosemarie. No dia seguinte, com a carta em mãos, seguiu para a casa da senhora Hening e solicitou-lhe a tradução. Dias depois, aproveitando uma ida a Osaka, comprou o leque de dança na loja Minoya, na avenida da ponte Shinsai, a ele juntou o crepe de seda e enviou o pacote com a carta para Hamburgo.

Num sábado do início de junho, Teinosuke pediu a Yukiko que cuidasse de Etsuko e da casa, e viajou com Sachiko para apreciar os brotos verdes em Nara. Sua intenção era recompensar a esposa que, desde o ano anterior, não tivera tempo de descansar a mente com os acontecimentos envolvendo as duas irmãs mais novas. Mais do que isso, queria ficar um pouco a sós com ela, o que não acontecia havia muito tempo. Na noite de sábado, pernoitaram no Hotel Nara. No dia seguinte, percorreram o santuário Kasuga, o pavilhão Sangatsu, o pavilhão do Grande Buda e Nishinokyo. À tarde, Sachiko começou a sentir coceira abaixo da orelha, já inchada e vermelha, que aumentava à medida que seu cabelo roçava o local, incomodando-a terrivelmente. Era uma coceira semelhante a urticária. Desde a manhã, ela havia passado por entre as folhagens no monte Kasuga, e posado por cinco ou seis vezes sob as árvores para a Leica de Teinosuke, sendo possível que tivesse sido picada por um mosquito-pólvora. Pensara em levar algo para se proteger dos insetos ao andar pelas matas naquela estação do ano, e arrependeu-se de não ter trazido o xale. De volta ao hotel, naquela noite, solicitou um linimento carbólico na farmácia. Como tal medicamento não foi encontrado, trouxeram-lhe Mosquiton no lugar. Pareceu não ter surtido efeito, pois durante a noite a coceira aumentou, impossibilitando-a de dormir. Na manhã seguinte, ordenou à farmácia um ungüento de zinco, e saiu somente depois de passá-lo no local. Separou-se do marido na estação de Uehonmachi; ele seguiria direto para o escritório e ela retornaria sozinha para Ashiya. Somente no final daquela tarde, Sachiko sentiu a coceira finalmente aliviar. Teinosuke voltou do trabalho no horário de sempre e, não se sabe pensando em quê, quis ver a orelha da esposa. Levou-a para um lugar mais claro no terraço e, depois de examinar o local afetado, afirmou tratar-se de uma mordida de percevejo, e não de mosquito-pólvora. Sachiko surpreendeu-se. Onde poderia ter sido mordida por tal inseto? Na cama do Hotel Nara, provavelmente, disse Teinosuke, que também sentira coceira naquela manhã. Arregaçou a manga para mostrar-lhe o braço, certo de que era mesmo mordida de percevejo. Observou os dois pontos na orelha da esposa, a qual fez sua própria investigação no espelho e acabou confirmando a hipótese do marido.

— Realmente, é verdade. Já havia achado péssimo o atendimento do hotel e agora mais essa, percevejos! Que hotel horrível!

Sachiko sentiu raiva do hotel e ficou furiosa com o fato de seu passeio de dois dias ter sido prejudicado por conta de um percevejo. Teinosuke propôs-lhe então uma nova viagem, mas os meses de junho e julho acabaram passando sem que eles conseguissem tal intento. No final de outubro, ele teria de viajar para Tóquio a trabalho e sugeriu à esposa um passeio a alguma cidade costeira da linha Tokaido. Sachiko gostaria de ir aos cinco lagos do Monte Fuji. Combinaram que Teinosuke iria dois dias antes e marcariam encontro na Hospedaria Hamaya. Partiriam juntos de Shinjuku; na volta, passariam por Gotenba. Ao sair de Osaka, seguiu a recomendação do marido de pegar o leito da terceira classe, era mais fresco e ventilado que o da segunda, cujas cortinas tornavam o local abafado no verão. Acomodou-se no leito inferior, mas justamente naquela tarde houve um treinamento para ataques aéreos e, pela primeira vez na vida, ela teve de participar de uma simulação de incêndio.

Talvez devido ao cansaço, Sachiko sonhara a noite toda com o treinamento para ataque aéreo, despertando várias vezes. Em seu sonho, ela estava num lugar que parecia a cozinha de Ashiya, porém mais moderna e em estilo americano, tão branca que chegava a reluzir; em seu centro, havia barris e tintas brancas esparramadas, louças chinesas polidas e utensílios de vidro enfileirados, os quais se quebravam sozinhos ao toque da sirene de ataque aéreo, fazendo um enorme barulho. Como os pequenos estilhaços de vidro brilhante esparramavam-se por todos os cantos, ela gritava: "Yukiko, Etsuko, Oharu! Cuidado! Olha o perigo!" Quando fugiam para a sala de jantar, todas as xícaras de café, os copos de cerveja, as taças e as garrafas de vinho e de uísque que estavam sobre a prateleira se quebravam. Ali também era perigoso, e corriam para o andar superior, onde todas as lâmpadas explodiam. Por fim, ela levava a família a um quarto onde só havia utensílios de madeira, e finalmente podia ficar aliviada. Neste ponto acordava. Ela teve este sonho várias vezes durante a noite. Quando por fim amanheceu, alguém abriu a janela, e um cisco de carvão entrou em seu olho direito. Ela não conseguia removê-lo e seus olhos não paravam de lacrimejar. Chegou em Hamaya às nove horas, mas Teinosuke já havia saído para o trabalho. Pediu então que lhe preparassem o leito para repousar e repor o sono daquela noite. Mesmo assim, continuava sentindo algo preso à pálpebra, e quando piscava sentia dores no globo ocular, vertendo lágrimas. Lavou os olhos e pingou colírio, mas não melhorava. Finalmente, pediu ao gerente da hospedaria que a levasse a um médico próximo dali. O doutor retirou o cisco, mas recomendou-lhe manter o tampão no olho direito, pedindo que retornasse no dia seguinte. Teinosuke voltou para o almoço e ficou surpreso ao ver a esposa com o tampão. A culpa era dele, reclamou ela, jamais pegaria outro leito de terceira classe! Desde a última viagem a Nara, certamente alguém botara olho gordo na segunda lua-de-mel deles, gracejava Teinosuke. Ele pretendia terminar todo o trabalho ainda naquele dia para partirem na manhã seguinte. Até quando ela ficaria com o tampão? Seria só por aquele dia, mas o médico havia lhe recomendado cuidados para não machucar o globo ocular e pedira-lhe que voltasse ao consultório no dia seguinte, explicou Sachiko. Mostrava-se confusa quanto ao que fazer caso partissem cedo. Teinosuke assegurou-lhe que aquilo era bobagem, em se tratando de um cisco no olho. Em sua opinião, os médicos eram mercenários e por isso faziam todo aquele alvoroço. O olho dela melhoraria no mesmo dia, assegurou.

 Sachiko pensou em aproveitar a ausência do marido para ver a irmã mais velha. Telefonou a Shibuya, contou-lhe os motivos pelos quais estava em Tóquio, mas como ficaria apenas aquele dia e o tampão no olho incomodava muito, convidou-a a ir até a hospedaria. Tsuruko queria muito encontrá-la, mas também não podia sair. Perguntou sobre Taeko, e Sachiko informou-lhe que ela já havia se recuperado. Sentindo que não poderiam continuar a tratá-la de modo muito severo, mantendo-a "expulsa", vinham permitindo, embora não abertamente, que ela freqüentasse a casa. Não poderia explicar a situação com mais detalhes pelo telefone, mas o faria numa próxima oportunidade, assim disse Sachiko, e desligou. Continuava entediada. Esperou o sol baixar e saiu para passear pelos lados de Ginza. Encontrou um cinema que exibia *History is Made at Night*. Mesmo já tendo visto o filme, resolveu entrar. Como assistia com um olho apenas, não conseguia enxergar Charles Boyer com nitidez e ser tocada pela beleza daqueles olhos atraentes. Arrancou o tampão. Sua vista havia melhorado sem que ela percebesse, e o olho já não lacrimejava mais. À noite, comentou com o marido que ele tinha mesmo razão. O olho já estava bom, mas os médicos diziam aquelas coisas apenas para prorrogar um pouco mais o tratamento.

Nos dois dias subseqüentes, o casal pousou no Fuji View Hotel, à beira do lago Kawaguchi. Aquela segunda lua-de-mel compensara o insucesso de Nara e fora inesquecível. Tinha valido a pena pelo simples fato de terem fugido do calor de Tóquio; poderem respirar o ar puro e outonal no sopé refrescante da montanha; percorrerem as margens do lago vez ou outra; e apreciarem a figura do Monte Fuji através da janela, deitados na cama do quarto superior. Sachiko, nascida na região de Kyoto e Osaka e que quase não pisava na capital, nutria pelo Monte Fuji tamanha fascinação somente comparável à adoração que os estrangeiros tinham por ele, algo inimaginável para os nascidos em Tóquio. Eles escolheram aquele hotel justamente porque Sachiko havia ficado atraída pelo seu nome, Fuji View. De fato, o Fuji dava de frente para a entrada principal do hotel e parecia estar bem próximo deles. Era a primeira vez que Sachiko tinha-se aproximado tanto assim do monte, tendo a chance de apreciar com grande intimidade suas variações, de hora em hora. O hotel era semelhante ao de Nara, uma construção de madeira exposta em estilo palaciano, mas em nada mais se parecia com aquele. Embora também fosse construído em madeira, o prédio de Nara já estava velho e um pouco sujo, causando uma impressão sombria e triste. Ali, ao contrário, as paredes, as colunas e tudo o mais era novo e limpo, em parte porque ainda não havia se passado tanto tempo desde a sua construção, mas também porque o ar daquela montanha era incomparavelmente puro. Logo após o almoço, na tarde seguinte à chegada deles, Sachiko permaneceu deitada na cama olhando fixamente para o teto. Mesmo nessa posição, o cume do Monte Fuji e a elevação de outras montanhas circundantes invadiam seu campo de visão através das janelas. Sem perceber, começou a imaginar as paisagens dos lagos suíços e a poesia do *The Prisoner of Chillon*, de Byron. Veio-lhe a sensação de estar num país bem distante do Japão. Menos pela diferença das formas da montanha e da cor da água, e mais pelo toque do ar em sua pele. Sentia-se no fundo de um lago de águas cristalinas. Enchia o peito de ar como se tragasse uma água tônica. No céu, vários fachos de nuvem vagavam sem parar, e de vez em quando encobriam o sol, que de repente voltava a brilhar. Sentia a claridade invadir a parede branca do quarto e iluminar até o interior de sua cabeça. O local, antes cheio de turistas de veraneio, ficara repentinamente calmo depois do dia 20. Naquele período, a clientela era escassa e aquele amplo hotel mergulhava na tranqüilidade: mesmo com esforço não se ouvia nenhum barulho. Observando o revezamento infinito do sol — ora encoberto, ora brilhante — e imersa naquele grande silêncio, esqueceu-se até de que o tempo existia.

— Querido...

— O que é?

Quando Teinosuke voltou-se para ela, encontrou-a sentada na cama, olhando a superfície da garrafa térmica revestida de níquel sobre a mesa de cabeceira.

— Venha cá um pouco. Veja, por este reflexo, parece que o quarto é um palácio imenso...

— O quê? Deixe-me ver.

A brilhante parte externa da garrafa térmica tornara-se um espelho convexo e as coisas que estavam naquele quarto claro, até mesmo as mais minúsculas, reluziam à sua sombra. Cada uma delas refletia-se de modo assustadoramente distorcido, e a imagem de Sachiko sobre a cama era infinitamente pequena, parecendo estar bem longe.

— Veja só eu aqui...

Sachiko balançava a cabeça, levantava o braço e sua imagem no espelho convexo reproduzia seus movimentos, mas num lugar bem distante. Por aquela imagem, ela parecia uma ninfa dentro de uma bola de cristal, uma princesa do castelo do dragão do fundo do mar ou, ainda, uma rainha em seu palácio.

Fazia muito tempo que Teinosuke não via aquela atitude jovial da esposa, e o casal, sem nada dizer, foi retomando o clima da primeira lua-de-mel, vivida havia mais de dez anos. Naquela ocasião, eles haviam se hospedado no Hotel Fujiya, em Miyanoshita, e no dia seguinte andaram de carro margeando as águas do Ashinoko. Possivelmente, a semelhança da paisagem os convidara ao passado, à longa viagem de anos antes.

— Daqui para a frente, vamos fazer outras viagens como esta, está bem? — murmurou Sachiko no ouvido do marido, que concordou.

Ao final da narrativa dos sonhos, trouxeram temas do mundo real, e acabaram tecendo comentários sobre a filha e as irmãs. Sachiko, pensando em não quebrar o bom humor do marido, mencionou discretamente o nome de Taeko e pediu-lhe que se encontrasse com ela ao menos uma vez. Teinosuke aceitou de pronto, reconhecendo ter sido duro demais com a cunhada. Tratar pessoas como ela de modo muito severo faziam-nas ficar até mais contrariadas, levando-nos, no final, a sofrer as conseqüências, ponderou ele. E julgou melhor não fazer distinção no tratamento que daria a Taeko e a Yukiko dali em diante.

26

Já era setembro quando Teinosuke concretizou a promessa — feita à esposa naquela noite da segunda lua-de-mel — de encontrar-se com Taeko, a quem não via fazia muito tempo. Até então, ela tinha permissão de freqüentar a casa, mas evitava deparar com o cunhado. O encontro se deu na hora do jantar e reuniu à mesa o casal, a filha, Yukiko e Taeko. Sachiko e Yukiko ainda se lembravam do que contara Oharu sobre a velha ama de Okubatake, conservando certo receio em relação à irmã. Em todo caso, decidiram deixar de lado aquele problema desagradável e não expuseram o acontecido a Teinosuke, nem cobraram nada de Taeko. Mesmo sem nada combinar, pensaram em amenizar a amargura desta irmã desajustada com o máximo de amor, e a consonância de seus sentimentos harmonizou o ambiente da sala de jantar. Uma luz voltava a iluminar aquele lar, outrora envolvido em uma atmosfera pesada, e os adultos acabaram excedendo-se na bebida. E se Koisan pousasse lá naquela noite?, sugeriu Etsuko. Com o apoio de Teinosuke e das irmãs, ela decidiu ficar. Etsuko, toda serelepe, alegrou-se com a oportunidade de dormir em companhia de Taeko e de Yukiko.

Taeko já havia recuperado por completo seu antigo encanto sensual. Aquela aparência degradada e cansada de quando estivera doente, aquela cor escura da pele que a deixava com ares de quem havia contraído uma doença venérea, tinham desaparecido. Sachiko achara que dificilmente a irmã voltaria a ter o vigor de antes, mas aquela moça moderna e de bochechas fartas estava bem ali, diante dela. Seguindo a recomendação de Teinosuke quanto à necessidade de se respeitar a casa central, Taeko continuou morando sozinha em seu apartamento no solar Koroku, mas passava praticamente metade do dia em Ashiya. Seu antigo quarto fora-lhe restituído, e ela costumava trancar-se nele e sentar-se sob a janela bem iluminada. Ali confeccionava as encomendas que, em segredo, Sachiko lhe arranjava, com a intenção de diminuir o vínculo financeiro da irmã com Okubatake. O gosto por corte e costura fazia Taeko dedicar-se com fervor ao trabalho iniciado, a ponto de subir para o quarto imediatamente após o jantar. Diante de tanto empenho, Sachiko voltava a sentir apreço pela irmã caçula. Realmente, ela tinha gosto pelo trabalho. Era dinâmica e sua natureza não lhe permitia ficar parada. Quando começava a se desvirtuar do caminho tendia ao exagero, mas possuía a qualidade de desenvolver o lado positivo, dependendo do encaminhamento que lhe fosse dado. Talentosa e dona de grande habilidade manual, transformava em pouco tempo qualquer coisa em "obra de arte". Tinha boa performance na dança, confeccionava bonecos maravilhosos, e assim também era na costura. Existiria uma mulher com tantas habilidades antes de atingir seus trinta anos?

— Como você é empenhada, Koisan — comentou Sachiko, que costumava elogiá-la, indo até seu quarto, depois de ouvir o barulho da máquina de costura até oito ou nove horas da noite. — É melhor parar. Etsuko não consegue dormir e, se você gastar muita energia, acabará ficando com os ombros rígidos.

— Estava pensando em terminar esta peça hoje...

— Deixe para amanhã. Precisa ganhar tanto dinheiro assim?

Taeko riu de forma meio contida.

— É que vou precisar de um dinheirinho.

— Se é por causa de dinheiro, deixe para amanhã, entendeu, Koisan? Posso lhe dar uma quantia, desde que seja pequena.

Depois que Teinosuke começara a trabalhar em uma empresa de armamentos, a vida financeira de Sachiko melhorou consideravelmente, permitindo-lhe manejar os gastos domésticos com maior folga. Já não recebia mais as remessas da casa central para as despesas de Yukiko e arcava praticamente com tudo sozinha. Como já cuidava desta irmã, o certo seria cuidar também de Taeko, aconselhava o marido. Sempre que havia uma oportunidade, Sachiko mencionava tal possibilidade à irmã caçula, mas esta não lhe dava ouvidos; não gostaria de depender da gentileza alheia, dizia. Parecia orgulhar-se de se manter por conta própria, sem a ajuda de ninguém.

Nem Sachiko nem Yukiko souberam mais nada a respeito do relacionamento de Taeko com Okubatake. Geralmente ela vinha todos os dias a Ashiya, sem falta. Quando chegava ao entardecer, ficava até a noite; se vinha de manhã, ia embora de repente no cair da tarde. Era assim, invariavelmente. Sempre passava metade do dia em outro lugar. Estaria encontrando-se com o jovem Kei nesse ínterim? Ou com outra pessoa? No íntimo, Sachiko e Yukiko ficavam apreensivas, mas nada lhe perguntavam diretamente. O desejo das irmãs era o mesmo que o da velha ama de Okubatake. Àquela altura, o melhor era ela ficar com o jovem Kei. De todo modo, não seria uma boa estratégia sugerirem tal união de forma direta, e elas também esperavam que o sentimento de Taeko pelo rapaz se transformasse aos poucos. Bem nessa época, num dia do início de outubro, Taeko trouxe a notícia de que talvez Okubatake partisse para a Manchúria.

— Como? Para a Manchúria? — perguntaram em uníssono Sachiko e Yukiko.

— É engraçado, não acham? — Taeko ria.

Ela não sabia explicar direito, mas contou que um oficial da Manchúria viera ao Japão para contratar vinte ou trinta japoneses dispostos a servir à Casa Imperial da Manchúria. Não serviriam no alto escalão de oficiais, como mestres de cerimônias ou camareiros, mas cuidariam das coisas do dia-a-dia do imperador. Capacidade intelectual e nível de instrução eram dispensáveis. Os requisitos eram caráter bem definido, criação burguesa, boa aparência e conhecimentos de etiqueta e de boas maneiras. Em suma, a inteligência era dispensável desde que o candidato fosse um "filhinho de papai" requintado. Seria uma oportunidade sem igual para Kei. Seus irmãos mais velhos também compartilhavam dessa opinião. Já que a oportunidade surgira, Keisaburo deveria inscrever-se e ir para a Manchúria. Servir como acompanhante do imperador seria algo aceitável perante a sociedade, e o trabalho, não sendo muito difícil, era bem adequado para ele. Caso decidisse aceitar, os familiares anulariam sua expulsão de casa em comemoração à sua partida.

— É de fato uma boa oportunidade, mas estou impressionada como o jovem Kei pôde ser tão decidido — observou Sachiko.

— Ele ainda não se decidiu. Todos o estão incentivando muito, mas ele ainda não concordou.

— Não é para menos. Um "filhinho de papai" originário de Senba ir para a Manchúria não é nada fácil.

— No entanto, Kei está necessitado de dinheiro a ponto de não conseguir mais viver naquela casa. Em Osaka, ninguém lhe daria um emprego, e ele não pode decair mais do que já decaiu. Pode ser uma oportunidade única.

— Tem razão. Uma função como essa não é para qualquer um. Só alguém como o jovem Kei estaria apto a ocupar.

— Isso mesmo. Além do mais, o salário parece muito bom. Eu também o estou incentivando a se inscrever. Não precisaria permanecer lá por muito tempo, bastaria que ficasse um ou dois anos. Seus irmãos passariam a vê-lo com bons olhos e ele reaveria a confiança da sociedade. Aconselhei-o a criar coragem e reagir.

— Ele se sentirá muito sozinho. A velha ama vai com ele?

— Ela disse que desejaria acompanhá-lo, mas como tem filhos e netos, parece que não irá.

— Koisan, vá com ele — disse-lhe Yukiko. — Você poderia ajudá-lo a se regenerar. Faria isso por ele, não?

Taeko fechou o semblante de repente.

— Poderia ser apenas por meio ano, até que ele se fixasse por lá. Se lhe disser que irá junto, é possível que ele decida ir. Mas como se trata de salvar uma pessoa, você precisa ter vontade de fazê-lo, Koisan.

— Realmente, que tal lhe fazer esse favor? — interveio Sachiko. — Com certeza, os irmãos mais velhos do jovem Kei também ficariam agradecidos a você, Koisan.

— Esta seria uma boa oportunidade para me separar de Kei — a voz era baixa, mas decidida. — Se for com ele, nunca mais conseguirei dar um fim em nossa relação. O melhor é que ele vá sozinho para a Manchúria. É por isso que estou recomendando tanto que vá, mas Kei está relutante porque ainda pensa em ficar comigo.

— Então, Koisan... — disse Sachiko. — Não queremos de modo algum forçar o seu casamento com o jovem Kei. Como dissemos há pouco, você deveria acompanhá-lo desta vez e viver lá seis meses ou um ano para verificar se ele está trabalhando direito... Se não quiser ficar, pode voltar sem ele.

— Se eu for com Kei para um lugar como a Manchúria, aí sim não conseguirei mais me separar dele.

— Pode ser, mas tente fazer com que ele reflita sobre os prós e os contras. Se ele não conseguir entender, você foge e volta para casa.

— Se eu fizer isso, ele largará o emprego para vir atrás de mim.

— Talvez ele faça isso mesmo, mas em termos de "deveres" creio que se quiser separar-se dele, primeiro precisará cumprir com determinadas obrigações.

— Eu não devo nada a Kei para ser obrigada a fazer isso.

Sachiko pressentiu que, se insistissem, acabariam se desentendendo e recuou.

— Você pode mesmo dizer que não tem deveres a cumprir com ele? — continuou Yukiko. — Todos sabem que você e Kei têm uma relação muito, muito antiga.

— Já queria ter cortado essa relação há muito tempo. Kei é persistente e não me larga. Não tenho nenhum dever a cumprir para com ele. Estou até sendo incomodada.

— Koisan, você não deve favores financeiros ao jovem Kei? Pode ser que eu lhe aborreça com tal pergunta, mas você não tem dívidas para com ele?

— Que tolice! É claro que não!

— É mesmo?

— Yukiko, você sabe que eu nunca quis depender de ninguém e por isso vivi até agora à custa do meu trabalho. Além do mais, tenho minhas economias.

— Koisan, você diz isso, mas existem pessoas por aí que não pensam assim. Eu mesma nunca vi sua caderneta de poupança e seu caderno de despesas. Não sei quanto tem de rendimentos, não sei de nada.

— Em primeiro lugar, é um erro acharem que Kei trabalha. Eu estava até pensando que logo teria de sustentá-lo!

— Então eu lhe pergunto, Koisan — Yukiko, nada exaltada, mexia no vaso solitário de vidro, dentro do qual havia um crisântemo, e evitava olhar para Taeko. Sua voz mantinha o mesmo ritmo de sempre, e as pontas dos dedos que seguravam o vaso solitário também não pareciam trêmulas —, aquele sobretudo de pele de camelo que mandou fazer em Ron Shin, no inverno do ano passado, não foi ele quem lhe deu?

— Eu te contei na ocasião, lembra? A conta ficara em trezentos e cinqüenta ienes e para pagá-la fui obrigada a vender o *haori*, aquele de desenhos simétricos, e o traje de flores redondas.

— Mas a velha ama de Kei nos contou que foi ele quem o pagou para você, mostrando inclusive o recibo.

— ...

— E também aquele vestido de noite, não foi?

— Preferia que não acreditassem no que ela diz.

— Não queremos acreditar, mas a velha ama tem provas e fala com base nelas. Koisan, se você diz que tudo isso é mentira dela, que tal nos mostrar algum caderno de contas para provar?

Taeko, como sempre, mantinha-se calma, impassível, sem alterar a expressão. Ao ouvir isso, entretanto, fixou o olhar em Yukiko e não tentou nenhuma resposta.

— De acordo com o que diz a velha ama, isso já vem acontecendo há anos, e não apenas com roupas. Aquele anel, o estojo, o broche... Mencionou uma série de objetos. Ela comentou que o jovem Kei foi expulso de casa por causa das jóias que pegou para você na loja, Koisan.

— ...

— Koisan, se queria tanto cortar as relações com o jovem Kei, por que não o fez logo? Afinal, você teve inúmeras oportunidades. Por exemplo, quando estava com Itakura...

— Mas naquela época vocês não concordaram que eu o abandonasse, não se lembram?

— Não concordamos porque pensávamos que o melhor para você seria casar-se com o jovem Kei. Se soubéssemos que andava com Itakura de um lado para outro enquanto aproveitava-se do dinheiro de Kei, também teríamos pensado melhor.

Sachiko concordava integralmente com as palavras de Yukiko, deviam mesmo falar tudo aquilo para Taeko. Ela, entretanto, não tinha coragem de fazê-lo, e ficou surpresa com a atitude de Yukiko. A propósito, ela se lembrava de ter visto a irmã falar com o cunhado Tatsuo, havia cerca de cinco ou seis anos, atacando-o da mesma maneira que fazia agora. Como uma pessoa retraída podia tornar-se tão forte em determinadas ocasiões? Daquela vez, a tímida Yukiko havia se transformado e questionara o cunhado de modo bastante lógico, prensando-o contra a parede.

— De fato, Kei pode não ter um trabalho, mas consegue dizer que não deve nada a ele, alguém que até mercadorias da loja furtou para você? Não quero que interprete mal as coisas, por isso lhe digo que a velha ama não tem raiva de você, Koisan. Como Kei sempre lhe foi muito dedicado, ela gostaria que você o desposasse. Sabendo da situação, nós também gostaríamos que isso acontecesse.

— ...

— Depois de ter usado Kei enquanto lhe foi útil, como é capaz de dizer que sua ida à Manchúria seria uma boa oportunidade para livrar-se dele?

Não se sabe se por falta do que dizer ou por compreender que seria inútil, Taeko permanecia calada diante das acusações das irmãs. Só se ouviam as palavras de Yukiko repetindo-se com insistência até que os olhos de Taeko se encheram d'água. Mesmo assim, ela manteve aquele ar impassível de sempre e parecia nem sentir as lágrimas que lhe corriam pela face. Por fim, levantou-se de repente e encaminhou-se em direção ao corredor. Fechou a porta com tanta força que o quarto todo estremeceu. Em seguida, ouviram a batida forte da porta de entrada.

27

A inusitada discussão havia acontecido pouco antes do almoço. Nem Teinosuke nem Etsuko ficaram sabendo, muito menos Oharu, que havia saído para as compras. Ninguém havia levantado a voz e a conversa ocorrera na sala de jantar, a portas fechadas. As criadas na cozinha nada perceberam, mas a batida da porta tinha sido tão forte que Oaki, surpresa, saíra apressada em direção ao corredor. Não vendo ninguém, experimentou entreabrir a porta da sala de jantar e dar uma espiada. Surpreendeu-se por Taeko não estar ali, avistando apenas Sachiko e Yukiko, que estendiam a toalha de mesa tirada da gaveta do armário e arrumavam o vaso solitário.

— O que quer? — perguntou Sachiko.

— Nada não, senhora... — respondeu Oaki hesitante, já se retirando.

— Koisan acabou de ir embora. O almoço será apenas para sua senhora e para mim — orientou-a Yukiko. — De vez em quando é bom falar sem meias palavras com Koisan, como fizemos — disse em seguida a Sachiko.

Resolveram colocar um ponto final naquela conversa, por isso Etsuko e Teinosuke acabaram não percebendo nada do que havia acontecido naquela manhã. No dia seguinte, Taeko não apareceu. O que teria acontecido a ela? Teria pego um resfriado?, estranharam Etsuko e Oharu. Será que Koisan não trabalharia naquele dia?, comentava Sachiko em tom bastante natural. Mas consigo mesma pensava que provavelmente a irmã ficaria algum tempo sem aparecer. Na manhã seguinte, porém, Taeko surgiu como se nada tivesse acontecido, e sem o menor receio conversou com Yukiko. Okubatake desistira de ir à Manchúria, comunicou ela à irmã que, por sua vez, respondeu-lhe bem-humorada: "É mesmo?" E ninguém mais tocou no assunto.

Dias mais tarde, Sachiko e Yukiko encontraram-se por acaso com Itani no meio da rua em Motomachi, e ouviram dela algo inesperado. Ela tinha acabado de passar o salão de beleza para outra pessoa. Viajaria aos Estados Unidos pela segunda vez a fim de pesquisar novas técnicas de estética. Algumas de suas amigas sugeriram-lhe esperar mais um pouco, afinal o mundo atravessava um momento conturbado, e havia o receio de que algo acontecesse entre os Estados Unidos e o Japão. Entretanto, como não sabia quanto tempo ainda teria de esperar para que a questão se resolvesse — o conflito poderia não se deflagrar tão prematuramente —, decidira ir o mais rápido possível, retornando antes de algo eclodir. Apesar da dificuldade para se conseguir visto naqueles tempos, Itani já o tinha providenciado por seus próprios meios. Pretendia ficar fora durante seis meses ou um ano. Sendo este período curto, não precisaria passar o salão para ninguém, mas como pretendia instalar-se em Tóquio futuramente, aproveitava a oportunidade para deixar Kobe. Depois que retornasse, reiniciaria suas atividades na capital japonesa. Tal mudança não era uma novidade para Sachiko e sua família, Itani já havia comentado sobre suas intenções no ano anterior, logo após a morte do marido, que permanecera acamado durante muito tempo em função de um derrame. Com certeza, ela havia esperado o primeiro ano de falecimento do esposo para pôr os planos em prática e parecia estar organizando tudo rapidamente para deixar o local. Já havia definido quem ficaria com o salão, concluíra as negociações e tinha feito até a reserva da cabine do navio. Quando a notícia chegasse ao conhecimento das pessoas, decerto elas organizariam festas de despedidas, mas Itani gostaria de evitar tais formalidades por causa do momento delicado que o país atravessava. Além do mais, por conta de sua decisão súbita, não teria tempo de retribuir a delicadeza de todos.

Não importava o que dizia a senhora Itani, mas seu salão de beleza era bastante famoso em Kobe, e ela também tornara-se uma pessoa muito conhecida. Estava claro que alguém promoveria algum tipo de festa, mas caso ninguém lhe preparasse uma despedida, dizia Sachiko a Teinosuke naquela noite, caberia a elas fazê-la. Afinal, haviam recebido vários favores de Itani em função de Yukiko. No entanto, ao que tudo indicava, ela não dispunha de tempo para receber qualquer tipo de convite para festejos. Um impresso recebido na manhã seguinte, bem cedo, dizia claramente que Itani dispensaria qualquer festa de despedida ou algo semelhante, e partiria para Tóquio no trem noturno do próximo dia, hospedando-se no Hotel Imperial até a data do embarque. Só restava às três irmãs visitarem-na naquele dia ou no seguinte, levando-lhe um presente. Como não conseguiram escolher algo para levar naquele mesmo dia, tiveram de postergar a visita. Na manhã seguinte, depois da saída de Teinosuke para o trabalho, Sachiko e Yukiko ainda discutiam um presente para Itani, quando ela apareceu. Era um prazer recebê-la naquele momento em que estava tão atarefada, saudou-a Sachiko, e comentou sobre a visita que elas três pretendiam lhe fazer. Itani dispensou os cuidados das irmãs Makioka, pois caso a procurassem no salão, encontrariam-no em outras mãos. Naquele dia, sua residência em Okamoto seria ocupada por seu irmão mais novo e esposa, e a casa estava um alvoroço. Por isso, ela viera até ali para se despedir. Como não dispunha de muito tempo, havia resolvido não visitar ninguém, mas tinha feito questão de ir à casa dos Makioka, pois tinha assuntos a tratar com elas. Gentilmente, Sachiko convidou-a a entrar. Itani olhou o relógio de relance, poderia ficar dez ou vinte minutos apenas. Encaminharam-se para a sala de estar.

Sua permanência nos Estados Unidos não seria tão longa. Voltaria logo, mas ao pensar que estaria se despedindo de Kobe, já sentia saudades. Principalmente da família de Sachiko, gostava muito dela e de suas irmãs. (Sua fala era rápida como sempre, uma fala de quem queria dizer tudo em um mínimo de tempo, dominando a situação.) Sentiria falta sobretudo da amizade das três irmãs Makioka, com as quais acreditava que manteria um longo relacionamento — excelentes pessoas, ao mesmo tempo parecidas e diferentes entre si. Seria mesmo uma pena deixar Kobe... Estava feliz por se encontrar com as duas e sentia muito não poder se despedir de Taeko. Sachiko fez menção de se levantar a fim de ligar para a irmã, assegurando que ela chegaria em breve. Não era preciso chamá-la, Itani levantou-se e pediu que lhe desse suas recomendações. Não se veriam mais em Kobe, mas ainda faltavam dez dias para o embarque. Se pudessem, por que não iriam encontrá-la em Tóquio? Não seria exatamente para se despedirem dela, mas porque gostaria de lhes apresentar uma pessoa.

Itani fez uma pausa. Em seguida, fez questão de esclarecer perante Yukiko que sabia muito bem quão inoportuna era a ocasião, mas era-lhe triste demais deixar Kobe sem ter arranjado um bom partido para ela, algo que tanto desejara realizar. Incomodava-lhe despedir-se com a tarefa inacabada. Não se tratava de elogio, mas só de pensar que havia no mundo um número reduzido de moças tão exemplares quanto Yukiko, ainda mais com irmãs tão notáveis, sentia estar indo embora em dívida. Gostaria de deixar pelo menos as coisas encaminhadas, sentir-se-ia mais aliviada. Portanto, se fosse possível, gostaria de saber delas a opinião quanto à possibilidade de uma proposta de casamento. Talvez já conhecessem o candidato de nome, tratava-se do visconde Minoru Mimaki, oriundo da família de nobres com grande atuação na renovação Meiji. Hirozane, da geração anterior, havia trabalhado com os assuntos do governo, e seu filho Hirochika tornara-se o atual chefe da família. Já com idade bem avançada, possuía um histórico de atuação na política e pertencera à Associação de Pesquisa da Câmara dos Nobres. Aposentado, vivia dias tranqüilos em sua mansão de Kyoto, terra de seus ancestrais. Itani havia conhecido Minoru, seu filho bastardo, por acaso. Formado pelo Instituto Gakushuin, ele freqüentava o curso de ciências da Universidade de Tóquio quando se mudou para a França. Ficou algum tempo em Paris estudando pintura, pesquisando a culinária francesa e fazendo muitas outras coisas. Em suma, não conseguiu dar continuidade a nada e acabou indo para os Estados Unidos. Ingressou numa faculdade estadual não muito renomada e formou-se em aeronáutica. Por algum tempo ainda permaneceu naquele país, depois andou de um lado para outro, visitando inclusive o México e a América do Sul. Nesse meio tempo, acabou ficando sem a remessa de dinheiro que recebia do Japão e passou por dificuldades, chegando até a trabalhar como cozinheiro e carregador de malas em hotéis. Tentou voltar a pintar, experimentou elaborar projetos de construções e, levado por suas habilidades natas e espírito mutável, fizera realmente diversas coisas, mas abandonou por completo a aeronáutica, na qual havia se formado. Havia oito ou nove anos que retornara ao Japão e continuava ocioso, sem profissão definida, até fazer o projeto da casa de um amigo, quase por diversão, alguns anos antes.

A repercussão acabou sendo melhor do que esperava, e sucessivamente foi ganhando o reconhecimento das pessoas da área. Satisfeito com seu desempenho, abriu um escritório no bairro de Nishi Ginza, com a intenção de se tornar um arquiteto de verdade. No entanto, devido às conseqüências do incidente da Manchúria e ao custo muito alto de seus projetos ousados, com tendências modernas e ocidentais, os pedidos foram ficando escassos, até que não surgiu mais nenhum trabalho. Em menos de dois anos, ele foi obrigado a fechar o escritório, e parecia viver no ócio. Este era o homem. Ouvira dizer que ele estava à procura de uma esposa, ou melhor, as pessoas que o cercavam, preocupadas com ele, queriam lhe arrumar uma esposa. Pelo que soubera, ele estava para completar 45 anos e, mesmo depois de ter retornado ao Japão, não tinha formado uma família. Tendo vivido durante longo tempo no exterior e estando acostumado às facilidades da vida de solteiro, nunca tivera uma esposa ou namorada. Obviamente ela desconhecia os detalhes da vida dele no exterior, ressaltou Itani, mas parecia ter freqüentado muito a zona de prazeres nos bairros de Shinbashi e Akasaka depois que voltara. Contudo, também tinha encerrado essa vida de libertinagem no ano anterior, pois não dispunha mais de dinheiro. Quando jovem, recebera uma herança do pai visconde e conseguira viver na ociosidade por um bom tempo, mas por ser uma pessoa que não sabia poupar, já devia ter gasto grande parte dela, ficando quase sem nada. Tentou tornar-se arquiteto porque tinha a intenção de arrumar a vida, mesmo que tarde. Não fosse o momento pelo qual o país atravessava, teria tudo para ser bem-sucedido. Infelizmente, não tinha dado certo. Mas ele pertencia àquela classe de pessoas entre os descendentes dos nobres, era um excelente relações-públicas, sempre com assuntos interessantes, gosto variado, tranqüilo por natureza e com aquela tendência a acreditar ser possuidor de dons artísticos. Ele mesmo não demonstrava nenhum sofrimento com sua situação. As pessoas à sua volta é que se preocupavam com sua tranqüilidade excessiva e tinham a intenção de arranjar-lhe uma esposa a qualquer custo.

Segundo Itani, ela conhecera o senhor Minoru Mimaki por meio da filha dela, Mitsuyo, que se tornara repórter da revista *Mulher japonesa*, depois de se formar pela Universidade Mejiro no ano anterior. E seu diretor-presidente, o senhor Kenzo Kunishima, parecia ter grande carinho por Mimaki. Tudo começara quando este projetara a casa do senhor Kunishima em Akasaka, projeto por ele bastante apreciado. Dali em diante, Mimaki começou a freqüentar a casa dele, passando também a ser muito querido pela sua esposa. O edifício da revista *Mulher japonesa* ficava bem próximo ao seu escritório de arquitetura, no mesmo bairro de Nishi Ginza, e naquela época ele ia quase todo os dias visitá-los. Fizera amizade com todos os funcionários da revista, ficando bastante amigo da filha de Itani, a quem chamava de "Mitchan". Ela também era muito benquista pelo casal, que a tratava como se fosse da família. Itani conhecera Mimaki numa ida a Tóquio, quando fora visitar o diretor. O senhor Mimaki sendo uma pessoa divertida, que conseguia arrancar o riso dos outros, ficaram amigos logo no primeiro encontro. Itani não tinha tantos afazeres em Tóquio, mas como o senhor Kunishima dedicava muita atenção a Mitsuyo, havia visitado a capital cerca de três vezes desde o ano anterior, em duas delas encontrando-se com o senhor Mimaki. Pelo que sua filha lhe contara, continuou Itani, o casal Kunishima gostava de apostas e passava a noite jogando as cartas japonesas *hanafuda*, *bridge*, *majong* e outros jogos. Segundo o casal, somente o visconde Mimaki e Mitsuyo eram páreos para eles. Itani tentava se explicar, poderia parecer estranho uma mãe elogiar a própria filha, mas Mitsuyo era bastante esperta, inteligente demais para a idade, competitiva e possuía grande resistência física. Mesmo sem dormir uma ou duas noites, era capaz de ir para a empresa tranqüilamente, e ainda sobressair-se entre os demais, o que parecia ter sido a causa da simpatia do casal por ela. Itani tinha ido outras duas ou três vezes a Tóquio para cuidar dos preparativos da viagem e também para pedir a ajuda do senhor Kunishima na obtenção do visto de viagem. Em tais ocasiões, acabou encontrando-se com o visconde Mimaki, quando então conversaram sobre uma esposa para ele de forma bastante animada. O casal Kunishima era o maior incentivador. O senhor Kunishima também conhecia o pai de Mimaki, e dizia que caso encontrasse um bom partido para ele, se encarregaria de convencer o visconde a dar ao filho um outro dote. Os recém-casados não teriam com o que se preocupar, Kunishima estabeleceria planos para que pudessem começar uma vida nova. Numa dessas conversas, ele aproveitou para perguntar a Itani se ela não conhecia alguém interessante; caso soubesse de uma candidata, que não deixasse de apresentá-la.

Itani contou tudo num só fôlego, olhou novamente para o relógio e prosseguiu dizendo que teria de ser breve no resto da história. Quando o diretor lhe fizera aquela pergunta, ela logo pensou em Yukiko. Respondeu-lhe que a ocasião não era propícia, pois estaria fora do Japão, mas aceitara o convite para ser a intermediária na proposta, dizendo-lhe conhecer uma moça excelente para apresentar-lhe. Por isso, comunicava a elas o acontecido. Como o dia de sua partida já estava próximo, achou que não teria condições de fazer tudo o que seria necessário, e acabou se contendo para não lhes contar o que já estava quase arrumado. Entretanto, depois que retornara a Kobe, chegou à conclusão de que seria uma pena perder aquela oportunidade e pensou muito para encontrar uma solução. A título de informação, mencionara que o senhor Mimaki tinha, como já havia dito, 45 anos, e se não estava enganada, era um ou dois anos mais jovem que Teinosuke. Ele era calvo e tinha a pele meio escura, como costumava acontecer com as pessoas que permaneciam durante muito tempo no Ocidente. Em resumo, não era propriamente bonito, mas possuía traços elegantes que revelavam sua boa formação. Tinha um tipo físico forte, mais para o obeso, nunca contraíra nenhuma doença grave e orgulhava-se de sua resistência, ou seja, esbanjava uma saúde de ferro. Outro ponto importante era relativo aos bens. Ele tornara-se independente na época de estudante, estabelecendo-se com cento e tantos mil ienes, mas naquele momento não possuía praticamente nada. Chegou a pedir dinheiro ao pai em outras ocasiões, tendo recebido algo mais por uma ou duas vezes. Certamente, tal quantia não existiria mais, enquanto tinha dinheiro costumava gastá-lo logo, ficando num instante sem nenhum. O pai dizia que não adiantava continuar dando dinheiro ao filho; nesse ponto, parecia que o candidato não era nada confiável. Por tudo isso, o senhor Kunishima também acreditava não ser conveniente que, do alto de seus 45 anos de idade, o filho continuasse a viver sozinho em um apartamento, como um *bon vivant*. Claro estava que daquele jeito ele não conseguiria ganhar a confiança do visconde pai, nem da sociedade. O primeiro passo, na opinião do diretor, seria Mimaki arrumar um emprego, tornando-se um assalariado ou qualquer outra coisa do gênero, obtendo uma renda fixa com o seu próprio esforço, mesmo que ganhasse pouco. Diante disso, seu pai também ficaria tranqüilo e faria algo por ele. Como o visconde pai já viera em seu socorro diversas vezes, poderia auxiliá-lo também daquela vez com uma pequena ajuda, nenhuma grande soma. Na opinião do senhor Kunishima, Mimaki projetava casas requintadas, de muito bom gosto, e possuía um talento inato para a arquitetura. Acreditava que no futuro ele conseguiria sobreviver magnificamente como arquiteto, e faria o possível para lhe dar todo o apoio. Naquele momento, devido aos tempos de crise, Mimaki enfrentava dificuldades financeiras, mas era algo temporário e não era preciso se preocupar. O senhor Kunishima se encarregaria de levar a proposta de casamento ao visconde pai, sugerindo-lhe arcar com as despesas do casamento, comprar uma casa para os noivos e fornecer-lhes um auxílio por dois ou três anos. O diretor pensava em convencê-lo a aceitar esses três itens, e acreditava na possibilidade de obter êxito. Em linhas gerais, era mais ou menos isso. Itani estava ciente das possíveis restrições que elas teriam em relação ao candidato, mas fosse como fosse, tratava-se de seu primeiro casamento, e apesar de bastardo, filho de uma concubina, pertencia à linhagem dos Fujiwara. Seus parentes eram pessoas conhecidas, e ele não tinha ninguém para sustentar. Esquecera-se de dizer que a mãe biológica dele, ou seja, a amante do pai, havia falecido assim que dera à luz o senhor Mimaki, de modo que ele não guardava nenhuma recordação dela. Ele tinha gostos variados, conhecia os costumes e as línguas francesa e inglesa. Tratava-se de uma pessoa de gostos fortes, portanto, perfeito para a família Makioka. Como o contato de Itani com ele havia sido superficial, recomendava-lhes fazer as devidas investigações. No entanto, pelas informações obtidas até aquele momento, tinha-lhe parecido uma pessoa dócil, agradável e aparentemente sem nenhum defeito grave. Era apreciador de bebidas, mas pelo que pôde presenciar em duas ou três vezes, tornava-se ainda mais divertido quando estava embriagado, arrancando risadas dos presentes. Itani não se conformava com o fato de perder tal oportunidade, e chegara até a pensar em encontrar alguém para intermediar as negociações em seu lugar, mas acabou julgando desnecessário, uma vez que Mimaki sabia relacionar-se muito bem com as pessoas e não daria trabalho algum. Terminada a primeira apresentação, teriam o senhor e a senhora Kunishima para ajudá-los, e Itani acreditava que o casal assumiria a condução do caso tão logo soubesse que as coisas caminhavam bem. Mitsuyo também poderia ajudar. Jovem, mas bem ousada e prestativa, ela seria útil para transmitir recados, argumentava Itani, olhando mais uma vez para o relógio.

— Ai, ai — levantou-se —, pensei em ficar apenas por dez minutos... Preciso mesmo ir — mas continuava a falar.

Ela já dissera tudo o que precisava dizer e solicitava às irmãs pensarem a respeito do que iria lhes propor. Como o senhor Kunishima tinha programado fazer uma pequena festa para ela em Tóquio, convidava a senhora e a senhorita Yukiko para representar as pessoas de Kobe, e se houvesse interesse, seria aconselhável que Koisan também as acompanhasse, indo as três juntas. Itani se encarregaria de pedir ao senhor Mimaki que estivesse presente, ela apenas faria as apresentações. Se o assunto iria ou não adiante, poderiam deixar para pensar depois. Elas não gostariam de aproveitar a festa de despedida dela para conhecê-lo? Itani aguardaria a resposta das irmãs em Tóquio e, se fosse o caso, poderia ligar no dia seguinte para informar também o dia e o horário da festa.

Dito tudo isso, despediu-se rapidamente e saiu apressada.

28

A afobação de Itani era tão grande que só mais tarde ela lhes comunicou o horário de partida do trem naquela noite. Sachiko resolveu ligar para a sua casa em Okamoto, mas não a encontrou. Outra pessoa atendeu a ligação e comunicou-lhe que a senhora dispensaria as despedidas, deixando de mencionar o horário de partida. Sachiko fez mais uma tentativa no final da tarde e encontrou Itani já em casa. Ela partiria de San'nomiya no expresso das nove e meia, informou. Depois do que haviam conversado naquela manhã, elas gostariam de encontrá-la pelo menos mais uma vez, explicou Sachiko. Assim, a família Makioka, incluindo Teinosuke e até Etsuko, foi à estação despedir-se de Itani. A saída das três irmãs bem-arrumadas e acompanhadas por Teinosuke era algo que não se via fazia muito tempo; na verdade, desde o ofício religioso dos pais no outono do ano anterior.

— Koisan, você não vai de traje ocidental? — perguntou Etsuko de olhos arregalados quando todos se sentaram à mesa de jantar, já arrumados para sair. A menina surpreendera-se com Taeko, que vestia um quimono formal de fundo verde, estampado com grandes camélias brancas. Ao vislumbrar as figuras exuberantes da mãe e das tias, sentiu uma excitação semelhante às ocasiões anuais em que a família saía para apreciar as cerejeiras em flor.

— E então, Etsuko, você acha que eu fico bem de quimono?
— Koisan fica melhor com roupas ocidentais.
— Com quimono parece mais gorda — comentou Sachiko.

Taeko tinha passado a usar mais quimonos. Como suas pernas eram bonitas, quando vestia roupas ocidentais passava a ter a graça de uma menina, mas se usava quimono, estas ficavam escondidas e ela parecia estranhamente mais baixa e gorda. Estava acima do peso, pois tinha se excedido na alimentação para repor os nutrientes perdidos com a doença. Segundo ela, sempre fora de sentir muito calor nas pernas, mas nos últimos tempos passara a usar o quimono para aquecê-las. Elas estavam sempre geladas.

— Não é nada disso. Enquanto são jovens, as mulheres japonesas se reservam o direito de serem modernas, mas conforme vão envelhecendo não conseguem mais usar as roupas ocidentais. É a prova de que Koisan já virou uma senhora — interveio Teinosuke. — Até a senhora Itani, uma pessoa que estudou nos Estados Unidos e deveria usar roupas ocidentais por causa do trabalho, está sempre de quimono, não é verdade?

— É verdade. Mas ela sim já é uma senhora — retrucou Sachiko. — A propósito, o que diremos a ela sobre aquele assunto?

— Penso que desta vez não deveremos tocar muito nele, mas de qualquer modo vocês poderiam ir a Tóquio para a festa de despedida dela — disse Teinosuke. — Afinal, mesmo que não houvesse a questão da proposta, seria uma obrigação fazer ao menos isso pela senhora Itani, não é mesmo?

— Você tem razão.

— O certo seria que eu fosse também, mas como tenho muito serviço no momento não poderei ir. Creio que seria meio inconveniente irem apenas você e Yukiko. Melhor seria se Koisan pudesse acompanhá-las.

— Faço questão de ir — disse Taeko. — Já estou bem-disposta, e vou aproveitar a ocasião para passear um pouco em Tóquio. Já que não pude ir à apreciação das cerejeiras em flor, gostaria de compensar com esta viagem.

Taeko não tinha tantos deveres assim para com Itani. Era uma cliente assídua, mas como os preços dela eram altos, vez ou outra ia a outros salões. Yukiko, sim, havia recebido dela muitos favores em função das propostas de casamento. Mesmo assim, Taeko nutria por Itani um sentimento maior do que uma simples simpatia, via nela uma mulher muito franca, que não ligava para detalhes e tinha uma natureza meio masculina, o que a levava a ajudar os mais fracos e atacar os mais fortes. Quando fora expulsa da família Makioka, Taeko pôde perceber que de alguma maneira o seu círculo de relacionamentos diminuíra, e as pessoas antes bastante gentis com ela de repente começaram a vê-la com olhos estranhos. Itani, ao contrário, continuou a mesma, tratando-a com a gentileza costumeira. Provavelmente as atitudes inadequadas de Taeko chegaram bem rápido ao conhecimento da dona de um salão de beleza, local propício para mexericos, e com certeza ela sabia de tudo. Mesmo assim, procurava reconhecer apenas o lado bom da moça, relevando seus defeitos. Taeko sentira-se tocada com tal gesto de Itani e não conseguiu conter a emoção ao saber que a senhora manifestara o desejo de despedir-se dela, recomendando-lhe que não deixasse de ir a Tóquio. Todas as vezes que surgia uma proposta de casamento para Yukiko, Taeko sentia-se um empecilho, uma ovelha negra. No entanto, como Itani sempre se mostrara cordial, Taeko imaginou ser aquele convite uma demonstração indireta de que, a seus olhos, a caçula das irmãs Makioka não era uma desonra à família, que por sua vez deveria reconhecer suas qualidades e exibi-la sem reservas perante as pessoas. Por isso, participaria daquela viagem a Tóquio. Seria uma forma de retribuir a atenção que havia recebido da senhora Itani.

— Se é assim, vá sem falta, Koisan. Uma festa de despedida sempre fica mais animada com bastante gente.

— No entanto, Yukiko, que é a principal pessoa... — comentou Sachiko voltando-se para a irmã, que sorria calada.

— Não estou com muita vontade de ir...

— Por quê?

— Se formos as três juntas, Etsuko ficará sozinha.

— Mas, pense bem, Yukiko. Se você não for, de que adianta? São apenas dois ou três dias e Etsuko pode muito bem ficar sozinha — argumentou Teinosuke.

— Vá a Tóquio sim, tia Yukiko — Etsuko passara a aceitar melhor os fatos e queria mostrar-se adulta. — Eu ficarei bem sozinha. Oharu estará comigo e não me sentirei só.

— Só irei impor uma condição para a ida de Yukiko a Tóquio.

— Qual? — perguntou Teinosuke.

Yukiko continuava sorrindo, calada.

— Ela diz que não pode deixar de ir, seria uma indelicadeza com a senhora Itani, mas creio que nossa irmã não quer ir conosco a Tóquio porque tem medo de ser obrigada a ficar em Shibuya... — começou a explicar Sachiko

— Tem sua lógica — observou o marido.

— É só não ir a Shibuya — decidiu Taeko.

— É melhor não fazerem isso. Devem ao menos ir cumprimentá-los, senão será um problema quando ficarem sabendo — objetou Teinosuke.

— É verdade — concordou Sachiko. — Por essa razão, solicitaremos permissão à casa central para que desta vez ela volte conosco, garantindo o seu retorno a Shibuya em outra oportunidade. Esta é a condição.

— Yukiko, se não gosta de Tóquio, é melhor considerar que esta proposta não tem chances de dar certo.

— Eu também acho que não vai dar certo — disse Etsuko, aproveitando a ponderação de Taeko. — Sei que não há como evitar o casamento da tia Yukiko, mas acho que se for para ela viver em Tóquio é melhor já desistir.

— E você lá entende dessas coisas, Etsuko?

— Posso não entender, mas é uma pena deixarmos ela viver num lugar como Tóquio, não é mesmo, Koisan?

— Você, fique quieta — repreendeu Sachiko. — Eu penso da seguinte maneira: Como o senhor Mimaki é filho de nobres, se considerarmos o seu sangue, ele é natural de Kyoto. No momento, mora num apartamento em Tóquio, mas dependendo do caso, pode ser que fixe residência na região de Kyoto e Osaka.

— Pode ser. Se ele conseguir algum emprego em Osaka, talvez decida morar por aqui. Bem, pelo menos parece certo que em suas veias corre o sangue de Kyoto.

— Mas mesmo sendo alguém dessa região, uma pessoa de Kyoto é bem diferente de uma de Osaka. As mulheres de Kyoto, por exemplo, são excelentes, mas os homens não têm muitas qualidades — observou Sachiko.

— Não é hora para isso, querida! — interveio Teinosuke. — Talvez ele seja natural de Tóquio, e como viveu durante muito tempo na França e nos Estados Unidos, deve ser muito diferente de alguém de Kyoto.

— Não gosto do local, mas pode ser que as pessoas de Tóquio sejam boas — disse por fim Yukiko.

Como teriam tempo de definir o presente de Itani até a festa de despedida em Tóquio, naquela noite seguiriam a sugestão de Teinosuke e ofertariam-lhe apenas um buquê de flores. Tão logo terminaram o jantar, saíram para comprar as flores em Motomachi, e Etsuko ficou com a incumbência de entregá-las a Itani na plataforma de embarque. Numa ocasião como aquela, o normal seria haver um grande número de pessoas na estação, mas como ela havia ocultado o horário de sua partida, a despedida estava um pouco apagada. Mesmo assim, além de seus dois irmãos mais novos, estavam presentes o doutor Murakami, dono de uma clínica recém-inaugurada em Osaka, Fusajiro, um funcionário da Kokubun Comercial, suas respectivas esposas e mais vinte ou trinta pessoas. As três irmãs Makioka, diante da sobriedade da ocasião, ficaram constrangidas em tirar o sobretudo e exibir os quimonos de festa. Sachiko aproximou-se de Itani e agradeceu-lhe a visita daquela manhã. Não tinha palavras para expressar seu agradecimento à gentileza e preocupação com a família Makioka, em especial com Yukiko, ainda mais estando a senhora num momento tão atarefado de partida para o exterior, o que deixava todos eles ainda mais gratos. Havia comentado o assunto com o marido, continuou Sachiko, e ele a aconselhara a irem todas elas à festa de despedida, independentemente da apresentação de Yukiko a alguém. Teinosuke reiterou os agradecimentos da esposa. Que notícia maravilhosa, exultou Itani, as três irmãs juntas em Tóquio! Ela telefonaria a Sachiko no dia seguinte fornecendo os detalhes e as esperaria na capital. O trem já começava a se mover, e da janela ela repetia as mesmas palavras.

Conforme o combinado, na noite seguinte Itani telefonou do Hotel Imperial. A festa de despedida havia sido marcada para dois dias depois, a partir das cinco da tarde, no salão do hotel. Estariam presentes sua filha Mitsuyo, o senhor Kenzo Kunishima, sua esposa e filha e o senhor Mimaki. Se elas três participassem como representantes de Kobe, seriam ao todo nove pessoas. Onde as irmãs pretendiam se hospedar?, e logo sugeriu o próprio Hotel Imperial. Apesar de terem a casa central em Tóquio, onde certamente prefeririam ficar, o hotel poderia ser uma opção mais cômoda, propôs ela. Naquele mês e no próximo, as hospedarias da cidade estariam praticamente lotadas por causa da festa dos dois mil e seiscentos anos do Japão. Por sorte, um parente do senhor Kunishima tinha feito uma reserva no mesmo hotel e prontificou-se a ceder o quarto para elas, hospedando-se na mansão dos Kunishima. O que achava Sachiko de tudo isso? Como Taeko estaria entre elas e Yukiko sentia todo aquele receio de Shibuya, seria até melhor mesmo manter aquela ida a Tóquio em segredo para a casa central. Sachiko aceitou de imediato a sugestão de Itani e pediu-lhe então que fizesse esse grande favor de arranjar-lhes um quarto no Imperial. Partiriam no expresso noturno do dia seguinte, ou no da manhã dali a dois dias. Gostariam de ficar até o dia da partida do navio para acompanhá-la até Yokohama, mas não poderiam se ausentar por tanto tempo, e lamentavam ter de ficar apenas para o evento de despedida. Por isso, hospedar-se-iam apenas na noite da festa e na seguinte, mas desejavam aproveitar a ocasião para assistir à peça de *kabuki*, e, se o conseguissem, talvez fizessem mais um pernoite. Itani ofereceu-se de pronto para providenciar os ingressos para o teatro *kabuki* e comentou sobre a possibilidade de acompanhá-las.

Por sorte, conseguiram reserva para o leito noturno do dia seguinte com saída de Osaka, e se ocuparam o dia todo com os preparativos para a viagem. Sachiko e Yukiko precisariam fazer permanente ainda naquele dia e ficaram perdidas, uma vez que não tinham mais o salão de beleza de Itani à disposição. Decidiram esperar por Taeko, quem sabe podiam ir a algum salão que ela conhecesse. Mas ela demorava a chegar, e as duas irmãs reclamaram sua ausência durante toda a manhã. Taeko, muito ágil, já tinha ido ao cabeleireiro e estava de cabelo pronto quando chegou, às duas horas da tarde. A Sachiko e Yukiko, que estavam à sua espera para irem ao cabeleireiro, ela sugeriu com toda a calma que fizessem o cabelo em Tóquio, lembrando-as que no Hotel Imperial também havia um salão de beleza. Começaram então a preparar as mudas de roupa e guardaram tudo em dois baús, um maior e outro menor, e mais uma mala de mão. Jantaram e terminaram de se arrumar em cima da hora de partir.

29

— Com licença, seria a senhora Makioka? — uma moça miúda, com trajes ocidentais, veio correndo ao encontro das três irmãs tão logo elas desceram na plataforma de desembarque. — Sou Mitsuyo — apresentou-se, dirigindo-se a Sachiko como se a envolvesse.

— Ah, sim, a filha da senhora Itani...

— Há quanto tempo! Minha mãe deveria ter vindo recebê-las, mas como está muito atarefada, vim em seu lugar — voltou-se para as bagagens que as três carregavam. — Vou chamar o carregador — disse, já indo buscá-lo. — Ah, devem ser a senhorita Yukiko e Koisan, não? Eu sou Mitsuyo. Já faz muito tempo mesmo que não nos vemos. Mamãe vive lhes dando trabalho É comovente que todas tenham vindo especialmente para esta ocasião. Ontem, ela comentava sobre isso com grande alegria...

Depois de ter deixado as bagagens maiores com o carregador, pegou as duas ou três menores que ali restavam, mais o embrulho de lenço, a frasqueira e outras coisas do gênero.

— Eu levo isto, deixem comigo, por favor.

À força, apanhou tudo das mãos delas e seguiu na frente, caminhando de modo bastante ágil no meio da multidão.

Sachiko e as irmãs teriam visto a moça uma ou duas vezes quando ainda freqüentava o Colégio Estadual Feminino Daiichi, em Kobe. Como não tinham muita intimidade com ela, não saberiam dizer ao certo, mas parecia ter perdido muito de seu ar interiorano. Se ela não tivesse se apresentado, não a reconheceriam. Itani era magra e alta, enquanto a filha sempre fora miúda, de estatura baixa, e mantinha-se do mesmo jeito. Antes, seu rosto era escuro e redondo, e era mais gordinha também; agora, tinha ficado mais branca, mas em compensação o rosto e o corpo pareciam ter ficado menores. Suas mãos, por exemplo, eram como as de uma menina de 14 anos. Mitsuyo aparentava ter alguns centímetros a menos que Taeko — a mais baixa das três irmãs —, cujo porte parecia ainda maior, quem sabe em função do sobretudo que usava por cima do quimono. Mitsuyo, como sua mãe mesma tinha dito, parecia frágil. No modo de se expressar, porém, saíra a Itani. Aquele jeito de falar rápido dava-lhe um ar de criança precoce. Embora tenha se sentido desconfortável, Yukiko achou graça ao ser chamada de "senhorita Yukiko" por uma moça dez anos mais nova.

— Mitsuyo, você também deve estar bastante atarefada. Sou-lhe muito grata por ter vindo nos buscar.

— Não seja por isso. Para ser franca, este mês temos diversos eventos por causa da festa dos dois mil e seiscentos anos do Japão, e há muito trabalho na revista. E também preciso cuidar dos assuntos de minha mãe...

— Dias atrás, houve a cerimônia de revista aos navios, não é mesmo?

— No dia seguinte, tivemos a cerimônia de instituição da Associação de Assistência ao Governo Imperial. A grande festividade do santuário Yasukuni também já começou. No dia 21, teremos a parada militar. Neste mês, Tóquio está um alvoroço. As hospedarias, por exemplo, estão superlotadas. Ah, já ia me esquecendo de dizer. O hotel também estava cheio e por isso não conseguimos reservar um quarto muito bom.

— Não há problema, serve qualquer um.

— Não tivemos muita alternativa, e só conseguimos um quarto pequeno. Nele, havia apenas duas camas de solteiro, mas conseguimos que trocassem uma delas por uma de casal.

Mitsuyo continuava falando no meio do trajeto. Ela tentou arranjar os ingressos do *kabuki* naquele dia, mas tivera dificuldade para arrumá-los mesmo com dez dias de antecedência. No entanto, com a ajuda de uma pessoa da revista, deveria consegui-los para dali a dois dias. Ela, a mãe e o senhor Mimaki, de quem as irmãs já deviam ter ouvido falar alguns dias antes, também lhes fariam companhia, explicou. E avisou que os seis lugares poderiam não ser todos juntos.

— Eis o quarto. Desculpem-nos por não ser tão confortável como gostaríamos. Para piorar a situação, ele se encontra do lado que não bate sol, mas, por favor, queiram relevar... Logo depois de deixar as bagagens que tinham ficado sob sua guarda, Mitsuyo se dirigiu para a saída. E continuou a falar:

— Minha mãe teve de sair, mas deve voltar logo. Virá vê-las assim que retornar. Então, agora peço-lhes licença para ir à empresa. Voltarei mais tarde. Teriam compras a fazer em Ginza? Se for o caso, podem me telefonar a qualquer hora, aqui está meu número — e tirou da bolsa um cartão de visita. Ela tinha as unhas dos dedos de sua pequenina mão pintadas de um vermelho bem forte, como os de qualquer mulher adulta.

Sachiko estava preocupada com o cabelo e queria deixá-lo arrumado ainda naquele dia, mas tanto ela quanto Yukiko estavam cansadas da viagem no trem noturno. Achou melhor não se excederem e preferiu descansar. Itani logo apareceria e por isso não poderiam dormir, mas ficariam mais à vontade se tirassem o *obi*. Ela não se preocupava tanto consigo, e sim com Yukiko. Aquela sombra no canto do olho ainda não tinha desaparecido por completo, mas felizmente estava bem mais clara, quem sabe fosse o efeito das injeções que tomava havia tanto tempo. As feições da irmã estavam apagadas, talvez devido à proximidade do período menstrual e à viagem de trem. Naquelas horas, a mancha costumava ficar mais escura, lembrou-se. E concluiu que a primeira providência a ser tomada era não deixar Yukiko se cansar.

— Que faremos? Não é melhor deixarmos para amanhã, Yukiko? Afinal, estamos exaustas.

— Por mim, pode ser hoje.

— A festa de amanhã será a partir das cinco da tarde e então não teremos tanto tempo também. Bem, por ora vamos descansar um pouco e depois ir até Ginza. Precisamos fazer compras...

Instantes antes, assim que entraram no quarto, Taeko jogara-se sem qualquer cerimônia na espreguiçadeira que parecia a mais confortável. Enquanto as irmãs mais velhas conversavam, tinha tirado o *haori*, soltado o *obi* e já estava deitada na cama de casal apenas com as roupas de baixo. Antes, não demonstrava cansaço em tais ocasiões e logo saía animada para passear, deixando as duas outras para trás. Naquele dia, entretanto, não demonstrava a mesma vitalidade de outrora, querendo logo esticar as pernas. Explicitava sua falta de etiqueta, recostando-se em qualquer lugar e suspirando sem parar. Provavelmente, sua saúde ainda não estivesse perfeita, mas o fato é que havia engordado demais e tornara-se preguiçosa, fosse para o que fosse.

— Yukiko, deite-se um pouco também — aconselhou Sachiko.

— Está bem — Yukiko tirou o *haori* jogado por Taeko na espreguiçadeira da qual se apossara havia pouco, e sentou-se comportada, sem nem mesmo tirar o *obi*.

Ela teria de compartilhar com Taeko aquela cama de casal, de tamanho um pouco menor que o normal. Não teve ânimo para se juntar à irmã, e querendo deixar a outra cama para Sachiko, acabou adormecendo antes de Taeko, que estava deitada. Talvez Sachiko tivesse notado o cuidado de Yukiko, e por isso se deitara na cama vaga. No entanto, nem ela nem Taeko conseguiam pegar no sono enquanto Yukiko dormia na espreguiçadeira.

— Koisan, vamos aproveitar para tomar banho agora? — e foram uma de cada vez.

Yukiko continuava dormindo, até que resolveram acordá-la para se banhar, antes de irem almoçar no refeitório. Itani, a quem aguardavam com ansiedade, não apareceu. À tarde, decidiram ir a Ginza. Percorreram as vitrines de diversas lojas. Precisavam a todo custo encontrar um presente de despedida para Itani, com o qual tanto se preocupavam. Coisas modernas seriam inadequadas para alguém que ia para o exterior... Depois de muito pensar num típico presente japonês que pudesse alegrar uma pessoa num país estrangeiro, acabaram deparando com uma caixa de madrepérolas no subsolo da Hattori e escolheram-na como presente a ser ofertado por Sachiko. À parte, compraram na loja Mikimoto um broche de casco de tartaruga e pérola, que também servia de presilha, e decidiram que este seria dado em nome de Yukiko e de Taeko. Só isso fora o suficiente para deixá-las exaustas. Descansaram um pouco na confeitaria Colombin, mas ainda restavam algumas compras a fazer.

— Ah, vamos embora — antecipou-se Taeko.

Voltaram ao hotel por volta das quatro e meia. No quarto, encontraram um vaso enfeitado com orquídeas, acompanhado de um cartão de visita de Itani, onde se lia: "Quando retornarem, avisem-me. Estarei esperando para tomarmos um chá."

— Chá, de novo? Acabamos de tomar! — reclamou Taeko, mais uma vez ocupando a espreguiçadeira. Como ela dava a impressão de que não se moveria nem com um reboque, Sachiko e Yukiko resolveram descansar também e deitaram-se na beirada da cama. Não se passaram dez minutos e o telefone tocou.

— Deve ser a senhora Itani — disse Sachiko, e pegou o fone.

— Estive ausente desde cedo, desculpem-me. Cheguei ainda há pouco e pedi que preparassem um chá. Por favor, venham ao saguão — chamava Itani.

— Sim, pois não. Ia ligar agora mesmo para a senhora. Iremos em seguida.

— Quero ficar aqui. Vão vocês — disse Taeko.

Sachiko obrigou-a a ir, dizendo que isso seria falta de consideração para com Itani.

— Venha também, Koisan. Nós estamos tão cansadas quanto você.

E foram as três ao saguão, mais uma vez.

30

Depois dos cumprimentos iniciais, Itani informou que um senhor acabara de confirmar os ingressos para o teatro, dali a dois dias. Somente as três irmãs teriam os assentos seqüenciais. Ela e Mitsuyo ficariam juntas em outro lugar, mas o senhor Mimaki ficaria separado de todas elas. Assim, durante o chá, aproveitou para introduzir o assunto relativo ao cavalheiro. Sachiko tinha a intenção apenas de conversarem generalidades, mas Itani contou que já tinha falado sobre Yukiko ao casal Kunishima e também mostrado uma foto dela, guardada consigo havia muito tempo. Os comentários sobre a foto foram muito positivos. Na noite anterior, o assunto na mansão dos Kunishima era de que Yukiko não parecia ter a idade que dizia ter. Mimaki ficara satisfeito apenas em ver a foto e dispensaria uma averiguação pessoal. Se não houvesse empecilho por parte dos Makioka, ele estava preparado para desposar Yukiko o mais cedo possível. Como Itani não tinha a intenção de esconder nada, revelou-lhe a situação da família Makioka: a relação da casa central com a casa secundária de Ashiya, a falta de entrosamento que havia entre Tatsuo e as cunhadas, Yukiko e Taeko, quais eram os motivos, enfim, contara tudo o que sabia, sem ocultar absolutamente nada. Mimaki, mesmo ouvindo tudo, continuava indiferente às informações e não pareceu mudar sua disposição para o casamento. Um homem vivido como ele compreendia melhor que os outros as pequenas questões familiares, provavelmente por já ter enfrentado e superado muitas delas. Supondo que o assunto tendia a caminhar para esse lado, Yukiko e Taeko se retiraram assim que terminaram o chá.

— Acabei falando sobre a mancha no rosto dela — comentou Itani em tom mais baixo, voltando o olhar para Yukiko assim que as duas se levantaram. — Achei melhor ele saber agora do que vir a descobrir depois.

— Foi bom ter falado, pois assim ficamos mais à vontade. Ela tem feito o tratamento, e como pode ver a mancha não está tão visível. Deve melhorar ainda mais depois do casamento, e gostaria que explicasse isso também a ele.

— Sim, eu já disse, e ele comentou que seria muito bom acompanhar o desaparecimento gradativo da mancha depois do casamento, imagine só.

— Que surpresa!

— Quanto à questão de Koisan, não sei o que a senhora pensa, mas as pessoas têm comentado muito. Mesmo que tais boatos sejam todos verdadeiros, também creio que não precisam se preocupar. Em qualquer família há alguém diferente e é até melhor que o tenha. No caso do senhor Mimaki, ele disse não se importar como é a irmã mais nova da futura noiva, pois não é com ela que vai se casar.

— Realmente são muito poucas as pessoas que têm um pensamento tão liberal assim.

— De fato. Alguém que já experimentou uma vida de prazeres acaba adquirindo uma compreensão maior. O senhor Mimaki me dizia que os assuntos sobre a irmã mais nova não lhe dizem respeito, mas achou ótimo que eu falasse tudo com franqueza, e esclareceu que se eu não quisesse não seria necessário revelar nada — Itani falava sem reservas depois de notar o semblante aliviado de Sachiko. — Mas, o que a senhorita Yukiko está pensando de tudo isso?

— Bem, então, na realidade, ainda...

A verdade é que Sachiko só tinha começado a ficar realmente interessada naquele momento, enquanto ouvia Itani falar. Até então, para ela, o objetivo primeiro daquela ida a Tóquio era a festa de despedida. Estava claro que também tinha em mente o assunto do casamento de Yukiko, mas isso estava em segundo plano e sua postura era bem clara. Deixaria para pensar no assunto somente depois das apresentações, não conseguia se libertar do receio de ficar entusiasmada demais para em seguida se decepcionar. Por conta disso, ainda não tinha conversado a esse respeito com Yukiko. Como tudo parecia favorável, o empecilho de tal arranjo matrimonial seria, como fora dito dias antes, ter Tóquio como local de moradia, o que por certo seria motivo de hesitação por parte da irmã. Não podia permitir que Yukiko satisfizesse todos os seus caprichos, e claro que esta não seria capaz de exigir nada disso, mas Sachiko também não desejava que a irmã fosse morar em Tóquio depois do casamento. Tinha o desejo secreto de arrumar uma casa para ela na região de Osaka-Kobe. Sachiko gostaria de saber, apenas a título de informação, em qual lugar o senhor Mimaki pretendia residir, já que Itani mencionara a intenção do visconde pai, residente em Kyoto, de comprar uma casa para o filho. Onde pretenderia comprá-la? Ela jamais imporia qualquer condição em relação ao local de moradia, explicou Sachiko, mas precisaria ser em Tóquio? Se o senhor Mimaki arrumasse um emprego em Kyoto ou Osaka, ele moraria naquela região? Itani logo entendeu. Ainda não havia investigado nada a esse propósito, mas prometeu fazê-lo tão logo fosse possível. De todo modo, ela suspeitava que Tóquio fosse o local de preferência dele. Havia algum inconveniente nisso?, devolveu a pergunta a Sachiko. Esta, disfarçando um pouco, apressou-se em responder que não.

Despediram-se com um convite de Itani para ela e suas irmãs visitarem-na mais tarde em seu quarto. Era possível que depois do jantar Mitsuyo viesse acompanhada do senhor Mimaki, comentou. Já passava um pouco das oito da noite quando Itani telefonou. Certamente estariam cansadas, ponderou, mas o cavalheiro estava com ela, e pediu o favor de irem todas juntas encontrarem-se com ele. Sachiko fez com que Yukiko tirasse todos os conjuntos da mala, os espalhasse sobre as duas camas, e ajudou a irmã a se arrumar. Logo em seguida, enquanto ela e Taeko trocavam de roupa, receberam outro telefonema de Itani, apressando-as.

— Entrem, entrem, por favor — encaminhou-as Mitsuyo logo após as batidas na porta. — Como podem ver, está uma bagunça. Desculpem-nos.

De fato, o quarto tinha cinco ou seis baús de tamanhos variados, caixas de papelão com roupas ocidentais, presentes enviados de diversos lugares e outros objetos já prontos para a viagem aos Estados Unidos. Mimaki, ao ver a figura das três irmãs, apressou-se em ficar em pé, e mesmo depois de encerradas as apresentações, não voltou a ocupar seu assento.

— Estou bem assim. Tenham a bondade — ofereceu sua cadeira e sentou-se num baú de viagem. Ao todo só havia quatro cadeiras, e nelas sentaram-se as três irmãs e Itani. Mitsuyo escolheu um canto da cama.

— E então, senhora Itani, as visitas já chegaram — disse Mimaki, como se continuasse um assunto inacabado. — Agora que há mais espectadores, que tal nos mostrar?

— Não vou mostrar de modo algum ao senhor.

— Não adianta dizer isso porque irei até o navio para me despedir, e mesmo que a senhora se recuse, acabarei vendo.

— Acontece que eu pretendo viajar de quimono.

— Mesmo no navio, o tempo todo?

— Pode ser que não consiga usá-lo a viagem inteira, mas vou evitar ao máximo vestir trajes ocidentais.

— Uma péssima idéia. Para que então a senhora os reuniu? — Mimaki voltou-se para Sachiko e as irmãs. — Bem, deixe-me explicar. Estamos discutindo sobre as roupas da senhora Itani. Já a viram com trajes ocidentais alguma vez?

— Nunca — respondeu Sachiko. — Até comentávamos como ela faria no exterior.

— Todos em Tóquio dizem o mesmo. Nem Mitsuyo se lembra de tê-la visto em trajes ocidentais, por isso estávamos tentando convencê-la a nos mostrar como ficaria. — Mimaki voltou-se outra vez para Itani: — Então, senhora Itani, não seria interessante fazer um teste na presença de todos?

— O que está dizendo? Imagine se posso me despir aqui.

— Fique à vontade. Enquanto isso, aguardaremos no corredor.

— O que importa isso, senhor Mimaki? — tentou ajudar Mitsuko. — Não torture mamãe tanto assim.

— Por falar nisso, de uns tempos para cá Koisan também tem usado mais os quimonos, não é verdade? — comentou Itani meio constrangida, mudando o foco da atenção para Taeko.

— Não vale trapacear.

— É, agora Koisan também passou a usar mais quimonos do que roupas ocidentais.

— As pessoas dizem que é a prova de que já estou ficando velha — interveio Taeko logo após Sachiko, utilizando o dialeto de Osaka sem qualquer cerimônia.

— Posso estar faltando com o respeito — observou Mitsuyo, admirando o magnífico quimono de Taeko —, mas Koisan com certeza fica melhor em trajes ocidentais, o que não significa que não fique bem de quimono.

— Mitsuyo, desculpe-me interrompê-la, mas ouvi dizer que esta senhorita chama-se Taeko. Quem seria "Koisan"?

— Senhor Mimaki, o senhor é de Kyoto e não sabe o que significa "Koisan"?

— Ao que parece, "Koisan" é um termo usado apenas em Osaka e não deve ser muito conhecido em Kyoto — observou Sachiko.

Itani trouxe uma lata de doce de chocolate, provavelmente um presente de alguém, e ofereceu-a a todos. Ninguém aceitou, entretanto. Estavam satisfeitos e apenas tomaram chá japonês. Mitsuyo sugeriu à mãe que fizesse um agrado ao senhor Mimaki, e a senhora Itani pediu que enviassem uísque para o quarto. Sem qualquer cerimônia, Mimaki disse ao rapaz para deixar a garrafa, levou-a para perto de si e foi tomando aos poucos, enquanto conversava. Itani levantava assuntos com grande habilidade, o que fazia a conversa fluir sem problemas. Quando ela perguntou-lhe sobre sua futura residência, caso a tivesse, se precisaria ser em Tóquio, ele pôs-se a falar sobre si mesmo e sobre os planos para o futuro. Mitsuyo, disse Mimaki, acabara de dizer que ele era natural de Kyoto, mas sua família havia transferido a mansão para o bairro de Koishikawa, em Tóquio, desde a geração do avô, e por isso ele nascera nesta cidade. Até a geração do pai, todos eram naturais de Kyoto, mas como a mãe era natural de Fukagawa, em suas veias corria tanto o sangue de Kyoto como o de Tóquio, meio a meio. Quando jovem, não nutria nenhum interesse por Kyoto. Muito pelo contrário, sempre tivera adoração pelo exterior, mas nos últimos tempos sentia despertar uma espécie de nostalgia pela terra dos ancestrais. O pai, por exemplo, à medida que envelhecia, passara a sentir saudades de Kyoto e acabou abandonando a mansão em Koishikawa, refugiando-se em

Saga. Ao pensar nisso, Mimaki sentia algo que lhe parecia uma predestinação. Esta tendência às coisas do Japão antigo vinha-se revelando em seu gosto. Dizia ter começado a entender cada vez melhor o valor das antigas arquiteturas japonesas e, tão logo surgisse uma oportunidade, pretendia trabalhar outra vez no ramo da construção. Até que isso acontecesse, queria pesquisar ao máximo as edificações típicas japonesas, a fim de introduzir muitos dos elementos em seus futuros projetos. Pensando nesses diversos aspectos, acreditava ser muito mais fácil, para fins de pesquisa, arrumar um trabalho na região de Kyoto e viver um tempo por lá. Não apenas por isso, mas também porque o estilo de moradia que pretendia construir parecia combinar mais com o ambiente da região de Osaka e Kobe do que com o de Tóquio. Exagerando um pouco, acreditava até que seu futuro estaria na região de Kyoto e Osaka. Qual seria então o melhor lugar para se residir em Kyoto?, indagou por fim. Sachiko perguntou-lhe em que local de Saga ficava a residência de seu pai, e em seguida deu sua opinião. Caso ele fosse morar em Kyoto, o melhor seria nos bairros de Saga, Nanzenji, Okazaki ou Shishigatani. E assim a conversa avançou até o anoitecer. Enquanto isso, Mimaki tomou sozinho quase um terço da garrafa de uísque, mas continuava sóbrio. Quando o álcool parecia subir-lhe um pouco à cabeça, ficava mais descontraído e vez ou outra soltava frases espirituosas, levando todos às gargalhadas. Parecia estar bem familiarizado com Mitsuyo, com quem trocava desafios lingüísticos picantes, e elas tiveram a impressão de estar diante de uma apresentação cômica de *manzai*. Sachiko e as irmãs acabaram esquecendo-se até mesmo do cansaço, e despertaram da sonolência que as incomodava. Já eram quase onze da noite quando Mimaki, afobado, se deu conta de que perderia o trem. Mitsuyo resolveu acompanhá-lo e foram embora juntos.

Como foram dormir tarde, Sachiko e as irmãs acabaram acordando somente após as nove e meia da manhã seguinte. Sachiko não agüentou esperar a abertura do refeitório para o almoço. Comeu algumas torradas no quarto e seguiu para o salão de beleza Shiseido na companhia de Yukiko. No subsolo do hotel também havia um, mas foram instruídas por Mitsuyo na noite anterior a experimentarem o Shiseido, onde utilizavam o Zotos, um produto para permanente muito mais agradável, que dispensava o calor dos secadores.

Lá chegando, doze ou treze clientes esperavam para serem atendidas antes delas, e não sabiam quanto tempo teriam de esperar. Se estivessem no salão de Itani, em Kobe, teriam a vantagem de serem conhecidas e passariam na frente, mas ali não dispunham de tal recurso. Enquanto aguardavam na sala de espera, viram apenas senhoras e moças de Tóquio desconhecidas, e ninguém lhes dirigira a palavra. As duas ficaram com receio até mesmo de falar baixinho, com vergonha de expor o dialeto da região de Kyoto e Osaka. E assim, constrangidas, permaneceram escutando as outras clientes conversarem no dialeto de Tóquio como se estivessem em território inimigo. Como estava lotado o salão!, comentou uma delas. Nada mais natural, retrucou uma outra, aquele era "o dia de sorte correspondente à grande tranqüilidade", data propícia para cerimônias de casamento e noivados, por isso, todos os salões estavam lotados de fregueses. Sachiko pensou ter matado a charada. Talvez Itani tivesse marcado a festa de despedida para aquele dia porque pretendia comemorar o arranjo do casamento de Yukiko. Enquanto isso, as freguesas não paravam de chegar e duas ou três iam passando na frente, usando a desculpa de que tinham compromisso. Sachiko e Yukiko haviam chegado antes do meio-dia, e já eram duas da tarde. Começaram a se preocupar se estariam prontas a tempo para a festa das cinco horas, e tiveram de conter a irritação, decididas a nunca mais voltar ao Shiseido. Como tinham comido apenas algumas torradas antes de sair, estavam com uma fome terrível — principalmente Yukiko, que comia pouco, alegando ter o estômago menor do que o da maioria das pessoas. Em compensação, ela sentia fome mais rápido, e se fosse negligente acabava acometida por uma isquemia. Ciente do fato, Sachiko, mais preocupada com Yukiko do que consigo mesma, observava-a sem parar, até perceber que a irmã já estava ficando gelada de frio. Será que não haveria perigo de ela fazer o permanente naquele estado? Sachiko estava apreensiva. Finalmente, foram atendidas após as duas horas. Yukiko fez o cabelo primeiro, e Sachiko só terminou às quatro e cinqüenta. Quando estavam de saída, chamaram-na ao telefone. Demorariam muito ainda? Já ia dar cinco horas. Era Taeko ligando do hotel, preocupada. Sim, estavam cientes. Já haviam terminado de fazer o cabelo e estavam de saída. Sachiko acabou falando no dialeto de Osaka e saiu apressada com Yukiko para fora do salão.

— Yukiko, lembre-se bem. Nunca se deve ir a um salão de beleza desconhecido no "dia de sorte correspondente à grande tranqüilidade" — disse-lhe Sachiko, arrependida.

Naquela noite, enquanto percorria apressada o corredor em direção ao salão de festas do hotel, deparou com cerca de cinco senhoras vestidas com trajes de festa, cujos rostos havia visto no Shiseido.

— Desculpe-me pelo atraso, senhora Itani. Não se deve ir a um salão de beleza desconhecido no "dia de sorte correspondente à grande tranqüilidade" — repetiu ela ao chegar ao salão de festas.

31

O terceiro e último dia em Tóquio foram bastante corridos, desde a manhã até a tarde.

Na programação inicial, este dia correspondia ao penúltimo, e Sachiko reservara-o para irem ao teatro. No seguinte, pretendia visitar a irmã em Dogenzaka pela manhã, fazer compras à tarde e partir no trem noturno. Taeko, no entanto, manifestara sua exaustão, ainda não havia conseguido repor o sono desde a viagem até Tóquio no trem noturno. Queria voltar logo para casa e dormir de pernas esticadas em seu quarto, e Yukiko concordava com ela. Era natural estarem cansadas, mas na realidade o que as duas desejavam era encurtar ao máximo o tempo de visita à casa central, ou seja, fazer tudo o que estava programado naquele dia e partir no Andorinha logo na manhã seguinte. Para tanto, teriam de fazer as compras de manhã, e à tarde, quando estivessem a caminho do Teatro Kabuki, passariam na casa da irmã mais velha por alguns minutos, enquanto o carro as aguardaria no portão. Sachiko compreendia as irmãs. O desprezo de Taeko pela casa central era normal, e Yukiko lá não voltava havia mais de um ano. Na verdade, em outubro do ano anterior, quando a casa central ordenara a Taeko escolher entre a permanência em Tóquio ou o corte de relações com a família Makioka, algo parecido tinha sido dirigido também a Yukiko, embora não de forma tão categórica. Como ela não sabia até que ponto aquilo era uma ordem, apenas negligenciara o que lhe fora dito. A casa central, por sua vez, não tomara nenhuma providência específica. Talvez o cunhado, sem saber o que fazer com Yukiko, evitava provocá-la, deixando-a livre para agir como quisesse; ou então, entendesse a desobediência dela à ordem dada como sinal de seu afastamento de modo não declarado, da mesma forma que fizera Taeko. Poderia ser tanto uma coisa quanto outra. Se fossem à casa central, Tsuruko haveria de querer algum esclarecimento sobre o assunto, e Sachiko, como Yukiko, também não estava animada a ir para Dogenzaka. Quando estivera em Tóquio, em visita aos cinco lagos do Monte Fuji, Sachiko havia conversado com Tsuruko apenas pelo telefone, em parte porque estava com a vista afetada, mas principalmente porque temia ficar no meio do fogo cruzado, caso sua irmã mais velha lhe transmitisse a ordem de Tatsuo sobre a volta de Yukiko e esta não a aceitasse. Além disso, motivos à parte, ela queria evitar um encontro com Tsuruko. Era um sentimento reprimido do qual não tinha consciência. Estava aborrecida com a irmã desde a resposta dela à sua carta enviada em abril do mesmo ano, na qual a avisava da doença de Taeko. Este e outros motivos acumularam-se, e ela teve vontade de não aparecer em Shibuya naquela ocasião, de ir embora sem avisar que estiveram em Tóquio. No entanto, seria mais complicado se a irmã e o cunhado tomassem conhecimento da viagem delas, por isso Teinosuke a tinha alertado para não deixar de visitá-los. Quem sabe, por sorte, o casamento de Yukiko desse certo daquela vez, havendo a necessidade de deixar a casa central a par dos acontecimentos. Até dois dias antes, Sachiko não depositava qualquer esperança em tal arranjo, mas depois de ter-se encontrado com o tal Mimaki pela primeira vez naquela noite, no quarto de Itani, e de ser depois apresentada durante a festa ao casal Kunishima, que parecia satisfeito como intermediador das negociações, pôde constatar como eram essas pessoas e o ambiente que criavam ao redor de si, e começara a afrouxar a guarda, deixando de lado aquele velho temor de deixar-se envolver pela situação. Sachiko tivera a impressão de que, sem ter sido planejada, a festa da noite anterior havia se tornado um verdadeiro *miai*, e o resultado parecia ter sido satisfatório para ambas as partes. O que mais a tinha deixado feliz fora a gentileza com que Mimaki e Kunishima trataram Taeko, conversando sem reservas com ela. Não pareciam encarar seus pontos fracos como tais, consolavam-na e se colocavam a seu lado de uma forma não explícita, de um modo natural, nada forçado. Taeko também conseguira ser espontânea e fazia seus gracejos e imitações sem reservas, levando as pessoas às gargalhadas. Sachiko sentiu os olhos úmidos de tanta emoção diante de tal gesto de amor de Taeko a Yukiko, pelo qual procurava criar um bom clima entre as pessoas. Esta dedicação silenciosa de Taeko parecia ter também tocado Yukiko, que, como poucas vezes, procurou ficar mais solta, conversou e riu bastante. Na ocasião, Mimaki afirmou novamente que fixaria residência em Kyoto ou Osaka, mas Sachiko chegou até mesmo a reconsiderar esta preferência. Se era para Yukiko ter um esposo como ele, apadrinhado por pessoas como o casal Kunishima, já não importava mais se morariam na região de Kyoto e Osaka ou em Tóquio.

Sachiko esperou o horário em que Tatsuo saía de casa pela manhã e ligou para a irmã em Shibuya. Pretendia fazer-lhe uma visita rápida, antes de ir com Itani ao Teatro Kabuki, marcado para aquela tarde. Contou que esta senhora, por tais e quais motivos, havia feito uma festa de despedida em Tóquio, da qual as três irmãs tinham participado. Deveriam voltar no expresso da manhã seguinte e teriam apenas aquele dia para visitá-la. Embora o assunto ainda não tivesse avançado, junto com o convite para a festa de despedida de Itani havia surgido uma proposta de casamento para Yukiko.

Antes de encaminharem-se para Dogenzaka, as irmãs foram cedo ao centro comercial de Ginza, atravessaram o cruzamento de Owaricho de um lado para outro cerca de três ou quatro vezes, almoçaram no Hamasaku e tomaram um táxi em Awaya, no bairro de Nishi Ginza. Taeko não parava de dizer que não agüentava mais, que estava cansada. Esticou-se no *zashiki* do Hamasaku, utilizando as almofadas como travesseiro e colocando os pés para o alto. Quando as duas irmãs mais velhas iam embarcar no carro, disse que seria melhor não ir junto, pois como a casa central a expulsara, Tsuruko poderia ser prejudicada. Ela, por sua vez, também não queria ir até lá. Koisan estava coberta de razão, enunciou Sachiko, mas seria uma afronta somente ela não fazer a visita. Tatsuo poderia até não gostar de vê-la, mas a irmã mais velha não se incomodaria em recebê-la, mesmo tendo sido ela expulsa. Certamente Tsuruko ficaria satisfeita em reencontrá-la, ainda mais porque Koisan havia acabado de se recuperar de uma doença grave. Sachiko insistiu, incentivou-a a acompanhá-las, mas Taeko não cedia. Acabou não indo, alegando preguiça. Tomaria café em algum lugar e chegaria antes delas no Teatro Kabuki. Sachiko não a forçou a ir, e foram apenas ela e Yukiko.

O motorista do táxi recusava-se a esperá-las. Seriam apenas quinze ou vinte minutos, implorava Sachiko, além do mais pagaria a quantia equivalente à espera. Fez então o carro parar próximo à entrada e as duas subiram à sala de oito tatames. Sentaram-se com a irmã mais velha diante da mesma decoração de sempre, a mesa laqueada de oito pernas, o quadro de Shunsui Rai, a prateleira em laca e madrepérolas e o relógio sobre ela. Exceto Umeko, que ainda completaria seis anos, todas as crianças estavam em idade escolar e a casa não apresentava mais a bagunça de antes.

— Mesmo com pressa, poderiam ter deixado o táxi ir.

— Será que daqui conseguiríamos logo outro carro para ir embora?

— Antes, eles costumavam passar em Dogenzaka sem parar. Mas vocês poderiam ir de metrô. Mesmo que de Owaricho seguissem a pé até o teatro, o trecho é bem curto.

— Na próxima oportunidade faremos este trajeto com calma. Afinal, logo teremos mesmo de voltar.

— O que está sendo exibido este mês no Teatro Kabuki? — indagou Tsuruko.

— Ibaraki, Kikubatake e o que mais mesmo?

Umeko veio até o andar superior, Yukiko pegou-a pela mão e aproveitou sua presença para descer, convidando-a para brincar.

— E Koisan? — perguntou Tsuruko quando viu-se a sós com Sachiko.

— Ela estava conosco até agora há pouco, mas disse que preferia evitar a visita.

— Por quê? Ela poderia ter vindo...

— Disse o mesmo a ela, mas, para ser franca, foram dias seguidos de correria e ela parece não estar agüentando. Afinal, ainda não se recuperou por completo.

A partir do instante em que se sentou diante da irmã, Sachiko sentiu desfazer aos poucos aquele leve ressentimento que vinha guardando nos últimos meses. Durante o tempo em que remoera a questão longe de Tsuruko, surgira-lhe um sentimento desagradável em relação a ela, mas naquele momento em que se encontravam frente a frente, deparou com a mesma irmã de sempre. Tsuruko não havia mudado nem um pouco. Ao ser indagada sobre o Teatro Kabuki, Sachiko percebeu que tinha cometido uma maldade ao deixar de convidar apenas Tsuruko e sentiu-se em dívida com ela. Afinal, as quatro irmãs estavam reunidas ali em Tóquio. Como Tsuruko teria interpretado tal atitude? Seria bom que sua natureza tranqüila não lhe permitisse guardar mágoas, mas como ela não abandonava seus sentimentos de menina, por mais idade que tivesse, é claro que ao saber da peça teria sentido vontade de ir com elas. Mais ainda porque nos últimos tempos, com a queda das ações, os bens mobiliários que a casa central mantinha como trunfos haviam perdido quase todo o seu valor e o orçamento familiar devia estar bem mais apertado. Não fosse em ocasiões como aquela, a irmã mais velha não teria condições de ir ao teatro. Ao perceber a situação, Sachiko tratou de desviar a atenção de Tsuruko sobre tal assunto, discorrendo com entusiasmo sobre a proposta de matrimônio de Yukiko. O pretendente estava muito interessado, contou-lhe, e bastava eles aceitarem o pedido de casamento para que tudo fosse resolvido. Daquela vez, ela e Tatsuo também ficariam satisfeitos. Depois de falar com Teinosuke, voltaria a consultá-los, informou Sachiko.

— O senhor Mimaki, a senhora Itani e sua filha também irão conosco ao teatro, hoje — acrescentou, já fazendo menção de se levantar.
— Virei novamente outro dia — despediu-se e saiu.
— Yukiko também precisa ser mais expansiva e procurar falar um pouco — ponderou a irmã mais velha, enquanto descia as escadas atrás de Sachiko.
— Desta vez ela estava bem diferente, parecia mais esperta e conversou bem mais. Se continuar assim, creio que a proposta seguirá adiante.
— É o que mais desejo. Ano que vem ela já completa 35 anos, não?
— Adeus, virei outro dia — interveio Yukiko, que as aguardava no andar inferior, tendo saído da casa antes de Sachiko, como se estivesse fugindo.

— Adeus, recomendações a Koisan — Tsuruko saiu até a rua para acompanhá-las e continuava falando mesmo quando as duas irmãs já estavam dentro do carro. — Como a senhora Itani viajará para o exterior, não seria descortês eu não ir me despedir também?

— Não é preciso, Tsuruko. Você nem a conhece...

— Mas sabendo que está em Tóquio, não seria estranho nem ao menos fazer-lhe uma visita? Quando o navio parte?

— Soube que partirá no dia 23, mas como ela não gosta de extravagâncias, disse que não quer ninguém indo se despedir.

— Então, vou pelo menos até o hotel.

— Ainda acho desnecessário...

Enquanto o motorista esquentava o motor, Sachiko notou lágrimas rolarem pelo rosto de Tsuruko. Era estranho que tivessem alguma relação com o assunto sobre Itani, pensou Sachiko, mas os olhos da irmã ainda estavam cheios d'água quando o carro começou a se mover.

— Tsuruko estava chorando, não é mesmo? — comentou Yukiko quando passaram de Dogenzaka.

— Por que será? É estranho ela chorar por causa da senhora Itani.

— Deve ser por algum outro motivo, com certeza. A senhora Itani é só um pretexto.

— Será que se ressentiu por não ter sido convidada a ir ao teatro conosco?

— Deve ser isso, ela queria assistir à peça.

Só então Sachiko percebeu que de início a irmã tentava controlar o choro por vergonha de mostrar sua infantilidade em querer e não poder ir ao teatro, mas no final não conseguira se conter e acabou vertendo as lágrimas.

— Ela não disse nada sobre eu voltar para Tóquio?

— Por sorte, nem falamos sobre isso. Parece que ela só pensava no teatro.

— É mesmo? — disse Yukiko, totalmente aliviada.

No Teatro Kabuki, os lugares eram afastados e por isso não tiveram oportunidade para maiores intimidades, mas tanto no restaurante como no intervalo de cinco ou dez minutos todos ficaram juntos. Mimaki ia até elas e convidava-as a sair um pouco e aguardar no corredor. Em matéria de coisas modernas, confessou ele numa dessas saídas, tinha um gosto bastante vasto, mas em se tratando de *kabuki*, seu conhecimento era nulo. E, de fato, ao revelar que não sabia nada sobre o teatro tradicional e nem distinguia *nagauta*[19] de *kiyomoto*[20], foi alvo da zombaria de Mitsuyo.

Aquela noite seria a despedida delas, lembrou Itani ao saber que Sachiko e as irmãs partiriam no expresso da manhã seguinte. Estava muito feliz em poder deixar-lhes um presente e dizia ter muitas coisas a combinar antes da viagem. Por isso, qualquer dia Mitsuyo entraria em contato com a família Makioka em Ashiya.

Quando a peça terminou, Mimaki sugeriu que fossem dar uma volta nos arredores, e os seis foram em direção a Owaricho. Durante o percurso, Itani andava um pouco mais afastada dos demais na companhia de Sachiko a fim de contar-lhe rapidamente quais eram os planos. Mimaki, como podia-se ver, estava muito interessado. O casal Kunishima, depois de encontrar-se com Yukiko na noite anterior, ficara ainda mais encantado com ela do que o próprio Mimaki. Seria provável então que, ainda no mês seguinte, Mimaki fosse à região de Osaka e visitasse a casa delas em Ashiya para encontrar-se com Teinosuke. Se recebesse a anuência dos Makioka, o senhor Kunishima falaria com o visconde, pai do pretendente. Mais tarde, depois de descansarem um pouco na confeitaria Colombin, onde tinham ido tomar chá, Mimaki e Mitsuyo separaram-se do grupo em Nishi Ginza, prometendo despedirem-se na manhã seguinte. Itani e as três irmãs continuaram a caminhar até o hotel.

Itani acompanhou-as até o quarto, conversou mais um pouco e despediu-se. Sachiko tomou banho em primeiro, e depois foi a vez de

---

19. Canto utilizado nas danças do teatro *kabuki*. O estilo da música foi unificado pelo mestre de terceira geração Kisaburo Kineya. Apresenta dicção mais clara do que os demais cantos japoneses e utiliza o menor de todos os shamisen para o acompanhamento. (N.T.)

20. Uma das correntes da música do teatro de bonecos de Edo. Desenvolveu-se como acompanhamento da dança *shosagoto* do teatro *kabuki*, criado a partir do ritmo tomimoto pelo primeiro mestre Enjudayu Kiyomoto, no início do século XVIII. Leve e descontraído, o canto é feito de modo requintado com uma música suave produzida pelo shamisen médio. (N.T.)

Yukiko. Quando Sachiko saiu da sala de banho, encontrou Taeko sentada meio de lado, com um jornal sobre o tapete, ainda vestida com o *haori* que usara para ir ao teatro. Estava recostada na espreguiçadeira, e Sachiko deduziu que o caminho de volta a pé fora-lhe excessivo. Mesmo assim, sua aparência de completa exaustão não lhe parecia normal.

— Koisan, parece que você ainda não se recuperou totalmente, mas será que não está com algum outro problema? Quando voltarmos, vamos pedir ao doutor Kushida que a examine.

— Bem — resmungou Taeko, demonstrando muita preguiça. — Ele não precisa me examinar, sei do que se trata.

— Então, qual é o problema?

Quando Sachiko lhe fez essa pergunta, Taeko apoiou o rosto sobre o braço que estava na espreguiçadeira e encarou-a com os olhos caídos.

— Achou que estou grávida de três ou quatro meses — disse com a calma de sempre.

— O quê? — Sachiko perdeu o fôlego e lançou um olhar capaz de perfurar o rosto de Taeko. Depois de uma pausa, finalmente conseguiu dizer: — É filho de Kei?

— Sachiko, você soube de um homem chamado Miyoshi pela velha 0ama de Kei, não foi?

— Aquele rapaz que trabalha como *barman*?

Calada, Taeko confirmou com um movimento de cabeça.

— Nenhum médico me examinou, mas acho que é isso mesmo.

— Você tem a intenção de ter o bebê?

— Ele diz que quer a criança... Se eu não fizer isso, Kei não vai desistir de mim.

Como costumava acontecer todas as vezes que tomava algum susto, Sachiko começou por ficar pálida, e seu corpo passou a tremer com violência. Para evitar o aumento da palpitação, não dirigiu mais a palavra a Taeko. Cambaleou até a parede para apagar a luz do teto, desligou o interruptor, acendeu a luminária da cabeceira e mergulhou na cama. Permaneceu de olhos fechados, fingindo que dormia mesmo quando Yukiko saiu do banho. Depois disso, pareceu-lhe que Taeko levantou-se com vagar e entrou na sala de banho.

32

Yukiko, que nada sabia, acabou dormindo de imediato, e Taeko também parecia ter pegado no sono. Sachiko ficou sozinha sem conseguir dormir, enxugava as lágrimas na ponta do cobertor, passando a noite inteira pensativa. Tinha Adalin e conhaque na mala, mas sabia que, exaltada como estava, não fariam efeito. Nem tentou tomar alguma coisa.

Afinal, por que precisava enfrentar situações desagradáveis todas as vezes que ia a Tóquio? Seria por não combinar com aquela cidade? No outono de dois anos antes, quando voltara a Tóquio, aonde não ia desde sua viagem de lua-de-mel havia nove anos, fora pega de surpresa pela carta do jovem Kei, que havia descoberto o caso de amor de Taeko com Itakura, e também acabara passando uma noite em claro. O mesmo tinha ocorrido na segunda vez que lá fora, no verão do ano anterior. Apesar de não estar diretamente envolvida no caso, recebera a notícia do grave estado de Itakura quando assistia à peça de *kabuki*. Todas as vezes que se falava em alguma proposta de casamento para Yukiko, aconteciam incidentes desafortunados. Infelizmente, Tóquio era o local do encontro daquela vez. Chegara a pressentir que o assunto não teria bom andamento e que surgiria algum incidente desagradável. Afinal, como dizia o adágio popular, tudo o que acontece por duas vezes ocorre uma terceira vez. Contudo, tranqüilizara-se ao lembrar que já tinha ido a Tóquio sem problemas em agosto daquele ano. Naquela ocasião, estava entusiasmada com a viagem que fazia depois de muito tempo com o marido, e pareceu-lhe que a má sorte em relação às visitas a Tóquio estava terminada. Sendo franca consigo mesma, desde o início já estava resignada ao insucesso da proposta de Itani e não ficaria presa à falta de afinidade com a cidade. No entanto, pensando melhor, Tóquio era o *kimon*, o ponto cardeal do azar para elas, e aquele descuido de Taeko poderia acarretar um novo tropeço para o casamento de Yukiko. Ela não tinha mesmo sorte, pois apesar de ter encontrado um bom partido, o local para se conhecerem tinha sido Tóquio. Ao considerar tudo isso, Sachiko não conteve o sentimento de tristeza por Yukiko e sentiu ainda mais raiva de Taeko, vertendo lágrimas de compaixão e ressentimento.

Acontecera outra vez! Todos haviam sido enganados pela caçula. Mais uma vez, quem deveria ser repreendida não era ela, mas eles, os responsáveis por Taeko. Três ou quatro meses, dissera Koisan. Então, a concepção teria ocorrido por volta de junho, depois que havia se recuperado da disenteria. A irmã deve ter passado algum tempo escondendo os enjôos, e tinha sido muita cegueira da parte dela, Sachiko, não ter reparado nisso. De fato, apesar de tê-la diante de si queixando-se de preguiça até para manusear os *hashi* e de cansaço por qualquer movimento, jamais poderia imaginar que estivesse grávida. Como pudera ser tão idiota! Então era este o motivo pelo qual nos últimos tempos Koisan não usava mais roupas ocidentais e passara a vestir quimonos. Com toda a certeza, eles eram ingênuos demais aos olhos dela, mas os bons sentimentos que possuíam não a reprimiam? Pelo jeito que havia falado instantes antes, ela não tinha engravidado por acaso, fora algo pensado e planejado com o tal Miyoshi. Teria optado pela gravidez para forçar Kei a desistir dela e para a família reconhecer sua união com Miyoshi? Podia ter sido uma jogada inteligente de Koisan. Na situação em que se encontrava, talvez, fosse sua única alternativa. Mas eles poderiam permitir isso? Taeko teria algum prazer em fazer com que ela mesma, Sachiko, o marido e Yukiko contrariassem as severas imposições da casa central, anulassem toda a boa vontade de terem se sacrificado para acobertá-la, deixando-os numa situação tal que não poderiam erguer a cabeça perante as pessoas? Quanto a ela e seu marido, Teinosuke, nem haveria muito problema, não perderiam mais que sua reputação perante a sociedade. Mas será que Koisan pretendia estragar o futuro de Yukiko? Afinal, por que ela precisava torturá-los tanto assim, repetidas vezes? Quando adoecera, na primavera daquele ano, por exemplo, Yukiko tinha se dedicado tanto a ela... Será que não entendia que tivera sua vida salva pela irmã? Sachiko havia acreditado que Taeko tivesse ido a essa festa de despedida como retribuição a Yukiko, justamente por ter ficado comovida com os cuidados dela recebidos, mas tudo teria sido apenas fingimento? Sua animação na noite anterior fora pura embriaguez? Koisan não pensaria em mais ninguém, além dela mesma?

O que mais incomodava Sachiko era o raciocínio frio e a coragem de Taeko em pensar que era ainda mais vantajoso tomar uma atitude extrema que considerar a ira de Sachiko, o desagrado de Teinosuke, os prejuízos incalculáveis para Yukiko e tudo o mais. A estratégia em si não poderia mais ser modificada e podia ter sido inevitável, dada a visão de Koisan diante da vida, mas não era preciso ter escolhido uma ocasião como aquela — um momento importante, em que a sorte de Yukiko estava sendo definida — para criar semelhante situação! Se bem que a gravidez de Koisan e a proposta de casamento para Yukiko tinham acontecido na mesma época por pura obra do acaso. É claro que ela não tinha planejado isso, mas se dizia mesmo a verdade quando manifestava a intenção de se manter em segundo plano até que Yukiko se casasse, tomando cuidado para que seus atos não a afetassem, poderia ter esperado até que o assunto sobre o casamento de Yukiko tivesse tomado um rumo para montar as suas estratégias, não importava quais fossem. Mas isso também não tinha mais importância. Se ela estava assim, em tais condições físicas, por que não evitara ir com elas até Tóquio? Com certeza, havia ficado empolgada em apresentar-se à sociedade, depois de tanto tempo, como uma das irmãs Makioka, e quisera agradecer a Itani, que lhe dera tal oportunidade. Então, havia-se esquecido de que em seu estado se cansaria facilmente, ou chegara a supor que seria capaz de fazer um esforço a mais. No entanto, acabou revelando a verdade, pois não agüentara o esforço e vira então sua chance de confessar. Mesmo assim, por menor que fosse a sua preocupação com as irmãs, que eram de sua família, como podia ter sido tão audaciosa saindo em público numa festa e num teatro, exibindo uma barriga de três ou quatro meses diante de tanta gente? Afinal, qualquer pessoa mais perspicaz haveria de perceber. Além do mais, aquele era um período da gravidez em que deveria evitar ao máximo tomar conduções. O que ela faria se fosse prejudicada pelo balanço de longas horas no trem? Koisan poderia não se importar, mas seria um transtorno para as irmãs, que morreriam de vergonha. Sachiko sentiu um frio na espinha só de pensar nisso. Imaginou até mesmo se, desde a festa da noite anterior, alguém já havia reparado na gravidez dela, e já teriam passado vergonha perante as pessoas sem que o soubessem.

O fato estava consumado e nada mais poderia ser feito. Tinha sido tola outra vez, assumia Sachiko, mas já que a irmã escondera a gravidez até aquele momento, não poderia ter escolhido um lugar e um momento mais adequados para revelá-la? Fazê-lo durante uma viagem, num quarto bagunçado de hotel, justo na hora em que ansiavam dormir de tanto cansaço? Era muita crueldade fazê-la ouvir algo que, para usar de exageros, seria de fazer a casa cair, ainda por cima contado assim, sem nenhum preparo emocional. Fora muita sorte ela, Sachiko, não ter desmaiado. Que falta de consideração, que modo mais indelicado de dar a notícia! Diferentemente de outras coisas, gravidez não se esconde por muito tempo, e estava claro que um dia ela teria de revelá-la e quanto antes revelasse à irmã, melhor. Entretanto, como Taeko fora capaz de fazê-lo numa noite em que ela estava desprevenida por completo, todas juntas num mesmo quarto, tarde da noite, quando estava impedida de chorar, esbravejar ou até mesmo fugir? Essa seria a atitude esperada de uma irmã mais nova em retribuição à dedicação, mesmo que insuficiente, de longos anos de sua irmã mais velha? Se ela tivesse um mínimo de consideração, poderia ter agüentado firme durante a viagem a despeito de quaisquer motivos, e escolhido um momento mais adequado para contar tudo com calma, quando estivessem em casa, depois que ela, Sachiko, recuperasse a tranqüilidade de sempre, mental ou física. Não tinha a intenção de exigir nada de Koisan naquele momento, mas seria muito desejar isso?

Sachiko ouviu o barulho do trem da manhã e vislumbrou a claridade por entre as frestas da cortina. Seus olhos estavam bem despertos e, mesmo com a mente cansada, continuava a pensar no assunto. Fosse como fosse, a irmã estava num período em que a gravidez logo ficaria visível e seria necessário tomar uma providência urgente, mas o que fazer? Existia um meio de continuar ocultando o fato, enterrando o assunto para sempre. Mas, pelo que Taeko dizia, não aceitaria. Era óbvio, seria possível recriminá-la pelas arbitrariedades que havia cometido, fazendo-a reconhecer o erro e convencendo-a a realizar o aborto mesmo contra a sua vontade, a fim de preservar a honra da família Makioka e de manter as portas abertas para a sorte de Yukiko. No entanto, uma pessoa fraca como Sachiko não seria capaz de induzir Taeko a fazer algo semelhante. Além disso, até dois ou três anos antes, os médicos aceitavam com facilidade realizar tal tipo de intervenção cirúrgica, mas com as recentes exigências da sociedade, isso já não era tão viável, mesmo que Taeko estivesse convencida de fazê-lo. Sendo assim, outra solução seria deixá-la reclusa em algum lugar, longe dos olhares curiosos, e fazer com que tivesse a criança em tais condições. Durante essa fase, ficaria proibida de ter contato com qualquer homem e viveria sob a guarda e vigilância da família. Por outro lado, Sachiko apressaria as negociações da proposta para que o casamento de Yukiko acontecesse o mais rápido possível. Entretanto, percebeu que não seria capaz de executar tudo isso sozinha, precisaria abrir o jogo com o marido e pedir sua ajuda. Sachiko já começava a sentir o peso da responsabilidade. Na realidade, por mais que Teinosuke a amasse e confiasse nela, como poderia revelar tudo a ele sem sentir-se envergonhada com as atitudes indecentes de alguém que era sangue de seu sangue? Para o marido, Yukiko e Taeko eram apenas cunhadas, sua situação era muito diferente da de Tatsuo, e não havia razões para ele se preocupar em cuidar delas. Poderia soar como presunção, mas ele cuidava muito mais das duas do que um irmão de verdade. Em suma, Sachiko sentia-se orgulhosa e também agradecida ao marido. O gesto de Teinosuke revelava o profundo amor que ele sentia por ela. No entanto, por mais que fosse compreensivo, volta e meia aconteciam coisas desagradáveis envolvendo Taeko, o que acabava criando uma divergência de opiniões entre eles, mesmo que não tivessem outros motivos para desavenças no lar. Por várias vezes, sentira que havia causado ao marido aborrecimentos pelos quais ele não tinha a obrigação de passar. Logo agora que ele havia acabado de recuperar o humor e permitira a Koisan freqüentar oficialmente a casa — e que ela própria pensava alegrar-lhe com a proposta de casamento de Yukiko que levava de presente —, como poderia aborrecê-lo outra vez com um assunto tão perturbador? Sendo ele como era, decerto confortar-lhe-ia e a Yukiko para que não ficassem magoadas com as atitudes da caçula. Mesmo assim, ela sentir-se-ia amargurada. Acima de tudo porque sabia que, mesmo não dizendo nada, o marido guardava o desagrado para si, e ela morria de pena dele por isso.

A chave para a solução do problema consistia em apoiar-se na compreensão e na sensibilidade do marido, confiando em seu tato. Não importava que atitude tomassem, no final das contas, a sorte de Yukiko outra vez iria por água abaixo por causa desse incidente. Esta era a maior preocupação de Sachiko. As negociações sempre começavam, mas na hora da decisão, quando faltava apenas mais um passo, surgia algum empecilho e tudo era desfeito. Poderiam até mandar Taeko para uma estância termal distante, mas isso não seria suficiente para evitar os olhares alheios, e logo a verdade chegaria aos ouvidos de Mimaki. Para começo de conversa, os encontros entre as duas famílias ficariam mais freqüentes, as oportunidades de convidarem e serem convidados aumentariam e se Taeko desaparecesse de repente, por mais que arrumassem desculpas, as pessoas ligadas a Mimaki achariam estranho. Além do mais, havia a chance de ocorrer algum estorvo inesperado da parte de Okubatake. Ao ver que fora passado para trás, além do rancor para com Koisan, não poderia querer tomar toda a família Makioka por inimiga e tentar retaliar? Se viesse a saber do casamento de Yukiko, não poderia querer fazer algumas revelações que chegassem ao conhecimento de Mimaki? Quando pensava em tais situações, Sachiko começava a acreditar que o melhor seria expor tudo com franqueza a Mimaki e pedir sua compreensão. Como ele dissera não se incomodar com os problemas de Taeko, agir deste modo seria mais seguro do que querer esconder os fatos de qualquer maneira, correndo o risco de serem descobertos mais tarde. Assim, tudo ficaria resolvido sem grandes problemas. Ou talvez não. O próprio Mimaki poderia não se incomodar, por piores que fossem os fatos relacionados a Taeko, mas será que as pessoas à sua volta, o visconde e o casal Kunishima, por exemplo, não se escandalizariam? Especialmente o visconde e seus familiares, será que considerariam a possibilidade de estabelecer laços de matrimônio com uma família que deu origem a uma moça tão indecente?

Com certeza, esta proposta também não daria certo. Seria uma pena para Yukiko, mas...

Sachiko suspirou e virou-se para o outro lado da cama. Permaneceu ainda algum tempo de olhos abertos, e logo o quarto já estava todo iluminado. Na cama ao lado, Yukiko e Taeko dormiam de costas uma para a outra, como costumavam fazer quando crianças. Yukiko estava voltada de frente para Sachiko, e esta fitou o tempo todo seu rosto alvo — a irmã parecia dormir com serenidade —, imaginando o que ela poderia estar sonhando.

33

Teinosuke tomou conhecimento da gravidez de Taeko pela esposa, na noite em que ela e as irmãs retornaram de Tóquio. Tão logo Sachiko viu o marido, percebeu que não conseguiria guardar segredo. (Ela já o havia revelado a Yukiko naquela manhã, no hotel, aproveitando dois ou três minutos em que Taeko se ausentara.) Antes de se sentarem à mesa do jantar, fez um sinal a Teinosuke para que fossem ao andar superior e contou-lhe tudo sobre Taeko, mas iniciou a conversa pela proposta de casamento de Yukiko.

— Estava tão contente em trazer-lhe uma boa notícia e, mais uma vez, acabei lhe dando outra preocupação.

Teinosuke confortou Sachiko, que chorava ao lhe contar os fatos.

— Não deixa de ser uma pena este problema ter aparecido justamente na hora em que há uma proposta tão promissora para Yukiko. Mas não é por isso que o casamento não se realizará, pode deixar, eu darei um jeito. Não precisa ficar assim, confie em mim. Deixe-me pensar por dois ou três dias — e não tocou mais no assunto. Dias mais tarde, chamou Sachiko ao escritório e consultou-a a respeito de tomarem a seguinte providência.

Apesar de não existirem dúvidas quanto à gestação de três ou quatro meses, pediriam a um especialista que examinasse Taeko para saber quando ela teria a criança. Esta seria a primeira coisa a fazer. Em seguida, teriam de providenciar sua mudança, e as termas de Arima seriam o local mais conveniente. Por sorte, Taeko já morava sozinha no apartamento. Impediriam suas saídas dali em diante, até uma determinada noite quando ela pegaria um táxi em direção a Arima. Apesar dos inconvenientes, mandariam Oharu para lhe fazer companhia, dando-lhe todas as instruções. Nem seria necessário dizer, ocultariam o nome Makioka na hospedaria e fariam-na registrar-se como se fosse alguma senhora casada em viagem de repouso. Deixariam que ficasse lá até o último mês de gestação, e ela poderia ter a criança em Arima mesmo ou, se houvesse receio de alguém descobrir o fato, poderiam interná-la um pouco antes em algum hospital de Kobe. Mas isso poderia ser decidido mais tarde, de acordo com as circunstâncias. Para tanto, seria necessário receber a anuência de Taeko e do rapaz chamado Miyoshi, e ele próprio, Teinosuke, se dispunha a conversar com os dois até convencê-los. Uma vez que a situação era essa, ele julgava que Taeko e Miyoshi deveriam se casar o quanto antes, e ele não faria nenhuma objeção quanto a isso. Entretanto, era inconveniente as pessoas tomarem conhecimento de que Taeko mantinha relações com o rapaz sem a permissão de seus responsáveis, já tendo inclusive engravidado, por isso pediria a eles que não se encontrassem por algum tempo. Em compensação, ele próprio, Teinosuke, e Sachiko assumiriam a responsabilidade por Taeko, garantindo que ela tivesse o bebê em segurança. Em outra oportunidade mais adequada, entregariam mãe e filho a Miyoshi, consentiriam no casamento e se empenhariam em receber a anuência da casa central. A separação imposta a eles não seria por muito tempo, apenas até o casamento de Yukiko encontrar-se em via de definição. Teinosuke explicaria tudo isso aos dois, afastaria Taeko dos olhos da sociedade e faria o possível para ninguém mais saber de sua gravidez. Pelo que ela dissera, apenas Miyoshi e Okubatake desconfiavam da gravidez. Mesmo sendo inevitável que Teinosuke, Sachiko, Yukiko, Oharu e as demais criadas ficassem sabendo, deveriam fazer todo o possível para a notícia não se espalhar além daquele círculo.

Sachiko receava que Okubatake pudesse cometer alguma insensatez, e Teinosuke tranqüilizou-a prometendo ter uma conversa urgente com o rapaz. Ela tinha medo de que Kei se esquecesse de sua honra e fizesse algo para atacá-los. Ferir alguém com um objeto cortante para virar notícia de jornal e vingar-se da família Makioka, por exemplo. Talvez esse fosse seu desejo, seria até muito provável, mas Teinosuke riu da imaginação de Sachiko. Aquilo tudo não passava de delírio da parte dela. Por mais que se soubesse das tendências de Okubatake para delinqüir, pelo fato de ter sido criado como um garotinho mimado, ele não seria capaz de agir com violência, e mesmo que o quisesse, não teria coragem nem de manusear uma faca. Além do mais, seu relacionamento com Taeko nunca fora reconhecido por nenhuma das famílias, portanto ele não tinha o direito de exigir nada. Antes de tudo porque Taeko nunca o amara, e uma vez que ela já concebera até um filho deste seu namorado Miyoshi, Okubatake não teria outra alternativa senão desistir dela de uma vez. Triste para ele, mas se conseguisse pensar melhor, haveria de entender.

 Teinosuke começou a agir logo no dia seguinte, de acordo com o plano. Primeiro foi ao solar Koroku falar com Taeko, em seguida foi visitar Miyoshi, que se hospedava num apartamento em Minatogawa, Kobe, e também entrou em entendimento com ele. O que Teinosuke havia achado dele?, perguntou Sachiko. Era um rapaz simpático, mas como o encontro tinha durado menos de uma hora, não pudera observá-lo com detalhes. De todo modo, pareceu-lhe mais sério e sincero que Itakura. Embora não tivesse falado de forma a pressionar Miyoshi, explicou Teinosuke à esposa, o rapaz havia reconhecido ter parte da responsabilidade pelo que acontecera, e se desculpado com palavras respeitosas. Pelo que dizia, as coisas entre ele e Taeko acabaram chegando a tal ponto não porque tivessem armado algo, mas porque ela o havia seduzido. Miyoshi argumentou que podia parecer covardia de sua parte, mas errara por ser fraco, não tendo sido ele a tomar a iniciativa. Devido às circunstâncias em que se encontrava, porém, não podia recuar e o erro acabou sendo cometido. Gostaria que o senhor Makioka o entendesse e confirmasse tudo com Koisan, ele não estava mentindo. Era provável que falasse a verdade, continuou Teinosuke, e por esse motivo — aí estava o melhor da história —, o rapaz não apenas tinha aceitado tudo o que ele havia proposto, como também entendera seus sentimentos e se emocionara, tinha consciência de não ser uma pessoa com qualificações à altura para desposar Taeko. Entretanto, caso obtivessem o consentimento para um casamento no futuro, argumentou Miyoshi, prometia tentar fazê-la feliz. Na realidade, já sentindo o peso da responsabilidade, tinha aberto uma poupança, preparando-se para quando conseguisse a permissão. Tão logo a tivesse, pretendia abrir uma loja independente, mesmo que pequena, e administrar um bar decente voltado para uma clientela de estrangeiros. Taeko dizia-lhe que também trabalharia, mantendo-se com a costura para ajudar nas despesas da casa. Ou seja, jamais incomodariam a família Makioka com problemas financeiros. Isto fora tudo o que Miyoshi dissera a Teinosuke.

No dia seguinte, Taeko encaminhou-se ao Departamento de Obstetrícia do Hospital Funakoshi, da província de Hyogo, e recebeu a notícia de que ainda não atingira o quinto mês de gestação, a previsão para o nascimento sendo início de abril. Como sua barriga tornava-se mais visível a cada dia, correndo o risco de ser notada pelas pessoas, Sachiko, seguindo as instruções do marido, fez a irmã partir para Arima na companhia de Oharu no início de uma noite em fins de outubro. Tomou também o cuidado de não chamar um táxi de alguma agência conhecida, solicitando o serviço de transportes da estação de Motoyama, da linha Ferroviária Nacional. Quando Taeko chegasse a Kobe, deveria trocar de carro para transpor a montanha e chegar a Arima. Oharu foi instruída sobre o sobrenome falso Abe que Taeko usaria por algum tempo, talvez cinco ou seis meses, e a permanência delas na hospedaria termal chamada Hananofusa. Durante a estada nesse local, Oharu precisaria chamar Taeko de senhora Abe e nunca por seu nome verdadeiro. A comunicação com Ashiya deveria ser feita na volta de Oharu para casa ou por intermédio de alguém que iria até elas. Jamais por telefone. Os encontros de Taeko com Miyoshi estavam proibidos e ele, por sua vez, também não fora informado do paradeiro dela. Deveriam tomar cuidado caso recebessem alguma carta suspeita, algum telefonema ou visita. Sachiko levou um grande susto quando Oharu lhe contou que, antes mesmo da ida a Tóquio, já sabia que "Koisan carregava uma barriga" — algo que finalmente podia revelar à senhora. Como ela soubera da gravidez?, perguntou Sachiko. Oteru tinha sido a primeira a perceber e começara a dizer que Taeko andava meio estranha, podendo estar grávida. Mas Oharu assegurou a Sachiko que o assunto havia permanecido apenas entre elas, não comentaram com ninguém.

Certo dia, depois de terem mandado Taeko e Oharu a Arima, Teinosuke voltou à casa dizendo ter ido visitar Okubatake. Sachiko sabia que o jovem Kei já não morava mais naquela casa próxima de Ipponmatsu?

Ele fechara a casa naquele mês e parecia ter-se mudado para o Hotel Pinecrest, em Shukugawa, contaram-lhe os vizinhos. No hotel haviam-lhe informado que ele ali permanecera por cerca de uma semana, mas logo se mudara para o edifício Eiraku, lá pelos lados de Koroen. Encontrado finalmente seu paradeiro, Teinosuke foi ter com ele. A conversa não fora muito fácil, mas chegaram à solução prevista. Era uma desgraça para a família Makioka ter uma irmã tão devassa quanto Koisan, começou a dizer Teinosuke, ele era totalmente solidário a Kei, podendo apenas lhe afirmar ter sido uma infelicidade dele tê-la conhecido. No início, Okubatake tranqüilizou Teinosuke, mostrando-se compreensivo ao extremo. Como quem não queria nada, indagava onde Taeko se encontrava no momento, se Oharu estaria com ela, tentando farejar seu esconderijo. Kei não deveria lhe perguntar nada, pediu Teinosuke, pois ocultaram o local até mesmo de Miyoshi. Ele aquiesceu e ficou pensativo. E então, a família Makioka poderia considerar acabado seu relacionamento com Koisan?, indagou Teinosuke a Okubatake. Apesar de zangado, este lhe disse que se resignaria. Mas completou: permitiriam a Taeko casar-se com aquele sujeito, de quem nada sabiam além do fato de ter sido *barman* num navio estrangeiro antes de trabalhar no bar de Kobe? Itakura ainda tinha origem conhecida, mas e quanto a Miyoshi, será que tinha pais ou irmãos? Afinal, fora tripulante de navio, e seu passado era uma incógnita. Teinosuke tentava não contrariá-lo e agradeceu-lhe a advertência, prometendo pensar melhor sobre o assunto. Era compreensível ele odiar Koisan, Teinosuke retomava os argumentos, mas as irmãs dela não tinham culpa alguma e, apesar de sentir-se constrangido, pedia-lhe convenientemente que mantivesse o assunto da gravidez de Taeko em segredo pelo bem delas e da família Makioka. Caso o fato chegasse ao conhecimento de terceiros, a mais prejudicada de todos seria Yukiko, que ainda não tinha definido os rumos de seu matrimônio. Poderia então Kei prometer-lhe não revelar o fato a ninguém? Não havia necessidade de se preocuparem com ele, respondeu Okubatake claramente, embora contrariado; ele não guardava rancor de Taeko, e nem pensava em prejudicar as irmãs dela. Tudo parecia ter ficado mais tranqüilo e Teinosuke, aliviado, seguiu direto para o escritório. Instantes depois recebeu um telefonema de Okubatake. Se não fosse inconveniente, ele gostaria de passar por lá, encontrar Teinosuke mais uma vez e lhe fazer um pedido relativo à conversa que tiveram instantes antes. Chegou logo em seguida, e os dois conversaram na sala de atendimento. Quando se viu frente a frente com Teinosuke, Okubatake mostrou-se hesitante por algum tempo. De repente, assumiu uma postura de vítima e começou a falar como se encenasse. Após a conversa daquela manhã, viu que não teria outra alternativa senão se resignar, mas pedia a Teinosuke que entendesse sua dificuldade e tristeza em se afastar de uma namorada de mais de dez anos. Como o senhor já devia saber, comentou, ele tinha sido abandonado pelos irmãos e parentes por causa de Taeko e morara até outro dia de aluguel. No momento, vivia sozinho naquele apartamento simples que Teinosuke conhecera e, se fosse abandonado também por ela, seria efetivamente uma pessoa sem ninguém no mundo. Com um sorriso sem graça nos lábios, revelou não ter dinheiro nem para os gastos do dia-a-dia. Não gostaria de expor semelhante situação, pois era uma terrível vergonha, continuou Okubatake, mas, como antes ajudara Taeko em algumas despesas, queria saber se ele poderia devolver-lhe o dinheiro. Acabou enrubescendo tão logo pronunciara tais palavras, de modo algum a auxiliara pensando em ser ressarcido, só fazia semelhante pedido porque estava necessitado, acrescentou. Se havia algo pendente, o natural seria ressarci-lo, concordou Teinosuke. Qual seria a quantia? Okubatake não sabia dizer o valor exato, mas Taeko deveria saber, esclareceu. De todo modo, pediu dois mil ienes. Teinosuke pensou em consultar a cunhada antes, mas concluiu não ser aquela quantia tão alta levando-se em consideração que estaria pagando pelo afastamento e silêncio de Okubatake. Ficaria livre dele, imaginou, e decidiu pagá-lo imediatamente. Preencheu um cheque e entregou-lhe. Kei guardaria segredo sobre a gravidez de Taeko? Poderia confiar nele? Okubatake tranquilizou-o, afirmando estar ciente de suas obrigações, e foi embora. Bem ou mal, o assunto estava resolvido.

Uma carta da filha de Itani endereçada a Sachiko chegou exatamente quando o casal se encontrava em meio aos problemas com Taeko, tentando solucioná-los. Mitsuyo agradeceu às três irmãs por terem ido de tão longe à despedida de sua mãe, comunicando que ela partira bem. O senhor Mimaki planejava ir à região de Osaka e Kyoto em meados de outubro, pretendia passar em Ashiya e solicitava que o marido de Sachiko o recebesse. Por fim, transmitiu as recomendações do casal Kunishima.

Cerca de uma semana depois, chegou uma carta de Tsuruko. Como ela só escrevia em casos de extrema necessidade, Sachiko abriu o envelope pensando no que teria acontecido, mas para sua surpresa continha apenas amenidades.

5 DE OUTUBRO

Prezada Sachiko,

Pensei que poderíamos conversar com calma no outro dia, foi realmente uma pena não disporem de mais tempo. A peça de kabuki *deve ter sido muito interessante. De próxima vez, convide-me sem falta.*

Como ficou o assunto do senhor Mimaki? Julguei que ainda era cedo para contar a Tatsuo, por isso nada falei, mas tenho orado para que tudo corra bem. Sendo filho de uma pessoa tão conhecida, talvez nem sejam necessárias as investigações, mas se for, diga-nos, que as faremos. Sinto-me muito constrangida em deixar tudo a cargo de Teinosuke e de você, Sachiko.

Agora que as crianças cresceram um pouco e já não me dão tanto trabalho, comecei a dispor de tempo para escrever cartas e tenho também praticado caligrafia a pincel. E vocês, Sachiko e Yukiko, continuam a freqüentar as aulas do professor de caligrafia? Para falar a verdade, estou sem muitos modelos. Se tiverem alguns sobre os quais já praticaram, enviem-nos para mim, por favor. Prefiro os que têm as correções do professor em vermelho.

Gostaria também de lhe pedir que me repasse algumas roupas de baixo ou outras roupas velhas. Pode ser as que você já não usa mais, pois irei aproveitá-las fazendo os reparos necessários. Servem também as que seriam dispensadas ou dadas às criadas. Mande-me não só as suas, mas também as de Yukiko e de Koisan, qualquer coisa serve desde que sejam roupas de baixo, até mesmo as calcinhas. À medida que as crianças crescem, elas se soltam das nossas saias, mas dão mais gastos e é preciso fazer economia em cima de economia. Fico pensando em como é difícil ajeitar a vida de uma família pobre, e quando é que teremos mais conforto.

Hoje, escrevi apenas porque senti vontade, mas como nesta carta já começo a reclamar da vida, vou parando por aqui. Fico na expectativa de ter notícias auspiciosas em breve. Mande lembranças a Teinosuke, Etsuko e Yukiko.

Tsuruko

Enquanto lia a carta, Sachiko lembrava-se das lágrimas que rolavam na face da irmã no momento em que se despediam pela janela do carro, dias antes, em frente ao portão de sua casa em Dogenzaka. Ela dizia ter escrito porque sentira vontade e aproveitava para pedir várias coisas, mas podia ser que não conseguisse se esquecer do teatro, para o qual não havia sido convidada, demonstrando sua insatisfação de modo indireto. Até então, as cartas de Tsuruko tinham um teor imperativo sobre os atos dela, Sachiko, tratando-a como irmã mais nova. Sachiko tinha a impressão de que ela se mostrava carinhosa quando visitada, mas nas missivas só a repreendia. Daí ter estranhado o fato de a irmã lhe escrever uma carta como aquela. Tratou logo de enviar-lhe as encomendas pelo correio, mas não se preocupou em mandar uma resposta.

Em meados de outubro, a senhora Hening comunicou a Sachiko que sua filha, Friedl, iria a Berlim na companhia do pai. Ela havia hesitado em mandar a filha à Europa em plena guerra, mas esta insistia, queria estudar dança. Sendo aquele o grande sonho da menina, o pai concordara em levá-la, e a senhora Hening não teve outro jeito senão permitir. Felizmente, eles teriam outros acompanhantes e acreditava que não enfrentariam problemas durante a viagem. Como pretendiam visitar os Stolz em Hamburgo, teriam todo o prazer em levar alguma mensagem pela filha. Sachiko estava preocupada porque ainda não havia recebido resposta dos Stolz àquela carta traduzida pela senhora para o alemão, enviada a Hamburgo junto com um leque de dança e um tecido branco. Aproveitaria, sim, a ocasião para mandar-lhes alguma coisa, que entregaria na casa da senhora Hening até o dia da partida de sua filha. Dias mais tarde, seguiu para a casa da senhora, levando um anel de pérola de presente para Rosemarie e uma carta para a senhora Stolz.

Certa noite, por volta do dia 20, Mimaki telefonou da casa do visconde em Saga, conforme Mitsuyo havia avisado.

— Cheguei ontem de Tóquio e pretendo ficar dois ou três dias. Gostaria de visitá-los quando seu esposo estiver em casa — comunicou ele.

— Se for ao entardecer, pode ser qualquer dia — anuiu Sachiko.

— Então irei amanhã.

Conforme o combinado, Mimaki apareceu em torno das quatro da tarde do dia seguinte. Teinosuke havia voltado mais cedo para casa, e os dois conversaram sozinhos na sala de estar durante trinta ou quarenta minutos. Em seguida, foram a Kobe com Sachiko, Yukiko e Etsuko e jantaram no *grillroom* do Hotel Oriental. Como Mimaki voltaria a Saga, acompanharam-no até a linha Hankyu e despediram-se em Shin'kyobashi. Ele agira da mesma maneira que em Tóquio. Mesmo diante de Teinosuke, com quem se encontrava pela primeira vez, mostrou-se uma pessoa descontraída, muito agradável, que sabia conversar. Bebeu um pouco mais que da outra vez, e após o jantar continuou a entornar o copo de uísque e a gracejar. Quem ficou mais contente foi Etsuko. Na volta, andando pela cidade, caminhava de mãos dadas com ele como se fosse mimada por um tio bastante próximo. Chegara até mesmo a sussurrar no ouvido de Sachiko: "A tia Yukiko podia pegar o senhor Mimaki para marido." Já Teinosuke não teve uma reação tão entusiasta assim. Não tivera má impressão quando o vira, respondeu com certo receio. Era uma simpatia e não havia do que reclamar. Gostara muito dele, mas pessoas de tipo muito agradável costumam ter um lado difícil de lidar e, em geral, tratam as esposas com rispidez, atitude que parecia freqüente, principalmente entre os filhinhos de papai dos nobres. O melhor seria não mergulharem de cabeça naquela proposta. Mesmo que não fosse preciso investigar as origens de Mimaki, seria melhor averiguar como era seu comportamento, sua natureza e também os motivos pelos quais ele não se casara até aquela data.

34

Consciente de que seria testado por Teinosuke, Mimaki não comentou sobre a proposta de casamento. Foi embora depois de demonstrar seu domínio em vários assuntos. Discorreu sobre arquitetura e pintura, os jardins famosos de Kyoto e suas histórias antigas, as qualidades da mansão de seu pai em Saga, as histórias do Imperador Meiji e da Imperatriz Shoken, que ouvira de seu pai Hirochika, que por sua vez as ouvira de Hirozane, o avô, e ainda sobre culinária e bebidas ocidentais, entre outros temas. Numa manhã de domingo, cerca de dez dias depois, Mitsuyo apareceu de repente, sem avisar. Estava em Osaka a trabalho e aproveitara para passar por ali a pedido do diretor Kunishima e do senhor Mimaki para ver se "o mesmo tinha sido aprovado no teste".

Por sugestão de Teinosuke, faziam algumas averiguações sobre ele, explicou-lhe Sachiko, e seu marido deveria ir a Tóquio em dezembro. Na ocasião, consultaria a casa central e faria uma visita a Mimaki. Quais seriam as dúvidas?, perguntou Mitsuyo. Nos últimos tempos, o relacionamento dela com o senhor Mimaki tinha sido bastante próximo e ela sabia muito bem de suas qualidades e defeitos. Sachiko podia perguntar-lhe o que quisesse. Ela prometia ser franca, era mais conveniente e rápido que mandar averiguar. Sachiko não precisava fazer cerimônia, dizia Mitsuyo naquele tom apressado, semelhante ao da mãe, que deixava as pessoas encurraladas. Sachiko não conseguia se desvencilhar de suas abordagens e pediu a Teinosuke que falasse com ela. Sendo Mitsuyo daquele jeito, ele resolveu formular-lhe diversas perguntas sem qualquer reserva. Ficou então esclarecido que, de modo geral, Mimaki era um *gentleman* descontraído, mas temperamental, e de vez em quando ficava mal-humorado. Tinha um meio-irmão mais velho, Masahiro, filho legítimo do visconde, com quem não se dava bem. Eles brigavam muito, a própria Mitsuyo não chegara a ver, mas soube que quando se exaltava, Mimaki ficava a ponto de esmurrar o irmão. Ele não costumava manter-se comportado quando bebia, e no passado chegara a ser violento quando alcoolizado, mas agora, talvez por causa da idade, era difícil beber até ficar embriagado, e conseqüentemente não agia com violência. Por ter sido criado dentro dos padrões americanos, era respeitoso ao extremo com as *ladies*, jamais tendo erguido a mão contra uma mulher, por mais embriagado que estivesse; nesse ponto, não havia com o que se preocupar. Se fosse para enumerar outros defeitos, diria que ele era ao mesmo tempo uma pessoa de fácil compreensão e de gostos variados, porém voluntarioso, sem tenacidade para concentrar-se em uma coisa só. Gostava de dar banquetes e de ser atencioso com as pessoas, era bom gastador, mas péssimo investidor. Mitsuyo acabou informando até o que não lhe fora perguntado.

Teinosuke satisfez-se com tais informações sobre o senhor Mimaki: mas sem usar de reservas, como ele se manteria depois do casamento? Esta era sua maior preocupação. Poderia até estar sendo indelicado, mas pelo que Teinosuke ouvira dizer, Mimaki tinha vivido como bem quisera por conta da fortuna do pai. Como ele não obtivera sucesso por si próprio apesar de várias tentativas, não havia garantias de que viria a alcançá-lo, mesmo trabalhando como arquiteto e contando com a ajuda do senhor Kunishima. Outro problema era o Japão daqueles tempos. Arquitetos como ele não conseguiam se manter, e tal situação ainda levaria três ou quatro anos para se resolver... Nesse ínterim, como Mimaki pretendia sobreviver? Pelo que havia entendido, com a intermediação de Kunishima ele pediria um auxílio ao pai. Mas, e se essa situação perdurar por cinco, seis, ou até dez anos? Não haveria como ele continuar recebendo auxílio do pai por tempo indeterminado, pois acabaria a vida inteira à custa do visconde. Isso não seria muito confiável. Era necessário pensar em algo garantido e mais seguro. Teinosuke ficava constrangido em expor tantas exigências, mas para usar de franqueza, eles também estavam muito interessados naquela proposta de casamento e praticamente decididos a ceder a mão de Yukiko ao senhor Mimaki. De qualquer maneira, entretanto, ele pretendia ir a Tóquio no mês seguinte para se encontrar com o senhor Kunishima e verificar esses pontos.

Perfeito, era compreensível que tivesse tais preocupações, ponderou Mitsuyo, mas como ela não tinha condições de lhe dar as respostas, transmitiria a solicitação dele ao diretor logo que retornasse a Tóquio, e pensariam numa forma de apresentar algo satisfatório para garantir o futuro do casal. Mitsuyo despediu-se, dizendo que partiria ainda naquela noite no trem noturno e aguardaria a visita de Teinosuke no mês seguinte. Declinou do convite para jantar e se retirou.

No início de dezembro, Sachiko convidou Yukiko para ir ao templo Kiyomizu, em Kyoto. Oraram pela tranqüilidade do parto de Taeko e voltaram com um talismã de proteção. Como se tivessem combinado, Miyoshi enviou ao escritório de Teinosuke um protetor de parto do templo Nakayama, com o seguinte pedido: "Por favor, entregue-o a Koisan." Por sorte, Oharu chegou a Ashiya para as compras e fizeram-na levar os dois protetores. Sachiko e os familiares não viam Taeko fazia algum tempo, e souberam por Oharu que ela saía todo dia para caminhar pela manhã e ao entardecer, permanecendo o resto do dia docilmente dentro do quarto. Evitava ao máximo fazer as caminhadas pela cidade e procurava os caminhos mais retirados, de pouca circulação. Quando estava no quarto, costumava ler romances. Voltara a confeccionar bonecos e, de vez em quando, costurava roupas para o bebê. Não receberam nenhuma carta ou telefonema estranho.

— Já ia me esquecendo. Encontrei com o senhor Kirilenko hoje — acrescentara Oharu entusiasmada.

Tinha cruzado com ele havia pouco na entrada do terminal ferroviário de Kobe, depois que ela descera do trem vindo de Arima. Ele se lembrou dela e deu-lhe um sorriso, embora só o tivesse encontrado duas ou três vezes, e ela retribuiu-lhe com um leve cumprimento de cabeça. Perguntou-lhe se estava sozinha. Sim, tinha ido até a confeitaria Suzuran. Como estava passando a família Makioka? O que Taeko vinha fazendo? O senhor Kirilenko ficou contente em saber que todos continuavam bem como sempre, informou Oharu, ele comentou estar devendo uma visita e pediu-lhe que transmitisse recomendações suas a todos. Estava de partida para Arima e encaminhava-se para a estação. Oharu então solicitou notícias de Katarina, já que, com a guerra, Londres estaria sofrendo muitos ataques aéreos das forças alemãs e todos sempre se preocupavam com ela. Kirilenko surpreendeu-se e agradeceu a atenção. Segundo ele, na carta datada de setembro, que recebera por aqueles dias, a irmã dizia não haver motivos para preocupação. Embora a casa dela ficasse fora do centro de Londres, exatamente na rota dos aviões alemães, com esquadrilhas de bombardeiros sobrevoando a área dia e noite e atacando o tempo todo, possuía um abrigo antiaéreo bem fundo e equipado. Katarina iluminava o local, punha um disco para tocar no último volume e ficava dançando e bebendo coquetéis. Para ela, a guerra era algo muito divertido e não tinha medo algum. Portanto, pedia a todos que não se preocupassem. Sachiko achou graça, pois era bem o estilo de Katarina, mas ficou preocupada com Oharu, que tinha a língua solta.

— Kirilenko não perguntou nada sobre Koisan? — confirmou.

— Não, nada.

— É mesmo, Oharu? Você não disse nada que fosse inadequado, disse? — certificou-se. — Mesmo assim, ele não parecia saber alguma coisa sobre Koisan?

— Não, nada — negou com veemência. Por fim, Sachiko ficou aliviada.

Antes de mandá-la de volta, recomendou que tomasse cuidado para não ser descoberta no trajeto. Quando estivesse sozinha não teria problemas, mas quando saísse para caminhar com Taeko, por exemplo, sempre havia a possibilidade de alguém estar olhando. Por isso, era importante redobrar a atenção.

Dezembro estava chegando ao fim e, no dia 22, Teinosuke foi a Tóquio aproveitando alguns afazeres que tinha por lá. Até então, estava à procura de pistas para verificar a natureza e o comportamento de Mimaki, bem como a relação dele com o meio-irmão, e conseguiu certificar-se de que Mitsuyo estava com razão. No entanto, sobre o item mais importante, ou seja, o futuro do casal, nada encontrou que fosse garantia concreta, mesmo depois de falar com Kunishima. Em suma, este lhe informou ainda não ter levado o assunto ao visconde, mas o faria em breve, por isso nada podia afirmar de imediato; pediria a ele uma casa para os noivos e uma garantia de subsistência do casal durante algum tempo. Para que não gastassem o dinheiro à toa, ele próprio, Kunishima, encarregar-se-ia de ficar com o montante de dinheiro, enviando-lhes determinada quantia todo mês, assegurou o diretor, prometendo não deixar Mimaki passar apuros. O senhor Makioka poderia lhe dar um voto de confiança e deixar isso por conta dele? Kunishima era uma das pessoas que reconheciam o grande talento do senhor Mimaki como arquiteto, e quando a situação do país mudasse, daria todo o apoio para ele se reerguer. Tudo dependia do ponto de vista das pessoas, mas Kunishima não acreditava que aquela situação durasse muito, e mesmo que assim o fosse, sempre dava-se um jeito de ter o suficiente para a subsistência. Dito isso, o diretor só faltou afirmar que, mesmo de modo precário, iria ajudá-lo. Teinosuke observou em minúcias a mansão dele, projetada por Mimaki, mas como não era entendido em construções, não pôde saber até que ponto este tinha mesmo talento. Se uma pessoa de grande influência social como o senhor Kunishima estava tão encantado com Mimaki e ainda afirmava que asseguraria o futuro dele, não havia como deixar de acreditar em suas palavras. Sachiko desejava, muito mais que Kunishima, a realização do casamento. Isso estava claro. Teinosuke ainda não ouvira a esposa afirmar tal coisa, mas com certeza ela tinha ficado deslumbrada com a natureza de Mimaki e estava muito feliz por adquirir parentesco com um descendente de nobres. Teinosuke já previa como ela ficaria decepcionada caso ele recusasse o arranjo. Também era verdadeiro o fato de ele começar a sentir que aquela talvez fosse a melhor das propostas que poderiam receber.

Confiaria tudo ao senhor Kunishima, decidiu por fim Teinosuke. Aceitariam a proposta de casamento de Mimaki para Yukiko. No entanto, por uma questão de ordem, pediria mais um pouco de tempo. Primeiro, para receber a anuência da casa central, depois para certificar-se melhor com a própria interessada, embora soubesse que ela não devia ter objeções. Enviaria a resposta por carta quando chegasse a Ashiya, logo no início do ano-novo. Estava simplesmente cumprindo as formalidades, e o senhor Kunishima já poderia considerar a questão resolvida. Este se encarregaria de transmitir ao visconde a resposta formal tão logo a recebesse.

Assim resolvido, Teinosuke despediu-se e foi direto para Dogenzaka. Fez um relatório minucioso a Tsuruko e pediu-lhe que o informasse com urgência sobre a opinião de Tatsuo.

Mitsuyo voltou a Ashiya depois da virada do ano, no dia 3 de janeiro. Tinha ido passar os três dias de feriado na casa de seu tio Okamoto, em Hankyu, e o diretor dera-lhe a missão de mensageira. O senhor Kunishima estava em Osaka a negócios havia dois dias, mas partia para Kyoto naquela tarde, hospedando-se no Hotel Miyako. Esperava que os Makioka já tivessem a resposta formal. Ele aproveitaria para visitar o visconde enquanto estivesse na região e levá-los à mansão dele, em Saga. Seria conveniente para os senhores? Mitsuyo ficara incumbida de obter a resposta até o dia seguinte, e comunicá-la a Kunishima. Ela ficava bastante constrangida de apressá-los, mas o diretor lhe informara que a anuência da casa central e da própria interessada seriam meras formalidades, e bastaria ela perguntar-lhes para obter a resposta, quem sabe naquele dia mesmo.

Teinosuke a prometera para logo no início do ano, mas tinha pensado em fornecê-la somente depois do dia 7, passado o evento das Sete Ervas e já com o pronunciamento de Shibuya em mãos, o que ainda não havia ocorrido. Lembrou-se, entretanto, de que quando estivera em Tóquio, a irmã mais velha tinha-se mostrado muito contente com as notícias. Segundo ela, daquela vez Yukiko haveria de se casar e fazer parte de uma família da estirpe dos Mimaki, melhorando a imagem dos Makioka perante a família de Tatsuo, já que o marido era tão orgulhoso. Tsuruko chegara a dizer que tinha valido a pena esperar tanto tempo. Devia isso ao empenho oculto de Teinosuke. Diante desse quadro, seu marido não haveria de dizer que era contra. A resposta tardava porque deviam estar ocupados com os afazeres de final de ano, mas com certeza diriam algo ainda em janeiro. Como acreditava na obviedade de uma resposta afirmativa, julgou que naquele momento poderia dar encaminhamento ao assunto. Mas seria arriscado tomar as decisões sozinho, sem antes consultar Yukiko sobre seus sentimentos. Mesmo sendo evidente que ela aceitaria, era preciso receber formalmente sua anuência — Yukiko costumava se zangar quando acreditava ter sido negligenciada. Então, apesar do incômodo, Teinosuke solicitava-lhes esperar pelo menos mais um dia para que mais essa etapa fosse transposta. Depois de explicar os motivos pelos quais a resposta prometida ainda não fora dada, e de ganhar mais um dia com Mitsuyo, Teinosuke afirmou estar ciente do transtorno causado, e pediu-lhe a gentileza de voltar no dia seguinte, quando receberia a resposta sem falta, assegurando-lhe que ligaria para Tóquio pedindo a opinião do irmão mais velho. "Telefonar para Tóquio" era apenas uma desculpa, mas como havia tempo, acreditou ser uma boa idéia, e naquela mesma noite pediu uma ligação para Shibuya. Tsuruko atendeu e informou-lhe que Tatsuo havia ido ao bairro de Azabu para os cumprimentos de ano-novo. Será que ele já teria a resposta?, indagou Teinosuke. Com a correria de fim de ano, não se lembrava de tê-lo visto enviar a resposta, mas já tinha exposto tudo ao marido, explicava Tsuruko. Quais teriam sido seus comentários? Teria dado alguma opinião? Não sabia ao certo, respondeu ela de forma hesitante, em todo caso não havia o que opor quanto à posição e à família do pretendente, mas seu marido achara preocupante o fato do pretendente não ter um trabalho fixo. Ela tentara convencê-lo de que se não arranjassem esse casamento e ficassem exigindo demais, essa história não teria fim, e ele concordou, mostrando-se favorável de um modo geral. Havia recebido um mensageiro do senhor Kunishima naquela manhã, e ele esperava por uma resposta, informou Teinosuke, por isso gostaria de deixá-la ciente de que levaria tal arranjo adiante, respondendo-lhes não haver nenhum obstáculo por parte da casa central. Entretanto, para se assegurar de que os encaminhamentos futuros ocorressem sem percalços, precisaria saber a verdadeira opinião de Tatsuo. Por isso, solicitava urgentemente sua permissão formalizada. Dito isso, desligou o telefone.

 Quanto a Yukiko, Teinosuke acreditava que ela se daria por satisfeita caso se manifestasse respeito pela vontade dela. A pedido do marido, Sachiko conversou com a irmã, mas a resposta afirmativa não veio com a facilidade esperada. Até quando poderiam responder?, perguntou Yukiko. Quando soube por Sachiko que Mitsuyo ficara de passar por lá na manhã seguinte, demonstrou insatisfação. Como Teinosuke podia querer que ela tomasse a decisão em uma noite? Para Sachiko, entretanto, a irmã não parecia desgostar de Mimaki, e seu marido estava certo de que ela aceitaria. Ela se casaria caso a irmã e o cunhado lhe dissessem para fazê-lo, mas por se tratar de uma decisão para toda a vida, queria que esperassem pelo menos mais dois ou três dias, precisava preparar seu coração. Yukiko explicava o que já tinha decidido havia muito em seu íntimo. Finalmente, acabou concordando, e na manhã seguinte deu seu aceite ainda usando de evasivas. Disse com rancor que dava a resposta somente porque Teinosuke a mandara decidir-se em uma noite. Não demonstrou a mínima alegria, quanto menos pronunciou qualquer palavra de agradecimento à gentileza das pessoas que tanto se empenharam para que tudo chegasse aonde chegou.

35

Mitsuyo veio no dia 4 pela manhã e partiu com a resposta. Reapareceu dois dias depois, ao entardecer. No próprio dia 4 fora ao Hotel Miyako e informara a resposta ao diretor. Pretendia voltar a Tóquio no trem noturno, mas, atendendo à ordem do senhor Kunishima de representar sua mãe, a intermediária desse casamento, decidira adiar o retorno por mais dois ou três dias. Ela estava ali para transmitir-lhes a seguinte informação do diretor: de que sua conversa com o visconde tinha transcorrido muito bem e que gostaria de marcar um encontro da parte dos Mimaki com a senhora Sachiko, Yukiko e todos os senhores. Se não houvesse inconvenientes, pedia que fossem até Saga dali a dois dias, no dia 8, por volta das três horas da tarde. Estariam presentes o visconde, o senhor Mimaki, que viria de Tóquio nesta data, o diretor e ela, e mais um ou dois parentes da família Mimaki, provavelmente moradores da região de Kyoto e Osaka. Seria melhor se tudo pudesse ser feito com mais calma, mas sendo o diretor uma pessoa ocupada, quis aproveitar para resolver tudo de uma só vez, e por isso acabaram apressando as coisas. Pedia a compreensão deles em relação a isso. Trazia a recomendação de Kunishima para que todos, inclusive Taeko e Etsuko, estivessem presentes. Os Makioka agradeceram o convite. Apenas Taeko estava proibida pela casa central de participar de uma ocasião como aquela, explicaram. Resolveram então que Etsuko sairia mais cedo da escola para que os quatro pudessem ir à reunião.

No dia marcado, Teinosuke e a família baldearam na estação de Katsura, da linha Shinkeihan, e desceram no terminal Arashiyama. Atravessaram Nakanoshima a pé e saíram à beira da ponte Togetsu. O local era-lhes familiar pelas visitas anuais às cerejeiras durante a primavera, mas como estavam numa estação de frio intenso — e o inverno de Kyoto era especialmente severo —, até mesmo a cor da água do rio Ooi fazia o frio penetrar até os ossos. Acompanhando o rio, avançaram cerca de três casas na direção leste, passaram pelo sepulcro da princesa Kogo, pelo atracadouro do barco turístico e, dobrando o portão sul do templo Tenryu, finalmente depararam com o portão de placa *Chouan* que haviam sido instruídos a procurar. Não foi difícil encontrá-lo, mas só então Teinosuke e a família souberam da existência de uma mansão num lugar como aquele. Era uma construção térrea, com o telhado coberto pela trepadeira *kuzu*, e não parecia muito ampla. Entretanto, a paisagem do jardim que incluía o monte Arashi bem na frente do *zashiki* era magnífica. Depois das apresentações feitas por Kunishima entre as duas famílias, Mimaki conduziu-os para conhecerem a casa.

Convidou-os para andarem um pouco, apesar do frio. Seu pai ficaria muito contente se apreciassem o jardim. Em seguida, explicou que, observado dali, o monte Arashi parecia continuação do jardim, e não se viam as ruas e o rio Ooi que havia entre eles. O local era de uma quietude paradisíaca, lá não chegava o barulho das pessoas nem da cidade. Até mesmo na estação das cerejeiras estava protegido do som da multidão. O silêncio local era o orgulho do pai, que, de caso pensado, não plantou um único pé de cerejeira no jardim. No mês de abril, o visconde preferia apreciar calmamente as nuvens de flores que se formavam sobre o pico da montanha. Que eles fossem sem falta apreciar a floração das cerejeiras daquele ano. Poderiam espalhar o lanche ali naquele *zashiki* e apreciar as cerejeiras das montanhas distantes. Papai ficaria infinitamente feliz, dizia ele. Os preparativos para recepcioná-los pareciam ter terminado, e Mimaki conduziu-os em primeiro lugar à cerimônia do chá realizada por sua irmã, a qual diziam ser casada com Sonomura, descendente de uma família de comerciantes de roupas masculinas. O sol já havia se posto quando se encaminharam à mesa de jantar do salão. A refeição havia sido preparada com todo o cuidado, e Sachiko, conhecedora dos pratos de Kyoto, supôs que teriam feito o pedido no Kakiden ou outro restaurante semelhante. O velho visconde Hirochika tinha o porte de quem havia mesmo herdado sangue nobre, de alguém que ficaria bem nas vestes tradicionais antigas; era magro, de rosto longo e pele alva, lembrando os atores do teatro Nô. À primeira vista, não se parecia nem um pouco com Mimaki, seu filho, de rosto arredondado e pele escura. As únicas coisas que tinham em comum eram o modo de olhar e o formato do nariz. Mais do que o rosto, o comportamento deles era o exato oposto um do outro. Minoru, o filho, era alegre e magnânimo, enquanto Hirochika, o pai, era fechado e austero, em suma, uma pessoa típica de Kyoto. O velho falava com calma, e temendo resfriar-se pediu licença para colocar um cachecol de seda cinza, aproximar o aquecedor elétrico de suas costas e estender o acolchoado com aquecimento elétrico. Já havia passado dos setenta anos, sendo bem conservado para a idade, e percebia-se que procurava dar bastante atenção a Kunishima e Teinosuke. Antes reservada por causa do velho, a atmosfera geral foi-se descontraindo à medida que o saquê era servido e logo após Mimaki, sentado ao lado do visconde, começar a enumerar os defeitos dele e de seu pai, em tom de gracejo. "Senhoras e senhores, somos famosos por todos dizerem que não nos parecemos nem um pouco!", exclamava provocando risos por todos os lados. Teinosuke levantou-se e fez uma reverência diante do velho, depois sentou-se na frente de Kunishima, mantendo-se como atento ouvinte de suas elevadas palavras durante um bom tempo. Mitsuyo era a única mulher — além de Etsuko, é claro — vestida com roupas ocidentais em meio a todas as outras de quimono. Sentada com as pernas dobradas, parecia sentir frio por estar apenas de meias, e, devido à ocasião, estava bem mais comportada e respeitosa. Ela estava quieta demais, provocou Mimaki, que lhe ergueu um brinde de saquê. Mitsuyo pediu-lhe que não a maltratasse naquele dia, foi ficando embriagada e começou a soltar sua fala ligeira de sempre.

 Por fim, Mimaki aproximou-se de Sachiko e Yukiko com uma botija de saquê. Sabia do gosto delas e sentia muito não disporem de vinho branco. As irmãs não costumavam recusar quando lhes ofereciam bebidas, e Yukiko, em especial, bebeu uma boa quantidade, sentada ereta e altiva. Como de costume, manteve-se calada e trazia um sorriso no rosto. Mesmo assim, Sachiko pôde ver que a irmã estava radiante como nunca. Volta e meia, Mimaki fazia algum gracejo para ser atencioso com Etsuko. Ela parecia perdida no meio dos adultos, mas no fundo não estava nem um pouco entediada. Sempre atenta a tudo em ocasiões como aquela, mantinha um ar de quem não queria nada, mas observava minuciosamente os gestos dos adultos, seu modo de falar, as expressões, seus trajes e pertences, fazendo sua própria averiguação.

O banquete terminou às oito horas da noite. Teinosuke e sua família foram os primeiros a se retirar, e graças à providência do velho Hirochika, foram de carro até a estação Nanajo. Mitsuyo retornaria à casa do tio Okamoto e aproveitou para ir com eles. Mimaki ofereceu-se para acompanhá-los, não deu ouvidos a Teinosuke e aos demais — ele não precisava se dar ao trabalho —, e foi no assento ao lado do motorista. Percorreram a avenida Karasuma na direção sul, tendo a avenida Sanjo a leste. Mimaki estava muito bem-humorado, e falava sem parar, enquanto infestava o carro com o cheiro de charuto.

Sem mais nem menos, Etsuko começou a chamá-lo de "titio". O nome do titio era Mimaki, o deles Makioka, ambos eram "maki", observava ela. Uma observação muito interessante! Ele estava radiante. Elogiou a inteligência da menina e concluiu como significado da observação dela que as duas famílias tinham afinidades desde o início. Mitsuyo concordou dizendo ser muito prático. A senhorita Yukiko nem precisaria trocar as iniciais das malas e dos lenços. Diante de tais palavras, até Yukiko riu em voz alta.

Kunishima ligou no dia seguinte para expressar sua imensa alegria diante do resultado da noite anterior. Fora excelente, com satisfação de ambas as partes. Retornaria a Tóquio ainda naquela noite em companhia do senhor Mimaki, e acreditava que em breve a senhora Itani entraria em contato para combinarem o noivado e outros detalhes. Pelo que lhe dissera o visconde Hirochika, havia na região de Kyoto e Osaka, em Koshieno, uma casa muito boa de propriedade do senhor Sonomura, que se dispusera a vendê-la. A família do visconde pretendia adquiri-la e presenteá-la ao novo casal. Portanto, tudo estava conforme a vontade dos Makioka: logo mais, o senhor Mimaki procuraria um trabalho naquela região. E Yukiko estaria bem perto de Ashiya. A única pendência era que no momento a casa encontrava-se alugada, mas negociariam para que fosse desocupada com urgência.

Mesmo assim, Teinosuke continuava preocupado porque o cunhado de Shibuya ainda não havia dado sua resposta e supôs que o comportamento estranho da casa central tinha a ver com a insatisfação de Tatsuo em relação à própria Yukiko, mas poderia também ter outros motivos, e decidiu enviar uma carta endereçada a ele com os seguintes dizeres:

Acredito que Tsuruko já o tenha deixado a par da proposta de casamento. Não creio ser a melhor das propostas, mas considerando que nós estamos em desvantagem para fazer muitas exigências, penso não termos outra alternativa senão aceitá-la, confiando nas palavras do senhor Kunishima. Como já avisara por telefone outro dia, a convite do senhor Mimaki realizamos um encontro com o visconde Hirochika no dia 8 passado, e demos encaminhamento aos procedimentos para a realização do noivado a acontecer em breve. Tenho receio de que possa estar ressentido por termos dado andamento na proposta, deixando a casa central de lado. Embora tenha consciência de que seja tarde, devo-lhes desculpas não apenas por isso, mas também por ter que devolver Yukiko à casa central, desde o ano passado ou antes ainda, e não ter cumprido com o combinado até o presente momento. Os motivos são muitos, mas jamais tive a intenção de negligenciar o compromisso. Acabei fazendo o que não desejava, pois, para ser franco, Yukiko tem verdadeira aversão por Tóquio. Sachiko, por sua vez, toma as dores da irmã, de modo que só conseguiria cumprir o prometido se me utilizasse de algum meio muito drástico. Não posso negar, no entanto, que tenha parte da culpa. Foi também por me sentir responsável que tentei providenciar o casamento de Yukiko, embora de modo precário. Na realidade, é natural que o irmão mais velho não consiga cuidar de uma irmã que lhe é desobediente e, nas atuais circunstâncias, creio ser mais obrigação minha do que sua tomar conta dela. Dizer que tal atitude é muita ousadia de minha parte é totalmente dispensável, e se for esse o caso, não terei outra alternativa senão recuar. No entanto, como agi movido por tal intenção, se me conceder a permissão de conduzir as questões relativas ao casamento dela, estarei pronto para assumir todos os encargos decorrentes. Apenas para que não haja mal-entendidos: não quero com isso dizer que pretendo levar Yukiko a ser desposada como se ela pertencesse à minha casa. Este assunto é confidencial e deve ficar apenas entre nós dois, nada muda em relação ao fato de Yukiko sair da casa central para se casar. Por isso, ficaria muito grato se pudesse receber seu consentimento. O que pensa? Como não sei me expressar muito bem, ficarei feliz se tiver entendido as minhas intenções e puder manifestar sua opinião. Solicito, ainda, ciente da inconveniência do pedido, uma resposta urgente, pois o tempo nos pressiona.

Tatsuo parecia ter lido a carta desprovido de qualquer opinião, e quatro ou cinco dias depois enviou uma outra, demonstrando que havia entendido tudo.

Compreendi com perfeição suas intenções ao ler a carta bastante atenciosa que me enviou. Já há vários anos, as irmãs mais novas têm me evitado e simpatizado mais com você e Sachiko. Embora não fosse minha vontade, acabei não conseguindo dar a devida atenção a elas, causando incômodo somente para vocês, motivo pelo qual lhe devo desculpas. Não foi por alguma razão em especial que demorei a dar a resposta sobre o caso de Yukiko, mas porque não conseguia escrever a carta, constrangido em ter de lhe dar trabalho mais uma vez. Nunca pensei que fosse responsabilidade sua Yukiko não ter mais voltado para minha casa e, por conseguinte, também não penso ser obrigação sua resolver o casamento dela. Devo dizer que isso é demérito de minha parte, mas a essa altura já não adianta responsabilizar ninguém. Quanto à proposta de casamento, acredito não ter o direito de fazer nenhuma objeção, uma vez que o interessado é descendente de famílias ilustres; que o senhor Kunishima, um cavalheiro de renome, está intermediando o caso; e ainda por cima, que você insiste dessa maneira. Deixarei tudo em suas mãos. Pode providenciar o noivado e tudo o que for necessário. Quanto às despesas do casamento, pretendo fazer o que estiver ao meu alcance, mas por conta dos reveses dos últimos tempos e levando em consideração seu gentil oferecimento, se não for para patentear a obviedade de que você assuma os encargos, como disse, gostaria de solicitar sua ajuda. Poderemos conversar mais a esse respeito quando nos encontrarmos pessoalmente.

Teinosuke ficou aliviado com o conteúdo da carta, mas ainda havia a questão de Taeko. Embora Okubatake tivesse aceitado afastar-se, nunca se poderia saber quando mudaria de idéia. Por isso, queria resolver o casamento de Yukiko, ou pelo menos realizar o noivado, antes que surgisse qualquer empecilho. Por infelicidade, a senhora Kunishima havia contraído uma gripe maligna, que evoluiu para uma pneumonia, e seu estado de saúde era bem grave, reportou-lhes Mitsuyo. Os preparativos teriam então de ser adiados. Kunishima também lhes enviou uma polida carta comunicando a situação. Por outro lado, a casa em Koshien já havia sido comprada pelo visconde e entregue a Mimaki, os registros inclusive já estavam prontos. Os inquilinos ainda não haviam desocupado a propriedade, mas o fariam em breve e Mimaki se encarregaria pessoalmente das averiguações. Na ocasião, gostaria que Sachiko e Yukiko pudessem acompanhá-lo a fim de conhecerem a casa. Por enquanto deixaria uma pessoa tomando conta da residência, talvez uma criada cedida de Chouan, que continuaria no serviço após o casamento.

O estado da senhora Kunishima chegara a um ponto crítico, mas felizmente no final de fevereiro ela havia se recuperado e deixado o leito, permanecendo mais duas semanas em Atami para convalescer da doença. Segundo diziam, durante a enfermidade ela chegara a delirar de preocupação com o noivado. Em meados de março, Mitsuyo foi a Ashiya para combinar os detalhes. A primeira questão era se o noivado e a cerimônia de enlace seriam realizados em Tóquio ou em Kyoto. Na opinião de Kunishima, como a residência do visconde ficava em Koishikawa e a casa central da família Makioka em Shibuya, o correto seria fazer tudo em Tóquio. O noivado poderia ser no dia 25 de março e o enlace, ainda no mês de abril. Teinosuke e a família não fizeram objeções e telefonaram para Shibuya informando os fatos. Foi grande o alvoroço na casa central: as crianças haviam deixado a casa bastante danificada, mais parecendo um chiqueiro, e teriam de trocar todos os papéis do *shoji* e fazer uma nova pintura no imóvel.

Sachiko ficou um pouco decepcionada porque tudo seria realizado em Tóquio, mas foi obrigada a aceitar por falta de argumentos, e no dia 23 de março partiu em companhia de Yukiko. Teinosuke teve de ficar, ocupado que estava com seu trabalho. Realizaram o noivado no dia 25, e Kunishima encarregou-se de mandar um telegrama a Itani em Los Angeles informando o acontecido. Yukiko pernoitaria na casa central, e Sachiko voltou sozinha a Ashiya no dia 27. Chegou por volta das dez horas da manhã, depois que Teinosuke e Etsuko já haviam saído, e aproveitou para descansar em paz em seu quarto, no andar superior. Ao olhar para a mesa, notou dois envelopes estrangeiros abertos que haviam chegado via Sibéria; ao lado, um bilhete com a caligrafia do marido e um texto traduzido com cerca de sete páginas.

Chegaram as cartas da senhora Stolz e da senhorita Hening. Como Etsuko queria saber logo o que estava escrito, eu as abri, mas a da senhora Stolz estava em alemão. Por isso, levei a um conhecido para que a traduzisse. Deixei a tradução ao lado das cartas.

36

HAMBURGO, 9 DE FEVEREIRO DE 1941.

 Saudosa senhora Makioka,
 Há tempos penso em enviar-lhe uma carta. Sempre nos recordamos muito de vocês e da formosa Etsuko. Creio que ela já deva estar bem crescida. Não temos tempo para escrever. Acredito que já saiba, mas estamos com falta de mão-de-obra na Alemanha, e tem-nos sido muito difícil arrumar criadas. Desde maio do ano passado, arranjamos uma empregada que vem apenas no período da manhã para fazer a limpeza. As demais tarefas como cozinhar, fazer compras, cerzir e costurar, eu mesma tenho feito sozinha. Trabalho muito e folgo apenas à noite. Antes, seria este o horário para se escrever cartas, mas agora pego o cesto cheio de meias das crianças e fico o tempo todo remendando os buracos grandes e pequenos. Antigamente, tudo o que estava estragado ou velho nós jogávamos fora, mas agora somos obrigados a economizar em tudo. Estamos colaborando para que possamos vencer, por isso, poupamos o máximo que podemos. Ouvi dizer que tudo no Japão também ficou mais modesto. Uma pessoa muito chegada a nós veio à Alemanha há pouco de férias e nos contou sobre as diversas transformações que o Japão vem sofrendo. Diria que esse é o destino comum dos povos jovens que se empenham pelo avanço. Alcançar um lugar ao sol não é uma tarefa nada fácil. Mesmo assim, acreditamos com firmeza que conseguiremos obter êxito em nosso objetivo.
 A carta que a senhora enviou em junho do ano passado estava em alemão e pude lê-la com muita alegria. Fiquei deveras emocionada e agradeço a atenção. Acredito que algum amigo traduzirá esta carta para o japonês e espero que ele possa entender minha letra. Se estiver muito difícil, da próxima vez enviarei uma datilografada. É uma pena muito grande que o pacote com a seda e o leque japonês não tenham chegado às nossas mãos, mas em compensação, a senhora nos alegrou

muito com o magnífico anel que enviou a Rosemarie. O senhor Hening nos informou por carta que o trouxera consigo, mas ainda não sabia ao certo quando passaria em Hamburgo. Um conhecido nosso encontrou-se com ele em Berlim e encarregou-se de nos entregá-lo. É uma peça realmente maravilhosa. Agradeço-lhe muito em nome de Rosemarie. Não a deixarei usá-lo por enquanto, gostaria de guardá-lo até que cresça um pouco mais. Nosso conhecido do Japão retornará em abril e pedirei a ele que leve uma bijuteria bem modesta para Etsuko. Assim, nossas filhas poderão usar algo que simbolize a amizade delas. Se a guerra terminar em vitória gloriosa e tudo voltar ao que era antes, a senhora não gostaria de vir à Alemanha? Com certeza, Etsuko há de querer conhecer a nova Alemanha. Ficaremos bastante felizes se pudermos hospedá-los em nossa casa como nossos digníssimos convidados.

Bem, a senhora deve querer saber notícias de nossos filhos. Todos, como sempre, estão muito bem de saúde. Peter está na Baviára do Norte com os colegas de classe desde novembro, e diz que gosta muito do lugar. Rosemarie tem praticado piano desde outubro e está tocando muito bem. Fritz toca violino de modo exemplar, e é o que mais cresceu em estatura. É um garoto muito divertido. Na escola, tem conseguido acompanhar as demais crianças. Na época do primeiro ano escolar ainda freqüentava as aulas meio de brincadeira, mas agora começou a acostumar-se com os estudos. Hoje em dia, até as crianças precisam ajudar um pouco nos afazeres domésticos. Cada um deles tem uma pequena tarefa a cumprir. Fritz engraxa os sapatos de toda a família, Rosemarie seca a louça e lustra os talheres. Todos se empenham bastante. Peter acabou de enviar uma carta bem longa e disse que no alojamento também precisam fazer trabalhos de engraxate e de reformas, e cada qual tem de cuidar de seus calçados e roupas. Acredito que esse seja um bom treinamento para os jovens. No entanto, preocupo-me se quando voltarem para casa não irão deixar tudo outra vez por conta das mães. Meu marido tornou-se responsável por uma casa de importação, mas durante a guerra o trabalho está um pouco limitado. O inverno deste ano custou a passar, mas o frio não foi tão rigoroso quanto no ano passado. Aqui, não temos muitos dias ensolarados, e o sol não aparece desde novembro, mas logo a primavera chegará. Vejo agora como os dias eram mais agradáveis enquanto estávamos no Japão. Sentimos muitas saudades e adoramos o maravilhoso clima japonês.

Ficarei muito feliz se puder novamente ter notícias de todos os senhores. Por favor, faça a gentileza de continuar nos mantendo informados. É uma pena que estejamos proibidos de enviar fotos. Em breve, Rosemarie enviará uma carta para Etsuko. Em geral, ela tem uma montanha de tarefas de casa e sempre precisa esperar pelo domingo para conseguir escrever cartas. Peter deve enviar a dele da Baváría do Norte. Lá, ele tem aproveitado bastante a natureza e acredito que quase não fique preso dentro de casa, o que também é muito bom, pois aqui, na cidade grande, acabamos levando uma vida de clausura.

Transmita nossas recomendações, em especial as das crianças, a Etsuko. Meus cordiais cumprimentos à senhora e ao senhor Makioka e meus agradecimentos pela gentil atenção que tem dispensado a todos nós.

Sinceramente,
Hilda Stolz

A carta da senhorita Hening estava escrita em inglês bem simples, e Sachiko conseguiu ler o original sem muitos problemas.

BERLIM, 2 DE FEVEREIRO DE 1941.

Prezada senhora Makioka,

Perdoe-me por não lhe ter escrito antes, mas estive muito ocupada procurando uma moradia. Finalmente conseguimos fixar residência na casa de um senhor idoso conhecido. Éramos muito amigos do filho dele enquanto estávamos no Japão. O senhor tem 63 anos, morava sozinho num apartamento espaçoso e dizia-se muito solitário. Convidou-nos então a residir com ele e estamos muito felizes porque tudo deu certo.

Chegamos à Alemanha no dia 5 de janeiro, depois de uma longa mas divertida travessia marítima. Naturalmente, a fase em que estivemos de quarentena na fronteira com a Rússia não foi agradável, mas posso dizer que os russos fizeram o melhor que puderam. A comida era horrível. Todo dia ganhávamos apenas pão preto, queijo, manteiga e uma sopa *de legumes chamada* borsch. *Ficávamos o dia inteiro jogando cartas ou xadrez. Na véspera de Natal, acendemos uma vela e, como de costume, comemos pão com manteiga. A senhora nem pode imaginar como senti saudades de minha casa no Japão, junto de minha mãe e meus irmãos! Entretanto, depois daquele período de seis dias, fomos levados ao trem que nos aguardava. Eu e meu pai ocupamos o assento para dois, grande e novo, apenas nosso, e no assento seguinte estavam jovens da* Hitler Jugend *de volta de uma visita ao Japão. Durante a viagem, conversamos muitas coisas interessantes e até nos esquecemos da distância.*

Chegando em Berlim, quase nem sentimos que estávamos no meio de uma guerra. Tanto os teatros como os cafés estão sempre repletos de clientes, e a comida é farta e saborosa. Na realidade, quando fazemos as refeições nos restaurantes, a quantidade é tão grande que normalmente não conseguimos dar conta. A mudança de clima aumentou meu apetite, e preciso tomar cuidado o tempo todo para não engordar. A única coisa que nos deixa assustados é a grande quantidade de soldados e oficiais nas ruas, mas fico admirada como são elegantes vestidos com a farda!

Este mês matriculei-me na escola de balé russo, que fica a apenas dez minutos de casa. A professora é formada em Petersburgo, uma senhora muito gentil. Ela dá aulas apenas durante o dia, e as minhas vão das onze da manhã até o meio-dia e meia e das três às quatro horas da tarde. Quero me aperfeiçoar o quanto antes. Sua companhia de balé é composta de excelentes alunos mais velhos, e acabou de voltar de uma viagem de apresentação amistosa na Romênia. Logo partirá para a Noruega e Polônia. Espero que daqui a dois ou três anos eu já esteja integrando essa comitiva.

Por fim, gostaria de comunicar à senhora que consegui entregar o anel de pérolas a Rosemarie. Estava com receio de extravio caso o enviasse pelo correio, mas por sorte um amigo de papai veio de Hamburgo, há dois ou três dias, e pedi a ele que entregasse seu presente em mãos. Hoje, recebi um cartão da senhora Stolz comunicando o recebimento daquele lindo anel.

Até então, o tempo estava muito frio, mas parece que começará a esquentar daqui para a frente. Imagine só: em janeiro tivemos dezoito graus abaixo de zero. No entanto, temos aquecimento interno e não passamos frio, é agradável. As casas alemãs possuem janelas duplas e, por isso, são mais reforçadas que as do Japão. Não deixam passar vento pelas frestas.

Está quase na hora de minha aula. Despeço-me aqui. Ficarei aguardando notícias.

Atenciosamente,
Friedl Hening

Dentro do envelope, havia ainda um cartão-postal enviado de Hamburgo pela senhora Stolz à senhorita Hening, em Berlim, informando-lhe o recebimento do anel, e que ela fizera a gentileza de anexar.

37

    Yukiko passara o mês de março inteiro em Shibuya, na casa de Tsuruko e Tatsuo, e poderia ter permanecido lá até a data de seu casamento, mas preferiu passar os últimos momentos de solteira com sua família de Ashiya. Por sugestão de Kunishima, o matrimônio seria celebrado no Hotel Imperial, no dia 29 de abril, data de aniversário do Imperador Hirohito. Idoso demais para acompanhar a cerimônia, o visconde Mimaki seria representado pelo seu filho Masahiro e respectiva esposa. Embora a família Mimaki quisesse evitar a ostentação de uma festa luxuosa, a recepção deveria estar à altura do nome da família, e os convites foram enviados atendendo a esta exigência. Da parte deles foram convidados todos os parentes, conhecidos e amigos de Tóquio, e um grande número de pessoas da região de Kyoto e Osaka. Naturalmente, os Makioka também convidaram seus parentes de Osaka, além dos membros da família Taneda, parentes de Tatsuo em Nagoya, e até a viúva Sugano, de Ogaki. Já se previa que a festa seria bem grande.

    A casa de Koshien fora desocupada bem nessa época. Mimaki estava em Osaka e levou Sachiko e Yukiko para conhecê-la. Era uma casa térrea, relativamente nova, localizada a algumas quadras da linha férrea Hanshin. Tinha o tamanho adequado para um casal viver com uma empregada, sendo sua maior qualidade o jardim de mais de cem metros quadrados. Na ocasião, planejaram a decoração dos aposentos e o local para colocar a penteadeira, e Mimaki revelou-lhes os planos para a viagem de lua-de-mel. Poderiam hospedar-se no Hotel Imperial na noite de núpcias e partir para Kyoto no dia seguinte. Lá fariam uma visita de cortesia ao seu pai, embarcando no mesmo dia para Nara, onde permaneceriam por dois ou três dias para passear pelos caminhos primaveris de Yamato. Estes eram seus planos pessoais, mas se não representassem uma novidade para Yukiko, poderiam ir até os lados de Hakone e Atami, em Tóquio. Sachiko nem precisou consultar a irmã para dispensar a região de Tóquio e ficar com Nara. Apesar de residirem perto, quase não iam aos lugares famosos e antigos de Yamato, e Yukiko, por exemplo, nem chegara a conhecer os afrescos do templo Horyu. Diante do desejo de Mimaki de se instalar numa hospedaria tipicamente japonesa, Sachiko lembrou-se daquele percevejo do hotel, e acabou recomendando a Hospedaria Tsukihitei. Ele contou-lhes também que, por mediação do senhor Kunishima, empregar-se-ia na Fábrica de Aviões Toa, a ser montada nas adjacências da cidade de Amagasaki. Isto só fora possível graças ao diploma em aeronáutica obtido em uma universidade americana havia muito tempo, a verdade era que após se formar nunca trabalhara na área. Quase um amador em matéria de aviação, estava muito inseguro, e ainda não sabia ao certo que tipo de serviço lhe seria atribuído. Receberia um salário bem alto por conta da influência do senhor Kunishima, o que o deixava ainda mais preocupado. No entanto, só lhe restava agarrar este emprego para enfrentar a conjuntura do momento, e tão logo voltasse da lua-de-mel, iniciaria de imediato a vida de assalariado. Nas horas vagas, pretendia seguir com as pesquisas sobre arquitetura antiga da região de Kyoto e Osaka, preparando-se para algum dia se reerguer no ramo.

 Sachiko ficou sem jeito quando Mimaki lhe perguntou o que Taeko andava fazendo. Com o máximo de naturalidade possível, respondeu-lhe que ela não as acompanhara, mas passava bem. Quem sabe ele estivesse ciente da situação, mas nada mais perguntou, e partiu depois de ficar na região apenas meio dia. O parto de Taeko estava próximo, e ela, em companhia de Oharu, já tinha secretamente deixado Arima em direção a Kobe, ocupando um quarto no hospital Funakoshi. Temendo os olhares alheios, Sachiko não permitiu a ninguém ir ao hospital, nem telefonar para saber notícias da irmã. No dia seguinte à internação, Oharu apareceu em segredo tarde da noite e informou que o bebê encontrava-se em posição invertida. Segundo dizia o diretor do hospital, a posição estava normal quando ele a examinara antes da partida para Arima, mas talvez por terem atravessado as montanhas de carro, o bebê tinha virado. Se tivesse tomado conhecimento da situação antes, ainda seria possível fazê-lo voltar à posição normal, mas agora, com a proximidade do parto e o feto encaixado na bacia, nada mais era possível fazer. No entanto, o diretor afirmava não haver motivos para preocupação e assegurava que o parto seria realizado sem problemas. Depois de reportar as notícias, Oharu voltou ao hospital. O nascimento fora previsto para o início de abril, mas nada aconteceu. Em se tratando do primeiro parto, era normal um certo atraso. Enquanto aguardavam, as flores das cerejeiras já começavam a cair. Teinosuke e a família, ao pensar que Yukiko se casaria dali a duas semanas, não queriam que os dias avançassem e a primavera se fosse. Desejavam desfrutar de algum deleite, realizar uma comemoração que marcasse aqueles últimos dias. Mas a situação daquele ano estava mais séria do que no ano anterior. Até o traje a ser usado na troca de roupas durante o casamento de Yukiko acabou não podendo receber nova tintura devido à lei de 7 de julho de 1940, que proibia a fabricação e a comercialização de artigos de luxo. Foram obrigados a pedir à famosa loja de tecidos Kozuchiya que procurasse algum traje disponível. Foi também nessa época que a distribuição de arroz passou a ser controlada por cadernetas de racionamento. Naquele ano, Kikugoro não realizou a sua temporada, e a apreciação das cerejeiras deveria ser evitada ainda mais, em vista do agravamento da conjuntura nacional no ano anterior. Mas tratava-se de uma tradição anual, sagrada para eles, e fizeram questão de mantê-la mesmo assim. Vestiram-se com discrição e foram a Kyoto no dia 13, um domingo. Resolveram não passar no Hyotei e apenas deram uma volta, começando pelo santuário Heian e terminando na região de Saga. Naquele ano, Taeko também não estava entre eles. Os quatro abriram o modesto lanche sob uma cerejeira à beira do lago Osawa e beberam saquê frio serenamente, passando a vasilha em laca de mão em mão. Retornaram sem saber ao certo o que tinham visto.

No dia seguinte à visita a Kyoto, a gata Suzu deu cria. Já com 12 ou 13 anos, também não tinha conseguido parir seus filhotes com as próprias forças no ano anterior, sendo necessário aplicar-lhe uma injeção para estimular as contrações. Desta vez, o parto começara na noite anterior, mas a gata estava com dificuldades. Por isso, prepararam seu ninho sob a escada, no armário embutido da sala de seis tatames. O veterinário foi chamado para lhe aplicar a injeção, e Sachiko e Yukiko revezaram-se para puxar os filhotes, que nasceram com muito sacrifício. Sem comentarem nada uma com a outra, faziam o melhor por Suzu para trazer boa sorte a Taeko. Etsuko tentava espiar do corredor, descendo do andar superior como se fosse usar o toalete, mas era logo repreendida: "Etsuko, vá para lá, isso não é coisa para criança ver." Por fim, nasceram os três filhotes por volta das quatro horas da madrugada. Desinfetaram com álcool as mãos ensangüentadas, trocaram seus quimonos impregnados do odor de sangue e já iam deitar-se quando, inesperadamente, o telefone tocou. Sachiko tirou o fone do gancho num instante. Era Oharu. Perguntou o que havia acontecido, se o parto já havia terminado. Ainda não. O parto parecia estar muito difícil e Koisan sofria havia vinte horas. Segundo o diretor do hospital, as contrações estavam muito fracas e ele já aplicara a injeção para estimular as dores, mas o remédio nacional parecia não fazer muito efeito, e eles estavam sem as melhores marcas alemãs. Ela estava sofrendo demais e continuava gritando de dor o tempo todo. Não comera nada desde o dia anterior, vomitava algo estranho, escuro e esverdeado. Chorava e dizia que, sofrendo como estava, não se salvaria, e que dessa vez sim, acreditava que a morte era iminente. O médico afirmou que ela não corria esse perigo, já as enfermeiras diziam que o coração dela poderia não suportar. Mesmo aos olhos de uma amadora como Oharu, seu estado era crítico. Havia prometido não telefonar, mas não pudera evitar.

Pelas informações da criada, Sachiko não conseguia precisar o estado da irmã, mas se o parto demorava porque não possuíam o remédio de fabricação alemã para estimular as contrações, precisava encontrar um jeito de consegui-lo. Como qualquer hospital, aquele deveria ter um pouco de remédio escondido para clientes especiais. E se ela o solicitasse ao diretor? Àquela altura dos acontecimentos não fazia mais sentido pensar na opinião alheia, dizia Yukiko, e incentivava a irmã a ir ver Taeko. Por fim, Teinosuke, que estava dormindo, também acordou e concordou com a cunhada. Ele garantira a Miyoshi a segurança de

Taeko e da criança, e não poderia ficar indiferente diante do que estava acontecendo. Fez com que Sachiko partisse logo para o hospital e avisou Miyoshi, solicitando-lhe que fizesse o mesmo.

O hospital Funakoshi de Kobe tinha a fama de ter um experiente e confiável diretor, por isso Sachiko recomendara o local a Taeko, embora ela mesma não o conhecesse pessoalmente. Precavendo-se de qualquer imprevisto, pegou de sua reserva coramina, Prontsil, Betaxin e outros medicamentos já raros na época, para levá-los consigo. Miyoshi já estava lá quando ela chegou. Taeko agradeceu Sachiko por ela ter vindo. Não via a irmã havia quase meio ano, desde o outono do ano anterior, e lágrimas corriam de seus olhos. Daquela vez, acreditava que não agüentaria. Sofria tortuosamente e vomitava coisas estranhas. Eram aglomerados pegajosos e escuros. Segundo as enfermeiras, disse Miyoshi, eram as toxinas do feto que ela expelia. Observando bem, Sachiko reparou que aquilo se parecia com as secreções que os bebês costumam soltar logo após o nascimento.

Sem pestanejar, Sachiko correu para a sala do diretor, apresentou o cartão de visita de Teinosuke, depositou sobre sua mesa todos os medicamentos que trouxera e começou a gritar como louca. Conseguira trazer todos aqueles remédios com muito sacrifício, mas não havia encontrado a injeção para estimular as contrações. Não importava quanto custasse, queria que o doutor a procurasse por toda a cidade de Kobe, alguém devia tê-la. Sachiko tomou tal atitude de modo consciente, e conseguiu sensibilizar o diretor. Naquele hospital, havia apenas uma injeção reservada para algum caso de emergência extrema, revelou ele. Contrariado, aplicou-a. O mais surpreendente é que cinco minutos depois da aplicação as contrações de Taeko tiveram início, e Sachiko e os demais presentes puderam ver diante de seus olhos a supremacia dos produtos alemães sobre os japoneses. Taeko foi levada à sala de parto, Sachiko, Miyoshi e Oharu aguardavam no banco do corredor. Ouviram um ou dois gritos de Taeko e, na seqüência, viram o diretor sair correndo da sala com o bebê nos braços e entrar na sala de cirurgia. Durante cerca de trinta minutos, ouviu-se o barulho de repetidos e insistentes tapas, mas o bebê não chorou.

Taeko foi levada de volta ao quarto, Sachiko e os demais, rodeavam-na apreensivos. Continuaram a ouvir as batidas incessantes e imaginavam o esforço em vão do diretor. Depois de algum tempo, a enfermeira entrou lamentando-se muito. O bebê estava vivo até instantes antes de nascer, mas falecera na hora do parto. Tentaram de tudo para reanimá-lo, aplicando inclusive a injeção de coramina trazida por Sachiko, mas por infelicidade não obtiveram êxito. Os detalhes seriam dados logo mais pelo diretor. Gostariam de pelo menos vestir o bebê com as roupas que a mãe havia preparado, e a enfermeira saiu levando os trajes que Taeko tinha costurado em Arima.

O diretor entrou logo em seguida, trazendo a criança morta. Não tinha como se desculpar, cometera uma grande falha. A criança estava virada e ele conseguira puxá-la. Era raro acontecer, mas na hora de pegá-la, ela escorregou de suas mãos e ficou sem ar. Tinha afirmado não haver perigo, que tudo daria certo, mas acabara falhando e não cansava de dizer que não tinha palavras para se desculpar. Sachiko ficou muito impressionada com a franqueza do médico, que confessara seu erro espontaneamente: desculpou-se quando nem teria sido necessário e estava extremamente arrependido. Era uma menina, dizia, convidando-os a ver seu belo rosto. Já havia ajudado muitas crianças a virem ao mundo, mas nunca vira um bebê tão formoso como aquele. Ao pensar que se estivesse vivo haveria de ficar ainda mais bonito, o diretor penalizava-se ainda mais, e estendia a criança nos braços pedindo perdão.

O cabelo do bebê estava ajeitado, e ele vestia as roupas que a enfermeira acabara de levar. Seus cabelos eram grossos e pretos, o rosto branco e as bochechas vermelhas e fartas. Qualquer pessoa que o visse ficaria admirada. Os três seguraram-no no colo e, levados pelo súbito choro de Taeko, choraram também, Sachiko, Oharu e até Miyoshi. Parecia uma bonequinha *Ichima*, comentava Sachiko. Enquanto admirava seu lindo rosto transparente como cera, porém, teve a impressão de que ela estava possuída pelo rancor de Itakura e de Okubatake, e sentiu um calafrio.

Depois de uma semana, Taeko recebeu alta e foi morar com Miyoshi, seguindo as instruções de Teinosuke para que não saísse muito de casa.

Alugaram um sobrado em Hyogo e iniciaram a vida de casados. Na noite do dia 25 de abril, veio às escondidas a Ashiya despedir-se de Teinosuke, Sachiko e os demais, e também buscar seus pertences. No quarto de seis tatames, que antes era seu, encontrou todo o enxoval de Yukiko magnificamente exposto, e no *tokonoma*, uma montanha de envelopes com as felicitações de parentes de Osaka e de outras pessoas. Ninguém tinha como saber que ela constituíra família antes mesmo de Yukiko, pensou. Reuniu o que de seu havia ficado na casa até então, embrulhou tudo num lenço com desenhos chineses e, depois de conversar por uns trinta minutos com todos, foi embora para Hyogo.

Oharu tinha voltado a Ashiya quando Taeko recebera alta hospitalar, mas como seus pais lhe arranjaram uma proposta de casamento, pediu dois ou três dias de folga para ir a Amagasaki depois do casamento de Yukiko.

De repente, o destino das pessoas se definia. Logo sua casa mergulharia na solidão, pensava Sachiko, sentindo-se como uma mãe que dava sua filha em casamento. Estava emocionada. Já Yukiko, depois de decidido que partiria no dia 26 para Tóquio no trem noturno em companhia de Teinosuke e Sachiko, sentia tristeza por deixar os dias que ficavam para trás. Além disso, não se sabe por que, alguns dias antes, começou a ter problemas gastrintestinais, chegando a evacuar cinco ou seis vezes ao dia. Experimentou tomar pílulas de *wakamatsu* e Arsilin, mas não surtiram efeito, e o dia 26 chegou sem que a diarréia tivesse cessado. A peruca encomendada na loja Okayone em Osaka ficou pronta na manhã daquele dia. Yukiko deixou-a enfeitando o *tokonoma*. Voltando da escola, Etsuko logo a encontrou e a pôs em sua cabeça. "A tia Yukiko tem mesmo a cabeça pequena", gracejou e foi exibi-la às criadas na cozinha, levando-as às gargalhadas. No mesmo dia, foi entregue também o traje de noiva, levado ao Kozuchiya para retocar a pintura. Mesmo diante de tais paramentos, Yukiko teve vontade de murmurar: "Quem dera não fosse o traje de noiva!" Subitamente voltou no tempo e lembrou-se de Sachiko às vésperas de seu casamento com Teinosuke. Ela também não demonstrara nem um pouco de alegria, e quando indagada pelas irmãs mais novas sobre o que sentia, respondeu não estar feliz nem infeliz, revelando seus sentimentos nos versos que escreveu: "Hoje, mais um dia se foi na escolha de trajes, imensa tristeza daquela que vai se casar."

A diarréia não cessou naquele dia e continuou mesmo depois de Yukiko já estar no trem.